U0143768

蔡义江新评 红楼梦

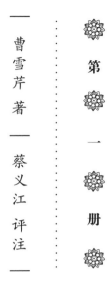

曹雪芹 著 —— 蔡义江 评注

第一册

商务印书馆
创于1897
The Commercial Press

图书在版编目（CIP）数据

蔡义江新评红楼梦：全四册 /（清）曹雪芹著；蔡义江评注 . —北京：商务印书馆，2022

ISBN 978-7-100-20283-1

Ⅰ.①蔡… Ⅱ.①曹…②蔡… Ⅲ.①章回小说—中国—清代②《红楼梦》研究 Ⅳ.① I242.4② I207.411

中国版本图书馆 CIP 数据核字（2021）第 164440 号

蔡义江新评红楼梦
（全四册）

（清）曹雪芹 著　蔡义江 评注

商 务 印 书 馆 出 版
（北京王府井大街 36 号　邮政编码 100710）
商 务 印 书 馆 发 行
北京中科印刷有限公司印刷
ISBN 978-7-100-20283-1

2022 年 1 月第 1 版　　开本 787×1092　1/16
2022 年 1 月北京第 1 次印刷　印张 81¼　插页 8
定价：298.00 元

慕義江新評紅樓夢

顾智宏先生为本书题写的书名

脂硯齋重評石頭記批註

九三老人顧廷龍題

顾廷龙先生九十三岁时为本书题写的书签

第一回

甄士隱夢幻識通靈　賈雨村風塵懷閨秀

列位看官你道此書從何而來說起根由雖近荒唐細諳則深有趣味待在下將此來歷註明方使閱者了然不惑原來女媧氏煉石補天之時於大荒山無稽崖煉成高經十二丈方經二十四丈頑石三萬六千五百零一塊媧皇氏只用了三萬六千五百塊只單單剩了一塊未用便棄在此山青埂峰下誰知此石自經煅煉之後靈性已通因見眾石俱得補天獨自己無材不堪入選遂自怨自嘆日夜悲號慚愧正當嗟悼之際俄見一僧一道遠遠而來生得卜

五

雪芹所写的《红楼梦》原是这样开头的（甲戌本）

（眉批）若云雪芹批阅增删，然后开卷至此这一篇楔子又系谁撰？足见作者之笔狡猾之甚。后文如此处者不少，这正是作者用画家烟云模糊处，观者万不可被作者瞒蔽了去，方是巨眼。

此是第一首标题诗

（侧批）真，后之读书者不识此。此首诗不误。

能解者方有辛酸之泪哭成此书。壬午除夕，书未成，芹为泪尽而逝。余常哭芹，泪亦待尽。

满纸荒唐言　一把辛酸泪　谁解其中味　都云作者痴　谁解其中味

至脂砚斋甲戌抄阅再评仍用石头记

明旦看石上是何故事按那石上书云当日地陷东南这东南有个最是红尘中一二等富贵风流之地这闾门外有个十里街街内有个仁清巷巷内有个古庙因地方窄狭人皆呼作葫芦庙庙傍住着一家乡宦姓甄名费字士隐嫡妻封氏情性贤淑深明礼义家中虽无甚富贵然本地便也推他为望族了因这甄士隐禀性恬淡不以功名为念每日只以观花修竹酌酒吟诗为乐到是

眉批因挤而连抄，致使前批署时误作后批"泪尽"之时间状语，遂有雪芹死于"壬午除夕"之说。

（甲戌本）

曹頫题陶柳村所绘海棠图

曹頫为陶柳村所绘海棠图题"秋边"二字

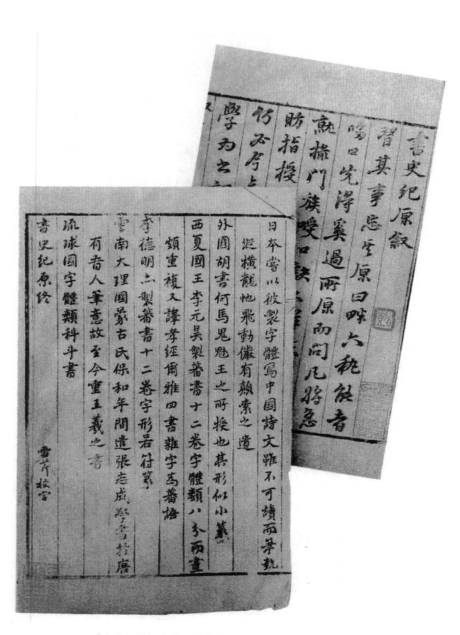

《书史纪原》卷末"雪芹校字"题记及"长相思"印章

最早的《红楼梦》彩画册页（共十二幅），绘者是画家汪圻（1776—1840），号惕斋，安徽旌德籍，生于江苏扬州。（杜春耕藏）

雅女苦吟诗（汪绘，杜藏）

探春放风筝（汪绘，杜藏）

潇湘馆春困（汪绘，杜藏）

总 目 录

再 版 说 明

自从 1993 年 10 月此书由浙江文艺出版社以《红楼梦校注》为名初版以来，不知不觉已过了近三十个年头。其间陆续出过两次新版——2007 年作家出版社以《增评校注红楼梦》为名出版，2010 年龙门书局以《蔡义江新评红楼梦》为名出版。每次出新版，都参纳学者朋友和热心读者的意见，或多或少地做了一些修订和补充，编排形式上也几经调整，最终形成现在这个面貌，算是"定本"了。

因缘际会，红楼梦研究，俗称"红学"，百余年来在中国发展成为一门独立的人文学科，影响波及周边国家乃至全世界，究其原因，是与这部伟大的中国古典文学名著，拥有广大而深厚的读者基础分不开的。人们喜爱这部作品，在被其生动的故事情节、鲜活的文学语言、丰富的生活场景和曲折的人物命运所打动之余，愿意进一步去了解蕴含在文字背后博大精深的文化内涵，探究隐藏于文本之中待解或难解的诸多谜团，这本《蔡义江新评红楼梦》，希望能为读者提供一些参考和帮助。

此次商务印书馆重新出版这本书，由于年龄和健康的原因，本人已无力对全书做全面修订。商务印书馆的编辑同志对本书内容提出了细致中肯的意见，在小女蔡宛若的协助下，做了多处必要的修改完善，对文字、标点等的错讹也做了校订，使得这一版的内容和编校质量有了进一步提升。在此对商务印书馆的同志表示感谢。借此机会，也对多年来对此书提供过支持和帮助的所有朋友，再一次表达衷心的谢意。

蔡义江

2021 年 7 月

前　　言[*]

十余年前，我就想花大力气做成一部《脂砚斋重评石头记批注》，请友人帮我印好数千张田字格稿纸，准备写大（正文）小（批注）字用，且试着做了一回，很不容易，也很不满意。后来又非常难得地请到德高望重的顾廷龙老先生为我题了书签，其时他已九十三岁高龄了。可惜书未成，顾老就驾鹤西归了。

我为什么执意想做这么一部书呢？目的主要有二。

一、我以为历来有不少旧见、如今又有不少新说，都在误导读者对《红楼梦》的理解；加之一些改编的影视、戏曲作品的影响，也容易令人在未开卷前，便对人物、情节有先入之见，不能客观地、不带偏见地去读这部伟大的古典文学作品。所以想把自己几十年来的研究心得告诉读者，希望他们能少受些迷惑，少生些误解。选题目写文章固然也是办法，但总替代不了逐字逐句地表述自己对全书的看法，所以才想到用传统评点派的办法来作"批注"。

二、书名题作《脂砚斋重评石头记》的甲戌、己卯、庚辰三种早期抄本中的脂评，是研究曹雪芹和《红楼梦》最珍贵、最重要的原始资料之一。这一点近百年来逐渐被越来越多的研究者所认识。但仍有人对其持怀疑甚至否定态度，或说它是民国时期为迎合胡适而伪造的，或辱骂它歪曲了《红楼梦》思想。这在我看来实在是很可悲哀的事。鉴定是乾隆抄本，对行家来说并不困难，而伪造书籍却最不容易。更关键的是从乾隆时期到胡适发表《〈红楼梦〉考证》的二十世纪二十年代，尚未出现这种造假的社会普遍需求，即使能造出来也是绝对无利可图的。那时的人们多数只谈论故事写得怎样，对人物如何褒贬，并不关心小说的作者是谁，其家庭有何变化，他是依据哪些素材写成的。我以为到目前为止，因为脂评情况复杂，许多问题还有待搞清楚，所以总体上看，它的价值仍是被大大低估而不是高估了。有些人只是粗略翻看，以为脂评所言不合自己的理解，观点并不高明，便不屑一顾。这实在是很轻率的态度。脂评与作者思想有距离，这并不奇怪。但脂砚斋绝非平庸的评点者，这且不论。脂评有两点是后来人所无法企及的：一是他们是作者的亲友，对作者都有不同程度的了解，也提供了不少可供研究的线索；二是他们读到过或部分读到过作者全书的原稿，即使有的未读到后来不幸"迷失"的那部分文字，也知其结局大概。光凭这两点，还不值得我们重视吗？所以我将它当成研究的原

*　本文为龙门书局 2010 年版《蔡义江新评红楼梦》前言。——编者注

始资料，而不同于后来各家的评点。同时也想借此机会，将自己对脂评的理解，作必要的阐释。

2007 年某日，科学出版社龙门书局的田旭先生来舍下商谈，盛情邀约我为他们写一部关于《红楼梦》的书稿，提出的要求与我原来计划想做的书相近，所以很快就谈妥了。唯书名要按照他设想的叫《蔡义江新评红楼梦》。我初时觉得过于张扬，不如低调些好。转而一想，人家也有人家的道理，还是尽量尊重田总的意见为好，所以用了现在这个书名。我把别的写作的事都停了下来，开始撰写书稿。我先将赶出来的近二十回初稿交给书局征求意见，看看哪些不符合要求，需要改进。问题是明摆着的：我将主次倒置了，只要是脂评，我几乎全部抄录了，占了大部分篇幅。这一来，自己写评的余地就很少了，有时只能对所录脂评作些阐述。倘若自己仍放开手脚加评，评语的总量文字就太多了，与正文不相称，怕读者也不耐烦看。

我与张书才兄商讨书稿的写法。他十分肯定地说，书名既称"新评"，自当以自己的评为主，这样才有意思。重要的脂评可以引录，有的也不妨采其意而用自己的话来说。我采纳了书才兄和书局的意见，放弃了原来的路子，改为以我为主，将自己想说的话都说出来，但对脂评仍持尽量尊重和保留的态度。

一天，当今很有才华且酷爱《红楼梦》、写过《黛玉之死》等小说的著名女作家西岭雪来访，我也与她谈起写书稿的事。她是另一种意见：脂评不要选录，要全录，一条也别遗漏，这样才能提高学术价值。我完全理解她特别看重脂评价值的想法，且与我最初的打算一样。但事实上做起来困难很多，且未必能处理得妥善，还不仅仅是字数多少的问题。

各种脂本上评语的情况相当复杂，对"脂评"应属的范围，研究者的理解，也有宽有严，其中有的是有价值的，也有的是没有多大价值的。据我多年研究，这些评语大体上是四种人批的。一、家人：畸笏叟（曹頫）和曹棠村（早逝），主要是前者。他是从作者处接受和负责支配书稿，又是最初读到和最后保存书稿的人。二、友人：松斋、梅溪及其他未署名者，脂评中常称他们为"诸公"。以上两种人在书的"征求意见稿"上批下自己的读后感和意见，有的批语还是专门写给作者看的。三、合作人：脂砚斋或作"脂研"。他学金圣叹批书，是准备与小说正文一道传世的，是批给读者看的。因为他拿到书稿在后，上面已有畸笏及诸公很多的批，为不掠人之美，便称自己的批是"重评"或"再评"，以区别于诸公的初评，并非他自己的第二次批。他总共至少批阅了四次，都属"重评"。每誊抄时，他把评语用双行形式写在正文下预留的空处，不收畸笏、诸公批，此是其标志。以后新加的评只好先写在一侧或书眉（很少）上了。他应该是作者成年后才结识的友人，对作者的幼年情况不甚了然，往往说错，如说他早年曾过着锦衣玉食的生活（敦诚也犯同样的错，误以为"雪芹曾随其先祖寅织造之任"，其实曹寅早在雪芹出生前十余年已死）。这一点与记曹家盛衰事历历的畸笏截然不同。他在重评之初，还为书写了"凡例"，这可从他的评语中得到印证。但后来又取消了，我估计是畸笏的意思，原因不外乎三点。①"凡例"待出成后由作者自己来写更恰当，不必先由评者越俎代庖。②不尽符作者原意；作者如何想的，旁人很难代言；有的是作者不想明说或不必说明的，何况阐述还有错误。③不干涉朝廷之类的话多了，反有"此地无银"之嫌。"凡例"取消后，又将其中阐释首回回目隐寓意的末条文字，经修改移作首回回前总评，后又被混作正文发端，讹传至今。乾隆二十九年甲申（1764）初，雪芹逝世；约半年后（农历八月前）脂砚斋相继病故。四、圈外人：鉴堂、绮园、玉蓝坡以及立松轩等人。蒙府、戚序本是同一系统本子，其形成应是如此：权势之家（佟府？）看中了《石头记》，于"壬午九月"向畸笏"索书"，拿到后删掉畸笏、脂研等署名及有关曹雪芹的信息，新加了许多评，且多词曲小诗类文字，并出现"立松轩"之名（故今人称之为"立松轩评本"）。如此改头换面，据为己有，令畸笏"感慨悲愤"。这一来，蒙戚本上独有的评语算不算"脂评"便成了问题。陈庆浩脂评辑校本将其收入，郑庆山脂评辑校本将其剔除，处理不同。我感到两难：从这些评出自圈外人之手，且多隔靴搔痒的泛泛之语看，自不应算作脂评。但书稿被索去时作者尚在世，对方必读过，且完全有可能了解到原稿结局如黛玉之死和宝玉出家的大概，因此有少数涉及后来情节的评语，其价值不亚于脂评，如第三回末说到"绛珠之泪，至死不干，万苦不怨，所谓'求仁而得仁，又何怨'"即是。与程高本印行后的各家评点，又不可同日而语。此外，还有"甲辰本""靖藏本"独有的评语问题。说这许多，无非是表明要确定脂评范围，并不像想象中那么简单，要想不选不漏地全录，几乎是很难做得好的，也无必要。

此书中有真知灼见、能开启思路的重要脂评，当然全都引录；凡有研究资料价值的，也尽量做到不漏；有署年月或批书人名号的，不论内容如何，都保存了；有的评语看法可商，仍采录而加适当说明；有的评语未署时间、名号，但可判断属谁且有必要指出的，也指出。回前回后的脂评，则在"题解""总评"中引出。脂评中有明显错字、漏字、衍字，则参考陈、郑脂评辑校本加以改正，不再说明。脂评后括号内的字代表所在的抄本，有的几种抄本都有，只选其中一种：如甲戌本作"甲"；己卯本作"己"；庚辰本作"庚"；列藏本作"列"；蒙府本作"蒙"；戚序本作"戚"；梦稿本已称杨藏本，作"杨"；甲辰本又称梦觉本，作"觉"；卞藏本作"卞"；靖藏本作"靖"。

每回回目后是"题解"、正文后是"总评"，作为定例。唯第七十八回正文之后又多出《芙蓉女儿诔》的"语译"，是因为这篇"大肆妄诞""杜撰"而成的长文，文字上较艰深难读些。虽也作了一些注释，怕未必都能解决问题。对于以往接触辞赋类作品较少、古文基础不太好的读者来说，毕竟是一种麻烦和障碍。但它又非无关宏旨的闲文，作者正是通过宝玉因晴雯抱屈惨死而生的内心巨大感情波澜，将自己对黑暗现实的愤恨和寻求光照不可得的无可奈何的悲哀,借诔文作一次大大的宣泄。所以,跳过去不读是一大损失。不得已,开此特例,想到用语译的办法搭一座桥,是方便读者通过之意,非欲以自己笨拙的译文替代精彩的原作也。

此书正文的评点止于第七十九回(含第八十回)。后四十回续书中只有每回前较简略的"提示"(其实也是评点),没有再作逐字逐句的细评说。曾有友人建议或仍用评原作文字同样的格式去做,以求前后一致。我考虑再三,觉得还是不作细评为妥。否则很可能让人误以为我是主张全盘否定后四十回续书的功绩的。对续书的评价,还不如看我专题文章为好。最近,红学老友吕启祥与我通电话,谈到她对后四十回的看法,以为所写人物、情节符不符雪芹原意是另一回事,若光从文字上看,本身似乎也极不平衡,有些章节段落,文笔还很不错,另一些地方,却又写得相当糟糕。我同意这样的判断和评价,以为这也许与续书经不同文化素养、不同想法态度的二三个人,先续写,后匆忙地补缺、增删或局部改写有很大关系。

此书所依据的版本文字与注释,是在1993年10月浙江文艺出版社初版《红楼梦校注》和2007年1月作家出版社重版《增评校注红楼梦》基础上,再经精心修订调整后形成的,其完善程度,比之于前两版来,又有极大的改进。关于版本文字,曾有一位熟知通常校订古籍惯例而对《红楼梦》版本形成的特殊情况缺乏了解的同志问我:你为什么不找一种最好的本子作底本,参其他本子来校订,而要用不固定一种本子为底本,用多种本子互校,择善而从的办法?这样你的本子岂不有点像"百衲本"了?问得似乎很有道理,其实不然。我可以简单地把问题说清楚。

正文文字最接近原作、最可信,因而也最好的本子是甲戌本。但它只存十六回,仅有所存八十回原作的五分之一;如果用它作底本,另外五分之四还得找其他本子(本书就是这么做的)。那么,如果改用保存回数较多且也属早期抄本比如说庚辰本(它只缺两回,存七十八回)为底本怎么样呢?问题立刻就出现了:庚辰本与甲戌本所存的十六回相比较,差异处就不少,且可看出异文都非作者自己的改笔而出自旁人之手,改坏改错的地方比比皆是。一次,与来华讲学的陈庆浩兄夜谈,我问到以庚辰本为底本参照他本校订出来的本子文字质量会如何时,他一语中的地说:"先天不足。"这话说得真不错,底本不好,再校订也无能为力。比如庚辰本也与其他本子一样,首回都缺失了石头求二仙带它入红尘,仙僧大展幻术,将大石变为美玉一段420多字的情节,这固然可参甲戌本校补上去,但其他读起来可通得过的文字,就不好一一都改了。若都改了,就非底本了。而实际上那些异文却大有优劣甚至正误之分。甲戌本光原拟的十六回回目,就被庚辰本改掉六回之多,且都改坏了。我在本书"题解"中已有说明,兹不赘。正文被改坏的更多,只举一例便知:第七回凤姐要瞧瞧秦钟,贾蓉回说:"他生得腼腆,没见过大阵仗儿,婶子见了,没的生气!"作者接着写道:

　　　　凤姐啐道："他是哪吒，我也要见一见，别放你娘的屁了……"

情态、语态都生动之极，活现出凤姐的个性。庚辰本却莫名其妙地删去表现她情态的"啐"字，又好像不知道"哪吒"是什么玩意儿，便挥笔将"他是哪吒"四字，改作"凭他什么样儿的"。通是也通的，但读来嚼蜡无味，令人为作者叫苦。这一句倒是蒙府、戚序本还保持甲戌本原样未改。这就是所谓"先天不足"所致。比这更误导读者的地方还有，如第五回写太虚幻境中宝玉惊梦的情节即是。我在《初版前言》中列举了不少例子，可以参看。这也就是本书不采用固定一种本子作底本的根本原因。

　　此书的"注释"比以前初版、重版也有所修改调整，除纠正疏误外，主要是将原来包括在内的脂评都尽量分离出来，和新编选入的脂评一起融入新加的评点之中。

　　此书的出版得到出版社的大力支持并依靠诸同志不嫌其烦地辛勤工作，才得以比较满意的式样呈献给读者。此书编写过程中，还得到吕启祥、张书才、杜春耕、李明新、任晓辉、邵蕙蕙、西岭雪、于鹏等新老朋友的关怀、指点和帮助，著名书法家顾智宏先生为此书题写了书名，谨在此一并表示衷心的感谢！我除了诚恳地希望学界的专家学者们和广大读者对此书的不足和谬误处提出批评外，还特别期望能在各种媒体上多见到议论的反响，毕竟书能起到怎样的社会效果，是一点也离不开媒体传播的。

　　　　　　　　　　　　　　　　　　　　　蔡义江
　　　　　　　　　　　　　　　　　　　2009 年 3 月 31 日
　　　　　　　　　　　　　　　于北京东皇城根南街 86 号寓舍

增评校注本修订重版说明 *

1993 年 10 月，此书在浙江文艺出版社出了初版。发行后，各方面的反应都不错，所以后来又印了一次。但我自己逐渐发现其中还有不少有待改进、修订和完善的地方，所以向出版社暂时叫停了，这一停就是十年。

尊敬的卓琳大姐关怀过我的书，我很受鼓舞。她对我说："你的书出得太厚了，拿不动。我买回来后，请人替我拆开，重新分装成五册，才能读。以后出书不要出得这么厚。"这是很好的意见，我转告过出版社。

在武汉的《红楼梦》版本专家杨传镛兄，不但写文章推荐了我的校注本，还写信对我在文字上的取舍，提出过许多宝贵意见。为此，我特地恳请他完全以自己的眼光在我的初版本上作一次任意的校改。他花费了很多时间、精力，为我做了这项麻烦的工作，我十分感激。不料书未再版，杨兄病逝，悲怆感慨，难以言表。这次重版的本子，很多地方都遵照他的意见作了修订。

于鹏老弟对此书的修订再版，也特别关心，多次向我提出修订的建议，我也吸收了他不少宝贵的意见。

周汝昌老先生、汪维辉先生和老友吕启祥先后在《人民日报》《古籍整理工作简报》《〈红楼梦〉学刊》上发表文章，评介拙校注本。周文称"到目前为止，这是我最喜欢的一个本子"。除感谢周老的厚爱外，过誉之辞，愧不敢当。

去年，在应语文出版社之约，编写普通高中语文选修课教材《〈红楼梦〉选读》过程中，发现在每篇课文前，加个"提示"，对学生很有好处。因而，就想到在此书的每一回正文之前，也加上一段"提示"，把自己的研究心得，作点概括性介绍，或许也对读者会有些帮助，所以就这样做了。今之所谓"增评"，即指此而言。

小说正文是原貌还是后人增改，尽可能作个区分，会对研究者有很大方便。所以，这次试用了〔 〕符号，用以表示已可确知的后增。第十七回至十八回尚未分开，第七十九回实际上包括八十回在内，这次都保持原样，这也是与初版本不同的地方。

承作家出版社王宝生先生大力支持出版，并为此书的审稿、编排、校阅做了大量认真细致的工作。此外，冯其庸、李希凡、张庆善、邓庆佑、胡文彬、杜春耕、张书才、邵蕙蕙、殷梦霞、李明新、刘文莉、任晓辉诸先生好友，也给了我不少支持或帮助；

---

* 本文为作家出版社 2007 年版《增评校注红楼梦》重版说明。——编者注

四弟蔡国黄、妻李月玲、小女蔡宛若都是修订工作中的得力助手。在此一并表示深切的谢意。

此书谬误和不当处恐难免，仍祈红学界专家们和广大读者不吝批评指正。

蔡义江

2006 年 10 月

于北京东皇城根南街 86 号

初 版 前 言

  我国最优秀的古典长篇小说《红楼梦》应该有一种最理想的本子，它应该最接近曹雪芹原稿（当然只能是前八十回文字），同时又语言通顺，不悖情理，便于阅读，最少讹误。要能做到这样，绝非易事。

  曹雪芹是既幸运又不幸的。家道的败落，生活的困厄，倒是他的幸运，正因为他"意有所郁结，不得通其道，故述往事，思来者"（司马迁《报任安书》），才激发起他的创作热情，不然，世上也就不会有一部《红楼梦》了。他的最大不幸乃是他花了十年辛苦，呕心沥血写成的"百余回大书"，居然散佚了后半部，仅止于八十回而成了残稿。如果是天不假年，未能有足够时间让他写完这部杰作倒也罢了，然而事实又并非如此。早在乾隆十九年甲戌（1754），雪芹才三十岁时，这部书稿已经"披阅（实即撰写，因其假托小说为石头所记，故谓）十载，增删五次，纂成目录，分出章回"，除了个别地方尚缺诗待补、个别章回还须考虑再分开和加拟回目外，全书包括最后一回"警幻情榜"在内，都已写完，交其亲友们加批、誊清，而脂砚斋也已对它作了"重评"。使这部巨著成为残稿的完全是最平淡无奇的偶然原因，所以才是真正的不幸。

  我们从脂批中知道，乾隆二十一年（即甲戌后两年的丙子，1756）五月初七日，经重评后的《红楼梦》稿至少已有七十五回由雪芹的亲友校对誊清了。凡有宜分二回、破失或缺诗等情况的都一一批出。但这次誊清稿大概已非全璧。这从十一年后（乾隆三十二年丁亥，1767），作者已逝世，其亲人畸笏叟在重新翻阅此书书稿时所加的几条批语中可以看出，其中一条说：

> 茜雪至"狱神庙"方呈正文。袭人正文标目曰"花袭人有始有终"，余只见有一次誊清时，与"狱神庙慰宝玉"等五六稿被借阅者迷失。叹叹！丁亥夏，畸笏叟。

又一条说：

> "狱神庙"回有茜雪、红玉一大回文字，惜迷失无稿。叹叹！丁亥夏，畸笏叟。

又一条说：

> 写倪二、紫英、湘莲、玉菡侠文，皆各得传真写照之笔。惜"卫若兰射圃"文字迷失无稿。叹叹！丁亥夏，畸笏叟。

再一条说：

> 叹不能得见宝玉"悬崖撒手"文字为恨。丁亥夏，畸笏叟。

批语中所说的"有一次誊清时……被借阅者迷失"，时间应该较早，"迷失"的应是作者的原稿。若再后几年，书稿抄阅次数已多，这一稿即使丢失，那一稿仍在，当不至于成为无法弥补的憾事。从上引批语中，我们还可以推知以下事实：

一、作者经"增删五次"基本定稿后，脂砚斋等人正在加批并陆续誊清过程中，就有一些亲友争相借阅，先睹为快。也许借阅者还不止一人，借去的也有尚未来得及誊清的后半部原稿，传来传去，丢失的可能性是很大的。从所举"迷失"的五六稿的情节内容看，这五六稿并不是连着的；有的应该比较早，如"卫若兰射圃"，大概是写凭金麒麟牵的线，使湘云得以与卫若兰结缘情节的；学射之事前八十回中已有文字"作引"，可以在八十回后立即写到；有的较迟，如"狱神庙"；最迟的如"悬崖撒手"，只能在最后几回中，但不是末回，末回是"警幻情榜"，没有批语说它丢失。接触原稿较早的脂砚斋应是读到过全稿的；畸笏叟好像也读过大部分原稿，因而还记得"迷失"稿的回目和大致内容，故有"各得传真写照之笔"及某回是某某"正文"等语；只有"悬崖撒手"回，玩批语语气，似乎在"迷失"前还不及读到。

二、这些"迷失"的稿子，都是八十回以后的，又这里少了一稿，那里又少了一稿，其中缺少的也可能有紧接八十回情节的，这样八十回之后原稿缺的太多，又是断断续续的，就无法再誊清了。这便是传抄存世的《红楼梦》稿，都止于八十回的原因。

三、上引批语都是雪芹逝世后第三年加在书稿上的，那时，跟书稿有关的诸亲友也都已"相继别去，今丁亥夏，只剩朽物（畸笏自称）一枚"，可见《红楼梦》原稿或誊清稿，以及八十回后除了"迷失"的五六稿外的其余残稿，都应仍保存在畸笏叟的手中。如果原稿八十回后尚有三十回，残稿应尚存二十四五回。但也有研究者认为脂批所谓的"后三十回"，不应以八十回为分界线，而应以贾府事败为分界，假设事败写在九十回左右，则加上"后三十回"，全书亦当有一百二十回，残留之稿回数也更多。残留稿都保存在畸笏处，是根据其批语的逻辑自然得出来的符合情理的结论。若非如此，畸笏就不会只叹息五六稿"迷失"或仅仅以不得见"悬崖撒手"文字为恨了。

四、几年前我就说过，《红楼梦》在"甲戌（1754）之前，已完稿了，'增删五次'也是甲戌之前的事；甲戌之后，曹雪芹再也没有去修改他已写完的《红楼梦》稿。故甲戌后抄出的诸本如'己卯本''庚辰本'等等，凡与'甲戌本'有异文者（甲戌本本身有错漏而他本不错漏的情况除外），尤其是那些明显改动过的文字，不论是回目或正文，也不论其优劣，都不出之于曹雪芹本人之手"（拙著《论红楼梦佚稿》第286页）。最初，这只是从诸本文字差异的比较研究中得出的结论。当时，总有点不太理解：为什么曹雪芹在最后十年中把自己已基本完成的书稿丢给畸笏、脂砚等亲友去批阅了又批阅，而自己却不动手去做最后的修补工作；他创作这部小说也不过花了十年，那么再花它十年工夫还怕补不成全书吗？为什么要让辛苦"哭成"的书成为残稿呢？现在我明白了：主要原因还在"五六稿被借阅者迷失"。倘若这五六稿是投于水或焚于火，再无失而复得的可能，曹雪芹也许倒死了心，反而会强制自己重新将它补写出来，虽则重写是件令人十分懊丧的事，但时间是足够的。现在不然，是"迷失"，是借阅者一时糊涂健忘所致，想不起将手稿放在哪里或者交在谁的手中了。这是常有的事。谁都会想：它总还是搁在某人某处，没有人会存心将这些片断文字隐藏起来；说不定在某一天忽然又找到了呢？于是便有所等待。曹雪芹等待交给脂砚等亲友的手稿都批完、誊清、收齐，以便再作最后的审订，包括补作那几首缺诗或有几处需调整再拟的回目。可是完整的誊清稿却始终交不回来，因为手稿已不全了。对此，曹雪芹也许有过不快：手稿怎么会找不到的呢？但结果大概除了心存侥幸外，只能是无可奈何；总不能责令那些跟他合作的亲友们限期将丢失的稿子找回来，说不定那位粗心大意的借阅者还是作者得罪不起的长辈呢。这位马大哈未料自己无意中成了中国文学史上千古罪人自不必说，可悲的是曹雪芹自己以至脂砚斋等人，当时都没有充分意识到此事的严重性，总以为来日方长，《红楼梦》大书最终何难以全璧奉献与世人。所以在作者去世前，脂批无一字提到这五六稿迷失事。

谁料光阴倏尔，祸福难测，穷居西山的雪芹唯一的爱子不幸痘殇，"因感伤成疾"，"一病无医"，绵延"数月"，才"四十年华"，竟于甲申春（1764 年 2 月 2 日后）与世长辞。半年后，脂砚斋也继而去世。"白雪歌残梦正长"，《红楼梦》成了残稿已无可挽回。再三年，畸笏叟才为奇书致残事叹叹不已。但畸笏自己也犯了个极大的错误，他因为珍惜八十回后的残稿，怕再"迷失"，就自己保藏起来，不轻易示人。这真是太失策了！个人藏的手稿能经得起历史长流的无情淘汰而幸存至今的，简直比获得有奖彩券的头奖还难。曹雪芹的手迹，除了伪造的赝品，无论是字或画，不是都早已荡然无存了吗？对后人来说，就连畸笏究竟是谁，死于何时何地，也难以考稽了，又哪里去找他的藏稿呢？曹雪芹死后近三十年，程伟元、高鹗整理刊刻了由不知名者续补了后四十回的《红楼梦》一百二十回本。续作尽管有些情节乍一看似乎与作者原来的构思基本相符，如黛玉夭亡（原稿中叫"证前缘"）、金玉成姻（原稿中宝玉是清醒的，在"成其夫妇时"尚有"谈旧之情"）和宝玉为僧（原稿中叫"悬崖撒手"）等等，但那些都是前八十回文字里已一再提示过的事，无须像有些研究者所推测的，是依据什么作者残稿、留存回目或者什么提纲文字等等才能补写的。若以读到过雪芹全稿而时时提起八十回后的情节、文字的脂砚斋等人的批语来细加对照，续作竟无一处能完全相合者，可知续补者在动笔时，除了依据已在世间广为流传的八十回文字外，后面那些曾由畸笏保藏下来的残稿也全都"迷失"了。续补者绝对没有看到过曹雪芹写的后数十回原稿中的一个字。

现在该说说版本了。这里不打算谈版本的发展源流问题，只想说说我选择版本的基本原则。

迄今为止，已出版的《红楼梦》排印本，多数是以程高刻本为底本的；只有1982年人民文学出版社出版的中国艺术研究院红楼梦研究所校注的本子，前八十回是以脂评手抄本（庚辰本）为底本的。另据刘世德兄相告，南方某出版社约他新校注一个本子，前八十回也取抄本，尚未及见。又早在五六十年代间，俞平伯已整理过《红楼梦八十回校本》在人民文学出版社出版，此书虽受红学研究者所关注，但一般读者仍多忽略，"文革"后没有再版。

为什么《红楼梦》本子多以程高刻本为底本呢？除了有几家评的本子，原先清人就是评在程高本上的这一原因外，我想，还因为程高本经过后人加工整理，全书看去已较少矛盾抵触，文字上也流畅些，便于一般读者阅读；而脂评手抄本最多只有八十回，有的仅残存几回、十几回，有明显抄错的地方，有的语言较文，或费解，或前后未一致，特别是与后四十回续书合在一起，有较明显的矛盾抵触。尽管如此，我仍认为以脂评本为前八十回底本的俞平伯校本和红研所新校注本的方向是绝对正确的。

众所周知，程高本对早期脂评本来说，文字上改动是很大的。如果这些改动是为了订正错误，弥补缺陷，倒也罢了，事实又并非如此。在很多情况下，程高本只是任意或为了迁就后四十回续书的情节而改变作者原意。比如小说开头，作者写赤瑕宫的神瑛侍者挟带着想历世的那块石头下凡，神瑛既投胎为宝玉，宝玉也就衔玉而生了。程高本篡改为石头名叫神瑛侍者，将二者合而为一。这样，贾宝玉就成石头投胎了，从逻辑上说，当石头重回青埂峰下，把自己经历写成《石头记》时，宝玉就非同时离开人世不可了，光出家为僧仍活着是说不通的。我想，这样改是为了强调贾宝玉与通灵玉不可分的关系（其实，这种关系在原作构思中处理得更好），以便适应后四十回中因失玉而疯癫情节的需要。再如有一次凤姐取笑黛玉说："你既吃了我们家的茶，怎么还不给我们家作媳妇？"众人都笑了起来。李宫裁笑向宝钗道："真真我们二婶子的诙谐是好的。"对此，脂评揭示作者的用意说："二玉之配偶，在贾府上下诸人（当然包括贾母、凤姐在内），即观者、作者皆谓无疑，故常常有此等点题语。我也要笑。""好赞！该她（指李纨）赞。"可见原意是借此表明后来宝黛婚姻不能如愿，颇出乎"诸人"意料之外。然而到程高本，末了这句李纨说的话被改成宝钗说的了："宝钗笑道：'二嫂子诙谐，真是好的。'"故意给读者造成错觉，仿佛宝钗很虚伪，早暗地与凤姐串通一气，这与后四十回续书写"掉包计"倒是能接得上榫的，只是荼毒了曹雪芹文字。还可再举一例：第七十八回中，在贾政命宝玉、贾环、贾兰作《姽婳诗》前，原有一大段文字论三人之才学，说环、兰二人"若论举业一道，似高过宝玉"；若论作诗，"不及宝玉空灵娟逸，每作诗亦如八股之法，未免拘板庸涩"，宝玉则在作诗上大有别才。又说"近日贾政年迈，名利大灰，然起初天性也是个诗酒放诞之人，因在子侄辈中，少不得规以正路。近见宝玉虽不读书，竟颇能解此，细评起来，也还不算十分玷辱了祖宗。就思及祖宗们各各亦皆如此，虽有深精举业的，也不曾发迹过一个，看来此亦贾门之数。况母亲溺爱，遂也不强以举业逼他了"，等等，程高本都删得一干二净，用意很明显：为了使后四十回的情节得以与前八十回相连接，不互相矛盾。若不删改原作，则宝玉奉严父之训而入家塾读书，改邪归正，又自习八股文，终于精通举业之道，一战中魁，金榜题名，名次还远在本来"高过宝玉"的贾兰之上等等的情节就都不能成立了。

原作与续书本不一致，删改原作去适应续书以求一致是不可取的；而在程高本中，这样的删改，多得难以一一列举。这里应该说明的是为适应续书情节所作的改动，并非都起自程高本，不少在甲辰本中已经存在，因此，我颇怀疑甲辰本底本的整理加工者，就是那位不知名的后四十回续书的作者，而程伟元、高鹗只是在它的基础上的修补加工，正如他们自己在刻本序文中所说的那样。程高本还有许多无关续书的自作聪明反弄巧成拙的增删改易，也早经不少研究者著文指出过，这里就不必再赘述了。总之，我们不能不加分析地为求一百二十回前后比较一致、减少矛盾而采用程高本为底本，因为那样做的代价是严重地损害曹雪芹原作；我们宁可让这些客观存在着的原作与续作的矛盾抵触的描写继续存在，让读者自己去评判，这也比提供不可靠的、让读者上当的文字好得多。

前八十回文字以早期脂评抄本作底本的本子不是也已经出版了吗？为什么还要再另搞一种呢？俞校本或红研所校注本的出版，对红学研究的贡献自然是很大的，后一种我有幸也参加做了一些工作。不过近年来，我经过反复比较研究，认为要搞出一个真正理想的本子，选择某一种抄本为底本而参校其他诸本的办法，对于《红楼梦》来说，并不是最好的办法。比如说庚辰本吧，在早期脂评抄本中，它也许是总体价值最高的本子，因为它兼有比较早、比较全和保存脂评比较多等优点。选择它作为底本该没有什么问题了吧？事实不然，只残存十六回的甲戌本，其底本比它更早，文字更可信，更接近曹雪芹原作的本来面目，庚辰本与它差异的地方，绝大多数都可以看出是别人改的。因此，就这十六回而言，甲戌本的价值又显然高出庚辰本，只可惜它所存的回数太少。以庚辰本为底本，虽则也可以参甲戌本校补一些文字，但毕竟只能改动些明显有正与讹、存与漏、优与劣之分的地方，其余似乎也可以的文字（若细加推究，仍可分出高下来），只好尊重底本保持原样了。这样，从尽量恢复曹雪芹原作面貌来说，就不无遗憾。比如以回目来说，第三回甲戌本作"金陵城起复贾雨村　荣国府收养林黛玉"，对仗通俗稳妥，上下句有对比之意，在"收养"旁有脂评赞曰："二字触目凄凉之至。"可见为雪芹亲拟无疑。至庚辰本则被人改作"贾雨村夤缘复旧职　林黛玉抛父进京都"，词生句泛，黛玉寄养外家之孤立无援处境全然不见，可谓点金成铁。又如第五回回目，甲戌本作"开生面梦演红楼梦　立新场情传幻境情"，此亦雪芹原拟之回目，有第二十七回《葬花吟》眉端脂评引语可证，评曰："开生面、立新场，是书多多矣，惟此回更生更新，非颦儿断无是佳吟，非石兄断无是情聆，难为了作者了，故留数字以慰之。"此批庚辰本亦过录，文稍有异，曰："开生面、立新场是书不止'红楼梦'一回，惟是回更生更新，且读去非阿颦无是佳吟，非石兄断无是章法行文，愧杀古今小说家也。畸笏。"初加批语时，雪芹尚在世，故只言留字相慰；至作者已逝，畸笏再理旧稿，遂改末句而加署名，亦借此别于其他诸公之批。经改易过的批语"开生面、立新场"六字未变，反而更写明是指"'红楼梦'一回"，可知畸笏所见的作者自拟回目始终如此。庚辰本虽录此批，但其第五回回目却已被改换成"游幻境指迷十二钗　饮仙醪曲演红楼梦"，这一来批语"开生面"云云就不知所指了。

　　至于正文，可证明甲戌本接近原作，庚辰本异文系旁人后改而又改坏了的地方更多。拙文《〈红楼梦〉校读札记之一》（载《红楼梦学刊》1991 年 4 期）曾举过几个明显的例子。其一是第五回宝玉至迷津惊梦的描写。甲戌本："那日，警幻携宝玉、可卿闲游至一个所在……"至迷津，警幻阻宝玉前进并训诫一番后，"宝玉方欲回言，只听迷津内水响如雷……"写的是警幻主动导游和宝玉不及回话，这是对的，因为惊梦本是警幻设计的"以情悟道"的一幕，警幻始终是导演。己卯、庚辰本改为宝玉、可卿脱离警幻私自出游，直至危急关头，警幻才"后面追来"，又改警幻"话犹未了，只听迷津内……"——连话都不让她说完，使宝玉、可卿和迷津中妖怪都不受警幻控制，倒像水中之怪比警幻更加厉害。还将迷津中"一夜叉般怪物（按：象征情孽之可怖，因无可名状，故谓）窜出直扑而来"句改为"许多夜叉海鬼（按：此坐实其为海中群怪）将宝玉拖将下去"等等，都是不顾作者寓意、单纯追求情节惊险而弄巧成拙的文字，非出于作者之手甚明。其二是第七回写周瑞家的给凤姐送宫花去。甲戌本说她"穿夹道从李纨后窗下过，越西花墙出西角门进入凤姐院中"，正如脂评夹批所说，这是"顺笔便墨"，间带点到李纨其人。可是庚辰本在"后窗下过"句后，又平添上"隔着玻璃窗户，见李纨在炕上歪着睡觉呢"一句，不但成了蛇足，还闹了个大笑话。因为紧接着就写周瑞家的问大姐儿的奶妈说："奶奶睡中觉呢？也该请醒了！"可见已到不该再睡中觉的时候了，当然，周瑞家的万没想到白昼里凤姐夫妻间还有风月之事。庚辰本居然把"奶奶"改成"姐儿"，成了"姐儿睡中觉呢？也该请醒了！"前面刚说奶妈"正拍着大姐儿睡觉"，怎么反而要将姐儿弄醒呢？姐儿是哺乳婴儿，有昼夜都睡觉的权利，有什么睡中觉、睡晚觉的？改来改去，李纨不该睡中觉的，倒要她睡；姐儿该好好睡觉的，倒不让她睡。这样的改笔，曹雪芹看到，非气得发昏不可。其三，第六回贾蓉来向凤姐借玻璃炕屏，起初凤姐不肯，贾蓉就油腔滑调地笑着恳求。甲戌本接着写道："凤姐笑道：'也没见（按"真好笑""真怪"的意思，小说中常用）我们王家的东西都是好的不成？一般你们那里放着那些东西，只是看不见我的才罢！'"己卯、庚辰本的涂改者弄不清意思，就把"我"字改成"你"字，又添了些话，重新断句，成了"凤姐笑道：'也没见你们，王家的东西都是好的不成？你们那里放着那些好东西,只是看不见,偏我的就是好的。'"这有点像改字和标点游戏。以上数端,以庚辰本为底本者都未能参照甲戌本改正过来。

还有些人物对话,庚辰本增了字,虽不背文义,也无关宏旨,但却影响了语气的生动和神态的逼真。这里不妨仅就第七回来看:

例一,薛姨妈要把宫花分送给众姊妹。

> 甲戌本:王夫人道:"留着给宝丫头戴罢了,又想着她们。"
> 庚辰本:王夫人道:"留着给宝丫头戴罢,又想着她们作什么。"

例二,周瑞家的问金钏,香菱可就是上京时买的小丫头。

> 甲戌本:金钏道:"可不就是。"
> 庚辰本:金钏道:"可不就是她。"

例三,周瑞家的找寻四姑娘惜春。

> 甲戌本:丫鬟们道:"在这屋里不是?"
> 庚辰本:丫鬟们道:"那屋里不是四姑娘?"

例四,周瑞家的女儿要她妈去求情了事。

> 甲戌本:周瑞家的听了道:"我就知道的,这有什么大不了的!"
> 庚辰本:周瑞家的听了道:"我就知道呢,这有什么大不了的事!"

例五,周瑞家的给黛玉送花来所说。

> 甲戌本:林姑娘,姨太太着我送花儿与姑娘戴。("戴",抄本都别写作"带"。)
> 庚辰本:林姑娘,姨太太着我送花儿与姑娘带来了。

以上五例,可见庚辰本篡改者不知文学语言要贴近生活,要保持人物语气的生动和神态的逼真,一句话常有省略,不必把每一部分都说出来;他以为句子不全,就随便添字,其实都是多余的,末一例还因为没有弄清"带"是"戴"字,错会了意,改得句子也不通。作者自己是绝不会如此改的。另外,也还有别样的改动,也都改坏了。如:

例六,凤姐要见见秦钟,贾蓉说他生得腼腆,没见过大场面,怕惹婶子生气。

> 甲戌本:凤姐啐道:"他是哪吒,我也要见一见,别放你娘的屁了!……"
> 庚辰本:凤姐道:"凭他什么样儿的,我也要见一见,别放你娘的屁了!……"

把应有的"啐"字删去,又改掉了这句中最生动的用词"哪吒"。

例七，形容秦钟的长相。

> 甲戌本：较宝玉略瘦些，清眉秀目，粉面朱唇。
> 庚辰本：较宝玉略瘦些，眉清目秀，粉面朱唇。

改者不知后八字互成对仗，这在修辞上是常见的，如鲍照《芜城赋》中"薰歇烬灭，光沉响绝"即是。

例八，凤姐见秦钟。

> 甲戌本：就命他身旁坐下，慢慢问他年纪、读书等事，方知他学名秦钟。（脂评夹批："设云'情种'。古诗云：'未嫁先名玉，来时本姓秦。'二语便是此书大纲目、大比托、大讽刺处。"）
> 庚辰本：就命他身旁坐了，慢慢地问他：几岁了，读什么书，兄弟几个，学名唤什么。秦钟一一答应了。

此为初次介绍秦钟之名，应如甲戌本方妥，况有脂评证其为原来文字。

例九，宝玉所想。

> 甲戌本：若也生在寒儒薄宦之家……
> 庚辰本：若也生在寒门薄宦之家……

"寒儒薄宦"四字成对，铢两悉称。

例十，秦钟眼中的宝玉。

> 甲戌本：秦钟自见了宝玉形容出众，举止不浮（脂评夹批："'不浮'二字妙，秦卿目中所取，止在此。"
> 庚辰本：秦钟自见了宝玉形容出众，举止不凡……

宝玉并非超凡脱俗者，"不浮"是。

例十一，秦钟所想。

> 甲戌本：可恨我偏生于清寒之家……可知"贫富"二字限人，亦世间之大不快事。（脂评夹批："'贫富'二字中失却多少英雄朋友！"）
> 庚辰本：可恨我偏生于清寒之家……可知"贫窭"二字限人……

秦钟贫、宝玉富，应是"贫富"。

以上诸例均说明甲戌本的文字大大优于庚辰本而保持了原作面貌，除非以甲戌本为底本，才可避免此种遗憾，但奈何甲戌本残存回数太少，仅有十六回。那么，除此十六回外，其余诸回以庚辰本为底本又如何呢？还是不妥。因为：一、己卯本与庚辰本虽都经旁人改过，文字大体相同，但两本互校，仍可发现己卯较庚辰少些讹误，而庚辰在很多地方或抄错或又作了新的改动。可惜己卯本也不全，只存四十一回加两个半回。二、庚辰本原来只存七十八回，中缺第六十四回、六十七回，这两回是后人根据程高系统本抄配的，与戚序等本比较，叙事详略既不同，描写差异也极大，若加推究评品，优劣可分，戚序等本的文字反接近原作，而以庚辰本为底本的整理者没有舍程高而取戚序，这不能不说又是一大遗憾。

　　其实，《红楼梦》因为整理和传抄情况的复杂，一种较迟抄录、总体质量不如其他本子的本子，也可能在某些地方却保留着别本已不存的原作文字而显示其合理性；反之，那些底本是作者尚活着的年代抄录的、总体可信性较大的本子，也不免有些非经作者之手甚至不经作者同意的改动或抄漏抄错的地方。如第三回描写黛玉的容貌，有两句说其眉目的，是：

> 两湾似蹙非蹙罥烟眉，
> 一双似喜非喜含情目。

　　这里下句用的是甲辰本文字，在底本很早的甲戌本中，这一句打了五个红框框，写成"一双似□非□□□"，表示阙文；庚辰本无法补阙，索性重拟两句俗套，将九字句改为六字句，叫什么"两湾半蹙鹅（应是'蛾'）眉，一对多情杏眼"，与脂评所说的，"奇目妙目，奇想妙想"全不相称。甲辰本补的文字，似乎勉强通得过了，其实也经不起推敲，因为下文接着有"泪光点点"之语，此说"似喜非喜"，岂非矛盾？又"罥烟眉"是取喻写眉，"含情目"则是平直实说；"烟"与"情"非同类，对仗也不工。近年出版的列藏本，此句独作"似泣非泣含露目"，没有这些疵病，像是真正的原文。列藏本的文字也经人改过，总体上并未优于甲戌、己卯、庚辰诸本，但也确有骊珠独得之处。再如第六十四回，甲戌本无，庚辰本原缺，有人曾疑别本此回文字系后人所补，今此本此回回目后有一首五言题诗，为别本所无，回末有一联对句，仍保留着早期抄本的形象，推究诗的内容，更可证此回亦出于曹雪芹之手无疑。同样，梦稿本等也有类似情况，如第四回正文前存有回前诗，为甲戌、己卯、庚辰诸本所无。

　　即便甲辰、程高等较晚的、被人改动得很多的本子，也非全不可取，如第五十回芦雪广即景联句中，有两句是写雪花的：

> 花缘经冷□，色岂畏霜凋。

　　出句末一字，庚辰、蒙府、列藏本作"绪"，义不可通，是错字无疑；戚序、戚宁本以为是音讹，改作"聚"，其实是"结"的形讹，谓六出雪花乃因为寒冷而结成，而甲辰、程高本倒存其正。再如第十六回写六宫都太监夏守忠来传旨"立刻宣贾政入朝",庚辰等诸本接着都说"贾赦等不知是何兆头,只得急忙更衣入朝",这就怪了,宣入朝的是贾政,何须贾赦忙碌代劳!况下文说,入朝两个时辰后,元春"晋封为凤藻宫尚书,加封贤德妃"的消息传来,"贾赦、贾珍亦换了朝服,带领贾蓉、贾蔷奉侍贾母大轿前往"谢恩。很显然,前面的"贾赦"是"贾政"之误;但诸本皆同庚辰本误作"贾赦",唯甲辰、程高本作"贾政",不误。

总之,要校出理想的前八十回文字,只选一种本子作底本的办法存在着难以避免的缺陷,是不可取的,唯一妥善合理的办法是用现存的十余种本子互参互校,择善而从,所谓"善",就是在不悖情理和文理的前提下,尽量地保持曹雪芹原作面貌。这是一项须有灼见卓识又麻烦费事的细致工作。既然这是唯一正确的办法,我也只好这样做,用加倍的认真、细心,使工作尽量做得让读者和自己都满意。

在整理出版古典白话小说中,文字改革发展的成果应该也是可以体现的。简化字、新式标点、分段已经普遍实行,我想可以再前进一步。一个是"他"字,旧时代表了今天的"他""她""它"三个字,《红楼梦》当然也是不分的,只有"他"字。这次将它分开来了。我以为这样做有利无弊,在很大程度上方便了阅读,就像繁体字改简体一样,不是不尊重也不是擅改原著。另一个是"那"字,它代表了今天的"那"和"哪"两个字,还有与"地""得"混用的"的",这次也分开了,使读来能一目了然,全照现代汉语规范化用法。

同样的道理,较陌生的异体字、另有别义的借用字等也没有保持原样的必要。如"玩耍""玩笑""游玩"的"玩",小说中用"顽",现在也改过来了。又小说用了许多"舡"字,其实都是"船"字,没有不改的理由。再如"笑吰吰"其实就是"笑嘻嘻","搭赸"就是"搭讪","瀔"即"涮","跴"是"踩","賸"现在都写"剩","战敠"现作"掂掇","愚强"或"愚彊"现在写是"愚犟","伏侍"现通用"服侍","终久"现为"终究","委曲"为"委屈",等等,这些也都改了。还有"带"借作"戴"的,也改了;"一回"与"一会"不分的,能分的都分,个别确实难辨的,则仍其旧。

有两个字的改换还值得一提:一个是"捂"字,比如说:"袭人忙用手捂住宝玉的嘴。"在小说中"捂"就都写作"握",大概当时"捂"字在文章中还不通行而口语里早有,故以近音字"握"代之(在南方方言中读音差别就很大)。今天看来,就是写了别字(白字)。两个字都是表示手的动作的动词而字义不同,借用易滋混淆,所以要改。不过,这种情况在古代白话文学中是不足为奇的。另一个是"煨"字,是以物覆盖使之保暖或用热的东西接触冷的东西使之变暖的意思,在小说中都写作"渥"字,情况与写"握"字相同,我们也改去,恢复今天的规范用法。

此外，有些词写法不一致，如"糟蹋"，"糟"有时写成"遭"，"蹋"或作"塌"，或作"踏"，现在把它统一了起来。偶尔还有明显有语病的句子，要改又无版本可作依据的，只好按文理改了，幸好此种情况极其少见。第三十九回中有一句："原来是一个十七八岁的极标致的一个小姑娘。"两处"一个"重复多余，我只好把后一个"一个"去掉。我想读者是能够认可的。

再说说几个人名的校改。薛蟠的字叫什么，第四回有介绍，甲戌本说："这薛公子学名薛蟠，字表文龙。"但其余诸本"文龙"皆作"文起"。古人起名与字，义常相关。名叫"蟠"，字为"文龙"无疑。"起"是"龙"的草书形讹，以讹传讹而不察，续书作者也就拟第八十五回回目曰"薛文起复惹放流刑"。续作与原作抵牾处本无法也没有必要改的。但统一人名，倒还是可以和方便阅读的，所以我把续作中的"文起"也改成了"文龙"，同时加注说明之。这样做的还有蒋玉菡，后四十回原来都作"玉函"。还有"茗烟"与"焙茗"，诸本歧出，未知孰是，同一种本子也前后不统一，竟如二人，但细加查看，仍是一人，也没有改名之说。这次都统一为"茗烟"。"侍书"与"待书"也难定是非，现暂统一为"待书"，是否有当，再俟高明。又有"绮霰"与"绮霞"之不同，我起初以为应是"绮霞"，取小谢"余霞散成绮"诗意，而"绮"与"霰"似不相关；后来反复推敲，否定了原来想法，觉得还应该是"绮霰"。理由是：一、丫头中已有彩霞，意思一样，作者拟名不致重复如此；二、"绮"与"霰"是可以相关的，张若虚《春江花月夜》诗中就有"月照花林皆似霰"之句；三、宝玉的丫头中"麝月"与"檀云""琥珀"与"玻璃"或"珍珠"都可成对，已有"茜雪"，配一个"绮霰"恰好。何况从版本角度看，也站得住。

注释《红楼梦》如果像仇兆鳌详注杜诗那样，读者是没有耐心看下去的，也没有必要。所以力求简明了当，有时只写明出处，除非必要，尽量不去繁引经籍原文。与通常的注释有所不同的是这里的注释实际上还包括了脂评摘引和校记。脂评在红学研究中的重要价值已用不着多说，我在注释中摘引的只是其中对研究作者身世、交游、成书、隐寓和八十回后佚稿情节线索等有参考资料价值的部分，多数都说明其价值之所在；至于其他谈写作方法、文字技巧等欣赏性的评语，都不录引，以免庞杂。所摘脂评不再注明其出于某本、是何格式，也不作校改说明。小说正文既非以固定的一种版本为底本，诸本文字的异同现在又出版有《汇校》本一书可查，所以一般情况下，不必再一一作校记；但对后人增删篡改、传抄讹误较明显较重要的地方和我为何舍此而取彼确有必要加以说明的地方，仍出校记说明之；只是都并入"注释"内，不再专门列项。所有这些办法都是尝试性的，是否能受到读者的欢迎，尚待实践检验。

此书的校注稿按协议本该早就完成交付编审排印的，除了事先对工作量之大估计不足外，也因这两年公私冗杂，少有余暇，以致校注工作一拖再拖，书稿迟迟交不出去。这期间，罗达同志给我以很大的精神支持。又得小女蔡宛若相助，最近始日夜兼程地工作，总算陆续将书稿整理好，向出版社交齐。在校注过程中，热情地协助我工作的还有四弟蔡国黄，并由他约请宁波师范学院中文系汪维辉、贺圣模同志共同来为我审核校对此书稿，辛勤尽责，纠正疏误；中国艺术研究院红楼梦研究所吕启祥同志给我提出了许多宝贵意见和建议；邓庆佑、黄曼丽同志为我提供了不少必需的资料和帮助；又承沈诗醒同志代我约请尊敬的苏渊雷教授为此书题签，苏老欣然允诺，又特为拙著题诗惠寄，诗云：

> 艳说红楼梦，酸辛两百年。
> 凭君一枝笔，多为辨中边！

佛经中有"譬如食蜜，中边皆甜"之说，因以"中边"指中正之道与偏边之见，亦作真假、有无、内外、表里解。戴敦邦同志为此书配画，使此书增色不少；特别是负责此书审稿编辑的严麟书同志更为提高书稿的文字和排版质量一丝不苟地工作，花费了他许多时间精力，谨在此一并表示衷心的感谢。

限于水平，此书不当和错误之处，恐所难免，诚恳地希望得到广大读者和专家们的批评和指正。

蔡义江
1993 年春节自京回乡
于宁波孝闻街 73 弄 46 号

校 注 凡 例

一、本书前八十回回目与正文以《脂砚斋重评石头记汇校》一书中所列十二种版本为主进行互校，择善而从，不固定某一种版本作底本。这十二种版本为："甲戌本"（存十六回）、"己卯本"（存四十一回又两个半回）、"庚辰本"（存七十八回）、"列藏本"（存七十八回）、"梦稿本"（存一百二十回）、"蒙府本"（原存七十四回、配成一百二十回）、"戚序本"（存八十回）、"戚宁本"（存八十回）、"舒序本"（存四十回）、"郑藏本"（存二回）、"甲辰本"（存八十回）、"程甲本"（存一百二十回）。2006年发现的"卞藏本"（存十回）亦有参考。择文首重甲戌，次为己卯、庚辰，亦不忽略列藏、梦稿、戚序等各本之存真文字，力求保存曹雪芹原作面目。后四十回则以程甲、程乙本为主互校，亦参以曾通行的经整理过的诸本文字，只着眼于是否合乎情理与文理。

二、本书首回按甲戌本格式，以"列位看官，你道此书从何而来"发端，他本首回开头一段文字，原系甲戌本《凡例》（当为脂砚斋所作；其观点、用词与书中脂砚之评可相互印证）之末条，后移改作回前总评，又在传抄中误窜为正文。今复其旧，以存原貌，故同时收甲戌本《凡例》以供参看。

三、早期抄本或有回前题诗及回末骈句，凡可辨认其为原作所有而非评诗者，为存原貌，本书均予保留。

四、本书第六十四、六十七回文字与现已出版的诸排印本多有不同，以六十七回之差异尤大；今之所取因其接近原作故也；两种文字之得失，读者可自行比较。

五、从早期抄本及脂评提示看，作者原稿有未分回部分，如第十七、十八、十九回和七十九、八十回；几种本子尚保留其式样与痕迹，今亦参照保留原样。

六、早期抄本有一回结尾处戛然而止者，晚出经整理的本子都已加有"下回分解"之类套语。凡知其为后加者，都标出。

七、本书文字均以版本为依据，除非诸本皆有明显错误，不擅加增删改易，但某句话各本之间往往有此正彼误而又彼是此非者，故可能须参校数种版本，各有取舍，综合而成。

八、小说的原作与续作，在思想主旨、人物性格、情节发展等方面都存在着矛盾，无从一致，只有任其存在；但前后既已合为一书，至少在人名上可以统一，故有数处据前而改后；又原作未统一者今亦统一，均已加注说明。

九、本书将小说中所用之"他"字，据其所指分为"他""她""它"；将"那"字据其用法分为"那""哪",与"地""得"混用的"的",也加以区别,使符合现代汉语规范用法,以利阅读。

十、本书将小说中所用之异体字均改为常用字;将借代字、别字亦按今之规范用法改正;一词有多种写法的,则以通用写法统一之。

十一、本书对于脂评的引录原则请参见前言第4页。

十二、本书的整理是在红学界现有研究成果基础上进行的,已出版、发表的各种版本的校注和有关论著,都可能在不同程度上有所利用和吸收,恕不能一一注明。

甲戌本凡例

《红楼梦》旨义：是书题名极多，一曰①《红楼梦》，是总其全部之名也；又曰《风月宝鉴》，是戒妄动风月之情；又曰《石头记》，是自譬石头所记之事也。此三名皆书中曾已点睛矣。如宝玉作梦，梦中有曲，名曰《红楼梦十二支》，此则《红楼梦》之点睛。又如贾瑞病，跛道人持一镜来，上面即錾"风月宝鉴"四字，此则《风月宝鉴》之点睛。又如道人亲眼见石上大书一篇故事，则系石头所记之往来，此则《石头记》之点睛处。然此书又名曰《金陵十二钗》，审其名，则必系金陵十二女子也；然通部细搜检去，上中下女子岂止十二人哉！若云其中自有十二个，则又未尝指明白系某某，及至②"红楼梦"一回中，亦曾翻出金陵十二钗之簿籍，又有十二支曲可考。

书中凡写"长安"，在文人笔墨之间，则从古之称；凡愚夫妇、儿女子家常口角，则曰"中京"，是不欲着迹于方向也。盖天子之邦，亦当以中为尊，特避其东南西北四字样也。

此书只是着意于闺中，故叙闺中之事切，略涉于外事者则简，不得谓其不均也。

此书不敢干涉朝廷，凡有不得不用朝政者，只略用一笔带出，盖实不敢以写儿女之笔墨唐突朝廷之上也，又不得谓其不备。

此书开卷第一回也，作者自云：因曾历过一番梦幻之后，故将真事隐去，而撰此《石头记》一书也，故曰"甄士隐梦幻识通灵"。但书中所记何事，又因何而撰是书哉？自云：今风尘碌碌，一事无成，忽念及当日所有之女子，一一细推了去，觉其行止见识皆出于我之上，何堂堂之须眉诚不若彼一干裙钗？实愧则有余，悔则无益，真③大无可奈何之日也！当此时，则自欲将已往所赖——上赖天恩，下承祖德，锦衣纨袴之时，饫甘餍美之日，背父母教育之恩，负师兄规训之德，以致今日一事无成、半生潦倒之罪，编述一记，以告普天下人。虽我之罪固不能免，然闺阁中本自历历有人，万不可因我不肖，则一并使其泯灭也。虽今日之茅椽蓬牖，瓦灶绳床，其风晨月夕，阶柳庭花，亦未有伤于我之襟怀笔墨者，何为不用假语村言敷衍出一段故事来，以悦人之耳目哉？故曰"贾雨村风尘怀闺秀"④，乃是第一回提纲正义也。开卷即云"风尘怀闺秀"，则知作者本意原为记述当日闺友闺情，并非怨世骂时之书矣。虽一时有涉于世态，然亦不得不叙者，但非其本旨耳。阅者切记之。

诗曰：

> 浮生着甚苦奔忙，盛席华筵终散场。
> 悲喜千般同幻渺，古今一梦尽荒唐。
> 漫言红袖啼痕重，更有情痴抱恨长。
> 字字看来皆是血，十年辛苦不寻常。

［校记］

① "多，一曰"三字原破缺，现为研究者所拟补，也还有别样补法，因无关文义，不赘。

② "及至"原误写作"极至"。

③ "真"原作"之"，当是"真"字草体之形讹，今参梦稿本改。

④ "贾雨村风尘怀闺秀"，原缺"贾雨村"三字，以上文字是在解说回目的下一句寓意，故前有"何为不用假语村言（曹雪芹当说过，拟名"贾雨村"是寓"假语存焉"之意，脂砚斋听错了，写成了"假语村言"，遂与"真事隐去"不能成对。）敷衍出一段故事来"等语，"贾雨村"三字实不可省略，其抄漏的原因，也许因为错眼，看了下一句只引回目五字之故。今据文理补。

第 一 回

甄士隐梦幻识通灵　贾雨村风尘怀闺秀

【题解】

　　本回回目诸本相同。《脂砚斋重评石头记》甲戌本《凡例》末段揭示第一回回目有全书"提纲正义"的隐寓意义。"甄士隐"，乃"真事隐（去）"，"贾雨村"，则是"假语存（焉）"。只因音近，写《凡例》的脂砚斋讹为"假语村言"（此四字若省末字，便不成语）。贾雨村思念一个丫头，回目为迁就隐寓义，便说是"怀闺秀"，可知此书为记述闺友闺情云云，假语存焉。

　　《凡例》在此书再抄时取消不用了，但末段文字"此书开卷第一回也，作者自云……"经改动后，被移作首回回前总评而保留了下来。但改动有明显不合理处，如以为只要将"此书开卷第一回也"句去掉"书"字就可适用了。其实一字之差，意思根本改变了。原义是"在此书开卷第一回中"，与《凡例》的每段都用"此书"开头一致；经删后变为"这是开卷第一回"的意思了，紧接在第一回回目之后，再这样说，岂非废话！

　　这段从《凡例》移来的文字，因未区别格式，旧时诸本多误作首回正文的开头。近出的本子虽明知非正文，但仍不割弃。原因是以为其中有十分重要的"作者自云"的话。其实，这并不是曹雪芹说过的话，而是脂砚斋对作者文字含意的习惯性解说语。如宝玉梦入太虚幻境，仙姑说有新撰《红楼梦》仙曲十二支，脂砚斋就解说曲道："点题。盖作者自云所历不过红楼一梦耳。""作者自云"都是作者通过自拟的回目或曲名在告诉大家之意，是解说而不是转述作者的话。

　　那么，脂砚的解说没有价值吗？它提供作者"今风尘碌碌，一事无成""半生潦倒"及"茅椽蓬牖，瓦灶绳床"等状况，当然很有价值。但解说作者写书动机就未必是真话了，倒像在替作者打掩护。至于说作者曾有"锦衣纨袴之时，饫甘餍美之日"的"已往"，那只是他并不确知曹家败落时间和雪芹早年实况而想当然说的话，是会误导读者的。这些话与雪芹好友敦诚说"雪芹曾随其先祖（曹）寅织造之任"（曹寅在雪芹降生前十余年已过世）一样，是出于误会。另一位熟知往昔情况的长者批书人畸笏叟（应即作者生父曹𫖯）就从不说此类话。

<u>列位看官</u>[1]：你道此书从何而来？[2] 说起根由，<u>虽近荒唐，细按则深有趣味。</u>[3] 待在下将此来历注明，方使阅者了然不惑。

1. 开场第一句正应如此。今天多说"女士们、先生们"。

2. 书如何写成是楔子须交代的问题。

3. 用荒唐无稽的神话故事来代替说明文表述，自非细心体会其寓意不可。自占地步。自首荒唐，妙！（甲）

原来女娲氏炼石补天^①之时，¹于大荒山无稽崖^②炼成高经十二丈、方经二十四丈顽石三万六千五百零一块。娲皇氏只用了三万六千五百块，³只单单的剩了一块未用，便弃在此山青埂峰^②下。⁴谁知此石自经煅炼之后，灵性已通^③，⁵因见众石俱得补天，独自己无材，不堪入选，遂自怨自叹，日夜悲号惭愧。⁶

一日，正当嗟悼之际，⁷俄见一僧一道远远而来，生得骨格不凡，丰神迥别，⁸说说笑笑，来至峰下，坐于石边，高谈快论：先是说些云山雾海、神仙玄幻之事，后便说到红尘中荣华富贵。此石听了，不觉打动凡心，也想要到人间去享一享这荣华富贵，但自恨粗蠢，不得已，便口吐人言，向那僧道说道："大师，弟子蠢物，⁹不能见礼了！适闻二位谈那人世间荣耀繁华，心切慕之。弟子质虽粗蠢，¹⁰性却稍通，况见二师仙形道体，定非凡品，必有补天济世之材，利物济人之德。如蒙发一点慈心，携带弟子得入红尘，在那富贵场中、温柔乡里受享几年，自当永佩洪恩，万劫不忘也！"二仙师听毕，齐憨笑道："善哉，善哉！那红尘中却有些乐事，但不能永远依恃；况又有'美中不足，好事多磨'八个字紧相连属；瞬息间则又乐极悲生，人非物换；究竟是到头一梦，万境归空，^④¹¹倒不如不去的好。"这石凡心已炽，哪

1. 历来用"补天"一词都表示为国为民做一番大事业，这里也是。有人却以为先写"女娲"是作者重视女性；又或争论所补之"天"是封建主义的天还是情天、离恨天，实已偏离原意。比如说"亡羊补牢"，不过是事后补救之意，若推求羊之雌雄或牢是木栅还是石垒，岂非不得要领？

2. 荒唐也。（甲）无稽也。（甲）批得明白，却有人偏考证大荒山在何处。

3. 总应十二钗。（甲）照应副十二钗。（甲）合周天之数。（甲）作者惯用大观万象视角。后写大出殡，以寓十二生肖为送丧者起名亦同。此处若谓其应十二个月、二十四节气、合人生百年之数，亦可能。

4. 剩了这一块，便生出这许多故事。使当日虽不以此补天，就该去补地之坑陷，使地平坦，而不有此一部鬼话。（甲）此畸笏叟谑语，谓既然不能求功名，成大业，就该去务农、做工、行医，干点实事，如此便不会有《红楼梦》了。"鬼话"是荒唐言，也是过来人的陈迹故事。妙！自谓落堕情根，故无补天之用。（甲）

5. 后有诗曰："却因煅炼通灵后，便向人间觅是非。"煅炼后性方通，甚哉，人生不能学也！（甲）与东坡"人生识字忧患始"同慨。

6. 经科考入仕之路不通，老天待自己太不公平。

7. 接得紧。后人竟增石头"落得逍遥自在，各处去游玩"等语，可笑！

8. 此是真相，后则幻化为癞头、跛足矣。

9. 后石头自指，皆用此谦称。岂敢，岂敢！（甲）

10. 乃形体粗笨重之意，下文"质蠢"义同此。

11. 四句乃一部之总纲。（甲）也不妨视作对书名《红楼梦》最好的解释。

---

① 女娲（wā蛙）氏炼石补天——古代神话：远古时，天塌地陷，大火、洪水、猛兽使百姓遭殃。女娲炼五色石补了天，又消除种种灾祸，百姓得以安生。见《淮南子》《列子》等。女娲，所传"三皇"之一，故又称娲皇。

② 大荒山、无稽崖、青埂峰——虚拟的地名。脂评揭其寓意曰："荒唐也。""无稽也。""自谓堕落情根，故无补天之用。"

③ 灵性已通——此句后，程高本添加上"自去自来，可大可小"八个字，完全违背了作者原意，石头并没有这个本领。添"自去自来"是为了改石头就是神瑛侍者，将两者合二为一；添"可大可小"是因为缺页漏了一大段文字，因而不知大石怎么会变成小小美玉的。

④ "那红尘中……万境归空"四句——脂评以为是全书情节脉络。其中"好事多磨"原作"好事多魔"。据习常用法改。董解元《西厢记》一："真所谓佳期难得，好事多磨。"

里听得进这话去，¹乃复苦求再四。二仙知不可强制，乃叹道："此亦静极思动、无中生有之数也！既如此，我们便携你去受享受享，只是到不得意时，切莫后悔！"石道："自然，自然。"那僧又道："若说你性灵，却又如此质蠢，并更无奇贵之处。如此也只好踮脚而已。也罢！我如今大施佛法，助你助，待劫终之日，复还本质，²以了此案。你道好否？"石头听了，感谢不尽。那僧便念咒书符，大展幻术，将一块大石登时变成一块鲜明莹洁的美玉，³且又缩成扇坠大小的可佩可拿。那僧托于掌上，笑道："形体倒也是个宝物了！还只没有实在的好处，须得再镌上数字，使人一见便知是奇物方妙。⁴然后好携你到那昌明隆盛之邦、诗礼簪缨之族、花柳繁华地、温柔富贵乡①⁵去安身乐业。"石头听了，喜不能禁，乃问："不知赐了弟子哪几件奇处？又不知携了弟子到何方？望乞明示，使弟子不惑。"那僧笑道："你且莫问，日后自然明白的。"说着，便袖了这石，同那道人飘然而去，竟不知投奔何方何舍。⁶

后来，不知又过了几世几劫②，因有个空空道人访道求仙，从这大荒山无稽崖青埂峰下经过，忽见一大块石上字迹分明，编述历历。空空道人乃从头一看，原来就是无材补天，幻形入世③⁷，蒙茫茫大士、渺渺真人⁸携入红尘，历尽离合悲欢、炎凉世态⁹的

1. 事非经过，怎知其中甘苦？自然听不进。

2. 将来由美玉仍变回大石，所不同者，石上多出编述历历的故事。

3. 因此句"变成"前有大段脱漏，后人不见仙僧施术，不知大石如何能缩小，便在本回开头处，添"自去自来，可大可小"等语，纯属妄改。奇诡险怪之文，有如胥苏《石钟》《赤壁》用幻处。（甲）苏轼多髯，故称；有《石钟山记》，前、后《赤壁赋》。

4. 近来从事广告、包装业者，多知此诀窍。妙极！今之金玉其外，败絮其中者，见此大不欢喜。（甲）世上原宜假，不宜真也。谚云："一日卖了三千假，三日卖不出一个真。"信哉！（甲）

5. 伏长安大都。（甲）借旧称，清都为北京。伏荣国府。（甲）簪缨，贵族的冠饰。伏大观园。（甲）伏紫芸轩。（甲）即绛芸轩，贾宝玉居室名。汉成帝初幸赵合德，因她肌体极柔，称之为"温柔乡"。何不再添一句云："择个绝世情痴作主人？"（甲）玉之主人贾宝玉，以"情痴"相称，与甲戌本《凡例》末所题七律用词同。

6. 半途中还要遇见午梦中的甄士隐。从此，据老人们述说而促成作者梦幻般想象早已失落的伊甸园中的风月繁华故事，便由石头来充当亲见亲闻、亲身经历者和记述者了。

7. 作者写贾宝玉极恶科举仕途，是自己无缘补天愧恨的心理在其创造的人物形象上的折射，这一点与蒲松龄颇有相似之处。八字便是作者一生惭恨。（甲）

8. 虚拟僧名、道名。茫茫渺渺，是说非真有二仙。

9. 离合悲欢，不言可知；炎凉世态，只在贾芸向其舅借贷受气一节上略有展现。然此是曹家极痛处，至贾府事败抄没后，必有着力描写文字，故有"势败休云贵，家亡莫论亲"之语。

---

① 从"说说笑笑"到"登时变成"四百二十几个字——这一段文字仅见于甲戌本，其他诸本皆无，当是诸本所依据的最初抄本缺了双面一页所造成的。

② 劫——佛教认为世界经若干万年便要毁灭一次，然后重生，这一周期叫"劫"，又作灾难解。这里义同"世"。

③ 无材补天，幻形入世——补天，喻匡时济世，青史留名的大事业。幻形入世，谓不以真相示世人。

一段故事。后面又有一首偈①云：

> 无材可去补苍天，枉入红尘若许年。[1]
> 此系身前身后事，倩②谁记去作奇传？

诗后便是此石堕落之乡、投胎之处，亲自经历的一段陈迹故事。[2]其中家庭闺阁琐事，以及闲情诗词倒还全备，或可适趣解闷；然朝代年纪、地舆邦国却反失落无考。[3]

　　空空道人遂向石头说道："石兄，你这一段故事，据你自己说有些趣味，故编写在此，意欲问世传奇。据我看来：第一件，无朝代年纪可考；第二件，并无大贤大忠理朝廷、治风俗的善政，[4]其中只不过几个异样女子，或情或痴，或小才微善，亦无班姑、蔡女③之德能。我纵抄去，恐世人不爱看呢！"石头笑答道："我师何太痴也！若云无朝代可考，今我师竟借汉、唐等年纪添缀，又有何难？[5]但我想，历来野史，皆蹈一辙，莫如我这不借此套者，反倒新奇别致。不过只取其事体情理罢了，[6]又何必拘拘于朝代年纪哉！再者，市井俗人喜看理治之书④者甚少，爱看适趣闲文者特多。历来野史，或讪谤君相，或贬人妻女，[7]奸淫凶恶，不可胜数。更有一种风月笔墨⑤，其淫秽污臭，荼毒笔墨⑥，坏人子弟，[8]又不可胜数。至若佳人才子等书，则又千部共出一套，且其中终不能不涉于淫滥，以致满纸潘安、子建、西子、文君⑦。不过作者要写出自己的那两首情诗艳赋来，故假拟出男女二人名姓，又必旁出一小人其间拨乱，亦如剧中之小丑然。[9]且鬟婢开口即'者''也''之''乎'，非文即理。故逐一看去，悉皆自相矛盾、大不近情理之话，竟不如

1. 因而只得借写小说来体现自身价值。惭愧之言，呜咽如闻。（甲）

2. "陈迹故事"四字着眼！非雪芹"亲自经历"，乃前辈们"亲自经历"也。虚拟石头为原始作者正为此，为表明非凭空编造也。

3. 防文字有关碍也。若用此套者，胸中必无好文字，手中断无新笔墨。（甲）据余说，却大有考证。（甲）评语不过说，虚构故事中颇有以可证实事为素材的，不是说读此书非考证不可。

4. 这是将小说视作记述大事的史传或关于表彰忠良贤德、弘扬善政、教化民风的理治之书的迂论。将世人欲驳之腐言预先代人驳尽，妙！（甲）

5. 随便说是某朝代的事，还不容易？所以答得好。（甲）

6. "取其事体情理"六字最重要。

7. 特表明此书非此类。先批其大端。（甲）

8. 作者深恶痛绝如此，有研究者却推断其早年所作《风月宝鉴》大概是色情小说，实难令人置信。

9. 讥贬淫滥佳人才子书，语语犀利。可知此书中的诗词曲赋，必以服务于人物形象塑造为要。

---

① 偈（jì记）——佛经中的颂词。
② 倩（qìng庆，不读qiàn欠）——央求。这句话，让谁抄了去作奇闻流传？
③ 班姑、蔡女——东汉班昭，班固之妹，曾续《汉书》，编《女诫》，被奉为妇德的楷模。东汉蔡琰（文姬），蔡邕之女，史称其作《悲愤诗》，是著名的才女。
④ 理治之书——关于理政治国的书。
⑤ 风月笔墨——写男女情爱的文字。
⑥ 荼毒笔墨——糟蹋文字。
⑦ 潘安、子建、西子、文君——历史上有名的才子佳人。晋潘岳，字安仁，后世又省称"潘安"，文人，美男子。三国曹植，字子建，能七步成诗。西施，春秋时期越国美女。汉卓文君，追求婚姻自由，与司马相如"私奔"，结为夫妻。

我半世亲睹亲闻的这几个女子，虽不敢说强似前代书中所有之人，但事迹原委，亦可以消愁破闷；也有几首歪诗熟话，可以喷饭供酒。至若离合悲欢，兴衰际遇，则又追踪蹑迹，不敢稍加穿凿，徒为供人之目而反失其真传者。¹ 今之人，贫者日为衣食所累，富者又怀不足之心；纵一时稍闲，又有贪淫恋色、好货①寻愁之事，哪里有工夫去看那理治之书！所以，我这一段故事，也不愿世人称奇道妙，也不定要世人喜悦检读，² 只愿他们当那醉余饱卧之时，或避世去愁之际，把此一玩，岂不省了些寿命筋力？就比那谋虚逐妄，却也省了口舌是非之害、腿脚奔忙之苦。再者，亦令世人换新眼目，不比那些胡牵乱扯，忽离忽遇，满纸才人淑女、子建、文君、红娘、小玉②等通共熟套之旧稿。我师意为何如？"³

空空道人听如此说，思忖半晌，将这《石头记》再检阅一遍，⁴ 因见上面虽有些指奸责佞、贬恶诛邪之语，亦非伤时骂世之旨；及至君仁臣良、父慈子孝，凡伦常所关之处，皆是称功颂德，眷眷无穷，实非别书之可比。虽其中大旨谈情，亦不过实录其事，又非假拟妄称，一味淫邀艳约，私订偷盟之可比。因毫不干涉时世，⁵ 方从头至尾抄录回来，问世传奇。因空见色，由色生情，传情入色，自色悟空③，空空道人遂易名为情僧，改《石头记》为《情僧录》。至吴玉峰题曰《红楼梦》④。东鲁孔梅溪则题曰《风月宝鉴》。⁶

1. 这是作者严格遵循的崇高美学原则。《红楼梦》能超越其他小说，这是重要原因，即摒弃一切人为制造的有悖情理的戏剧性效果。开卷一篇立意，真打破历来小说窠臼。阅其笔，则是《庄子》《离骚》之亚。（甲）对此评后一句，另有评以为"太过"，其实只是类比欠妥。

2. 作者非真不愿此书被人称道喜读，乃不肯媚俗也。

3. 以上借空空道人与石头的辩驳，对社会上流行的庸滥低俗小说作了严厉的批判，申明此书与它们截然异趣。自视极高，自信极强，是作者美学观、小说观的重要表述。以后在甄士隐午梦中尚有必要补充。余代空空道人答曰："不独破愁醒盹，且有大益。"（甲）

4. 此处称《石头记》最恰。脂评以为本名。（甲）其实作者同时人多称《红楼梦》，如永忠及其堂叔瑶华道人、明义等皆是。这空空道人也太小心了，想亦世之一腐儒耳。（甲）

5. 脂砚斋笑空空道人太小心，其实他自己也差不多，对"非伤时骂世""毫不干涉时世"等句，都一再批：要紧句。（甲）与其写《凡例》也过多地作此类声明的态度一样。"大旨谈情"的"情"，与作《长生殿》的洪昇所谓"看臣忠子孝，总由情至"的"情"相同，是广义的，非专指男女爱情。

6. 雪芹旧有《风月宝鉴》之书，乃其弟棠村序也。今棠村已逝，余睹新怀旧，故仍因之。（甲）脂评中有署名"梅溪"的批语。这条批语当亦为孔梅溪所加，说明自己为何题这个书名。批语最后两句的意思是："我看到雪芹《石头记》新稿，就不免怀念起他弟弟棠村曾为旧书作序的情景；为了纪念逝者，所以仍沿用了旧书的名称，题曰《风月宝鉴》。"

---

① 好货——爱钱财。

② 红娘、小玉——红娘，唐代元稹《会真记》传奇、元王实甫《西厢记》杂剧中崔莺莺的丫头；小玉，唐蒋防《霍小玉传》中的女主人公。

③ "因空见色"四句——作者借佛家"色空"之言，说出自己的创作过程和感受。大意说，由于幻灭，才想见当年的繁华（因空见色）；从回忆繁华景然而产生激情（由色生情）；再把激情传入"备记风月繁华之盛"的小说（传情入色）；又从记述风月繁华中悟到人生终究是一场梦（自色悟空）。现在出版的很多排印本，都在这四句前加上"从此，空空道人"等字作主语，这是据程高本后增的文字，这些字现存的各种脂评本都没有。但列藏本在四句之后，有"空空道人"主语，这是对的，今从之。

④ 至吴玉峰题曰《红楼梦》——此句诸本皆无，仅见于甲戌本。吴玉峰其人不详。《红楼梦》之名，亦如《石头记》《风月宝鉴》《金陵十二钗》一样，均为小说文字中原有的。

后因曹雪芹于悼红轩中，<u>披阅十载，增删五次，</u>①1纂成目录，分出章回，则题曰《金陵十二钗》，并题一绝云：

> 满纸荒唐言，一把辛酸泪！
> 都云作者痴，谁解其中味？②2

至脂砚斋甲戌抄阅再评，仍用《石头记》③。

出处④既明，且看石上是何故事。按那石上书云：3

当日<u>地陷东南</u>⑤，这东南一隅有处曰<u>姑苏</u>，4有城曰<u>阊门</u>⑥者，最是红尘中一二等富贵风流之地。这阊门外<u>有个十里街，街内有个仁清巷</u>5，巷内有个古庙，因地方窄狭，人皆呼作<u>葫芦庙</u>。6庙旁住着一家<u>乡宦</u>，7姓甄名费，<u>字士隐。嫡妻封氏，情性贤淑，深明礼义</u>。8家中虽不甚富贵，然本地便也推他为望族了。只因这甄士隐禀性恬淡，不以功名为念，每日只以观花修竹、酌酒吟诗为乐，倒是神仙一流

1. 若云雪芹披阅、增删，然则开卷至此，这一篇楔子又系谁撰？足见作者之笔狡猾之甚。后文如此处者不少，这正是作者用画家烟云模糊处，观者万不可被作者瞒蔽了去，方是巨眼。（甲）此批说得明白，雪芹就是《红楼梦》作者，绝不仅仅是什么披阅增删者，可就有人偏要竭力曲解其语意，真非能实事求是者。

2. 注意"满纸"二字，言此书人物、情节皆虚构而成。此是第一首标题诗。（甲）标题诗，标明题目（回目）含义的诗，本拟每回都有，现在只部分有；通常都在回目后、正文前，但首回特殊，因开头至此，只是楔子（自序、引言），故写在它的结尾处、故事正式开始之前。能解者方有辛酸之泪哭成此书。壬午除夕。（甲）壬午年畸笏批最多，从"壬午春"到"壬午重阳"已多达42条，"壬午除夕"应也是署时，且雪芹不死于壬午。书未成，芹为泪尽而逝。余尝哭芹，泪亦待尽。每意觅青埂峰再问石兄，奈不遇癞头和尚？怅怅！今而后，惟愿造化主再出一芹一脂，是书何幸！余二人亦大快遂心于九泉矣！甲申八月泪笔。（甲）甲申（1764）初，雪芹病逝，半年后，脂砚去世。作者亲人畸笏作此批痛悼。"余二人"，畸笏夫妇，即雪芹亲生父母。

3. 从严格意义上说《石头记》应从以下开始。以下石上所记之文。（甲）

4. 是金陵。（甲）评语非日姑苏与金陵同地，乃谓写姑苏是隐指金陵真事。

5. 街巷名皆有谐音义。开口先云"势利"，是伏甄、封二姓之事。（甲）又言"人情"，总为士隐火后伏笔。（甲）

6. 俗话说："不知葫芦里卖的什么药。"糊涂也，故假语从此兴焉。（甲）宋元口语中有"葫芦提"一词，词曲中常用，意即糊涂。

7. 乡宦甄士隐故事，只是全书的缩影。不出荣国大族，先写乡宦小家，从小至大，是此书章法。（甲）

8. 多用谐音，脂砚批"甄"为"真"，"费"为"废"，"士隐"为"托言将真事隐去也"，"封"为"风"。因风俗来。（甲）"等；批"情性"二句为"八字正是日后之香菱，见其根源不凡（甲）"。

---

① 披阅十载，增删五次——作者假托石头将历世见闻写成小说，而自己只作了些披阅、增删工作，脂评揭出这不是真话，小说从头至尾都是作者曹雪芹自己写的。意即花费十年工夫，不断增删修改，五易其稿。

② 解——懂得；领会。

③ "至脂砚斋"句——此句诸本皆无，仅见于甲戌本。应该是脂砚斋"再评"后添加的，因先前已有诸公之评，故称"再评"或"重评"。甲戌，乾隆十九年（1754），距曹雪芹逝世尚有十年。

④ 出处——诸本多作"出则"，不通。吴恩裕考此为"处"简笔字形讹化作草体"则"字，是。今从甲辰本。

⑤ 地陷东南——古代神话：共工争夺帝位，怒触不周山，使天倾西北，地陷东南，故日月星辰西移，江河之水东流。见《淮南子》。

⑥ 姑苏、阊门——苏州别名姑苏，此指苏州府辖境。苏州之西北门曰阊门，此指代苏州城。

人品。[1]只是一件不足：如今年已半百，膝下无儿，只有一女，乳名英莲，年方三岁。[2]

一日，炎夏永昼，士隐于书房闲坐，至手倦抛书，伏几少憩，不觉朦胧睡去。梦至一处，不辨是何地方。忽见那厢来了一僧一道，[3]且行且谈。只听道人问道："你携了这蠢物，意欲何往？"那僧笑道："你放心，如今现有一段风流公案正该了结。这一干风流冤家，尚未投胎入世。趁此机会，就将此蠢物夹带于中，[4]使他去经历经历。"那道人道："原来近日风流冤孽又将造劫历世去不成？但不知落于何方何处？"那僧笑道："此事说来好笑，竟是千古未闻的罕事：只因西方灵河岸上三生石畔有绛珠草一株，时有赤瑕宫[5]神瑛侍者①，日以甘露灌溉，这绛珠草便得久延岁月。后来既受天地精华，复得雨露滋养，遂得脱却草胎木质，得换人形，仅修成个女体，终日游于离恨天②外，饥则食蜜青果为膳，渴则饮灌愁海③水为汤。只因尚未酬报灌溉之德，[6]故其五衷④便郁结着一段缠绵不尽之意。[7]恰近日神瑛侍者凡心偶炽，乘此昌明太平朝世，意欲下凡造历幻缘，已在警幻仙子[8]案前挂了号。警幻亦曾问及，灌溉之情未偿，趁此倒可了结的。

1. 先写其安居乐业。自是羲皇上人，便可作是书之朝代年纪矣。总写香菱根基原与正十二钗无异。（甲）

2. 记清，是三岁。所谓"美中不足"也。（甲）此前二仙劝告石头语。起名有谐音隐义：设云"应怜"也。（甲）

3. 将楔子与正文联结起来，是作者一大创造。是方从青埂峰袖石而来也，接得无痕。（甲）

4. 石头是被"夹带"下凡的。后人妄改，将石头、神瑛侍者、宝玉三者合一，完全改变了作者让石头成为主人公"随行记者"的立意。

5. 按"瑕"字本注："玉小赤也，又玉有病也。"以此命名确极。（甲）后人改"赤瑕"为"赤霞"，遂失去作者虚拟宫名的寓意。

6. 后四十回续作写黛玉误会宝玉薄幸，遂怀恨而殁。观此，知绛珠还泪本为报答神瑛甘露之惠，若以怨报德，如何证得前缘？

7. 如此大恩大德不报，情何以了？以顽石草木为偶，实历尽风月波澜，尝遍情缘滋味，至无可如何，始结此木石因果，以泄胸中恺郁。古人之"一花一石如有意，不语不笑能留人"，此之谓耶？（甲）脂评所引古人诗，乃唐刘长卿戏赠女尼之诗，其中"一花一石"原作"一花一竹"。

8. 一个关键性的非现实人物，名因写作意图而起。

① 西方灵河岸上三生石、绛珠草、赤瑕宫神瑛侍者——西方，指天竺（印度），佛教发源地。灵河，指恒河，人称"圣水"。三生石，喻因缘前定。唐李源与圆观交好。圆观临死，约卒十二年后中秋在杭州天竺寺外相见。后李源如约，遇一牧童唱道："三生石上旧精魂，赏月吟风不要论。惭愧情人远相访，此身虽异性常存。"即圆观之后身。见唐袁郊《甘泽谣》。绛珠草，虚拟的仙草，隐"血泪"二字。赤瑕宫神瑛侍者，虚拟的仙宫、神仙，"神瑛"可解作通灵的如美玉的石头。瑛，美石如玉。侍者，长老左右听使唤的人，佛家多用。从仙僧的话看，"赤瑕宫神瑛侍者"显然不可能是他袖中的"蠢物"石头。但程高本却妄改成："只因当年这个石头，娲皇未用，自己却落得逍遥自在，各处去游玩。一日来到警幻仙子处，那仙子知他有些来历，因留他在赤霞宫中，名他为赤霞宫神瑛侍者。……"

② 离恨天——俗传天之最高层，喻悲哀气氛笼罩之处。《西厢记》："这的是兜率宫，休猜做了离恨天。"

③ 蜜青果、灌愁海——虚拟的果名、海名。"蜜青"谐音"秘情"。

④ 五衷——亦称五内，五脏，实指内心。

那绛珠仙子道:'他是甘露之惠,我并无此水可还。他既下世为人,我也去下世为人,但把我一生所有的眼泪还他,也偿还得过他了。'¹因此一事,就勾出多少风流冤家²来陪他们去了结此案。"那道人道:"果是罕闻。实未闻有'还泪'之说。想来这一段故事,比历来风月故事更加琐碎细腻了。"那僧道:"历来几个风流人物,不过传其大概,以及诗词篇章而已;至家庭闺阁中一饮一食,总未述记。再者,大半风月故事,不过偷香窃玉,暗约私奔而已,并不曾将儿女之真情发泄一二。³想这一干人入世,其情痴色鬼、贤愚不肖者,悉与前人传述不同矣!"那道人道:"趁此你我何不也去下世度脱几个,岂不是一场功德?"那僧道:"正合吾意。你且同我到警幻仙子宫中,将这蠢物交割清楚,⁴待这一干风流孽鬼下世已完,你我再去。如今虽已有一半落尘,然犹未全集。"⁵道人道:"既如此,便随你去来。"

却说甄士隐俱听得明白,但不知所云"蠢物"系何东西。遂不禁上前施礼,笑问道:"二仙师请了。"那僧道也忙答礼相问。士隐因说道:"适闻仙师所谈因果,实人世罕闻者。但弟子愚浊,不能洞悉明白,若蒙大开痴顽,备细一闻,弟子则洗耳谛听,稍能警省,亦可免沉沦之苦。"二仙笑道:"此乃玄机不可预泄者。到那时,只不要忘了我二人,便可跳出火坑矣。"⁶士隐听了,不便再问,因笑道:"玄机不可预泄,但适云'蠢物',不知为何,或可一见否?"那僧道:"若问此物,倒有一面之缘①。"说着,取出递与士隐。士隐接了看时,原来是块鲜明美玉,上面字迹分明,镌着"通灵宝玉"四字,后面还有几行小字。⁷正欲细看时,那僧便说:"已到幻境!"⁸便强从手中夺了去,与道人竟过一大石牌坊,那牌坊上书四个大字,乃是"太

1. 欲还甘露水,非爱之泪不可。历来小说可曾有此句?千古未闻之奇文。(甲)知眼泪还债,大都作者一人耳。余亦知此意,但不能说得出。(甲)后诗僧苏曼殊套张籍《节妇吟》赠某女子曰:"还卿一钵无情泪,恨不相逢未剃时。"

2. 余不及一人者,盖全部之主惟二玉二人也。(甲)

3. 展示现实画面,描绘广阔生活场景,是《红楼梦》最大的特色。历来小说只着眼于故事情节,不看重生活。

4. 看清!这是要将袖中的石头交给专司情案的警幻仙子,让警幻命即将下凡的神瑛侍者"夹带"它入世。若如后人妄改为石头早已自己去到警幻处当了神瑛侍者,那么此时仙僧袖中袖的是什么?"将这蠢物交割清楚"又是什么意思?

5. 有比贾宝玉早出生的,也有晚出生的,故言"一半"。若从头逐个写去,成何文字?《石头记》得力处在此。丁亥春。(甲)甲戌底本正文最早,最少后人改动;脂评有晚过录者,多删所署时、号,此处未删"丁亥春",是漏网之鱼。

6. 与后来甄士隐闻跛足道人唱《好了歌》而彻悟相照应。

7. 凡三四次始出明玉形,隐屈之至。(甲)必待现在宝钗细看时才和盘托出,连几行小字也清楚了。

8. 又点幻字,云书已入幻境矣。(甲)

---

① 一面之缘——只有石头与甄士隐见过面,石头经历的故事从甄士隐叙述起才合情理。

虚幻境"①。两边又有一副对联，道是：

<blockquote>假作真时真亦假，无为有处有还无。②</blockquote>

士隐意欲也跟了过去，方举步时，忽听一声霹雳，有若山崩地陷。士隐大叫一声，定睛一看，只见烈日炎炎，芭蕉冉冉，所梦之事，便忘了对半。¹又见奶母正抱了英莲走来。士隐见女儿越发生得粉妆玉琢，乖觉可喜，便伸手接来，抱在怀内，逗她玩耍一回；又带至街前，看那过会的热闹。方欲进来时，只见从那边来了一僧一道。那僧则癞头跣脚，那道则跛足蓬头，疯疯癫癫，挥霍③谈笑而至。²及至到了他门前，看见士隐抱着英莲，那僧便哭起来，³又向士隐道："施主，你把这有命无运、累及爹娘⁴之物，抱在怀内作甚？"士隐听了，知是疯话，也不去睬他。那僧还说："舍我罢，舍我罢！"士隐不耐烦，便抱女儿撒身进去。那僧乃指着他大笑，⁵口内念了四句言词，道是：

<blockquote>惯养娇生笑你痴，菱花空对雪澌澌。④
好防佳节元宵后⑤，便是烟消火灭时。⁶</blockquote>

士隐听得明白，心下犹豫，意欲问他们来历。只听道人说："你我不必同行，就此分手，各干营生去罢。三劫后，我在北邙山⑥等你，会齐了，同往太虚幻境销号。"那僧道："妙，妙，妙！"说毕，二人一去再不见个踪影了。士隐心中此时自忖：这两个人必有来历，该试一问，如今悔却晚也！

1. 白日梦如此醒法。醒得无痕，不落旧套。（甲）妙极！若记得，便是俗笔了。（甲）

2. 暗接士隐梦境，所异者，一僧一道外形甚秽。所谓"万境都如梦境看"也。（甲）

3. 奇怪，所谓情僧也。（甲）僧知被抱小儿将遭大不幸是实，但竟写僧哭是想不到之文。

4. "命运"一词若分开来说，命是出生时的条件，运是后来的遭遇。八个字屈死多少英雄？屈死多少忠臣孝子？屈死多少仁人志士？屈死多少词客骚人？今又被作者将此一把眼泪洒与闺阁之中，见得裙钗尚遭逢此数，况天下之男子乎？（甲）看他所写开卷第一个女子，便用此二语以订终身，则知托言寓意之旨，谁谓独寄兴于一"情"字耶？（甲）武侯之三分、武穆之二帝，二贤之恨及今不尽，况今之草芥乎？（甲）家国君父事有大小之殊，其理其运其数则略无差异。知运知数者，则必谅而后叹也。（甲）只八字有脂评如此，可见此书以儿女笔墨寄托着作者对人生对社会的大感慨。

5. 刚才还哭，随即大笑，举止之夸张，突显非俗世僧人。其所笑者，天下父母之痴心也。

6. 曹家事败、甄家祸起，都发生在元宵前后，不知小说原稿后半部中贾府遭巨变是否亦与之有关。参见注释⑤。

---

① 太虚幻境——虚拟的仙境。意谓虚无缥缈的境界。

② "假作真时"一联——把假的当作真的，真的也就成了假的；把没有的当作有的，有的也就成为没有的了。此联亦见于第五回，两次重出是着意强调。作者用高度概括的哲理诗语言，提醒大家读本书要辨清什么是真的、有的，什么是假的、无的，理解彼此的辩证关系，才不至于惑于假象而迷失真意。当然，也还有贾、甄对照互补的含义在。

③ 挥霍——动作轻疾的样子。

④ "菱花"句——菱花，隐指英莲，她后来叫香菱。空对，有不幸碰上的意思。雪，谐"薛"，隐指后纳香菱为妾的薛蟠。澌澌，状声词，形容雪盛。菱于夏日开花，而竟遇雪，喻生不逢时，遇又非偶，必遭摧残，亦即所谓"有命无运"。

⑤ "好防"句——脂评："'前''后'一样，不直云'前'而云'后'，是讳知者。"这是指出作者用家事作素材处：雍正五年十二月二十四日，皇上亲谕江南总督范时绎查抄曹頫家产，将文书行程须时计算在内，实际被抄时间恰为雍正六年元宵前夕。但书中说"元宵后"，是免"知者"看出，故将真事略去。

⑥ 北邙山——即邙山，在今河南洛阳市北，汉魏时，王侯公卿多葬于此，后常泛指墓地。此隐指人的一生过完时，故曰"三劫后"，脂评释曰："佛以世为劫。凡三十年为一世。三劫者，想以九十春光寓言也。"

这士隐正痴想，忽见隔壁[1]葫芦庙内寄居的一个穷儒——姓贾名化，表字时飞，别号雨村[2]者走了出来。这贾雨村原系胡州①人氏，也是诗书仕宦之族，因他生于末世，父母祖宗根基一尽，人口衰丧，只剩得他一身一口，在家乡无益，因进京求取功名，再整基业。自前岁来此，又淹蹇②住了，暂寄庙中安身，每日卖字作文为生，故士隐常与他交接。[3]当下雨村见了士隐，忙施礼陪笑道："老先生倚门伫望，敢是街市上有甚新闻否？"士隐笑道："非也。适因小女啼哭，引她出来作耍，正是无聊之甚；兄来得正妙，请入小斋一谈，彼此皆可消此永昼。"说着，便令人送女儿进去，自携了雨村来至书房中。小童献茶。方谈得三五句话，忽家人飞报："严老爷来拜。"[4]士隐慌得忙起身谢罪道："恕诳驾③之罪！略坐，弟即来陪。"雨村忙起身亦让道："老先生请便，晚生乃常造之客，稍候何妨。"[5]说着，士隐已出前厅去了。

这里雨村且翻弄书籍解闷。忽听得窗外有女子嗽声，雨村遂起身往窗外一看，原来是一个丫鬟，在那里掐花。生得仪容不俗，眉目清朗，[6]虽无十分姿色，却亦有动人之处。[7]雨村不觉看得呆了。那甄家丫鬟掐了花，方欲走时，猛抬头见窗内有人，敝巾旧服，虽是穷贫，然生得腰圆背厚，面阔口方；更兼剑眉星眼，直鼻权腮④。[8]这丫鬟忙转身回避，心下乃想："这人生得这样雄壮，却又这样褴褛，想他定是我家主人常说的什么贾雨村了，每有意帮助周济，只是没甚机会。我家并无这样贫穷亲友，想定系此人无疑了。怪道又说他必非久困之人。"如此想来，不免又回头两次。[9]雨村见她回了头，便自谓这女子心中有意于他，便狂喜不禁。自谓此女子必是个巨眼英豪，风尘中之知己也。[10]一时小童进来，雨村打听得前面

1. "隔壁"二字极细极险，记清。（甲）

2. 姓名谐音：假话，妙。（甲）实非，妙。（甲）雨村者，村言粗语也。言以村粗之言，演出一段假话也。（甲）言"雨村"谐音义不确，见"题解"说明。

3. 初写雨村，谋生之计亦属正当。又夹写士隐实是翰林文苑，非守钱房也。直灌入《慕雅女雅集苦吟诗》一回。（甲）即第四十八回，写香菱学诗，谓其有家学渊源。

4. 用"飞报"二字，即可想见来者必是有权势者，故下文接"士隐慌得忙起身谢罪"等语。脂评谐"严"姓：炎也。炎既来，火将至矣。（甲）

5. 雨村人情通达，言行豁达大方。

6. 八字足矣。（甲）

7. 更好。这便是真正情理之文。可笑近之小说中满纸羞花闭月等字。这是雨村目中，又不与后之人相似。（甲）作者艺术分寸感把握得恰到好处。

8. 是莽操遗容。（甲）批书人已知雨村后来作为，以为奸诈乃其天性，故将一穷书生预先视之为王莽、曹操。最可笑世之小说中，凡写奸人则用鼠耳鹰腮等语。（甲）

9. 丫鬟所想与举止合情合理，并无明显失当处，也无明显倾向性，却由此反映出主人士隐平日对雨村的观感。这方是女儿心中意中正文。又最恨近之小说中满纸红拂、紫烟。（甲）

10. 雨村所想虽是一厢情愿，不免有几分可笑，但也是常理。写出他对丫鬟的好感和不甘久居人下的自负心态。

---

① 胡州——虚拟地名，脂评谓其谐音"胡诌"。后人改为"湖州"，非。从甲戌本。
② 淹蹇（jiǎn简）——即偃蹇，困顿，滞留。
③ 诳驾——骗了您前来，不能奉陪的歉词。
④ 权腮——颧骨长得高，命相学以为贵。

留饭，不可久待，遂从夹道中自便，出门去了。士隐待客既散，知雨村自便，也不去再邀。

一日，早又中秋佳节。士隐家宴已毕，乃又另具一席于书房，却自己步月至庙中来邀雨村。¹原来雨村自那日见了甄家之婢曾回顾他两次，自谓是个知己，便时刻放在心上。今又正值中秋，不免对月有怀，因而口占五言一律云：²

　　未卜三生愿，频添一段愁。
　　闷来时敛额，行去几回头。
　　自顾风前影，谁堪月下俦？
　　蟾光如有意，先上玉人楼①。

雨村吟罢，因又思及平生抱负苦未逢时，乃又搔首对天长叹，复高吟一联云：

　　玉在椟中求善价，钗于奁内待时飞。②³

恰值士隐走来听见，笑道："雨村兄真抱负不浅也！"雨村忙笑道："岂敢！不过偶吟前人之句，何敢狂诞至此！"因问："老先生何兴至此？"士隐笑道："今夜中秋，俗谓'团圆之节'，想尊兄旅寄僧房，不无寂寞之感，故特具小酌，邀兄到敝斋一饮，不知可纳芹意③否？"雨村听了，并不推辞，便笑道："既蒙谬爱，何敢拂此盛情！"⁴说着，便同了士隐复过这边书院中来。

须臾茶毕，早已设下杯盘，那美酒佳肴，自不必说。二人归坐，先是款斟漫饮，次渐谈至兴浓，不觉飞觥限斝④起来。当时街坊上家家

1. 待雨村诚意如此，可知士隐非势利辈。写士隐爱才好客。（甲）

2. 这是第一首诗。后文香奁闺情皆不落空。余谓雪芹撰此书，中亦有传诗之意。（甲）此批后半很重要，常被研究者引用，但断句必如此方合古人行文习惯。又其中"有"原作"为"；吴恩裕以为"为"乃"有"字行书之讹抄，极是。"第一首诗"，指人物情节中的诗。"香奁"，多裙钗脂粉之语的诗体，唐韩偓有《香奁集》。

3. 脂评还以为此联有隐说宝玉、宝钗的寓意。表过黛玉则紧接上宝钗。前用二玉合传，今用二宝合传，自是书中正眼。（甲）此批若非牵强，或谓宝玉未公开表白，欲求真正知音；宝钗能安分守时，可待青云直上。有研究者因联中"时飞"二字偶与贾雨村表字（书中交代后再不提到）相同，遂有宝钗后来嫁雨村之探佚说，实属求之过深而引起的误会。"时飞"若是人名，岂非"善价"亦当是人名，方合对仗要求？且后来宝玉出家，弃妻宝钗而为僧，已有定论，如何容得下这样的怪论？读此书须顾到方方面面，慎防钻牛角尖。

4. 雨村毫不拘谨，给读者印象不错。此庸手难及处。作者塑造人物形象，总不用脸谱式、标签式的描绘。写雨村豁达，气象不俗。（甲）

① "未卜三生愿"一首——首句说，不能预知自己求偶的心愿能否实现。"一段愁"用李白《长门怨》"月光欲到长门殿，别作深宫一段愁"诗意，切"对月"。三、四句闷时皱眉是说自己，离去回头是说甄家丫头。五、六句自惭潦倒，不堪寻偶。"月下俦"，月下老人结成的伴侣，配偶。末二句是希望之词，借月光光照美人居处，说自己一朝"蟾宫折桂"，谋得功名，当先去求婚。

② "玉在椟中"一联——玉盛在木匣中，等人出大价钱才卖；钗放在化妆盒里，伺机要飞向天上。椟（dú 读），木柜、木匣。此联见雨村自命不凡，自高身价，欲求当权者赏识，伺机飞黄腾达。上句典出《论语·子罕》，下句事出托名郭宪《洞冥记》。

③ 芹意——有乡民以为芹菜味美，献给乡豪，乡豪却觉得难吃。后用"献芹""美芹""芹意"等词谦称自己的一番心意。事见《列子》。

④ 飞觥（gōng 工）限斝（jiǎ 假）——举酒限杯。觥、斝，皆古时盛酒器皿。

箫管，户户弦歌。当头一轮明月，飞彩凝辉，¹二人愈添豪兴，酒到杯干。雨村此时已有七八分酒意，狂兴不禁，乃对月寓怀，口号一绝云：

> 时逢三五便团圆，满把晴光护玉栏。
> 天上一轮才捧出，人间万姓仰头看。^{①2}

士隐听了，大叫："妙哉！吾每谓兄必非久居人下者，今所吟之句，飞腾之兆已见，不日可接履于云霓之上矣。可贺！可贺！"乃亲斟一斗为贺。雨村因干过，叹道："非晚生酒后狂言，若论时尚之学^②，晚生也或可去充数沽名，³只是目今行囊、路费一概无措，神京路远，非赖卖字撰文可能到者。"士隐不待说完，便道："兄何不早言。愚每有此心，但每遇兄时，兄并未谈及，愚故未敢唐突。今既及此，愚虽不才，'义利'二字却还识得^③。且喜明岁正当大比，兄宜作速入都，春闱^④一战，方不负兄之所学也。其盘费余事，弟自代为处置，亦不枉兄之谬识矣！"当下即命小童进去，速封五十两白银，并两套冬衣。又云："十九日乃黄道之期，兄可即买舟西上，待雄飞高举，明冬再晤，岂非大快之事耶？"⁴雨村收了银衣，不过略谢一语，并不介意，仍是吃酒谈笑。⁵那天已交三鼓，二人方散。

士隐送雨村去后，回房一觉，直至红日三竿方醒。因思昨夜之事，意欲再写两封荐书，与雨村带至神京，使雨村投谒个仕宦之家，为寄足之地。⁶因使人过去请时，那家人去了回来说："和尚说，贾爷今日五鼓已进京去了，也曾留下话与和尚转达老爷，说'读书人不在黄道黑道，总以

1. 寥寥数语，如见夜市欢歌，良宵美景。

2. 向往能出人头地的意识，会自然表露。奸雄心事，不觉露出。（甲）

3. 虽说非酒后狂言，然自负自诩之言，必借酒说出方更入情理。脂批评"时尚之学"：四字新而含蓄最广，若必指明，则又落套矣。（甲）

4. 写士隐如此豪爽，又全无一些粘皮带骨之气相，愧杀近之读书假道学矣。（甲）

5. 常言大恩不言谢。初读此数句，总以为雨村日后得意之时，必涌泉以报。岂知不然！是不是作者借此在告诉读者知人之难的道理呢？写雨村真是个英雄。（甲）

6. 此时竭力写士隐照顾周到，恩德不浅，反跌后来。

---

① "时逢三五"一首——前两句谓月逢十五而圆，光辉洒遍玉栏杆。后两句被视为"飞腾之兆"。宋太祖赵匡胤未显贵时，有《咏月》诗云："未离海底千山黑，才到中天万国明。"徐铉以为已见帝王之兆。见宋代陈师道《后山诗话》。贾诗仿此。
② 时尚之学——指考科举用的试帖诗、八股文之类。
③ "义利"二字却还识得——儒家以为君子懂得道义，小人只懂货利（钱财）。这里说识得此二字，意即知道应重道义而轻钱财的道理。
④ 大比、春闱——考科举分院试（府县）、乡试（省）、会试（全国）三级。考取者分别为生员（秀才）、举人、贡士（经殿试后，赐进士出身）。乡试、会试三年一次，又称"大比"。乡试在秋季，称"秋闱"；会试在春季，称"春闱"。闱，指考场。

事理为要，不及面辞了'。"[1]士隐听了，也只得罢了。

　　真是闲处光阴易过，倏忽又是元宵佳节矣。士隐命家人霍启[2]抱了英莲去看社火花灯，半夜中，霍启因要小解，便将英莲放在一家门槛上坐着。待他小解完了，来抱时，哪有英莲的踪影?[3]急得霍启直寻了半夜，至天明不见。那霍启也就不敢回来见主人，便逃往他乡去了。

　　那士隐夫妇，见女儿一夜不归，便知有些不妥，再使几个人去寻找，回来皆云连音响皆无。夫妻二人半世只生此女，一旦失落，岂不思想。因此昼夜啼哭，几乎不曾寻死。[4]看看一月，士隐先就得了一病。当时，封氏孺人也因思女构疾，日日请医疗治。

　　不想这日三月十五，葫芦庙中炸供①，那些和尚不加小心，致使油锅火逸，便烧着窗纸。此方人家多用竹篱木壁者，[5]大抵也因劫数，于是接二连三，牵五挂四，将一条街烧得如火焰山一般。[6]彼时虽有军民来救，那火已成了势，如何救得下去！直烧了一夜，方渐渐熄去，也不知烧了几家。只可怜甄家在隔壁，早已烧成一片瓦砾场了，只有他夫妇并几个家人的性命不曾伤了。[7]急得士隐惟跌足长叹而已。只得与妻子商议，且到田庄上去安身。偏值近年水旱不收，鼠盗蜂起，无非抢粮夺食，鼠窃狗偷，民不安生，因此官兵剿捕，难以安身。士隐只得将田庄都折变了，便携了妻子与两个丫鬟投他岳丈家去。

　　他岳丈名唤封肃，本贯大如州②人氏，[8]虽是务农，家中却还殷实。今见女婿这等狼狈而来，心中便有些不乐。幸而士隐还有折变田地的银子未曾用完，拿出来托他随分就价，薄置些须房地，为后日衣食之计。那封肃便半哄半赚，些须与他

1. 写雨村真令人爽快。（甲）至此，雨村的故事暂告一段落。细想作者描写人物的方法，实在可以得到极大的启发。

2. 谐音：妙，祸起也。此因事而命名。（甲）

3. 从此，英莲坠入苦海矣！难怪她的名字谐音"真应怜"。有一事可思：前面写到英莲时说她"年方三岁"，到元宵节则是四岁。敦诚甲申年挽诗称曹雪芹"四十年华付杳冥"，从此推算，曹家被抄没时雪芹也恰好四岁。二人同样可怜地被改变了命运。这不知是有意隐写还是偶然巧合。

4. 失去心爱人之痛，对后来的宝玉来说，有象征性。

5. 最怕发生火灾。写出南直召祸之实病。（甲）谓有炸供风俗、民居多用竹木建造，故易燃而招祸。今江苏、安徽一带，明朝时直隶南京，称南直隶，简称南直。

6. 此"连络有亲"的家族政治集团"一损皆损"的艺术象征。

7. 曹頫被抄家后，家产人口全部没收，唯余妻孥等亲人及为赡养"两代孀妇"（曹寅、曹颙之妻）所需而照顾发还的三对奴仆。

8. 还用谐音寓意。托言大概如此之风俗也。（甲）

---

　　① 炸供——用油炸供神的食品。
　　② 大如州——虚拟的地名。

些薄田朽屋。士隐乃读书之人，不惯生理稼穑等事，勉强支持了一二年，越觉穷了下去。封肃每见面时，便说些现成话，且人前人后又怨他们不善过活，只一味好吃懒做等语。¹士隐知投人不着，心中未免悔恨；再兼上年惊唬，急忿怨痛，已伤暮年之人，贫病交攻，竟渐渐露出那下世的光景来。

可巧这日拄了拐，挣挫到街前散散心时，忽见那边来了一个跛足道人，疯狂落拓，麻屣鹑衣①，口内念着几句言词，道是：

> 世人都晓神仙好，惟有功名忘不了。
> 古今将相在何方？荒冢一堆草没了！
> 世人都晓神仙好，只有金银忘不了。
> 终朝只恨聚无多，及到多时眼闭了！
> 世人都晓神仙好，只有姣妻忘不了。
> 君生日日说恩情，君死又随人去了！
> 世人都晓神仙好，只有儿孙忘不了。
> 痴心父母古来多，孝顺儿孙谁见了？²

士隐听了，便迎上来道："你满口说些什么？只听见些'好''了''好''了'。"那道人笑道："你若果听见'好''了'二字，还算你明白。可知世上万般，好便是了，了便是好。若不了，便不好；若要好，须是了。³我这歌儿便名《好了歌》。"士隐本是有宿慧的，一闻此言，心中早已彻悟。因笑道："且住！待我将你这《好了歌》解注出来何如？"道人笑道："你解，你解。"士隐乃说道：

> 陋室空堂，当年笏满床；衰草枯杨，曾为歌舞场。蛛丝儿结满雕梁，绿纱今又糊在蓬窗上。说什么脂正浓、粉正香，如何两鬓又成霜？昨日黄土陇头送白骨，今宵红灯帐底卧鸳鸯。金满箱，银满箱，展眼乞丐人皆谤。正叹他人命不长，哪知自

1. 此等人何多之极！（甲）所谓"家亡莫论亲"也。

2. "好了歌"是作者借通俗歌谣形式对当时社会现象和人们观念中最有代表性的几个方面所作的批判。有概括性，又容易被广泛接受；这与歌词植根于人民大众中有关。但究其思想，谈不上深刻，也并不新颖，倒与其凡事"到头一梦，万境归空"的虚无悲观思想一致。

3. 禅学机锋，说来如绕口令。

———————————
① 麻屣（xǐ喜）鹑（chún纯）衣——麻鞋破衣。衣衫褴褛百结，状如鹑鹑之尾秃，故谓。

已归来丧！训有方，保不定日后作强梁。择膏粱，谁承望流落在烟花巷！因嫌纱帽小，致使锁枷扛。昨怜破袄寒，今嫌紫蟒长。乱烘烘你方唱罢我登场，反认他乡是故乡。甚荒唐，到头来都是为他人作嫁衣裳！①1

那疯跛道人听了，拍掌笑道："解得切！解得切！"士隐便说一声："走罢！"将道人肩上褡裢抢了过来背着，2竟不回家，同了疯道人飘飘而去。

当下哄动街坊，众人当作一件新闻传说。封氏闻得此信，哭个死去活来，只得与父亲商议，遣人各处访寻，哪讨音信？无奈何，少不得依靠着她父母度日。幸而身边还有两个旧日的丫鬟服侍，主仆三人，日夜做些针线发卖，帮着父亲用度。那封肃虽然日日抱怨，也无可奈何了。3

这日，那甄家的大丫鬟在门前买线，忽听得街上喝道之声，众人都说新太爷到任。丫鬟于是隐在门内看时，只见军牢快手一对一对地过去。俄而，大轿内抬着一个乌帽猩袍的官府过去。4丫鬟倒发了个怔，自思："这官好面善，倒像在哪里见过的？"于是进入房中，也就丢过，不在心上。5至晚间，正该歇息之时，忽听一片声打得门响，许多人乱嚷说："本府太爷差人来传人问话！"封肃听了，唬得目瞪口呆，不知有何祸事。〔且听下回分解。〕

1. 甄士隐解注好了歌更详，脂评也多，唯见于甲戌本。其中侧批已于注释①中引用，再录眉批如下："陋室……蓬窗上"：先说场面，忽新忽败，忽丽忽朽，已见得反覆不了。"说什么……卧鸳鸯"：一段妻妾迎新送死，倏恩倏爱，倏痛倏悲，缠绵不了。"金满箱……归来丧"：一段石火光阴，悲喜不了；风露草霜，富贵嗜欲，贪婪不了。"训有方……烟花巷"：一段儿女死后无凭，生前空为筹画计算，痴心不了。"因嫌……紫蟒长"：一段功名升黜无时，强夺苦争，喜惧不了。"乱烘烘……嫁衣裳"：总收古今亿兆痴人，共历此幻场幻事，扰扰纷纷，无日可了。眉批亦见于梦觉（甲辰）本。此等歌谣原不宜太雅，恐其不能通俗，故只此便妙极。其说得痛切处，又非一味俗语可到。（甲）

2. "走罢"二字，真悬崖撒手，若个能行？（甲）佚稿宝玉出家一回叫"悬崖撒手"；此批说甄士隐如此主动、决绝，真像后来的贾宝玉啊！别人谁做得到？若与后来续书写宝玉出家，依依难舍，被僧道喝断，挟持而去的情景对照起来看，是很有意思的。

3. 不怜恤，反抱怨，其人可知；是女儿，故无可奈何。甄士隐故事至此了结。下文雨村娶娇杏是对比，也是余波。

4. 先不说是谁，好！雨村别来无恙否？可贺，可贺！（甲）所谓"乱烘烘你方唱罢我登场"是也。（甲）

5. 是曾回头多看了两眼的人，丢过为是，当时便未留情。是无儿女之情，故有夫人之分。（甲）

---

① 《好了歌》解注一首——脂评以为"当年笏满床"指"宁、荣未有之先"；"衰草枯杨"二句指"宁、荣既败之后"。笏，大臣朝见皇帝时拿的用以指画、记事用的板子。"蛛丝儿"句，脂评："潇湘馆、紫芸轩等处。"可见黛玉、宝玉居处，人去室空。"绿纱"句，脂评："雨村等一干新荣暴发之家。""说什么……又成霜？"两句，脂评："宝钗、湘云一干人。""昨日"句，脂评："黛玉、晴雯一干人。""今宵"句，脂评："熙凤一干人。""金满箱"三句，脂评："甄玉、贾玉一干人。"可知原稿后来有甄宝玉、贾宝玉沦为"乞丐"情节。"正叹"两句，脂评无批或漏抄，"命不长"者如元春、迎春、香菱皆是。"保不定"句，脂评："言父母死后之日。"又曰："柳湘莲一干人。"柳湘莲人空门前，行侠江湖，凭武艺称雄，此亦"强梁"之意，非必定是做强盗。"择膏粱"两句，当指巧姐无疑。她选富家子弟为婿而结果沦为娼妓。"因嫌"两句，脂评："贾赦、雨村一干人。"可知他们是获重罪坐牢或流配的。"昨怜"两句，脂评："贾兰、贾菌一干人。"紫蟒，紫色蟒袍，贵官公服。贾菌续书中未及，原稿中有。"乱烘烘"句，脂评："总收。""反认"句，脂评："太虚幻境、青埂峰一并结住。"末句喻为别人忙碌，自己没得到好处。唐代秦韬玉《贫女》诗："苦恨年年压金线，为他人作嫁衣裳。"

【总评】

　　曹雪芹写的《红楼梦》原来就是像此评注本这样开头的。

　　作者先说"此书从何而来"或叫"出处"，实际上就是交代创作的动机和素材的来源。因为主客观条件都不允许作者通过科考，获取功名，去做一番被喻作"补天"的安邦治国、青史留名的大事业，但他又不甘于埋没，所以只好以写小说传世来显现自身的价值。他自信写出来的小说会远远胜过历来的"稗官野史""佳人才子等书"，这才不惜花费十年时间，五易其稿，投入了大量的精力和感情来完成它。所以，从开头到曹雪芹成书后自题一绝为止的大篇文字，通常称其为"楔子"，也就是引子，是故事情节正式开始前的必要交代，近乎作者自序或前言；只是作者别出心裁地摒弃了通常用说明文写序的老套，而改用石头撰书的故事来表述而已。

　　《红楼梦》从故事情节、活动环境到人物形象都是虚构的，即所谓"满纸荒唐言"。但它的基础，即素材来源、兴衰轨迹和种种感受，都来自生活，是真实的。从曹家来说，像荣国府所过的那种风月繁华生活，元妃省亲时那种"烈火烹油，鲜花着锦"的盛况，只有在作者的祖父曹寅四次接待康熙南巡时才略见一二。而作者迟生了二三十年，不可能亲历。自己虽然没有，但这"一段陈迹故事"老辈人确是亲见亲闻，亲身经历的。为此，雪芹特地虚拟了一个始终随伴着小说主人公经历悲欢离合的原始作者"石头"，而自己却只扮演"披阅增删"者的角色。所以，就撰写小说而言，石头就是作者；就经历的那段繁华生活来说，石头又并不等于作者。

　　紧接楔子的是甄士隐故事，甄家的遭遇是后来贾府特别是主角贾宝玉遭遇的缩影。这有点像宋元话本的"入话"或称"得胜头回"的形式，在讲主要故事前先说一个情理相似的小故事。但它又是与前面的"楔子"及后面的贾府为故事中心的叙述彼此勾连着的。这也是在继承传统形式上的发展和创造。

第 二 回
贾夫人仙逝扬州城　冷子兴演说荣国府

【题解】

　　本回回目诸本一致，唯杨藏（梦稿）本"仙逝"作"仙游"。回目两句所指两件事，简繁差别极大：说林黛玉之母贾敏的"仙逝"，只用一语带过；写冷子兴谈荣国府情况，则十分繁杂（但仍是个大概），占了此回很大的篇幅。回前有很长的脂评，今摘录其要者如下："其演说荣府一篇者，盖因族大人多，若从作者笔下一一叙出，尽一二回不能得明，则成何文字？故借用冷子兴一人，略出其大半，使阅者心中已有一荣府隐隐在心，然后用黛玉、宝钗等两三次皴染，则跃然于心中眼中矣。""未写荣府正人，先写外戚，是由远及近，由小至大也。""开笔即写贾夫人已死，是特使黛玉入荣府之速也。""通灵宝玉于士隐梦中一出，今又于子兴口中一出，阅者已洞然矣。然后于黛玉、宝钗二人目中极精极细一描，则是文章锁合处。盖不肯一笔直下，有若放闸之水、燃信之爆，使其精华一泄而无余也。（甲）"此回开始，是上一回雨村偶见娇杏，终至迎娶故事的继续。借雨村仕途起落为线索，引出荣国府，将宝、黛、钗等男女主角串联起来。

　　　诗云：

　　　　　一局输赢料不真，香销茶尽尚逡巡。
　　　　　欲知目下兴衰兆，须问旁观冷眼人。①1

　　却说封肃因听见公差传唤，忙出来陪笑启问。那些人只嚷："快请出甄爷来！"2封肃忙陪笑道："小人姓封，并不姓甄。只有当日小婿姓甄，今已出家一二年了，不知可是问他？"那些公人道："我们也不知什么'真''假'，3因奉太爷之命来问，他既是你女婿，便带了你去亲见太爷面禀，省得乱跑。"说着，不容封肃多言，大家推拥他去了。封家人各各惊慌，不知何兆。

　　那天，约二更时分，只见封肃方回来，欢天

1. 只此一诗便妙极！此等才情自是雪芹平生所长。余自谓评书，非关评诗也。（甲）曹雪芹工诗，是位诗人小说家。脂评极称此标题诗之妙，遂有人以为书中诗词等是雪芹披阅时所增，至于散文叙述部分，则另有作者。这真奇怪，评语并无难解处："只此一诗便妙极"，岂非等于说书中其他文字就更别提有多妙啦！如何能生歧义？诗末句以"旁观冷眼人"点人物命名之用意。

2. 雨村不知士隐已出家，公差奉命而来，自然这样喊。

3. 幽默。点真假妙语，却是公差说话情理。

---

① "一局输赢"一首——以下棋的输赢比喻贾府的兴衰，历时百年的贾府，尚维持着表面的繁荣，好比棋已下得很久，尚未决出胜败。当局者迷，旁观者清。局外人冷子兴以冷眼看贾府，故能道其兴衰先兆。逡巡，徘徊而不进。

喜地，[1]众人忙问端的。他乃说道："原来本府新升的太爷姓贾名化，本胡州人氏，曾与女婿旧日相交。方才在咱门前过去，因看见娇杏那丫头买线，[2]所以他只当女婿移住于此。我一一将原故回明，那太爷倒伤感叹息了一回；又问外孙女儿，我说看灯丢了。太爷说：'不妨，我自使番役，务必探访回来。'[3]说了一回话，临走倒送了我二两银子。"[4]甄家娘子听了，不免心中伤感。[5]一宿无话。

至次日，早有雨村遣人送两封银子、四匹锦缎，答谢甄家娘子；[6]又寄一封密书与封肃，转托他向甄家娘子要那娇杏作二房。[7]封肃喜得屁滚尿流，巴不得去奉承，便在女儿前一力撺掇①成了。[8]乘夜，只用一乘小轿，便把娇杏送进去了。雨村欢喜，自不必说，乃封百金赠封肃，外又谢甄家娘子许多物事，令其好生养赡，以待寻访女儿下落。[9]封肃回家无话。

却说娇杏这丫鬟，便是那年回顾雨村者。因偶然一顾，便弄出这段事来，亦是自己意料不到之奇缘。谁想她命运两济，[10]不承望自到雨村身边，只一年，便生了一子；又半载，雨村嫡妻忽染疾下世，雨村便将她扶侧作正室夫人了。正是：

偶因一着错，便为人上人。②[11]

原来，雨村因那年士隐赠银之后，他于十六日便起身入都。至大比之期，不料他十分得意，已会了进士，选入外班③，今已升了本府知府。虽才干优长，

1. 不正面写见雨村事，只听口述，剪去多少枝蔓文字。

2. "娇杏"之名此时方点出，其谐音义显然。侥幸也。托言当日丫头回顾，故有今日，亦不过偶然侥幸耳，非实得风尘中英杰也。非近日小说中满纸红拂、紫烟之可比。（甲）此畸笏叟批。末句举红拂、紫烟的话在首回批丫头回顾时已说过，发现重复了，故又说：余批重出。余阅此书偶有所得，即笔录之，非从首至尾阅过后从首加批者，故偶有复处。且诸公之批，自是诸公眼界，脂斋之批，亦有脂斋取乐处。后每一阅，亦有一语半言重加批评于侧，故又有于前后照应之说等批。（甲）将诸公、脂斋和自己——书稿的负责保管者分得很清楚。

3. 轻诺寡信。找到后也未必能送回，读至葫芦案便知。

4. 此是最高兴之事。

5. 所谓"旧事凄凉不可闻"也。（甲）评语引中唐窦叔向《夏夜宿表兄话旧》诗："远书珍重何曾达，旧事凄凉不可听。"

6. 恐另有所图。雨村已是下流人物，看此，今之如雨村者亦未有矣。（甲）此愤世者言。

7. 如何？果有所图。谢礼却为此，险哉人之心也！（甲）

•8. 封肃之喜，比他冷漠、无心肝更可鄙，从作者用词可看出。

9. 情节要渐度至贾府了，甄家故事只是正文前的入话。士隐家一段小荣枯至此结住，所谓真不去，假焉来也。（甲）

10. 再注明结缘全属侥幸，总感慨命运不公。好极！与英莲"有命无运"四字遥遥相映射。莲，主也，杏，仆也；今莲反无运，而杏则两全，可知世人原在运数，不在眼下之高低也。此则大有深意存焉。（甲）

11. 调侃语。妙极！盖女儿原不该私顾外人之谓。（甲）

---

① 撺掇——从旁促成；怂恿。

② "偶因"两句——着，走一步棋，比喻一次行动。娇杏偶因好奇，回头看了贾雨村两眼，这从封建礼教不准女子私顾外人的眼光看，是不应该的。但她却因为这一错反而由奴婢变成了主子。"一着错"，甲辰本，程高本作"一回顾"，系后人篡改；二字之差，把讽刺改成了称羡。

③ 外班——会试中进士后，分发外省做官者。

未免有些<u>贪酷之弊；且又恃才侮上，那
些官员皆侧目而视</u>。[1]不上一年，便被上
司寻了一个空隙，作成一本，参他"生
性狡猾，擅纂礼仪，且沽清正之名，而
暗结虎狼之属，<u>致使地方多事，民命不
堪</u>"[2]等语。龙颜大怒，即批革职。该部
文书一到，本府官员无不喜悦。那雨村
心中虽十分惭恨，<u>却面上全无一点怨色，
仍是嘻笑自若</u>。[3]交代过公事，将历年做
官积的些资本并家小人属送至原籍，安
插妥协。<u>却又自己担风袖月，游览天下
胜迹</u>。[4]

那日，偶又游至维扬①地面，因闻得
今岁鹾政②点的是林如海。<u>这林如海姓林
名海，字表如海</u>，[5]乃是前科的探花③，今
已升至<u>兰台寺大夫</u>④，[6]<u>本贯姑苏人氏</u>，[7]
今钦点出为巡盐御史，到任方一月有余。
原来这林如海之祖，曾袭过列侯，今到
如海，业经五世。起初时，只封袭三世，
<u>因当今隆恩盛德，远迈前代</u>，[8]额外加恩，
至如海之父，又袭了一代；至如海，便
从科第出身。<u>虽系钟鼎之家</u>⑤，<u>却亦是
书香之族</u>。[9]只可惜这林家支庶不盛，子
孙有限；虽有几门，却与如海俱是堂族
而已，<u>没甚亲支嫡派的</u>。[10]今如海年已
四十，只有一个三岁之子，偏又于去岁
死了。虽有几房姬妾，奈他命中无子，
亦无可如何之事。今只有嫡妻贾氏，生
得一女，乳名黛玉，年方五岁。夫妻无
子，故爱女如珍；且又见她<u>聪明清秀</u>[11]，
便也欲使她读书识得几个字，不过假充

1. 科场得意，初仕顺利，最易犯此病。此亦奸雄
必有之理。（甲）

2. 难免如此。此亦奸雄必有之事。（甲）

3. 欲当政客，非有这点修养本领不可。此亦奸雄
必有之态。（甲）

4. 故能至金陵、扬州等地。

5. 脂评也说有寓意：盖云学海文林也。总是暗写
黛玉。（甲）

6. 官制半遵古名亦好。余最喜此等半有半无、半
古半今，事之所无，理之必有，极玄极幻，荒
唐不经之处。（甲）

7. 十二钗正出之地，故用真。（甲）好事者以为有
此批为据，林黛玉真的是姑苏人无疑，遂说在
苏州找到林姑娘原型。这是误解。批语只是说
次要角色的籍贯多虚拟，如胡州、大如州之类，
此处用真地名（尚有金陵、扬州等），以示郑重
而已，与人物之真假无关。

8. 脂评见颂圣的话总要发挥：可笑近时小说中，
无故极力称扬浪子淫女，临收结时，还必致感
动朝廷，使君父同入其情欲之界，明遂其意，
何无人心之至！不知彼作者有何好处，有何谢
报到朝廷廊庙之上，直将半生淫污秽渎睿听，
又苦拉君父作一干证护身符，强媒硬保，得遂
其淫欲哉！（甲）

9. 更看重"书香"二字。盖钟鼎亦必有书香方至美。
（甲）

10. 总为黛女孤女身份而写。

11. 初出黛玉，竟用如此平常语言，正是作者对自
己笔墨有充分信心的表现。看他写黛玉只用此
四字，可笑近来小说中满纸天下无二、古今无
双等字。（甲）

---

①　维扬——扬州的别称。
②　鹾（cuó 嵯）政——朝廷派往地方督察所属盐务官员的官。鹾，盐。
③　探花——经殿试赐进士及第的第三名，前两名为状元、榜眼。
④　兰台寺大夫——虚拟的官职，当借指御史大夫。汉有兰台，也用以称御史台，又称兰台寺。
⑤　钟鼎之家——"钟鸣鼎食之家"的简称，即豪门贵族。

养子之意，聊解膝下荒凉之叹。

雨村正值偶感风寒，病在旅店，将一月光景方渐愈。一因身体劳倦，二因盘费不继，也正欲寻个合式之处，暂且歇下。幸有两个旧友，亦在此境居住，¹因闻得盐政欲聘一西宾①，雨村便相托友力，谋了进去，且作安身之计。妙在只一个女学生，并两个伴读丫鬟。这女学生年又小，身体又极怯弱，功课不限多寡，故十分省力。

堪堪②又是一载的光阴，谁知女学生之母贾氏夫人一疾而终。女学生侍汤奉药，守丧尽哀，遂又将辞馆别图。林如海意欲令女守制读书，故又将他留下。近因女学生哀痛过伤，本自怯弱多病的，触犯旧症，遂连日不曾上学。²雨村闲居无聊，每当风日晴和，饭后便出来闲步。

这日，偶至郭外③，意欲赏鉴那村野风光。³忽信步至一山环水旋、茂林深竹之处，隐隐有座庙宇，门巷倾颓，墙垣朽败。门前有额，题着"智通寺"三字，⁴门旁又有一副旧破的对联，曰：

身后有余忘缩手，眼前无路想回头。⁵

雨村看了，因想到："这两句话文虽浅近，其意则深。我也曾游过些名山大刹，倒不曾见过这话头；其中想必有个翻过筋斗④来的也未可知，⁶何不进去试试。"想着，走入看时，只有一个龙钟老僧在那里煮粥。雨村见了，便不在意。⁷及至问他两句话，那老僧既聋且昏，齿落舌钝，所答非所问。⁸

雨村不耐烦，便仍出来，意欲到那村肆中沽酒三杯，以助野趣。于是款步行来，刚入肆门，只见座上吃酒之客有一人起身大笑，接了出来，口内说："奇遇，奇遇！"雨村忙看时，此人是

1. 也是偶然机遇，若非做林家西宾，便不得推荐至荣府。

2. 不必上课，始有出游之闲暇。

3. 要写他遇见冷子兴，先写他欲赏野外风光，所谓"文似看山不喜平"。

4. 寺名便有深意。谁为智者？又谁能通？一叹！（甲）

5. 是警示世人，也是警示雨村。先为宁、荣诸人当头一喝，却是为余一喝。（甲）

6. 雨村能想到这点，还不笨。随笔带出禅机，又为后文多少语录不落空。（甲）"翻筋斗"为佛家常用之喻；语录，指通俗的谈禅文字。唐时，僧徒不通于文，乃书其师语于俚俗，谓之语录。

7. 雨村毕竟是俗眼，只能看表象，若使遇见癞僧跛道，也必定不在意。是雨村火气。（甲）

8. 还是俗眼看人，禅语机锋中答非所问者多矣！是翻过来的。（甲）

---

① 西宾——对家塾教师或幕友的敬称，又可称"西席"。古时以席西面东为尊。

② 堪堪——差不多。今多作"看看"。

③ 郭外——城外；郊区。郭，外城。

④ 翻过筋斗——喻遭受过重大挫折。

都中古董行中贸易的号冷子兴者，¹旧日在都相识。雨村最赞这冷子兴是个有作为大本领的人，这子兴又借雨村斯文之名，故二人说话投机，最相契合。雨村忙笑问："老兄何日到此？竟不知今日偶遇，真奇缘也！"子兴道："去年岁底到家，今因还要入都，从此顺路找个敝友说一句话，承他之情，留我多住两日。我也无甚紧事，且盘桓两日，待月半时也就起身了。今日敝友有事，我因闲步至此，且歇歇脚，不期这样巧遇！"一面说，一面让雨村同席坐了，另整上酒肴来。二人闲谈漫饮，叙些别后之事。²

雨村因问："近日都中可有新闻没有？"³子兴道："倒没有什么新闻，倒是老先生你贵同宗家出了一件小小的异事⁴。"雨村笑道："弟族中无人在都，何谈及此？"子兴笑道："你们同姓，岂非同宗一族？"雨村问是谁家。子兴道："荣国府贾府中，可也不玷辱了先生的门楣了？"⁵雨村笑道："原来是他家。若论起来，寒族人丁却不少。自东汉贾复①以来，支派繁盛，各省皆有，谁能逐细考查！若论荣国一支，却是同谱。但他那等荣耀，我们不便去攀扯，至今越发生疏难认了。"

子兴叹道："老先生休如此说！如今的这宁、荣两门，也都萧疏了，不比先时的光景。"⁶雨村道："当日宁、荣两宅的人口极多，如何就萧疏了？"冷子兴道："正是，说来也话长。"雨村道："去岁我到金陵地界，因欲游览六朝遗迹，那日进了石头城②，⁷从他老宅门前经过。街东是宁国府，街西是荣国府，二宅相连，竟将大半条街占了。大门前虽冷落无人，⁸隔着围墙一望，里面厅殿楼阁，也还都峥嵘轩峻；就是后一带花园子里⁹树木山石，也还都有蓊蔚洇润③之气，哪里像个衰败之家？"冷子兴笑道："亏你是个进士出身，

1. 豪门大宅今昔状况，古董行商人因职业之故，所知最详，其所言种种或能冷却荣华富贵追慕者的兴头，因而命名？第七回说到他是管家周瑞的女婿，则其能演说荣府更合情理了。此人不过借为引绳，不必细写。（甲）

2. 此类闲谈，自应一笔带过。

3. 都中新闻是雨村有兴趣的事。

4. "贵同宗家"，说得他摸不着头脑。雨村已无族中矣，何及此耶？看他下文。（甲）

5. 确是俗人总喜高攀之心态。刻小人之心肺，闻小人之口角。（甲）

6. 记清此句，可知书中之荣府已是末世了。（甲）

7. 点睛妙笔。（甲）所谓"睛"，应是书名，则《石头记》之名，其含义不但是"石头经历的故事"，也可以说是"石头城的故事"了。"石头城"也简称"石头"，如刘禹锡《西塞山怀古》诗："一片降幡出石头"即是。

8. 这是金陵老宅，不是都中景况，看清！好，写出空宅。（甲）

9. "后"字何不直用"西"字？（甲）批者以为作者此处在隐写往年家事。曹寅在世日，其江宁织造署内之居处，多以"西"字为名，其花园即称"西园"，又有"西池""西亭""西堂""西轩"等名。此批者当是畸笏叟。又有批答以谲语曰：恐先生堕泪，故不敢用"西"字。（甲）

① 东汉贾复——南阳冠军（今河南邓州一带）人，官至左将军，封胶东侯。《后汉书》有传。
② 石头城——即金陵，今南京，清代的江宁府。
③ 蓊（wěng 滃）蔚洇（yīn 因）润——茂盛而有光泽。

原来不通！古人有云：‘百足之虫，死而不僵’①，如今虽说不似先年那样兴盛，较之平常仕宦之家，到底气象不同。如今生齿②日繁，事物日盛，主仆上下，安富尊荣者尽多，运筹谋画者无一；¹其日用排场费用，又不能将就省俭，如今外面的架子虽未甚倒²，内囊却也尽上来了。这还是小事，更有一件大事：谁知这样钟鸣鼎食之家，翰墨诗书之族，如今的儿孙，竟一代不如一代了！"³雨村听了，也纳罕道："这样诗书之家，岂有不善教育之理？别家不知，只说这宁、荣二宅，是最教子有方的。"⁴

子兴叹道："正说的是这两门呢。待我告诉你：当日宁国公与荣国公是一母同胞弟兄两个。宁公居长，生了四个儿子。⁵宁公死后，长子贾代化袭了官，也养了两个儿子：长名贾敷，至八九岁上便死了，只剩了次子贾敬袭了官，如今一味好道，只爱烧丹炼汞③，余者一概不在心上⁶。幸而早年留下一子，名唤贾珍，因他父亲一心想作神仙，把官倒让他袭了。他父亲又不肯回原籍来，只在都中城外和道士们胡羼④。这位珍爷也倒生了一个儿子，今年才十六岁，名叫贾蓉。如今敬老爹一概不管。这珍爷哪肯读书，只一味高乐不已，把宁国府竟翻了过来，也没有人敢来管他。⁷再说荣府你听，方才所说异事就出在这里。自荣公死后，长子贾代善袭了官，娶的是金陵世勋史侯家的小姐为妻，⁸生了两个儿子：长子贾赦，次子贾政。如今代善早已去世，太夫人尚在，⁹长子贾赦袭着官；次子贾政，自幼酷喜读书，祖父最疼，原欲以科甲出身的。不料代善临终时，遗本一上，皇上因恤先臣，即时令长子袭官外，问还有几子，立刻引见，遂额外赐了这政老爹一

1. 是后文多次提到的话。二语乃今古富贵世家之大病。（甲）

2. 所谓"百足之虫，死而不僵"也。"甚"字好，盖已半倒矣。（甲）

3. "一代不如一代"是多少人见有作为的起家者子孙不肖的共同感慨。文是极好之文，理是必有之理，话则极痛极悲之话。（甲）

4. 有"教子有方"之问，方转出下文一一说子孙。

5. 贾蔷、贾菌之祖，不言可知矣。（甲）按，前回批甄士隐解注好了歌"昨怜破袄寒，今嫌紫蟒长"二句称"贾兰、贾菌一干人"，此批又提及"贾菌"，则此人在佚稿中必有故事，惜已不可知。

6. 宁府弛堕家教、纵容子孙可知，直贯至第六十三"死金丹"回。

7. 贾敬放纵儿子胡作非为，以致贾珍乱伦与儿媳秦可卿私通，酿成她悲剧结局。后《好事终》曲"箕裘颓堕皆从敬"，此之谓也。

8. 因湘云，故及之。（甲）

9. 贾母也。湘云祖姑史氏太君也。（甲）

---

① 百足之虫，死而不僵——马陆、蜈蚣之类多脚虫子，死了也不倒。这里喻豪门大族，虽已衰败，但表面仍能保持繁荣的假象。语见三国魏曹冏《六代论》。
② 生齿——人口。
③ 烧丹炼汞——道教以为朱砂与水银能烧炼成仙丹妙药，服后可长生不死，成仙飞升。
④ 胡羼（chàn 忏）——胡乱混杂在一起。

个主事之衔，令其人部习学，如今现已升了员外郎了。[1] 这政老爹的夫人王氏，头胎生的公子，名唤贾珠，十四岁进学，不到二十岁就娶了妻，生了子，一病死了。第二胎生了一位小姐，生在大年初一，这就奇了，不想后来又生了一位公子，[2] 说来更奇：一落胎胞，嘴里便衔下一块五彩晶莹的玉来，上面还有许多字迹，[3] 就取名叫作宝玉。你道是新奇异事不是？"

雨村笑道："果然奇异。只怕这人来历不小。"子兴冷笑道："万人皆如此说，因而乃祖母便先爱如珍宝。那年周岁时，政老爹便要试他将来的志向，便将那世上所有之物摆了无数，与他抓取①。谁知他一概不取，伸手只把些脂粉钗环抓来。[4] 政老爹便大怒了，说：'将来酒色之徒耳！'因此便大不喜悦。独那史老太君还是命根一样。说来又奇，如今长了七八岁，虽然淘气异常，但其聪明乖觉处，百个不及他一个。说起孩子话来也奇怪，他说：'女儿是水作的骨肉，男人是泥作的骨肉。[5] 我见了女儿，我便清爽；见了男子，便觉浊臭逼人。'你道好笑不好笑？将来色鬼无疑了！"[6] 雨村罕然厉色，[7] 忙止道："非也！可惜你们不知道这人来历。大约政老前辈也错以淫魔色鬼看待了。若非多读书识事，加以致知格物之功、悟道参玄②之力，不能知也。"

子兴见他说得这样重大，忙请教其端。雨村道："天地生人，除大仁大恶两种，余者皆无大异。若大仁者，则应运而生；大恶者，则应劫而生。运生世治，劫生世危。尧、舜、禹、汤、文、武、周、召、孔、孟、董、韩、周、程、张、朱，皆应运而生者；蚩尤、共工、桀、纣、始皇、王莽、曹操、桓温、安禄山、秦桧等，

1. 嫡真实事，非妄拥也。（甲）总是称功颂德。（甲）凡有作者家事影子的素材，批书人都关注。曹寅死后，曹颙继承父职，为江宁织造，"加授主事职衔"。颙病死，曹頫再袭父兄职衔，为江宁织造主事、内务府员外郎。

2. 一部书中第一人却如此淡淡带出，故不见后来玉兄文字繁难。（甲）此句"后来"二字，甲戌本作"次年"，与元春、宝玉间年龄差距矛盾，故未取。

3. 青梗顽石已得下落。（甲）通灵玉被如此挟带入世。

4. 宝玉性格的方方面面，以后有的是机会，可以慢慢勾画、着色、丰富，先突出他在旁人眼中最显著的特异处，选择了抓周与奇谈一行一言，写他天性爱女儿，便能马上给人以极深的印象。这是一条成功的艺术经验。

5. 如此奇语，像是在新编《创世记》，遂成宝玉千古名句。

6. 俗人之见，亦钓后语之钩饵。没有这一句，雨村如何罕然厉色并后奇奇怪怪之论。（甲）

7. 下此四字，正为使以下一番议论醒目。

---

① 所有之物……抓取——指"抓周"，也叫"试儿"，旧时试测幼儿将来性情、志趣的习俗。

② 致知格物、悟道参玄——致知，获得知识。格物，推究事物之理。语出《礼记·大学》。悟、参，都有经思索而领会的意思。玄，指精妙的道理。

皆应劫而生者^①。[1] 大仁者，修治天下；大恶者，扰乱天下。清明灵秀，天地之正气，仁者之所秉也；残忍乖僻，天地之邪气，恶者之所秉也。今当运隆祚永^②之朝，太平无为之世，清明灵秀之气所秉者，上至朝廷，下及草野，比比皆是。所余之秀气，漫无所归，遂为甘露，为和风，洽然^③溉及四海。彼残忍乖僻之邪气，不能荡溢于光天化日之中，遂凝结充塞于深沟大壑之内，偶因风荡，或被云摧，略有摇动感发之意，一丝半缕误而泄出者，偶值灵秀之气适过，正不容邪，邪复妒正，[2] 两不相下，亦如风水雷电，地中既遇，既不能消，又不能让，必致搏击掀发后始尽。故其气亦必赋人，发泄一尽始散。使男女偶秉此气而生者，上则不能成仁人君子，下亦不能为大凶大恶，[3] 置之于千万万人之中，其聪俊灵秀之气，则在万万人之上；其乖僻邪谬、不近人情之态，又在万万人之下。[4] 若生于公侯富贵之家，则为情痴情种；若生于诗书清贫之族，则为逸士高人；纵再偶生于薄祚寒门，断不能为走卒健仆，甘遭庸人驱制驾驭，亦必为奇优名倡。[5] 如前代之许由、陶潜、阮籍、嵇康、刘伶、王谢二族、顾虎头、陈后主、唐明皇、宋徽宗、刘庭芝、温飞卿、米南宫、石曼卿、柳耆卿、秦少游；近日之倪云林、唐伯虎、祝枝山；再如李龟年、黄幡绰、敬新磨、卓文君、红拂、薛涛、崔莺、朝云之流^④，此皆易地则同之人也。"[6]

1. 此亦略举大概几人而言。（甲）这是贾雨村之论，非曹雪芹之论。此书总以塑造人物为第一要务，切莫因其说玄虚奥妙，便生雪芹思想高深莫测之想。当然，能借我国传统医学中常用的正邪二气概念自圆其说，也相当不容易。

2. 正邪不两立亦系常言，无须将其夸大为高论。

3. 此类是大多数，其中出类拔萃者，亦具复杂人性，非生而有之。

4. 这篇高论中，最有思考价值的，莫过于说大仁大恶之外的第三类人物，他们既非应运而生，也非应劫而生，而是因所处环境、条件、命运的差异而表现出复杂性格特点来的各类杰出人物。总为解说贾宝玉思想秉性而有。

5. 能将逸士高人与奇优名倡一例看，实属不易。

6. 警句，归纳得好。

---

① 尧、舜……秦桧——所谓"大仁"者，为唐尧、虞舜、夏禹、商汤、周文王、周武王、周公、召公，以及孔子、孟子、西汉儒学大师董仲舒、唐韩愈、北宋理学家周敦颐和程颢程颐兄弟、哲学家张载、南宋理学家朱熹。所谓"大恶"者，为神话中上古的叛逆者蚩尤、共工，无道暴君夏桀、商纣、秦始皇，西汉篡位的王莽，三国的曹操和东晋擅朝政的桓温、唐叛乱的安禄山、南宋奸相秦桧。因为是写小说，须顾及说话人的身份、思想，故区分大仁大恶，只从流俗维护封建正统之说，并不能认真看作是作者对历史人物的严肃评价。

② 运隆祚（zuò 做）永——国运兴旺，皇位久长。祚，皇位、国统。下文"薄祚寒门"之"祚"，则是福气的意思。

③ 洽然——普遍地。

④ 许由……朝云——许由：尧时避名而隐的高人。陶潜：东晋大诗人。阮籍、嵇康、刘伶：魏晋间名士，均"竹林七贤"中人。王谢二族：东晋王导、谢安两大家族，出了不少文采风流人物。顾虎头：东晋大画家顾恺之，小名虎头。陈后主：南朝陈代好淫词艳曲的亡国皇帝陈叔宝。唐明皇：唐玄宗李隆基，擅音乐的风流皇帝。宋徽宗：北宋皇帝赵佶，长书画。刘庭芝：初唐诗人刘希夷，字庭芝。温飞卿：晚唐诗词名家温庭筠，字飞卿。米南宫：北宋大书画家米芾，曾为礼部员外郎，礼部郎官又称南宫舍人，故世称米南宫。石曼卿：北宋诗人石延年，字曼卿。柳耆卿：北宋著名词人柳永，字耆卿。秦少游：北宋著名词人秦观，字少游。倪云林：元大画家倪瓒，号云林子。唐伯虎：明大画家、文人唐寅，字伯虎。祝枝山：明著名书法家、文学家祝允明，号枝山。李龟年：唐著名宫廷乐师。黄幡绰：唐宫廷艺人，善演参军戏。敬新磨：五代后唐宫廷艺人，长于诙谐。卓文君：已见前注。红拂：唐传奇《虬髯客传》中的奇女子。薛涛：唐代工文辞的名妓。崔莺：即唐传奇《会真记》和后来《西厢记》中的女主角崔莺莺。朝云：北宋钱塘名妓，苏轼纳为妾。

子兴道："依你说，'成则王侯败则贼'[1]了？"雨村道："正是这意。你还不知，我自革职以来，这两年遍游各省，也曾遇见两个异样孩子。[2]所以，方才你一说这宝玉，我就猜着了八九亦是这一派人物。不用远说，只金陵城内，钦差金陵省体仁院总裁甄家①，[3]你可知么？"子兴道："谁人不知！这甄府和贾府就是老亲，又系世交。两家来往，极其亲热的。便在下也和他家来往非止一日了。"[4]

雨村笑道："去年我在金陵，也曾有人荐我到甄府处馆。我进去看其光景，谁知他家那等显贵，却是个富而好礼之家，[5]倒是个难得之馆。但这一个学生，虽是启蒙，却比一个举业的还劳神。说起来更可笑，他说：'必得两个女儿伴着我读书，我方能认得字，心里也明白；不然我自己心里糊涂。'[6]又常对跟他的小厮们说：'这女儿两个字，极尊贵、极清净的，比那阿弥陀佛、元始天尊的这两个宝号还更尊荣无对的呢！[7]你们这浊口臭舌，万不可唐突了这两个字要紧！但凡要说时，必须先用清水香茶漱了口才可；设若失错，便要凿牙穿腮'等事。其暴虐浮躁，顽劣憨痴，种种异常。只一放了学，进去见了那些女儿们，其温厚和平，聪敏文雅[8]，竟又变了一个。因此，他令尊也曾下死笞楚过几次，无奈竟不能改。每打得吃疼不过时，他便'姐姐''妹妹'乱叫起来。后来听得里面女儿们拿他取笑：'因何打急了只管唤

1.《女仙外史》中论魔道已奇，此又非外史之立意，故觉愈奇。（甲）《女仙外史》清吕熊作，叙明初山东蒲台唐赛儿造反事。其论魔道文字，人称"奇而诞"。参见陈庆浩《新编石头记脂砚斋评语辑校》此条注，中国友谊出版公司。

2.必先虚晃一枪，方显得以下所言非编造而有。

3.此衔无考，亦因寓怀而设，置而勿论。（甲）作者说"失落无考"时，脂评就说"大有考证"；作者隐重大真事时，脂评却又作此地无银之说，说它"无考""置而勿论"，此种矛盾现象，真实地反映了小说创作圈子里人的惶惑心理状态。又一个真正之家，持与假家遥对，故写假则知真。（甲）此批极重要。作者想写的家世真事，原应在金陵（江宁府），但怕太触目了，就移至都中，却又不甘心真事隐没，故又在原籍虚设一家与都中无异，一真（甄）一假（贾），"写假则知真"，以此来统一实录其事与真事隐去的矛盾。

4.虽自高身份，却未必全是说大话。说大话之走狗，毕真。（甲）批语似有所愤而发。

5.只一句便是一篇家传，与子兴口中是两样。（甲）批者似心中先存有个现实中的家。

6.一个宝玉，性情已够出奇的了，居然还有第二个同样的宝玉。二人特点全同，叙事却丝毫不重复。以如此大胆的荒唐言，告诉读者：甄就是贾，贾就是甄。作者真煞费苦心。甄家之宝玉乃上半部不写者，故此处极力表明，以遥照贾家之宝玉。凡写贾宝玉文，则正为真宝玉传影。（甲）此批极重要，可知下半部要写到甄宝玉，或以此代替写贾宝玉，而贾反以侧笔点到。

7.如何只以释老二号为譬，略不敢及我先师儒圣等人，余则不敢以顽劣目也。（甲）文中之譬自妥，亦合情理，何必再及孔圣人以惹是非！

8.前后判若二人。与前八个字嫡对。（甲）

---

① 钦差金陵省体仁院总裁甄家——钦差，皇帝亲派办理重大事情的官员。体仁院总裁，虚拟的官名。极可能隐寓作者祖上历任江宁织造之职。其祖辈曹玺、曹寅皆康熙亲信，出任江宁皆有特派使命，为皇帝访察江南吏治民情，直接专折奏报。

姐妹作甚？莫不是求姐妹去说情讨饶？你岂不愧些！'他回答得最妙。他说：'急疼之时，只叫"姐姐""妹妹"字样，或可解疼也未可知，因叫了一声，便果觉不疼了，遂得了秘方：每疼痛之极，便连叫姐妹起来了。'[1]你说可笑不可笑？也因祖母溺爱不明，每因孙辱师责子，[2]因此我就辞了馆出来。如今在巡盐御史林家坐馆了。你看，这等子弟，必不能守祖父之根基，从师友之规谏的。只可惜他家几个好姊妹都是少有的。"[3]

子兴道："便是贾府中，现有的三个也不错。政老爹之长女，名元春[4]，现因贤孝才德，选入宫中作女史①去了[5]。二小姐乃赦老爹前妻所出，名迎春[6]；三小姐乃政老爹之庶出，名探春[7]。四小姐乃宁府珍爷之胞妹，名唤惜春[8]。因史老夫人极爱孙女，都跟在祖母这边一处读书，听得个个不错。"雨村道："更妙在甄家的风俗，女儿之名，亦皆从男子之名命字，不似别家另外用这些'春''红''香''玉'等艳字的。何得贾府亦落此俗套？"子兴道："不然。只因现今大小姐是正月初一日所生，故名元春，余者方从了'春'字。上一辈的，却也是从弟兄而来的。现有对证：目今你贵东家林公之夫人，即荣府中赦、政二公之胞妹，在家时名唤贾敏。不信时，你回去细访可知。"雨村拍案笑道："怪道这女学生读书，凡书中有'敏'字，她皆念作'密'字，每每如是；写字时，遇着'敏'字，又减一二笔②，我心中就有些疑惑。今听你说的，是为此无疑矣！[9]怪道我这女学生言语举止另是一样，不与近日女子相同。度其母必不凡，方得此女，今知为荣府之孙女，又不足罕矣。可伤上月竟亡故了！"子兴叹道："老姊妹四个，这一个是极小的，又没了；长一辈的姊妹，一个也没了！只看这少一辈的，将来之东床③如何呢。"

雨村道："正是。方才说这政公，已有了一个衔玉之儿，又有长子所遗一个弱孙。这赦老竟无一个不成？"子兴道："政公既有玉儿之后，其妾后又生了一个，倒不知其好歹。[10]只眼前现有二子一孙，却不知将来如何。若问那赦公，也有二子：长名贾琏，今已二十来往了，亲上作亲，娶的就是政老爹夫人王氏之内侄女，[11]今已娶了二年。这位琏爷身上，现捐的是个同知④，也是不喜读书，于世路上好机变言谈去的。所以如今

1. 以自古未闻之奇语，故写成自古未有之奇文。此是一部书中大调侃寓意处。盖作者实因鹡鸰之悲、棠棣之威，故撰此闺阁庭帏之传。（甲）鹡鸰、棠棣皆喻兄弟，语出《诗经》。王利器以为二句一义，都说兄弟死丧之事。因史料阙如，尚难确指。

2. 此语可与后宝玉挨打情节对看。

3. 实点一笔，余谓作者必有。（甲）也尚难落实。

4. 姊妹四人名组成谐音义。原也。（甲）

5. 因汉以前例，妙。（甲）

6. 应也。（甲）

7. 叹也。（甲）

8. 息也。（甲）

9. 黛玉是书中女一号，又即将入荣府，故多说几句，使下文能顺其势。她尊母避讳如此，可知作者无意将她写成有封建叛逆倾向的人，她只是重情不重功名利禄而已。避讳一事也见出她是个细心敏感的人。

10. 不点贾环名，也不说好歹，自合情理。

11. 凤姐则不同，内外皆有闻，且是要角，故必得有一些表述。

---

① 女史——古代宫中女官名，借汉以前职称。
② "敏"念"密"，又减一二笔——所谓避讳。古人对君亲名字，必须改写、改音或省笔，以示尊敬。
③ 东床——女婿。出《世说新语·雅量》。
④ 同知——主管府的副职。

只在乃叔政老爷家住着，帮着料理些家务。谁知自娶了他令夫人之后，倒上下无一人不称颂他夫人的，琏爷倒退了一射之地。说模样又极标致，言谈又爽利，心机又极深细，竟是个男人万不及一的。"[1]

雨村听了，笑道："可知我前言不谬。[2]你我方才所说的这几个人，都只怕是那正邪两赋而来一路之人，未可知也。"子兴道："邪也罢，正也罢，只顾算别人家的帐，你也吃一杯酒才好！"雨村道："正是，只顾说话，竟多吃了几杯。"子兴笑道："说着别人家的闲话，正好下酒，[3]即多几杯何妨！"雨村向窗外看道："天也晚了，仔细关了城！我们慢慢进城再谈未为不可。"于是，二人起身算还酒帐。[4]方欲走时，又听得后面有人叫道："雨村兄，恭喜了！特来报个喜信的。"[5]雨村忙回头看时，〔——要知是何人，且听下回分解。〕

1. 未见其人，先速写几笔，画出主要特征来。

2. 仍归正邪两端之论，将闲谈结住。

3. 虽说是可下酒的闲话，却是为初阅者作主要人物表而用心设计的。

4. 不得谓此处收得索然，盖原非正文也。（甲）

5. 时来运转。喜信来得快，不必过渡，立即接上。

【总评】

贾雨村被聘为林如海家的西宾，教读黛玉，是为其与荣国府牵上关系。但此回重点还在酒肆中雨村遇冷子兴的一番闲谈。其作用主要有几个方面：

一、介绍贾府概貌。在故事情节展开前，让读者对宁、荣二府众多人物间的关系，先有个大体了解，起着长篇小说常有的"人物表"的作用。

二、让小说主人公贾宝玉先在旁人闲谈中"亮相"。只讲他重女轻男、女尊男卑的反世俗观念的性情特点，尽量给人以鲜明、突出的印象。

三、将在都中的贾府与在金陵的老宅及甄府联结起来，特别是有一个在尊崇女儿上完全与贾宝玉一模一样的甄宝玉，用这样特殊的手法，也暗示书中故事在都中是假（贾），在金陵的才是真（甄）。

四、点明贾家（包括甄家）已是渐趋"衰败之家"，所谓"百足之虫，死而不僵"，"如今外面的架子虽未甚倒，内囊却也尽上来了"，即书中屡屡提及的"末世"。

雨村的正邪二气之说，并非严肃的科学论述，也不必为誉扬作者而将他当成哲学思想家，说是"雪芹以假语村言，写程朱理学与反程朱理学之斗争"。议论中列举大仁大恶者的标准，须合乎雨村之为人及世俗观念，并不代表作者对历史人物的认真评判。值得注意的倒是说，除了少数大仁大恶者以外，普遍的人性"皆无大异""皆易地则同之人"。所谓"地"，即人的生活环境、客观条件。至于说到"其聪俊灵秀之气，则在万万人之上；其乖僻邪谬、不近人情之态，又在万万人之下"，又显然是以贾宝玉为主要对象的。脂砚斋曾说贾宝玉之为人"说不得贤，说不得愚，说不得不肖；说不得善，说不得恶；说不得正大光明，说不得混账恶赖；说不得聪明才俊，说不得平凡庸俗；说不得好色好淫，说不得情痴情种"（第十九回评）的话，也与之极其相似。毕竟作者的天才在于敏锐地发现现实生活中贾宝玉一类人的特性，而成功地将其强化，成功地塑造成出色的艺术形象。小说家的任务只在于描绘、表现，至于对形象的剖析、说明，并不是他的职责，也是他所无能为力的。

第 三 回

金陵城起复贾雨村　荣国府收养林黛玉

【题解】

本回回目诸本不一。己卯、杨藏本作"贾雨村夤缘复旧职，林黛玉抛父进京都"；庚辰本"京都"作"都京"，余同。蒙府、戚序、列藏、甲辰本作"托内兄如海酬训教，接外孙贾母惜孤女"；卞藏本"内兄"讹作"内弟"，"惜"作"恤"；程高本"酬训教"作"荐西宾"。今从甲戌本回目，其上下句有对比之意，在"收养"二字之侧，尚有脂评说："二字触目凄凉之至。"可知是作者原拟之回目，且小说在原稿交付畸笏、脂砚等加批誊清后，一直未及返还作者，故知此回甲戌以外诸本回目皆他人所拟。推敲起来，多有不妥。如"夤缘"一词不通俗；贾雨村谋得金陵应天府之缺，乃新职位，并非"复旧职"，书中也只说"起复旧员"。至于其他所拟不出"贾雨村"之名的回目，与下回"护官符"少了照应，也不佳。起复，解官者被恢复任用。

却说雨村忙回头看时，不是别人，乃是当日同僚一案参革的号张如圭者。[1]他本系此地人，革职后家居。今打听得都中奏准起复旧员之信，他便四下里寻情找门路，忽遇见雨村，故忙道喜。二人见了礼，张如圭便将此信告诉雨村，雨村自是欢喜，忙忙地叙了两句，遂作别各自回家。[2]冷子兴听得此言，便忙献计，[3]令雨村央烦林如海，转向都中去央烦贾政。雨村领其意，作别回至馆中，忙寻邸报①看真确了。[4]

次日，面谋之如海。如海道："天缘凑巧，因贱荆②去世，都中家岳母念及小女无人依傍教育，前已遣了男女船只来接，因小女未曾大痊，故未及行。此刻正思，向蒙训教之恩，未经酬报，遇此机会，岂有不尽心图报之理！但请放心，弟已预为筹画至此，已修下荐书一封，转托内兄务为周全协佐，方可稍尽弟之鄙诚。即有所费用之例，弟于内兄信中已注明白，

1. 名用谐音。盖言如鬼如蜮也，亦非正人正言。（甲）

2. 兴奋之情从无心多叙写出。画出心事。（甲）

3. 势利之人多如此。毕肖赶热灶者。（甲）

4. 必查核准了，心里方踏实。细。（甲）

---

① 邸报——官府传抄的新闻记事，早期的一种报纸。
② 贱荆——对自己妻子的谦称。

亦不劳尊兄多虑矣。"雨村一面打恭，谢不释口，一面又问："不知令亲大人现居何职？只怕晚生草率，不敢骤然入都干渎①。"¹如海笑道："若论舍亲，与尊兄犹系同谱，乃荣公之孙。大内兄现袭一等将军，名赦，字恩侯；二内兄名政，字存周，现任工部员外郎，其为人谦恭厚道，大有祖父遗风，非膏粱轻薄仕宦之流，故弟方致书烦托。否则，不但有污尊兄之清操，即弟亦不屑为矣。"²雨村听了，心下方信了昨日子兴之言，于是又谢了林如海。如海乃说："已择了出月初二日，小女入都，尊兄即同路而往，岂不两便？"雨村唯唯听命，心中十分得意。如海遂打点礼物并饯行之事，雨村一一领了。

那女学生黛玉身体方愈，原不忍弃父而往；无奈她外祖母致意务必去，且兼如海说："汝父年将半百，再无续室之意；且汝多病，年又极小，上无亲母教养，下无姊妹兄弟扶持，³今依傍外祖母及舅氏姊妹去，正好减我顾盼之忧，何反云不往？"黛玉听了，方洒泪拜别，⁴遂同奶娘及荣府中几个老妇人登舟而去。雨村另有一只船，带两个小童，依附黛玉而行。

有日，到了都中，⁵进入神京，雨村先整了衣冠，带了小童，拿着宗侄的名帖，至荣府门前投了。⁶彼时贾政已看了妹丈之书，即忙请入相会。见雨村相貌魁伟，言谈不俗，且这贾政最喜读书人，⁷礼贤下士，拯溺济危，大有祖风；况又系妹丈致意，因此优待雨村，更又不同，便竭力内中协助。题奏之日，轻轻谋了一个复职候缺。不上两个月，金陵应天府②缺出，便谋补了此缺，⁸拜辞了贾政，择日上任去了。不在话下。

且说黛玉自那日弃舟登岸时，⁹便有荣国

1. 从冷子兴口中早已知悉，必曰"不知""只怕""不敢"，方显得既有礼数，又自尊。奸险小人欺人语。（甲）全是假，全是诈。（甲）批书人可以说如此憎恶雨村的话，作者却并不将人物先贴上标签。

2. 述贾政之为人，以表明是为荐才而非为徇私。亦堂皇话而已。写如海实系写政老，所谓此书有不写之写是也。（甲）

3. 先将黛玉孤女身世一提。可怜！一句一滴血，一句一滴泪之文。（甲）脂砚斋说如此重话，与其在甲戌本《凡例》末题诗"字字看来皆是血"句同调。

4. 亲情虽难舍，却是明事理人。此泪与还泪债无涉。

5. 繁中减笔。（甲）

6. 先说雨村，以便说完可放置一边，好细写黛玉。名帖上居然自称"宗侄"，攀附之心已露。

7. 君子可欺其方也，况雨村正在王莽谦恭下士之时，即政老亦为所惑，作者指东说西。（甲）白居易《放言》诗："周公恐惧流言日，王莽谦恭未篡时。向使当初身便死，一生真伪复谁知？"

8. 官场中彼此扶持关系，叙来不着痕迹。《春秋》字法。（甲）

9. 转述黛玉，详写其经过。这方是正文起头处，此后笔墨与前两回不同。（甲）

---

① 干渎——冒犯，对趋访的谦称。
② 应天府——袭用明代旧称，即清代江宁府，府治即今南京市。

府打发了轿子并拉行李的车辆久候了。这林黛玉常听得母亲说过，她外祖母家与别家不同。她近日所见的这几个三等仆妇，已是不凡了，何况今至其家。因此步步留心，时时在意，不肯轻易多说一句话，多行一步路，生恐被人耻笑了她去。[1] 自上了轿，进入城中，便从纱窗向外瞧了一瞧，其街市之繁华，人烟之阜盛，自与别处不同。又行了半日，忽见街北蹲着两个大石狮子，[2] 三间兽头大门，门前列坐着十来个华冠丽服之人。正门却不开，只有东西两角门有人出入。正门之上，有一匾，匾上大书"敕造①宁国府"五个大字。[3] 黛玉想到，这是外祖母之长房了。想着，又往西行，不多远，照样也是三间大门，方是荣国府了。却不进正门，只进了西边角门。[4] 那轿夫抬进去，走了一射之地，将转弯时，便歇下，退出去了。后面的婆子们已都下了轿，赶上前来。另换了三四个衣帽周全的十七八岁的小厮上来，复抬起轿子，众婆子步下围随，至一垂花门②前落下。众小厮退出，众婆子上来打起轿帘，扶黛玉下轿。林黛玉扶着婆子的手，进了垂花门，两边是抄手游廊③，当中是穿堂④，当地放着一个紫檀架子大理石的大插屏。转过插屏，小小三间内厅，厅后就是后面的正房大院。正面五间上房，皆是雕梁画栋。两边穿山游廊⑤厢房，挂着各色鹦鹉、画眉等鸟雀。台矶之上，坐着几个穿红着绿的丫鬟，一见她们来了，便忙都笑迎上来，说："刚才老太太还念呢，可巧就来了。"于是三四人争着打起帘栊，一面听得人回话："林姑娘到了！"[5]

黛玉方进入房时，只见两个人搀着一位鬓发如银的老母迎上来，黛玉便知是她外祖母。方欲拜见时，早被她外祖母一把搂入怀中，"心肝儿肉"叫着大哭起来。[6] 当下地下侍立之人，无不掩面涕泣，黛玉也哭个不住。[7] 一时，众人慢慢地解劝住了，黛玉方拜见了外祖母。——此即冷子兴所云之史太君也，贾赦、贾政之母。[8] 当下贾母一一指与黛玉："这是你大舅母；这是你二舅母；这是你先珠

1. "常听得"三字有情理。黛玉最怕被人歧视，落人讥议。写黛玉自幼之心机。（甲）

2. 宁、荣二府大门的标志。

3. 先写宁府，这是由东向西来。（甲）

4. 由此至到达，一路建筑方位、布置陈设、礼仪规矩等方方面面，写得极细致、具体，写大家庭场景，往往不作静止描述，而用人物眼中所见等动态方式。

5. 此等看似非紧要处，最见作者文字功力。如见如闻，活现于纸上之笔，好看煞！（甲）真有是事，真有是事。（甲）此书得力处，全是此等地方，所谓颊上三毫也。（甲）顾恺之画人像，颊上添三毛以增色事。

6. 着力一笔，却从容。先不说为何如此，读者自会渐渐知道。几千斤力量写此一笔。（甲）

7. 仍非还债之泪。

8. 书中人目太繁，故明注一笔，使观者省眼。（甲）

---

① 敕造——奉皇帝命令建造。
② 垂花门——内院院门，两侧雕刻下垂花饰，上有宫殿式顶檐。
③ 抄手游廊——二门内院中两旁环抱的走廊。
④ 穿堂——两院间可穿行的厅堂。
⑤ 穿山游廊——屋顶呈人字形的房子两侧的墙，因其顶部呈山尖形，叫山墙，从山墙上开门连接另一座房屋的游廊叫穿山游廊。

大哥的媳妇珠大嫂。"黛玉一一拜见过。贾母又说："请姑娘们来。今日远客才来，可以不必上学去了。"众人答应了一声，便去了两个。

不一时，只见三个奶嬷嬷并五六个丫鬟，簇拥着三个姊妹来了。[1]第一个肌肤微丰，合中身材，腮凝新荔，鼻腻鹅脂，温柔沉默，观之可亲。[2]第二个削肩细腰，长挑身材，鸭蛋脸面，俊眼修眉，顾盼神飞，文彩精华，见之忘俗。[3]第三个身量未足，形容尚小。[4]其钗环裙袄，三人皆是一样的妆饰。黛玉忙起身迎上来见礼，互相厮认过，大家归坐。丫鬟们斟上茶来。不过说些黛玉之母如何得病，如何请医服药，如何送死发丧。不免贾母又伤感起来，因说："我这些儿女，所疼者惟有你母，今日一旦先舍我去了，连面也不能一见，今见了你，我怎不伤心！"说着，搂了黛玉在怀，又呜咽起来。[5]众人忙都宽慰解释，方略略止住。

众人见黛玉年貌虽小，其举止言谈不俗，身体面庞虽怯弱不胜，却有一段自然的风流态度，便知她有不足之症①。[6]因问："常服何药，如何不急为疗治？"黛玉笑道："我自来是如此，从会吃饮食时便吃药，到今未断；请了多少名医修方配药，皆不见效。那一年我才三岁时，听得说来了一个癞头和尚，说要化我去出家，[7]我父母固是不从。他又说：'既舍不得她，只怕她的病一生也不能好的。若要好时，除非从此以后总不许见哭声；除父母之外，凡有外姓亲友之人，一概不见，方可平安了此一世。'[8]疯疯癫癫，说了这些不经之谈，[9]也没人理他。如今还是吃人参养荣丸。"贾母道："这正好，我这里正配丸药呢。叫他们多配一料就是了。"

一语未了，只听后院中有人笑声说："我来迟了，不曾迎接远客！"[10]黛玉纳罕道："这些人个个皆敛声屏气，恭肃严整如此，这来者系谁，这样放诞无礼？"[11]心下想时，只见一群媳妇、丫鬟围拥着一个人，从后房门进来。这个人打扮与众姊妹不同，彩绣辉煌，恍若神妃仙子：头上戴着金丝八宝攒珠髻，绾着朝阳五凤挂珠钗；项上戴着赤金盘螭璎珞圈；裙边系着豆绿宫绦、双衡比目玫瑰佩；身上穿着缕金百蝶穿花大红洋缎窄褙袄，外罩五彩刻丝石

1. 仍从黛玉眼中看出，先见声势不小。

2. 是迎春。不犯宝钗。（甲）

3. 是探春。《洛神赋》中云"肩若削成"是也。（甲）

4. 是惜春。浑写一笔更妙。必个个写去则板矣。可笑近之小说中有一百个女子，皆是如花似玉，只一副脸面。（甲）

5. 再写贾母伤感，交代动情原因。为黛玉自此不能别住。（甲）孙辈中贾母最溺爱者无非宝玉、黛玉二人。

6. 黛玉给众人的最初印象：弱不胜衣，有不足之症，已定调为非能享福寿之辈。草胎卉质，岂能胜物邪？（甲）

7. 癞僧或跛道即首回曾言欲下凡超度风流孽鬼者。通部中假借癞僧、跛道二人点明迷情幻海中有数之人也。非袭《西游》中一味无稽，至不能处便使用观世音可比。（甲）

8. 一语定案。要翻案用"除非"说两件最不可能的事。总是命中注定。甄英莲乃副十二钗之首，却明写癞僧一点；今黛玉为正十二钗之冠，反用暗笔。（甲）

9. 此句不可少。

10. 先声夺人。第一笔，阿凤三魂六魄已被作者拘定了，后文焉得不活跳纸上？（甲）

11. 有此纳罕一想，大大强化了凤姐个性色彩的效果。

---

① 不足之症——中医认为由身体某个部分、某种功能虚弱亏损而引起的病症，简称虚症。

青银鼠褂；下着翡翠撒花洋绉裙①。一双丹凤三角眼，两弯柳叶掉梢眉；身量苗条，体格风骚；粉面含春威不露，丹唇未启笑先闻。¹黛玉连忙起身接见。贾母笑道："你不认得她，她是我们这里有名的一个泼皮破落户儿，南省俗谓作'辣子'，你只叫她'凤辣子'就是。"²黛玉正不知以何称呼，只见众姊妹都忙告诉她道："这是琏嫂子。"黛玉虽不识，也曾听见母亲说过，大舅贾赦之子贾琏，娶的就是二舅母王氏之内侄女，自幼假充男儿教养的，学名叫王熙凤。³黛玉忙陪笑见礼，以"嫂"呼之。这熙凤携着黛玉的手，上下细细地打量了一回，⁴便仍送至贾母身边坐下，因笑道："天下真有这样标致人物，我今儿才算见了！⁵况且这通身的气派，竟不像老祖宗的外孙女儿，竟是个嫡亲的孙女，怨不得老祖宗天天口头心头，一时不忘。⁶只可怜我这妹妹这样命苦，怎么姑妈偏就去世了！"⁷说着，便用帕拭泪。贾母笑道："我才好了，你倒来招我！你妹妹远路才来，身子又弱，也才劝住了，快再休提前话！"⁸这熙凤听了，忙转悲为喜道："正是呢！我一见了妹妹，一心都在她身上了，又是喜欢，又是伤心，竟忘记了老祖宗。该打，该打！"又忙携黛玉之手，问："妹妹几岁了？可也上过学？现吃什么药？在这里不要想家，想要什么吃的，什么玩的，只管告诉我；丫头老婆们不好了，也只管告诉我。"一面又问婆子们："林姑娘的行李东西可搬进来了？带了几个人来？你们赶早打扫两间下房，让她们去歇歇。"

说话时，已摆了茶果上来。熙凤亲为捧茶捧果。又见二舅母问她："月钱②放完了不曾？"⁹熙凤道："月钱已放完了。刚才带着人到后楼上

1. 如此精细写照，可知阿凤非一般角色。形容其穿戴妆饰是织造世家的拿手本领，他人所不能。

2. 贾母喜爱二人的不同心态活现。阿凤一至，贾母方笑，与后文多少"笑"字作偶！（甲）阿凤笑声进来，老太君打诨，虽是空口传声，却是补出一向晨昏起居，阿凤于太君承欢应候一刻不可少之人，看官勿以闲文淡文看也。（甲）

3. 奇想奇文，以女子日学名固奇，然此偏有学名的反倒不识字。（甲）

4. 传神。

5. 是凤姐的话。出自凤口，黛玉丰姿可知。宜作史笔看。（甲）

6. 这话别人如何说得出？今人还有不懂为何孙女与外孙女气派就不一样的。贾母听了自喜，所以离不开凤姐。仍归太君，方不失《石头记》文字，且是阿凤身心之至文。（甲）偏能恰投贾母之意。（甲）

7. 有这话才得体。若无这几句，便不是贾府媳妇。（甲）

8. 都是必有之言，不是谁拍拍脑子就想得出的。文字好看之极！（甲）反用贾母劝，看阿凤之术亦甚矣！（甲）

9. 不见后文，不见此笔之妙。（甲）后来写放月钱，多有做手脚事。

---

① 凤姐的首饰、服饰——八宝，指镶嵌成珠花的多种宝石。攒（cuán），聚。绾（wǎn碗），系住，指插钗使发髻盘结住。盘螭（chī吃）璎珞圈，状如盘曲的黄色无角蛟龙、由珠玉联缀成的项圈。绦（tāo滔），丝带。衡，佩玉上端的小横杠。比目，比目鱼，俗传它成双而行，此即双鱼形。窄褃（kèn）袄，紧身袄；褃，衣服前后幅缝合处。刻丝，用彩丝平织图案于丝织品上。石青，淡青灰色。银鼠褂，以银鼠皮作里子的褂子。洋绉，一种略带皱纹、轻而薄的丝绸，古称縠。

② 月钱——也叫"月例""分例"。旧时大家庭中每月按等级发给家庭成员和奴仆的零用钱。

找缎子，找了这半日，也并没有见昨日太太说的那样的，想是太太记错了？"王夫人道："有没有，什么要紧。"因又说道："<u>该随手拿出两个来，给你这妹妹去裁衣裳的，等晚上想着叫人再去拿罢，可别忘了！</u>"[1]熙凤道："<u>倒是我先料着了，知道妹妹不过这两日到的，我已预备下了，等太太回去过了目好送来。</u>"[2]<u>王夫人一笑，点头不语。</u>[3]

当下茶果已撤，贾母命两个老嬷嬷带了黛玉去见两个母舅时。贾赦之妻邢氏忙亦起身，笑回道："我带了外甥女过去，倒也便宜①。"贾母笑道："正是呢，你也去罢！不必过来了。"邢夫人答应了一个"是"字，遂带了黛玉与王夫人作辞，大家送至穿堂前。出了垂花门，早有众小厮们拉过一辆翠幄青绸车来。邢夫人携了黛玉坐上，众婆子们放下车帘，方命小厮们抬起，拉至宽处，方驾上驯骡，亦出了西角门，往东过荣府正门，便入一黑油大门中，至仪门前，方下来。众小厮退出，方打起车帘，邢夫人搀了黛玉的手，进入院中。<u>黛玉度其房屋院宇，必是荣府中之花园隔断过来的。</u>[4]进入三层仪门②，果见正房厢庑游廊，悉皆小巧别致，不似方才那边轩峻壮丽；<u>且院中随处之树木山石皆有。</u>[5]一时进入正室，早有许多盛妆丽服之姬妾丫鬟迎着。邢夫人让黛玉坐了，一面命人到外面书房中请贾赦。[6]一时人来回说："<u>老爷说了：'连日身上不好，见了姑娘彼此倒伤心，暂且不忍相见。</u>[7]劝姑娘不要伤心想家，跟着老太太和舅母，即同家里一样。姊妹们虽拙，大家一处伴着，亦可以解些烦闷。或有委屈之处，只管说得，不要外道③才是。'"黛玉忙站起来，一一听了。再坐一刻，便告辞。邢夫人苦留吃过晚饭去。黛玉笑回道："舅母爱恤赐饭，原不应辞，只是<u>还要过去拜见二舅舅，恐领了赐去不恭，[8]异日再领，未为不可。望舅母容谅！</u>"邢夫人听说，笑道：

---

① 便宜——方便。

② 仪门——官署、府第大门内的正门；亦有将旁门称"仪门"的。

③ 外道——见外。

1. 从月钱、找缎子事，仍说到黛玉。

2. 在小事上也不肯别人比自己想得周到，真是女强人性格！余知此缎阿凤并未拿出，此借王夫人语机变欺人处耳。若信彼果拿出预备，不独被阿凤瞒过，亦且被石头瞒过了。（甲）

3. 王夫人虽点头认可，却也未被瞒过，深知阿凤之为人也，故一笑不语。

4. 仍从黛玉心目中写来，着眼于花园，作者有成竹在胸。黛玉之心机眼力。（甲）

5. "树木山石"，非泛泛之笔。为大观园伏脉。试思荣府之园今在西，后之大观园偏写在东，何不畏难之若此！（甲）

6. 不直接领至贾赦前，有缘故。这一句都是写贾赦，妙在全是指东击西，打草惊蛇之笔。若看其写一人即作此一人看，先生便呆了。（甲）批语当是说，从这两句话可看出，贾赦虽知黛玉到来，但由于贾母对子女有偏心，心存芥蒂，故意不与她见面。不知是否？

7. 追魂摄魄。（甲）余久不作此语矣，见此语未免一醒。（甲）批语皆触动批者自己情怀的话，但这只能说明作者生活体验深，所取素材广，描写真实可信。若以为贾赦即以批书人为原型，则大不合情理。后一评语显然是畸笏叟所加。

8. 说得委婉，有理有礼。

"这倒是了。"遂令两三个嬷嬷用方才的车好生送了过去。于是黛玉告辞。邢夫人送至仪门前，又嘱咐了众人几句，眼看着车去了，方回来。

一时黛玉进了荣府，下了车。众嬷嬷引着，便往东转弯，¹ 穿过一个东西的穿堂，向南大厅之后，仪门内大院落，上面五间大正房，两边厢房鹿顶耳房钻山①，四通八达，轩昂壮丽，比贾母处不同。黛玉便知这方是正经正内室，一条大甬路，直接出大门的。进入堂屋中，² 抬头迎面先看见一个赤金九龙青地大匾，匾上写着斗大的三个字，是"荣禧堂"，³ 后有一行小字："某年月日书赐荣国公贾源"，又有"万几宸翰之宝"②。大紫檀雕螭案上，设着三尺来高青绿古铜鼎，悬着待漏随朝墨龙大画③，一边是金蜼彝④，一边是玻璃盒⑤。⁴ 地下两溜十六张楠木交椅。又有一副对联，乃是乌木联牌，镶着錾银⑥的字迹，道是：

座上珠玑昭日月，堂前黼黻焕烟霞。⑦⁵

下面一行小字，道是："同乡世教弟勋袭东安郡王穆莳拜手书"。

原来王夫人时常居坐宴息，亦不在这正室，只在这正室东边的三间耳房内。于是老嬷嬷引黛玉进东房门来。临窗大炕上猩红洋罽⑧，正面设着大红金钱蟒靠背，石青金钱蟒引枕⑨，秋香色金钱蟒大条褥。两边设一对梅花式洋漆小几。左边几上文王鼎、匙箸、香盒⑩；右

1. 仍详述经过。

2. 此句后，凡堂室陈设，皆精细描绘，与到贾赦处之简略，截然不同。

3. 有人因康熙南巡时曾为曹家题过"萱瑞堂"三字，便坐实它就是"荣禧堂"原型，并无证据，殆不可信。

4. 有意用"蜼""盒"等非常见字称器物名，以突显摆设之珍奇。后人不明作意，为求通俗，改为"錾金彝"，且将"盒"讹作"盒"。竟有否定脂本者说："盒"字对，"盒"不知何物，大概是酒缸（其实只是大碗，俗称"海"），还怕紫檀长案承受不住。一何可笑！

5. 此联武侠小说家古龙曾照搬于其书中。又有人因王渔洋将刘禹锡"楼中饮兴因明月，江上诗情为晚霞"诗句误记为清废太子允礽所作，遂牵强附会地与曹家硬扯上关系，竟将康熙亲信、至死效忠的曹寅说成是"太子党"，无知如此！

---

① 两边厢房鹿顶耳房钻山——两边的厢房以山墙开门的方式与正房两侧的平顶小屋相连接。鹿顶耳房，平屋顶的小屋，亦称耳房，附于正屋两侧。

② 万几宸翰之宝——意即日理万机的皇帝御笔书写所用的印章。万几，即万机。宸，北极星的位置，以代坐北面南的皇帝。翰，笔。宝，皇帝印玺的专称。

③ 待漏随朝墨龙大画——待漏随朝，大臣等待时刻按班列次序朝见皇帝。漏，古代滴水计时器。墨龙大画，此种大画以水墨画雨天海潮中的龙；龙，象征皇帝；以雨切"漏"，以"潮"谐"朝"，故画前冠以"待漏随朝"字样。

④ 金蜼彝（wěi yí 伟夷）——有长尾猿图案的青铜祭器，此为陈设品。

⑤ 玻璃盒（hǎi 海）——玻璃制的盛酒器，也是陈设品。

⑥ 錾（zàn 赞）银——银雕工艺，在金属器物上雕刻叫"錾"。

⑦ "座上"一联——意谓座中人所佩戴的珠玉，光彩可与日月争辉；堂上人所穿的官服，色泽犹如云霞绚烂。黼黻（fǔ fú 府弗），古代高官礼服上所绣的花纹。

⑧ 罽（jì 计）——毛毡。

⑨ 引枕——圆墩形的倚枕。

⑩ 文王鼎、匙箸、香盒——仿古鼎香炉、添香料拨香灰用具和盛香料盒子。

边几上汝窑美人觚①内插着时鲜花卉，并茗碗、唾壶等物。地下面西一溜四张椅上，都搭着银红撒花椅搭，底下四副脚踏。椅子两边，也有一对高几，几上茗碗、瓶花俱备。其余陈设，自不必细说。老嬷嬷们让黛玉炕上坐，炕沿上却也有两个锦褥对设。黛玉度其位次，便不上炕，只向东边椅子上坐了。¹ 本房内的丫鬟忙捧上茶来。黛玉一面吃茶，一面打量这些丫鬟们，妆饰衣裙，举止行动，果亦与别家不同。²

　　茶未吃了，只见穿红绫袄、青缎掐牙②背心的一个丫鬟走来，笑说道："太太说，请姑娘到那边坐罢！"老嬷嬷听了，于是又引黛玉出来，到了东廊三间小正房内。正面炕上横设一张炕桌，桌上磊着书籍茶具，³ 靠东壁面西，设着半旧青缎靠背引枕。王夫人却坐在西边下首，亦是半旧青缎靠背坐褥。见黛玉来了，便往东让。黛玉心中料定这是贾政之位。因见挨炕一溜三张椅子上，也搭着半旧的弹墨椅袱③，⁴ 黛玉便向椅上坐了。王夫人再四携她上炕，她方挨王夫人坐了。王夫人因说："你舅舅今日斋戒去了，再见罢。⁵ 只是有一句话嘱咐你：你三个姊妹倒都极好，以后一处念书认字、学针线，或是偶一玩笑，都有尽让的。但我不放心的最是一件：我有一个孽根祸胎，⁶ 是家里的'混世魔王'，⁷ 今日因庙里还愿去了，尚未回来，晚间你看见便知。你只以后不用睬他，你这些姊妹都不敢沾惹他的。"

　　黛玉亦常听见母亲说过，二舅母生的有个表兄，乃衔玉而诞，顽劣异常，极恶读书，⁸ 最喜在内帏④厮混；外祖母又极溺爱，无人敢管。今见王夫人如此说，便知说的是这表兄了。因陪笑道："舅母说的，可是衔玉所生的这位哥哥？在家时亦曾听见母亲常说，这位哥哥比我大一岁，小名就唤宝玉，虽极憨顽，说在姊妹情中极好的。⁹ 况我来了，

1. 写其行止谨慎，知所谦让。写黛玉心意。（甲）

2. 从黛玉所见三等使婢，写出荣府之显贵。

3. 伤心笔，堕泪笔。（甲）桌上之物最平常不过，谁不能有？批书人当有所触动而言。脂评固提供研究此书、作者及其家世的极重要线索，但过于敏感亦易致人迷惑。

4. 形容大族之家具陈设，全是半旧的，足以给人不少为文的启示。可笑近之小说中，不论何处，则曰商彝周鼎、绣幕珠帘、孔雀屏、芙蓉褥等样字眼。（甲）

5. 好，贾政也不能见。若见面，冷也不是，热也不是，有何精彩文字可写？不如不见。点缀官途。（甲）

6. 四字是血泪盈面，不得已，无可奈何而下；四字是作者痛哭。（甲）意谓做儿子的对母亲深深的愧疚。作者除了自惭半生碌碌、一事无成，不能减轻母亲的艰辛忧愁外，不知还有什么我们尚未知晓的事，令其愧疚。

7. 与"绛洞花主"为对看。（甲）"主"原讹作"王"，后正文也有讹作"玉"的；乃"主"字行书将一点向右甩远了，或因行侧有批而忽略，或误认属右下而致。后结诗社起雅号，李纨说"你的旧号'绛洞花主'就好"，"主""主人"是当时文人起雅号最常用的，宝玉幼时赶时髦，故用。

8. 是极恶每日"诗云""子曰"的读书。（甲）看杂书当时不算"读书"。

9. 想不到由黛玉说出。"虽"字是有情字，宿根而发，勿得泛泛看过。（甲）

---

①　汝窑美人觚（gū 孤）——宋代著名的河南汝州瓷窑所烧制的一种盛酒瓷瓶，长身细腰，状如美人。

②　掐牙——衣服滚边内，加嵌一条很细锦缎滚条，叫"掐牙"。

③　椅袱——椅套。

④　内帏——女子的居室。

自然只和姊妹同处，兄弟们自是别院另室的，岂得去沾惹之理！"[1]王夫人笑道："你不知原故：他与别人不同，自幼因老太太疼爱，原系同姊妹们一处娇养惯了的。[2]若姊妹们有日不理他，他倒还安静些，纵然他没趣，不过出了二门，背地里拿着他的两三个小幺儿①出气，咕唧一会子就完了。若这一日姊妹们和他多说一句话，他心里一乐，便生出多少事来！所以嘱咐你别睬他。他嘴里一时甜言蜜语，一时有天无日，一时又疯疯傻傻，只休信他！"[3]

黛玉一一地都答应着。只见一个丫鬟来回："老太太那里传晚饭了！"王夫人忙携黛玉从后房门由后廊往西，出了角门，是一条南北宽夹道。南边是倒座三间小小抱厦厅②，北边立着一个粉油大影壁③，后有一半大门，小小一所房宇。王夫人笑指向黛玉道："这是你凤姐姐的屋子，回来你好往这里找她来，少什么东西，你只管和她说就是了。"这院门上也有四五个才总角④的小厮，都垂手侍立。王夫人遂携黛玉穿过一个东西穿堂，便是贾母的后院了。[4]于是，进入后房门，已有多人在此伺候，见王夫人来了，方安设桌椅。贾珠之妻李氏捧饭，熙凤安箸，王夫人进羹。贾母正面榻上独坐，两旁四张空椅，熙凤忙拉了黛玉在左边第一张椅上坐了。黛玉十分推让。贾母笑道："你舅母和嫂子们不在这里吃饭。你是客，原应如此坐的。"黛玉方告了座，坐了。贾母命王夫人坐了。迎春姊妹三个告了座，方上来。迎春便坐右手第一，探春左第二，惜春右第二。旁边丫鬟执着拂尘、漱盂、巾帕。李、凤二人立于案旁布让⑤。[5]外间伺候之媳妇丫鬟虽多，却连一声咳嗽不闻。[6]寂然饭毕，各有丫鬟用小茶盘捧上茶来。当日林如海教女以惜福养身，云饭后务待饭粒咽尽，过一时再吃茶，方不伤脾胃。[7]今黛玉见了这里许多事情不合家中之式，不得不随的，少不得一一地改过来，因而接了茶。早有人又捧过漱盂

① 小幺儿——小僮仆。
② 倒座、抱厦厅——四合院以北房为正房，南房称"倒座"。回绕堂屋后面的侧室叫"抱厦厅"。
③ 影壁——又叫"照墙"，在门内或门外正对大门以作屏障的墙壁。
④ 总角——儿童将头发扎成向上左右分开的小鬏或小髻。
⑤ 布让——宴席上向人敬菜、劝餐。

1. 又登开一笔，妙妙！（甲）评得细。

2. 此一笔收回，是明通部同处原委也。（甲）细。

3. 总束。不写黛玉眼中之宝玉，却先写黛玉心中已早有一宝玉矣，幻妙之至。自冷子兴口中之后，余已极欲一见，及今尚未得见，狡猾之至。（甲）

4. 写一路所经之处，可据文字画出示意图来。这正是贾母正室后之穿堂也，与前穿堂是一带之屋。中一带乃贾母之下室也。记清。（甲）

5. 吃饭座次排序，皆大族人家规矩，未出嫁女儿倒有座，同辈媳妇只能站立餐桌旁布让。

6. 用餐时规矩，如亲历其境。

7. 夹写如海一派书气，最妙！（甲）

来，黛玉也照样漱了口。然后盥手毕，又捧上茶来，方是吃的茶。[1] 贾母便说："你们去罢，让我们自在说话儿。"王夫人听了，忙起身，又说了两句闲话，方引李、凤二人去了。贾母因问黛玉念何书。黛玉道："只刚念了《四书》①。"[2] 黛玉又问姊妹们读何书。贾母道："读的是什么书，不过是认得两个字，不是睁眼的瞎子罢了！"

一语未了，只听院外一阵脚步响，丫鬟进来笑道："宝玉来了！"[3] 黛玉心中正疑惑着："这个宝玉，不知是怎生个惫懒②人物、懵懂顽劣之童？倒不见那蠢物也罢了！"[4] 心中正想着，忽见丫鬟话未报完，已进来了一个年轻公子：头上戴着束发嵌宝紫金冠，齐眉勒着二龙抢珠金抹额；穿一件二色金百蝶穿花大红箭袖，束着五彩丝攒花结长穗宫绦；外罩石青起花八团倭缎排穗褂；登着青缎粉底小朝靴③。面若中秋之月，色如春晓之花，[5]鬓若刀裁，眉如墨画，眼似桃瓣，睛若秋波。虽怒时而若笑，即瞋视而有情。[6]项上金螭璎珞，又有一根五色丝绦，系着一块美玉。黛玉一见，便吃一大惊，心下想道："好生奇怪！倒像在哪里见过的一般，何等眼熟到如此！"[7]只见这宝玉向贾母请了安。贾母便命："去见你娘来！"宝玉即转身去了。一时回来，再看，已换了冠带：头上周围一转的短发，都结成小辫，红丝结束，共攒至顶中胎发，总编一根大辫，黑亮如漆，从顶至梢，一串四颗大珠，用金八宝坠角；上穿着银红撒花半旧大袄，仍旧戴着项圈、宝玉、寄

1. 黛玉回想家中茶饭之式与这里不同，可见已误将初次捧上之茶认作吃的茶了。幸好细心慎行，未忙着就去吃。写大人家排场，毫不费力。余看至此，故想日前所阅王敦初尚公主，登厕时不知塞鼻用枣，敦辄取而啖之，早为宫人鄙诮多矣。今黛玉若不漱此茶，或饮一口，不为荣婢所诮乎？观此则知黛玉平生之心思过人。（甲）

2. 谦语也。只读《四书》者，如何能做得好诗？好极，稗官专用腹隐五车者来看。（甲）稗官，写小说者。腹隐五车，读书多。

3. 上场锣鼓打得精彩。与阿凤之来相映而不相犯。（甲）余为一乐。（甲）

4. 文字不反不见正文之妙，似此应从《国策》得来。（甲）这蠢物不是那蠢物，却有个极蠢之物相待，妙极！（甲）"这蠢物"，指宝玉；"那蠢物"，指石头；"极蠢之物"，当指黛玉，既视彼为蠢物，结果又甘愿为他付出一生的眼泪和生命，岂非更蠢！

5. 此非套满月，盖人生而有面青白色者，则皆可谓之秋月也。用满月者不知此意。（甲）此批之用意费解。因其或可为某实有之人的面相作参证，姑存之。"少年色嫩不坚牢"以及"非天即贫"之语，余犹在心，今阅至此，放声一哭。（甲）此批亦有难解处，批书人视自己面相同于宝玉还是作者面相同于宝玉，哭的对象是自身还是作者或别的什么人，都不易确定。《金瓶梅词话》第九十六回有"老年色嫩招辛苦，少年色嫩不坚牢"之语。

6. 真真写杀。（甲）

7. 怪甚。（甲）正是，想必在灵河岸上三生石畔曾见过。（甲）

---

① 《四书》——封建时代奉为经典的必读书。即《大学》《中庸》《论语》《孟子》，合称《四书》。
② 惫懒——也作"惫赖"，调皮，不听话。
③ 宝玉装饰——紫金冠，束发于顶的一种髻冠。金抹额，金线绣花围扎于额头的饰巾。箭袖，窄袖衣服。长穗宫绦，指系于腰间、两端垂有长长穗子的丝带。倭缎，又叫东洋缎。排穗，缀于衣服下边成排下垂的穗子。青缎，黑色缎子，犹以"青丝"指黑发。朝靴，厚底半高统方头靴。

名锁、护身符①等物；下面半露松花绿撒花绫裤腿，锦边弹墨袜，厚底大红鞋。越显得面如敷粉，唇似施脂；转盼多情，语言常笑。<u>天然一段风骚，全在眉梢；平生万种情思，悉堆眼角。</u>¹看其外貌，最是极好，却难知其底细。后人有《西江月》二词，批这宝玉极恰，其词曰：

> 无故寻愁觅恨，有时似傻如狂。纵然生得好皮囊，腹内原来草莽。　潦倒不通世务，愚顽怕读文章。行为偏僻性乖张，哪管世人诽谤！
>
> 富贵不知乐业，贫穷难耐凄凉。可怜辜负好韶光，于国于家无望。　天下无能第一，古今不肖无双。寄言纨袴与膏粱，莫效此儿形状！②²

贾母因笑道："外客未见，就脱了衣裳，还不去见你妹妹！"宝玉早已看见多了一个姊妹，便料定是林姑母之女，忙来作揖。厮见毕，归坐，细看形容，与众各别：

> <u>两弯似蹙非蹙罥烟眉，一双似泣非泣含露目。</u>³态生两靥之愁，娇袭一身之病。泪光点点，娇喘微微。闲静时，如娇花照水；行动处，似弱柳扶风。<u>心较比干多一窍，病如西子胜三分</u>③⁴

1. 前写凤姐出场，穿戴妆饰已极详尽，不料宝玉出场更有过之。一时间先正装、后便装两套行头一一亮相，并夹写其容貌神态，出力描绘。

2. 通常以为二词是以贬语为褒，都是反话，恐也不尽然。作者有意借世俗眼光来作评议，倒是事实。词甚精警。其中"潦倒""贫穷"等句，应与后来情节有关，当非泛泛之言。二词更妙。（甲）末二语最要紧，只是纨袴膏粱亦未必不见笑我玉卿。可知能效一二者，亦必不是蠢然纨袴矣。（甲）

3. 评说见注释。奇眉妙眉，奇想妙想。（甲）奇目妙目，奇想妙想。（甲）

4. 绝妙骈文，恰似小赋。不写衣裙妆饰，正是宝玉眼中不屑之物，故不曾看见。黛玉之举止容貌亦是宝玉眼中看、心中评；若不是宝玉，断不能知黛玉终是何等品貌。（甲）描摹品貌，也只从虚处落笔。"多一窍"固是好事，然未免偏僻了，所谓过犹不及也。（甲）

---

① 寄名锁、护身符——旧时迷信习俗，怕小儿夭折，捐钱物与寺院道观，在神或僧道前寄名为弟子，并用锁形饰物悬挂颈间，以示借神之法力将命锁住，存得长寿，称"寄名锁"，也叫"长命锁"。将僧道、巫师所画的符箓，佩带于小儿身上，以为可借此获得保护，避邪消灾，叫"护身符"。

② 《西江月》二词——词借世俗眼光来看贾宝玉，故说他是"草莽""愚顽""偏僻""乖张""无能""不肖"等等。皮囊，佛家语，指人的躯体，此为长相。怕读文章，脂评曾批宝玉"极恶读书"曰："是极恶每日'诗云''子曰'的读书。"偏僻，谓不近常情。乖张，谓执拗不驯。乐业，满意，知足。"贫穷难耐凄凉"，应是《好了歌》解注中"展眼乞丐人皆谤"时情景，为原稿后半部中所写。不肖，不像自己父母和祖先，即不成材。纨袴（kù裤）、膏粱，指代富家的公子哥儿。

③ 赞林黛玉一段——罥（juàn倦）烟眉，形容眉色好看，如青烟挂于额间。罥，挂，诸本或作"笼"，或作"罩"，或作"冒"，或经涂改，或易全句，今从己卯本。"似泣非泣含露目"，诸本文字歧出，各种排印本多取"似喜非喜含情目"，细究并不妥当，"似喜"云云与下文"泪光点点"矛盾，亦非黛玉情态。"含情目"是直说而俗，与上句"罥烟眉"取喻而雅不协调，且"情"与"烟"对得也不工。列藏本为"泣"字"露"字（2006年发现的卞藏本作"飘"字"露"字），工巧妥帖远胜诸本，似近原文，从之。"态生"二句，意谓面涡含愁，生出一番媚态；体弱多病，反而增添娇妍。比干，商朝贵族，强谏触怒纣王，纣怒曰："吾闻圣人心有七窍。"剖比干观其心。见《史记·殷本纪》。这句说黛玉的心还不止七窍，极言其聪明。西子，西施，她"捧心而矉（pín频，皱眉）"，样子很好看。见《庄子·天运》。多病的黛玉像她而且胜过她。

帐①。宝玉含笑连说："这里好！"秦氏笑道："我这屋子，大约神仙也可以住得了。"说着亲自展开了西子浣过的纱衾②，移了红娘抱过的鸳枕③。¹于是，众奶母服侍宝玉卧好，款款散去，只留袭人、媚人、晴雯、麝月²四个丫鬟为伴。秦氏便吩咐小丫鬟们，好生在廊檐下看着猫儿狗儿打架。³

那宝玉刚合上眼，便惚惚睡去，犹似秦氏在前，遂悠悠荡荡，随了秦氏至一所在。⁴但见朱栏白石，绿树清溪，真是人迹稀逢，飞尘不到。⁵宝玉在梦中欢喜，想道："这个去处有趣！我就在这里过一生，纵然失了家也愿意，强如天天被父母、师傅打呢！"⁶正胡思之间，忽听山后有人作歌曰：

> 春梦随云散，飞花逐水流；
> 寄言众儿女，何必觅闲愁！⁷

宝玉听了，是女子的声音。⁸歌音未息，早见那边走出一个人来，蹁跹袅娜，端的与人不同。有赋为证：

> 方离柳坞④，乍出花房。但行处，鸟惊庭树⑤；将到时，影度回廊。仙袂乍飘兮，闻麝兰之馥郁；荷衣⑥欲动兮，听环佩之铿锵。靥笑春桃兮，云堆翠髻⑦；唇绽樱颗兮，榴齿⑧含香。纤腰之楚楚⑨兮，回风舞雪⑩；珠翠之辉辉兮，满额鹅黄⑪。出没花间兮，宜嗔宜喜⑫；徘徊池上兮，若飞若

1. 一路设譬之文，迥非《石头记》大笔所屑，另有他属，余所不知。（甲）谓作者本不屑作此种老套俗滥设譬文字，只为要表达别的意思而不得不用。至于想表达什么，脂评故卖关子说自己不知道。其实，无非是暗示秦可卿性欲很强，风流多情；与对联所隐含的意思相似。这些都是启宝玉情窦，使之跨过童子门限的客观原因。

2. 对四个丫头，脂评分别有批，袭人：一个再见。媚人：二新出。晴雯：三新出。名妙而文。麝月：四新出。尤妙。（甲）看出四婢之名，则知历来小说难与并肩。（甲）"媚人"之名，再未出现过，不知何故；或是作者修改书稿过程中忘了删改所留下的痕迹。较晚的甲辰（梦觉）本、程高本将她改作"秋纹"。

3. 细极。（甲）

4. 此梦文情固佳，然必用秦氏引梦，又用秦氏出梦，竟不知立意何属，惟批书人知之。（甲）何必讳言受惑！

5. 一篇蓬莱赋。（甲）

6. 一句忙里点出小儿心性。（甲）若以为宝玉真的天天被打，还有师傅，就呆了。

7. 开口拿"春"字，最紧要；二句比也；将通部人一喝。（甲）恰是"警幻"二字注脚。

8. 写出终日与女儿厮混最熟。（甲）

---

① 同昌公主制的连珠帐——同昌公主为唐懿宗之女。串珍珠作帐事，见唐苏鹗《杜阳杂编》。

② 西子浣过的纱衾——相传西施曾在若耶溪旁浣过纱。衾，被子。

③ 红娘抱过的鸳枕——红娘凑合莺莺与张生幽会，为其抱送衾枕。系《西厢记》情节。

④ 柳坞——柳成林如屏障。

⑤ 鸟惊庭树——《庄子》写毛嫱之美，以"鱼见之深入，鸟见之高飞"形容，后因以"鱼入鸟惊"说美貌。

⑥ 荷衣——荷花荷叶制成的仙人服装。见屈原《九歌·少司命》。

⑦ 云堆翠髻——乌黑的发髻如云隆起。"翠""青""绿"等词，常代"黑"以形容鬓发的颜色。

⑧ 榴齿——牙齿如排石榴子，整齐光洁。

⑨ 楚楚——原义鲜明的样子，引申为好看。

⑩ 回风舞雪——形容身姿蹁跹。

⑪ 满额鹅黄——六朝妇女于额间涂黄为饰，称额黄。

⑫ 宜嗔宜喜——不论是生气还是高兴，总是很美的。

扬。蛾眉颦笑兮，将言而未语；莲步①乍移兮，待止而欲行。美彼之良质兮，冰清玉润；慕彼之华服兮，闪灼文章②。爱彼之貌容兮，香培玉琢③；美彼之态度兮，凤翥龙翔④。其素若何？春梅绽雪。其洁若何？秋菊被霜。其静若何？松生空谷。其艳若何？霞映澄塘。其文若何？龙游曲沼⑤。其神若何？月射寒江。应惭西子，实愧王嫱⑥。吁，奇矣哉！生于孰地，来自何方？信矣乎！瑶池不二，紫府无双⑦。果何人哉？如斯之美也！¹

宝玉见是一个仙姑，喜得忙上来作揖，笑问道："神仙姐姐²不知从哪里来，如今要往哪里去？我也不知这里是何处，³望乞携带携带！"那仙姑笑道："吾居离恨天之上，灌愁海之中，乃放春山遣香洞太虚幻境警幻仙姑是也：⁴司人间之风情月债，掌尘世之女怨男痴。因近来风流冤孽，缠绵于此处，是以前来访察机会，布散相思。今忽与尔相逢，亦非偶然。此离吾境不远，别无他物，仅有自采仙茗一盏，亲酿美酒一瓮，素练魔舞歌姬数人，新填《红楼梦》仙曲十二支⑧，⁵试随吾一游否？"宝玉听了，喜悦非常，便忘了秦氏在何处，⁶竟随了仙姑，至一所在。有石牌横建，上书"太虚幻境"四个大字，⁷两边一副对联，乃是：

　　　　假作真时真亦假，无为有处有还无。⁸

转过牌坊，便是一座宫门，上面横书四个大字，道是："孽海情天"。又有一副对联，大书云：

1. 按此书凡例本无赞赋闲文，前有宝玉二词，今复见此一赋，何也？盖此二人乃通部大纲，不得不用此套。前词却是作者别有深意，故见其妙。此赋则不见长，然亦不可无者也。（甲）此评所谓"凡例"，乃体例之意，是泛义，非指甲戌本卷首《凡例》。一般章回小说在描写人物、景色或某种不寻常场面时，常插入此类"赞赋闲文"，独此书基本上不用此套，故脂评特为指明。此赋从曹植《洛神赋》中取意处甚多，是否作者有意让人联想到曹子建梦宓妃事，值得研究。

2. 千古未闻之奇称，写来竟成千古未闻之奇语，故是千古未闻之奇文。（甲）

3. 大有禅意。

4. 与开卷绛珠仙草修成女体一段合符。与首回中甄士隐梦境一照。（甲）

5. 点题。盖作者自云所历不过红楼一梦耳。（甲）谓借仙姑名点出书名、主题。"作者自云"是脂砚斋惯用语，用来解释作者自拟的曲名、回目等文字的含义。他也用这四个字来阐释首回回目的内涵，致使许多人认为那是曹雪芹自己说过的话，误会竟一直沿续至今。罪过，罪过！

6. 确是做梦时的感受。细极。（甲）

7. 甄士隐曾见过而无缘进入之地。菩萨、天尊皆因僧道而有，以点俗人，独不许幻造太虚幻境以警情者乎？观者恶其荒唐，余则喜其新鲜。有修庙造塔祈福者，余今意欲起太虚幻境，似较修七十二司更有功德。（甲）

8. 凡有意重现的文字，都是作者一再强调最要读者注意的话，此联即是。

---

① 莲步——旧时称美女的脚步。
② 闪灼文章——花纹绚烂。"文"通"纹"，"章"通"彰"。文章，即花纹。
③ 香培玉琢——用香料造就，美玉雕成。
④ 凤翥（zhù助）龙翔——龙飞凤舞。翥，鸟向上飞。
⑤ 龙游曲沼——传说龙耀五彩，所以以游龙喻文采。沼，池子。
⑥ 王嫱——即王昭君，汉元帝时宫人，著名美人。
⑦ "瑶池"二句——神话中的仙境瑶池和紫府里，没有第二个人比她更美。
⑧ 《红楼梦》仙曲十二支——脂评："点题。盖作者自云所历不过红楼一梦耳。"可知小说以《红楼梦》为书名，并非后起。

厚地高天①，堪叹古今情不尽；
痴男怨女，可怜风月债②难偿。

宝玉看了，心下自思道："原来如此！但不知何为'古今之情'，又何为'风月之债'？从今倒要领略领略。"宝玉只顾如此一想，不料早把些邪魔招入膏肓③了。[1] 当下随了仙姑进入二层门内，只见两边配殿皆有匾额对联，一时看不尽许多，惟见有几处写的是："痴情司""结怨司""朝啼司""夜哭司""春感司""秋悲司"。[2] 看了，因向仙姑道："敢烦仙姑引我到那各司中游玩游玩，不知可使得？"仙姑道："此各司中皆贮的是普天之下所有的女子过去未来的簿册，尔凡眼尘躯，未便先知的。"宝玉听了，哪里肯依，复央之再四。仙姑无奈，说："也罢！就在此司内略随喜随喜④罢了！"宝玉喜不自胜，抬头看这司的匾上，乃是"薄命司"三字，[3] 两边对联写的是：

春恨秋悲皆自惹，花容月貌为谁妍？[4]

宝玉看了，便知感叹。进入门来，只见有十数个大橱，皆用封条封着。看那封条上，皆是各省地名。宝玉一心只拣自己的家乡封条看，遂无心看别省的了。只见那边橱上封条上大书七字云："金陵十二钗正册"。[5] 宝玉问道："何为'金陵十二钗正册'？"警幻道："即贵省中十二冠首女子之册，故为'正册'。"宝玉道："常听人说，金陵极大，怎么只十二个女子？如今单我们家里，上上下下，就有几百女孩儿呢。"警幻冷笑道："省上女子固多，不过择其紧要者录之。下边二橱则又次之。余者庸常之辈，则无册可录矣。"[6] 宝玉听说，再看下首二橱上，果然一个写着"金陵十二钗副册"，又一个写着"金陵十二钗又副册"。宝玉便伸手先将"又副册"橱门开了，拿出一本册来，揭开一看，只见这首页上画着一幅画，又非人物，亦非山水，

1. 我国传统医学理论有句重要的话，叫内虚外乘，招入邪魔即由自愿领略。

2. 由"薄命司"衍化而出。虚陪六个。（甲）

3. 已总摄女儿之不幸。正文。（甲）

4. 对联虽笼统而言，若举以说林黛玉，最恰。所谓"自惹"者，即"求仁而得仁，亦何怨"意。

5. 首回楔子末称"后因曹雪芹于悼红轩中……则题曰《金陵十二钗》"，书名虽未通行，却也于此点明。正文，点题。（甲）

6. 金陵十二钗之橱共三个，册分三等，共36人，其余已"无册可录"，说得清清楚楚。有研究者不重正文，却据一条理解上有歧义的脂评，另立新说，谓册分五等，共60人（还有说72人的），徒然扰乱读者视听。（详见拙文《"警幻情榜"与"金陵十二钗"》，收入《追踪石头——蔡义江论红楼梦》一书中）

---

① 厚地高天——谓天地虽宽广，人却受禁锢不能自在。语出《诗经·小雅·正月》。金元好问《论诗》诗："东野（孟郊）穷愁死不休，高天厚地一诗囚。"
② 风月债——以欠债还债为喻，说爱情不免要付出痛苦的代价。
③ 膏肓（huāng 荒）——心脏与横膈膜之间部位，谓病入于此，则不可救药。
④ 随喜——佛家语，原意为随人做善事，因行善可生"欢喜心"，故谓；引申为到寺庙参观、游览。

不过是水墨溶染的满纸乌云浊雾而已。[1]后有几行字迹，写道是：

> 霁月难逢，彩云易散。心比天高，身为下贱。风流灵巧招人怨。寿夭多因诽谤生，多情公子空牵念。①[2]

宝玉看了，又见后面画着一簇鲜花，一床破席，[3]也有几句言词，写道是：

> 枉自温柔和顺，空云似桂如兰。
> 堪羡优伶有福，谁知公子无缘！②[4]

宝玉看了不解。遂掷下这个，又去开了副册橱门，拿起一本册来，揭开看时，只见画着一株桂花，下面有一池沼，其中水涸泥干，莲枯藕败，后面书云：

> 根并荷花一茎香，[5]平生遭际实堪伤。
> 自从两地生孤木，[6]致使香魂返故乡。③

宝玉看了仍不解。便又掷了，再去取"正册"看，[7]只见头一页上便画着两株枯木，木上悬着一围玉带；又有一堆雪，雪下一股金簪。也有四句言词，道是：

> 可叹停机德，堪怜咏絮才。
> 玉带林中挂，金簪雪里埋。④[8]

1. "晴雯"二字的反义。

2. 恰极！至"病补雀金裘"回中与此合看。（甲）

3. 隐袭人终至嫁与优伶。"花"其姓，"席"谐"袭"。

4. 骂死宝玉，却是自悔。（甲）说作者自悔，我们无从印证。说宝玉该"骂"，则袭人的嫁人或与宝玉后来沦为"乞丐"一样，都是同一变故的结果，而这一变故又与宝玉不听袭人劝谏，最终招致了袭人担心过的所谓"丑祸"（第三十二回）有关。

5. 却是咏菱妙句。（甲）

6. 拆字法。（甲）

7. 世之好事者争传"推背图"之说，想前人断不肯煽惑愚迷，即有此说，亦非常人供谈之物。此回悉借其法，为儿女子数运之机，无可以供茶酒之物，亦无干涉政事，真奇想奇笔。（甲）《宋史·艺文志》有《推背图卷》，相传唐李淳风与袁天纲共作图谶，预言历代变革之事。参见陈庆浩《新编石头记脂砚斋评语辑校》120页注。

8. 将黛玉、宝钗合写于一首之中是打破常格，也大有深意，后之仙曲十二支中则分述。寓意深远，皆生非其地之意。（甲）

---

① 又副册画和判词之一——说晴雯的。画中"乌云浊雾"，暗示环境险恶，晴雯难为阴暗、污浊的社会所容。霁月，天净月朗；旧时喻人的品格光明磊落为"光风霁月"。雨后新晴叫霁，寓"晴"字。彩云，喻好景；云呈彩叫雯，寓"雯"字。晴雯心高，不肯低三下四讨好主子；但她是被赖大买来养大的"奴才的奴才"，地位最低贱。她模样标致，口齿伶俐，能说惯道，招人妒恨。后来王善保家的在王夫人前诽谤她，使她遭迫害而夭折，年仅十六岁。多情公子，指宝玉。

② 又副册画和判词之二——说袭人的。画中鲜花破席，除"花""席"（谐"袭"）隐其姓名外，又对其最终嫁与优伶表示惋惜。判词前两句说她心愿落空。"似桂如兰"暗点其名，所谓"花气袭人"。优伶，旧称戏剧艺人，指蒋玉菡。

③ 副册画与判词一首——说香菱。判词首句暗点其名；香菱本名英莲，莲就是荷，菱与荷同生池中，所以说根在一起。三四句说，自从薛蟠娶夏金桂为妻之后，香菱就被迫害而死了。"两地生孤木"，两个"土"字，加一个"木"字，是金桂的"桂"字，故画中画桂花。"魂返故乡"，指死。画中也有这个意思。戚序本第八十回有回目用"姣怯香菱病入膏肓"的，还写她"酿成干血痨症，日渐羸瘦作烧"，医药无效，接着当写她死，即所谓"水涸泥干，莲枯藕败"（"藕"谐音配偶的"偶"）。续书所写未遵原意。

④ 正册画与判词之一——说薛宝钗和林黛玉的。判词首句叹宝钗虽有贤妻良母的品德，可惜徒劳无功。东汉乐羊子远出寻师求学，中途想家回来，他妻子以刀断布机上的绢，比喻学业中断，劝他继续求学，谋取功名，不要半途而废，见《后汉书·列女传·乐羊子妻》。二句说黛玉聪明有才华，但命运令人同情。晋代谢道韫，有才思，某天大雪，叔谢安吟句说："白雪纷纷何所似？"道韫堂兄弟谢朗答道："撒盐空中差可拟。"道韫接道："未若柳絮因风起。"谢安大加赞赏，见《世说新语·言语》。三句说黛玉，前三字倒读即谐其名。画中"两株枯木（双'木'为'林'），木上悬着一围玉带"可能寓黛玉泪"枯"而死，宝玉为怀念她而弃绝世俗欲念（玉带象征贵族公子生活）为僧的意思。"悬""挂"，思念。末句说宝钗，"雪"谐"薛"，"金簪"义同"宝钗"，本是光耀头面的，竟埋没雪中，是对宝钗空闺独守的冷落处境的写照。

宝玉看了仍不解。待要问时，情知她必不肯泄漏；待要丢下，又不舍。遂又往后看时，只见画着一张弓，弓上挂一香橼。也有一首歌词云：

> 二十年来辨是非，榴花开处照宫闱。
> 三春争及初春景？[1] 虎兔相逢大梦归。①[2]

后面又画着两人放风筝，一片大海，一只大船，船中有一女子掩面泣涕之状。也有四句写云：

> 才自精明志自高，生于末世运偏消。[3]
> 清明涕送江边望，千里东风一梦遥。②[4]

后面又画几缕飞云，一湾逝水。其词曰：

> 富贵又何为，襁褓之间父母违。
> 展眼吊斜晖，湘江水逝楚云飞。③[5]

后面又画着一块美玉，落在泥垢之中。其断语云：

> 欲洁何曾洁，云空未必空。
> 可怜金玉质，终陷淖泥中。④[6]

后面忽画一恶狼，追扑一美女，欲啖之意。其书云：

> 子系中山狼，得志便猖狂。[7]

1. 显极。（甲）

2. 元春死，则贾府大树摧倒；作者先祖曹寅以"树倒猢狲散"俗语为口头禅，寅者虎也，不知与"虎兔"或"虎兕"之隐寓有关否？

3. 两句作曹雪芹自慨看，未尝不可。感叹句，自寓。（甲）

4. 从此句看，探春绝无续书所写嫁后又重回娘家探视之事。好句。（甲）

5. 夫妻生活短暂之意甚明，故白首如牛女之隔银河。

6. 可知非偶逢不幸如遭劫或被杀之类。

7. 好句。（甲）

---

① 正册画与判词之二——说元春的。画中弓当谐"宫"，橼（yuán园），可谐"缘"，也可谐其名"元"。判词大概说，元春如榴花使宫闱生色，二十岁时，便选入凤藻宫封为贤德妃，故"四春"中三个妹妹都不及她荣耀，只可惜她的死期也不太远了。"虎兔相逢"，原意不详。可以说人的生肖，也可以代表干支（年月或月日），续书以时间比附（所谓"交卯年寅月"），很像算命，未必定符原意，又己卯、梦稿本作"虎兕相逢"，若非抄误，或寓元春死于两派政治势力的恶斗中。

② 正册画与判词之三——说探春的。说她将来出海远嫁。"清明"，当指出嫁的时节，画中"两人放风筝"是隐寓有两个人（不知是否赵姨娘和贾环）设谋让探春远嫁的，"放风筝"的"放"是"放走"的意思（小说中特地写到），象征有去无回。

③ 正册画与判词之四——说湘云的。湘云出生不久，父母亡故，富贵之家金银散尽，她幼年坎坷。后来嫁个"才貌仙郎"，又好景长，正如凭吊斜晖者叹息"夕阳无限好，只是近黄昏"，转眼间夫妻生活告终。末句藏"湘云"二字，又暗借楚襄王梦见能行云作雨的巫山神女等故事，说夫妻间幸福短暂，画也同此意。

④ 正册画与判词之五——说妙玉的。妙玉有洁癖，又皈依空门，可是后来连这一点也无法保持。妙玉大概随贾府的败落，而遭到流落"瓜洲渡口……红颜固不能屈从枯骨"（据已迷失的靖应鹍藏本脂评，周汝昌校文）的悲剧结局。淖（nào闹），烂泥。

金闺花柳质，一载赴黄粱。①

后面便是一所古庙，里面有一美人，在内看经独坐。其判云：

勘破三春景不长，缁衣顿改昔年妆。
可怜绣户侯门女，独卧青灯古佛旁。②1

后面便是一片冰山，上面有一只雌凤。其判曰：

凡鸟偏从末世来，都知爱慕此身才。2
一从二令三人木3，哭向金陵事更哀。③

后面又是一座荒村野店，有一美人在那里纺绩。其判曰：

势败休云贵，家亡莫论亲。4
偶因济刘氏，巧得遇恩人。④

诗后又画一盆茂兰，旁有一位凤冠霞帔的美人。也有判云：

桃李春风结子完，到头谁似一盆兰？
如冰水好空相妒，枉与他人作笑谈。⑤5

后面又画着高楼大厦，有一美人悬梁自缢。其判云：

1. 是水月庵、地藏庵之类地方。好句。（甲）

2. 作者亦爱慕其才乎？

3. 拆字法。（甲）究竟如何"拆"法，笔墨官司打到今天，也没有一个大家都能接受的结果。

4. 非经历过者，此二句则云纸上谈兵，过来人哪得不哭！（甲）曹寅有女嫁平郡王纳尔苏，其子福彭，在乾隆嗣位后官运亨通，遂有人在毫无史料依据情况下，臆测曹頫必得这门亲戚的援助，免罪后，起复为内务府员外郎，曹家因而中兴。立此说者，当细读此判词并脂评，三思之。

5. 真心实语。（甲）有人以为小说中唯一无缺点的人物是李纨，因疑其原型是作者生母。此说亦谬。姑且不论找原型的索隐方法有几分可信，李纨是否真无缺点，即视此判词之末句，怎能说作者没有讥贬之意呢？

---

① 正册画与判词之六——说迎春的。判词中"子"，男子通称。"系"，是。"子""系"合而成"孙"，隐指其丈夫孙绍祖。中山狼，喻恩将仇报的人。见明马中锡《中山狼传》。花柳质，喻迎春娇弱，不禁摧残。末句说她嫁到孙家一年，便被虐待致死。赴黄粱，与元春判词"大梦归"一样，指死。出唐代沈既济《枕中记》。

② 正册画与判词之七——说惜春的。勘，察看。三春，惜春的三个姐姐（元春、迎春、探春）。即她们都好景不长，惜春感到人生幻灭而出家为尼。缁（zī资）衣，黑衣，指僧尼的衣服，出家也叫披缁。画中古庙，当是世俗的尼庵，非大观园中环境幽雅的栊翠庵。

③ 正册画与判词之八——说凤姐的。冰山，喻凤姐独揽贾府大权的地位难以持久。唐天宝十一载，张彖曾以冰山比杨国忠权势，意思说皎日出时，冰将融化。见《资治通鉴》。雌凤，当指后来凤姐被休孤独。"凡鸟"，合起来是"鳳"字，点其名。三国魏吕安曾在人家门上题"鳳"字，以嘲遇见之人是凡鸟。见《世说新语·简傲》。"一从"句，脂评："拆字法。"意思是把要说的字拆开来，但如何拆法，没有说。历来众说纷纭。吴恩裕先生说："凤姐对贾琏最初是言听计'从'，继则对贾琏可以发号施'令'，最后事败终不免于'休'之，故曰'哭向金陵事更哀'云云。"

④ 正册画与判词之九——说巧姐的。前两句说势败家亡之日，任你贵族千金，连亲骨肉也翻脸不认。当是指被她的"狠舅奸兄"卖入烟花巷。后两句说，刘姥姥告艰难，凤姐接济她银子，后来巧姐遭难，幸得恩人刘姥姥相救。续书写巧姐后来嫁给一个"家财巨万，良田千顷"的姓周的大地主家做媳妇，把画中的"荒村野店"写成了地主庄院，与作者原意相悖。巧，双关语，是凑巧，也是巧姐。

⑤ 正册画与判词之十——说李纨的。首句说她生下贾兰不久，丈夫便亡故，短暂的婚姻生活就此结束，恰如桃李结子，春色也就完结。"桃李"藏"李"字，"完"与"纨"谐音。次句说贾府子孙后来只有贾兰"爵禄高登"，做母亲的也因此显贵。画中图景即指此。后两句说，李纨死守贞节，品行如冰清水洁，似乎得了好报，但实在用不着妒忌羡慕，她为儿子苦熬了一辈子，待以为可享晚福时，却已"昏惨惨、黄泉路近"了。结果也只是白白地作了他人谈笑的材料。

　　情天情海幻情身，情既相逢必主淫。

　　漫言不肖皆荣出，造衅开端实在宁。①

　　宝玉还欲看时，那仙姑知他天分高明，性情颖慧，[1] 恐把仙机泄漏，遂掩了卷册，笑向宝玉道："且随我去游玩奇景，[2] 何必在此打这闷葫芦！"

　　宝玉恍恍惚惚，不觉弃了卷册，[3] 又随了警幻来至后面。但见珠帘绣幕，画栋雕檐，说不尽那光摇朱户金铺地，雪照琼窗玉作宫。更见仙花馥郁，异草芬芳，真好个所在。[4] 又听警幻笑道："你们快出来迎接贵客！"一语未了，只见房中又走出几个仙子来，皆是荷袂蹁跹，羽衣飘舞，姣若春花，媚如秋月。一见了宝玉，都怨谤警幻道："我们不知系何贵客，忙的接了出来。姐姐曾说今日今时必有绛珠妹子的生魂前来游玩，[5] 故我等久待。何故反引这浊物来污染这清净女儿之境？"[6]

　　宝玉听如此说，便唬得欲退不能退，果觉自形污秽不堪。警幻忙携住宝玉的手，向众姊妹道："你等不知原委：今日原欲往荣府去接绛珠，适从宁府所过，偶遇宁、荣二公之灵，嘱吾云：'吾家自国朝定鼎以来，功名奕世，富贵传流，虽历百年，奈运终数尽，不可挽回。故近之子孙虽多，竟无一可以继业。[7]其中惟嫡孙宝玉一人，禀性乖张，生情怪谲，虽聪明灵慧，略可望成，无奈吾家运数合终，恐无人规引入正。幸仙姑偶来，万望先以情欲声色等事警其痴顽，[8]或能使彼跳出迷人圈子，然后入于正路，亦吾兄弟之幸矣。'如此嘱吾，故发慈心，引彼至此，先以彼家上、中、下三等女子之终身册籍，令

1. **与世俗之见截然不同**。通部中笔笔贬宝玉，人人嘲宝玉，语语谤宝玉，今却于警幻意中忽写出此八字来，真是意外之意。此法亦别书中所无。（甲）

2. **警幻始终是宝玉的导游**，也是导演，梦中之宝玉并无自行其是之举。是哄小儿语，细甚。（甲）

3. 是梦中景况，细极。（甲）

4. **在作者构思中，太虚幻境与大观园虚实相映**。已为省亲别墅画下图式矣。（甲）脂评首次将天上人间联系起来。

5. **"捧心西子玉为魂"**，宝玉也是黛玉之魂。绛珠为谁氏？请观者细思首回。（甲）

6. **折射出宝玉自惭形秽的心境**。奇笔摅奇文，作者视女儿珍贵之至，不知今时女儿可知？余为作者痴心一哭，又为近之自弃自败之女儿一恨。（甲）摅，音书，发抒也。贵公子岂容人如此厌弃，反不怒而反欲退，实实写尽宝玉天分中一段情痴来。若是阿呆至此闻此语，则警幻之辈共成斋粉矣。一笑。（戚）

7. **既运终数尽，纵有可继业者何用？**这是作者真正一把眼泪。（甲）总是批书人拟想中的作者。

8. 所谓**"以情悟道"**是也。实非真可警人迷幻之药方。二公真无可奈何，开一觉世觉人之路也。（甲）

────────────

① 正册画与判词之十一——说秦可卿的。作者初稿曾以"秦可卿淫丧天香楼"为回目，写贾珍与其儿媳秦氏私通，内有"遗簪""更衣"诸情节。丑事败露后，秦氏羞愤自缢于天香楼。作者长辈亲友、批书人之一的畸笏叟，出于维护大家庭利益的立场，命作者删改这一情节，为秦氏隐恶。因删去天香楼一节四五页文字（约二千余字），成了现存的样子。但有些地方，作者故意留下痕迹，如画中图景，便是最明显的地方。"情天情海"，与太虚幻境的匾额"孽海情天"同，皆借幻境说人世间情多。"幻情身"，幻化出一个象征着风月之情的女身。暗示警幻称为"吾妹"的仙姬，即秦可卿幻化的形象，作者讳言可卿引诱宝玉，假托梦魂游仙，说是两个多情的碰在一起的结果。三四句说，不要以为不肖子孙都出于荣国府，坏事的开端实在还在宁国府。或谓宝玉只是被引诱，而可卿的堕落却是她和公公有不正当关系就开始的，而这首先应由贾珍负责。衅，事端。

彼熟玩，尚未觉悟。故引彼再至此处，令其再历饮馔声色之幻，或冀将来一悟，亦未可知也。"[1]

说毕，携了宝玉入室。但闻一缕幽香，竟不知其所焚何物。宝玉遂不禁相问。警幻冷笑道："此香尘世中既无，尔何能知！此香乃系诸名山胜境内初生异卉之精，合各种宝林珠树之油所制，名'群芳髓'。"[2]宝玉听了，自是羡慕。已而，大家入座，小鬟捧上茶来。宝玉自觉清香味异，纯美非常，因又问何名。警幻道："此茶出在放春山遣香洞，又以仙花灵叶上所带宿露而烹，此茶名曰'千红一窟'[3]。"宝玉听了，点头称赏。因看房内，瑶琴、宝鼎、古画、新诗，无所不有；更喜窗下亦有唾绒①，衾间时渍粉污。壁上亦有一副对联，书云：

幽微灵秀地，无可奈何天。[4]

宝玉看毕，无不羡慕。因又请问众仙姑姓名：一名痴梦仙姑，一名钟情大士，一名引愁金女，一名度恨菩提，[5]各各道号不一。少刻，有小鬟来调桌安椅，设摆酒馔，真是：琼浆满泛玻璃盏，玉液浓斟琥珀杯。更不用再说那肴馔之盛。宝玉因闻得此酒清香甘冽，异乎寻常，又不禁相问。警幻道："此酒乃以百花之蕊、万木之汁，加以麟髓之醅、凤乳之曲酿成，因名为'万艳同杯'[6]。"宝玉称赏不迭。

饮酒间，又有十二个舞女上来，请问演何词曲。警幻道："就将新制《红楼梦》十二支演上来。"舞女们答应了，便轻敲檀板，款按银筝，听她歌道是：

开辟鸿蒙……[7]

方歌了一句，警幻便说道："此曲不比尘世中所填传奇之曲②，必有生、旦、净、末之别，又有南北九宫之限。此或咏叹一人，或感怀一事，

1．以上既点贾府百年基业将尽，又期宝玉能悟声色之幻，回头归入正途。不料在现实中接连碰壁之后，反"由色悟空"，终至皈依佛门去了。这正如王维诗说的："一生几许伤心事，不向空门何处消？"一段叙出宁、荣二公，足见作者深意。（甲）

2．遵下文以"窟"隐"哭"例，"髓"当隐"碎"字。好香。（甲）

3．仅就茶名看，亦新雅、何况又寓深意。隐"哭"字。（甲）

4．妙联，非诗才卓尔者拟不出。女儿之心，女儿之境。（甲）两句尽矣！撰通部大书不难，最难是此等处，可知皆从无可奈何而有。（甲）

5．随手拟成道号，其义皆可思，似从"警幻"二字化出。

6．酒名更妙。与"千红一窟"一对，隐"悲"字。（甲）

7．好，唱一句打断，再取原稿来对看，便不板。故作顿挫摇摆。（甲）

---

①　唾绒——妇女停针线时，用牙齿咬断线绒，口中所沾，连唾吐出，俗称唾绒。
②　传奇之曲——戏曲中明清传奇为南曲，杂剧为北曲；角色有生、旦、净、末、丑之分；戏曲音律南曲北曲派别不同；元人杂剧有五宫四调，合为九宫调，戏剧的曲牌，受其限制。

偶成一曲，即可谱入管弦。若非个中人①，不知其中之妙，¹ 料尔亦未必深明此调。若不先阅其稿，后听其歌，反成嚼蜡矣！"² 说毕，回头命小丫鬟取了《红楼梦》的原稿来，递与宝玉。宝玉揭开，一面目视其文，一面耳聆其歌，曰：

〔红楼梦·引子〕开辟鸿蒙，谁为情种？³ 都只为风月情浓。趁着这奈何天、伤怀日、寂寥时，试遣愚衷。因此上演出这怀金悼玉的《红楼梦》。②⁴

〔终身误〕都道是金玉良姻，俺只念木石前盟。空对着、山中高士晶莹雪；终不忘、世外仙姝寂寞林。叹人间、美中不足今方信。纵然是齐眉举案，到底意难平！③⁵

〔枉凝眉〕⁶ 一个是阆苑仙葩，一个是美玉无瑕。若说没奇缘，今生偏又遇着他；若说有奇缘，如何心事终虚化？一个枉自嗟呀，一个空劳牵挂。⁷ 一个是水中月，一个是镜中花。想眼中能有多少泪珠儿，怎禁得秋流到冬尽、春流到夏！④⁸

1. 因曲子隐寓诸钗归宿，故谓。三字要紧，不知谁是个中人？宝玉即个中人乎？然则石头亦个中人乎？作者亦系个中人乎？观者亦个中人乎？（甲）宝玉、石头、作者分开说，因各自角色有别，非彼此全不相干。

2. 须细加玩味，方能领略曲中深意。近之大老观戏，必先翻阅角本，目睹其词，耳听彼歌，却从警幻处学来。（甲）

3. 情种自多，非真诘问，只表感慨而已。非作者为谁？余又曰，亦非作者，乃石头耳。（甲）

4. 后人改一字作"悲金悼玉"，不如"怀金悼玉"妥当。存者用"怀"，殁者用"悼"。读此几句，翻厌近之传奇中必用开场、付末等套，累赘太甚。（甲）

5. 曲名只适用于嫁人不当而误了终身的女子，不用于男子，故唯指宝钗一人。曲中又提到二玉，乃因丈夫不忘逝者，与他最终弃钗为僧有关，正写"终身误"三字。"俺只念""终不忘"都可看出黛死在先，钗婚在后，与贾家择谁为媳无关。

6. 《枉凝眉》是徒然悲伤，后人改为《枉凝眸》成了徒然注视，可笑。

7. 是人分两地、彼此为对方而痛苦的话。

8. 语句泼撒，不负自创北曲。（甲）此评甲戌本为眉批，抄录位置偏前，在《终身误》之上，蒙府、戚序本作《枉凝眉》批，是。此用六个"一个"、两个"若说"，堪称"语句泼撒"。

---

① 个中人——圈子里的人。个，此。

② 〔红楼梦·引子〕一首——《红楼梦》十二支曲连〔引子〕〔收尾〕共十四首，与金陵十二钗正册画与判词互为补充，皆预示小说主要人物的命运与结局。开辟鸿蒙，开天辟地，混沌初开。试遣愚衷，试着抒发自己的情怀。怀金悼玉，金，指代薛宝钗；玉，指代林黛玉；以薛林为代表，实际上包括了"薄命司"众女儿。怀念存者，伤悼死者，故演出此曲。用以概说此曲创作缘由的引子，着眼一"情"字，颇受清洪昇《长生殿》开头的影响。

③ 〔终身误〕一首——从宝玉婚后仍不忘死去的黛玉，写宝钗终身寂寞，故以此名曲。金玉良姻，所谓金锁配宝玉，指宝玉与宝钗的婚姻。木石前盟，指宝玉与黛玉的爱情：他们生前有一段旧缘和盟约，绛珠仙草（木）为酬报神瑛侍者（石）甘露灌溉之惠，曾有盟言要把"一生所有的眼泪还他"。雪，谐"薛"，指宝钗，以"山中高士"比她有道德修养而能淡然处寂。林，指黛玉，她本是绛珠仙子，死后离世而登仙籍，故称"世外仙姝"。姝，美女。齐眉举案，东汉梁鸿家贫，妻孟光对他十分恭顺，每送饭，食案举得同眉毛一样高，因成为封建妇道楷模。宝玉对宝钗能维持夫妻相敬如宾的表面虚礼，仍感不满。

④ 〔枉凝眉〕一首——写黛玉的泪尽而逝。曲名意为皱眉悲愁也是枉然。阆苑（làng yuàn 浪院），仙境。阆苑仙葩，指黛玉，她本是灵河岸上三生石畔的仙草。下句指宝玉，同时赞他心地纯良洁白。"虚化"，化为乌有。戚序本误作"虚花"，变动词为名词；程高本改作"虚话"，变心事为明言。从庚辰本。嗟呀，悲伤叹息，指黛玉。牵挂，指宝玉，他流落在外，情况不明，空存挂念。水月镜花，都是虚幻的景象。末了几句说黛玉因怜惜宝玉的不幸而恸哭，自秋至冬，自冬历春，春残花落时，泪尽而逝。实现了以泪相报的诺言。原稿八十回后写黛玉之死的回目叫"证前缘"（据靖藏本第七十九回脂评）。

宝玉听了此曲，散漫无稽，不见得好处；[1]但其声韵凄惋，竟能销魂醉魄。因此也不察其原委，问其来历，就暂以此释闷而已。[2]因又看下面道：

〔恨无常〕喜荣华正好，恨无常又到。眼睁睁、把万事全抛。荡悠悠、把芳魂消耗。望家乡，路远山高。故向爹娘梦里相寻告：儿命已入黄泉，天伦呵，须要退步抽身早！①3

〔分骨肉〕一帆风雨路三千，把骨肉家园齐来抛闪。恐哭损残年，告爹娘，休把儿悬念。自古穷通皆有定，离合岂无缘？从今分两地，各自保平安。奴去也，莫牵连！②4

〔乐中悲〕襁褓中父母叹双亡。5纵居那绮罗丛，谁知娇养？幸生来英豪阔大宽宏量，从未将儿女私情略萦心上。好一似、霁月光风耀玉堂。6厮配得才貌仙郎，博得个地久天长，准折得幼年时坎坷形状。终久是云散高唐，水涸湘江。这是尘寰中消长数应当，何必枉悲伤！③7

〔世难容〕气质美如兰，才华复比仙。8天生成孤癖人皆罕。你道是、啖肉食腥膻，视绮罗俗厌。却不知、太高人愈妒，过洁世同嫌。9可叹这、青灯古殿人将老；辜负了、红粉朱楼春色阑。到头来、依旧是风尘肮脏违心愿。好一似、无瑕白玉遭泥陷；又何须、王孙公子叹无缘！④

1. 自批驳，妙极。（甲）写此时之宝玉不能听懂曲文之隐意，故觉"散漫无稽"耳。二曲之后，用几句叙述语与后面诸曲隔断，其用意有二：一、突出了钗、黛在十二钗中的女主角地位；二、强调宝玉对关系最密切二人之不幸命运尚不能预知，更不必说其他了。

2. 叹宝玉之未悟。妙！设若世人亦应如此法看此《红楼梦》一书，更不必追究其隐寓。（甲）脂评解释作者用意，往往带很大主观性。

3. 此贾府大树之摧倒。元春梦中语惊心动魄。悲险之至。（甲）

4. 用探春倾诉口吻写来，从此一去无回，说得明白。

5. 意真辞切，过来人见之，不免失声。（甲）此批书人应亦失父母者。

6. 写湘云之为人，闻一片赞扬声。

7. 悲壮之极，北曲中不能多得。（甲）

8. 妙玉之才华，从其后来续完凹晶馆黛、湘联句之作可见。妙卿实当得起。（甲）

9. 任意挥洒，语句活泼，词意恳切。绝妙！曲文填词中不能多见。（甲）至语。（甲）

---

① 〔恨无常〕一首——写元春之死。无常，佛家语，指人世一切即生即灭，变化无常，后俗传为勾命鬼。芳魂消耗，指元春的鬼魂忧伤憔悴。从曲中语看，后来她似在宫闱倾轧中，被放逐出宫，死于遥远的荒僻之地，故以自己含恨而死为鉴，劝其父及早从险恶的官场脱身，以避开即将临头的灾祸。

② 〔分骨肉〕一首——写探春远嫁不归。曲中"爹娘"，指贾政、王夫人。探春庶出，为贾政之妾赵姨娘所生，但她说："我只管认得老爷、太太，别人我一概不管。"（第二十七回）牵连，彼此相关联。

③ 〔乐中悲〕一首——写湘云美满婚姻好景不长。绮罗丛，富贵的生活环境。霁月光风，喻胸怀光明磊落。已见本回又副册画与判词之一注。厮配，匹配。才貌仙郎，才貌出众的年轻男子，脂评提到她后嫁与贵族公子卫若兰（曾出现于第十四回）。准折，抵消。坎坷，说生活道路艰难，指湘云丧父母后，寄养于叔婶家的不幸。云散高唐，水涸湘江，藏"湘云"二字，以"巫山云雨"的消散干涸，喻男女欢乐成空。尘寰，人世间。消长，消减和增长，盛衰。数，命运气数。

④ 〔世难容〕一首——写妙玉终至流落风尘的不幸。罕，纳罕，诧异。啖（dàn旦），吃。腥膻（shān山），腥臊难闻之物；出家人素食，故谓。春色阑，春光将尽，喻人青春将过。风尘肮脏（kǎng zǎng），在污浊的人世间挣扎。肮脏，亦作"抗脏"，高亢刚直的样子，引申为强项挣扎，仄声，与读诈平声"āng zāng"解为龌龊之义有别。王孙公子，当指宝玉。但续书写她为宝玉"害起相思病来了"，即动了邪念，却与妙玉"太高""过洁"的"孤癖"个性无关，她的遭遇是环境改变使然，故曲名"世难容"，非心地不净，情欲未断的结果。

〔喜冤家〕中山狼，无情兽，全不念当日根由。一味地骄奢淫荡贪欢媾。觑着那，侯门艳质同蒲柳；作践得，公府千金似下流。叹芳魂艳魄，一载荡悠悠！①1

〔虚花悟〕将那三春看破，桃红柳绿待如何？把这韶华打灭，觅那清淡天和。说什么，天上天桃盛，云中杏蕊多。到头来，谁见把秋捱过？2则看那，白杨村里人呜咽，青枫林下鬼吟哦。更兼着，连天衰草遮坟墓。3这的是，昨贫今富人劳碌，春荣秋谢花折磨。似这般，生关死劫谁能躲？闻说道，西方宝树唤婆娑，上结着长生果。②4

〔聪明累〕机关算尽太聪明，反算了卿卿性命。5生前心已碎，死后性空灵。6家富人宁，终有个家亡人散各奔腾。7枉费了，意悬悬半世心，好一似、荡悠悠三更梦。忽喇喇似大厦倾，昏惨惨似灯将尽。8呀！一场欢喜忽悲辛。叹人世，终难定！③

〔留余庆〕留余庆，留余庆，忽遇恩人；幸娘亲，幸娘亲，积得阴功。劝人生，济困扶穷，9休似俺那爱银钱、忘骨肉的狠舅奸兄！正是乘除加减，上有苍穹！④

〔晚韶华〕镜里恩情，更哪堪梦里功名！10

---

1. 迎春出嫁后，仅"一载"而亡，其判词亦云。何续书让她久无消息，直至贾母寿终时，始与之同归。题只十二钗，却无人不有，无事不备。（甲）

2. "秋"字，既以季节之摧败喻大家族之没落，稽之以其他线索，又极可能是暗指贾府遭剧变的时间段。

3. 阴森可怖。

4. 末句开句收句。（甲）谓末了以推开一步收结。

5. 直破曲名。凤姐定评。警拔之句。（甲）

6. 由此句知原稿中应有凤姐托梦或显灵情节。

7. 因原稿后半部散佚，故不得见"家亡人散"惨象。

8. 过来人睹此，宁不放声一哭！（甲）当是畸笏叟批无疑，他是过来人。

9. 本意只在此。

10. 发端撇开一层，破空而落。起得妙。（甲）

---

① 〔喜冤家〕一首——写迎春被丈夫虐待而死。曲名是说她所嫁的人是冤家对头。婚嫁称喜事。头几句说迎春丈夫孙绍祖无情无义，完全忘了他祖上曾受过贾府的好处。蒲柳，蒲与柳易生易凋，借以喻低贱的人。作践，糟蹋。下流，下贱的人。

② 〔虚花悟〕一首——写惜春悟到荣华只是虚幻的镜中花的道理而出家为尼。头两句与前判词"勘破三春"句意相同。韶华，春光，这里又喻所谓"凡心"、欲念。天和，所谓元气，古有清净淡泊，可保持元气之说，故"觅天和"亦即养性修道。天上夭桃、云中杏蕊，喻富贵荣华，出唐高蟾《下第后上永崇高侍郎》诗："天上碧桃和露种，日边红杏倚云栽。"谁见把秋捱过，表面说桃杏至秋早落尽。实有深意，从其他线索看，原稿写贾府之败，时在秋天。白杨村，暗喻坟冢所在，因墓地多种白杨。青枫林，意同白杨村，见杜甫《梦李白》诗。的是，真是。生关死劫，佛教把人的生死说成关头、劫数。"西方"二句，指皈依佛教，求得超度，修成正果。释迦牟尼在菩提树下觉悟成佛，因其枝叶婆娑，遂俗传为婆娑树。清晋昌《题阿那尊像册》诗："婆娑树底认前因。"长生果，即人参，俗传吃了长生不老的仙果。果，佛家又指修行有成果。

③ 〔聪明累〕一首——写凤姐的惨痛结局。曲名是受聪明之连累、聪明自误之意。语出北宋苏轼《洗儿》诗："我被聪明误一生。"卿卿，夫妇、朋友间一种亲昵称呼，这里指凤姐。死后性空灵，所据情节不详。她到死牵挂的可能是她女儿巧姐的命运。

④ 〔留余庆〕一首——写巧姐因为她娘王熙凤接济过刘姥姥，积了德，因而在遭难时，有刘姥姥救她出火坑。《易·坤·文言》："积善之家，必有余庆。"留余庆，为后代留下的福泽。娘亲，娘，方言。狠舅奸兄，续书写巧姐后为王仁（狠舅）、贾环贾芸（奸兄）所盗卖。"奸兄"所指非作者原意，贾芸据脂评提示，他是"仗义"的，并说"此人后来荣府事败，必有一番作为"。贾环则既非"舅"，也非"兄"，而是巧姐的叔叔。乘除加减，指老天的赏罚丝毫不爽。苍穹（qióng 穷），苍天。

那美韶华去之何迅！再休提绣帐鸳衾。只这戴珠冠，披凤袄，也抵不了无常性命。虽说是、人生莫受老来贫，也须要阴骘积儿孙。气昂昂头戴簪缨，气昂昂头戴簪缨，光灿灿胸悬金印；威赫赫爵位高登，威赫赫爵位高登，昏惨惨黄泉路近。问古来将相可还存？也只是、虚名儿与后人钦敬。①

〔好事终〕画梁春尽落香尘。¹擅风情，秉月貌，便是败家的根本。箕裘颓堕皆从敬，²家事消亡首罪宁。宿孽总因情。②³

〔收尾·飞鸟各投林〕为官的，家业凋零；富贵的，金银散尽；⁴有恩的，死里逃生；无情的，分明报应；欠命的，命已还；欠泪的，泪已尽。冤冤相报实非轻，分离聚合皆前定。欲知命短问前生，老来富贵也真侥幸。看破的，遁入空门；痴迷的，枉送了性命。⁵好一似食尽鸟投林，落了片白茫茫大地真干净！③⁶

歌毕，还要歌副曲。⁷警幻见宝玉甚无趣味，因叹："痴儿！竟尚未悟！"那宝玉忙止歌姬不必再唱，自觉朦胧恍惚，告醉求卧。警幻便命撤去残席，送宝玉至一香闺绣阁之中，其间铺陈之盛，乃素所未见之物。更可骇者，早有一位女子在内，其鲜艳妩媚，有似乎宝钗，风流袅娜，则又如黛玉⁸。正不知何意，忽警幻道："尘世中多少富贵之家，那些绿窗风月，绣

1. 绮丽。六朝妙句。（甲）"自从建安来，绮丽不足珍。"

2. 深意他人不解。（甲）以小说情节言，并不难解。若指作者所取生活素材，则无从印证。

3. 是作者具菩萨之心，秉刀斧之笔，撰成此书，一字不可更，一语不可少。（甲）此评前半甚佳，后二句说的不是地方：恰恰是秦氏淫丧文字，写成后更改删掉了。

4. 二句先总宁、荣。（甲）

5. 俞平伯曾以为"恰恰十二句分配十二钗"是"百衲天衣"。依次为：湘云、宝钗、巧姐、妙玉、迎春、黛玉、可卿、探春、元春、李纨、惜春、凤姐。后来他自己也觉欠妥。以上列举十二种情况，确实将十二钗的各种不幸遭遇概括无遗，但不宜拘泥于一句属一人，把文义说死。将通部女子一总。（甲）

6. 大悲剧结局的最重要提示。又照看葫芦庙。与"树倒猢狲散"反照。（甲）首回葫芦庙和隔壁甄士隐都在一把大火中化为乌有，其象征意义与此曲言食尽鸟飞、唯余白地相似，故曰"照看"。

7. 虚写一笔，好。是极。香菱、晴雯辈岂可无，亦不必再。（甲）

8. 俗话说："日有所思，夜必有梦。"黛玉是宝玉意中人，自不必说，宝钗也让宝玉动过心，此可作补笔。在青春期激素作用下，两人叠影于梦境中是很真实的。

---

① 〔晚韶华〕一首——写李纨的命运。曲名字面上说晚年荣华，其真意是说好光景到来已经晚了。头两句说，夫妻恩情已是徒有空名，谁料儿子的功名，对自己来说，也像梦一样虚幻。阴骘（zhì 志），即阴功，暗中有德于人。积儿孙，为儿孙积德。簪缨，贵人冠饰。缨，帽带。金印，也贵人所悬带。《后汉书·皇后纪上》："贵人金印紫绶。"

② 〔好事终〕一首——写秦可卿之死。曲名中的"好事"，特指男女风月之事，是反语，首句暗指可卿在天香楼悬梁自尽。擅、秉，皆有自恃之意。箕裘颓堕，旧时指儿孙不能继承祖业。古人说，要子弟学冶炼，得会修补器具，就先学缝补皮袄；要学造弓，得会弯竹子，就先学做簸箕。故后以"箕裘"喻祖先的事业。出《礼记·学记》。敬，指贾敬，他颓堕家教，纵子孙胡作非为，其子贾珍即与儿媳秦氏私通者。宁，宁国府。宿孽，起头的坏事，祸根。

③ 〔收尾·飞鸟各投林〕一首——总写十二钗命运，道出了贾府最后家破人亡、一败涂地的景象。曲名与"树倒猢狲散"含义同；曲文末句比喻贾府说，地上有食时，众鸟相聚鸣啄，十分热闹；一朝食尽，鸟便飞散，各寻生路，而地亦空空。可知茫茫白地乃鸟散的结果，故用"落了"二字，是比喻中的虚景，是一种象征。有人据白地而推想后来贾府遭火，化为焦土，或如续书结尾以白茫茫雪地景象来比附，皆未明喻意，以实代虚，殆非作者本意。

阁烟霞，皆被淫污纨袴与那些流荡女子悉皆玷辱。更可恨者，<u>自古来多少轻薄浪子，皆以'好色不淫'为饰，又以'情而不淫'①作案，</u>¹此皆饰非掩丑之语也。好色即淫，知情更淫。是以巫山之会，云雨之欢，皆由既悦其色，复恋其情所致也。²吾所爱汝者，乃天下古今第一淫人也！"³

宝玉听了，唬得忙答道："仙姑错了！我因懒于读书，家父母尚每垂训饬，岂敢再冒'淫'字？况且年纪尚小，不知'淫'字为何物。"警幻道："非也！淫虽一理，意则有别。如世之好淫者，不过悦容貌，喜歌舞，<u>调笑无厌，云雨无时，</u>恨不能尽天下之美女，供我片时之趣兴，⁴此皆皮肤滥淫之蠢物耳！如尔则天分中生成一段痴情，<u>吾辈推之为'意淫'。'意淫'二字，惟心会而不可口传，可神通而不能语达。</u>⁵汝今独得此二字，在闺阁中，固可为良友，然于世道中，未免迂阔怪诡，百口嘲谤，万目睚眦②。今既遇令祖宁、荣二公剖腹深嘱，吾不忍君独为我闺阁增光，见弃于世道。是以特引前来，醉以灵酒，沁以仙茗，警以妙曲，<u>再将吾妹一人，乳名兼美、字可卿者，许配于汝。</u>⁶今夕良时，即可成姻。不过令汝领略此仙闺幻境之风光尚然如此，何况尘境之情景哉！而今后万万解释③，改悟前情，将谨勤有用的工夫，<u>置身于经济之道④。</u>⁷说毕，便秘授以云雨之事，推宝玉入帐，⁸将门掩上自去。

那宝玉恍恍惚惚，依警幻所嘱之言，⁹

1. 对历来饰非掩丑之说加以批驳。"色而不淫"四字已滥熟于各小说中，今却特贬其说，批驳出矫饰之非，可谓至切至当，亦可以唤醒众人，勿以前人之矫词所惑也。（戚）

2. "**好色即淫**"，其辞甚严，闻者或有疑焉，下文复有"滥淫""意淫"之说。"色而不淫"，今翻案，奇甚。（甲）

3. "语不惊人死不休"此之谓也。不见下文，使人一惊。多大胆量，敢作如此之文！（甲）

4. 若无此说，则宝玉何异于珍、琏辈？说得恳切恰当之至。（甲）

5. 二字新雅。（甲）按宝玉一生心性，只不过"体贴"二字，故曰"意淫"。（甲）近见说"意淫"文章甚多，将问题说得很复杂，总不及此评简要中肯。

6. 妙！盖指薛、林而言也。（甲）此评只释"兼美"二字而未及"可卿"之字。秦氏之"擅风情，秉月貌"是宝玉性成熟的催化剂，故于此点其小名。

7. 此句蒙府、戚序本作"留意于孔孟之间，委身于经济之道"二句，且评曰：说出此二句，警幻亦腐矣，然亦不得不然耳。（蒙）

8. 必写出警幻亲授并由她来推入帐内。庚辰本嫌此举不雅，遂仿习俗送入洞房，妄改为"推宝玉入房"，诸本及今校注本从之。其实大谬。浙江梁岳标说得好："警幻已经带宝玉'入房'了，而且可卿已等在房中了，接下来的事只能是'入帐'，若依庚辰本，难道'香闺绣阁之中'还有另一套房？"

9. 必写出宝玉是遵嘱行事，须知警幻是全剧的编与导。

---

① 好色不淫、情而不淫——意谓虽喜爱美色或虽情意相投而不越于礼而流于淫乱。古人有《国风》好色而不淫和"发乎情，止乎礼"之说。见《史记·屈原贾生列传》《毛诗序》。

② 睚眦（yá zì 牙自）——怒目而视。

③ 解释——这里是不要萦于怀、别留恋的意思，指风月情怀。

④ 经济之道——经国济民之道。

未免有阳台、巫峡之会①。数日来，柔情缱绻，软语温存，与可卿难解难分。

那日，警幻携宝玉，可卿闲游②至一个所在，但见荆榛遍地，狼虎同群。忽而，大河阻路，黑水淌洋，又无桥梁可通。²宝玉正自彷徨，只听警幻道：³"宝玉，再休前进，作速回头要紧！"⁴宝玉忙止步问道："此系何处？"警幻道："此即迷津③也。深有万丈，遥亘千里，中无舟楫可通，只有一个木筏，乃木居士掌舵，灰侍者④撑篙，⁵不受金银之谢，但遇有缘者渡之。尔今偶游至此，如堕落其中，则深负我从前一番以情悟道、守理衷情之言矣！"宝玉方欲回言，⁶只听迷津内水响如雷，竟有一夜叉般怪物窜出，直扑而来。⁷唬得宝玉汗下如雨，一面失声喊叫："可卿救我！可卿救我！"慌得袭人、媚人等上来扶起，拉手说："宝玉别怕，我们在这里！"⁸

秦氏在外听见，连忙进来，一面说："丫鬟们，好生看着猫儿

1. 警幻所授的最后一课。必由教师主动携学生去经历才对，绝非学生私自外出，教师随后追来阻止，如自作聪明者所妄改的文字那样。一切都是事前计划好的，最先将警幻携他俩闲游妄改为"二人携手"私自出游者是己卯、庚辰本的整理者。由此可见甲戌本文字之珍贵，而己卯、庚辰本凡与甲戌本有异文者，皆系他人所改。

2. 若有桥梁可通，则世路人情犹不算艰难。（甲）

3. 此句被己卯、庚辰本改为"忽见警幻后面追来"，以为如此改方显情势紧张。

4. 象征走在人生道路上。机锋。（甲）

5. 言欲渡迷津，除非心如槁木死灰。《庄子·齐物论》："形固可使如槁木，而心固可使如死灰乎？"旧注："死灰槁木，取其寂寞无情耳。"

6. 此句被己卯、庚辰本改为"话犹未了"，警幻可怜，连话都不让说完。

7. 只说"扑来"，不知会不会堕入迷津，为后来情节留着悬念是关键。己卯、庚辰本改成被"许多夜叉海鬼"拖下水去，岂非去了水晶宫？宝玉最后"悬崖撒手"正是写他觉悟而未堕迷津。

8. "扶起""拉手"合理，被改作"忙上来搂住"，不怕宝玉误认作海鬼夜叉？接得无痕。历来小说中之梦，未见此一醒。（蒙）

---

① 阳台、巫峡之会——犹言云雨之事，男女间做爱。出宋玉《高唐赋》。
② "那日，警幻携宝玉"至梦醒一段——甲戌本与诸本文字差异甚大，现整理出版的本子，多未采甲戌本文字。其实，细作比较，甲戌本存原作面目，诸本文字则系旁人后改。理由是：为使宝玉"以情悟道"，太虚幻梦中每一环节，都由警幻设计安排，也都是有意显露的幻象。因而，宝玉行止离不了警幻引导，幻象更不能离警幻而存在。甲戌本写警幻携宝玉二人闲游是对的。而诸本改为警幻不在场，让宝玉、可卿二人自己去游玩，看见"荆榛遍地，狼虎同群"等景象，居然并不惊惧，直至走向迷津，才见"警幻从后面追来"，这种追求情节效果的改笔，使幻象成了一般小说中写的神明。警幻告诫宝玉应防堕入迷津，"宝玉方欲回言，只听迷津内水响如雷……"也是对的；改为警幻"话犹未了，只听……"以求气氛紧张，殊不知这一改，迷津便不受警幻控制了，连她的话也不让说完，又是弄巧成拙。再如迷津之精怪本为象征情窦之可怖而虚拟的，实无可名状，且能使情窦初开的宝玉惊心却步即可，故曰"一夜叉般怪物窜出，直扑而来"；改为"许多夜叉海鬼将宝玉拖将下去"，坐实其为海中群怪，好像宝玉要被解往水晶宫似的，岂不成了《西游记》！
③ 迷津——佛家语，令人迷妄的渡口，佛教以为声色货利能使人迷失本性，故有此喻。
④ 木筏、木居士、灰侍者——以筏喻能超度人生苦难的佛法。居士、侍者，道士、和尚之称；以"木""灰"喻无情无欲。

狗儿打架！"又闻宝玉口中连叫"可卿救我"，因
纳闷道："我的小名这里没人知道，他如何从梦里
叫出来？"[1]正是：

> 一场幽梦同谁近，千古情人独我痴。

1. 秦氏闻叫大出意外，与宝玉无苟且事，甚明。云龙作雨，不知何为龙？何为云？何为雨？（甲）

【总评】

　　作者写贾宝玉梦游太虚幻境的情节，其用意有几点是很明显的：

　　一、他告诉读者，宝玉已从懵懂无知的小男孩，步入了情窦初开的青春期，生理上开始成熟了。初次梦遗和下回紧接着"初试云雨情"就是标志。此后，男女间才谈得上有爱情产生。梦中警幻仙子将其"妹"许配给宝玉成姻，书中描绘这位女子"其鲜艳妩媚，有似乎宝钗，风流袅娜，则又如黛玉""乳名兼美、字可卿者"，就是把宝玉平时有过爱慕之情的钗、黛和对他有性诱惑力的秦氏三者叠影起来，在梦中合而为一了（"兼美"二字，即含有此意）。这种潜意识和心理状态的描写，是十分真实的，倒并非在暗示宝玉与秦氏有什么事实上的不正当关系。

　　二、梦境中，警幻仙子自始至终在每一个环节中都主导着宝玉所见所闻所历，其目的是明确的，即期望宝玉能"以情悟道"。——让宝玉领略仙界的风光也不过如此，何况人世间呢？同时又让他去翻阅注写着相关女子红颜薄命的册子和聆听同一性质的仙曲，希望他从中醒悟瞬息的繁华欢乐会落得大悲哀的结果；在他沉湎于风月之情不能自拔时，又携他去经历一条布满荆棘虎狼之路，告诫他急速回头，倘不慎堕入迷津，将万劫不复。凡此种种，对宝玉最终弃家为僧，该是有呼应的。

　　三、在警幻开导宝玉觉悟的过程中，既安排了他看册子和听曲子的一课，就把以金陵十二钗为代表的人物及贾府命运，通过隐曲的诗、画、曲一一地展现出来。这样，全书的基本情节便预先有了一个梗概、一个大纲，这样的写法是从未有过的。小说八十回后的原稿，因在"一次誊清时"有"五六稿被借阅者迷失"，不能抄出，未抄的其他部分也没再传出来，终致使全书成了残稿。在这种情况下，这些判词、曲子对我们探究由后人所续补的后四十回书是否符合作者原意，有着很重要的参考价值。如黛玉泪尽而证前缘，宝钗被弃而终身误，贾府终至食尽飞鸟，唯余白地等等皆是。

　　当然，悲剧命中注定的观念此回最明显。以后书中时时处处作"谶语式"的诗句、谜语、酒令、对话等皆是，可知"宿命"本是《红楼梦》的大悲音。

第 六 回
贾宝玉初试云雨情　刘姥姥一进荣国府

【题解】

本回回目诸本基本一致。唯甲戌、己卯"云雨"作"雨云"；蒙府、戚序本"姥姥"作"老妪"；甲辰本作"老老"。此用庚辰本回目。前句是上回余波，故篇幅极短。宝玉真正有男女之事从此回开始，与上回的梦遗不同，故特标明"初试"。有人深求于文字之外，以为上回隐写宝玉与秦氏发生性关系，此回其实是"再试"。这样读小说的方法并不可取。后句述刘姥姥事是本回主体。标明"一进"是因为后来还有两次进荣国府。此回正文前，甲戌本有脂评说："宝玉、袭人亦大家常事耳，写得是已全领警幻意淫之训。此回借刘妪，却是写阿凤正传，并非泛文，且伏二进、三进及巧姐之归着。"又说："此回刘妪一进荣国府，用周瑞家的，又过下回无痕，是无一笔写一人文字之笔。"续书写刘氏进荣府凡五六次，几成常客。

题曰：

> 朝叩富儿门，富儿犹未足。
> 虽无千金酬，嗟彼胜骨肉！①

却说秦氏因听见宝玉从梦中唤她的乳名，心中自是纳闷，又不好细问。彼时宝玉迷迷惑惑，若有所失。众人忙端上桂圆汤来，呷了两口，遂起身整衣。袭人伸手与他系裤带时，不觉伸手至大腿处，只觉冰凉一片粘湿，唬得忙退出手来，问是怎么了。宝玉红涨了脸，把她的手一捻。袭人本是个聪明女子，年纪本又比宝玉大两岁，近来也渐通人事，今见宝玉如此光景，心中便觉察了一半，不觉也羞得红涨了脸面，遂不敢再问。¹ 仍旧理好衣裳，遂至贾母处来，胡乱吃毕了晚饭，过这边来。

袭人忙趁众奶娘丫鬟不在旁时，另取出一件中

1. "觉察了一半"，写得极有分寸，毕竟也是小女儿也。

---

① "朝叩富儿门"一首——写刘姥姥至贾府告艰，凤姐却说"不知大有大的难处"，此富而犹未餍足也。凤姐所赠，不过二十两银子，但刘氏受恩不忘，后来救巧姐出火坑，则胜过其骨肉"狠舅奸兄"多矣。首句用杜诗《奉赠韦左丞丈二十二韵》原句，又敦诚《寄怀曹雪芹》诗："劝君莫弹食客铗，劝君莫叩富儿门。残杯冷炙有德色，不如著书黄叶村。"可见作者也有如刘氏向人借贷的经历。

衣①来与宝玉换上。宝玉含羞央告道："好姐姐，千万别告诉别人要紧！"袭人亦含羞笑问道："你梦见什么故事了？是哪里流出来的那些脏东西？"¹宝玉道："一言难尽。"说着，便把梦中之事细说与袭人听了。然后说至警幻所授云雨之情，羞得袭人掩面伏身而笑。²宝玉亦素喜袭人柔媚娇俏，遂强袭人同领警幻所训云雨之事。³袭人素知贾母已将自己与了宝玉的，今便如此，亦不为越礼，遂和宝玉偷试一番，⁴幸得无人撞见。自此，宝玉视袭人更与别个不同，袭人待宝玉更为尽职。暂且别无话说。⁵

　　按荣府一宅中合算起来，人口虽不多，从上至下也有三四百丁；事虽不多，一天也有一二十件，竟如乱麻一般，并无个头绪可作纲领。正寻思从哪一件事、自哪一个人写起方妙，恰好忽从千里之外，芥豆之微，小小一个人家，因与荣府略有些瓜葛，⁶这日正往荣府中来，因此便就此一家说来，倒还是头绪。你道这一家姓甚名谁，又与荣府有甚瓜葛。——诸公若嫌琐碎粗鄙呢，则快掷下此书，另觅好书去醒目；若谓聊可破闷时，待蠢物逐细言来。②⁷

　　方才所说这小小之家，姓王，乃本地人氏，祖上曾作过小小的一个京官，昔年曾与凤姐之祖王夫人之父认识。因贪王家的势利，便连了宗，认作侄子。⁸那时，只有王夫人之大兄凤姐之父与王夫人随在京中的，知有此一门连宗之族，余者皆不认识。目今其祖已故，只有一个儿子，名唤王成，因家业萧条，仍搬出城外原乡中住去了。王成新近亦因病故，只有其子，小名狗儿。狗儿亦生一子，小名板儿；嫡妻刘氏，又生一女，名唤青儿。⁹一家四口，仍以务农为业。因狗儿白日间又作些生计，刘氏又操井臼

---

1. 问得似懂非懂。

2. 写得出。

3. 此"强"字，非"强暴"义。数句文完一回题纲文字。（甲）

4. 一来此是脂评所谓"大家常事"；二来也是小儿女间容易发生的生理行为、性游戏。原不该对二人责备过于严苛。然历来君子责宝玉者少，责袭人者不依不饶。若以后袭人再说宝玉行为不检点，怕出丑事，对王夫人说应男女有别，以防未然，便是虚伪，倘或最后不得已嫁了他人，更被视作不能守节，倒不如一死。我为袭人不平。写出袭人身份。（甲）

5. 伏下晴雯。（甲）意谓会使晴雯心生妒意，晴雯是另一种个性表现，与宝玉的关系也有所不同。一段小儿女之态，可谓追魂摄魄之笔。（甲）一句接住上回"红楼梦"大篇文字，另起本回正文。（甲）姥姥告艰难是本回正文，从标题诗只言回目后句亦可看出。

6. 说是为叙述找头绪，其实是精心安排，找的正是贾府荣枯的见证人。略有些瓜葛，是数十回后之正脉也。真千里伏线！（甲）正脉，有真正血缘关系的亲人。当指后来板儿娶巧姐事。

7. 时时提醒读者，此书为石头所记。妙谦！是石头口角。（甲）

8. 前贾雨村持"宗侄的名帖"投贾府，也是贪图势利。与贾雨村遥遥相对。（甲）

9. 一家四口，夫妻及所生一姊一弟，接来姥姥，共五人。《石头记》中公勋世宦之家，以及草莽庸俗之族，无所不有，自能各得其妙。（甲）

---

①　中衣——衬裤。
②　"诸公若嫌……逐细言来"数句——作者假托小说乃石头所记之事，故常常穿插几句以石头身份说的话，此即是。

等事，青、板姊弟两个无人看管。狗儿遂将岳母刘姥姥①接来一处过活。这刘姥姥乃是个久经世代的老寡妇，膝下又无儿女，只靠两亩薄田地度日。¹如今女婿接来养活，岂不愿意，遂一心一计，帮衬着女儿女婿过活起来。

因这年秋尽冬初，天气冷将上来，家中冬事未办，狗儿未免心中烦虑，吃了几杯闷酒，在家闲寻气恼，²刘氏不敢顶撞。因此刘姥姥看不过，乃劝道："姑爷，你别嗔着我多嘴。咱们村庄人，哪一个不是老老诚诚的，多大碗儿吃多大的饭。³你皆因年小时，托着你那老的福，吃喝惯了，⁴如今所以把持不住。有了钱就顾头不顾尾，没了钱就瞎生气，成个什么男子汉大丈夫了！⁵如今咱们虽离城住着，终是天子脚下。这长安城中，遍地都是钱，只可惜没人会拿去罢了。在家跳蹋也不中用的。"⁶狗儿听说，便急道："你老只会炕头儿上混说，难道叫我打劫偷去不成？"刘姥姥道："谁叫你偷去呢！也到底大家想法儿裁度，不然，那银子钱自己跑到咱家来不成？"狗儿冷笑道："有法儿还等到这会子呢？我又没有收税的亲戚，⁷作官的朋友，⁸有什么法子可想的？便有，也只怕他们未必来理我们呢！"⁹

刘姥姥道："这倒不然。谋事在人，成事在天。咱们谋到了，靠菩萨的保佑，有些机会也未可知。我倒替你们想出一个机会来。当日，你们原是和金陵王家¹⁰连过宗的，二十年前，他们看承你们还好；如今自然是你们拉硬屎②，¹¹不肯去俯就他，故疏远起来。想当初，我和女儿还去过一遭。¹²他家的二小姐着实响快，会待人的，倒不拿大。如今现是荣国府贾二老爷的夫人。听得说，如今上了年纪，越发怜贫恤老，最爱斋僧敬道、舍米舍钱的。如今王府虽升了边任，只怕这二姑太太还认得咱们。你何不去走动走动，或者她念旧，有些好处，也未可知。要是她发一点好心，拔一根寒毛，比咱们的腰还粗呢！"¹³刘氏一旁接口道："你老虽说得是，但只你我这样个嘴脸，怎么好到她门上去的？先不先，他们那些门上人也未必肯去通报，没的去打

1. 先将刘姥姥勾勒几笔，"久经世代"四字着眼。

2. 贫户小家尤其在农村，此种情形随处可见。病此病人不少，请来看狗儿。（甲）自"红楼梦"一回至此，则珍羞中之齑耳。好看煞！（甲）

3. 是老诚村妪声口。能两亩薄田度日，方说得出来。（甲）

4. 妙称，何肖之至！（甲）

5. 写谁像谁。此口气自何处得来？（甲）人多以为《红楼梦》中热闹大场面、奢华情景，大家礼仪等必作者亲自经历，恐未必。倒是此种贫贱人家的言行，更可能出自切身的生活体验。

6. 语语鲜活。长安，从古称也，是北京。

7. 骂死。（甲）

8. 骂死。（甲）

9. 总写人情冷暖，世态炎凉。

10. 四字便抵一篇世家传。（甲）

11. 可曾在别的书中见过这样的话？

12. 补前文之未到处。（甲）

13. 粗鄙话，听进去了，后文姥姥还说。

---

① 岳母刘姥姥——姥，不念作通常的 mǔ。脂评："音老，出《谐声字笺》。称呼毕肖。"

② 拉硬屎——强充硬气。

嘴现世①！"

谁知狗儿名利心甚重，听如此一说，心下便有些活动起来。又听他妻子这番话，便笑接道："姥姥既如此说，况且当年你又见过这姑太太一次，何不你老人家明日就走一趟，先试试风头再说。"刘姥姥道："嗳哟哟！¹可是说的'侯门似海'②，我是个什么东西，她家人又不认得我，我去了也是白去的。"狗儿笑道："不妨，我教你老一个法子：你竟带了外孙子小板儿，先去找陪房③周瑞，²若见了他，就有些意思了。这周瑞先时曾和我父亲交过一桩事，我们极好的。"³刘姥姥道："我也知道他的。只是许多时不走动，知道他如今是怎样？这也说不得了，⁴你又是个男人，又这样个嘴脸，自然去不得。我们姑娘年轻媳妇子，也难卖头卖脚去，倒还是舍着我这副老脸去碰一碰。⁵果然有些好处，大家都有益；便是没银子来，我也到那公府侯门见一见世面，也不枉我一生。"说毕，大家笑了一回。当晚计议已定。

次日天未明，刘姥姥便起来梳洗了，又将板儿教训了几句。那板儿才五六岁的孩子，一无所知，听见带他进城逛去，便喜得无不应承。于是，刘姥姥带他进城，找至宁荣街。⁶来至荣府大门石狮子前，只见簇簇的轿马，刘姥姥便不敢过去，且掸了掸衣服，又教了板儿几句话，然后蹭④到角门前，⁷只见几个挺胸叠肚指手画脚的人，坐在大凳上，说东谈西呢。⁸刘姥姥只得蹭上来说："太爷们纳福！"众人打量了她一会，便问是哪里来的。刘姥姥陪笑道："我找太太的陪房周大爷的，烦哪位太爷替我请他老出来。"那些人听了，都不瞅睬，半日方说道："你远远地在那墙角下等着，⁹一会子他们家有人就出来的。"内中有一年老的说道："不要误她的事，何苦耍她。"¹⁰因向刘姥姥道："那周大爷已往南边去了。他在后一带住着，他娘子却在家。

1. 口声如闻。（甲）

2. 狗儿不笨，法子还真想对了。

3. 欲赴豪门，必先交其仆。写来一叹。（甲）

4. 转语如滚珠，姥姥意已决。

5. 想来别无他人可遣，水到渠成。

6. 街名本地风光，妙。（甲）谓即以宁、荣二府为街名。

7. "蹭"原写作"徎"，今罕用，义同。"徎"字神理。（甲）

8. 不知如何想来，又为侯门三等豪奴写照。（甲）何用想，作者定见过。

9. 大家奴仆还能不是势利眼？

10. 有年纪人诚厚，亦是自然之理。（甲）

---

① 打嘴现世——当场丢脸。
② 侯门似海——形容官僚贵族的深宅大院出入不易。唐代崔郊《赠去婢》诗："侯门一入深如海，从此萧郎是路人。"
③ 陪房——贵族妇女出嫁时，从娘家带去的仆人。
④ 蹭（cèng）——迟疑地慢步行走。

你要找时，从这边绕到后街，上后门上去问就是了。"

刘姥姥听了谢过，遂携了板儿，绕到后门上。只见门前歇着些生意担子，也有卖吃的，也有卖玩耍物件的，闹哄哄三二十个小孩子在那里厮闹。[1] 刘姥姥便拉住一个道："我问哥儿一声，有个周大娘可在家么？"孩子道："哪个周大娘？我们这里周大娘有三个呢，还有两个周奶奶，[2] 不知是哪一个行当上的？"刘姥姥道："是太太的陪房周瑞。"孩子道："这个容易，你跟我来。"说着，跳跳蹦蹦引着刘姥姥进了后门，[3] 至一院墙边，指与刘姥姥道："这就是她家。"又叫道："周大妈，有个老奶奶来找你呢。"

周瑞家的在内听说，忙迎了出来，问是哪位。刘姥姥忙迎上来问道："好呀，周嫂子！"周瑞家的认了半日，方笑道："刘姥姥，你好呀！你说说，能几年，我就忘了。[4] 请家里来坐罢。"刘姥姥一壁走，一壁笑，说道："你老是贵人多忘事，[5] 哪里还记得我们了。"说着，来至房中。周瑞家的命雇的小丫头倒上茶来，吃着。周瑞家的又问板儿长得这么大了，又问些别后闲话，再问刘姥姥："今日还是路过，还是特来的？"[6] 刘姥姥便说："原是特来瞧瞧你嫂子，二则也请请姑太太的安。若可以领我见一见更好，若不能，便借重嫂子转致意罢了。"[7]

周瑞家的听了，便已猜着几分来意。只因昔年她丈夫周瑞争买田地一事，其中多得狗儿之力，今见刘姥姥如此而来，心中难却其意；[8] 二则也要显弄自己体面。[9] 听如此说，便笑道："姥姥你放心！大远的诚心诚意地来了，岂有个不教你见个真佛去的？[10] 论理，人来客至回话，却不与我相干。我们这里都是各占一枝儿：[11] 我们男的只管春秋两季地租子，闲时只带着小爷们出门就完了；我只管跟太太、奶奶们出门的事。皆因你原是太太的亲戚，又拿我当个人，投奔了我来，我竟破个例，给你通个信去。但只一件，姥姥有所不知，我们这里又比不得五年前了。如今太太竟不大管事了，都是琏二奶奶当家。你道这琏二奶奶是谁？就是太太的内侄女，当日大舅老爷的女儿，小名凤哥的。"刘姥姥听了，罕问道："原来是她！怪道呢，我当日就说她不错呢。[12] 这等说来，我今儿还得见她了。"周

1. 旧时小街胡同里常能见到。如何想来，合眼如见。（甲）

2. 答得风趣，却真有此等事。

3. 因女眷，又是后门，故容易引入。（甲）

4. 倒非故意装贵人，是有此情形。如此口角，从何处出来。（甲）

5. 一个陪房女仆，也算贵人？

6. 必问清来因，方可继续说话。问得有情理。（甲）

7. 毕竟是久经世代的老妪，说出话来，既表旧情，又达来意，且能进能退。刘婆亦善于权变应酬矣。（甲）

8. 补出昔年相助欠情事来。在今世，周瑞妇算是个怀情不忘的正人。（甲）

9. 周瑞妇心态揣摩得准，是肯相帮的重要动力。"也要显弄"句为后文作地步也。陪房本心本意实事。（甲）

10. 俗言妙语。好口角。（甲）自是有宠人声口。（甲）

11. 说贾府规矩，更显破例做人情。略将荣府中带一带。（甲）

12. 曾见过小时凤姐的好话。我亦说不错。（甲）

瑞家的道："这个自然的。如今太太事多心烦，有客来了，略可推得去的，也就推过去了，都是这凤姑娘周旋迎待。今儿宁可不见太太，倒要见她一面，才不枉这里来一遭。"[1]刘姥姥道："阿弥陀佛！全仗嫂子方便了。"周瑞家的道："说哪里话！俗语说的：'与人方便，自己方便。'不过用我说一句话罢了，害着我什么！"说着，便叫小丫头到倒厅①上悄悄地打听打听，[2]老太太屋里摆了饭了没有。小丫头去了。这里二人又说些闲话。[3]

刘姥姥因说："这凤姑娘今年大还不过二十岁罢了，就这等有本事！当这样的家，可是难得的。"周瑞家的听了道："嗐！我的姥姥，告诉不得你呢。这位凤姑娘年纪虽小，行事却比世人都大呢。如今出挑得美人一样的模样儿，少说些有一万个心眼子。再要赌口齿，十个会说话的男人也说她不过。回来你见了就信了。就只一件，待下人未免太严了些。"[4]说着，只见小丫头回来："老太太屋里已摆完了饭，二奶奶在太太屋里呢。"周瑞家的听了，连忙起身，催着刘姥姥说："快走，快走！这一下来她吃饭是一个空子，咱们先等着去。若迟一步，回事的人也多了，难说话；再歇了中觉，越发没了时候了。"[5]说着，一齐下了炕，打扫打扫衣服，又教了板儿几句话，随着周瑞家的，逶迤往贾琏的住宅来。

先到了倒厅，周瑞家的将刘姥姥安插在那里略等一等。自己先过了影壁，进了院门，知凤姐未下来，先找着了凤姐的一个心腹通房大丫头②名唤平儿的。[6]周瑞家的先将刘姥姥起初来历说明，又说："今日大远的特来请安。当日太太是常会的，今儿不可不见，所以我带了她进来。等奶奶下来，我细细回明，奶奶想也不责备我莽撞的。"平儿听了，便作了主意："叫他们进来，先在这里坐着就是了。"[7]周瑞家的听了，忙出去引他两个进入院来。上了正房台矶，小丫头打起猩红毡帘。才入堂屋，只闻一阵香扑了脸来，竟不辨是何香味，身子如在云端里一般。满屋中之物都是

1. 因已猜着姥姥来意，才这么说的。

2. 熟知荣府内情，领人来见须找空隙儿。一丝不乱。（甲）

3. 趁小丫头去打听，才能借"闲话"说凤姐。

4. 与其女婿冷子兴话一样："说模样又极标致，言谈又爽利，心机又极深细，竟是个男人万不及一的。"只多说一点欠缺，却极紧要，后文会写。

5. 凤姐管家之忙碌不暇，从侧面一点。写出阿凤勤劳冗杂，并骄矜珍贵等事来。（甲）然却是虚笔，故于后文不犯。（甲）

6. 初出平儿，先下"心腹"二字。着眼！这也是书中一要紧人。《红楼梦》曲内虽未见有名，想亦在副册内者也。（甲）观"警幻情榜"，方知余言不谬。（靖）

7. 有主意，不热不冷。暗透平儿身份。（甲）

① 倒厅——古建筑中大厅通常坐北向南，其对面反方向或其背面的厅房称倒厅或倒座厅。
② 通房大丫头——被收纳为妾的近身丫头，地位低于姨娘。

耀眼争光的，使人头悬目眩。刘姥姥此时惟点头咂嘴念佛而已。[1] 于是来至东边这间屋内，乃是贾琏的女儿大姐儿睡觉之所。[2] 平儿站在炕沿边，打量了刘姥姥两眼，只得问个好，让坐。[3] 刘姥姥见平儿遍身绫罗，插金戴银，花容玉貌的，便当是凤姐儿了。[4] 才要称姑奶奶，忽听周瑞家的称她是平姑娘，又见平儿赶着周瑞家的称周大嫂，方知不过是个有些体面的丫头。于是让刘姥姥和板儿上了炕。平儿和周瑞家的对面坐在炕沿上，小丫头子斟上茶来吃茶。

刘姥姥只听见咯当咯当的响声，大有似乎打箩柜筛面①的一般，[5] 不免东瞧西望的。忽见堂屋中柱子上挂着一个匣子，底下又坠着一个秤砣般的一物，却不住地乱幌。[6] 刘姥姥心中想着："这是个什么爱物儿②？有啥用呢？"正呆时，[7] 陡听得当的一声，又若金钟铜磬一般，不防倒唬得一展眼。接着又是一连八九下。[8] 方欲问时，只见小丫头子们一齐乱跑，说："奶奶下来了。"[9] 平儿与周瑞家的忙起身，命刘姥姥"只管坐着等，是时候，我们来请你呢"。说着，都迎出去了。

刘姥姥屏声侧耳默候。只听远远有人笑声，约有一二十妇人，衣裙窸窣，渐入堂屋，往那边屋内去了。[10] 又见两三个妇人，都捧着大漆捧盒，进这东边来等候。听得那边说了声"摆饭"，渐渐的人才都散出，只有伺候端菜的几个人。半日鸦雀不闻之后，忽见两个人抬了一张炕桌来，放在这边炕上，桌上碗盘森列，仍是满满的鱼肉在内，不过略动了几样。[11] 板儿一见了，便吵着要肉吃。刘姥姥一巴掌打下他去。忽见周瑞家的笑嘻嘻走过来，招手儿叫她。刘姥姥会意，于是携了板儿下炕，至堂屋中，周瑞家的又和她唧咕了一会，方蹭到这边屋里来。

只见门外鏊铜钩上悬着大红撒花软帘，南窗下是炕，炕上大红毡条，靠东边板壁立着一个锁子锦③靠背与一个引枕，铺着金心绿闪缎大坐褥，旁边有银唾沫盒。那凤姐儿家常戴着紫貂昭君套④，围着攒珠勒子，穿着桃红撒

1. 是刘姥姥感受，只怕也是作者的。反而是生活其中的人习以为常，感受不到。脂评称"点头咂嘴念佛"：六字尽矣，如何想来？（甲）

2. 记清。（甲）不知不觉先到大姐寝室，岂非有缘？（蒙）

3. 用"只得"二字，写她有点瞧不起，碍于礼数不得不如此耳。

4. 何曾见过，难免误会。毕肖。（甲）

5. 又是乡下人才有的感受，若是府中人则视而不见、听而不闻矣。从刘姥姥心中意中幻拟出奇怪文字。（甲）

6. 总从小民常用器物设想。从刘姥姥心目中设譬拟想，真是镜花水月。（甲）

7. 接得紧。三字有劲。（甲）

8. 妙在总从感受上写。是十时正。细。是巳时。（甲）

9. 虽欲问，何用答，截得好。只不过小丫头们乱跑，声势何减高官外出开锣喝道！

10. 写众多陪侍仆妇排场只用声音，见姥姥默候侧耳神情。

11. 全是小民眼中。我曾对一友人说，刘姥姥的眼睛其实就是曹雪芹的眼睛，友人以为然。

---

① 打箩柜筛面——箩柜，也叫面柜，筛面用的木柜样的机器，筛面时以脚踏之，"咯当咯当"作响。

② 爱物儿——玩意儿。

③ 锁子锦——用金线织成锁链图案的锦缎。

④ 昭君套——无顶的女式皮帽套。戏台上王昭君出塞时戴此，故名。

花袄，石青刻丝灰鼠披风，大红洋绉银鼠皮裙，粉光脂艳，端端正正坐在那里，[1]手内拿着小铜火筋儿拨手炉内的灰。平儿站在炕沿边，捧着一个小小的填漆茶盘，盘内一个小盖钟。凤姐也不接茶，也不抬头，只管拨手炉内的灰，慢慢地问道："怎么还不请进来？"[2]一面说，一面抬身要茶时，只见周瑞家的已带了两个人在地下站着了。这才忙欲起身，犹未起身，[3]满面春风地问好，又嗔周瑞家的怎么不早说。刘姥姥在地下已是拜了数拜，问姑奶奶安。凤姐忙说："周姐姐，快搀住不拜罢，请坐。我年轻，不大认得，可也不知是什么辈数，不敢称呼。"周瑞家的忙回道："这就是我才回的那姥姥了。"[4]凤姐点头。刘姥姥已在炕沿上坐下。板儿便躲在背后，百端地哄他出来作揖，他死也不肯。

　　凤姐笑道："亲戚们不大走动，都疏远了。知道的呢，说你们弃厌我们，不肯常来；不知道的那起小人，还只当我们眼里没人似的。"[5]刘姥姥忙念佛道："我们家道艰难，走不起，来了这里，没的给姑奶奶打嘴，就是管家爷们看着也不像。"凤姐儿笑道："这话叫人没的恶心。不过借赖着祖父虚名，作个穷官儿罢了，谁家有什么，不过是个旧日的空架子。俗语说，'朝廷还有三门子穷亲'呢，何况你我。"[6]说着，又问周瑞家的回了太太了没有。[7]周瑞家的道："如今等奶奶的示下。"凤姐道："你去瞧瞧，要是有人有事就罢，得闲呢就回，看怎么说。"周瑞家的答应着去了。

　　这里凤姐叫人抓些果子与板儿吃，刚问些闲话时，就有家下许多媳妇管事的来回话。[8]平儿回了，凤姐道："我这里陪客呢，晚上再来回。若有很要紧的，你就带进来现办。"平儿出去，一会进来说："我都问了，没什么紧事，我就叫她们散了。"凤姐点头。只见周瑞家的回来，向凤姐道："太太说了，今日不得闲，二奶奶陪着便是一样。多谢费心想着；白来逛逛呢便罢，若有甚说的，只管告诉二奶奶，都是一样。"刘姥姥道："也没甚说的，不过是来瞧瞧姑太太、姑奶奶，也是亲戚们的情分。"周瑞家的道："没甚说的便罢，若有话，只管回二奶奶，是和太太一样的。"[9]一面说，

1. 凤姐家常穿戴，奢华如此。

2. 仿佛漫不经心，一无所觉，神态举止，摆足架势。尤妙在借拨手炉内灰细节写出。神情宛肖。（甲）此等笔墨，真可谓追魂摄魄。（甲）

3. "忙欲"而"犹未"最妙，要作知礼模样，更要自高身份。从姥姥进屋起，就一直在表演。

4. 有眼色，不认识的"亲戚"，岂可轻易便认！"不敢称呼"是"不想称呼"也。凤姐云"不敢称呼"，周瑞家的云"那个姥姥"。凡三四句一气读下，方是凤姐声口。（甲）

5. 说出话来尖利刺人。阿凤真真可畏可恶。（甲）

6. 引俗语恰当之极，口齿旁人难及。

7. 必定要回的，不但因与王家连宗，也须探知关系深浅。一笔不肯落空，的是阿凤。（甲）

8. 趁着周瑞妇去回太太之空，写一笔家务冗杂。不落空家务事，却不实写，妙极妙极！（甲）

9. 将对凤姐说的话再说一遍，是提醒姥姥别错过机会。周妇系真心为老妪，也可谓得方便。（甲）

一面递眼色与刘姥姥。¹刘姥姥会意，未语先飞红了脸。欲待不说，今日又所为何来？只得忍耻说道：²"论理今儿初次见姑奶奶，却不该说的，只是大远的奔了你老这里来，也少不得说了……"刚说到这里，只听得二门上小厮们回说："东府里小大爷进来了。"³凤姐忙止刘姥姥不必说了。一面便问："你蓉大爷在哪里呢？"只听一路靴子脚响，进来了一个十七八岁的少年，面目清秀，身材夭娇①，轻裘宝带，美服华冠。⁴刘姥姥此时坐不是，立不是，藏没处藏。凤姐笑道："你只管坐着，这是我侄儿。"刘姥姥方扭扭捏捏在炕沿上坐了。

贾蓉笑道："我父亲打发我来求婶子，说上回老舅太太给婶子的那架玻璃炕屏②，明日请一个要紧的客，借了略摆一摆就送过来的。"⁵凤姐道："说迟了一日，昨儿已经给了人了。"贾蓉听说，嘻嘻地笑着，在炕沿下半跪道："婶子若不借，又说我不会说话了，又挨一顿好打呢。婶子只当可怜侄儿罢！"⁶凤姐笑道："也没见我们王家的东西都是好的不成？一般你们那里放着那些东西，只是看不见我的才罢！"③贾蓉笑道："哪里如这个好呢！只求开恩罢。"凤姐道："碰一点儿，你可仔细你的皮！"因命平儿拿了楼门钥匙，传几个妥当人来抬去。贾蓉喜得眉开眼笑，忙说："我亲自带了人拿去，别由他们乱碰。"说着，便起身出去了。

这里凤姐忽又想起一事来，便向窗外叫："蓉儿回来！"外面几个人接声说："蓉大爷快回来！"贾蓉忙复身转来，垂手侍立，听何指示。那凤姐只管慢慢地吃茶，出了半日神，方笑道："罢了！你且去罢。

1. 催其快说之意，有帮人帮到底之心。如何？余批不谬。（甲）

2. 老妪有"忍耻"之心，故后有招大姐之事，作者非泛写。且为求亲靠友下一棒喝。（甲）大姐后取名巧姐。"招大姐"，即招她为板儿媳妇。招贾府千金而要"忍耻"，是因为那时她已堕为烟花女子。姥姥拼老命将她从火坑中救出，接到家中招为媳妇，让她从此自食其力。这要承受求助于人、遭人讥诮及自身受贞操观影响等种种压力，都要"忍耻"。

3. 姥姥刚要开口告艰难，却突被另一件也有求于凤姐的事截断，是谁也想不到的。在作者是必不肯用直笔。惯用此等横云断山法。（甲）

4. 贾蓉出场。不在叙述其妻秦氏情节时写他年纪仪表容貌，却于姥姥眼中描述，令其局促不安，可知行文不应有定式。为纨袴写照。（甲）

5. 蓉儿虽有求于凤姐，却能让凤姐舒心，说话知奉承也。夹写凤姐好奖誉。（甲）

6. 深谙婶子脾性，只要放低身段软求，必成。庚辰本将"炕沿下"讹作"炕沿上"，今有以庚辰为底本的校本，居然亦从之。炕沿上岂能跪！难怪陈庆浩兄说它是"先天不足"。

---

① 夭娇——这里是轻捷恣纵的样子。
② 炕屏——陈设在炕上的一种小型屏风。
③ "也没见"三句——"也没见"，习惯性口语，相当于"真好笑""真怪"。作者常用，如王夫人笑湘云穿衣服多，说："也没见穿上这些作什么？"（第三十一回）又如迎春诸湘云爱说话，说："也没见睡在那里还是咭咭呱呱，笑一阵，说一阵，也不知哪里来的那些话！"（同上）因此，"也没见我们王家的东西都是好的不成？"凤姐这一句反问话一点也不错。己卯、庚辰诸本的整理者弄不懂"也没见"是什么意思，把"我们"改成"你们"，一句分成了两句，成了"也没见你们，王家的东西都是好的不成？"虽勉强可通，但绝非作者原意。第三句"只是看不见我的才罢！"意思也很明确，程甲本怕读者看不懂，添加了一句："见了就要想拿去"，意思没有错，却是多余的。已卯、庚辰诸本整理者又不理解，把"只是看不见"属了上句，把最后四字改成"偏我的就是好的"。这真是胆大手低。所以我断定诸本与甲戌本有异文者，除甲戌本本身的漏误外，均非出自雪芹手笔。

晚饭后你来再说罢。这会子有人，我也没精神了。"[1]贾蓉应了，方慢慢地退去。

这里刘姥姥心身方安，才又说道："今日我带了你侄儿来，也不为别的，只因他老子娘在家里，连吃的都没有。如今天又冷了，越想越没个派头儿①，只得带了你侄儿奔了你老来。"[2]说着又推板儿道："你那爹在家怎么教你了？打发咱们作啥事来？只顾吃果子咧！"凤姐早已明白了，听她不会说话，因笑止道：[3]"不必说了，我知道了。"因问周瑞家的道："这姥姥不知可用过饭没有呢？"[4]刘姥姥忙道："一早就往这里赶咧，哪里还有吃饭的工夫咧！"凤姐听说，忙命快传饭来。一时周瑞家的传了一桌客馔来，摆在东边屋内，过来带了刘姥姥和板儿过去吃饭。凤姐说道："周姐姐，好生让着些儿，我不能陪了。"于是过东边房里来。

凤姐又叫过周瑞家的去，问她："方才回了太太，说了些什么？"周瑞家的道："太太说，他们家原不是一家子，不过因出一姓，当年又与太老爷在一处作官，偶然连了宗的。这几年来也不大走动。当时他们来一遭，却也没空了他们。今儿既来了，瞧瞧我们，是她的好意思，也不可简慢了她。[5]便是有什么说的，叫二奶奶裁度着就是了。"凤姐听了说道："我说呢，既是一家子，我如何连影儿也不知道。"

说话时，刘姥姥已吃毕了饭，拉了板儿过来，舔唇抹嘴地道谢。凤姐笑道："且请坐下，听我告诉你老人家。方才的意思，我已知道了。若论亲戚之间，原该不待上门来就该有照应才是。但如今家里杂事太烦，太太渐上了年纪，一时想不到也是有的。[6]况是我近来接着管些事，都不大知道这些个亲戚们。二则外头看着这里烈烈轰轰的，殊不知大有大的艰难去处，[7]说与人也未必信罢了。今儿你既老远的来了，又是头一次见我张口，怎好叫你空回去呢。[8]可巧昨儿太太给我的丫头们做衣裳的二十两银子，我还没动呢，[9]你若不嫌少，就暂且拿了去罢。"

那刘姥姥先听见告艰难，只当是没有，心里便突突的；[10]后来听见给她二十两，喜得又浑身发痒起来，[11]

---

① 派头儿——即盼头儿。

1. 不交代何事，想是不便在外人前面说的。虽有隐秘（比如后文吸纳其参与"毒设相思局"之类即是），但非苟且之事，别想歪了。凤姐亲近蓉、蔷辈，令其俯首帖耳，听命于己是实，却不失身份，此事平儿知之最确。此处写其神情心态，刻画得细到毫颠，又与刘姥姥进屋时有表演成分不同。传神之笔，写阿凤跃跃纸上。（甲）

2. 凤姐侄儿刚离开，姥姥告艰难便口口声声"带了你侄儿来"，凤姐听了，是何感觉？

3. 又一笑；凡六。自刘姥姥来凡笑五次，写得阿凤乖滑伶俐，合眼如立在前。若会说话之人，便听他说了，阿凤利害处正在此。问看官，常有将挪移借贷已说明白了，彼仍推聋装哑，这人比阿凤若何？呵呵，一叹！（甲）

4. 这是阿凤要背着刘姥姥了解太太态度想出来的办法，莫认作是关心姥姥饿不饿。

5. 穷亲戚来看是"好意思"，余又自《石头记》中见了，叹叹！（甲）王夫人数语，令余几欲哭出。（甲）评者又触语生情，当是从前听到过这样的话。

6. 点"不待上门就该有照应"数语，此亦于《石头记》再见话头。（甲）

7. "大有大的难处"，今已成了成语。

8. 也是《石头记》再见了，叹叹！（甲）

9. 要接济姥姥，编出话来，将太太与自己连起来，人情都照顾到，是凤姐能干处。

10. 可怜可叹。（甲）

11. 可怜可叹。（甲）

说道："嗳！我也是知道艰难的。但俗语说：'瘦死的骆驼比马还大'，凭他怎样，你老拔根寒毛，比我们的腰还粗呢！"[1] 周瑞家的在旁听她说得粗鄙，只管使眼色止她。凤姐听了，笑而不睬，只命平儿把昨儿那包银子拿来，再拿一串钱来，[2] 都送到刘姥姥跟前。凤姐乃道："这是二十两银子，暂且给这孩子做件冬衣罢。若不拿着，可真是怪我了。这串钱雇了车子坐罢。改日无事，只管来逛逛，方是亲戚间的意思。天也晚了，也不虚留你们了，到家里该问好的问个好儿罢。"[3] 一面说，一面就站起来了。

　　刘姥姥只管千恩万谢，拿了银钱，随周瑞家的出来至外厢房。周瑞家的方道："我的娘！你见了她怎么倒不会说了？开口就是'你侄儿'。我说句不怕你恼的话，便是亲侄儿，也要说和柔些，那蓉大爷才是她的正经侄儿呢，她怎么又跑出这么个侄儿来了？"[4] 刘姥姥笑道："我的嫂子，[5] 我见了她，心眼儿里爱还爱不过来，哪里还说得上话了！"二人说着，又到周瑞家坐了片时。刘姥姥便要留下一块银子，与周瑞家的儿女买果子吃，周瑞家的如何放在眼里，执意不肯。[6] 刘姥姥感谢不尽，仍从后门去了。正是：

　　　　得意浓时易接济，[7] 受恩深处胜亲朋。

1. 此时的刘姥姥心满意足，兴奋不已，说惯了的粗鄙话自然会脱口而出。

2. 这样常例亦再见。（甲）

3. 虽是客套话，也说得动听。

4. 旁观者清。与前眼色真对，可见文章中无一个闲字，为财势一哭。（甲）

5. 报颜如见。（甲）

6. 所谓人情做到底。

7. 心里分外得意时，便容易出手给钱，非真有怜老惜贫之心。凤姐正代王夫人掌管荣府大权，处处受人尊敬；所宠之侄儿贾蓉代父求借炕屏，态度谦恭，唯唯听命，如此皆令阿凤春风得意也。

【总评】

　　《红楼梦》前五回有点像序曲或前奏，自本回起似乎才正式展开荣国府的故事。可是又偏从一个远在农村的小小人家刘姥姥一家叙起，大概这是因为刘姥姥是贾府这个大家庭自始至终、由盛至衰的见证人。这段故事情节的描写有多处亮点。比如姥姥在家时与女婿狗儿的拌嘴，姥姥颇费周折才得进荣府，尤其是通过姥姥的眼睛——很可能就是曹雪芹的眼睛——所见写出荣府里的种种奢华景象，以及凤姐接待她时双方的对话、情态等等，无一不写得生动逼真，十分精彩。

　　根据读到过雪芹全部书稿者所加的评语，这一回写刘姥姥一进荣国府是"伏二进、三进及巧姐之归着"。可知全书写刘姥姥进荣国府一共有三次（若按续书所写计算，她后来成了常客，进荣府总共不下五六次），前八十回中有两次。这"一进"主要写她来告艰难，得到接济，因而对凤姐深深感恩。到将来，"势败休云贵，家亡莫论亲"时，凤姐之女巧姐遭"爱银钱、忘骨肉的狠舅奸兄"的骗卖，"流落在烟花巷"受苦时，"幸娘亲积得阴功"而"巧得遇恩人"刘姥姥；刘姥姥竭尽努力将她从火坑中救出来，招为板儿媳妇，即册子中画的在"荒村野店"里"纺绩"的"美人"，借此报答凤姐最初接济之恩。

第七回
送宫花周瑞叹英莲　谈肄业秦钟结宝玉

【题解】

　　本回回目诸本不一。此处用甲戌本回目。己卯、庚辰、杨藏（梦稿）本作"送宫花贾琏戏熙凤，宴宁府宝玉会秦钟"；蒙府、戚序、列藏、卞藏本作"尤氏女独请王熙凤，贾宝玉初会秦鲸卿"。后两种当是不满于甲戌本而另拟的，但并不见佳。最后一种且勿论。己卯、庚辰本回目中出"贾琏戏熙凤"这一作者用侧笔顺便带出的细节，实无必要，且与"送宫花"没有任何内在联系。甲戌本以"周瑞"代替"周瑞家的"，固不甚妥，但毕竟英莲之身世先由周瑞从其女婿冷子兴处获悉。宫花十二，照应十二钗，则"叹英莲"亦有点醒寓意作用，即群芳薄命真应怜也。暗点十二钗为本回重要内容，有题诗可证。故从之。肄（yì 异）业，修习学业。

　　题曰：

　　　十二花容色最新，不知谁是惜花人。
　　　相逢若问名何氏，家住江南姓本秦。①

　　话说周瑞家的送了刘姥姥去后，便上来回王夫人话。¹ 谁知王夫人不在上房，问丫鬟们时，方知往薛姨妈那边闲话去了。² 周瑞家的听说，便转东角门出至东院，往梨香院来。刚至院门前，只见王夫人的丫鬟名金钏儿者，³ 和一个才留了头的小女孩儿站在台矶上玩。⁴ 见周瑞家的来了，便知有话回，因向内努嘴儿。⁵

　　周瑞家的轻轻掀帘进去，只见王夫人和薛姨妈长篇大套地说些家务人情等语。周瑞家的不敢惊动，遂进里间来，⁶ 只见薛宝钗穿着家常

1. 周瑞家的向凤姐传达过王夫人的话，事毕，自当前去回复。不回凤姐，却回王夫人，不交代处，正交代得清楚。（甲）
2. 自然进入本回要写情节去处。文章只是随笔写来，便有流丽生动之妙。（甲）
3. 虽未在太虚幻境判词中列出，必继晴雯、袭人之后，在警幻情榜又副册之内。
4. 顺便先勾画一笔，却不点出名字来，留待后文周瑞家的发问，极有章法。莲卿别来无恙否？（甲）
5. 画。（甲）
6. 周瑞妇来向王夫人回话，只不过是由头，作者真正意图是让她能见到宝钗。王夫人"长篇大套"地闲聊，正好能留出足够时间来给宝钗详说冷香丸。总用双岐岔路之笔，令人估计不到之文。（甲）

---

①　"十二花容"一首——首句说的，即文中写的分送给众姊妹的"宫里头作的新鲜样法堆纱花十二枝"，但也有脂评说的"凡用'十二'字样，皆照应十二钗"的意思在。所以此回写到冷香丸制方时，用了许多"十二两""十二钱""十二分"之类字样。"惜花人"，似指宝玉或只是泛说。后两句与本回写宝玉会秦钟有关：小说初提"秦钟"之名时，脂评说："设云'情种'。古诗云：'未嫁先名玉，来时本姓秦。'二语便是此书大纲目、大比托、大讽刺处。"结合回末二句诗看，"秦""情"谐音，似非脂评穿凿。只是作者真实意图、脂评所引古诗句及其与全书的关系究竟应如何确切理解，尚不易弄清。

衣服，头上只挽着鬏儿①，¹ 坐在炕里边，伏在小炕儿上同丫鬟莺儿正描花样子呢。² 见她进来，宝钗便放下笔，转过身来，满面堆笑让："周姐姐坐。"周瑞家的也忙陪笑问"姑娘好"，一面炕沿上坐了，因说："这有两三天也没见姑娘到那边逛逛去，只怕是你宝兄弟冲撞了你不成？"³ 宝钗笑道："哪里的话！只因我那种病又发了两天，⁴ 所以且静养两日。"周瑞家的道："正是呢，姑娘到底有什么病根儿，也该趁早儿请了大夫来，好生开个方子，认真吃几剂药，一势儿除了根才好。小小的年纪倒坐下个病根也不是玩的。"宝钗听说，便笑道："再不要提吃药。为这病请大夫、吃药，也不知白花了多少银子钱呢。凭你什么名医仙药，总不见一点儿效。后来还亏了一个癞头和尚，⁵ 说专治无名之症，因请他看了。他说我这是从胎里带来的一股热毒，⁶ 幸而我先天结壮，⁷ 还不相干，若吃凡药，是不中用的。他就说了一个海上方②，又给了一包末药作引③，异香异气的，不知是哪里弄了来的。⁸ 他说发了时吃一丸就好。倒也奇怪，这倒效验些。"

　　周瑞家的因问道："不知是个什么海上方儿？姑娘说了，我们也记着，说与人知道，倘遇见这样的病，也是行好的事。"宝钗见问，乃笑道："不问这方儿还好，若问起这方儿，真真把人琐碎坏了。东西药料一概都有，现易得的，只难得'可巧'二字。要春天开的白牡丹花蕊十二两，⁹ 夏天开的白荷花蕊十二两，秋天开的白芙蓉花蕊十二两，冬天开的白梅花蕊十二两。将这四样花蕊，于次年春分这日晒干，和在末药一处，一齐研好。又要雨水这日的雨水十二钱……"周瑞家的忙道："嗳哟！这样说来，这

1. 宝钗搁置久矣，至此出力一写。自入梨香院至此方写。（甲）好！写一人换一副笔墨，另出一花样。（甲）"家常爱着旧衣裳"是也。（甲）唐王建《宫词》："家常欲着旧衣裳，空插红梳又作妆。"

2. 一幅绣窗仕女图，亏想得周到。（甲）

3. 为引出话头而特设此问。然此前必有过冲撞事，或可作补笔看。一人不漏，一笔不板。（甲）

4. 先未提过就说"那种病"，正为解疑而写。"那种病""那"字，与前二玉"不知因何"二"又"字皆得天成地设之体；且省却多少闲文，所谓"惜墨如金"是也。（甲）二"又"字，指第五回开头，有"黛玉又气得独在房中垂泪，宝玉又自悔言语冒撞，前去俯就"等语。

5. 提到癞和尚总是关键，所言必有深意。奇奇怪怪，真如云龙作雨，忽隐忽见，使人逆料不到。（甲）庚辰本妄改为"秃头和尚"，有遵之者，和尚哪个不秃头？

6. 此"热毒"实非生理病症，乃喻热衷功名利禄世俗观念。凡心偶炽，是以尊火齐攻。（甲）

7. 喻天性浑厚，不患得患失也。

8. 方子、药引皆非关药铺。余则深知是从放春山采来，以灌愁海水和成，烦广寒玉兔捣碎，在太虚幻境空灵殿上炮制配合者也。（甲）

9. 说十二两则可，说十二钱或十二分，按常理应说一两二钱或一钱二分，可知总为凑"十二"之数。凡用"十二"字样，皆照应十二钗。（甲）

---

① 鬏（zuǎn 纂）儿——女子的发髻。
② 海上方——对民间验方、秘方的美称。意谓从海上仙山求得的妙方。
③ 引——中医以若干种药材组成药剂，药按其处方中的作用分"君、臣、佐、使"，"使"的作用是将药力引向一定的经络或病变部位，故称"引经药""药引"或"引子"。

就得一二年的工夫。倘或雨水这日竟不下雨水，又怎处呢？"宝钗笑道："所以了，哪里有这样可巧的雨，便没雨也只好再等罢了。白露这日的露水十二钱，霜降这日的霜十二钱，小雪这日的雪十二钱。把这四样水调匀，和了药，再加蜂蜜十二钱，白糖十二钱，丸了龙眼大的丸子，盛在旧磁罐内，埋在花根底下。若发了病时，拿出来吃一丸，用十二分黄柏煎汤送下。"[1]

周瑞家的听了笑道："阿弥陀佛，真巧死了人！等十年未必都这样巧呢。"宝钗道："竟好，自他说了去后，一二年间可巧都得了，好容易配成一料。如今从南带至北，现就埋在梨花树下。"[2]周瑞家的又问道："这药可有名字没有呢？"宝钗道："有。这也是那癞和尚说下的，叫作'冷香丸'。"[3]周瑞家的听了点头儿，因又说："这病发了时到底觉怎样？"宝钗道："也不觉什么，只不过喘嗽些，吃一丸也就罢了。"[4]

周瑞家的还欲说话时，忽听王夫人问："是谁在里头？"[5]周瑞家的忙出去答应了，趁便回了刘姥姥之事。略待半刻，见王夫人无话，方欲退出，薛姨妈忽又笑道：[6]"你且站住，我有一宗东西，你带了去罢。"说着便叫香菱。[7]帘栊响处，方才和金钏儿玩的那个小女孩子进来了，问："奶奶叫我做什么？"[8]薛姨妈道："把那匣子里的花儿拿来。"香菱答应了，向那边捧了个小锦匣来。薛姨妈乃道："这是宫里头作的新鲜样法，堆纱花儿十二枝。昨儿我想起来，白放着可惜旧了，何不给她们姊妹们戴去。昨儿要送去，偏又忘了。你今儿来得巧，就带了去罢。你家的三位姑娘，每人两枝，下剩六枝，送林姑娘两枝，那四枝给了凤哥儿罢。"王夫人道："留着给宝丫头戴罢了，又想着她们！"薛姨妈道："姨娘不知道，宝丫头古怪呢，她从来不爱这些花儿粉儿的。"[9]

说着，周瑞家的拿了匣子，走出房门，见金钏仍在那里晒日阳。周瑞家的因问她道："那香菱小丫头子，可就是时常说临上京时买的、为她打人命官司的那个小丫头子？"金钏道："可不就是。"正说着，只见香菱笑嘻嘻地走来。周瑞家的便拉了她的

1. 末用黄柏更妙。可知甘苦二字，不独十二钗，世皆同有者。（甲）黄柏味苦，能清热泻火。

2. 与居处名巧合。"梨香"二字有着落，并未白白虚设。（甲）

3. 正为宝钗作评。新雅奇甚。（甲）

4. 以花入药者《本草》中多有。作者深通药理，故能写来既不悖理，又极风趣。是小说，勿真作验方看。以花为药，可是吃烟火人想得出者？诸公且不必问其事之有无，只据此新奇妙文悦我等心目，便当浮一大白。（甲）

5. 该说的已说完，自应截断。

6. 欲断还连，正须用其人，怎可退出？行文原只在一二字便有许多省力处。不得此窍者便在窗下百般扭捏。（甲）"忽"字"又"字与"方欲"二字对射。（甲）

7. "香菱"之名初见，想是宝钗为她新起的。二字仍从"莲"上起来，盖英莲者应怜也；香菱者亦相怜之意。（甲）

8. 说话总带孩子口气。

9. "淡极始知花更艳"，此"古怪"以后还会写到。

手，细细地看了一回，因向金钏笑道："倒好个模样儿！竟有些像咱们东府里蓉大奶奶的品格。"[1]金钏儿笑道："我也是这么说呢。"周瑞家的又问香菱："你几岁投身到这里？"又问："你父母今在何处？今年十几岁了？本处是哪里人？"香菱听问，都摇头说："不记得了。"[2]周瑞家的和金钏儿听了，倒反为她叹息伤感一回。

一时，周瑞家的携花至王夫人正房后来。原来近日贾母说孙女们太多了，一处挤着倒不便，只留宝玉、黛玉二人在这边解闷，却将迎、探、惜三人移到王夫人这边房后三间小抱厦内居住，令李纨陪伴照管。如今周瑞家的故顺路先往这里来，只见几个小丫头子都在抱厦内听呼唤默坐。迎春的丫鬟司棋与探春的丫鬟待书[3]二人正掀帘子出来，手里都捧着茶盘茶钟，周瑞家的便知她姊妹在一处坐着，遂进入内房，只见迎春、探春二人正在窗下下围棋。周瑞家的将花送上，说明原故。二人忙住了棋，都欠身道谢，命丫鬟们收了。[4]

周瑞家的答应了，因说："四姑娘不在房里？只怕在老太太那边呢。"丫鬟们道："在这屋里不是？"周瑞家的听了，便往这边屋里来。只见惜春正同水月庵的小姑子智能儿两个一处玩笑。[5]见周瑞家的进来，惜春便问她何事。周瑞家的便将花匣打开，说明原故。惜春笑道："我这里正和智能儿说，我明儿也剃了头，同她作姑子去呢，可巧又送了花儿来；若剃了头，把这花可戴在哪里？"[6]说着，大家取笑一回，惜春命丫鬟入画来收了。[7]

周瑞家的因问智能儿："你是什么时候来的？你师父那秃歪剌①往哪里去了？"智能儿道："我们一早就来了，我师父见过太太，就往于老爷府里去了，[8]叫我在这里等她呢。"周瑞家的又道："十五的月例香供银子可得了没有？"智能儿摇头说："不知道。"[9]惜春听了，便问周瑞家的："如今各庙月例银子是谁管着？"周瑞家的道："是余信管着。"[10]惜春听了，笑道："这就是了！她师父一来了，余信家的就赶上

---

① 秃歪剌——骂尼姑的话。歪剌，是不正派女人的意思。

1. 一击两鸣法，二人之美并可知矣。……何玄幻之极！（甲）

2. 父母、年岁、家乡一概无知，真堪怜悯。伤痛之极！亦必如此收住方妙。不然，则又将作出香菱思乡一段文字矣。（甲）

3. 司棋、待书初见。妙名。贾府四钗之环，暗以"琴棋书画"四字列名，省力之甚，醒目之甚，却是俗中不俗处。（甲）

4. 写送花事，若平均用力，必死板，须有详有略，突出重点，迎、探非着重要写的，故只平叙带过。

5. 这是专写惜春的第一句话，特意不离尼庵。总是得空便入，百忙中又带出王夫人喜施舍等事，可知一支笔作千百支用。又伏后文。（甲）

6. 闲闲一笔，却将后半部线索提动。（甲）此评甚好，揭出作者写人物好作谶语，乃宿命观念使然。

7. 又出"入画"，后文再补元春之婢"抱琴"就齐了。

8. "于"谐"愚"。又虚贴一个于老爷，可知所尚僧尼者，悉愚人也。（甲）

9. 小尼哪管那些事？妙！年轻未任事也。一应骗布施，哄斋供诸恶，皆是老秃贼设局。写一种人，一种人活像。（甲）

10. 亦谐音，后之版本有讹作"蔡信"者。明点"愚性"二字。（甲）

来，和她师父咕唧了半日，想是就为这事了。"[1]

那周瑞家的又和智能儿唠叨了一会，便往凤姐处来。穿夹道，从李纨后窗下过，越西花墙①，[2]出西角门进入凤姐院中。走至堂屋，只见小丫头丰儿坐在凤姐房门槛上，见周瑞家的来了，连忙摆手儿叫她往东屋里去。[3]周瑞家的会意，慌得蹑手蹑脚地往东边房里来，只见奶子正拍着大姐儿睡觉呢。周瑞家的悄问奶子道："奶奶睡中觉呢？②也该请醒了！"奶子摇头儿。[4]正问着，只听那边一阵笑声，却有贾琏的声音。[5]接着，房门响处，平儿拿着大铜盆出来，叫丰儿舀水进去。平儿便进这边来，一见了周瑞家的便问："你老人家又跑了来作什么？"[6]周瑞家的忙起身，拿匣子与她，说送花儿一事。平儿听了，便打开匣子，拿出四枝，转身去了。半刻工夫，手里拿出两枝来，先叫彩明来，吩咐他送到那边府里给小蓉大奶奶戴去，[7]次后方命周瑞家的回去道谢。

周瑞家的这才往贾母这边来。穿过了穿堂，顶头忽见她女儿打扮着才从她婆家来。周瑞家的忙问："你这会子跑来作什么？"[8]她女儿笑道："妈一向身上好？我在家里等了这半日，妈竟不出去，什么事情这样忙得不回家？我等烦了，自己先到老太太跟前请了安了，这会子请太太安去。妈还有什么不了的差事？手里是什么东西？"周瑞家的笑道："嗳！今儿偏偏的来了个刘姥姥，我自己多事，为她跑了半日；这会子又被

1. 师父净虚，第十五回有故事。一人不落，一事不忽，伏下多少后文，岂真为送花哉！（甲）

2. 整理者嫌其略，添加大不近情理文字，见注释。细极，李纨虽无花，岂可失而不写者，故用此顺笔便墨，间三带四，使观者不忍。（甲）

3. 小丫头坐在房门槛上，就为把守住，不准任何人进入，以免冲撞了贾琏夫妻好事，故有摆手举动。有批"连忙"二字曰：二字着紧。（甲）

4. 也有自作聪明妄改文字，见注释②。有神理。（甲）"睡中觉""该请醒"之类话犯大忌，奶子连回答一声都不敢，故只能摇头，意思是"快别问了"。

5. 此种写法独一无二，非难于写男女房事，实作者之美学理想他人不及。妙文奇想，阿凤之为人岂有不着意于"风月"二字之理哉！若直以明笔写之，不但唐突阿凤声价，亦且无妙文可赏。若不写之，又万万不可。故用"柳藏鹦鹉语方知"之法，略一皴染，不独文字有隐微，亦且不至污渎阿凤之英风俊骨。所谓此书无一不妙。（甲）余素所藏仇十洲《幽窗听莺暗春图》，其心思笔墨已是无双，今见此阿凤一传，则觉画工太板。（甲）

6. 不知为何。

7. 又借此写出凤姐与秦氏之间的亲密关系。忙中更忙，又曰"密处不容针"，此等处是也。（甲）

8. 送花未完，已嫁人的女儿又跑来做什么？

---

① "从李纨后窗下过，越西花墙"——己卯、庚辰、梦稿本两句间多出"隔着玻璃窗户，见李纨在炕上歪着睡觉呢"等语，这是多余且不合理的。宫花不应送守寡的李纨，本可不提及，但如前注十二枝宫花有照应十二钗用意，故用"从李纨后窗下过"七字带到。既是顺便，就不必作具体描写。写李纨正睡中觉有三点不合理：一、早过了睡中觉时间，故下文有"也该请醒了"的议论；二、李纨非慵懒娇弱小姐，怎么会白昼如此贪睡；三、过往者从玻璃窗外直接看到女子在卧室内睡觉的样子，实在过于"开放"。大概不审作意的过录者嫌原文过简，遂添此蛇足。今从甲戌本。

② "奶奶睡中觉呢？"——"奶奶"，庚辰本等作"姐儿"，大谬。周瑞家的被丰儿挡驾，已想到凤姐可能在睡中觉，所以才"蹑手蹑脚"地往东屋来，为了证实自己的揣测，才悄声问奶子："奶奶睡中觉呢？也该请醒了。"她没有想到会有房中戏，奶子一听她话犯忌，才连忙"摇头儿"示意她快别说。作者虽用笔隐曲，但情理却明确无误。姐儿是哺乳婴儿，她有昼夜睡觉的权利，既无所谓"睡中觉"，更不会限定什么时候"该请醒了"。何况来者又不知她睡了多久。"奶子正拍着大姐儿睡觉"，怎么反要弄醒她呢？这些改笔是很可笑的。但却有校注本盲从而不加改正。所以，我怀疑诸本异于甲戌本的文字，除甲戌本本身漏误外，都是旁人后改的，而且未经得作者的同意。

姨太太看见了，送这几枝花儿与姑娘奶奶们。这会子还没送清白呢。你这会子跑来，一定有什么事情的。"她女儿笑道："你老人家倒会猜。实对你老人家说，你女婿前儿因多吃了两杯酒，和人分争起来，不知怎的被人放了一把邪火①，说他来历不明，告到衙门里，要递解还乡。所以我来和你老人家商议商议，这个情分，求哪一个可了事？"周瑞家的听了，道："我就知道的。这有什么大不了的！¹你且家去等我，我送林姑娘的花儿去了就回来。此时，太太、二奶奶都不得闲儿，你回去等我。这没有什么忙的。"她女儿听如此说，便回去了，还说："妈，你好歹快来！"周瑞家的道："是了，小人家没经过什么事情，就急得你这样子。"²说着，便到黛玉房中去了。

　　谁知此时黛玉不在自己房中，却在宝玉房中，大家解九连环②作战。³周瑞家的进来笑道："林姑娘，姨太太着我送花儿来与姑娘戴。"宝玉听说，先便问："什么花儿？拿来给我！"⁴一面早伸手接过来了。开匣看时，原来是两枝宫制堆纱新巧的假花。黛玉只就宝玉手中看了一看，⁵便问道："还是单送我一个人的，还是别的姑娘们都有？"⁶周瑞家的道："各位都有了，这两枝是姑娘的了。"黛玉再看了一看，冷笑道："我就知道，别人不挑剩下的，也不给我。⁷替我道谢罢！"周瑞家的听了，一声儿不言语。宝玉便问道："周姐姐，你作什么到那边去了？"周瑞家的因说："太太在那里，因回话去了，姨太太就顺便叫我带来了。"宝玉道："宝姐姐在家作什么呢？怎么这几日也不过来？"周瑞家的道："身上不大好呢。"宝玉听了，便和丫头们说："谁去瞧瞧？就说我和林姑娘打发来问姨娘、姐姐安，⁸问姐姐是什么病，吃什么药。论理我该亲自来的，就说才从学里来的，也着了些凉，异日再亲来。"⁹说着，茜雪便答应去了。周瑞家的自去，无话。

　　原来这周瑞的女婿，便是雨村的好友冷子兴，

1. 女婿被告到衙门要受惩处，居然以为没有什么大不了的。荣府女仆尚如此有恃无恐，其主人家又当如何？

2. 周瑞家的什么事没经过，所以一点也不急。又生出一小段来，是荣、宁中常事，亦是阿凤正文。若不如此穿插，直用一送花到底，亦太死板，不是《石头记》笔墨矣。（甲）

3. 偏不在，总不肯用直笔，如此能夹写宝玉自好。此时二玉已隔房矣。（甲）

4. 与黛玉已不分彼此。

5. 不拿只看，就为显得并不太看重。

6. 却又是多心而问。在黛玉心中不知有何丘壑。（甲）

7. 总是小性儿。教送花的人何以为情？"再看一看"上传神。（甲）却又将阿颦之天性从骨中一写……小说中一笔作两三笔者有之，一事启两事者有之，未有如此恒河沙数之笔也。（甲）

8. 为了向黛玉示好，教人传话说："我和林姑娘"是表示不在乎让薛家母女知道他们亲近。"和林姑娘"四字着眼。（甲）

9. "怕读文章"者偏推故说"才从学里来"，有趣。

---

① 放了一把邪火——喻造谣诽谤、诬告。
② 九连环——一种金属丝制成的玩具，套着九个连环圈，按一定顺序，经复杂步骤，可以解下。

近因卖古董和人打官司，故遣女人来讨情分。周瑞家的仗着主子的势利，把这些事也不放在心上，晚间只求求凤姐儿便完了。[1]

至掌灯时分，凤姐已卸了妆，来见王夫人回话："今儿甄家送了来的东西，我已收了。[2] 咱们送他的，趁着他家有年下进鲜①的船去，一并都交给他们带去了。"王夫人点头。凤姐又道："临安伯老太太千秋的礼已经打点了，太太派谁送去？"[3] 王夫人道："你瞧谁闲着，不管打发两个女人去就完了，又来当什么正经事问我。"[4] 凤姐又笑道："今儿珍大嫂子来，请我明儿过去逛逛，明儿倒没有什么事。"王夫人道："有事没事都害不着什么。每常她来请，有我们，你自然不便意；她既不请我们，单请你，可知是她诚心叫你散淡散淡，别辜负了她的心，便是有事，也该过去才是。"凤姐答应了。当下，李纨、迎春等姊妹们亦曾定省毕，各自归房，无话。

次日，凤姐儿梳洗了，先回王夫人毕，方来辞贾母。宝玉听了，也要逛去。凤姐只得答应着，立等换了衣服，姐儿两个坐了车，一时进入宁府。早有贾珍之妻尤氏与贾蓉之妻秦氏，婆媳两个引了多少姬妾、丫鬟、媳妇等接出仪门。那尤氏一见了凤姐，必先笑嘲一阵，一手携了宝玉入上房来归坐。秦氏献茶毕，凤姐因说："你们请我来作什么？有什么东西来孝敬，就献上来，我还有事呢。"[5] 尤氏、秦氏未及答话，地下几个姬妾先就笑说："二奶奶今儿不来就罢，既来了，就依不得二奶奶了。"[6] 正说着，只见贾蓉进来请安。宝玉因问："大哥哥今日不在家？"尤氏道："出城请老爷安去了。"又道："可是，你怪闷的，也坐在这里作什么？何不去逛逛？"

秦氏笑道："今日巧，上回宝叔立刻要见见我兄弟，他今儿也在这里，[7] 想在书房里，宝叔何不去瞧一瞧？"宝玉听了，即便下炕要走。尤氏、凤姐都忙说："好生着，忙什么！"一面便吩咐人："好生小心跟着，别委屈着他，倒比不得跟了老太太过来就罢了。"[8] 凤姐儿道："既这么着，何不请进这秦小爷来，我也瞧瞧。难

1. 难怪周瑞家的不在心，衙门像是凤姐儿开的。本穿插细事，故一语便收结。

2. 甄家只在下半部写到，怕读者忘却，故又一提。又提甄家。（甲）不必细说，方妙。（甲）

3. 阿凤一生尖处。（甲）或其中能有好处，但必问过太太，方不落口实。

4. 虚描二事，真真千头万绪。纸上虽一回两回中或有不能写到阿凤之事，然亦有阿凤在彼处手忙心忙矣，观此回可知。（甲）

5. 故作姿态，以示彼此亲近不见外。对太太说"倒没有什么事"，这里说"我还有事呢"，作态之中又自高身份。

6. 姬妾们亦善于辞令者，想凤姐听了定十分惬意。

7. 不忘当日宝玉说过的话。欲出鲸卿，却先小妯娌闲闲一聚，随笔带出，不见一丝作造。（甲）

8. 跟了老太太过来，有不是就不必担当责任了。"委屈"二字极不通，却是至情，写愚妇至矣。（甲）

―――――――――――――――――

① 进鲜——指向皇帝进献时鲜的果品、水产等。

道我就见不得他不成？"尤氏笑道："罢，罢！可以不必见，他比不得咱们家的孩子们，胡打海摔的惯了。人家的孩子，都是斯斯文文惯了的，乍见了你这破落户，还被人笑话死了呢！"凤姐笑道："普天下的人，我不笑话就罢，竟叫这小孩子笑话我不成？"[1]贾蓉笑道："不是这话，他生得腼腆，没见过大阵仗儿，婶子见了，没的生气。"凤姐啐道："他是哪吒①，我也要见一见，别放你娘的屁了！[2]再不带去，看给你一顿好嘴巴子！"贾蓉笑嘻嘻地说："我不敢强，就带他来。"

说着，果然出去带进一个小后生来，较宝玉略瘦巧些，清眉秀目，粉面朱唇，身材俊俏，举止风流，似在宝玉之上，只是怯怯羞羞，有女儿之态。腼腆含糊地向凤姐作揖问好。凤姐喜得先推宝玉，笑道："比下去了！"[3]便探身一把携了这孩子的手，就命他身旁坐下。慢慢地问他年纪、读书等事，方知他学名唤秦钟。[4]早有凤姐的丫鬟媳妇们见凤姐初会秦钟，并未备得表礼来，遂忙过那边去告诉平儿。平儿素知凤姐与秦氏厚密，虽是小后生家，亦不可太俭，遂自作了主意，拿了一匹尺头②、两个"状元及第"的小金锞子③，交付与来人送过去。[5]凤姐犹笑说太简薄等语。秦氏等谢毕。一时吃过饭，尤氏、凤姐、秦氏等抹骨牌④，不在话下。

宝玉、秦钟二人随便起坐说话。那宝玉只一见秦钟人品，心中便有所失。痴了半日，自己心中又起了呆意，乃自思道："天下竟有这等人物！如今看来，我竟成了泥猪癞狗了。可恨我为什么生在这侯门公府之家，若也生在寒儒薄宦之家，早得与他交结，也不枉生了一世。我虽如此比他尊贵，可知绫锦纱罗，也只不过裹了我这根死木头；美酒羊羔，也只不过填了我这粪窟泥沟。'富贵'二字，不料遭我茶毒了！"[6]秦钟自见了宝玉形容出众，举止不浮，[7]更兼金冠绣服，骄婢侈童，秦钟

1. 凤姐这样说，自无不可。自负得起。（甲）

2. 己卯、庚辰本删去"啐"字，并改"他是哪吒"为"凭他是什么样儿的"，遂使凤姐的泼辣个性全失，真可谓点金成铁。此等处写阿凤之放纵，是为后回伏线。（甲）所谓"伏线"，当指敢于承办秦氏丧事。

3. 真把人物写活了。不知从何处想来。（甲）

4. 谐音。设云"情种"。古诗云"未嫁先名玉，来时本姓秦"便是此书大纲目、大比托、大讽刺处。（甲）评语亦"大旨谈情"之意乎？"未嫁"二句出《玉台新咏》南朝梁刘缓《敬酬刘长史咏名士悦倾城诗》。"玉"，原当指汝南王爱妾刘碧玉；"秦"，原当指《陌上桑》所咏之秦罗敷。

5. 平儿真不愧凤姐之心腹臂膀。一人不落，又带出强将手下无弱兵。（甲）

6. 自贬如此，可见不仅仅是对女儿才自称"浊物"，重品貌而轻衣食，将心目中之秦钟托举到极点，则以后二人之交情不言可知。一段痴情，翻"贤贤易色"一句筋斗，使此后朋友中无复再敢假谈道义、虚论情常。（甲）

7. "不浮"二字，己卯、庚辰本改作"不凡"，蒙府、戚序本改作"不群"，皆非本意，且改坏了。"不浮"二字妙，秦卿目中所取止在此。（甲）不止在此。

---

① 哪吒——原为佛教中的护法神，能变三头六臂。后传说中演为托塔天王李靖之子，踏火轮，神通广大，作孩儿形象。

② 尺头——衣料。

③ "状元及第"小金锞子——金锞子，金锭，小金锞一二两重。铸有吉祥图案或文字。"状元及第"就是一种，还有"流云百蝠（谐'福'）"、"事事如意"、"岁岁平安"、"玉堂富贵"等等。

④ 骨牌——又叫"牙牌"，俗称"牌九"。兽骨或象牙与竹制成的游戏或赌博用具。牌面刻点，自一至六，上下都刻，共三十二张。

心中亦自思道："果然这宝玉怨不得人人溺爱他。可恨我偏生于清寒之家，不能与他耳鬓交接，可知'贫富'二字限人，亦世间之大不快事。"[1]二人一样的胡思乱想。忽又有宝玉问他读什么书，秦钟见问，便因实而答。二人你言我语，十来句后，越觉亲密起来。

一时摆上茶果吃，宝玉便说："我们两个又不吃酒，把果子摆在里间小炕上，我们那里坐去，省得闹你们。"[2]于是二人进里间来吃茶。秦氏一面张罗与凤姐摆酒果，一面忙进来嘱宝玉道："宝叔，你侄儿年小，倘或言语不防头①，你千万看着我，不要理他。他虽腼腆，却性子左强②，不大随和些是有的。"宝玉笑道："你去罢，我知道了。"秦氏又嘱了她兄弟一回，方去陪凤姐。

一时凤姐、尤氏又打发人来问宝玉："要吃什么，外面有，只管要去。"宝玉只答应着，也无心在饮食上，只问秦钟近日家务等事。[3]秦钟因说："业师于去年病故，家父又年纪老迈，残疾在身，公务繁冗，因此尚未议及再延师一事，目下不过在家温习旧课而已。再读书一事，也必须有一二知己为伴，[4]时常大家讨论，才能进益。"宝玉不待说完，便答道："正是呢，我们家却有个家塾，合族中有不能延师的，便可入塾读书。子弟们中亦有亲戚在内，可以附读。我因上年业师回家去了，也现荒废着。家父之意，亦欲暂送我去，且温习着旧书，待明年业师上来，再各自在家亦可。家祖母因说：一则家学里子弟太多，生恐大家淘气，反不好；二则也因我病了几天，遂暂且耽搁着。如此说来，尊翁如今也为此事悬心。今日回去，何不禀明，就往我们这敝塾中来，我亦相伴，彼此有益，[5]岂不是好事？"秦钟笑道："家父前日在家提起延师一事，也曾提起这里的义学③倒好，原要来和这里的亲翁商议引荐。因这里事忙，不便为这点小事来聒絮的。宝叔果然度小侄或可磨墨涤砚，何不速速的作成，又彼此不致荒废，又可以常相谈聚，又可以慰父母之心，又可以得朋友

---

1. 秦钟之羡宝玉，不只其形容举止，也有"金冠绣带，骄婢侈童"；宝玉不以富贵自重，秦钟却以贫贱自卑，两人并非一样。"贫富"二字中，失却多少英雄朋友！（甲）总是作者大发泄处，借此以伸多少不乐！（蒙）评语谓是作者借此发泄，似可商榷。又己卯、庚辰本改"贫富"为"贫窭"亦谬。

2. 已见情投意合。

3. 先问读书，此又问家务，皆不得要领，总写无心与旁人应对及饮食上无话找话。

4. 一语启下文。眼。（甲）

5. 一拍即合，总为能相伴，非关讨论、进益。

---

①　不防头——不顾及各个方面，冒失。
②　左强——倔强执拗。
③　义学——指宗族办的免费学校。

之乐，岂不是美事？"¹宝玉笑道："放心，放心！咱们回来先告诉你姐夫、姐姐和琏二嫂子。你今日回家就禀明令尊；我回去再回明家祖母，再无不速成之理。"二人计议一定，那天气已是掌灯时候，出来又看他们玩了一回牌。算帐时，却又是秦氏、尤氏二人输了戏酒的东道，²言定后日吃这东道。一面又说了回话。

　　晚饭毕，因天黑了，尤氏因说："先派两个小子送了这秦相公去。"媳妇们传出去，半日，秦钟告辞起身。尤氏问："派了谁送去？"媳妇们回说："外头派了焦大，谁知焦大醉了，又骂呢。"³尤氏、秦氏都说道："偏又派他作什么！放着这些小子们，哪一个派不得？偏要惹他去！"⁴凤姐道："我成日家说你太软弱了，纵得家里人这样，还了得呢！"尤氏叹道："你难道不知这焦大的？连老爷都不理他的，你珍大哥哥也不理他。只因他从小儿跟着太爷们出过三四回兵，从死人堆里把太爷背了出来，得了命；自己挨着饿，却偷了东西来给主子吃；两日没得水，得了半碗水，给主子喝，他自己喝马溺。⁵不过仗着这些功劳情分，有祖宗时都另眼相待，如今谁肯难为他去！他自己又老了，又不顾体面，一味的味酒，一吃醉了，无人不骂。我常说给管事的，不要派他差事，全当一个死的就完了。今儿又派了他！"凤姐道："我何曾不知这焦大。倒是你们没主意，有这样，何不打发他远远的庄子上去就完了。"⁶说着，因问："我们的车可齐备了？"地下众人都应："伺候齐了。"

　　凤姐亦起身告辞，和宝玉携手同行。尤氏等送至大厅，只见灯烛辉煌，众小厮都在丹墀①侍立。那焦大又恃贾珍不在家，即在家亦不好怎样，更可以恣意地洒落洒落②。因趁着酒兴，先骂大总管赖二，⁷说他不公道，欺软怕硬，"有了好差事就派别人，像这样黑更半夜送人的事，就派我。没良心的王八羔子！瞎充管家！你也不想想，焦大太爷跷起一只脚，比你的头还高呢。⁸二十年头里的焦大太爷，眼里有谁？别说你们这一把子杂种王八羔子们！"

---

① 丹墀（chí 迟）——古时宫殿前的石阶，以红色涂饰，叫"丹墀"，这里指大厅前的台阶。
② 洒落——即数落，说别人的不是。

1. 真是可卿之弟！（甲）为要宝玉作成美事，便一一列举好处，都是宝玉乐听的。

2. 原为讨好而玩，何用算账？自然是二人输。（甲）

3. 焦大，即鲁迅所说的"贾府里的屈原"，一次登场便以骂出名，是不可或缺的人物。可见骂非一次矣。（甲）

4. 话出有因。便奇。（甲）

5. 所述故事有从家史中作素材的，作者之先祖正借军功起家，也参加过死里逃生的惨酷战役。焦大乃祖宗之忠仆，其愤慨情绪由来已久，实因贾氏子孙不肖，非只计较主子派差事之劳逸也。

6. 凤姐先责尤氏"太软弱了"，这里又说"你们没主意"，正见她有办法。这是为后"协理宁国府"伏线。（甲）

7. 记清，荣府中则是赖大，又故意错综得妙。（甲）宁府为长，反是赖二，故曰错综。

8. 此类话头，作者在平日生活中听得多了，写来无不活灵活现。

正骂的兴头上，贾蓉送凤姐的车出去，众人喝他不听，贾蓉忍不得，便骂了他两句："使人捆起来！等明日醒了酒，问他还寻死不寻死了！"¹那焦大哪里把贾蓉放在眼里，反大叫起来，赶着贾蓉叫："蓉哥儿，你别在焦大跟前使主子性儿。别说你这样儿的，就是你爹、你爷爷，也不敢和焦大挺腰子呢！不是焦大一个人，你们做官儿，享荣华，受富贵？你祖宗九死一生挣下这个家业，到如今不报我的恩，反和我充起主子来了。不和我说别的还可，若再说别的，咱们白刀子进去，红刀子出来！"①²凤姐在车上说与贾蓉道："以后还不早打发了这没王法的东西！留在这里岂不是祸害？倘或亲友知道了，岂不笑话咱们这样的人家，连个王法规矩都没有？"贾蓉答应"是"。

众小厮见他太撒野不堪了，只得上来几个，揪翻捆倒，拖往马圈里去。焦大越发连贾珍都说出来，乱嚷乱叫："我要往祠堂里哭太爷去，哪里承望到如今生下这些畜牲来！每日家偷狗戏鸡，爬灰的爬灰②，养小叔子的养小叔子，我什么不知道？³咱们'胳膊折了往袖子里藏'！"众小厮听他说出这些没天日的话来，唬得魂飞魄丧，也不顾别的了，便把他捆起来，用土和马粪满满地填了他一嘴。⁴

凤姐和贾蓉等也遥遥地闻得，便都装作没听见。⁵宝玉在车上见这般醉闹，倒也有趣。因问凤姐道："姐姐，你听他说'爬灰的爬灰'，什么是'爬灰'？"⁶凤姐听了，连忙立眉瞪目断喝道："少胡说！那是醉汉嘴里混沁③，你是什么样的人！不说没听见，还倒细问！等我回去回了太太，仔细捶你不捶你！"⁷唬得宝玉连忙央告："好姐姐，我再不敢说这话了！"凤姐亦忙回色哄道："好兄弟，这才是。等回去咱们回了老太太，打发人往家学里说明白了，请了秦钟家学里念书去要紧。"⁸说着，自回荣府而来。正是：

　　　　不因俊俏难为友，正为风流始读书。

1. 此时耍主子威风不是时候，只会将事情闹大，贾蓉毕竟少爷脾气。

2. 醉汉不顾主仆尊卑之言。是醉人口中文法，一段借醉骂奴口角，闲闲补出宁、荣往事近故，特为天下世家一哭。（甲）忽接此焦大一段，真可惊心骇目。一字化一泪，一泪化一血珠。（甲）评语末二句与《凡例》题诗"字字看来皆是血"同一口气。

3. "不如意事常八九，可与人言无二三。"此二句批是段，聊慰石兄。脂评将小说细节与作者真事实感相联系时，多闪烁其词。

4. 敢说实话者所得的酬报。

5. 所谓"非礼勿听"也。

6. 越不想听，越有人问；宝玉发问在情理之中，他哪里知道这些！

7. 先是威胁。蒙府、戚序本改"太太"为"老太太"，甚谬，岂有贾母捶其宝贝孙子的事？

8. 后是安抚。此是宝玉最愿之事。凤姐哄孩子办法也有一套。

---

① "白刀子进去红刀子出来"——己卯、梦稿本作"红刀子进去白刀子出来"。显系笔误。有的本子反以误为正，以为写"醉人颠倒口吻"。焦大前前后后借醉骂主子，说了很大一篇，只有不顾尊卑、不成体统的话，却没有一句是语言颠三倒四、不成文理的，何独此句要颠倒红白、混淆进出？所说实难令人置信。今从甲戌等本。
② 爬灰——也作"扒灰"。公公与儿媳妇私通。为谐音歇后语。谓爬行灰上，则"污膝（谐'媳'）"也。
③ 混沁（qìn 沁）——胡扯。沁，又作"唚"，畜牲呕吐；用以比喻口出污言。

【总评】

　　此回由两件事组成，即回目所标：一是周瑞家的替薛姨妈送宫花给众姊妹，一是贾宝玉结识秦可卿的小兄弟秦钟。两件都是极平常、琐碎之事，却在叙述中带出许多重要信息，从中可窥见作者精巧编织的匠心。

　　叙周瑞家的送花事，脂评以为"正为宝（钗）（香）菱二人所有"。周瑞家的来至梨香院，正遇宝钗发病，因吃药而谈起癞头和尚给她专治"从胎里带来的一股热毒"的海上方"冷香丸"——这是标志性的细节，这里无论是"热毒"或"冷香"，其实都不是它表面上病理和药性的含义；宝钗不爱"花儿粉儿"的"古怪"个性也于此点出。对香菱模样以及她不记父母家乡的补述也有必要。此外，因送花为惜春将来出家为尼作谶语，以"柳藏鹦鹉语方知"的暗笔写凤姐着意风月的一面，林黛玉小性，疑花是别人"挑剩下的"等等，真可谓得空便入，一支笔作无数支笔用。

　　秦钟会宝玉一节，秦氏与凤姐、秦氏与宝玉、宝玉与秦钟彼此之间微妙关系，都写得耐人寻味。带出焦大也很重要，焦大是研究者非常关注的小人物：一是尤氏说他"从小儿跟太爷们出过三四回兵，从死人堆里把太爷背了出来，得了命"的事。此一事与曹氏祖上参加清初平叛、立军功的遭遇颇为相似。一是焦大的醉骂，揭破了宁府贾珍一伙的家丑。焦大的发作，不但因贾蓉等在他跟前使主子性儿，还在他长期愤恨贾氏子孙的不肖，败坏了"祖宗九死一生挣下这个家业"，故鲁迅曾有焦大是贾府里的屈原之说。

第 八 回
薛宝钗小恙梨香院　贾宝玉大醉绛芸轩

【题解】

　　本回回目诸本歧出，多后人妄改，如己卯、庚辰本作"比通灵金莺微露意，探宝钗黛玉半含酸"，忽略了后半回不说，将丫头金莺提出来与黛玉成对，且都只着眼细节，极不妥。蒙府、戚序本作"拦酒兴李奶母讨恹（厌），掷茶杯贾公子生嗔"，不但忽略了前半回中的宝钗，居然连奶母也上了；还有"贾公子"之称，从未见作者如此用过。甲辰、程高本作"贾宝玉奇缘识金锁，薛宝钗巧合认通灵"，虽突出了二宝，然仍只说了此回前半情节。此用甲戌本回目。二宝命中注定为金玉姻缘，故本回详述金锁和通灵宝玉，并郑重标出薛宝钗、贾宝玉二人姓名和他们的住处居室来。宝玉醉撵茜雪，虽回中未明言（后来补出），但与后半部情节有关，故也以"大醉"暗含之。

　　题曰：

　　　　古鼎新烹凤髓香，哪堪翠斝贮琼浆。
　　　　莫言绮縠无风韵，试看金娃对玉郎。①

　　话说凤姐和宝玉回家，见过众人。宝玉先便回明贾母秦钟要上家塾之事，自己也有了个伴读的朋友，<u>正好发奋</u>；[1] 又着实地称赞秦钟的人品行事，最使人怜爱。凤姐又在一旁帮着说[2]"过日他还来拜老祖宗"等语，说得贾母喜悦起来。[3] 凤姐又趁势请贾母后日过去看戏。贾母虽年高，却极有兴头。[4] 至后日，又有尤氏来请，遂携了王夫人、林黛玉、宝玉等过去看戏。至晌午，贾母便回来歇息了。[5]

1. 也知自己以往从未发奋过。未必。（甲）
2. 都是贾母所宠之人，一起称赞，能不说动贾母？"怜爱"二字是宝玉真情表露。凤姐是秦氏闺中挚友，故一旁帮腔。
3. 贾母喜悦了，一切都妥了。止此便十成了，不必繁文再表，故妙。偷度金针法。（甲）
4. 有此一句，后来许多热闹事，都已有根。为贾母写传。（甲）
5. 接住上回玩牌"秦氏、尤氏二人输了戏酒的东道，言定后日吃这东道"等语，叙事无一任意处。叙事有法，若只管写看戏，便是一无见世面之暴发贫婆矣。写随便二字，兴高则往，兴败则回，方是世代封君正传。且高兴二字，又可生出多少文章来。（甲）

---

①　"古鼎新烹"一首——鼎，古代烹烧器皿，这里泛说烹茶用器之贵重。凤髓，名贵的茶。此回中宝玉探病梨香院，作者写了很多与喝茶有关的重要细节；宝玉醉归，还有为枫露茶生气事。斝（jiǎ甲），古代三足酒器，实即指酒杯。琼浆，指美酒。薛姨妈以上等酒让宝玉喝，结果他"大醉绛芸轩"，所以用"哪堪"二字。绮縠，犹言绮罗，指代女子，这里指宝钗。宝玉对钗、黛的态度，有明显的倾向。作者说这一切并非宝钗之风韵不及黛玉，试看此回"金娃对玉郎"情景便知。言外之意宝玉不愿"金玉姻缘"，而偏念"木石前盟"，乃别有缘故。诗为适应内容，风格上也金玉旖旎。

王夫人本是好清净的，见贾母回来，也就回来了。然后凤姐坐了首席，尽欢至晚无话。

却说宝玉因送贾母回来，待贾母歇了中觉，意欲还去看戏取乐，又恐扰得秦氏等人不便，[1]因想起近日薛宝钗在家养病，未去亲候，意欲去望她一望。若从上房后角门过去，又恐遇见别事缠绕，再或可巧遇见他父亲，更为不妥，[2]宁可绕远路罢了。当下众嬷嬷丫鬟伺候他换衣服，见他不换，仍出二门去了，众嬷嬷、丫鬟只得跟随出来，还只当他去那府中看戏。谁知到了穿堂，便往东向北绕厅后而去。偏顶头遇见了门下清客相公①詹光、单聘仁二人走来。[3]一见了宝玉，便都笑着赶上来，一个抱住腰②，一个携着手，都道："我的菩萨哥儿![4]我说作了好梦呢，好容易得遇见了你。"说着，请了安，又问好，唠叨半日，方才走开。老嬷嬷叫住，因问："你二位爷是从老爷跟前来的不是?"他二人点头道："老爷在梦坡斋[5]小书房里歇中觉呢，不妨事的。"一面说，一面走了。[6]说得宝玉也笑了。于是转弯向北奔梨香院来。可巧银库房的总领名唤吴新登与仓上的头目名唤戴良，[7]还有几个管事的头目，共有七个人，从帐房里出来，一见了宝玉走来，都一齐垂手站住。独有一个买办名唤钱华的，[8]因他多日未见宝玉，忙上来打千儿③请安。宝玉忙含笑携他起来。众人都笑说："前儿在一处看见二爷写的斗方，字法越发好了，多早晚赏我们几张贴贴?"[9]宝玉笑道："在哪里看见了?"众人道："好几处都有，都称赞了不得，还和我们寻呢。"宝玉笑道："不值什么，你们说给我的小幺儿们就是了。"一面说，一面前走，众人待他过去，方都各自散了。[10]

1. 有此一想，去梨香院方自然而然。全是体贴工夫。（甲）

2. 本意正传，实是曩时苦恼，叹叹!（甲）作者少小时苦恼，批书人何从知道? 是其生父吗? 或者以为这里的宝玉是在写自己的往事?

3. 人名谐音：妙，盖沾光之意。（甲）更妙，盖善于骗人之意。（甲）

4. 未曾听过如此称呼。没理没伦，口气毕肖。（甲）

5. 妙，梦遇坡仙之处也。（甲）

6. 清客也知宝玉之所担心。一路用淡三色烘染，行云流水之法，写出贵公子家常不即不离气致。经历过者则喜其写真，未经者恐不免嫌繁。（甲）

7. 人名仍用谐音。妙，盖云无星戥也。（甲）戥（děng），称量金银、药品等所用的小秤。星，指秤花。用无秤花的秤，银子多少就没定准了，说是银库房总领，大调侃也。妙，盖云大量也。（甲）

8. 亦钱开花之意，随事生情，因情得文。（甲）

9. 余亦受过此骗，今阅至此，赧然一笑。此时有三十年前向余作此语之人在侧，观其形已皓首驼腰矣，乃使彼你细听此数语，彼则潸然泪下，余亦为之败兴。（甲）此畸笏叟批无疑。三十年前他当亦处在尊贵地位，向他说过奉承话的人，该已是老家奴了。

10. 瞧他无意中又写出宝玉写字来。固是愚弄公子之闲文，然亦是暗逗宝玉历来课事。不然，后文岂不太突。（甲）后有父命须写字若干情节。

---

① 清客相公——依附官僚贵族之家，为其凑趣帮闲的门客。相公，读书人的通称。
② 抱腰——王澐批本批语："抱腰系清制，于此一见。"
③ 打千儿——清代满洲男子通行的半跪礼。

闲言少述，且说宝玉来至梨香院中，先入薛姨妈室中来，正见薛姨妈打点针黹与丫鬟们。宝玉忙请了安，<u>薛姨妈忙一把拉了他，抱入怀内，</u>[1]笑说："这么冷天，我的儿，难为你想着我，快上炕来坐着罢！"命人倒滚滚的茶来。宝玉因问："哥哥不在家？"薛姨妈叹道："他是没笼头的马，天天逛不了，哪里肯在家一日！"宝玉道："姐姐可大安了？"薛姨妈道："可是呢，你前儿又想着打发人来瞧她。她在里间不是，你去瞧她！<u>里间比这里暖和，那里坐着，我收拾收拾就进去和你说话儿。</u>[2]"宝玉听说，忙下了炕，来至里间门前，<u>只见吊着半旧的红绸软帘。</u>[3]宝玉掀帘一迈步进去，先就看见薛宝钗坐在炕上做针线，头上挽着漆黑油光的纂儿，蜜合色①棉袄，玫瑰紫二色金银鼠比肩褂，葱黄绫棉裙，一色半新不旧，看来不觉奢华。唇不点而红，眉不画而翠；脸若银盆，眼如水杏。<u>罕言寡语，人谓藏愚；安分随时，自云守拙②。</u>[4]宝玉一面看，一面口内问："姐姐可大愈了？"宝钗抬头，只见宝玉进来，连忙起来，含笑答说："已经大好了，倒多谢记挂着！"说着，让他在炕沿上坐了，即命莺儿斟茶来。<u>一面又问老太太、姨娘安，别的姊妹们都好；一面看宝玉</u>[5]头上戴着累丝嵌宝紫金冠，额上勒着二龙抢珠金抹额，身上穿着秋香色立蟒白狐腋箭袖，系着五色蝴蝶鸾绦，项上挂着长命锁、记名符，另外有那一块落草时衔下来的宝玉。宝钗因笑说道："<u>成日家说你的这玉，究竟未曾细细地赏鉴，我今儿倒要瞧瞧。</u>[6]"说着便挪近前来。宝玉亦凑了上去，从项上摘了下来，递在宝钗手内。<u>宝钗托于掌上，</u>[7]只见大如雀卵，灿若明霞，莹润如酥，五色花纹缠护。这就是大荒山中青埂峰下的

1. 是真爱宝玉。

2. 既来探望宝钗病，就让他进里间去瞧她。

3. 从门外看起，有层次。（甲）

4. 此言"人谓藏愚"，贬薛者尤其在续书刊行后，视宝钗为黛玉情敌、暗中争夺者，多将"藏愚"说成"藏奸"。我深感读此书要不受人左右，真不容易。这方是宝卿正传，与前写黛玉之传一齐参看，各极其妙，各不相犯。（甲）画神鬼易，画人物难。写宝卿正是写人之笔。（甲）

5. 礼数周全，看宝玉装束，为见通灵玉。"一面"二，口中眼中，神情俱到。（甲）

6. 通灵玉留待此时细写，有安排。自首回至此，回回说有通灵玉一物。余亦未曾细细赏鉴，今亦欲一见。（甲）回回，次次也。

7. 温馨。试问石兄，此一托比在青埂峰下猿啼虎啸之声何如？（甲）代石兄答曰：幸来人间，能享此乐事，只是不知将来如何。

---

① 蜜合色——浅黄白色。
② 藏愚、守拙——藏愚，少言寡语，不表现自己所知所能。守拙，亦不愿向人显露而甘于自居愚拙之意。

那块顽石的幻相。[1]后人曾有诗嘲云：

> 女娲炼石已荒唐，又向荒唐演大荒。
> 失去幽灵真境界，幻来亲就臭皮囊。
> 好知运败金无彩，堪叹时乖玉不光。[2]
> 白骨如山忘姓氏，无非公子与红妆。[3]①

那顽石亦曾记下它这幻相并癫僧所镌的篆文，今亦按图画于后。但其真体最小，方能从胎中小儿口内衔下。今若按其体画，恐字迹过于微细，使观者大费眼光，亦非畅事。故今只按其形式，无非略展放些规矩，使观者便于灯下醉中可阅。今注明此故，方无胎中之儿口有多大，怎得衔此狼犺②蠢大之物等语之谤。[4]

通灵宝玉正面图式   通灵宝玉反面图式

仙寿恒昌   莫失莫忘   音注云   三知祸福   二疗冤疾   一除邪祟   音注云

宝钗看毕，又从新翻过正面来细看，口内念道："莫失莫忘，仙寿恒昌。"念了两遍，乃回头向莺儿笑道："你不去倒茶，也在这里发呆作什么？"[5]莺儿嘻嘻笑道："我听这两句话，倒像和姑娘的项圈上的两句话是一对儿。"[6]宝玉听了，忙笑说道："原来姐姐那项圈上也有八个字，我也赏鉴赏鉴。"[7]宝钗道："你

----

① "女娲炼石"一首——第二句意谓又向这荒唐人世间敷演出这一大荒山青埂峰下的石头的荒唐故事。脂评说顽石"坦腹而卧"的青埂峰下，有"松风明月""猿啼虎啸之声"，这便是作者所肯定的"幽灵真境界"。亲就，自己求的，自己造就的；顽石曾乞求下凡。好知，须知。运败金无彩，靖藏本脂评："伏下文。又夹入宝钗，不是虚图对的工。"可知原稿后半部有宝钗（金）"运败"时"无彩"的情节，但难知其详。堪叹，可叹。时乖，与"运败"同义。玉不光，不仅指宝玉后来"贫穷难耐凄凉"，很可能是嘲他在不幸的境遇下与宝钗成了亲，即所谓"尘缘未断"。在作者看来，重要的是精神上有默契，肉体只不过是臭皮囊而已，所以为之而发出末联的叹息。
② 狼犺（kāng 康）——与"蠢大"同义，吴地方言。

1. "只见"五句，分别有评曰：一、体。二、色。三、质。四、文。五、注明。（甲）

2. 嘲玉而连及金，是不得不说也。又夹入宝钗，不是虚图对得工。二语虽粗，本是真情……为天下儿女一哭。（甲）

3. 看似不切题，却是推开一步，嘲顽石之凡心，亦世上荣枯悲欢，到头一梦之意。

4. 借此数语，再申顽石之被投胎的神瑛侍者夹带入世及其将所历见闻写成故事的"随行记者"身份与职责。

5. 这种描述，才是此书最精彩也是他人最难到的笔墨。请诸公掩卷合目想其神理，想其坐立之势，想宝钗面上口中，真妙！（甲）

6. 妙！由莺儿作点睛之笔，说出项圈及一对儿来。

7. 项圈平时戴着，当然见过，只想不到上面也有八个字。补出素日眼中虽见而实未留心。（甲）

别听她的话，没有什么字。"宝玉笑央："好姐姐，你怎么瞧我的呢！"宝钗被他缠不过，因说道："也是个人给了两句吉利话儿，[1] 所以錾上了，叫天天带着；不然，沉甸甸的有什么趣儿！"[2] 一面说，一面解了排扣，从里面大红袄上将那珠宝晶莹、黄金灿烂的璎珞掏将出来。[3] 宝玉忙托了锁看时，果然一面有四个篆字，两面八字，共成两句吉谶①。亦曾按式画下形相：

璎珞正面图式

不离不弃
注音云

璎珞反面图式

芳龄永继
注音云

宝玉看了，也念了两遍，又念自己的两遍，因笑问："姐姐，这八个字倒真与我的是一对。"[4] 莺儿笑道："是个癞头和尚送的，他说必须錾在金器上……"宝钗不待说完，便嗔她不去倒茶，[5] 一面又问宝玉从哪里来。宝玉此时与宝钗相近，只闻一阵阵凉森森、甜丝丝的幽香，[6] 竟不知系何香气，遂问："姐姐熏的是什么香？我竟从未闻见过这味儿。"宝钗笑道："我最怕熏香，好好的衣服，熏得烟燎火气的！"[7] 宝玉道："既如此，这是什么香？"宝钗想了一想，笑道："是了，是我早起吃了丸药的香气。"[8] 宝玉笑道："什么丸药这么好闻？好姐姐，给我一丸尝尝！"[9] 宝钗笑道："又混闹了，一个药也是混吃的？"

一语未了，忽听外面人说："林姑娘来了。"[10] 话犹未了，林黛玉已摇摇地走了进来。[11] 一见了宝玉，便笑道："嗳哟，我来得不巧了！"[12] 宝玉等忙起身笑让坐。宝钗因笑道："这

1. 上回对周瑞家的说冷香丸，直说是癞头和尚，此处却不肯说出，为避嫌也。就连上面有字也先否认，不肯给宝玉看，只因"被他缠不过"才掏出来的。宝钗之珍重芳姿如此！

2. 出自天性的实话。一句骂死天下浓妆艳饰富贵中之脂妖粉怪。（甲）

3. 只一掏锁，便写得细致出色。按璎珞者，颈饰也；想近俗即呼为项圈者是矣。（甲）

4. 且对得工。"莫失莫忘"，只恐将来要失要忘；"不离不弃"，难免也是被离被弃。余亦谓是一对，不知干支中四柱八字可与卿亦对否？（甲）

5. 怪丫头多嘴说出和尚来，故立时打断。或以为金锁是薛家人制造，假借癞头和尚之名，来蒙骗贾家人的，主此说者恐看不得此书。花看半开，酒饮微醉，此文字是也。（甲）

6. 看他形容冷香扑鼻的用字。

7. 说得是。真真骂死一干浓妆艳饰鬼怪。（甲）

8. 不说出冷香丸来，好！

9. 宝玉怎么胭脂、丸药什么都想吃？仍是小儿语气。（甲）

10. 金玉都看过，冷香也闻到了，是该转换文章。紧处愈紧，密不容针之文。（甲）

11. 二字画出身。（甲）指"摇摇"二字，后人有改成"摇摇摆摆"的，反成蛇足。

12. 是说笑，也是酸语、尖语。

① 吉谶（chèn 衬）——预示吉利的话。这两句吉谶："莫失莫忘，仙寿恒昌；不离不弃，芳龄永继。"其实，倒极可能并不怎么吉利，因为其中有"莫""不"二字作为前提条件。若被遗失或离弃，即无吉可言。从脂评提供的线索来看，正是如此。

话怎么说？"¹黛玉笑道："早知他来，我就不来了。"²宝钗道："我更不解这意。"黛玉笑道："要来时一群都来，要不来一个也不来；今儿他来了，明儿我再来，如此间错开了来着，岂不天天有人来了？³也不至于太冷落，也不至于太热闹了。姐姐如何反不解这意思？"

宝玉因见她外面罩着大红羽缎对衿褂子，因问："下雪了么？"⁴地下婆娘们道："下了这半日雪珠儿了。"宝玉道："取了我的斗篷来了不曾？"黛玉便道："是不是？我来了，你就该去了？"⁵宝玉笑道："我多早晚说要去了？不过是拿来预备着。"宝玉的奶母李嬷嬷因说道："天又下雪，也好早晚①的了，就在这里同姐姐妹妹一处玩玩罢。姨妈那里摆茶果子呢。我叫丫头去取了斗篷来，说给小幺儿们散了罢。"宝玉应允。李嬷嬷出去，命小厮们都各散去不提。

这里薛姨妈已摆了几样细巧茶果，留他们吃茶。⁶宝玉因夸前日在那府里珍大嫂子的好鹅掌、鸭信②。薛姨妈听了，忙也把自己糟的取了些来与他尝。⁷宝玉笑道："这个须得就酒才好。"薛姨妈便命人去灌了些上等的酒来。⁸李嬷嬷便上来道："姨太太，酒倒罢了。"宝玉笑央道："好妈妈，我只吃一钟。"李嬷嬷道："不中用！当着老太太、太太，哪怕你吃一坛呢！想那日我眼错不见一会，不知是哪一个没调教的，只图讨你的好儿，不管别人死活，给了你一口酒吃，葬送得我挨了两日骂。姨太太不知道他性子又可恶，吃了酒更弄性。⁹有一日老太太高兴了，又尽着他吃，什么日子又不许他吃，何苦我白赔在里面！"薛姨妈笑道："老货！你只放心吃你的去。我也不许他吃多了。¹⁰便是老太太问，有我呢。"一面命小丫鬟："来！让你奶奶们去，也吃杯掭掭雪气。"那李嬷嬷听如此说，只得和众人且去吃些酒水。这里宝玉又说："不必烫热了，我只爱吃冷的。"薛姨妈忙道："这可使不得，吃了冷酒，写字手打飐儿③。"¹¹宝钗笑道："宝兄弟，亏你每日家杂学旁收的，难道就不知道酒性最热，若热吃下去，发散得就快；若冷吃下去，便凝结在内，以五脏去暖它，岂不受害？从此还不快不要吃那冷的呢！"¹²宝玉听这话有情理，便放下冷

---

① 多早晚、好早晚——什么时候、好长时间。
② 鸭信——鸭舌头，这里指酒糟腌制的卤味。
③ 打飐儿——即打颤儿。

1. 宝钗浑厚随和，但并不愚弱怯懦。

2. 想有成竹在胸，才敢这么说话。

3. 虽得理由，毕竟勉强。强词夺理。（甲）

4. 宝玉有意将话头引开。岔开文字，避繁章法，妙极妙极！（甲）

5. 不依不饶，真是黛玉！

6. 让宝玉进里屋前说"我收拾收拾"，已在准备了。是溺爱，非势利。（甲）

7. 恨不得倾其所有。是溺爱，非夸富。（甲）

8. 酒是最不可少的，否则就没有好文章看了。愈见溺爱。（甲）

9. 李嬷嬷说话口气，句句合其身份。"吃了酒更弄性"，说的虽是从前，却已为后半回伏笔。

10. 薛姨妈有担当，岂能让嬷嬷扫了大家的兴！二字如闻。（甲）

11. 是有此一说。酷肖。（甲）

12. 博学者劝说杂学者，真妙！着眼！若不是宝卿说出，竟不知玉卿日就何业。（甲）知命知身，识理识性，博学不杂，庶可称为佳人。可笑别小说中一首歪诗、几句淫曲，便自佳人相许，岂不丑杀？（甲）

的，命人暖来方饮。

黛玉磕着瓜子儿，只抿着嘴笑。[1] 可巧黛玉的小丫鬟雪雁走来，与黛玉送小手炉来，黛玉因含笑问她说："谁叫你送来的？难为她费心，哪里就冷死了我！"[2] 雪雁道："紫鹃姐姐[3]怕姑娘冷，使我送来的。"黛玉一面接了，抱在怀中，笑道："也亏你倒听她的话。我平日和你说的，全当耳旁风；怎么她说了你就依，比圣旨还快呢？"[4] 宝玉听这话，知是黛玉借此奚落她，也无回复之词，只嘻嘻地笑了两阵罢了。[5] 宝钗素知黛玉是如此惯了的，也不去睬她。[6] 薛姨妈因道："你素日身子弱，禁不得冷的，她们记挂着你倒不好？"黛玉笑道："姨妈不知道。幸亏是姨妈这里，倘或在别人家，人家岂不恼？好说就看得人家连个手炉也没有，巴巴的从家里送个来。不说丫头们太小心过余，还只当我素日是这等轻狂惯了呢。"[7] 薛姨妈道："你是个多心的，[8] 有这样想。我就没这心。"

说话时，宝玉已是三杯过了。李嬷嬷又上来拦阻。宝玉正在心甜意洽之时，和宝黛姊妹说说笑笑的，哪肯不吃。宝玉只得屈意央告："好妈妈，我再吃两钟就不吃了！"李嬷嬷道："你可仔细老爷今儿在家，提防问你的书！"[9] 宝玉听了这话，便心中大不自在，慢慢地放下酒，垂了头。黛玉先忙地说："别扫大家的兴！舅舅若叫你，只说姨妈留着呢。这个妈妈，她吃了酒，又拿我们来醒脾①了！"[10] 一面悄推宝玉，使他赌气；一面悄悄地咕唧说："别理那老货！咱们只管乐咱们的。"那李嬷嬷也素知黛玉的，因说道："林姐儿，你不要助着他了。你倒劝劝他，只怕他还听些。"林黛玉冷笑道："我为什么助着他？我也犯不着劝他。你这个妈妈太小心了，往常老太太又给他酒吃，如今在姨妈这里多吃一杯，料也不妨事。必定姨妈这里是外人，不当在这里的也未可知。"李嬷嬷听了，又是急，又是笑，说道："真真这林姑娘，说出一句话来，比刀子还尖。[11] 这算了什么呢！"宝钗也忍不住笑着，把黛玉腮上一拧，说道："真真这个颦丫头的一张嘴，叫人恨又不是，喜欢又不是！"[12] 薛姨妈一面又说："别怕，别怕，我的儿！来了这里，没好的你吃，别把这点子东西吓得存在心里，倒叫我不安。只管放心

1. 真好看，想是又有妙语了！

2. 一闪念即有，真冰雪聪明！吾实不知何为心，何为齿、口、舌！（甲）

3. 前写贾母只给鹦哥，并无别人，想是改名为紫鹃了。鹦哥改名矣。（甲）

4. 指桑骂槐难在即兴，此真神乎其技矣。要知尤物方如此，莫作世俗中一味酸妒狮吼辈看去。（甲）

5. 这才好，这才是宝玉。（甲）

6. 浑厚天成，这才是宝钗。（甲）

7. 还真能有辩词。用此一解，真可拍案叫绝，足见其以兰为心，以玉为骨，以莲为舌，以冰为神。真真绝倒天下之裙钗矣！（甲）

8. 一语中的。

9. 哪壶不开提哪壶，老姬令人讨厌处。不入耳之言是也。（甲）

10. 宝玉扫兴如此，黛玉能不愤起出手吗？这方是阿颦真意对玉卿之文。（甲）

11. 让李嬷嬷有点下不了台，夸她又不是，生气又不是。是认不得真，是不忍认真，是爱极颦儿，疼煞颦儿之意。（甲）评语前两句自好，说"爱极""疼煞"似有点过，李嬷嬷非薛姨妈。

12. 毕竟还是喜欢。宝钗心中不存芥蒂，难得如此气量。我也欲拧。（甲）

---

① 醒脾——中医术语，健脾开胃的意思，引申为开心。

吃,都有我呢! 越发吃了晚饭去,便醉了,就跟着我睡罢。"因命:"再热酒来! 姨妈陪你吃两杯,可就吃饭罢。"¹宝玉听了,方又鼓起兴来。

　　李嬷嬷因吩咐小丫头子们:"你们在这里小心着,我家里去换了衣服就来,悄悄地回姨太太,别任他的性,多给他吃。"说着便家去了。这里虽还有三四个婆子,都是不关痛痒的,见李嬷嬷走了,也都悄悄地自寻方便去了。只剩了两个小丫头子,乐得讨宝玉的欢喜。幸而薛姨妈千哄万哄的,只容他吃了几杯,就忙收过了。做了酸笋鸡皮汤,宝玉痛喝了两碗,吃了半碗饭碧粳粥。一时薛、林二人也吃完了饭,又酽酽地沏上茶来,大家吃了。薛姨妈方放了心。雪雁等三四个丫头已吃了饭,进来伺候。黛玉因问宝玉道:"你走不走?"²宝玉乜斜①倦眼道:"你要走,我和你一同走。"³黛玉听说,遂起身道:"咱们来了这一日,也该回去了。还不知那边怎么找咱们呢。"说着,二人便告辞。

　　小丫头忙捧过斗笠来,⁴宝玉便把头略低一低,命她戴上。那丫头便将着大红猩毡斗笠一抖,才往宝玉头上一合,宝玉便说:"罢,罢! 好蠢东西,你也轻些儿! 难道没见过别人戴过的?⁵让我自己戴罢!"黛玉站在炕沿上道:"罗唆什么,过来,我瞧瞧罢!"宝玉忙就近前来。黛玉用手整理,轻轻笼住束发冠,将笠沿拽在抹额之上,将那一颗核桃大的绛绒簪缨扶起,颤巍巍露于笠外。整理已毕,端相了端相,说道:"好了,披上斗篷罢!"⁶宝玉听了,方接了斗篷披上。薛姨妈忙道:"跟你们的妈妈都还没来呢,且略等等不是。"宝玉道:"我们倒去等她们? 有丫头们跟着也够了。"⁷薛姨妈不放心,便命两个妇女跟随他兄妹方罢。他二人道了扰,一径回至贾母房中。

　　贾母尚未用晚饭,知是薛姨妈处来,更加欢喜。因见宝玉吃了酒,遂命他自回房去歇着,不许再出来了。因命人好生看侍着。忽想起跟宝玉的人来,遂问众人:"李奶子怎么不见?"⁸众人不敢直说家去了,⁹只说:"才进来的,想有事才去了。"宝玉踉跄回头道:"她比老太太还受用呢,问她作什么! 没有她只怕我还多活两日。"¹⁰一

1. 将慈爱之心写到极致,却又能爱而不溺。二语不失长上之体。且收拾若干文,千斤力量。(甲)

2. 一问便知非一般关系。妙问。(甲)

3. 所答之言,若深求,岂非生死不离? 此等话阿颦心中最乐。(甲)

4. 接住前问下雪、斗篷事。不漏。(甲)

5. 说话已见有几分醉意。"别人"者,袭人、晴雯之辈也。(甲)

6. 用像责怪又像命令口气说话,只有黛玉口中才有。细写她动手整理,顺序一丝不乱,轻便动作中总含柔情。

7. 正为下文李嬷嬷回到宝玉住处去过而有此语。

8. 该问。细。(甲)

9. 怕惹贾母不悦。有是事,大有是事。(甲)

10. 醉态醉语,一泄怨恨。

---

① 乜(miē)斜——眼睛眯成一条缝。

面说，一面来至自己的卧室。只见笔墨在案，[1] 晴雯先接出来，笑说道："好，好！要我研了那些墨，早起高兴，只写了三个字，丢下笔就走了，哄得我们等了一日。快来与我写完这些墨才罢！"[2] 宝玉忽然想起早起的事来，因笑道："我写的那三个字在哪里呢？"晴雯笑道："这个人可醉了！你头里过那府里去，嘱咐我贴在这门斗上的，这会子又这么问。我生怕别人贴坏了，我亲自爬高上梯地贴上，这会子还冻得手僵冷的呢。"[3] 宝玉听了，笑道："我忘了。你的手冷，我替你焐①着。"说着便伸手携了晴雯的手，同仰首看门斗上新书的三个字。[4]

　　一时黛玉来了，宝玉便笑道："好妹妹，你别撒谎，你看这三个字哪一个字好？"黛玉仰头看里间门斗上，新贴了三个字，写着"绛芸轩"。[5] 黛玉笑道："个个都好。怎么写得这么好了？明儿也替我写一个匾。"[6] 宝玉嘻嘻地笑道："又哄我呢。"说着又问："袭人姐姐呢？"晴雯向里间炕上努嘴。宝玉一看，只见袭人和衣睡着在那里。[7] 宝玉笑道："好！太焐早了些。"因又问晴雯道："今儿我在那府里吃早饭，有一碟子豆腐皮的包子，我想着你爱吃，和珍大奶奶说了，只说我留着晚上吃，叫人送过来的，你可吃了？"晴雯道："快别提！一送了来，我知道是我的，偏我才吃了饭，就搁在那里。后来李奶奶来了看见，说：'宝玉未必吃了，拿来给我孙子吃去罢。'她就叫人拿了家去了。"[8] 接着，茜雪捧上茶来。宝玉因让林妹妹吃茶。众人笑说："林妹妹早走了，还让呢！"[9]

　　宝玉吃了半碗茶，忽又想起早起的茶来，[10] 因问茜雪道："早起沏了一碗枫露茶，我说过，那茶是三四次后才出色的，这会子怎么又沏了这个来？"[11] 茜雪道："我原是留着的，那会子李奶奶来了，她要尝尝，就给她吃了。"[12] 宝玉听了，将手中的茶杯只顺手往地下一摔，"豁啷"一声，打个

1. 前有众人夸其斗方写得好事。如此找前文最妙，且无斗榫之迹。（甲）

2. 承前而写，也是补笔。晴雯的说话，别个丫头替不了。憨态活现，佘双圈不及。（甲）

3. 宝玉嘱咐的事，尽心尽力如此！语言句句欲活。写晴雯是晴雯走下来，断断不是袭人、平儿、莺儿等语气。（甲）

4. 偏不说是哪三个字，留待更合适的地方才说。是不作开门见山文字。（甲）

5. 原来要到黛玉看时才揭晓。

6. 妙答，不知是夸是讥。滑贼！（甲）

7. 看晴雯神情，袭人睡，后文还提到。

8. 难怪宝玉会生气。奶母之倚势亦是常情，奶母之昏愦亦是常情，然特于此处细写一回，与后文袭卿之酪遥遥一对，足见晴卿不及袭卿远矣。余谓晴有林风，袭乃钗副，真真不错。（甲）袭人之乳酪见第十九回，晴不及袭，是批书人的好恶，代表不了作者。

9. 醉态。写颦儿去，如此章法，从何设想，奇笔奇文。（甲）

10. 贴字忘了，茶倒记得，然真有此种事。

11. 想晴雯也爱此茶，后《芙蓉女儿诔》中还提到。

12. 宝玉难忍了，何况酒后。又是李嬷，事有凑巧，如此类是。（甲）

① 焐（wù 误）——以热物接触冷物使之变暖。诸本原作"渥"，今改。

蔍粉，泼了茜雪一裙子的茶。¹又跳起来问着茜雪道："她是你哪一门子的奶奶，你们这么孝敬她？不过是仗着我小时候吃过她几日奶罢了。如今逞得她比祖宗还大了！如今我又吃不着奶了，白白地养着祖宗作什么！撵了出去，大家干净！"说着，立刻便要去回贾母，撵他乳母。²

原来袭人实未睡着，不过故意装睡，引宝玉来怄①她玩耍。³先闻得说字、问包子等事，也还可不必起来；后来摔了茶钟，动了气，遂连忙起来解释劝阻。早有贾母遣人来问："是怎么了？"袭人忙道："我才倒茶来，被雪滑倒了，失手砸了钟子。"⁴一面又安慰宝玉道："你立意要撵她也好，我们也都愿意出去，不如趁势连我们一齐撵了，我们也好，你也不愁再有好的来服侍你。"宝玉听了这话，方无了言语，被袭人等扶至炕上，脱换了衣服。不知宝玉口内还说些什么，只觉口齿绵缠，眼眉愈加饧涩，忙服侍他睡下。袭人伸手从他项上摘下那通灵玉来，用自己的手帕包好，塞在褥下，次日带时，便冰不着脖子。⁵那宝玉就枕便睡着了。彼时李嬷嬷等已进来了，听见醉了，不敢前来再加触犯，只悄悄地打听睡了，方放心散去。

次日醒来，就有人回："那边小蓉大爷带了秦相公来拜。"宝玉忙接了出去，领了拜见贾母。贾母见秦钟形容标致，举止温柔，堪陪宝玉读书，心中十分欢喜，⁶便留茶留饭，又命人带去见王夫人等。众人因素爱秦氏，今见了秦钟是这般人品，也都欢喜，临去时都有表礼。贾母又与了一个荷包并一个金魁星②，⁷取"文星和合"之意。又嘱附他道："你家住得远，或一时寒热饥饱不便，只管住在我这里，不必限定了。只和你宝叔在一处，别跟着那起不长进的东西学。"秦钟一一答应，回去禀知。

他父亲秦业，现任营缮郎，⁸年近七十，夫人

1. 如何？气上来要控制也难，看"顺手"二字便知。

2. 写出"大醉"来。按"警幻情榜"，宝玉系"情不情"；凡世间之无知无识，彼俱有一痴情去体贴。今加"大醉"二字于石兄，是因问包子问茶顺手掷杯，问茜雪撵李嬷，乃一部中未有第二次事也。袭人数语，无言而止，石兄真大醉也。余亦云实实大醉也，虽难辞醉闹，非薛蟠纨袴辈可比。（甲）此批可证甲戌本回目是原拟。

3. 宝玉与袭人特殊关系，自"初试"回后不再提及，此处作一点缀。

4. 从不肯多事，宁可揽在自己身上，也不把别人牵进去，是袭人善良处。现成之至，瞧他写袭人为人。（甲）

5. 试问石兄，此一烘比青埂峰下松风明月如何？（甲）交代清楚塞玉一段，又为"误窃"一回伏线。晴雯、茜雪二婢又为后文先作一引。（甲）"误窃"一回在佚稿中，那时将写甄宝玉，当与通灵玉转移至他身上有关（有甄"送玉"事）。茜雪之文在"狱神庙慰宝玉"回中。

6. 与前宝玉对贾母夸秦钟一致。

7. 作者今尚记金魁星之事乎？抚今思昔，肠断心摧。（甲）此畸笏叟批。曹頫获释为贱民后，曾携年幼的雪芹去见在京的老亲故友，对方的老太太给雪芹一个金魁星作见面礼。

8. 人名、官职脂评皆揭其寓意，但涉及作者写作意图的话，恐不能全信。妙名。业者，孽也；盖云情因孽而生也。（甲）官职更妙，设云因情孽而缮此一书之意。（甲）

---

① 怄——也作"呕"，逗引。
② 荷包、金魁星——荷包，绣花小袋，装香料或细小物品。金魁星，金铸神像。魁星，即奎星，旧说此星掌文运。二物谐音取义，故谓"文星和（谐音'荷'）合"。

早亡。因当年无儿女，便向养生堂抱了一个儿子并一个女儿。谁知儿子又死了，只剩女儿，小名唤可儿，[1] 长大时，生得形容袅娜，性格风流。因素与贾家有些瓜葛，故结了亲，许与贾蓉为妻。那秦业五旬之上方得了秦钟。因去岁业师亡故，未暇延请高明之士，只暂家温习旧课。正思要和亲家去商议，送往他家塾中去，暂且不致荒废，可巧遇见了宝玉这个机会。又知贾家塾中现今司塾的是贾代儒，[2] 乃当今之老儒，秦钟此去，学业料必进益，成名可望，因此十分欢喜。只是宦囊羞涩①，那贾府上上下下都是一双富贵眼睛，容易拿不出来；[3] 又恐误了儿子的终身大事，说不得东拼西凑地恭恭敬敬封了二十四两贽见礼②，[4] 亲自带了秦钟，来代儒家拜见了。然后听宝玉上学之日，好一同入塾。[5] 正是：

　　　早知日后闲争气，岂肯今朝错读书！[6]

1. 秦可卿抱自养生堂，是弃婴，自然不知亲生父母是谁，此种社会现象司空见惯。有"揭秘"者遂指认其为皇家私生女。这就不是读小说、研究小说而是创作小说了。如此写出，可见来历亦甚苦矣！又知作者是欲天下人共来哭此"情"字。（甲）

2. 随笔命名，省事。（甲）

3. 正对应秦钟初会宝玉时所述家境寒素。

4. 可怜父母心，总望子成龙，结果如何？

5. 万事俱备，只待入塾。不想浪酒闲茶一段、金玉姻缘之文后，复忽用此等寒瘦古拙之词收住，亦行文之大变体处。（甲）

6. 偏有此诙谐幽默语收结。

【总评】

　　宝玉到梨香院探望宝钗病情，薛姨妈爱护备至。前有宝黛初会时对二人的描述，此则细致描写二宝的见面，以平衡钗、黛。脂评以为能"各极其妙，各不相犯"。情节的重点自然在于他俩互看通灵宝玉和金锁，借此细写二物。这是最恰当的安排，因为命运注定将来是金玉成姻。玉上与锁上各镌有两句话，被莺儿道破"是一对儿"，遂成吉谶。据脂评提示，八十回后有通灵玉被"'误窃'一回"（第八回评），又有"凤姐扫雪拾玉"（第二十三回评）及"甄宝玉送玉"（第十七至十八回评）等情节，虽难知其详，但"莫失莫忘"的话，看来是与后半部有照应的；宝玉最终离家弃钗为僧，则锁上"不离不弃"语，也同样并非虚设。

　　情节动人处，黛玉忽来打断，她戏语笑言，都带醋意；奚落宝玉，总见慧心俐齿。但当宝玉喝酒被拦阻扫了兴时，黛玉立即站到宝玉一边，讥刺李嬷嬷的话让对方狼狈不堪，说："真真这林姑娘说出一句话来，比刀子还尖。"

　　宝玉醉后回房，其室名"绛芸轩"三字，通过他自书和黛玉称赞点出。因特意留着的枫露茶被李嬷嬷喝了，宝玉趁醉大发其火，又摔茶杯又要撵走茜雪和李嬷嬷，看似一时气话，但从后来所述看，"茜雪出去"（第二十回）倒成了事实。而脂评偏又有"'狱神庙'回有茜雪、红玉一大回文字"（第十六回评）及"茜雪至'狱神庙'方呈正文"（第二十回评）等话，可见小说情节中事态的后来发展，往往有出乎人们意料的地方。

---

① 宦囊羞涩——为官而少钱。杜甫《空囊》诗："囊空恐羞涩，留得一钱看。"用"阮（孚）囊羞涩"事（见《韵府群玉》）。

② 贽见礼——初次求见人时送的礼物或钱。

第 九 回
恋风流情友入家塾　起嫌疑顽童闹学堂

【题解】

　　本回回目诸本分两种：一、己卯、庚辰、蒙府、戚序、列藏、杨藏、卞藏等多数本回目即此所采用的。从文字风格看，似非作者原拟。如"情友""起嫌疑"等词，雪芹未必肯用，然因文字上最接近原作的甲戌本此回至十二回缺，无法再寻更可信的。二、甲辰、程高本作"训劣子李贵承申饬，嗔顽童茗烟闹书房"。更一看便知是后拟的。因小厮茗烟与焙茗二名较早的版本中尚未统一。回目说，宝玉与秦钟因彼此倾慕相伴进家塾读书，结果在学的顽童们为猜疑秦钟等有同性相恋勾当而吵架打闹了起来。

　　话说秦业父子专候贾家的人来送上学择日之信。原来宝玉急于要和秦钟相遇，却顾不得别的，遂择了后日上学："后日一早请秦相公先到我这里会齐了，一同前去。"打发人送了信。

　　是日一早，宝玉未起时，袭人早已把书笔文物包好，收拾得停停妥妥，<u>坐在床沿上发闷。</u>[1] 见宝玉醒来，只得服侍他梳洗。宝玉见她闷闷的，因笑问道："好姐姐，你怎么又不自在了？难道怪我上学去丢得你们冷清了不成？"袭人笑道："这是哪里的话？读书是极好的事，不然，就潦倒一辈子，终究怎么样呢？[2] 但只一件：<u>只是念书的时节想着书，不念的时节想着家些。别和他们一处玩闹，碰见老爷不是玩的。虽说是奋志要强，那功课宁可少些，一则贪多嚼不烂，二则身子也要保重。这就是我的意思，你可要体谅。</u>"[3] 袭人说一句，宝玉应一句。袭人又道："大毛衣服我也包好了，交出给小子们去了。学里冷，好歹想着添换，比不得家里有人照顾。脚炉手炉的炭也交出去了，你可逼着他们添。那一起懒贼，你不说，他们乐得不动，白冻坏了你。"宝玉道："你放心，出外头我自己都会调停的。[4] 你们可也别

1. 设身处地摹写袭人神情。

2. 袭人固有观念如此，是所谓正论，合其身份。

3. 多少心意尽在几句叮嘱中！担心宝玉处，不能不说，又不能都直说；要说得得体，又要让人理解，也够难的。盖袭卿心中明知宝玉他并非真心奋志之人，袭人自别有说不出来之语。（戚）

4. 不过为了安慰，嘴上说说而已。

闷死在屋里，长和林妹妹一处去玩笑才好。"¹说着，俱已穿戴齐备，袭人催他去见贾母、贾政、王夫人等。宝玉又去嘱咐了晴雯、麝月等几句，方出来见贾母。贾母未免也有几句嘱咐他的话。然后去见王夫人，又出来书房中见贾政。

　　偏生这日贾政回家得早，²正在书房中与相公清客们闲话。忽见宝玉进来请安，回说上学里去。贾政冷笑道："你如果再提'上学'两字，连我也羞死了。³依我的话，你竟玩你的去是正理。仔细站脏了我这地，靠脏了我的门！"⁴众清客相公们都起身笑道："老世翁何必如此！今日世兄一去，三二年就可显身成名的了，断不似往年仍作小儿之态。天也将饭时，世兄竟快请罢！"说着便有两个年老的携了宝玉出去。

　　贾政因问："跟宝玉的是谁？"只听外面答应了两声，早进来三四个大汉，打千儿请安。贾政看时，认得是宝玉的奶母之子，名唤李贵的。因向他道："你们成日家跟他上学，他到底念了些什么书？倒念了些流言混语在肚子里，学了些精致的淘气。等我闲了，先揭了你的皮，再和那不长进的算帐！"⁵吓得李贵忙双膝跪下，摘了帽子，碰头有声，连连答应"是"，又回说："哥儿已念到第三本《诗经》，什么'呦呦鹿鸣，荷叶浮萍'①，小的不敢撒谎。"⁶说得满座哄然大笑起来。贾政也撑不住笑了。因说道："哪怕再念三十本《诗经》，也都是掩耳偷铃，哄人而已。你去请学里太爷的安，就说我说了：什么《诗经》、古文，一概不用虚应故事②，只是先把《四书》一齐讲明背熟，是最要紧的。"⁷李贵忙答应"是"，见贾政无话，方退了出去。

　　此时，宝玉独站在院外，屏声静候。待他们出来，便忙忙地走了。李贵等一面掸衣服，一面说道："可听见了不曾？先要揭我们的皮呢！人家的奴才，跟主子赚些好体面，我们这等奴才，白陪着挨打受骂的。从此后也可怜见些才好。"宝玉笑道："好哥哥，

1. 也是真心牵挂的人。

2. "偏生"二字透出宝玉怕见父亲，又不得不见心态。倘若尚未回家，那就求之不得。若俗笔则又云不在家矣。试思若再不见，则成何文字哉！所谓不敢作安逸苟且塞责文字。（蒙）

3. 早给父亲留下不学贪玩的印象。这一句才补出已往许多文字，是严父之声。（蒙）

4. 从严父的呵斥中能看出宝玉的畏缩情态来。画出宝玉的俯首挨壁之形象来。（蒙）

5. 只会虚声恫吓，有何效果？说是贾政"教子有方"，真不算好方法。

6. 读《诗经》论第几本，故贾政有"哪怕再念三十本"的话。李贵能记起这两句来，真的不能算作"撒谎"。我每叹服雪芹文字富于幽默感，以为我国大文学家中，除庄子、东坡外，能幽默者，并不多见。

7. 这番话代表当时相当一批人为适应经科举考试进入仕途的需要而对学生学业提出的基本要求，功利性极强。

---

①　"呦呦鹿鸣"二句——《诗经·小雅·鹿鸣》："呦呦鹿鸣，食野之苹。"李贵不懂，误听作"荷叶浮萍"。
②　虚应故事——照例行事，只做做样子。故事，已成惯例的事。

你别委屈，我明儿请你。"李贵道："小祖宗，谁敢望请！只求听一两句话就有了。"说着，又至贾母这边，秦钟早已来等候了，贾母正和他说话呢。[1]于是二人见过，辞了贾母。宝玉忽想起未辞黛玉，[2]因又忙至黛玉房中来作辞。彼时黛玉才在窗下对镜理妆，听宝玉说上学去，因笑道："好，这一去，可要'蟾宫折桂①'了。我不能送你了。"宝玉道："好妹妹，等我下了学再吃晚饭。那胭脂膏子，也等我来再制。"唠叨了半日，[3]方撤身去了。黛玉忙又叫住，问道："你怎么不去辞辞你宝姐姐呢？"宝玉笑而不答，[4]一径同秦钟上学去了。

原来这贾家之义学，离此也不甚远，不过一里之遥。原系始祖所立，恐族中子弟有不能请师者，即入此中肄业。凡族中有官爵之人，皆有供给银两，按俸之多寡帮助，为学中之费。特举年高有德之人为塾掌，专为训课②子弟。[5]如今宝、秦二人来了，一一的都互相拜见过，读起书来。自此后，二人同来同往，同坐同起，愈加亲密。又兼贾母爱惜，也时常留下秦钟，住上三天五夜，和自己的重孙一般疼爱。[6]因见秦钟家中不甚宽裕，更又助些衣履等物。不上一月之工，秦钟在荣府便熟惯了。宝玉终是不安本分之人，[7]一味地随心所欲，因此又发了癖性，又特向秦钟悄说道："咱们两个人一样的年纪，况又同窗，以后不必论叔侄，只论弟兄朋友就是了。"先是秦钟不肯，当不得宝玉不依，只叫他"兄弟"，或叫他的表字"鲸卿"，[8]秦钟也只得混着乱叫起来。

原来这学中虽都是本族人丁与些亲戚的子弟，俗语说得好："一龙生九种，种种各别。"未免人多了，就有龙蛇混杂，下流人物在内。[9]自宝、秦二人来了，都生得花朵一般模样，[10]又见秦钟腼腆温柔，未语面先红，怯怯羞羞，有女儿之风；宝玉又是天生成惯能作小服低，赔身下气，性情体贴，话语绵缠。[11]因

1. 写贾母也喜欢秦钟。

2. 别人倒可忘了不辞。

3. 不细写好。

4. 不回答更好。必有是语，方是黛玉。此又系黛玉平生之病。（蒙）

5. 创立者之用心，可谓至矣。（蒙）可惜老儒教导群童，不见有何效果，一旦委其不肖孙暂管，还会出事。

6. 贾母疼爱秦钟，固出自其慈祥天性，或亦有"爱屋及乌"之心；"屋"者，其宝贝孙子宝玉及其第一得意之重孙媳妇可卿也。

7. 安分守己，也不是宝玉了。（靖）

8. 秦钟表字，如此写出，出人意外，其字谐意义当为"情亲"。

9. 先冒一笔。

10. 奇文，谁见以花朵形容男的？

11. 写二人性情温柔一面，都有些女儿态。以后宝玉在群芳之间玩笑、作诗，"惯能作小服低"的表现，便有根源可寻。

---

① 蟾宫折桂——喻科举及第。晋代郤诜（xì shēn 戏身）曾以"桂林之一枝"比喻自己长于对策（当时考核选拔官员的科目），后称登科为"折桂"。月中有桂树，又有蟾蜍（癞蛤蟆），故月宫又称蟾宫。

② 塾掌、训课——塾掌，家族私办学校的主管者。训课，教导。

此二人更加亲厚，也怨不得那起同窗人起了疑，背地里你言我语，诟谇谣诼①，布满书房内外。

　　原来薛蟠自来王夫人处住后，便知有一家学，学中广有青年子弟，不免偶动了龙阳之兴②。因此，也假说来上学读书，不过是三日打鱼，两日晒网，白送些束修③礼物与贾代儒，却不曾有一些进益，只图结交些契弟④。谁想这学内就有好几个小学生，图了薛蟠的银钱吃穿，被他哄上手的，也不消多记。[1] 更又有两个多情的小学生，亦不知是哪一房的亲眷，亦未考其名姓，只因生得妖媚风流，满学中都送了他两个外号，一号"香怜"，一号"玉爱"。虽都有窃慕之意、将不利于孺子之心⑤，只是都惧薛蟠的威势，不敢来沾惹。如今宝、秦二人一来，见了他两个，也不免绻缱羡爱，亦因知系薛蟠相知，故未敢轻举妄动。香、玉二人心中，也一般的留情与宝、秦。因此，四人心中虽有情意，只未发迹。每日一入学中，四处各坐，却八目勾留，或设言托意，或咏桑寓柳⑥，遥以心照，却外面自为避人眼目。不意偏又有几个滑贼，看出形景来，都背后挤眉弄眼，或咳嗽扬声，[2] 这也非止一日。

　　可巧这日代儒有事，[3] 早已回家去了，只留下一句七言对联，命学生对了，[4] 明日再来上书。将学中之事，又命长孙贾瑞[5] 暂且管理。妙在薛蟠如今不大来学中应卯⑦了，因此秦钟趁此和香怜挤眼使暗号，二人假装出小恭⑧，走至后院说梯己话。秦钟先问他："家里的大人可管你交朋友不管？"[6] 一语未了，只听背后咳嗽了一声。二人吓得忙回头看时，原来是窗友名金荣者。[7] 香怜本有些性急，便羞怒相激，问他道："你咳嗽什么？难道不许我们说话不成？"金荣笑道："许你

1. 有必要坐实其事，以示并非小学生之间的玩耍儿戏；用"不消多记"四字带过便好。

2. 男子同性恋流行在清代成为一种非个别的病态社会现象。长篇小说《品花宝鉴》即着重写达官贵人、公子王孙玩弄男优伶的丑恶行为。这种风气也渗透到大族的家塾内，此回所描写的便是，其他情节中也还有。但不能据此就简单地认定贾宝玉是个同性恋者，因为总体上的描述，并非如此。也许至多可以说，宝玉受社会风气影响及其生性特点，而在某种情况下也多少表现出这种倾向来。

3. 只道是代儒有事，谁知是塾内有事矣。

4. 代儒未遵贾政只将《四书》背熟之命，而教学生作诗矣。有此交代，宝玉后来能拟作吟咏方不突然。

5. 此人后来还有文章。

6. 妙问，真真活跳出两个小儿来。（蒙）

7. 妙名，盖云有金自荣，廉耻何益哉！（戚）

---

①　诟谇（suì 碎）谣诼（zhuó 浊）——辱骂造谣。

②　龙阳之兴——男子同性恋的癖好。龙阳，原指战国时人龙阳君，他以男色事魏王而得宠。

③　束修——原指十条干肉扎成一束的见面礼，后代指学费。

④　契弟——把兄弟，此实指同性恋对象。

⑤　将不利于孺子之心——对孩子的心灵有害。用《尚书》中原句，书载诸叔造造流言诬周公要篡夺年幼的成王王位时，说了这句话。用在这里，是作者的幽默。也有研究者以为此句是混入正文的批语。

⑥　咏桑寓柳——借吟咏一物而寄寓别的意思。又《桑中》（《诗经》篇名）之曲、"章台之柳"（喻妓）都涉淫风，故桑、柳又暗示风流勾当。

⑦　应卯——上班报到。古时官府、军营在卯时（早晨五至七时）点名，叫"点卯"，前去应付点名叫"应卯"。

⑧　出小恭——小便。上厕所叫出恭。

们说话，难道不许我咳嗽不成？我只问你们：有话不明说，谁许你们这样鬼鬼祟祟的干什么故事？我可也拿住了，还赖什么！先得让我抽个头儿，咱们一声儿不言语，不然大家就奋起来。"秦、香二人急得飞红了脸，便问道："你拿住什么了？"金荣笑道："我现拿住了是真的。"说着，又拍着手笑嚷道："贴的好烧饼！你们都不买一个吃去？"秦钟、香怜二人又气又急，忙进来向贾瑞前告金荣，无故欺负他两个。

原来这贾瑞最是个图便宜、没行止的人，每在学中以公报私，勒索子弟们请他；后又附助着薛蟠图些银钱酒肉，一任薛蟠横行霸道，他不但不管约，反助纣为虐①讨好儿。[1] 偏那薛蟠本是浮萍心性，今日爱东，明日爱西，近来又有了新朋友，把香、玉二人丢开一边。就连金荣亦是当日好友，自有了香、玉二人，便弃了金荣。近日连香、玉亦已见弃。故贾瑞也无了提携帮衬之人。他不说薛蟠得新弃旧，只怨香、玉二人不在薛蟠前提携帮补他，因此贾瑞、金荣等一干人，也正在醋妒他两个。今见秦、香二人来告金荣，贾瑞心中便不自在起来，虽不好呵叱秦钟，却拿着香怜作法②，[2] 反说他多事，着实地抢白了几句。香怜反讨了没趣，连秦钟也讪讪地各归座位去了。金荣越发得了意，摇头咂嘴的，口内还说许多闲话，玉爱偏又听了不忿③，两个人隔座咕咕唧唧地角起口来。金荣只一口咬定说："方才明明的撞见他两个在后院里亲嘴摸屁股，两个商议定了，一对一肏，撅草根儿抽长短，谁长谁先干。"金荣只顾得意乱说，却不防还有别人。谁知早又触怒了一个。你道这个是谁？

原来这一个名唤贾蔷，[3] 亦系宁府中之正派玄孙，父母早亡，从小儿跟着贾珍过活，如今长了十六岁，比贾蓉生得还风流俊俏。他弟兄二人最相亲厚，常相共处。宁府人多口杂，那些不得志的奴仆们，专能造言诽谤主人，因此，不知又有了什么小人诟谇

1. 替贾瑞画像，写其人不堪，为后文自投凤姐"相思局"先作铺垫。

2. 为何"不好呵叱秦钟"，为其是宝玉挚友，有宁荣、贾母背景，写人之势利如此。

3. 先设问"你道这一个是谁"，可知也是个要紧人物，与贾蓉同为凤姐儿的左膀右臂。

---

① 助纣为虐——帮坏人干坏事。纣，商末代的暴虐君主。

② 作法——也叫"扎筏子"，找一人为替罪，以儆其余。

③ 不忿——不高兴。

谣诼之词。贾珍想亦风闻得些口声不大好，<u>自己也要避些嫌疑，如今竟分与房舍，命贾蔷搬出宁府，自去立门户过活去了。</u>[1] 这贾蔷外相既美，内性又聪明，虽然应名来上学，亦不过虚掩眼目而已。<u>仍是斗鸡走狗，赏花阅柳从事。</u>[2] 上有贾珍溺爱，下有贾蓉匡助，[3] 因此族中人谁敢来触逆于他。他既和贾蓉最好，今见有人欺负秦钟，如何肯依？<u>如今自己要挺身出来抱不平，心中且忖度一番：</u>[4] "金荣、贾瑞一干人，都是薛大叔的相知，<u>向日我又与薛大叔相好，倘或我一出头，他们告诉了老薛，我们岂不伤了和气？</u>[5] 待要不管，如此谣言，说得大家都没趣。如今何不用计制伏，又止息口声，又不伤了脸面？"想毕，也装作出小恭，走至外面，<u>悄悄把跟宝玉的书童名唤茗烟者唤到身边，如此这般，调拨他几句。</u>[6]

这茗烟乃是宝玉第一个得用的，且又年轻不谙事，如今听贾蔷说金荣如此欺负秦钟，连他的爷宝玉都干连在内，不给他个利害，下次越发狂纵难制了。这茗烟无故就要欺压人的，如今得了这个信，又有贾蔷助着，便一头进来找金荣。也不叫金相公了，只说"姓金的是什么东西！"贾蔷遂跺一跺靴子，故意整整衣服，看看日影儿说："是时候了。"<u>遂先向贾瑞说有事要早走一步。</u>[7] 贾瑞不敢强他，只得随他去了。这里茗烟走进来，<u>便一把揪住金荣问道：</u>[8]"我们<u>肏屁股不肏，管你<u>毛</u>①相干！横竖没肏你爹去就罢了。你是好小子，出来动一动你茗大爷！"</u>[9] 吓得满室中子弟都怔怔地痴望。贾瑞忙吆喝："茗烟不得撒野！"金荣气黄了脸，说："反了！奴才小子都敢如此，我只和你主子说。"<u>便夺手要去抓打宝玉、秦钟。尚未去时，从脑后飕的一声，早见一方砚瓦飞来，</u>[10] 并不知系何人打来的，<u>幸未打着，却又打在旁人的座上，这座上乃是贾兰、贾菌②。</u>

<u>这贾菌亦系荣国府近派的重孙，</u>[11] 其母亦少寡，独守着贾菌。这贾菌与贾兰最好，所以二人同桌而坐。谁

---

1. 反正不是亲生儿子，既闻有口舌，分开居住，可免于牵连。

2. 八字写尽纨袴子弟日常生活。

3. 上有纵容包庇者，下则物以类聚。

4. 大家族人事关系复杂，必为一番算计。这一忖度，方是聪明人之心机，写得最好看、最细致。（戚）

5. 想得有道理。先曰"薛大叔"，次曰"老薛"，写尽骄侈纨袴。（戚）

6. 这是宝玉身边的要紧人。如何调拨，不必细说，看下文茗烟骂金荣的话便了然了。

7. 狡猾。

8. 茗烟岂是省油的灯，既有人调唆助着，一进来就直扑猎物。

9. 茗烟一揪一骂，便知是打架好手。

10. 由辱骂转为动手，有明的抓打，还有暗的飞砚，真好看！

11. 说是"幸未打着"，其实正打中要打的地方，作者正欲出此二人也。先写一宁派，又写一荣派，交相综错得妙。（蒙）贾菌本也是要紧人，后半部中他与贾兰同属"昨怜破袄寒，今嫌紫蟒长"者（据首回甄士隐歌脂评）。今续书去之不写。

---

① 毛——也作"鸡巴"，男性生殖器。
② 贾兰、贾菌——第一回甄士隐歌词："昨怜破袄寒，今嫌紫蟒长。"脂评："贾兰、贾菌一干人。"可知贾菌后来也是有官宦前程的。这里接着说他"志气最大，极是个淘气不怕人的"，脂评："要知没志气小儿，必不会淘气。"可相印证。但后四十回续书只提贾兰，没有写到贾菌。

知贾菌年纪虽小，志气最大，极是个淘气不怕人的。[1]他在座上冷眼看见金荣的朋友暗助金荣，飞砚来打茗烟，偏没打着茗烟，便落在他桌上，正打在面前，将一个磁砚水壶打了个粉碎，溅了一书黑水。贾菌如何依得，便骂："好囚攮的们，这不都动了手了么！"[2]骂着，也便抓起砚砖来要飞。[3]贾兰是个省事的，忙按住砚，极口劝道："好兄弟，不与咱们相干。"[4]贾菌如何忍得住，见按住砚，他便两手抱起书匣子来，照那边抢了去。终是身小力薄，却抢到半道，至宝玉、秦钟案上就落了下来。[5]只听"豁啷啷"一声响，砸在桌上，书本、纸片、笔砚等物撒了一桌，又把宝玉的一碗茶也砸得碗碎茶流。贾菌便跳出来，要揪打那一个飞砚的。金荣此时随手抓了一根毛竹大板在手，地狭人多，哪里经得舞动长板。茗烟早吃了一下，乱嚷道："你们还不来动手？"宝玉还有三个小厮：一名锄药，一名扫红，一名墨雨。[6]这三个岂有不淘气的，一齐乱嚷："小妇养的！动了兵器了！"[7]墨雨遂掇起一根门闩，扫红、锄药手中都是马鞭子，蜂拥而上。[8]贾瑞急得拦一回这个，劝一回那个，谁听他的话，肆行大闹。众顽童也有趁势帮着打太平拳①助乐的，也有胆小藏过一边的，也有直立在桌上拍着手儿乱笑，喝着声儿叫打的。登时鼎沸起来。[9]

外边李贵等几个大仆人听见里边作起反来，忙都进来，一齐喝住。问是何原故，众声不一，这一个如此说，那一个又如彼说。[10]李贵且喝骂了茗烟等四个一顿，撵了出去。秦钟的头早撞在金荣的板子上，打起一层油皮。[11]宝玉正拿褂襟子替他揉呢，见喝住了众人，便命李贵："收书！拉马来，我去回太爷去！我们被人欺负了，不敢说别的，守礼来告诉瑞大爷，瑞大爷反派我们的不是，听着人家骂我们，还调唆他们打我们。茗烟见人欺负我，他岂有不为我的？他们反打伙儿打了茗烟，连秦钟的头也打破了，还在这里念什么书！"李贵劝道："哥儿不要性急。太爷既有事回家去了，这会子为这点事去聒噪他老人家，倒显得咱

---

① 打太平拳——趁别人打架时，在旁伺机打几下冷拳，自己很安全。

1. 要知没志气小儿，必不会淘气。（蒙）

2. 动气了，骂得好听之极！

3. "不怕人的"，能不还手？先瓦砚，次砖砚，转换得妙。（蒙）

4. 性格各不相同，李纨教育出来的，正该如此。

5. 如何按捺得住？索性连书包抢过去，偏又只抢到宝、钟二人案上。场面越来越乱。好看之极！不打着别个，偏打着二人，亦想不到文章也。此书此等笔法，与后文踢着袭人、误打平儿是一样章法。（蒙）"踢着袭人"在第三十回，"误打平儿"在第四十四回。

6. 小厮雅名，不料在这种场合述出。

7. 好听之极！好看之极！（蒙）

8. 战争升级了。

9. 燕青打擂台，也不过如是。（蒙）作者真能眼观六路，耳听八方，忙中不忘描写众顽童打太平拳、躲藏、站在桌上拍手乱笑、喊打等种种情态，文字的精彩逼真，不亚于描写主战场。

10. 如何说得清？妙，如闻其声。（蒙）

11. "撞"字无别的字可代。按宝玉说法是"头也打破了"。真打，料金荣也不敢。虽非有意，但"打起一层油皮"，也必定要有的。否则，赔不是当场了局，瞒过家里，岂有后面文章。

们没理似的。依我的主意，哪里的事情哪里了结，何必惊动老人家。这都是瑞大爷的不是，太爷不在这里，你老人家就是这学里的头脑了，众人看你行事。众人有了不是，该打的打，该罚的罚，如何等闹到这步田地还不管？"贾瑞道："我吆喝着都不听。"[1]李贵笑道："不怕你老人家恼我，素日你老人家到底有些不正，所以这些兄弟才不听。[2]就闹到太爷跟前去，连你老人家也脱不过的。还不快作主意撕罗①开了罢！"宝玉道："撕罗什么？我必是回去的！"秦钟哭道："有金荣，我是不在这里念书的了。"宝玉道："这是为什么？难道有人家来得，咱们倒来不得？我必回明白众人，撵了金荣去。"又问李贵："金荣是哪一房的亲戚？"李贵想一想道："也不用问了。若说起哪一房的亲戚，更伤了兄弟们的和气。"[3]

　　茗烟在窗外道："他是东胡同子里璜大奶奶的侄儿。哪是什么硬正仗腰子的②，也来唬我们！璜大奶奶是他姑妈。你那姑妈只会打旋磨儿③，给我们琏二奶奶跪着借当头④。我眼里就看不起她那样的主子奶奶！"[4]李贵忙断喝不止，说："偏你这小狗肏的知道，有这些蛆嚼⑤！"宝玉冷笑道："我只当是谁的亲戚，原来是璜嫂子的侄儿，我就去问问她！"说着便要走。叫茗烟进来包书。茗烟包着书，又得意道："爷也不用自己去见，等我去她家，就说老太太有话问她呢，雇上一辆车拉进去，当着老太太问她，岂不省事？"[5]李贵忙喝道："你要死！仔细回去我好不好先捶了你，然后再回老爷、太太，就说宝玉全是你调唆的。我这里好容易劝哄得好了一半，你又来生个新法子。你闹了学堂，不说变法儿压息了才是，倒往火里奔！"[6]茗烟方不敢作声儿。

　　此时，贾瑞也生恐闹大了，自己也不干净，只得委屈着来央告秦钟，又央告宝玉。先是他二人不肯。

1. 众人眼睛亮着呢，怎能听命于他？

2. 实话实说，"不正"二字定评。

3. 李贵毕竟老成得多，亦知宝玉脾气，故不愿事情闹大。

4. 茗烟极淘气，是有点无法无天、什么话都敢说的坏小子，与李贵形成强烈对照，文章才好看。

5. 竟能想出这样好办法来，真是唯恐天下不乱。

6. 急忙喝住，语气逼肖。一个有法子生事，一个就有法子制伏；一个要倚仗老太太来欺压，一个偏抬出有老爷、太太管教来。

---

①　撕罗——调解。
②　硬正仗腰子的——有硬后台撑腰的。硬正，坚硬。
③　打旋磨儿——喻围着人打转，向人献殷勤。
④　借当头——借别人衣物去当铺典押，换一点钱花，待有能力时，再赎出归还。
⑤　蛆嚼——骂人多嘴多舌叫"嚼蛆"。

后来宝玉说："不回去也罢了，只叫金荣赔个不是便罢。"金荣先是不肯，后来禁不得贾瑞也来逼他去赔个不是，李贵等只得好劝金荣，说："原是你起的端，你不这样，怎得了局？"金荣强不过，只得与秦钟作了揖。宝玉还不依，偏定要磕头。贾瑞只要暂息此事，又悄悄地劝金荣说："俗语说得好：'杀人不过头点地。'你既惹出事来，少不得下点气儿，磕个头就完事了。"金荣无奈，只得进前来与秦钟磕头。[1]且听下回分解。

1. 无奈之下，磕头赔了不是，自咽不下这口气，遂有下回情节。

【总评】

　　宝玉、秦钟入家塾读书，顽童们闹学堂是本回的中心情节。贾政问学，李贵对答，如剧中丑角之诙谐。贾政"只是先把《四书》一齐讲明背熟，是最要紧的"的嘱咐，代表着当时教育的正统观点，为的是能适应科举考试，获取功名。

　　大家族学堂，各支脉亲戚贵贱不一，亲疏有别，子弟间极易形成小帮派，而清代社会好男风、畜娈童之恶习颇为流行，小说中屡屡有所反映，亦会影响到童稚的意识，学堂里顽童之间嘲骂、打架也由此而起。其结果还得看哪一帮人的背景更硬。一场群殴，虽不过以砚砖、书匣子、竹板、门闩、马鞭子为"兵器"，却写得生龙活虎，行为、态度，因人而异。

　　此回结尾，要金荣给秦钟磕头赔罪文字，各版本多有差异，恐多属后来整理者所增饰改动，未必出于作者的不同稿本。

第 十 回
金寡妇贪利权受辱　张太医论病细穷源

【题解】

　　此回回目诸本一致，唯蒙府、戚序本"源"作"原"。上句说的是，金荣能入家塾，靠的是贾府中人的情面，让他家省去了许多吃用开支，还得到资助。金荣母亲寡妇胡氏为贪图这些好处，不愿得罪贾府，要吃了亏的儿子别再多事，权且受辱忍让。"金寡妇"，不是指前往珍大奶奶处，想评理，结果碰了软钉子回来的金氏。她是贾璜之妻、金荣的姑姑，并非寡妇。下句是写张士友为秦可卿诊断、处方、论病源事，两件事结合得很紧密。太医，当时普遍用于对有名望的医师的尊称，非专指宫廷御医。

　　话说金荣因人多势众，又兼贾瑞勒令，赔了不是，给秦钟磕了头，宝玉方才不吵闹了。大家散了学，金荣回到家中，越想越气，说："秦钟不过是贾蓉的小舅子，又不是贾家的子孙，附学读书，也不过和我一样。他因仗着宝玉和他好，他就目中无人。<u>他既是这样，就该行些正经事，人也没的说。</u>[1]他素日又和宝玉鬼鬼祟祟的，只当<u>人都是瞎子，看不见。</u>[2]今日他又去勾搭人，偏偏地撞在我眼睛里。就是闹出事来，我还怕什么不成？"

　　他母亲胡氏听见他咕咕嘟嘟地说，因问道："你又要增什么闲气？<u>好容易我望你姑妈说了，你姑妈又千方百计地向他们西府里的琏二奶奶跟前说了，你才得了这个念书的地方。</u>[3]若不是仗着人家，咱们家里还有力量请得起先生？况且人家<u>学里，茶也是现成的，饭也是现成的。你这二年在那里念书，家里也省好大的嚼用呢。</u>[4]省出来的，你又爱穿件鲜明衣服。再者，不是因你在那里念书，你就认得什么薛大爷了？<u>那薛大爷一年不给不给，这二年也帮了咱们有七八十两银子。</u>[5]

1. 说的也是。

2. 牢骚话说出秦钟实况来。

3. "好容易""千方百计"，求助于人，何其难也！事非琏二奶奶不能成。

4. 一层利。

5. 二层利。因何无故给许多银子，金母亦当细思之。（己）

你如今要闹出了这个学房，再要找这么一个地方，我告诉你说罢，比登天还难呢！[1] 你给我老老实实的，玩一会子睡你的觉去，好多着呢。"于是金荣忍气吞声，不多一时，他自去睡了。次日仍旧上学去了。不在话下。

且说他姑娘，[2] 原聘给的是贾家"玉"字辈的嫡派，名唤贾璜。但其族人哪里皆能像宁、荣二府的富势，原不用细说。这贾璜夫妻，守着些小小的产业，又时常到宁、荣二府里去请请安，又会奉承凤姐儿并尤氏，所以凤姐、尤氏也时常资助资助他，[3] 方能如此度日。

却说这日贾璜之妻金氏因天气晴明，又值家中无事，遂带了一个婆子，坐上车，来家里走走，瞧瞧寡嫂并侄儿。闲话之间，金荣的母亲偏提起昨日贾家学房里的那事，从头至尾，一五一十都向她小姑子说了。这璜大奶奶不听则已，听了，一时怒从心上起，说道："这秦钟小崽子是贾门的亲戚，难道荣儿不是贾门的亲戚？[4] 人都别太势利了，况且都做的是什么有脸的好事！就是宝玉，也犯不上向着他到这个田地。等我去到东府瞧瞧我们珍大奶奶，再向秦钟他姐姐说说，叫她评评这个理。"[5] 这金荣的母亲听了这话，急得了不得，忙说道："这都是我的嘴快，告诉了姑奶奶，求姑奶奶快别去说去，别管他们谁是谁非。[6] 倘或闹起来，怎么在那里站得住？若是站不住，家里不但不能请先生，反倒在他身上添出许多嚼用来呢。"璜大奶奶听了，说道："哪里管得许多！你等我说了，看是怎么样。"也不容她嫂子劝，一面叫老婆子瞧了车，就坐上往宁府里来。[7]

到了宁府，进了车门，到了东边小角门前下了车，进去见了贾珍之妻尤氏。也未敢气高，[8] 殷殷勤勤叙过寒温，说了些闲话，方问道："今日怎么没见蓉大奶奶？"[9] 尤氏说道："她这些日子不知怎么着，经期有两个多月没来。叫大夫瞧了，又说并不是喜。那两日，到了下半天就懒待动，话也懒待说，眼神也发眩。我说她：'你且不必拘礼，早晚不必照例上来，你竟好生养养罢。就是有亲

1. 落实题中"权受辱"原因。

2. 此处"姑娘"是"姑妈"之意。

3. 因奉承而得资助，岂能与凤姐、秦钟的关系相比。

4. 相互攀比是依仗权势妇人心态。这"贾门的亲戚"比那"贾门的亲戚"。（己）

5. 说得振振有词、底气十足，只怕是不识深浅，要碰壁。未必能如此说。（己）这个理怕不能评。（靖）

6. 总写金寡妇宁可受辱，也不愿失去受资助机会。不论"谁是谁非"，有钱就可矣。（己）

7. 璜大奶奶去时信心十足，也够有气派的，不知回来如何。

8. 若仍敢气高，倒有几分可佩服处。

9. 与来前之盛气，说话大不一样。何不叫"秦钟的姐姐"？（己）

戚一家儿来，有我呢。就有长辈们怪你，等我替你告诉。'连蓉哥我都嘱咐了，我说：'你不许累掯①她，不许招她生气，叫她静静地养养就好了。她要想什么吃，只管到我这里取来。倘或我这里没有，只管往你琏二婶子那里要去。倘或她有个好歹，<u>你再要娶这么一个媳妇，这么个模样儿，这么个性情的人儿，打着灯笼也没地方找去。</u>'¹ 她这为人行事，哪个亲戚、哪个一家的长辈不喜欢她？所以我这两日好不烦心，焦得我了不得。偏偏今儿早晨她兄弟来瞧她，谁知那小孩子家不知好歹，看见他姐姐身上不大爽快，就有事也不当告诉她，别说是这么一点子小事，就是你受了一万分的委屈，也不该向她说才是。² 谁知他们昨儿学房里打架，<u>不知是哪里附学来的一个人欺侮了他了。</u>³ 里头还有些不干不净的话，都告诉了他姐姐。婶子，你是知道那媳妇的，虽则见了人有说有笑，会行事儿，她可心细，心又重，不拘听见个什么话儿，都要度量个三日五夜才罢。<u>这病就是打这个秉性上头思虑出来的。</u>⁴ 今儿听见有人欺负了她兄弟，又是恼，又是气。恼的是那群混账狐朋狗友，——扯是搬非、调三惑四的那些人；气的是她兄弟不学好，不上心读书，以致如此学里吵闹。<u>她听了这事，今日索性连早饭也没吃。</u>我听见了，我方到她那边安慰了她一会子，又劝解了她兄弟一会子。我叫她兄弟到那边府里找宝玉去了。我才瞧着她吃了半盏燕窝汤，⁵ 我才过来了。婶子，你说我心焦不心焦？况且如今又没个好大夫，我想到她这病上，我心里倒像针扎似的。<u>你们知道有什么好大夫没有？</u>⁶

金氏听了这半日话，<u>把方才在她嫂子家的那一团要向秦氏论理的盛气，早吓得丢在爪洼国②去了。</u>⁷ 听见尤氏问她有知道的好大夫的话，连忙答道："我们这么听着，实在也没听见人说有个好大夫。如今听起大奶奶这个来，定不得还是喜呢。嫂子倒别教人混治。倘或认错了，这可是了不得的！"尤氏道：

1. 还有这么个好小舅子。（己）此评调侃。然模样好、情性好也是贾母的择媳标准，读至贾母与张道士谈为宝玉择媳时便知。

2. 不待告状，先从尤氏口中说出，直堵住了璜大奶奶之口，文笔之妙如此！

3. 直说"欺侮"，是真不知，还是装不知，难说。眼前竟像不知者。（己）

4. 着眼，心太重，思虑太过是可卿病之根。

5. 句句直对来客当头敲击，就算尤氏非有意说，也必是作者有意写的。

6. 不论有意无意，这一问压力更大，秦氏之病既被气出来的，谁还敢为此负责？

7. 早知要吓成这模样，何必当初一腔怒气来论理！吾为趋炎附势、仰人鼻息者一叹。（靖）

---

①　累掯（kèn）——也作"勒掯"，强制。
②　爪洼国——古代南洋国名，今属印尼。习惯指代极远的地方，等于说"不知哪里"。

"可不是呢。"正说话之间，贾珍从外进来，见了金氏，便向尤氏问道："这不是璜大奶奶么？"金氏向前给贾珍请了安。贾珍向尤氏说道："让这大妹妹吃了饭去。"贾珍说着话，就过那屋里去了。金氏此来，原要向秦氏说说秦钟欺负了她侄儿的事，听见秦氏有病，不但不能说，亦且不敢提了。况且贾珍、尤氏又待得很好，反转怒为喜的，又说了一会子话儿，方家去了。[1]

　　金氏去后，贾珍方过来坐下，问尤氏道："今日她来，有什么说的事情么？"尤氏答道："倒没说什么。一进来的时候，脸上倒像有些着恼的气色似的，及至说了半天话，又提起媳妇这病，她倒渐渐地气色平静了。你又叫让她吃饭，她听见媳妇这么病，也不好意思只管坐着，又说了几句闲话儿就去了，倒没有求什么事。如今且说媳妇这病，你到哪里寻个好大夫来给她瞧瞧要紧，可别耽误了！现今咱们家走的这群大夫，哪里要得，一个个都是听着人的口气儿，人怎么说，他也添几句文话儿说一遍。可倒殷勤得很，三四个人一日轮流着，倒有四五遍来看脉。他们大家商量着立个方子，吃了也不见效，倒弄得一日换四五遍衣裳，坐起来见大夫，其实于病人无益。"[2]贾珍说道："可是。这孩子也糊涂，何必脱脱换换的，倘或又着了凉，更添一层病，那还了得！衣裳任凭是什么好的，可又值什么呢！孩子的身子要紧，就是一天穿一套新的，也不值什么。我正进来要告诉你：方才冯紫英来看我，他见我有些抑郁之色，问我是怎么了。我才告诉他说，媳妇忽然身子有好大的不爽快，因为不得个好太医，断不透是喜是病，又不知有妨碍无妨碍，所以我这两日心里着实着急。冯紫英因说起他有一个幼时从学的先生，姓张名友士，学问最渊博的，更兼医理极深，且能断人的生死。[3]今年是上京给他儿子来捐官①，现在他家住着呢。这么看来，竟是合该媳妇的病在

1. 不知金氏回家后，怎么向金荣的寡母交代？凡事须三思而后行，真正不错。

2. 借尤氏这番话，为世间混饭吃的庸医们画一幅群像，病家抱怨劳而无益是必然的。作者奉畸笏叟之命，将后文秦氏夭亡情节中"淫丧"文字删去，改为病死，不知此段话是原本就有的，还是根据需要后来才添的。

3. 虽是传言，但未必是虚词通套。

---

① 捐官——向朝廷交钱买官做。

他手里除灾，亦未可知。¹我即刻差人拿我的名帖①请去了。今日倘或天晚了不能来，明日想必一定来。况且冯紫英又即刻回家，亲自去求他，务必叫他来瞧瞧。等这个张先生来瞧了再说罢。"

尤氏听了，心中甚喜，因说道："后日是太爷的寿日，到底怎么办？"贾珍说道："我方才到了太爷那里去请安，兼请太爷来家来受一受一家子的礼。太爷因说道：'我是清净惯了的，我不愿意往你们那样是非场中去闹去。²你们必定说是我的生日，要叫我去受众人些头，莫过你把我从前注的《阴骘文》②给我叫人好好写出来刻了，比叫我无故受众人的头还强百倍呢。倘或明后这两日一家子要来，你就在家里好好地款待他们就是了。也不必给我送什么东西来，连你后日也不必来，你要心中不安，你今日就给我磕了头去。³倘或后日你要来，又跟随多少人来闹我，我必和你不依。'如此说了又说，后日我是再不敢去的了。且叫来升来，吩咐他预备两日的筵席。"尤氏因叫了贾蓉来："吩咐来升照旧例预备两日的筵席，要丰丰富富的。你再亲自到西府里去请老太太、大太太、二太太和你琏二婶子来逛逛。你父亲今日又听见一个好大夫，业已打发人请去了，想必明日必来。你可将她这些日子的病症细细地告诉他。"贾蓉一一地答应着出去了。

正遇着方才去冯紫英家请那先生的小子回来了，因回道："奴才方才到了冯大爷家，拿了老爷的名帖请那先生去。那先生说道：'方才这里大爷也向我说了。但是今日拜了一天的客，才回到家，此时精神实在不能支持，就是去到府上，也不能看脉。'他说等调息一夜，明日务必到府。⁴他又说，他'医学浅薄，本不敢当此重荐，因我们冯大爷和府上的大人既已如此说了，又不得不去，你先代我回明大人就是了。大人的名帖实不敢当。'仍叫奴才拿回来了。哥儿替

---

1. 说来兴致高，期望不小，写贾珍心情。

2. 插入贾敬撒手不管子孙事，又开下回寿宴情节。

3. 一心绝缘，将话说透。

4. 张太医虽不是神医，却也绝非庸医，应是一位很有学识修养和从业经验，且医德品行不错的良医。前有贾珍"今日倘或天晚了不能来"的话，与他所说，已忙了一天精神不支合榫。把脉者先须静心调息，必精神好时，方能切得准确。蒙府本有评曰："医生多是推三阻四，拿腔作调。"恐怕对医道外行，或者还以为张太医虽说得头头是道，但结果病人还是死了，岂非也是只会夸夸其谈的庸医。若果真如此，则作此批者必不知作者曾奉"命"删改有关秦氏情节，其非作者圈内人无疑。

---

① 名帖——即今之名片。
② 《阴骘（zhì治）文》——即《文昌帝君阴骘文》的简称。道教劝人积德行善的书。《尚书·洪范》："惟天阴骘下民。"意谓天默默地安定下民。骘，定。旧时也称阴德为"阴骘"。

奴才回一声儿罢。"贾蓉复转身进去，回了贾珍、尤氏的话，方出来叫了来升来，吩咐他预备两日的筵席的话。来升听毕，自去照例料理。不在话下。

且说次日午间，人回道："请的那张先生来了。"贾珍遂延入大厅坐下。茶毕，方开言道："昨承冯大爷示知老先生人品学问，又兼深通医学，小弟不胜钦仰之至！"张先生道："晚生粗鄙下士，本知见浅陋。昨因冯大爷示知，大人家第谦恭下士，又承呼唤，敢不奉命。但毫无实学，倍增颜汗①。"¹贾珍道："先生何必过谦。就请先生进去看看儿妇，仰仗高明，以释下怀。"

于是，贾蓉同了进去。到了贾蓉居室，见了秦氏，向贾蓉说道："这就是尊夫人了？"贾蓉道："正是。请先生坐下，让我把贱内的病症说一说再看脉如何？"那先生道："依小弟的意思，竟先看过脉，再说的为是。²我是初造②尊府的，本也不晓得什么，但是我们冯大爷务必叫小弟过来看看，小弟所以不得不来。如今看了脉息，看小弟说得是不是，再将这些日子的病势讲一讲，大家斟酌一个方儿，³可用不可用，那时大爷再定夺。"贾蓉道："先生实在高明，如今恨相见之晚。就请先生看一看脉息，可治不可治，以便使家父母放心。"于是家下媳妇们捧过大迎枕来，一面给秦氏拉着袖口，露出脉来。先生方伸手按在右手脉上，调息了至数③，宁神细诊了有半刻的工夫；方换过左手，亦复如是。诊毕脉息，说道："我们外边坐罢。"⁴

贾蓉于是同先生到外间房里床上坐下，一个婆子端了茶来。贾蓉道："先生请茶。"于是陪先生吃了茶，遂问道："先生看这脉息，还治得治不得？"先生道："看得尊夫人这脉息：左寸沉数，左关沉伏；右寸细而无力，右关需而无神。其左寸沉数者，乃

1. 真有实学者，反而谦虚。

2. 莫看作是要炫耀本领。

3. 先自己据病人脉象来说病情，是避免心中有先入之见干扰客观判断。然后再听病家说病势，则可检验自己诊断是否正确，作参考修正，如此对医者也大有裨益。但要这样做，又谈何容易！医者非有真本领、大胆识不可。张太医已亮出剑来。

4. 看他调息至数，宁神细诊。脉象种类很多，除少数几种很明显外，有一大半是不容易准确分辨的，即使精于脉理者，也必须潜心体会，方能不生误差，因而颇费时。诊毕要谈病情，尤其是重症，不能当着病人的面说，这是医德，也是规矩，今天还适用。故曰"外边坐罢"。

---

① 颜汗——也作"汗颜"，脸上出汗，常在表示羞愧时用。
② 初造——初到。
③ 调息了至数——中医诊脉，先调整好自己的呼吸，使之正常，然后诊病人脉搏在一呼一吸（叫"一息"）间跳动的次数。

心气虚而生火；左关沉伏者，乃肝家气滞血亏。右寸细而无力者，乃肺经气分太虚；右关需而无神者，乃脾土被肝木克制。心气虚而生火者，应现经期不调，夜间不寐。肝家血亏气滞者，必然肋下疼胀，月信过期，心中发热。肺经气分太虚者，头目不时眩晕，寅卯间必然自汗，如坐舟中。脾土被肝木克制者，必然不思饮食，精神倦怠，四肢酸软。据我看，这脉息应当有这些症候才对。或以这个脉为喜脉，则小弟不敢从其教也。"[①][1] 旁边一个贴身服侍的婆子道："何尝不是这样呢。真正先生说的如神，倒不用我们告诉了。[2] 如今我们家里现有好几位太医老爷瞧着呢，都不能说得这么真切。有一位说是喜，有一位说是病；这位说不相干，那位说怕冬至，总没有个准话儿。求老爷明白指示指示。"

那先生笑道："大奶奶这个症候，可是那众位耽搁了。[3] 要在初次行经的日期就用药治起来，不但断无今日之患，而且此时已痊愈了。如今既是把病耽误到这个地位，也是应有此灾。依我看来，这病尚有三分治得。[4] 吃了我这药看，若是夜间睡得着觉，那时又添了二分拿手了。据我看这脉息：大奶奶是个心性高强，聪明不过的人；但聪明太过，则不如意事常有；不如意事常有，则思虑太过。此病是忧虑伤脾，肝木特旺，经血所以不能按时而至。大奶奶从前的行经的日子问一问，断不是常缩，必是常长的。是不是？"[5] 这婆子答道："可不是，从没有缩过，或是长两日三日，以至十日都长过。"先生听了道："妙啊！这就是病源了。从前若能够以养心调经之药服之，何至于此！这如今明显出一个水亏木旺[②]的症候来。待用药看看。"于是写了方子，递与贾蓉，上写的是：

1. 神乎其技矣！五行相克。脏腑机理的阐述且不论，单说只切切脉息，居然能将病人的各种症状，说得这么具体、准确，实在是我国传统医学优势的表现。

2. 让贴身服侍的婆子当裁判最好。

3. 一语中的。别以为是同行相忌，在打击别人，抬高自己，只不过实话实说而已。前文已写过从前请来的医生"都是听着人的口气儿"说话，装模作样，白白损耗病者精神。此类耽误最佳治疗时间，致使病情加重，发展到难以救治地步的现象，至今仍时有存在。

4. 出语谨慎。病情既险恶，又未至绝望，非故意模棱两可。对读者而言，是增加了悬念。

5. 推断其心性要强，思虑太过，揭出病源，仍由婆子来证实。

---

① 张太医论脉息一段——中医诊脉，分六个部位，病者左、右手各三部。按照切脉者三指自近病人腕部始，分"寸、关、尺"，各主人体的心、肝、肾；肺、脾、命门。脉象种类很多，各主病症。如脉快叫"数"，慢叫"迟"，轻按即得叫"浮"，重按始得叫"沉"，软弱无力、轻按则有、重按反无叫"需"（需，软也），甚于沉脉，重按着骨始得叫"伏"等等。又以五脏配五行，即肝为木、心为火、脾为土、肺为金、肾为水。又有相生相克之说，如木能克土，故有"脾土被肝木克制"等语。月信，月经。寅卯间，早晨五时前后几小时。喜脉，怀孕妇女的脉象。不敢从其教，不敢表示赞同。

② 水亏木旺——肾阴虚亏而肝郁火旺。

益气养荣补脾和肝汤 [1]

人 参	二钱	白 术	二钱 土炒	云 苓	三钱
熟 地	四钱	归 身	二钱 酒洗	白 芍	二钱 炒
川 芎	钱半	黄 芪	三钱	香附米	二钱 制
醋柴胡	八分	怀山药	二钱 炒	真阿胶	二钱 蛤粉炒
延胡索	钱半 酒炒	炙甘草	八分		

引用建莲子七粒,去心。红枣二枚。

贾蓉看了,说:"高明得很。还要请教先生,这病与性命终究有妨无妨?"先生笑道:"大爷是最高明的人。人病到这个地位,非一朝一夕的症候,吃了这药,也要看医缘了。[2]依小弟看来,今年一冬是不相干的。总是过了春分,就可望痊愈了。"[3]贾蓉也是个聪明人,也不往下细问了。

于是贾蓉送了先生去了,方将这药方子并脉案都给贾珍看了,说的话也都回了贾珍并尤氏了。尤氏向贾珍说道:"从来大夫不像他说得这么痛快,想必用的药也不错。"贾珍道:"人家原不是混饭吃的久惯行医的人。因为冯紫英与我们相好,他好容易求了他来的。既有这个人,媳妇的病或者就能好了。他那方子上有人参,就用前日买的那一斤好的罢。"[4]贾蓉听毕话,方出来叫人打药去煎给秦氏吃。不知秦氏服了此药病势如何,且听下回分解。

1. 参、术、苓、草称"四君子",常作方剂书之首方;地、归、芍、芎称"四物",为女子用的基本方;两者相加称"八珍",为妇女有虚症者所常用,此方中全有。再加上黄芪、山药、阿胶、香附、柴胡、延胡索等以增强调理气血功能,平肝息风、补益心脾。方剂之药理,未必尽如愚见妄言,但组方有来历讲究是可以看出的。有人竟以为此书是隐去的清宫秘史,猜此方是雍正密令谐音,真无知可笑。

2. 重症病人能否转危为安,不是光凭治法是否正确一端,尚有其他复杂因素影响病情的发展趋势,故"看医缘"之说,亦非推诿责任之词。

3. 预言是否有准,本容易验证,岂料事出意外,"非战之罪也"。

4. 珍爷何其关心!

【总评】

金荣在家塾里因打架向秦钟磕头赔不是,受了气,回来牢骚满腹,他的寡妇母亲想想利害,只得忍气。其姑金氏闻知后忿恨不平,满怀盛气地去到宁府,要向尤氏和秦可卿"评理"。恰值秦氏卧病,尤氏对金氏说,大夫嘱咐"不许招她生气",不料秦钟一早就来向姐姐告状,说在学堂里受人欺侮,使秦氏又气又恼,连饭都没吃。还问金氏"有什么好大夫没有"。吓得金氏不敢出声,只得灰溜溜地回家。这让人更深一层看到富势地位在家族中举足轻重的作用。

贾珍卖力请来好大夫张友士为儿媳秦氏诊脉,张太医分析脉案病症,见地精到,令人折服,开出方子来,也"高明得很"。小说中述说医理,头头是道,足见作者对我国传统医药学有极深的修养。张太医回答贾蓉问病人预后的话,与后文的情节发展关系甚大,值得注意;研究者发表有关见解,也总是要引到它,那就是:"人病到这个地位,非一朝一夕的症候,吃了这药,也要看医缘了。依小弟看来,今年一冬是不相干的。总是过了春分,就可望痊愈了。"作者特处处褒扬张友士为良医,则更令人思索后来可卿之死的真实原因。

第 十 一 回

庆寿辰宁府排家宴　见熙凤贾瑞起淫心

【题解】

　　此回回目诸本也基本一致。唯列藏本"寿辰"作"生辰"。上句是说宁国府为庆贾敬寿日而摆下家宴，请来荣国府贾母等一帮人。借此机会写凤姐、宝玉探视秦可卿的病情，这是重要内容。但因为畸笏叟"命"作者删除秦氏"淫丧"结局，改写为病死或好像病死，则此回描写其病势危重，预后不良，是否也是经改动过的文字，还很难说。下句则转入写贾瑞在园中遇见凤姐而起淫心事，是下一回主要情节的发端。

　　话说是日贾敬的寿辰，贾珍先将上等可吃的东西、稀奇些的果品装了十六大捧盒，着贾蓉带领家下人等与贾敬送去，向贾蓉说道："你留神看太爷喜欢不喜欢，你就行了礼来。你说：'我父亲遵太爷的话未敢来，在家里率领合家都朝上行了礼了。'"贾蓉听罢，即率领家人去了。

　　这里渐渐地就有人来了。先是贾琏、贾蔷到来，先看了各处的座位，并问："有什么玩意儿没有？"家人答道："我们爷原算计请太爷今日来家，所以并未敢预备玩意儿。¹前日，听见太爷又不来了，现叫奴才们找了一班小戏儿并一档子打十番①的，都在园子里戏台上预备着呢。"次后邢夫人、王夫人、凤姐儿、宝玉都来了，贾珍并尤氏接了进去。尤氏的母亲已先在这里呢。大家见过了，彼此让了坐。贾珍、尤氏二人亲自递了茶，因笑说道："老太太原是老祖宗，我父亲又是侄儿，这样日子，原不敢请她老人家，但是这个时候，天气正凉爽，满园的菊花又盛开，请老祖宗过来散散闷，看着众儿孙热闹热闹，²是这个意思。谁知老祖宗又不肯赏脸。"凤姐儿未等王夫人开口，先说道："老太太昨日还说要来着呢，因为晚上看着宝兄弟他们吃桃儿，老人家又嘴馋了，吃了有大半个，五更天的时候，就一连起来了两次，³今日早晨略觉

1. 因贾敬好清静、怕热闹的缘故。

2. 请贾母来为侄儿贾敬过生日，于礼不合，故特地说明只为赏景散心。

3. 凤姐说老太太本要来的，因闹肚子不能来。这样安排极妥：宁府有热闹，不请贾母不好；若真的请来，则必成众人的中心，反有碍情节开展，故作如此处理。

———————————

　　①　十番——俗称"十番锣鼓"，一种用十样或更多几样乐器合奏的套曲。

身子倦些。因叫我回大爷，今日断不能来了，<u>说有好吃的要几样，还要很烂的。</u>"[1] 贾珍听了笑道："我说老祖宗是爱热闹的，今日不来，必定有个原故，若是这么着就是了。"王夫人道："前日听见你大妹妹说，蓉哥儿媳妇儿身上有些不大好，到底是怎么样？"尤氏道："她这个病病得也奇，上月中秋还跟着老太太、太太们玩了半夜，回家来好好的。到了二十后，一日比一日觉懒，也懒待吃东西，这将近有半个多月了。经期又有两个月没来。"<u>邢夫人接着说道："别是喜罢？"</u>

　　<u>正说着，外头人回道：</u>[2]"大老爷、二老爷并一家子的爷们都来了，在厅上呢。"贾珍连忙出去了。这里尤氏方说道："从前大夫也有说是喜的。昨日冯紫英荐了他从学过的一个先生，医道很好，瞧了说不是喜，竟是很大的一个症候。昨日开了方子，吃了一剂药，今日头眩得略好些，别的仍不见怎么样大见效。"凤姐儿道："<u>我说她不是十分支持不住，今日这样的日子，再也不肯不扎挣着上来。</u>"[3]尤氏道："你是初三在这里见她的，<u>她还强扎挣了半天，也是因你们娘儿两个好的上头，她才恋恋地舍不得去。</u>"[4]凤姐儿听了，眼圈儿红了半天，半日方说道："真是'天有不测风云，人有旦夕祸福'。<u>这个年纪，倘或就因这个病上怎么样了，人还活着有甚么趣儿！</u>"[5]

　　正说话间，贾蓉进来，给邢夫人、王夫人、凤姐儿前都请了安，方回尤氏道："方才我去给太爷送吃食去，并回说我父亲在家中伺候老爷们，款待一家子的爷们，遵太爷的话并未敢来。太爷听了甚喜欢，说'这才是'。叫告诉父亲、母亲好生伺候太爷、太太们，叫我好生伺候叔叔、婶子们并哥哥们。还说那《阴骘文》叫急急地刻出来，印一万张散人。我将此话都回了我父亲了。我这会子得快出去打发太爷们并合家爷们吃饭。"凤姐儿说："蓉哥儿，你且站住。你媳妇今日到底是怎么着？"贾蓉皱皱眉，说道："<u>不好么！婶子回来瞧瞧去就知道了。</u>"[6]于是贾蓉出去了。

　　这里尤氏向邢夫人、王夫人道："太太们在这里吃饭啊，还是在园子里吃去好？小戏儿现预备在园子里呢。"王夫人向邢夫人道："我们索性吃了饭再过去罢，也省好些事。"邢夫人道："很好。"于是尤氏就吩咐媳妇婆子们："快送饭来！"门外一齐答应了一声，都各人端各人的去了。不多一时，摆上了饭。尤氏让邢夫人、王夫人并她母亲都上了座，

1. 有这样的回话，方得皆大欢喜。

2. 秦氏有病，经期不至，邢夫人初闻，必如此说方妥。若再解说，则多余，故截断。

3. 毕竟凤姐深知可卿生性要强。

4. 可儿对阿凤之依恋，可谓深矣！家常聚散，说来竟令人伤感。

5. 凤姐对秦氏情谊也特亲密深厚，才有祸福难料、独活无趣的话头，说的话总不吉利。

6. 有蓉儿这句话，凤姐就非得去瞧瞧不可了。

她与凤姐儿、宝玉侧席坐了。邢夫人、王夫人道："我们来原为给大老爷拜寿，这不竟是我们来过生日来了么？"凤姐儿说道："大老爷原是好养静的，已经修炼成了，也算得是神仙了。太太们这么一说，这就叫作'心到神知'了。"[1]一句话说得满屋里的人都笑起来了。

　　于是，尤氏的母亲并邢夫人、王夫人、凤姐儿都吃毕饭，漱了口，净了手，才说要往园子里去。贾蓉进来向尤氏说道："老爷们并众位叔叔、哥哥、兄弟们也都吃了饭了。大老爷说家里有事，二老爷是不爱听戏又怕人闹得慌，都才去了。[2]别的一家子爷们都被琏二叔并蔷兄弟让过去听戏去了。方才南安郡王、东平郡王、西宁郡王、北静郡王四家王爷，并镇国公牛府等六家，忠靖侯史府等八家，[3]都差人持了名帖送寿礼来，俱回了我父亲，先收在帐房里了，礼单都上了档子①了。老爷的领谢的名帖都交给各来人了，各来人也都照旧例赏了，众来人都让吃了饭才去。母亲该请二位太太、老娘、婶子都过园子里坐着去罢。"尤氏道："也是才吃完了饭，就要过去了。"

　　凤姐儿说："我回太太，我先瞧瞧蓉哥儿媳妇，我再过去。"王夫人道："很是。我们都要去瞧瞧她，倒怕她嫌闹得慌，说我们问她好罢。"[4]尤氏道："好妹妹，媳妇听你的话，你去开导开导她，我也放心。你就快些过园子里来。"宝玉也要跟了凤姐儿去瞧秦氏去，王夫人道："你看看就过去罢，那是侄儿媳妇。"于是尤氏请了邢夫人、王夫人并她母亲都过会芳园去了。

　　凤姐儿、宝玉方和贾蓉到秦氏这边来了。进了房门，悄悄地走到里间房门口，秦氏见了，就要站起来，凤姐儿说："快别起来，看起猛了头晕。"[5]于是凤姐儿就紧走了两步，拉住秦氏的手，说道："我的奶奶！怎么几日不见，就瘦得这么着了！"于是就坐在秦氏坐的褥子上。宝玉也问了好，坐在对面椅子上。贾蓉叫："快倒茶来！婶子和二叔在上房还未喝茶呢。"

　　秦氏拉着凤姐儿的手，强笑道："这都是我没福。这样人家，公公、婆婆当自己的女孩儿似的待。[6]婶娘的侄儿虽说年轻，却也是他敬我，我敬他，从来没有红过脸儿。就是一家子的长辈、同辈之中，除了婶子倒不用说了，别人也从无不

_____

① 档子——原为记事木牌，后也沿用称登记上账的簿册。

1. 一句得道成仙的趣语，竟成贾敬误服丹砂致死之谶。

2. 贾敬做寿，贾赦、贾政必得一到。既来过了，趁早回家才是。

3. 此处略一提重要社交，后文写秦氏大出殡声势方不突然。

4. 说的也是。王夫人等不去，秦氏这才有向凤姐一诉衷曲的机会。

5. 关心体贴。

6. 秦氏因未报公婆疼爱之恩而耿耿于心。抱恨终天之语。

疼我的，也无不和我好的。这如今得了这个病，把我那要强的心一分也没了。公婆跟前未得孝顺一天，就是婶娘这样疼我，我就有十分孝顺的心，如今也不能够了。<u>我自想着，未必熬得过年去呢。</u>"[1]

　　宝玉正眼瞅着那《海棠春睡图》并那秦太虚写的"嫩寒锁梦因春冷，芳气笼人是酒香"的对联，不觉想起在这里睡晌觉，梦到"太虚幻境"的事来。正自出神，听得秦氏说了这些话，如万箭攒心，那眼泪不知不觉就流下来了。[2]凤姐儿心中虽十分难过，但恐怕病人见了众人这个样儿，反添心酸，倒不是来开导劝解的意思了。见宝玉这个样子，因说道："宝兄弟，你忒婆婆妈妈的了。她病人不过是这么说，哪里就到得这个田地了？[3]况且能多大年纪的人，略病一病儿，就这么想那么想的，这不是自己倒给自己添病了么？"贾蓉道："<u>她这病也不用别的，只是吃得些饮食就不怕了。</u>"[4]凤姐儿道："宝兄弟，太太叫你快过去呢。你别在这里只管这么着，倒招得媳妇也心里不好。太太那里又惦着你。"因向贾蓉说道："<u>你先同你宝叔过去罢，我还略坐一坐儿。</u>"[5]贾蓉听说，即同宝玉过会芳园来了。

　　这里凤姐儿又劝解了秦氏一番，又低低地说了许多衷肠话儿。尤氏打发人请了两三遍，凤姐儿才向秦氏说道："你好生养着罢，我再来看你。合该你这病要好，所以前日就<u>有人荐了这个好大夫来，</u>[6]再也是不怕的了。"秦氏笑道："<u>任凭神仙也罢，治得病治不得命。</u>[7]婶子，我知道我这病不过是挨日子。"凤姐儿说道："你只管这么想着，病哪里能好呢？总要想开了才是。况且听得大夫说，若是不治，怕的是春天不好。如今才九月半，还有四五个月的工夫，什么病治不好呢？咱们若是不能吃人参的人家，这也难说了；<u>你公公、婆婆听见治得好你，别说一日二钱人参，就是二斤，也能够吃得起。</u>[8]好生养着罢，我过园子里去了。"秦氏又道："婶子，恕我不能跟过去了。闲了时候还求婶子常过来瞧瞧我，咱们娘儿们坐坐，多说几遭话儿。"凤姐儿听了，不觉得又眼圈儿一红，遂说道："我得了闲儿，必常来看你。"

　　于是凤姐儿带领跟来的婆子、丫头并宁府的媳妇、婆子们，<u>从里头绕进园子的便门来。</u>[9]但只见：

　　　　黄花满地，白柳横坡。<u>小桥通若耶之溪，曲径接天台之路。</u>[10]石中清流激湍，篱落飘香；树头红叶翩翩，疏林如画。西风乍紧，初罢莺啼；暖日当暄，又添蜇语。

1. 病渐沉重而不见愈，不免丧气。

2. 宝玉跟着来探视可卿，正为写他有此一番感触。

3. 宝玉之情，动于中而露于外，一片天真。凤姐老练，看形势说话，此时照顾病者感受第一，虽内心也悲观，总竭力宽慰，不使病者增虑。有宝玉流泪，正好有理由将他赶走。

4. 一语中的。"食谷者生"，此之谓也。

5. 不但说话更方便，且便于安排后文情节。

6. 不忘一提昨日出诊来府上的张太医。

7. 又是极丧气的话，病者怎能如此心灰意冷！

8. 不但吃得起，还不惜付任何代价。

9. 要突然遇到贾瑞说轻薄话，偏跟着一大帮子人，总非人想得到的。

10. 暗讽回目下句之事。

遥望东南，建几处依山之榭；纵观西北，结三间临水之轩。
笙簧盈耳，别有幽情；罗绮穿林，倍添韵致。①

　　凤姐儿正自看园中的景致，一步步行来赞赏。猛然从假山石后走过一个人来，[1] 向前对凤姐儿说道："请嫂子安。"凤姐儿猛然见了，将身子往后一退，[2] 说道："这是瑞大爷不是？"贾瑞说道："嫂子连我也不认得了？不是我是谁？"凤姐儿道："不是不认得，猛然一见，不想到是大爷到这里来。"贾瑞道："也是合该我与嫂子有缘。[3] 我方才偷出了席，在这个清净地方略散一散，不想就遇见嫂子也从这里来。这不是有缘么？"一面说着，一面拿眼睛不住地觑着凤姐儿。

　　凤姐儿是个聪明人，见他这个光景，如何不猜透八九分呢。因向贾瑞假意含笑道："怨不得你哥哥时常提你，说你很好。今日见了，听你说这几句话儿，就知道你是个聪明和气的人了。[4] 这会子我要到太太们那里去，不得和你说话儿，等闲了咱们再说话儿罢。"贾瑞道："我要到嫂子家里去请安，又恐怕嫂子年轻，不肯轻易见人。"凤姐儿假意笑道："一家子骨肉，说什么年轻不年轻的话！"[5] 贾瑞听了这话，再不想到今日得这个奇遇，那神情光景，越发不堪难看了。[6] 凤姐儿说道："你快去入席去罢，仔细他们拿住罚你酒！"贾瑞听了，身上已木了半边，慢慢地一面走着，一面回过头来看。凤姐儿故意地把脚步放迟了些儿，见他去远了，心里暗忖道："这才是'知人知面不知心'呢，哪里有这样禽兽的人呢！他如果如此，几时叫他死在我的手里，他才知道我的手段！"[7]

　　于是，凤姐儿方移步前来。将转过一重山坡，见两三个婆子慌慌张张地走来，见了凤姐儿，笑说道："我们奶奶见二奶奶只是不来，急得了不得，叫奴才们又来请奶奶来了。"凤姐儿说道："你们奶奶就是这么急脚鬼似的。"凤姐儿慢慢地走着，问："戏唱了有几出了？"那婆子回道："有八九出了。"说话之间，已到了天香楼 [8] 的后门，见宝玉和一群丫头子们在那里玩呢。凤姐儿说道："宝兄弟，别忒淘气了！"[9] 一个丫头说

1. 行动便如劫贼。

2. 凤姐身份。跟从者当落后，见主子与人说话，于礼必停步不前。

3. 出言便佻达。

4. 假话随口就来，嘴上说"聪明和气"，心里必曰：不要脸的蠢货！

5. 言外之意可会。

6. 丑态毕露。

7. 此书中写凤姐劣行不少，但除夫妻外，两性间从未见有淫荡不检行为，虽则书一开始就说她"体格风骚"。今见贾瑞如此厚颜无耻，心中愤然暗骂是完全可信的。

8. "天香楼"在未经删改前的较早一稿中，原是有秦氏重要情节的地点。特于此一点。

9. 宝玉爱跟丫头们玩，凤姐深知之，故有是嘱。

---

① 写园中景致一段——黄花，菊花。若耶溪，在浙江绍兴南，相传为西施浣纱处，又叫浣纱溪，借以点染景色人事。天台路，传说汉代刘晨、阮肇入天台山（今浙江天台北）采药，遇二仙女，留住半年后回家，已过了七世。借此烘托景物和接写到贾瑞要调戏凤姐情节。暄，暖和。蛩（qióng 穷）语，蟋蟀的叫声。榭，筑于台上的房屋。轩，有窗的小屋。笙簧，吹奏乐器；簧是笙管中振动发声的薄片。罗绮，指代穿绫罗彩绸衣服的女子。这段描写美好外景的骈文，对接写大家庭帏内幕后的丑事起着反衬作用。

道："太太们都在楼上坐着呢，请奶奶就从这边上去罢。"

　　凤姐儿听了，款步提衣上了楼，见尤氏已在楼梯口等着呢。尤氏笑说道："你们娘儿两个忒好了，见了面总舍不得来了。你明日搬来和她住着罢。你坐下，我先敬你一钟。"于是凤姐儿在邢、王二夫人前告了坐，又在尤氏的母亲前周旋了一遍，仍同尤氏坐在一桌上吃酒听戏。尤氏叫拿戏单来，让凤姐儿点戏。凤姐儿说道："太太们在这里，我如何敢点！"邢夫人、王夫人说道："我们同亲家太太都点了好几出了，你点两出好的我们听。"凤姐儿立起身来，答应了一声，方接过戏单，<u>从头一看，点了一出《还魂》</u>①，<u>一出《弹词》</u>②，递过戏单去说："现在唱的这《双官诰》③，唱完了，再唱这两出，也就是时候了。"¹王夫人道："可不是呢，也该趁早叫你哥哥、嫂子歇歇，他们又心里不静。"尤氏说道："太太们又不常过来，娘儿们多坐一会子去，才有趣儿，天还早着呢。"凤姐儿立起身来，望楼下一看，说："爷们都往哪里去了？"旁边一个婆子道："爷们才到凝曦轩，带了打十番的那里吃酒去了。"凤姐儿<u>说道："在这里不便易？背地里又不知干什么去了！"</u>²尤氏笑道："哪里都像你这么正经人呢。"

　　于是说说笑笑，点的戏都唱完了，方才撤下酒席，摆上饭来。吃毕，大家才出园子来，到上房坐下，吃了茶，方才叫预备车，向尤氏的母亲告了辞。尤氏率同众姬妾并家下婆子、媳妇们方送出来；贾珍领众子侄都在车旁侍立，等候着呢，见了邢、王夫人说道："二位婶子明日还过来逛逛。"王夫人道："罢了，我们今日整坐了一日，也乏了，明日歇歇罢。"于是都上了车去了。<u>贾瑞犹不时拿眼睛觑着凤姐儿。</u>³贾珍等进去后，李贵才牵过马来。宝玉骑上，随了王夫人去了。这里贾珍同一家子的弟兄、子侄吃过了晚饭，方大家散了。

　　次日，仍是众族人等闹了一日，不必细说。<u>此后凤姐儿不时亲自来看秦氏。秦氏也有几日好些，也有几日仍是那样。贾珍、尤氏、贾蓉好不焦心。</u>⁴

1. 所点三出戏，似亦有象征性寓意。若然，则"也就是时候了"一语或也带双关。

2. 凤姐与尤氏对丈夫态度明显不同，一则处处提防，一则听之任之。

3. 应前文园中情节。

4. 自就诊后，已有日子，尚吉凶难料，家里亲人自然焦心。

---

　　① 《还魂》——明代汤显祖《牡丹亭》中的一出，写杜丽娘死后复活与柳梦梅结为夫妻。
　　② 《弹词》——清洪昇《长生殿》中的一出，写乐工李龟年"安史之乱"后，流落江南，卖唱为生，唱李、杨离合悲欢及唐王朝之盛衰。
　　③ 《双官诰》——清代陈二白著传奇。写冯林如侍妾碧莲守节教子，后来丈夫和儿子得了双份官诰（赐爵、授官的证书）的故事。

且说贾瑞到荣府来了几次，偏都遇见凤姐儿往宁府那边去了。这年正是十一月三十日冬至。到交节的那几日，贾母、王夫人、凤姐儿日日差人去看秦氏，回来的人都说："这几日也未见添病，也不见甚好。"王夫人向贾母说："这个症候，遇着这样大节不添病，就有好大的指望了。"[1] 贾母说："可是呢，好个孩子，要是有些原故，可不叫人疼死！"说着，一阵心酸，叫凤姐儿说道："你们娘儿两个也好了一场，明日大初一，过了明日，你后日再去看看她去。你细细地瞧瞧她那光景，倘或好些儿，你回来告诉我，我也喜欢喜欢。那孩子素日爱吃的，你也常叫人做些给她送过去。"凤姐儿一一地答应了。

到了初二日，吃了早饭，来到宁府，看见秦氏的光景，虽未甚添病，但是那脸上身上的肉全瘦干了。[2] 于是和秦氏坐了半日，说了些闲话儿，又将这病无妨的话开导了一番。秦氏说道："好不好，春天就知道了。如今现过了冬至，又没怎么样，或者好得了也未可知。[3] 婶子回老太太、太太放心罢。昨日老太太赏的那枣泥馅的山药糕，我倒吃了两块，倒像克化得动①似的。"凤姐儿说道："明日再给你送来。我到你婆婆那里瞧瞧，就要赶着回去回老太太的话去。"秦氏道："婶子替我请老太太、太太的安罢。"

凤姐儿答应着就出来了，到了尤氏上房坐下。尤氏道："你冷眼瞧媳妇是怎么样？"凤姐儿低了半日头，说道："这实在没法儿了。你也该将一应的后事用的东西给她料理料理，冲②一冲也好。"[4] 尤氏道："我也叫人暗暗地预备了。就是那一件东西不得好木头，暂且慢慢地办罢。"[5] 于是，凤姐儿吃了茶，说了一会子话儿，说道："我要快回去回老太太的话去呢。"尤氏道："你可缓缓地说，别吓着老太太。"[6] 凤姐儿道："我知道。"于是凤姐儿就回来了。

到了家中，见了贾母，说："蓉哥儿媳妇请老

1. 明明不见起色，却偏说有指望。亦热切盼其病能好转者一厢情愿之自慰语耳。

2. 食纳不能进，哪有不日渐消瘦之理！大是凶象。

3. 本已心灰意冷的人，反作此等乐观语，亦万万想不到的。

4. 恰似死刑宣判。要改"淫丧"为"病死"绝非容易的事，光凭删去多少页直接描述的相关情节是远远不够的，须知作者行文前后关照，牵一发而动全身。拙见以为作者既听从了"赦"秦氏而不写其丑行之"命"，则必不能只删不改。此段写其将死之文，我以为定作过改动；倘若删改前就如此，则往后秦氏如何还能有风流事？现在这样改写其实也有问题：没有给接着要发生的贾瑞悲剧留下足够的时间段，因为秦氏病危如此，总不能再平安无事地拖上一年吧。

5. 所谓"预备了"，当指寿衣之类；讳言"棺材"二字，有情理，且留下后文。

6. 似缓而紧，贾母之疼爱重孙媳妇，谁人不知。

---

① 克化得动——消化得了。

② 冲——旧时迷信，以为用提前成婚或办丧事的举动可以破除病灾，叫"冲"。

太太安，给老太太磕头，说她好些了，求老祖宗放心罢。[1] 她再略好些，还要给老祖宗磕头请安来呢。"贾母道："你看她是怎么样？"凤姐儿说："暂且无妨，精神还好呢。"[2] 贾母听了，沉吟了半日，因向凤姐儿说："你换换衣服，歇歇去罢。"

　　凤姐儿答应着出来，见过了王夫人，到了家中，平儿将烘的家常衣服给凤姐儿换了。凤姐儿方坐下，问道："家里没有什么事么？"平儿方端了茶来，递了过去，说道："没有什么事。就是那三百银子的利银①，旺儿媳妇送进来，我收了。[3] 再有瑞大爷使人来打听奶奶在家没有，他要来请安说话。"[4] 凤姐儿听了，哼了一声，说道："这畜生合该作死，看他来了怎么样！"平儿因问道："这瑞大爷是因为什么只管来？"[5] 凤姐儿遂将九月里在宁府园子里遇见他的光景，他说的话，都告诉了平儿。平儿说道："癞蛤蟆想天鹅肉吃，没人伦的混账东西，起这个念头，叫他不得好死！"[6] 凤姐儿道："等他来了，我自有道理。"不知贾瑞来时作何光景，且听下回分解。

1. 总是只回秦氏传言，"好些了""放心"都不是自己的话，凤姐真善于措辞。

2. 贾母并不愚，哪会听不出回避之意，故必有此一问。凤姐答的也极有考虑。

3. 放高利贷事，得便插入。

4. 一个仿佛已丢过一边，一个却急不可待。

5. 必有此问，凤姐也必详告其心腹。

6. "不得好死"，本来只是平儿表示气愤的平常语，不意却言中了。

【总评】

　　贾敬做寿，荣府里凤姐、宝玉等都过宁府来，还特地去探望了秦可卿。秦氏的病未见起色，倒是人更"瘦"了，她自己也丧气地说："未必熬得过年去呢。"宝玉闻言十分伤感。他走后，凤姐竭力安慰秦氏。

　　凤姐出来经会芳园时，碰上贾瑞，贾瑞起淫心，挑逗她。凤姐假意示好，心想："这样禽兽的人"，"几时叫他死在我手里"。这段情节有两点可注意：一、相遇前有一段骈文，描写会芳园优美景色，对接写的丑事，起着反衬作用，所谓"曲径接天台之路"，实际上只是通淫秽之径；涧流清溪，也只不过是臭水泥潭而已。二、贾瑞故事正为配合秦氏故事而有，一则明写，一则已改为暗笔，两者相辅相成，以增强表现意图：即所谓"是戒妄动风月之情"（甲戌本《凡例》）。

　　那年冬至刚过，凤姐再次去看望秦氏，只是她"那脸上身上的肉全瘦干了"，于是对尤氏说："你也该将一应后事用的东西给她料理料理，冲一冲也好。"这实际上是很明白地表示，秦氏的死期不远了。凤姐回家后，平儿告诉她贾瑞"要来请安说话"事，这样就度至下回情节。但可注意的是后面写秦氏之死，在时间上将难以安排，无法合乎情理。

---

　　①　利银——利息。此为凤姐放高利贷所得。

第 十 二 回
王熙凤毒设相思局　贾天祥正照风月鉴

【题解】

此回回目各本一致；故事情节也较集中，没有别的事穿插其间。上句是写贾瑞一而再地去找凤姐寻欢，而落入其所设陷阱之中的经过。下句是写贾瑞受此淫念之害而得病求治，却不愿遵道士须看风月宝鉴反面之嘱，终于到死不能觉悟。

话说凤姐正与平儿说话，只见有人回说："瑞大爷来了。"凤姐急命："快请进来。"¹贾瑞见往里让，心中喜出望外，急忙进来，见了凤姐，满面陪笑，连连问好。凤姐儿也假意殷勤，让茶让坐。

贾瑞见凤姐如此打扮，亦发酥倒，因饧了眼问道："二哥哥怎么还不回来？"凤姐道："不知什么原故。"贾瑞笑道："别是在路上有人绊住了脚，舍不得回来也未可知？"²凤姐道："也未可知。男人家见一个爱一个也是有的。"³贾瑞笑道："嫂子这话说错了，我就不这样。"⁴凤姐笑道："像你这样的人能有几个呢，十个里也挑不出一个来。"⁵贾瑞听了，喜得抓耳挠腮。又道："嫂子天天也闷得很。"凤姐道："正是呢，只盼个人来说话，解解闷儿。"贾瑞笑道："我倒天天闲着，天天过来替嫂子解解闲闷可好不好？"凤姐笑道："你哄我呢，你哪里肯往我这里来！"贾瑞道："我在嫂子跟前，若有一点谎话，天打雷劈。只因素日闻得人说，嫂子是个利害人，在你跟前一点也错不得，所以唬住了我。如今见嫂子最是有说有笑极疼人的，⁶我怎么不来？死了也愿意！"⁷凤姐笑道："果然你是个明白人，比贾蓉、贾蔷两个强远了。我看他们那样清秀，只当他们心里明白，谁知竟是两个糊涂虫，一点不知人心。"⁸贾瑞听了这话，越发撞在心坎儿上，由不得又往前凑了一凑，⁹觑着眼看凤姐戴的荷包，然后又问戴着什

1. 来得正好！立意追命。（庚）

2. 开口调笑，便轻佻。

3. 顺势下钓饵。

4. 以为找到门径了。如闻其声。（己）渐渐入港。（己）

5. 逗引语说来恰如讥刺语：这样的人确实不多。勿作正面看为幸！畸笏。（庚）

6. 非有火眼金睛者怎看得破？

7. 作者惯用闲言作谶。这倒不假。（庚）

8. 这才是凤姐厉害处。反文着眼。（庚）

9. 只差动手动脚了。

么戒指。凤姐悄悄道："放尊重些！别叫丫头们看了笑话。"贾瑞如听纶音①佛语一般，忙往后退。<u>凤姐笑道："你该去了。"</u>¹贾瑞道："我再坐一会儿，好狠心的嫂子！"凤姐又悄悄地道："大天白日，人来人往，你就在这里也不方便。<u>你且去，等着晚上起了更你来，悄悄地在西边穿堂儿里等我。</u>"²贾瑞听了，如得珍宝，忙问道："你别哄我。但只那里人过的多，怎么好躲的？"凤姐道："你只管放心。我把上夜的小厮们都放了假，两边门一关，再没别人了。"贾瑞听了，喜之不禁，忙忙地告辞而去，<u>心内以为得手。</u>³

盼到晚上，果然黑地里摸入荣府，趁掩门时，钻入穿堂，果见漆黑无一人。往贾母那边去的门户已倒锁，只有向东的门未关。贾瑞侧耳听着，半日不见人来，<u>忽听"咯噔"一声，东边的门也倒关了。</u>⁴贾瑞急得也不敢作声，只得悄悄出来，将门撼了撼，关得铁桶一般。此时要求出去亦不能够，南北皆是大房墙，要跳亦无攀援。这屋内又是过门风，空落落的；<u>现是腊月天气，夜又长，朔风凛凛，侵肌裂骨，一夜几乎不曾冻死。</u>⁵好容易盼到早晨，只见一个老婆子先将东门开了，进来去叫西门。贾瑞瞅她背着脸，一溜烟抱着肩跑了出来，幸而天气尚早，人都未起，从后门一径跑回家去。

原来贾瑞父母早亡，只有他祖父代儒教养。<u>那代儒素日教训最严，</u>⁶不许贾瑞多走一步，生怕他在外吃酒赌钱，有误学业。今忽见他一夜不归，<u>只料定他在外非饮即赌，嫖娼宿妓，哪里想到这段公案，</u>⁷因此气了一夜。贾瑞也捏着一把汗，少不得回来撒谎，只说："往舅舅家去了，天黑了，留我住了一夜。"<u>代儒道："自来出门，非禀我不敢擅出，如何昨日私自去了？据此亦该打，何况是撒谎！"</u>⁸因此，发狠到底打了三四十板，还不许吃饭，令他跪在院内读文章，定要补出十天的功课来方罢。贾瑞<u>直冻了一夜，今又遭了苦打，且饿着肚子，跪着在风地里读文章，其苦万状。</u>⁹

1. 施以拒为纳之法老练如此！叫去，正是叫来也。（己）

2. 怎么约这么个地方？先写穿堂，只知房舍之大，岂料有许多用处。（庚）

3. 总写执迷不悟。未必。（庚）

4. 进笼之鼠听得笼子门"啪"地合下。平平略施小计。（庚）

5. 略示惩戒。可为偷情一戒。（庚）

6. 可见教训子弟，还要得法，不全在严不严。

7. 世人万万想不到，况老学究乎。（庚）

8. 究竟不知为何私出不归，光靠打罚，岂能收效？处处点父母痴心，子孙不肖。（庚）

9. 吃苦事小，只怕要落下病来。祸福无门，惟人自招。（己）

---

①　纶（lún 伦）音——皇帝的话，圣旨。语出《礼记·缁衣》。

此时，贾瑞前心犹是未改，再想不到是凤姐捉弄他。[1] 过后两日，得了空，便仍来找凤姐。凤姐故意抱怨他失信，贾瑞急得赌身发誓。凤姐因见他自投罗网，少不得再寻别计令他知改，[2] 故又约他道："今日晚上，你别在那里了。你在我这房后小过道子里那间空屋里等我，可别冒撞了。"[3] 贾瑞道："果真？"凤姐道："谁可哄你！你不信就别来。"贾瑞道："来，来，来，死也要来！"[4] 凤姐道："这会子你先去罢。"贾瑞料定晚间必妥，[5] 此时先去了。凤姐在这里便点兵派将，[6] 设下圈套。

那贾瑞只盼不到晚上，偏生家里亲戚又来了，[7] 直等吃了晚饭才去，那天已有掌灯时分。又等他祖父安歇了，方溜进荣府，直往那夹道中屋子里来等着，热锅上蚂蚁一般，只是干转。左等不见人影，右听也没声响，心下自思："别是又不来了，又冻我一夜不成？"正自胡猜，只见黑魆魆的来了一个人，[8] 贾瑞便意定是凤姐，不管皂白，饿虎一般，等那人刚至门前，便如猫捕鼠的一般，抱住叫道："亲嫂子，等死我了！"说着，抱到屋里炕上就亲嘴扯裤子，满口里"亲娘""亲爹"的乱叫起来。那人只不作声。贾瑞扯了自己裤子，硬帮帮的就想顶入。忽见灯光一闪，只见贾蔷举着个捻子①照道："谁在屋里？"只见炕上那人笑道："瑞大叔要肏我呢。"贾瑞一见，却是贾蓉，[9] 真臊得无地可入，不知要怎么样才好。回身就要跑，被贾蔷一把揪住道："别走！如今琏二婶已经告到太太跟前，说你无故调戏她。[10] 她暂用了个脱身计，哄你在这边等着。太太气死过去了，因此叫我来拿你。刚才你又拦住他，没的说，跟我去见太太！"

贾瑞听了，魂不附体，只说："好侄儿，只说没有见我，明日我重重地谢你。"贾蔷道："你若谢我，放你不值什么，只不知你谢我多少？况且口说无凭，写一文契②来！"贾瑞道："这如何落纸呢？"[11] 贾蔷道："这也不妨，写一个赌钱输了外人账目，借头家银若干两便罢。"贾瑞道："这也容易。只是此时无纸笔。"

_____

① 捻子——引火的纸卷。
② 文契——字据，这里指借条。

1. 既看不破，必改不了。苦海无边，回头是岸，若个能回头也？叹叹！壬午春，畸笏。（庚）

2. "令他知改"四字是关键，可知凤姐本意只如此，并非定要置贾瑞于死地不可。四字是作者明阿凤身分，勿得轻轻看过。（庚）

3. 偏事先提醒，妙！

4. 真可谓自寻死路。不差。（己）

5. 未必。（庚）

6. 要"点兵派将"，必与上次设谋不同。四字用得新，必有新文字好看。（庚）

7. 欲急反缓，文章之法。专能忙中写闲，狡猾之甚。（己）

8. 总算盼到了，能不狂喜？

9. 诙谐之极！作者拿手本领。原来派的是"两个糊涂虫"。

10. 这一吓真够贾瑞受的。好题目。（庚）调戏还有故？一笑。（庚）

11. 不用发愁，早替你想好了。也知写不得，一叹。（庚）

贾蔷道："这也容易。"说罢，翻身出来，纸笔现成，[1] 拿来命贾瑞写。他两个作好作歹，只写了五十两，然后画了押，贾蔷收起来。然后撕罗贾蓉。贾蓉先咬定牙不依，[2] 只说："明日告诉族中的人评评理。"贾瑞急得至于叩头。贾蔷作好作歹的，也写了一张五十两欠契才罢。贾蔷又道："如今要放你，我就担着不是。[3] 老太太那边的门早已关了，老爷正在厅上看南京的东西，那一条路定难过去，如今只好走后门。若这一走，倘或遇见了人，连我也完了。等我们先去哨探哨探，再来领你。这屋里你还藏不得，少时就来堆东西，等我寻个地方。"说毕，拉着贾瑞，仍熄了灯，[4] 出至院外，摸着大台矶底下，说道："这窝儿里好，你只蹲着，别哼一声，等我们来再动。"[5] 说毕，二人去了。

贾瑞此时身不由己，只得蹲在那里。心下正盘算，只听头顶上一声响，唿喇喇一净桶尿粪从上面直泼下来，[6] 可巧浇了他一身一头。贾瑞掌不住"嗳哟"了一声，忙又掩住口，不敢声张，满头满脸浑身皆是尿屎，冰冷打战。[7] 只见贾蔷跑来叫："快走，快走！"贾瑞如得了命，三步两步从后门跑到家里，天已三更，只得叫门。开门人见他这般景况，问是怎的。少不得扯谎说："黑了，失脚掉在茅厕里了。"一面到了自己房中，更衣洗濯，心下方想到是凤姐玩他。因此发一回恨，再想想凤姐的模样儿，[8] 又恨不得一时搂在怀内，一夜竟不曾合眼。

自此满心想凤姐，只不敢往荣府去了。贾蓉两个又常常地来索银子，他又怕祖父知道，正是相思尚且难禁，更又添了债务。日间功课又紧，他二十来岁人，尚未娶亲，迩来①想着凤姐，未免有那指头告了消乏②等事；[9] 更兼两回冻恼奔波，因此三五下里夹攻，不觉就得了一病：[10] 心内发膨胀，口中无滋味，脚下如绵，眼中似醋，黑夜作烧，白昼常倦，下溺连精，嗽痰带血。诸如此症，不上一年都添全了。[11] 于是不能支持，一头睡倒，合上眼还只梦魂颠倒，满口乱说胡话，惊

① 迩来——近来。
② 指头告了消乏——指手淫。

1. 全在算计之中，还能不"现成"？二字妙。（庚）

2. 是演双簧。

3. 欠契也收了，还有什么花样？又生波澜。（己）

4. 令其不辨四周环境也。细。（己）

5. 孽债尚未还清。未必如此收场。（庚）

6. 中埋伏了！嘱他蹲着别动为此。

7. 报应也够惨的！余料必有新奇解恨文字收场，方是《石头记》笔力。（庚）此一节可入《西厢记》批评内十大快中。畸笏。（庚）此评末句出处，陈庆浩《新编石头记脂砚斋评语辑校》增订本有注。文繁不引。

8. 明知是梦，仍不愿醒来。欲根未断。（庚）

9. 在常人本无大碍，贾瑞则不同。此刻还不回头，真自寻死路矣！（庚）

10. 写得历历病源，如何不死！（庚）

11. 此谓"不上一年"，下文有"倏又腊尽春回，这病更又深重"等语，则贾瑞自二次受惩回家得病，至其殁，时间已逾一年甚明，则上回已濒危之秦氏岂能拖一年以上而无动静，无消息。此是作者改变原来所写情节，又不愿删贾瑞故事（二事作意密切相关）所难以自圆其说的地方。

怖异常。百般请医疗治，诸如肉桂、附子、鳖甲、麦冬、玉竹等药①，吃了有几十斤下去，也不见个动静。[1]

倏又腊尽春回，这病更又沉重。代儒也着了忙，各处请医疗治，皆不见效。因后来吃"独参汤"②，代儒如何有这力量，只得往荣府来寻。王夫人命凤姐秤二两给他，凤姐回说："前儿新近都替老太太配了药，那整的太太又说留着送杨提督的太太配药，偏生昨儿我已送了去了。"王夫人道："就是咱们这边没了，你打发个人往你婆婆那边问问，或是你珍大哥哥那府里再寻些来，凑着给人家，吃好了，救人一命，也是你的好处。"[2]凤姐听了，也不遣人去寻，只得将些渣末泡须凑了几钱，命人送去，只说："太太送来的，再也没了。"然后回王夫人，只说："都寻了来，共凑了有二两送去。"[3]

那贾瑞此时要命心甚切，无药不吃，只是白花钱，不见效。忽然这日有个跛足道人来化斋，[4]口称专治冤业之症③。贾瑞偏生在内就听见了，直着声叫喊说："快请进那位菩萨来救我！"一面叫，一面在枕上叩首。众人只得带了那道士进来。贾瑞一把拉住，连叫"菩萨救我"！[5]那道士叹道："你这病非药可医，我有个宝贝与你，你天天看时，此命可保矣。"说毕，从褡裢中取出一面镜子来——两面皆可照人，[6]镜把上錾着"风月宝鉴"四字[7]——递与贾瑞道："这物出自太虚幻境空灵殿上，警幻仙子所制，[8]专治邪思妄动之症，有济世保生之功。[9]所以带它到世上，单与那些聪明杰俊、风雅王孙等看照。千万不可照正面，只照它的背面。要紧，要紧！[10]三日后吾来收取，管叫你好了。"说毕，佯长④而去，众人苦留不住。

贾瑞收了镜子，想道："这道士倒有意思，我

1. 说得有趣。（己）犹妙在不背医理，所列数种皆补肾虚之常用药。

2. 出自慈善心肠。夹写王夫人。（己）

3. 若据此即谓凤姐故意害死贾瑞，则又过矣。凤姐知病之缘由，不信独参汤可医，况是贪利之人。明明"凑了几钱"，而回王夫人说"二两"，只此一端，即可知矣。由厌恶其人而至轻忽其生死，心肠之硬之冷亦甚矣！

4. 和尚度钗、黛，道士度其余人。自甄士隐随君去，别来无恙否？（己）

5. 临死情状，惨不忍睹。如闻其声，吾不忍听也。（己）如见其形，吾不忍看也。（己）人之将死，其言也哀，作者如何下笔？（己）

6. 回应首回甄士隐故事，道士之"褡裢"也曾见过。借传统意象以镜喻书，却如新出。妙极！此褡裢犹是士隐所抢背者乎？（庚）此书表里皆有喻也。（己）

7. 《风月宝鉴》是雪芹早年旧作，孔梅溪"睹新怀旧"，题作此书书名。明点。（己）

8. 言此书原系空虚幻设。（己）所谓人物故事皆出自虚构，亦即"满纸荒唐言"意。

9. 宜广义看，非止情欲，心羡荣华富贵，便是妄动邪思。

10. 有人竟据此以为找到书中秘藏另一故事的证据，真走火入魔！观者记之，不要看这书正面，方是会看。（己）

---

① 肉桂……等药——都是些补肾养阴的药。
② 独参汤——中药成方，治元气大虚将脱之症，重用一味人参煎服，一剂可用参一二两。
③ 冤业之症——迷信观念认为由于做错了事而"结冤造孽"，受报应所得的病症。业，同"孽"。
④ 佯长——同"扬长"，大模大样。

何不照一照试试。"想毕，拿起风月鉴来，<u>向反面一照，只见一个骷髅立在里面，</u>[1] 唬得贾瑞连忙掩了，骂："道士混账，如何吓我！我倒再照照正面是什么。"想着，又将正面一照，<u>只见凤姐站在里面招手叫他。</u>[2] 贾瑞心中一喜，荡悠悠地觉得进了镜子，[3] 与凤姐云雨一番，凤姐仍送他出来。到了床上，"嗳哟"了一声，<u>一睁眼，镜子从手里掉过来，仍是反面立着一个骷髅。</u>[4] 贾瑞自觉汗津津的，底下已遗了一滩精。心中到底不足，又翻过正面来，只见凤姐还招手叫他，他又进去。如此三四次。到了这次，刚要出镜子来，只见两个人走来，拿铁锁把他套住，拉了就走。[5] 贾瑞叫道："<u>让我拿了镜子再走！</u>"[6] 只说得这句，就再不能说话了。

　　旁边服侍贾瑞的众人，只见他先还拿着镜子照，落下来，仍睁开眼，拾在手内；末后，镜子落下来，便不动了。众人上来看时，已没了气，身子底下冰凉渍湿一大滩精。这才忙着穿衣抬床。代儒夫妇哭得死去活来，<u>大骂道士："是何妖镜！若不早毁此物，遗害于世不小。"</u>[7] 遂命架火来烧，只听镜内哭道："<u>谁叫你们瞧正面！你们自己以假为真，何苦来烧我？</u>"①[8] 正哭着，只见那跛足道人从外面跑来，喊道："谁毁风月鉴？吾来救也！"说着，直入中堂，抢入手内，飘然去了。

　　当下，代儒料理丧事，各处去报丧。三日起经②，七日发引③，寄灵于铁槛寺，[9] 日后带回原籍。当下，贾家众人齐来吊问。荣国府贾赦赠银二十两，贾政亦是二十两；宁国府贾珍亦有二十两；别者族中人贫富不等，或三两、五两，不可胜数。另有各同窗家分资，也凑了二三十两。代儒家道虽然淡薄，倒也丰丰富富完了此事。

1. 所谓"好知青冢骷髅骨，就是红楼掩面人"是也。作者好苦心思。（己）所引为明代唐寅《和沈石田落花诗》句，原诗上句为"好知青草骷髅冢"，当是脂评误记。

2. 可怕是"招手"二字。（庚）

3. 写得奇峭，真好笔墨。（己）

4. 镜子也通人性，必当做到仁至义尽。

5. 借一句俗套，亦不得不用者。

6. 写执迷不悟，必至十足。可怜，大众齐来看此！（己）

7. 此书不免腐儒一谤。（己）凡野史俱可毁，独此书不可毁。（己）腐儒！（己）评得好。

8. 作者苦口婆心作此精辟语。观者记之！（己）

9. 所谓"铁门限"是也。先安一开路之人，以备秦氏仙柩，有方也。（己）贾府修建之寺庙，说详第十五回。

---

① 谁叫你们瞧正面了！你们自己以假为真，何苦来烧我——作者借"风月宝鉴"有正反两面的情节来暗示自己创作《红楼梦》的整体艺术构思，因而这里的一些对话，往往有深一层的寓意：提醒读者读《红楼梦》要善辨其真假，要着眼于表面文字的背后。

② 起经——旧时人死后第三天，请和尚道士念经，超度亡灵，叫"起经"。

③ 发引——旧时出殡，送丧者手执牵引灵柩的绳索为前导，叫"发引"。

　　再进这年冬底，林如海的书信寄来，却为身染重疾，写书特来接林黛玉回去。[1]贾母听了，未免又加忧闷，只得忙忙地打点黛玉起身。宝玉大不自在，争奈父女之情，也不好拦劝。于是贾母定要贾琏送她去，仍叫带回来。一应土仪盘缠①，不消烦说，自然要妥帖。作速择了日期，贾琏与林黛玉辞别了众人，带领仆从，登舟往扬州去了。要知端的，且听下回分解。

1. 为黛玉能长住荣府，故有此家书。此回忽遣黛玉去者，正为下回可儿之文也。若不遣去，只写可儿、阿凤等人，却置黛玉于荣府，成何文哉！故必遣去，方好放笔写秦，方不脱发。况黛玉乃书中正人，秦为陪客，岂因陪而失正耶？后大观园方是宝玉、宝钗、黛玉等正紧文字，前皆系陪衬之文也。（庚）

【总评】

　　贾瑞是被凤姐害死的？还是他自寻死路？很值得深思。作者并没有讳言凤姐手段的厉害，所以回目标一个"毒"字。但如果以为这是说她的心肠毒如蛇蝎，存心要害死贾瑞，恐也未必。她发现贾瑞如此无耻，确有过"他如果如此，几时叫他死在我手里"的想头，但这种气愤的心理反应并不足为据，为人一向平和的平儿也说："癞蛤蟆想天鹅肉吃，没人伦的混账东西，起这念头，叫他不得好死！"所以，如果贾瑞知耻而止或知难而退，也就不会有以后的事了。可他偏贼心不死，一而再再而三地来寻凤姐。第一次小施惩罚，只在穿堂里关他一夜禁闭；谁知他痴迷不醒，"凤姐因见他自投罗网，少不得再寻别计，令他知改"。从客观叙述中，可见凤姐本意，不过是"令他知改"。

　　贾瑞若想逃脱厄运，最后机会是跛足道人给他的一面錾着"风月宝鉴"四字的镜子；如果他能遵照道人嘱咐，不照正面而只照背面，他还能死里逃生。可是他的本性决定他必然只愿去"正照风月鉴"，所以他死定了。"风月鉴"是作者的比喻，其寓意从小到大都适用：对贾瑞来说，他迷恋于淫乐，把向他招手的死神当作凤姐，把坟场骷髅看成了温柔乡。镜子也一样照见可卿之死，故下回开头有"古今风月鉴，多少泣黄泉"一诗。孔梅溪曾将"风月宝鉴"题作此书的书名，脂砚斋则解说为"是戒妄动风月之情"，又在贾瑞之死情节中反复批出宝镜为此书设喻的用意，还感叹"所谓'好知青冢骷髅骨，就是红楼掩面人'是也。作者好苦心思"！这与第八回中"白骨如山忘姓氏，无非公子与红妆"句又相通。这一来，所谓"风月之情"，便越出男女私会的狭义，而扩大为对风月繁华生活的眷恋了。

　　有些红学迷，以为"风月鉴"作为全书的比喻，正面是小说中描写的情节，背面则隐藏着另一个截然不同的可怕故事。这是完全误解了作者的本意。

　　研究者已注意到秦氏之死与贾瑞之死，在情节安排上有些矛盾：凤姐在那年腊月初二探望秦氏时，秦氏已病危，包括棺木等一应"后事"已在准备。其时贾瑞已来探听过凤姐多次，直到他陷相思局再至病死，历时一年多，并无片言只语提及秦氏病况，甚难理解。直到贾瑞的丧事完，才接上"再讲这年冬底……"叙秦氏之死。二者不知孰前孰后，若谓贾瑞之死在前，则秦氏这一年如何成了谜团；若谓秦氏之死在前，则其后是办丧事、出殡等大事，并无空隙可安插贾瑞事。这可能是因为作者删秦氏"淫丧"改为病死情节过程中，尚未及将文字、细节安排妥当所致。

---

　　①　土仪盘缠——用来作礼品的土特产叫"土仪"。盘缠，旅费。

第 十 三 回
秦可卿死封龙禁尉　王熙凤协理宁国府

【题解】

　　此回回目诸本一致。初稿有贾珍与秦氏私通，事败露，秦羞愤自缢于天香楼情节，修改时删去。脂评："此回可卿托梦阿凤，作者大有深意，惜已为末世，奈何奈何！贾珍虽奢淫，岂能逆父哉？特因敬老不管，然后恣意，足为世家之戒。"秦可卿淫丧天香楼"，作者用史笔也。老朽因有魂托凤姐贾家后事二件，岂是安富尊荣坐享人能想得到者！其事虽未漏，其言其意，令人悲切感服，姑赦之。因命芹溪删去遗簪、更衣诸文，是以此回只十页，删去天香楼一节，少去四五页也。"评语见于甲戌本回末总评及末条眉批，分作两条，无其中"遗簪、更衣诸文，是以"八字，据靖藏本补。从少去页数计，此一节当删二千余字。脂评只提到删而未言改，并不等于没有改或可以不改。秦氏患病事应为原有，但写其病情发展趋势，当有所更改。因为初稿既写其"淫丧"，则只能写她病渐有起色，而不能写成病危至家人皆已准备后事。龙禁尉，虚拟官名，应相当于皇帝侍卫。"封龙禁尉"者本是贾蓉，并非秦可卿，现在这样的标题法，亦与"送宫花周瑞叹英莲"同例。

诗云：

　　　　一步行来错，回头已百年。
　　　　古今风月鉴，多少泣黄泉！①

　　话说凤姐儿自贾琏送黛玉往扬州去后，心中实在无趣。每到晚间，不过和平儿说笑一回，<u>就胡乱睡了。</u>[1]

　　这日夜间，正和平儿灯下拥炉倦绣，早命浓薰绣被，二人睡下，<u>屈指算行程该到何处，</u>[2]不知不觉已交三鼓。平儿已睡熟了。凤姐方觉星眼微朦，恍惚只见秦氏从外走了进来，含笑说道："婶婶好睡！我今日回去，你也不送我一程。因娘儿们素日相好，我舍不得婶婶，故来别你一别。还有一件心愿未了，<u>非告诉婶子，</u>别人未必

1. 写出意兴阑珊来。"胡乱"二字奇。（甲）

2. 所谓"计程今日到梁州"是也。（甲）评语引白居易寄元稹诗："忽忆故人天际去，计程今日到梁州。"见孟棨《本事诗·征异第五》。

---

　　① 此诗见于靖藏本。庚辰另书于第十一回前空页上，或误以为是说贾瑞的，遂移前，有"诗曰"字样；甲戌本有"诗云"二字，留空。当为雪芹所作。诗说秦氏"一失足成千古恨，再回头已百年身"。"风月鉴"本是象征性的，贾瑞与秦氏情节穿插写也是有意的，故用"多少"来概括。

中用。"[1]

　　凤姐听了，恍惚问道："有何心愿？你只管托我就是了。"秦氏道："婶婶，你是个脂粉队里的英雄，[2]连那些束带顶冠的男子也不能过你，你如何连两句俗语也不晓得：常言'月满则亏，水满则溢'；又道是'登高必跌重'。如今我们家赫赫扬扬，已将百载，[3]一日倘或乐极悲生，若应了那句'树倒猢狲散'的俗语，[4]岂不虚称了一世的诗书旧族了。"凤姐听了此话，心胸大快，十分敬畏。忙问道："这话虑得极是，但有何法可以永保无虞？"[5]秦氏冷笑道："婶婶好痴也！否极泰来①，荣辱自古周而复始，岂是人力能可保常的。但如今能于荣时筹画下将来衰时的世业，亦可谓常保永全了。即如今日诸事都妥，只有两件事未妥，若把此事如此一行，则日后可保永全。"

　　凤姐便问何事。秦氏道："目今祖茔虽四时祭祀，只是无一定的钱粮；第二，家塾虽立，无一定的供给。依我想来，如今盛时固不缺祭祀、供给，但将来败落之时，此二项有何出处？[6]莫若依我定见，趁今日富贵，将祖茔附近多置田庄、房舍、地亩，以备祭祀、供给之费皆出自此处，将家塾亦设于此。合同族中长幼，大家定了则例，日后按房掌管这一年的地亩、钱粮、祭祀、供给之事。如此周流，又无争竞，亦不有典卖诸弊。便是有了罪，[7]凡物可入官，这祭祀产业，连官也不入的。便败落下来，子孙回家读书务农，也有个退步，祭祀又可永继。若目今以为荣华不绝，不思后日，终非长策。[8]眼见不日又有一件非常喜事，真是烈火烹油、鲜花着锦之盛。[9]要知道，也不过是瞬间的繁华，一时的欢乐，万不可忘了那'盛筵必散'的俗语。[10]此时若不早为后虑，临期只恐后悔无益矣！"凤姐忙问："有何喜事？"秦氏道："天机不可泄漏。只是我与婶子好了一场，临别赠你两句话，须要记着。"因念道：

1. 秦氏托梦凤姐，除二人交情最笃外，也看中她的才干。一语贬尽贾家一族空顶冠束带者。（甲）

2. 确评。称得起。（庚）

3. 常言之中有深慨焉，"已将百载"，恰与曹氏家世符合。

4. "树倒猢狲散"之语，余犹在耳，屈指三十五年矣。哀哉伤哉，宁不痛杀！（庚）此畸笏叟批。曹寅之友施闰章之孙施瑮《病中杂赋》诗："廿年树倒西堂闭，不待西州泪万行。"原注："曹楝亭公（寅）时拈佛语，对坐客云：'树倒猢狲散。'今忆斯言，车轮腹转。"西堂、楝亭皆江宁织造府中斋室名，也用作自号。"三十五年"，当从俗语应验即曹家抄没之时算起。

5. 无法可永保荣华，却引出后虑的话来。

6. "将来败落"，看似假设之词，却是实告。二项事，若非畸笏叟这样的过来人，看了是不会"悲切感服"的。畸笏叟是作者生父曹頫。见本书文章《畸笏叟应是曹雪芹的父亲曹頫》。

7. 又言获罪，亦非泛泛。

8. 语语见道，字字伤心，读此一段，几不知此身为何物矣。松斋。（甲）松斋，清雍正朝文华殿大学士白潢后人白筠的号。见敦诚《四松堂集·潞河游记》。

9. 极好形容。非常喜事指元妃省亲。

10. 也可作"红楼梦"三字的一种阐释。

───────────

①　否（pǐ匹）极泰来——坏运气到了极点，好运气就要来了。否、泰，本《易经》中两卦名。

三春去后诸芳尽，各自须寻各自门。①1

凤姐还欲问时，只听得二门上传事云板连叩四下②，正是丧音，将凤姐惊醒。人回："东府蓉大奶奶没了！"凤姐闻听，吓了一身冷汗，出了一回神，只得忙忙地穿衣服往王夫人处来。2

彼时合家皆知，无不纳罕，都有些疑心。3那长一辈的想她素日孝顺，平一辈的想她素日和睦亲密，下一辈的想她素日慈爱，以及家中仆从老小想她素日怜贫惜贱、慈老爱幼之恩，莫不悲嚎痛哭者。4

闲言少叙，却说宝玉因近日林黛玉回去，剩得自己孤恓，也不和人玩耍，每到晚间，便索然睡了。5如今从梦中听见说秦氏死了，连忙翻身爬起来，只觉心中似戳了一刀的，不忍"哇"的一声，喷出一口血来。袭人等慌慌忙忙来搀扶，问是怎么样，又要回贾母来请大夫。宝玉笑道："不用忙，不相干！这是急火攻心，血不归经③。"6说着便爬起来，要衣服换了，来见贾母，即时要过去。袭人见他如此，心中虽放不下，又不敢拦，只由他罢了。贾母见他要去，因说："才咽气的人，那里不干净；二则夜里风大，明早再去不迟。"7宝玉哪里肯依。贾母命人备车，多派跟从人役，拥护前来。

一直到了宁国府前，只见府门洞开，两边灯笼照如白昼，乱哄哄人来人往，里面哭声摇山振岳。8宝玉下了车，忙忙奔至停灵之室，痛哭一番。然后见过尤氏。谁知尤氏正犯了胃疼旧疾，睡在床上。9然后又出来见贾珍。彼时贾代儒带领10贾敕、贾效、贾敦、贾赦、贾政、贾琮、

1. 此句令批书人哭死。（甲）不必看完，见此二句，即欲堕泪。梅溪。（甲）署名人当是题此书名为《风月宝鉴》的"东鲁孔梅溪"，其人不详。或以为是孔继涵，继涵有此别号仅凭记忆口述而无文字证据，且其出生于乾隆四年，比雪芹小得太多，殆不可信。

2. 读此段真会出冷汗，文字之神奇如此！

3. 后来本子有改"纳罕"为"纳闷"、改"疑心"为"伤心"的，皆因不知此是天香楼事之不写之写。九个字写尽天香楼事，是不写之写。常村。（靖）常村，当是作者之弟"棠村"。可从此批。通回将可卿如何死故隐去，是余大发慈悲也。叹叹！壬午季春，畸笏叟。（靖）

4. 可卿之为人，生前写得不多，至此方大加褒奖，读来令人惋惜。松斋云，好笔力，此方是文字佳处。（庚）

5. 与前写凤姐胡乱睡了对应。

6. 急火攻心，虽无大碍，却见出宝玉之重情非同一般。

7. 逼真是极疼孙儿的老祖母说的话。此一阻，为宝玉非去不可作反衬。

8. 如此声势，令人大开眼界。写大族之丧，如此起绪。（甲）

9. 尤氏卧病，偌大丧事，谁来料理？妙，非此何以出阿凤。（甲）

10. 写出来的，"文"字辈，加上贾敬，共6人；"玉"字辈，加珍、琏、宝玉、环，算上已死的瑞，共12人；"草"字辈，共14人。将贾族约略一总，观者方不惑。（庚）

---

① "三春去后"两句——表面上说春光逝去后，众花都要落尽，实际上是预言后事，即待到元春、迎春、探春死去或远嫁后，大观园姊妹们也都要死的死、散的散，各自寻找自己的归宿了。

② 云板连叩四下——能敲响传事用的、常铸成云头形的金属板叫"云板"。旧俗以"三"为吉，"四"为凶；故报丧音敲四下。

③ 血不归经——中医术语。中医认为在正常情况下，血液循着一定的经脉运行，若情绪突然受到刺激，会引起心火上炎、逼血妄行，致使血溢于经脉之外而产生吐血、衄血（出鼻血）等症状，但这并不要紧，它会随着情绪逐渐平复而自行停止。

贾瑞、贾珩、贾珖、贾琛、贾琼、贾璘、贾蔷、贾菖、贾菱、贾芸、贾芹、贾萁、贾萍、贾藻、贾蘅、贾芬、贾芳、贾兰、贾菌、贾芝等都来了。贾珍哭得泪人一般，[1]正和贾代儒等说道："合家大小，远近亲友，谁不知我这媳妇比儿子还强十倍！如今伸腿去了，可见这长房内绝灭无人了。"说着，又哭起来。众人忙劝道："人已辞世，哭也无益，且商议如何料理要紧。"[2]贾珍拍手道："如何料理，不过尽我所有罢了！"[3]

正说着，只见秦业、秦钟并尤氏的几个眷属尤氏姊妹也都来了。[4]贾珍便命贾琼、贾琛、贾璘、贾蔷四个人去陪客，一面吩咐去请钦天监阴阳司①来择日，推准停灵七七四十九日，三日后开丧送讣闻。这四十九日，单请一百单八众禅僧在大厅上拜大悲忏②，超度前亡后化诸魂，以免亡者之罪。另设一坛于天香楼上，[5]是九十九位全真道士③，打四十九日解冤洗业醮④。然后停灵于会芳园中，灵前另有五十众高僧、五十众高道，对坛按七作好事⑤。那贾敬闻得长孙媳死了，因自为早晚就要飞升，如何肯又回家染了红尘，[6]将前功尽弃呢，因此并不在意，只凭贾珍料理。

贾珍见父亲不管，亦发恣意奢华。[7]看板时，几副杉木板皆不中用。可巧薛蟠来吊问，因见贾珍寻好板，便说道："我们木店里有一副，叫作什么樯木，[8]出在潢海铁网山⑥上，[9]作了棺材，万年不坏。这还是当年先父带来，

1. 可笑，如丧考妣，此作者刺心笔也。（甲）考妣，父母死后之称谓。刺心笔，意谓作者不得已而揭家丑。

2. 淡淡一句，勾出贾珍多少文字来！（庚）意谓众人心里也明白。

3. 失态如见。

4. 伏后文。（甲）意谓后文尚有秦钟、尤氏姊妹等故事，他们与可卿之死，也有某些可比之处。

5. 删却！是未删之笔。（甲）此评是写给作者看的，命他把尚未删干净的、涉及"淫丧天香楼"的文字删掉。否则，"另设一坛"令人疑猜。何必定用"西"字？读之令人酸鼻。（靖）按，已迷失的靖本正文这一句作"设坛于西帆楼上"。这是一条尚难弄清的重要信息。

6. 可笑可叹！古今之儒，中途多惑老佛。王梅隐云："若能再加东坡十年寿，亦能跳出这圈子来。"斯言信矣。（庚）据吴恩裕考：王茂森著《梅隐集》，以为即其人；徐恭时疑非其人。见陈庆浩《新编石头记脂砚斋评语辑校》237页注。

7. 所谓"箕裘颓堕皆从敬"也。

8. 樯者，舟具也；所谓人生若泛舟而已，宁不可叹！（甲）

9. 所谓迷津易堕，尘网难逃也。（甲）

---

① 钦天监阴阳司——钦天监为主管天文、气象、编制历法等事的官署；择吉日等事，清时由署内刻漏科之阴阳生掌管，阴阳司为作者虚拟之机构。

② 拜大悲忏——和尚诵经拜佛，代死者忏悔，叫"拜忏"。这里说拜忏所诵之经为《大悲忏》经文，此经为宋天台宗僧人知礼所著，全称《千手千眼大悲心咒行法》。

③ 全真道士——全真本道教中的一派，此作道士的统称。

④ 打……醮——旧时道士设坛作法事，祈福消灾，叫"打醮"。

⑤ 按七作好事——迷信认为人死后会转生，七天为一期，期满可重新投生。如果未得生缘，须再等一期，如此最多等七期，满七七四十九日，必定重生。在重生前，因祸福未定，故每隔七天，亡者家属都要祭奠一番，请僧道诵经祈福，即所谓"作好事"。

⑥ 樯木、潢海铁网山——作者虚拟的木名、地名。皆有寓意。

原系义忠亲王老千岁要的，因他坏了事①，¹就不曾拿去。现今还封在店里，也没有人出价敢买。你若要，就抬来罢了。"贾珍听了，喜之不禁，即命人抬来。大家看时，只见帮底皆厚八寸，纹若槟榔，味若檀麝，以手扣之，玎当如金玉。大家都奇异称赞。贾珍笑道²："价值几何？"薛蟠笑道："拿一千两银子来，只怕也没处买去。什么价不价，赏他们几两工银就是了。"³贾珍听说，忙谢不尽，即命解锯糊漆。贾政因劝道："此物恐非常人可享者，殓以上等杉木也就是了。"⁴此时，贾珍恨不能代秦氏之死，这话如何肯听。⁵

因忽又听得秦氏之丫鬟名唤瑞珠者，见秦氏死了，她也触柱而亡②。⁶此事可罕，合族中人也都称赞。贾珍遂以孙女之礼殡殓，一并停灵于会芳园中之登仙阁。⁷小丫鬟名宝珠者，因见秦氏身无所出，乃甘心愿为义女，誓任摔丧驾灵③之任。贾珍喜之不禁，即时传下："从此皆呼宝珠为小姐。"那宝珠按未嫁女之丧，在灵前哀哀欲绝。⁸于是，合族人丁并家下诸人，都各遵旧制行事，自不敢紊乱。⁹

贾珍因想着贾蓉不过是个黉门监④，灵幡经榜上写时不好看，便是执事⑤也不多，因此心下甚不自在。¹⁰可巧这日正是首七第四日，早有大明宫掌宫内相戴权⑥，¹¹先备了祭礼遣人抬来；次后坐了大轿，打伞鸣锣，亲来上祭。贾珍忙接着，让至逗蜂轩献茶。¹²贾珍心中打算定了主意，因而趁便就说要与贾蓉蠲个前程⑦的话。戴权会意，因笑道："想是为丧礼上风光些。"¹³贾珍忙笑道："老内相所

1. 世态炎凉如此。或以为置好板未用，素材取纳尔苏事。

2. 一路来只见哭，此时却笑。

3. 的是阿呆兄口气。（甲）

4. 褒贾政。政老有深意存焉。（甲）

5. 贬贾珍。"恨不能代"，写得露骨。

6. 补天香楼未删之文。（甲）留下谜，由你猜。或以为她是爬灰丑事当场撞见者，见注释②。

7. 因事命名。

8. 非恩惠爱人，哪能如是，惜哉可卿，惜哉可卿！（甲）

9. 此等事大族人家规矩必严。

10. 慕虚荣、讲排场者定会想到。又起波澜，却不突然。（庚）

11. 姓名谐音：妙，大权也。（甲）

12. 轩名可思。（甲）逗引蜂蝶者，自是花香；逗引太监者，无非铜臭。

13. 行家老手，哪能不知！得。内相机括之快如此！（甲）

---

① 坏了事——指获罪被革职。

② 名唤瑞珠者，见秦氏死了，她也触柱而亡——研究者多认为秦氏私通事，因被瑞珠撞见而败露。知情者，或尚有宝珠。

③ 摔丧驾灵——旧俗出殡时，先由死者的子孙摔一瓦器，然后抬起棺材，叫"摔丧"或"摔盆"。主丧孝子在棺材前领路叫"驾灵"。

④ 黉（hóng 红）门监——也叫"太学生""国子监生员"，明清时统称"监生"。黉，古代学校，此指国子监，即最高学府。监生，本指入国子监就读的人，后来可用钱捐得这种出身。

⑤ 执事——仪仗，如旗、幡、扇、舆、马等。

⑥ 大明宫掌宫内相——大明宫，借用唐代宫名。内相，对太监的尊称。

⑦ 蠲（juān 捐）个前程——买个官职。

见不差。"戴权道："事倒凑巧，正有个美缺。如今三百员龙禁尉短了两员，昨儿襄阳侯的兄弟老三来求我，现拿了一千五百两银子，送到我家里。你知道，咱们都是老相与，不拘怎么样，看着他爷爷的分上，胡乱应了。[1]还剩了一个缺，谁知永兴节度使冯胖子来求，要与他孩子蠲，我就没工夫应他。既是咱们的孩子要蠲，[2]快写个履历来。"贾珍听说，忙吩咐："快命书房里人恭敬写了大爷的履历来。"小厮不敢怠慢，去了一刻，便拿了一张红纸来与贾珍。贾珍看了，忙送与戴权。戴权看时，上面写道：

> 江南江宁府江宁县监生贾蓉，年二十岁。曾祖，原任京营节度使世袭一等神威将军贾代化；祖，乙卯科进士贾敬；父，世袭三品爵威烈将军贾珍。

戴权看了，回手便递与一个贴身的小厮收了，说道："回来送与户部堂官①老赵，说我拜上他，起一张五品龙禁尉的票②，再给个执照③，就把那履历填上，明儿我来兑银子送去。"小厮答应了，戴权也就告辞了。贾珍十分款留不住，只得送出府门。临上轿，贾珍因问："银子还是我到部兑，还是一并送入老内相府中？"戴权道："若到部里，你又吃亏了。不如平准一千二百两银子，送到我家里就完了。"[3]贾珍感谢不尽，只说："待服满④后，亲带小犬到府叩谢。"于是作别。

接着，又听喝道之声，原来是忠靖侯史鼎的夫人来了。王夫人、邢夫人、凤姐等刚迎至上房，[4]又见锦乡侯、川宁侯、寿山伯三家祭礼摆在灵前。少时，三家下轿，贾政等忙接上大厅。如此亲朋你来我去，也不能胜数。只这四十九日，宁国府街上一条白漫漫人来人往，[5]花簇簇官去官来。[6]

---

① 堂官——衙署的长官。
② 起票——拟好凭证。
③ 执照——指授官的证书。
④ 服满——服丧期满。当时，父母为嫡长子之妻服丧期为一年。

1. 随口带出，是专靠这一行捞钱的。
2. 太监偏喜欢扯上孩子。奇谈。画尽阉宦口吻。（甲）

3. 你吃了亏，我吃什么？此类交易，岂能公事公办？
4. 史湘云之婶母。史小姐湘云消息也。（甲）伏史湘云。（己）大概是评语"史湘云"之名被甲辰本抄书者误写作正文，程甲本便在"王夫人"之前添上"史湘云"，将她也归入出迎者；程乙本则索性改成"史鼎的夫人带着侄女史湘云来了"，都不合理。岂有史湘云已在贾府，数回中再无一字提及？看脂评"消息""伏"等字，便知尚未登场。
5. 是有服亲友并家下人丁之盛。（甲）
6. 是来往祭吊之盛。（甲）

　　贾珍命贾蓉次日换了吉服，领凭回来。灵前供用执事等物，俱按五品职例。灵牌、疏上皆写"天朝诰授贾门秦氏恭人①之灵位"。会芳园的临街大门洞开，现在两边起了鼓乐厅，两班青衣按时奏乐，一对对执事摆的刀斩斧齐。更有四面朱红销金大字牌对竖在门外，上面大书：

防护

内廷紫金道

御前侍卫龙禁尉

对面高起着宣坛，僧道对坛榜文，榜上大书："世袭宁国公冢孙妇②、防护内廷御前侍卫龙禁尉贾门秦氏恭人之丧。<u>四大部州至中之地③、奉天永运太平之国</u>，¹总理虚无寂静教门僧录司正堂④万虚、总理元始三一教门道录司正堂叶生等，敬谨修斋，朝天叩佛"，以及"恭请诸伽蓝、揭谛、功曹⑤等神，圣恩普锡，神威远镇，四十九日消灾洗孽平安水陆道场⑥"诸如等语，余者亦不消烦记。

　　只是贾珍虽然此时心意满足，但里头尤氏又犯了旧疾，不能料理事务，惟恐各诰命⑦来往，亏了礼数，怕人笑话，因此心中不自在。当下正忧虑时，<u>因宝玉在侧</u>，问道："事事都算妥贴了，大哥哥还愁什么？"²贾珍见问，便将里面无人的话说了出来。宝玉听说，笑道："<u>这有何难，我荐一个人与你权理这一个月的事，管必妥当。</u>"³贾珍忙问："是谁？"宝玉见座间还有许多亲友，不便明言，<u>走至贾珍耳边说了两句。</u>⁴贾珍听了，喜不自

1. 不着朝代地域名，故有此代称。奇文。若明指一州名，似若《西游》之套，故曰"至中之地"，不待言可知是光天化日、仁风德雨之下矣。不云国名更妙，可知是尧街舜巷、衣冠礼义之乡矣。直与第一回呼应相接。（庚）

2. 定须宝玉来问。余正思如何高搁起玉兄了。（甲）

3. 唯宝玉知之最确。荐凤姐须得宝玉，俱龙华会上人也。（甲）谓凤、宝皆有来历之人，非俗凡辈。"龙华会"，佛家语，"龙华三会"的略称；传弥勒菩萨曾在龙华树（花枝如龙头而得名）下开法会，济度世人，故称。

4. 借故亲友多，不点出是谁，写法最妙，能即刻提起读者兴趣来。

---

① 恭人——当时，四品官之妻叫"恭人"，五品官之妻叫"宜人"。旧俗为丧礼风光些，可在灵幡经榜上将死者的品位提高一级。

② 冢孙妇——长孙媳妇。

③ 四大部州至中之地——等于说世界之中心。四大部州，"州"通常作"洲"，古印度神话及佛教中四方的大洲名，指人类居住的世界。小说中虽有几次提到"南京"，却绝口不提"北京"二字。甲戌本《凡例》指出有时称"中京"者，"是不欲着迹于方向也。盖天子之邦，亦当以中为尊，特避其东南西北四字样也"。

④ 虚无寂静教门僧录司正堂——佛教全国最高官署首领。下一个是道教的头衔，义同。

⑤ 伽蓝、揭谛、功曹——卫护寺院的神、护法猛神和值年、月、日、时传递人间呈文给玉帝的神。

⑥ 水陆道场——僧众举行诵经设斋、礼佛拜忏，以超度水陆众鬼的法会。

⑦ 诰命——此指受皇帝封号的贵妇。

禁，连忙起身笑道："果然安贴，如今就去。"说着拉了宝玉，辞了众人，便往上房里来。

可巧这日非正经日期①，亲友来的少，里面不过几位近亲堂客，邢夫人、王夫人、凤姐并合族中的内眷陪坐。有人报说："大爷进来了。"吓得众婆娘嗯的一声，往后藏之不迭。¹ 独凤姐款款站了起来。贾珍此时也有些病症在身，二则过于悲痛了，因拄了拐踱了进来。邢夫人等因说道："你身上不好，又连日事多，该歇歇才是，又进来做什么？"贾珍一面扶拐，扎挣着要蹲身跪下请安道乏。² 邢夫人等忙叫宝玉搀住，命人挪椅子来与他坐。贾珍断不肯坐，因勉强陪笑道："侄儿进来有一件事要恳求二位婶婶并大妹妹。"邢夫人等忙问："什么事？"贾珍忙笑道："婶婶自然知道，如今孙子媳妇没了，侄儿媳妇偏又病倒，我看里头着实不成个体统。怎么屈尊大妹妹一个月，在这里料理料理，我就放心了。"³ 邢夫人笑道："原来为这个。你大妹妹现在你二婶子家，只和你二婶子说就是了。"王夫人忙道："她一个小孩子家，⁴ 何曾经过这样事？倘或料理不清，反叫人笑话。倒是再烦别人好。"贾珍笑道："婶子的意思侄儿猜着了，是怕大妹妹劳苦了。⁵ 若说料理不开，我包管必料理得开，便是错一点儿，别人看着还是不错的。从小儿大妹妹玩笑着，就有杀伐决断；⁶ 如今出了阁，又在那府里办事，越发历练老成了。我想了这几日，除了大妹妹，再无人了。婶婶不看侄儿、侄儿媳妇的分上，只看死了的分上罢！"说着滚下泪来。⁷

王夫人心中怕的是凤姐儿未经过丧事，怕她料理不清，惹人笑话。今见贾珍苦苦地说到这步田地，心中已活了几分，却又眼看着凤姐出神。那凤姐素日最喜揽事办，好卖弄才干，虽然当家妥当，也因未办过婚丧大事，恐人还不服，巴不得遇见这事。⁸ 今日见贾珍如此一来，她心中早已欢喜。先见王夫人不允，后见贾珍说得情真，王

1. 好色本性是出了名的。素日行止可知。作者自是笔笔不空，批者亦字字留神之至矣。（甲）

2. 不忽略礼数细节。

3. 至此方点明宝玉推荐之人。阿凤此刻心痒矣。（庚）

4. 必有此一曲折。王夫人识阿凤尚浅。

5. 不是猜不着，正是猜着了。此声东击西法也。"怕劳苦了"是虚晃一枪；话锋一转，在"必料理得开"上施出全力。

6. 补出小时来。阿凤身分。（庚）

7. 为请人料理，还动了真感情。有笔力。（庚）

8. 好逞强显能，当权树威，是凤姐一大特点。

---

① 正经日期——正式诵经吊祭死者的日子，如逢七。

夫人有活动之意，便向王夫人道："大哥哥说得这么恳切，太太就依了罢。"王夫人悄悄地道："你可能么？"凤姐道："有什么不能的！外面的大事大哥哥已经料理清了，[1]不过是里头照管照管，便是我有不知道的，问问太太就是了。"[2]王夫人见说得有理，便不作声。贾珍见凤姐允了，又陪笑道："也管不得许多了，横竖要求大妹妹辛苦辛苦。我这里先与妹妹行礼，等事完了，我再到那府里去谢。"说着，就作揖下去，凤姐儿还礼不迭。

贾珍便忙向袖中取了宁国府对牌①出来，命宝玉送与凤姐。又说："妹妹爱怎么样就怎样，要什么只管拿这个取去，也不必问我，只求别存心替我省钱，只要好看为上；二则也要同那府里一样待人才好，不要存心怕人抱怨。[3]只这两件外，我再没不放心的了。"凤姐不敢就接牌，只看着王夫人。[4]王夫人道："你哥哥既这么说，你就照看照看罢了，只是别自作主意。有了事，打发人问你哥哥、嫂子要紧。"宝玉早向贾珍手里接过对牌来，强递与凤姐了。贾珍又问："妹妹还是住在这里，还是天天来呢？若是天天来，越发辛苦了。不如我这里赶着收拾出一个院落来，妹妹住过这几日倒安稳。"凤姐笑道："不用。[5]那边也离不得我，倒是天天来的好。"贾珍听说，只得罢了。然后又说了一回闲话，方才出去。

一时，女眷散后，王夫人因问凤姐："你今儿怎么样？"凤姐儿道："太太只管请回去，我须得先理出一个头绪来，才回去得呢。"王夫人听说，便先同邢夫人等回去，不在话下。

这里，凤姐儿来至三间一所抱厦内坐了。因想：头一件是人口混杂，遗失东西；第二件，事无专执，临期推委；第三件，需用过费，滥支冒领；第四件，任无大小，苦乐不均；第五件，家人豪纵，有脸者不服钤束②，无脸者不能上进。[6]此五件实

1. 一个尚存疑虑，一个信心十足。王夫人是悄言，凤姐是响应，故称"大哥哥"。（庚）已得三昧矣。（庚）

2. 真擅辞令，自信语中不忘捧着大哥哥和太太。

3. 确是贾珍语言。知凤姐之所欲，特委以全权：要银子只管拿，对下人只管打。

4. 非胆怯犹豫，是不越礼，待命于王夫人也。

5. 凤姐是不惮辛劳的，必事事处处都妥才放心。故答得干脆。二字句，有神。（甲）

6. 读五件事未完，余不禁失声大哭，三十年前作书人在何处耶？（庚）评语末句意谓三十年前，怎么不见有人作此书呢？是见书恨晚的意思。有人解为"三十年前的作书人"，则大误矣。旧族后辈受此五病者颇多，余家更甚，三十年前事见书于三十年后，令余悲恸，血泪盈面。（甲）批者当是畸笏叟（曹頫之化名），时间为乾隆二十二年丁丑（1757），该年他曾批"谢园送茶"一条。上推三十年，为雍正六年（1728），正曹頫被抄家时。他读此五件事，当然会怅触感伤不已，恨不能早早听到如此洞察弊端的话；现在再引以为戒也晚了。

① 对牌——支领财物的凭证，用木竹制成，上有号码、印记，从中劈作两半，保管者与领取者各持一半，支领时，以两半相符合为凭。

② 钤（qián 前）束——约束，管制。钤，锁。

是宁国府中风俗。不知凤姐如何处治，且听下回
分解。正是：

> 金紫①万千谁治国，裙钗一二可齐家。[1]

1. 借"齐家"喻"治国"，以小见大是此书一大特点。

【总评】

秦氏亡灵托梦凤姐，预先传出了这个"赫赫扬扬，已将百载"的大家族，经"烈火烹油，鲜花着锦之盛"的"瞬息繁华"之后，终将"乐极生悲""树倒猢狲散"的丧音；其中理应有取自作者自己家世的素材。秦氏魂谈贾家后事二件，令畸笏叟"悲切感服"，他甚至感情用事地"赦"免了秦氏之罪，竟"命芹溪（作者的号）"删去"淫丧天香楼"情节。这是哪二件事呢？一、祭祀的钱粮谁出，二、家塾的供给谁给，都没有着落。如果及早规定交纳定例，多置族内共有田产，将来事败后，祖宗祭祀可以不绝，子孙退可务农读书。——这种事对一般读者来说，兴趣不大，读了也印象不深。可是对有过类似遭遇的曹家人来说，感受就完全不同了。秦氏的预见，大概在现实生活中会是曹家事败后悔恨时总结出的教训。这也为我们研究畸笏叟的真实身份提供了重要线索。

作者虽遵"命"删去天香楼情节，却留下许多让人窥见其真相的蛛丝马迹。那就是合家闻噩耗"无不纳罕，都有些疑心"，就是贾珍"如丧考妣"（脂评语）地"哭得泪人一般"的种种失常的表现，以及秦氏的丫鬟瑞珠"触柱而亡"，或者还有宝珠"甘心愿为义女"等。

贾珍为丧榜上风光，替儿子贾蓉买官职，以满足虚荣心理，太监总管戴权乘机许以"龙禁尉"虚衔，索取一千二百两银子。这一现象应是对当时朝廷官场中歪风陋习的真实的艺术反映。

"王熙凤协理宁国府"是全面展现她杰出的政治家能力的篇章。其事分在两回中描述。此回是写其出任与筹划，下回则写她具体实施的过程。贾珍要将丧事办得尽量奢华体面，这就大大提高了操办要求，增加了管理难度，而宁府又恰恰缺少能料理如此大事的人。宝玉深知凤姐才干，又对秦氏生前有特殊的好感，故由他主动推荐。在贾珍的苦求下，"素日最喜揽事办，好卖弄才干"的凤姐接受了这项任务。这一情节看似只在过渡，不太重要，实则是作者于虚处着力渲染的文字。凤姐上任前，先作情况分析，所谓"须得先理出一个头绪来"，于是归纳出宁府五大弊端，犹如大夫看病，须得对医治对象的病情先有准确的判断，然后才能对症下药。五件事又引起批书人畸笏叟内心极大的震动，以至"失声大哭"。这又是研究畸笏与作者关系很值得注意的地方。

回末"金紫万千"的对句，将治国与治家联系在一起，这正是作者喜欢借题发挥，常在小说中运用以小见大、以家喻国写法的一个例子。

---

① 金紫——佩金饰穿紫袍者，指高官显爵的男子。

第 十 四 回
林如海捐馆扬州城　贾宝玉路谒北静王

【题解】

　　本回回目诸本一致，但上下句所指情节虚实简繁大不相同。上句是说黛玉之父林如海终于病故。捐馆，抛弃所住的房屋，是死亡的婉词。这段情节根本没有正面写到，只是在此回中间，由从苏州赶回来报信的小厮昭儿口述的。而上半回的篇幅实际上都用来继续上一回回目所标"王熙凤协理宁国府"事，具体描述其前后全过程。下句写秦可卿大出殡途中，贾宝玉谒见北静王水溶一事，但只开了个头。之所以要用回目标出，应与后半部佚稿中北静王对故事情节的发展有重要关系。

　　话说宁国府中都总管来升闻得里面委请了凤姐，因传齐同事人等说道："如今请了西府里琏二奶奶管理内事，倘或她来支取东西，或是说话，我们须要比往日小心些。每日大家早来晚散，宁可辛苦这一个月，过后再歇着，不要把老脸面丢了。[1]那是个有名的烈货，脸酸心硬，一时恼了，不认人的。"众人都道："有理。"又有一个笑道："论理，我们里面也须得她来整治整治，[2]都忒不像了。"正说着，只见来旺媳妇拿了对牌来领取呈文京榜纸札①，票上批着数目。众人连忙让坐倒茶，一面命人按数取纸来抱着，同来旺媳妇一路行来，至仪门口，方交与来旺媳妇自己抱进去了。

　　凤姐即命彩明定造簿册。[3]即时传来升媳妇，兼要家口花名册来查看，又限于明日一早，传齐家人媳妇进来听差等语。大概点了一点数目单册，[4]问了来升媳妇几句话，便坐了车回家。一宿无话。

1. 从宁府家仆们的反应来渲染凤姐。此是都总管的话头。（庚）

2. 仆人们自己看不过，欲求劳逸公平，赏罚分明。

3. 宁府如此大家，阿凤如此身分，岂有使贴身丫头与家里男人答话交事之理呢？此作者忽略之处。（甲）彩明系未冠小童，阿凤便于出入使令者。老兄并未前后看明是男是女，乱加批驳，可笑！（庚）后评对前评的批驳，是颇有代表性的例证，说明脂评实有多人在加，不能要求彼此看法一致、无矛盾抵触。关键在于正确解读，知其价值所在。

4. 已心中有数了。

① 呈文京榜纸札——呈文、京榜都是纸名。呈文纸，麻料制成，质地坚实，多作契券、呈文之用。京榜纸，质地精良，常用于书写榜文的纸，多销向京城。纸札，纸张。古时以木札代纸，故谓。

至次日，卯正二刻①便过来了。那宁国府中婆娘媳妇闻得到齐，只见凤姐正与来升媳妇分派，众人不敢擅入，只在窗外听觑。[1]只听凤姐与来升媳妇道："既托了我，我就说不得要讨你们嫌了。[2]我可比不得你们奶奶好性儿，由着你们去。再不要说你们这府里原是这样的，[3]这如今可要依着我行，[4]错我半点儿，管不得谁是有脸的，谁是没脸的，一例现清白处治。"说着，便吩咐彩明念花名册，按名一个一个地唤进来看视。[5]

一时看完了，便又吩咐道："这二十个分作两班，一班十个，每日在里头单管人来客往倒茶，别的事不用她们管。这二十个也分作两班，每日单管本家亲戚茶饭，别的事也不用她们管。这四十个人也分作两班，单在灵前上香添油，挂幔守灵，供饭供茶，随起举哀②，别的事也不与她们相干。这四个人单在内茶房收管杯碟茶器，若少一件，便叫她四个描赔③。这四个人单管酒饭器皿，少一件，也是她四个描赔。这八个单管监收祭礼。这八个人单管各处灯油、蜡烛、纸札，我总支了来，交与你八个，然后按我的定数再往各处去分派。这三十个每日轮流各处上夜，照管门户，监察火烛，打扫地方。这下剩的按着房屋分开，某人守某处，某处所有桌椅、古董起，至于痰盒、掸帚，一草一苗，或丢或坏，就和守这处的人算帐描赔。[6]来升家的每日揽总查看，或有偷懒的、赌钱吃酒的、打架拌嘴的，立刻来回我。你要徇情，经我查出，三四辈子老脸就顾不成了。如今都有定规，以后哪一行乱了，只和哪一行说话。素日跟我的人，随身自有钟表，不论大小事，我是皆有一定的时辰。横竖你们上房里也有时辰钟。卯正二刻我来点卯，巳正④吃早饭，凡有领牌、回事者，只在午初刻⑤。戌初⑥烧过黄昏纸⑦，我亲到各处查一遍，回来上夜的交明钥匙。[7]第二日还是

——————————

① 卯正二刻——早晨六时半。
② 随起举哀——随同死者眷属哭丧而一起号哭，旧俗有丧，多派婢仆助哭。
③ 描赔——照原来的式样赔偿。
④ 巳正——上午十时。
⑤ 午初刻——上午十一时到十一时一刻。
⑥ 戌初——下午七时。
⑦ 黄昏纸——丧家定时在灵前烧纸钱，傍晚那一次叫"黄昏纸"。

1. 写出小心敬畏情状。传神之笔。（甲）

2. 先占地步。（甲）

3. 反对施行新举措者，常有此话。此话听熟了，一叹。（甲）

4. 强硬立规，偏有柔软措辞。

5. 既来掌管，认得人头也重要。

6. 以上分派，今称"岗位责任制"。

7. 定下必须严格遵守的上下班工作时间表，自己带头执行。

卯正二刻过来。说不得咱们大家辛苦这几日，[1]事完，你们家大爷自然赏你们。"[2]

　　说毕，又吩咐按数发与茶叶、油烛、鸡毛掸子、笤帚等物。一面又搬取家伙：桌围、椅搭、坐褥、毡席、痰盒、脚踏之类。一面交发，一面提笔登记，某人管某处，某人领某物，开得十分清楚。众人领了去，也都有了投奔，不似先时只拣便宜的做，剩下的苦差没个招揽。各房中也不能趁乱失迷东西。便是人来客往，也都安静了，不比先前正摆茶，又去端饭，正陪举哀，又顾接客。如这些无头绪、荒乱、推托、偷闲、窃取等弊，次日一概都蠲①了。[3]

　　凤姐儿见自己威重令行，心中十分得意。因见尤氏犯病，贾珍又过于悲哀，不大进饮食，自己每日从那府中煎了各色细粥，精致小菜，命人送来劝食。[4]贾珍也另外吩咐每日送上等菜到抱厦内，单与凤姐。[5]那凤姐不畏勤劳，天天于卯正二刻，就过来点卯理事，独在抱厦内起坐，不与众妯娌合群，便有堂客来往，也不迎会。[6]

　　这日，正五七正五日上，那应佛僧正开方破狱②，传灯照亡③，参阎君，拘都鬼，筵请地藏王④，开金桥⑤，引幢幡；那道士们正伏章申表，朝三清，叩玉帝⑥；禅僧们行香，放焰口⑦，拜水忏⑧；又有十三众青年尼僧，搭绣衣，靸⑨红鞋，在灵前默诵接引诸咒⑩，十分热闹。那凤姐必知今日人客不少，在家中歇宿一夜，至寅正⑪，[7]平儿便请起梳洗。及收拾完备，更衣盥手，喝了两口奶子糖粳粥，漱口已毕，已是卯正二刻了。来旺媳妇率领诸人伺候已

1. 是协理口气，好听之至。（甲）所谓先礼而后兵是也。（庚）
2. 罚要自行做主，赏则推给贾珍。滑贼，好收煞。（庚）

3. 立竿见影，秩序井然。

4. 要贾珍满意，想得够周到的。写凤姐之心机。（庚）
5. 贾珍也要讨好凤姐。写凤之珍贵。（庚）
6. "不畏勤劳"，又能分清事之主次，知自己责任之所在，非一味骄矜托大也。写凤之骄大。（庚）

7. 直书"寅正"，可见作者并不避其先祖讳。

----

① 蠲（juān捐）——消除。
② 应佛僧正开方破狱——应付佛事的和尚正演说佛法，超度亡灵脱离地狱。
③ 传灯照亡——迷信认为人死后走向阴界，冥路黑暗，所以要燃灯以照亡灵。
④ 阎君、都鬼、地藏王——地狱之神阎罗王，冥司所在地鄷都城里的鬼卒，能于地狱中拯救众生苦难的地藏王菩萨。
⑤ 开金桥——为亡灵打开金桥。迷信传善人死后，灵魂过金桥、银桥，托生好的去处；恶人则过奈何桥，受苦难。
⑥ 三清、玉帝——道教的最高境界为"玉清""上清""太清"，此"三清"指居其中的三位尊神，即玉清元始天尊、上清灵宝天尊、太清太上老君。玉帝，玉皇大帝，道教尊奉的最高天神。
⑦ 放焰口——诵经舍食，以度饿鬼，为死者祈福的佛事。焰口，口内燃火的饿鬼名。
⑧ 拜水忏——诵《慈悲水忏法》佛经，为亡灵解冤除灾的佛事。
⑨ 靸（tǎ）——把鞋后跟踩在脚后跟下。此泛指穿鞋。
⑩ 接引诸咒——接引亡灵到"极乐世界"的种种咒语。
⑪ 寅正——凌晨四点钟。

久。凤姐出至厅前，上了车，前面打了一对明角灯①，大书"荣国府"三个大字，款款来至宁府。大门上门灯朗挂，两边一色戳灯②照如白昼，白茫茫穿孝仆从两边侍立。请车至正门上，小厮等退去，众媳妇上来揭起车帘。凤姐下了车，一手扶着丰儿，两个媳妇执着手把灯罩，簇拥着凤姐进来。宁府诸媳妇迎来请安接待。<u>凤姐缓缓走入会芳园中登仙阁灵前，一见了棺材，那眼泪恰似断线珍珠滚将下来。</u>[1]院中许多小厮垂手伺候烧纸。凤姐吩咐得一声："供茶烧纸。"<u>只听得一棒锣鸣，诸乐齐奏，</u>[2]早有人端过一张大圈椅来，<u>放在灵前，凤姐坐下，放声大哭。</u>[3]于是里外男女上下，<u>见凤姐出声，都忙接声嚎哭。</u>[4]

　　一时，贾珍、尤氏遣人来劝，凤姐方才止住。来旺媳妇献茶漱口毕，凤姐方起身，别过族中诸人，自入抱厦内来。按名查点，各项人数都已到齐，<u>只有迎送亲客上的一人未到。</u>[5]即命传到，那人已张惶愧惧。<u>凤姐冷笑道：</u>[6]"我说是谁误了，原来是你！你原比她们有体面，所以才不听我的话。"那人道："小的天天来得早，只有今日，醒了觉得早些，因又睡迷了，来迟了一步，求奶奶饶过这次。"<u>正说着，只见荣国府中的王兴媳妇来了，在外探头。</u>[7]

　　凤姐且不发放这人，却先问："王兴媳妇作什么？"王兴媳妇巴不得先问她完了事，连忙进来说："领牌取线，打车轿网络③。"[8]说着，将个帖儿递上去。凤姐命彩明念道："大轿两顶，小轿四顶，车四辆，共用大小络子若干根，用珠儿线若干斤。"凤姐听了，数目相合，便命彩明登记，取荣国府对牌掷下。王兴家的去了。

　　凤姐方欲说话时，只见荣国府四个执事人进来，都是要支取东西领牌来的。凤姐命彩明要了帖儿念过，听了共四件，凤姐因指两件说道："<u>这两件开销错了，再算清了来取。</u>"[9]说着掷下帖子来。那二人扫兴而去。

　　<u>凤姐因见张材家的在旁，因问道："你有什么事？"</u>[10]

<hr>

① 明角灯——又叫羊角灯，灯罩用羊角胶制成，半透明，可防风雨。
② 戳灯——又叫"蠘灯""绰灯"或"高灯"。一种有底座、长柄、竖立在地上可移动的灯笼。
③ 车轿网络——指出殡时，罩在车顶上用白色珠儿线编成的网状饰物。

1. 真情难遇。

2. 有三军主帅传令声势。

3. 谁家行事，宁不堕泪？（庚）

4. 丧事中，主吊者先出声，相陪众人接声嚎哭的风俗，旧时十分普遍，今逐渐少见了。

5. 不听命误事者总有，且看如何处置。

6. 看"冷笑"二字，知要作法了。凡凤姐恼时，偏偏用"笑"字，是章法。（甲）

7. 却又被打断，留下悬案。惯起波澜，惯能忙中写闲，又惯用曲笔，又惯综错，真妙！（甲）

8. 叙事必如此时时被打断，才见出诸务冗杂，头绪纷繁。是丧事中用物，闲闲写却。（庚）

9. 凤姐明察，不让"需用过费，滥支冒领"也。前后领牌不同。

10. 又一顿挫。（庚）

张材家的忙取帖儿回说道："就是方才车轿围作成，领取裁缝工银若干两。"凤姐听了，便收了帖子，命彩明登记。待王兴家的交过牌，得了买办的回押相符，然后方与张材家的去领。一面又命念那一个，是为宝玉外书房完竣，支买纸料糊裱。[1]凤姐听了，即命收帖儿登记，待张材家的缴清，又发与这人去了。

凤姐便说道："明儿他也睡迷了，后儿我也睡迷了，[2]将来都没有人了。本来要饶你，只是我头一次宽了，下次人就难管，不如开发的好。"登时放下脸来，喝命："带出打二十大板！"一面又掷下宁府对牌："出去说与来升，革他一月银米！"[3]众人听了，又见凤姐眉立，[4]知是恼了，不敢怠慢。拖人的出去拖人，执牌传谕的忙去传谕。那人身不由己，已拖出去挨了二十大板，还要进来叩谢。凤姐道："明日再有误的打四十，后日的六十，有不怕打的，只管误！"说着，吩咐："散了罢！"窗外众人听说，方各自执事去了。彼时宁国、荣国两处执事领牌交牌的人来往不绝，那抱愧被打之人含羞去了，这才知道凤姐的利害。[5]众人不敢偷安，自此兢兢业业，[6]执事保守，不在话下。

如今且说宝玉[7]因见今日人众，恐秦钟受了委屈，因默与他商议，要同他往凤姐处来坐。秦钟道："她的事多，况且不喜人去，咱们去了，她岂不烦腻？"[8]宝玉道："她怎好腻我们，不相干，只管跟我来。"说着，便拉了秦钟，直至抱厦。凤姐才吃饭，见他们来了，便笑道："好长腿子，快上来罢。"[9]宝玉道："我们偏了①。"凤姐道："在这边外头吃的，还是那边吃的？"宝玉道："这边同那些浑人吃什么！[10]原是那边，我们两个同老太太吃了来的。"一面归坐。

凤姐吃毕饭，就有宁国府中的一个媳妇来领牌，为支取香灯事。凤姐笑道："我算着你们今儿该来支取，总不见来，想是忘了。这会子到底来取，要忘了，自然是你们包出来，都便宜了我。"那媳妇笑道："何尝不是忘了，[11]方才想起来，再迟一步，也领不成了。"

1. 却从闲中又引出一件关系文字来。（庚）下文提念夜书事。

2. 遥接因误事而求饶者的话，妙在说来声色并无不同。接得紧，且无痕迹，是山断云连法也。（庚）

3. 不是革迟到妇人，而是革来升银米。既是都总管，手下出差错，便有管人不善责任。罚得好！今多忽略处分主管。

4. 二字如神。（庚）

5. 又伏下文，非独为阿凤之威势费此一段笔墨。（甲）所谓"下文"，当指其"弄权铁槛寺"。

6. 以明显绩效暂且收拾过协理宁国府事。

7. 接着要忙出殡事，得便夹写宝玉琐细。

8. 像是体贴，恐也不免情怯。

9. 恰有好吃的便赶到之意。家常戏言，毕肖之至。（庚）

10. 是瞧不起，却含混。奇称，试问谁是清人？（甲）

11. 此妇亦善迎合。（甲）

---

① 偏了——先了一步，意思已经吃过了。

说罢，领牌而去。

　　一时登记交牌。秦钟因笑道："你们两府里都是这牌，倘或别人私弄一个，支了银子跑了，怎样？"凤姐笑道："依你说，都没王法了？"宝玉因道："怎么咱们家没人来领牌子做东西？"[1]凤姐道："人家来领的时候，你还做梦呢！我且问你，你们这夜书多早晚才念呢？"[2]宝玉道："巴不得这如今就念才好，她们只是不快收拾出书房来，这也没法。"凤姐笑道："你请我一请，包管就快了。"宝玉道："你要快也不中用，她们该作到那里的，自然就有了。"凤姐笑道："便是她们作，也得要东西去，搁不住我不给对牌是难的。"宝玉听说，便猴①向凤姐身上立刻要牌，[3]说："好姐姐，给出牌子来，叫她们要东西去！"凤姐道："我乏得身子上生疼，还搁得住你揉搓！你放心罢，今儿才领了纸裱糊去了，[4]她们该要的还等叫去呢，可不傻了！"宝玉不信，凤姐便叫彩明查册子与宝玉看了。

　　正闹着，人回："苏州去的人昭儿来了。"[5]凤姐急命唤进来。昭儿打千儿请安。凤姐便问："回来作什么？"昭儿道："二爷打发回来的。林姑老爷是九月初三日巳时没的②。[6]二爷带了林姑娘同送林姑老爷的灵到苏州，大约赶年底就回来了。二爷打发小的来报个信请安，讨老太太示下，还瞧瞧奶奶家里好，叫把大毛衣服带几件去。"凤姐道："你见过别人了没有？"昭儿道："都见过了。"说毕，连忙退出。凤姐向宝玉笑道："你林妹妹可在咱们家住长了。"[7]宝玉道："了不得！想来这几日她不知哭得怎样呢。"说着，蹙眉长叹。

　　凤姐见昭儿回来，当着人未及细问贾琏，心中自是记挂。待要回去，争奈事情繁杂，一时去了，恐有延迟失误，惹人笑话。少不得耐到晚上回来，复命昭儿进来，细问一路平安信息。连夜打点大毛衣服，和平儿亲自检点包裹，再细细追想所需何物，一并包藏交付。[8]又细细吩咐昭儿"在外好生小心服侍，不要惹

①　猴——动词，攀援、纠缠。
②　林姑老爷是九月初三日巳时没的——这日期与前面所叙有矛盾：第十二回末说："谁知这年冬底，林如海的书信寄来，却为身染重疾，写书特来接林黛玉回去。"时间上与秦氏病重一致，秦氏未过次年春分病逝，丧事期间，昭儿赶回，岂能说林如海死于秋天，贾琏、黛玉"大约赶年底就回来"。此类疏误，不知因何而起。

1. 是饭来张口、衣来伸手的人说的话。

2. 从领牌子说到念夜书，又说到收拾出书房，渐与前文"为宝玉外书房完竣，支买纸料糊裱"等语相合。

3. 诗中知有炼字一法，不期于《石头记》中多得其妙。（庚）

4. 与前文支领事合榫，此书写闲文琐节也一笔不苟。

5. 接得好。（甲）插此一小段，方完回目之上句。

6. 时间有问题，见注释。

7. 是作者早构思好的，借凤姐话点明而已。

8. 替丈夫细想日常所需之物，是能干妻子所为。

你二爷生气。时时劝他少吃酒，<u>别勾引他认得混账女人——回来打折你的腿</u>"[1]等语。<u>赶乱完了，天已四更将尽，纵睡下又走了困，</u>[2]不觉又是天明鸡唱，忙梳洗过宁府中来。

那贾珍因见发引日近，亲自坐了车，带了阴阳司吏，往铁槛寺来踏看寄灵所在。又一一嘱咐住持①色空，好生预备新鲜陈设，多请名僧，以备接灵使用。色空忙看晚斋，贾珍也无心茶饭，因天晚不得进城，就在净空处胡乱歇了一夜。次日一早，便进城料理出殡之事，一面又派人先往铁槛寺，连夜另外修饰停灵之处，并厨、茶等项接灵人口。

里面凤姐见日期在即，也预先逐细分派料理。一面又派荣府中车轿人从跟王夫人送殡，又顾自己送殡去占下处。目今正值缮国公诰命亡故，王、邢二夫人又去打祭送殡；西安郡王妃华诞②，送寿礼；镇国公诰命生了长男，预备贺礼；又有胞兄王仁连家眷回南，一面写家信禀叩父母并带往之物；又有迎春染疾，每日请医服药，看医生启帖、症源、药案等事，亦难尽述。又兼发引在迩，<u>因此忙得凤姐茶饭也没工夫吃得，坐卧不能清净。</u>[3]刚到了荣府，宁府的人又跟到荣府；既回到宁府，荣府的人又找到宁府。<u>凤姐见如此，心中倒十分欢喜，并不偷安推托，恐落人褒贬，因此日夜不暇，筹画得十分的整肃。于是合族上下无不称赞者。</u>[4]

这日，伴宿③之夕，里面两班小戏并耍百戏④的与亲朋、堂客伴宿，尤氏犹卧于内寝，一应张罗款待，都是凤姐一人周全承应。合族中虽有许多妯娌，但或有羞口的，或有羞脚的，或有不惯见人的，或有惧贵怯官的，种种之类，俱不及凤姐举止舒徐，言语慷慨，珍贵宽大。<u>因此也不把众人放在眼里，挥霍指示，任其所为，目若无人。</u>[5]一夜中，灯明火彩，客送官迎，那百般热闹，自不用说的。至天明，吉时已到，

---

① 住持——主管寺院、道观的僧道。
② 华诞——生日。
③ 伴宿——又叫"坐夜"，出殡前丧家全都整夜守灵不睡。
④ 百戏——古代歌舞杂技的总称。

---

1. 深知丈夫之所好，才有此嘱。切心事耶？（甲）

2. 劳神如此，不得安息，岂能持久？此为病源伏线。后文方不突然。（庚）

3. 总得好。（庚）前写不得好好睡眠，此写不得好好吃喝，焉得不病？

4. 被人这样跟来跟去，得不到片刻悠闲，在常人必心烦意乱，恨不得逃开去，找个清静的去处，或至多能任劳任怨，而凤姐却"十分欢喜"，此凤姐之所以为凤姐也！末句也是作者对她所作出成绩的褒奖。

5. 将凤姐之才干，写到极点。写秦氏之丧，却只为凤姐一人。（甲）

一般六十四名青衣请灵，前面铭旌①上大书"奉天洪建兆年不易之朝，诰封一等宁国公冢孙妇防护内廷紫禁道御前侍卫龙禁尉享强寿②贾门秦氏恭人之灵柩"。一应执事陈设，皆系现赶着新做出来的，一色光艳夺目。宝珠自行未嫁女之礼外，摔丧驾灵，十分哀苦。

那时，官客送殡的有：¹镇国公牛清之孙现袭一等伯牛继宗、理国公柳彪之孙现袭一等子柳芳、齐国公陈翼之孙世袭三品威镇将军陈瑞文、治国公马魁之孙世袭三品威远将军马尚、修国公侯晓明之孙世袭一等子侯孝康；缮国公诰命亡故，其孙石光珠守孝不曾来得。这六家与宁、荣二家，当日所称"八公"的便是。余者更有南安郡王之孙、西宁郡王之孙、忠靖侯史鼎、平原侯之孙世袭二等男蒋子宁、定城侯之孙世袭二等男兼京营游击谢鲸、襄阳侯之孙世袭二等男戚建辉、景田侯之孙五城兵马司裘良。余者锦乡伯公子韩奇、神武将军公子冯紫英、陈也俊、卫若兰等诸王孙公子，²不可枚数。堂客算来，亦共有十来顶大轿，三四十顶小轿，连家下大小轿车辆，不下百十余乘。连前面各色执事、陈设、百耍，浩浩荡荡，一带摆三四里远。

走不多时，路旁彩棚高搭，设席张筵，和音奏乐，俱是各家路祭：第一座是东平王府祭棚，第二座是南安郡王祭棚，第三座是西宁郡王祭棚，第四座是北静郡王祭棚。原来这四王，当日惟北静王功高，及今子孙犹袭王爵。现今北静王水溶年未弱冠③，生得形容秀美，情性谦和。³近闻宁国府冢孙妇告殂，因想当日彼此祖父相与之情，同难同荣，未以异姓相视，因此不以王位自居。上日也曾探丧上祭，如今又设路奠，命麾下④各官在此伺候。自己五更入朝，公事一毕，便换了素服，坐大轿鸣锣张伞而来，至棚前落轿。手下各官两旁拥侍，军民人众不得往还。

1. 对下列官客一段，有评曰：牛，丑也。清属水，子也。柳拆卯字，彪拆虎字，寅字寓焉。陈即辰。翼火为蛇，巳字寓焉。马，午也。魁拆鬼字，鬼，金羊，未字寓焉。侯猴同音，申也。晓鸣，鸡也，酉字寓焉。石即豕，亥字寓焉。其祖曰守业，即守镇也，犬字寓焉。所谓十二支寓焉。（庚）寓十二干支生肖，是作者起人名的又一种方法，无非暗示包罗万象，此外似不必强求其隐义。

2. 此二人夹在众客之中，却不同于跑龙套者，后有写他们的"侠文"，为闺阁文字"间色"。卫若兰是佚稿中史湘云婚后不久就分手的丈夫，其"射圃"事紧接第七十九回（含第八十回）写到。惜被借阅者"迷失"，致使书稿誊抄工作不能继续进行。

3. 四王之中，三王皆陪，独出北静王一人，乃与后来情节有干系者。"形容秀美，情性谦和"是宝玉倾心的原因。

---

① 铭旌——也叫"旌铭"、"明旌"或简称"铭"。长条绛帛旗幡，以白粉写死者官衔、姓名，用竹竿挑悬于灵座右前方。

② 享强寿——活得长寿。这是表面上风光的话。但古籍中另有一词叫"强死"，那是死于强健之年，即死于非命如被杀、自缢之类。这里能令人产生这种联想。

③ 弱冠——男子二十岁。

④ 麾（huī 挥）下——部下。麾，古代用以指挥军队的旗帜。

一时，只见宁府大殡浩浩荡荡、压地银山一般从北而至。[1] 早有宁府开路传事人看见，连忙回去报与贾珍。贾珍急命前面驻扎，同贾赦、贾政三人连忙迎来，以国礼相见。水溶在轿内欠身含笑答礼，仍以世交称呼接待，并不妄自尊大。贾珍道："犬妇①之丧，累蒙郡驾下临，荫生②辈何以克当！"水溶笑道："世交之谊，何出此言。"遂回头命长府官③主祭代奠，贾赦等一旁还礼毕，复身又来谢恩。

水溶十分谦逊，因问贾政道："哪一位是衔玉而诞者？[2] 几次要见一见，都为杂冗所阻。想今日是来的，何不请来一会？"贾政听说，忙回去，急命宝玉脱去孝服，领他前来。那宝玉素日就曾听得父兄亲友人等说闲话时，常赞水溶是个贤王，且生得才貌双全，风流潇洒，每不以官俗国体所缚。[3] 每思相会，只是父亲拘束严密，无由得会，今见反来叫他，自是欢喜。一面走，一面早瞥见那水溶坐在轿内，好个仪表人材。不知近看时又是怎样，下回便知。

1. 如此声势，可与李白《北风行》"燕山雪花大如席"想象媲美。数字道尽声势。壬午春，畸笏老人。（庚）

2. 衔玉而生乃罕有新闻，自然早传入水溶耳中，故询问合情合理，然总为将来宝玉危难时得其援助而写。忙中闲笔。点缀玉兄，方不失正文中之正人。作者良苦！壬午春，畸笏。（庚）

3. 非慕其王爷之权势地位可知。宝玉见北静王水溶，是为后文之伏线。（蒙）

【总评】

凤姐协理事从宁府都总管来升叙起，他传齐同事们关照大家，以后办事要格外小心，说"那是个有名的烈货，脸酸心硬，一时恼了，不认人的"。先作一番渲染。凤姐头一天上班，也齐集府中婆娘媳妇表了态，把丑话说在前头，所言与来升的话恰好对榫。然后，将众人分成数班，一一派定每班任务，提出严格要求，明确各自职责。这办法在今天就叫岗位责任制。这一来，以往的种种弊端，第二天就不见了。

在行文上，很能显示大手笔面面俱到的本领，各种事件错综复杂地展开，不用平直单线的笔触加以描述，以显示举办规模宏大丧事的纷繁场景。但也有重点，那就是"正五七正五日上"的做佛事。佛事的特殊场面和凤姐的辛勤操劳、威重令行的情景，都一一生动地写了出来。处罚迟到者过程的描述，尤见精彩，总不用直叙而时时被别的事打断，最后除受罚者被"带出打二十大板"外，还追究都总管来升的领导责任，"革他一月银米"。

后半回的重点转入大出殡，场面之宏大，礼仪之隆重，超越常规，自然是对贾府在都中的煊赫权势的艺术夸张。突出贾宝玉路谒北静王水溶事，研究者有以为小说的后半部中或有借助北静王之力令宝玉得以解厄的情节。

---

① 犬妇——犬子之妇，对儿媳的谦称。
② 荫生——靠祖先官爵的庇荫而取得监生资格的人。
③ 长府官——王府的长史，掌管全府事务。

第 十 五 回

王熙凤弄权铁槛寺　秦鲸卿得趣馒头庵

【题解】

此回用甲戌本回目，其他本子与其基本一致，唯"王熙凤"多作"王凤姐"。写的是凤姐和秦钟在为秦可卿送灵至铁槛寺期间，各自发生不可告人的事。甲戌本回前有脂评数条，兹录于此："宝玉谒北静王辞对神色，方露出本来面目，迥非在闺阁中之形景。""北静王问玉上字果验否，政老对以未曾试过，是隐却多少捕风捉影闲文。""北静王论聪明伶俐，又年幼时为溺爱所累，亦大得病源之语。""凤姐中火，写纺线村姑，是宝玉闲花野景，一得情趣。""凤姐另住，明明系秦玉智能幽事，却是为净虚攒营凤姐大大一件事作引。""秦智幽情，忽写宝秦事云，不知'算何账目，未见真切，不曾记得，此系疑案，不敢纂创'是不落套中，且省却多少累赘笔墨。昔安南国使有题一丈红句云：'五尺墙头遮不得，留将一半与人看。'"

话说宝玉举目见北静郡王水溶头上戴着洁白簪缨银翅王帽，穿着江牙海水五爪坐龙白蟒袍，系着碧玉红鞓带①，面如美玉，目似明星，真好秀丽人物。宝玉忙抢上来参见，水溶连忙从轿内伸出手来挽住。见宝玉戴着束发银冠，勒着双龙出海抹额，穿着白蟒箭袖，围着攒珠银带，面若春花，目如点漆。[1] 水溶笑道："名不虚传，果然如'宝'似'玉'。"因问："衔的那宝贝在哪里？"宝玉见问，连忙从衣内取了递与过去。水溶细细地看了，又念了那上头的字，因问："果灵验否？"贾政忙道："虽如此说，只是未曾试过。"水溶一面极口称奇道异，一面理好彩绦，亲自与宝玉戴上，[2] 又携手问宝玉几岁，读何书。宝玉一一地答应。

水溶见他语言清楚，谈吐有致，[3] 一面又向贾政笑道："令郎真乃龙驹凤雏，非小王在世翁前唐突，

1. 状二人容貌，词非独创，然皆更新。

2. 珍惜钟爱之举。

3. 信笔写来反倒好。八字道尽玉兄。如此等方是玉兄正文写照。壬午季春。（庚）凡署"壬午"者，皆畸笏叟叟批。

————————————

① 红鞓（tīng 听）带——红色皮带。

将来'雏凤清于老凤声'①，未可量也。"¹贾政忙陪笑道："犬子岂敢谬承金奖！赖藩郡余祯②，果如是言，亦荫生辈之幸矣。"²水溶又道："只是一件，令郎如是资质，想老太夫人、夫人辈自然钟爱极矣；但吾辈后生，甚不宜钟溺，钟溺则未免荒失学业。昔小王曾蹈此辙，想令郎亦未必不如是也。若令郎在家难以用功，不妨常到寒第。³小王虽不才，却多蒙海上众名士凡至都者，未有不另垂青目③。是以寒第高人颇聚，令郎常去谈会谈会，则学问可以日进矣。"贾政忙躬身答应。

水溶又将腕上一串念珠卸了下来，递与宝玉道："今日初会，仓促竟无敬贺之物，此系前日圣上亲赐鹡鸰香④念珠一串，⁴权为贺敬之礼。"宝玉连忙接了，回身奉与贾政。⁵贾政与宝玉一齐谢过。于是贾赦、贾珍等一齐上来请回舆。水溶道："逝者已登仙界，非碌碌你我尘寰中之人也。小王虽上叨天恩，虚邀郡袭，岂可越仙辀⑤而进也！"贾赦等见执意不从，只得告辞谢恩回来，命手下掩乐停音，滔滔然将殡过完，⁶方让水溶回舆去了。不在话下。

且说宁府送殡，一路热闹非常。刚至城门前，又有贾赦、贾政、贾珍等诸同僚属下各家祭棚接祭，一一地谢过，然后出城，竟奔铁槛寺大路行来。彼时贾珍带贾蓉来到诸长辈前，让坐轿上马，因而贾赦一辈的各自上了车轿，贾珍一辈的也将要上马。凤姐因记挂着宝玉，怕他在郊外纵性逞强，不服家人的话，⁷贾政管不着这些小事，惟恐有个闪失，难见贾母，因此便命小厮来唤他。宝玉只得来到她的车前。凤姐笑道："好兄弟，你是个尊贵人，女孩儿一样的人品，⁸别学他们猴在马上。下来，咱们姐儿两个坐车，岂不好？"宝玉听说，便忙下了马，爬入凤姐车上，二人

---

1. 妙极。开口便是"西昆体"，宝玉闻之，宁不刮目哉！（甲）北宋初，杨亿、钱惟演、晏殊、刘筠等人以文章立朝，为诗皆崇尚李商隐，号"西昆体"。见刘攽《中山诗话》。

2. 用文绉绉语以示尊敬。谦得得体。（庚）

3. 如此钟爱，恐与构思后来宝玉遭厄，须有人登门求援有关。

4. 以念珠为见面礼，本也有限，贵在是皇上亲赐，又贵在是贴身之物，当场从腕上卸下。

5. 转出没调教。（庚）作此评者，大概以为宝玉应先有答谢之词或叩拜之举，就此接了，未免"没调教"。观点近迂，当非作者本意。

6. 此等处非平日细心观察写不出。有层次，好看煞。（庚）

7. 凤姐之关爱宝玉实出自然，并非只为向贾母、贾政有个交代。千百件忙事内不漏一丝。（甲）细心人自应如是。（庚）

8. 谙其性情，故如此说。非此一句宝玉必不依，阿凤真好才情。（甲）

---

① 雏凤清于老凤声——赞儿子胜过父亲。唐李商隐《韩冬郎即席为诗相送一座尽惊他日余方追吟连宵侍坐徘徊久之句有老成之风因成二绝寄酬兼呈畏之员外》诗："桐花万里丹山路，雏凤清于老凤声。"
② 赖藩郡余祯——托郡王的福。
③ 另垂青目——特加器重、爱护。"垂青""青睐"等语，均出阮籍用青眼或白眼看人以别好恶事，见《晋书·阮籍传》。
④ 鹡鸰（jí líng 脊灵）香——当是一种香木的别名，后人不识，改为"蓉苓香"，此固香料，但蓉苓草本，似非制念佛珠之材料。鹡鸰，水边鸟名，黑白色。传统多比喻兄弟。见《诗经·小雅·棠棣》："脊令在原，兄弟急难。"
⑤ 仙辀（ér 儿）——灵车。辀，运棺材的车。

说笑前进。

不一时，只见从那边两骑马压地飞来，[1] 离凤姐车不远，一齐蹿下来，扶车回说："这里有下处，奶奶请歇歇更衣①。"凤姐急命请邢夫人、王夫人的示下，[2] 那人回来说："太太们说不用歇了，叫奶奶自便罢。"凤姐听了，便命歇歇再走。众小厮听了，一带辕马，岔出人群，往北飞走。宝玉在车内急命请秦相公。那时，秦钟正骑马随着他父亲的轿，忽见宝玉的小厮跑来，请他去打尖②。秦钟看时，只见凤姐的车往北而去，后面拉着宝玉的马，搭着鞍笼，便知宝玉同凤姐坐车，自己也便带马赶上来，同入一庄门内。早有家人将众庄汉撵尽。那庄村人家无多房舍，婆娘们无处回避，只得由她们去了。[3] 那些村姑、庄妇见了凤姐、宝玉、秦钟的人品、衣服、礼数、款段③，岂有不爱看的？

一时凤姐进入茅堂，因命宝玉等先出去玩玩。宝玉等会意，因同秦钟出来，带着小厮们各处游玩。凡庄农动用之物，皆不曾见过。宝玉一见了锹、锄、镢、犁等物，皆以为奇，不知何向所使，其名为何。小厮在旁一一地告诉了各色，说明原委。宝玉听了，因点头叹道："怪道古人诗上说，'谁知盘中餐，粒粒皆辛苦'④，正为此也。"[4] 一面说，一面又至一间房前，只见炕上有个纺车，宝玉又问小厮们："这又是什么？"小厮们又告诉他原委。宝玉听说，便上来拧转作耍，自为有趣。只见一个约有十七八岁的村庄丫头跑了来乱嚷："别动坏了！"[5] 众小厮忙断喝拦阻。宝玉忙丢开手，陪笑说道：[6] "我因为没见过这个，所以试它一试。"那丫头道："你们哪里会弄这个！站开了，我纺与你瞧。"[7] 秦钟暗拉宝玉笑道："此卿大有意趣。"宝玉一把推开，笑道："该死的！再胡说，我就打了。"[8] 说着，只见那丫头纺起线来。宝玉正要说话时，[9] 只听那边老婆子叫道："二丫头，快过来！"那丫头听见，丢下纺车，一径去了。

---

① 更衣——这里作上厕所的婉辞。
② 打尖——旅途中休息、进食。
③ 款段——模样举止。
④ "谁知"二句——唐李绅《悯农》诗原句。

1. 有气有势，写形有影。（庚）
2. 凤姐在主持丧务上，看似任意挥霍，目若无人，但大小场合无不执长幼婆媳之礼，从不越规，看此小节可知。
3. 庄稼汉不得直面大家女眷，当时阶级歧视如此，也因此而有宝玉与二丫头趣事一节。
4. 特安排机会写膏粱子弟不识农事，作者大有深意。写玉兄正文总于此等处，作者良苦。壬午季春。（庚）
5. 农家生计所系，能不在意？故"乱嚷"。
6. 宝玉之和善与小厮粗暴作对照。一"忙"字，二"陪笑"字，写玉兄是在女儿分上。壬午季春。（庚）
7. 村丫头天真无邪，说话没顾忌，此正豪门大族所缺少的。三字如闻。（庚）
8. 秦钟与宝玉都对二丫头有好感。然一则起亵玩之念，一则存珍爱之心，人品之高下立判。玉兄身分本心如此。（庚）
9. 若说话，便不是《石头记》中文字也。（庚）

宝玉怅然无趣。[1] 只见凤姐打发人来叫他两个进去。凤姐洗了手，换衣服，抖灰土，问他们换不换。宝玉不换，只得罢了。家下仆妇们将带着行路的茶壶、茶杯、十锦屉盒、各样小食端来，凤姐等吃过茶，待他们收拾完备，便起身上车。外面旺儿预备下赏封，赏了本村主人，庄妇等来叩赏。凤姐并不在意，宝玉却留心看时，内中并无二丫头。[2] 一时上了车，出来走不多远，只见迎头二丫头怀里抱着她小兄弟，同着几个小女孩子说笑而来。宝玉恨不得下车跟了她去，料是众人不依的，少不得以目相送，[3] 争奈车轻马快，一时展眼无踪。[4]

走不多时，仍又跟上大殡。早有前面法鼓金铙、幢幡宝盖，铁槛寺接灵众僧齐至。少时，到入寺中，另演佛事，重设香坛。安灵于内殿偏室之中，宝珠安理寝室相伴。外面贾珍款待一应亲友，也有扰饭的，也有不吃饭而辞的，一应谢过乏，从公、侯、伯、子、男，一起一起地散去，至未末①时分方散尽了。里面的堂客，皆是凤姐张罗接待，先从显官诰命散起，也到响午大错②时方散尽了。只有几个亲戚是至近的，等做过三日安灵道场方去。那时，邢、王二夫人知凤姐必不能回家，也便就要进城。王夫人要带宝玉去，宝玉乍到郊外，哪里肯回去，只要跟凤姐住着。王夫人无法，只得交与凤姐便回来了。

原来这铁槛寺是宁、荣二公当日修造，现今还是有香火地亩布施，以备京中老了③人口，在此便宜寄放。其中阴阳两宅俱已预备妥帖，好为送灵人口寄居。[5] 不想如今后辈人口繁盛，其中贫富不一，或性情参商，[6] 有那家业艰难安分的，便住在这里了；有那尚排场有钱势的，只说这里不方便，一定另外或村庄或尼庵寻个下处，为事毕宴退之所。[7] 即今秦氏之丧，族中诸人皆权在铁槛寺下榻，独有凤姐嫌不方便，[8] 因而早遣人来和馒头庵的姑子净虚说了，腾出两间房子来作下处。

原来这馒头庵就是水月寺，因它庙里做的馒头好，

---

① 未末——下午近三点钟。
② 响午大错——中午过去很久了。响午，正午。
③ 老了——"死了"的忌讳说法。

1. 若非心已被牵，怎能如此失落！丫头长相容貌都无一字，写来却令人信服。作者之笔真是神了！

2. 总不肯作一直笔。妙在不见。（庚）

3. 情之痴如此！

4. 东坡《和子由渑池怀旧》诗曰："人生到处知何似？应似飞鸿踏雪泥。泥上偶然留指爪，鸿飞哪复计东西！"读此十二字，正有同样感慨。四字有文章，人生难聚未尝不如此也！（甲）

5. 祖宗为子孙之心细到如此。（甲）

6. 《石头记》总于没要紧处闲三二笔，写正文筋骨，看官当用巨眼，不为彼瞒过方好。壬午季春。（庚）所谓"源远水则浊，枝繁果则稀"，余为天下痴心祖宗为子孙谋千年业者痛哭。（甲）

7. 妙在艰难就安分，富贵则不安分矣。（甲）凡言及祖宗家业等事，脂评特关注，话也多。

8. 不用说，阿凤自然不肯就一刻的。（甲）另外住开，为在馒头庵中方便私下交易，也为写秦钟与智能儿风流事。

就起了这个诨号，离铁槛寺不远。[1] 当下和尚功课已完，奠过晚茶，贾珍便命贾蓉请凤姐歇息。凤姐见还有几个姊娌陪着女亲，自己便辞了众人，带了宝玉、秦钟往水月庵来。原来秦业年迈多病，[2] 不能在此，只命秦钟等待安灵罢了。那秦钟便只跟着凤姐、宝玉，一时到了水月庵，净虚带领善、智能两个徒弟出来迎接，大家见过。凤姐等来至净室，更衣净手毕，因见智能儿越发长高了，模样儿越发出息了，因说道："你们师徒怎么这些日子也不往我们那里去？"净虚道："可是。这几天都没工夫，因胡老爷府里产了公子，太太送了十两银子来这里，[3] 叫请几位师父念三日《血盆经》①，忙得没个空儿，就没来请奶奶的安。"

　　不言老尼陪着凤姐。且说秦钟、宝玉二人正在殿上玩耍，因见智能过来，宝玉笑道："能儿来了。"秦钟道："理那东西作什么？"宝玉笑道："你别弄鬼，那一日在老太太屋里，一个人没有，你搂着她作什么？这会子还哄我。"[4] 秦钟笑道："这可是没有的话。"宝玉笑道："有没有也不管你，你只叫住她倒碗茶来我吃，就丢开手。"秦钟笑道："这又奇了，你叫她倒去，还怕她不倒？何必要我说呢。"宝玉道："我叫她倒的是无情意的，不及你叫她倒的是有情意的。"[5] 秦钟只得说道："能儿，倒碗茶来给我。"那智能儿自幼在荣府走动，无人不识，因常与宝玉、秦钟玩耍。她如今大了，渐知风月，便看上了秦钟人物风流，那秦钟也极爱她妍媚，二人虽未上手，却已情投意合了。[6] 今智能见了秦钟，心眼俱开，走去倒了茶来。秦钟笑说："给我。"[7] 宝玉叫："给我！"智能儿抿嘴笑道："一碗茶也来争，我难道手里有蜜！"[8] 宝玉先抢了吃着，方要问话，只见智善来叫智能去摆茶碟子。一时来请他两个去吃茶果点心。他两个哪里吃这些东西，坐一坐，仍出来玩笑。

　　凤姐也略坐片时，便回至净室歇息，老尼相送。此时，众婆娘媳妇见无事，都陆续散了，自去歇息，跟前不过几个心腹常侍小婢，老尼便趁机说道："我正

① 《血盆经》——全名《目莲正教血盆经》，又名《女人血盆经》，迷信认为女人生产出血是罪孽，故要念此经消灾祈福。

1. 前人诗云："纵有千年铁门限，终须一个土馒头。"是此意，故"不远"二字有文章。（甲）此评所举为南宋范成大《重九日行营寿藏之地》诗句。土馒头，坟墓也。《全唐诗外编》王梵志诗："世无百年人，强作千年调。打铁作门限，鬼见拍手笑。""城外土馒头，馅草在城里。一人吃一个，莫嫌没滋味。"此又为石湖诗所本。小说言"庙里做的馒头好"是故意蒙人的话，又名"水月庵"，也取"镜花水月"之意，说世事人生都如梦幻。

2. 伏一笔。（甲）伏下回老父气死。

3. 虚陪了一个胡姓，妙，言是胡涂人之所为也。（甲）

4. 秦钟貌似佳公子，行事恰如数回后与丫鬟卍儿云雨之小厮茗烟。补出前文未到处。细思秦钟近日在荣府所为可知矣。（甲）

5. 总作如是等奇语。（甲）

6. 谁爱谁，本难说清缘故。"上手"二字，微露贬意。不爱宝玉，却爱秦钟，亦是各有情孽。（甲）

7. 如闻其声。（甲）

8. 这话出自智能这样的人之口，恰好。一语毕肖，如闻其语，观者已自酥倒，不知作者从何着想。（甲）

有一事，要到府里求太太，先请奶奶一个示下。"
凤姐因问何事，老尼道："阿弥陀佛！[1] 只因当日
我先在长安县内善才庵[2]内出家的时节，那时有
个施主姓张，是大财主。他有个女儿小名金哥，[3]
那年都往我庙里来进香，不想遇见了长安府府太
爷的小舅子李衙内。那李衙内一心看上，要娶金哥，
打发人来求亲，不想金哥已受了原任长安守备的
公子的聘礼。张家若退亲，又怕守备不依，因此
说已有了人家。谁知李公子执意不依，定要娶他
女儿，张家正无计策，两处为难。不想守备家听
了此信，也不管青红皂白，便来作践辱骂，说一
个女儿许几家，偏不许退定礼，就要打官司告状
起来。[4]那张家急了，[5]只得着人上京求寻门路，赌
气偏要退定礼。[6]我想如今长安节度云老爷与府上
最契，可以求太太与老爷说声，打发一封书去，
求云老爷和那守备说一声，不怕那守备不依。若
是肯行，张家连倾家孝敬也都情愿。"[7]

　　凤姐听了笑道："这事倒不大，[8]只是太太再不
管这样的事。"老尼道："太太不管，奶奶也可以
主张了。"凤姐听说笑道："我也不等银子使，也
不做这样的事。"[9]净虚听了，打去妄想，半晌叹
道：[10]"虽如此说，只是张家已知我来求府里，[11]
如今不管这事，张家不知道没工夫管这事，不希
罕他的谢礼，倒像府里连这点子手段也没有的
一般。"

　　凤姐听了这话，便发了兴头，说道："你是素
日知道我的，从来不信什么是阴司地狱报应的，[12]
凭是什么事，我说要行就行。你叫他拿三千两银
子来，我就替他出这口气。"老尼听说，喜之不尽，
忙说："有，有，有！这个不难。"凤姐又道："我
比不得他们拉篷扯纤的图银子。[13]这三千银子，不
过是给打发说去的小厮做盘缠，使他赚几个辛苦
钱，我一个钱也不要他的。便是三万两，我此刻
还拿得出来。"[14]老尼连忙答应，又说道："既如此，
奶奶明日就开恩也罢了。"凤姐道："你瞧瞧我忙
的，哪一处少了我？既应了你，自然快快地了结。"
老尼道："这点子事，在别人跟前就忙得不知怎

1. 开口称佛，毕肖，可叹可笑。（甲）"阿弥陀佛"成了魔咒的开场白。

2. "才"字应改作"财"字才对。

3. 俱从一"财"字上发生。（甲）

4. 守备一闻便闹，断无此理。此不过张家惧府尹之势，必先退定礼，守备方不从，或有之。此时老尼只欲与张家完事，故将此言遮饰，以便退亲，受张家之贿也。（甲）此类说词，是非黑白本可任意颠倒。

5. 如何便急了，话无头绪，可知张家礼屈。此系作者巧摹老尼无头绪之语，莫认作者无头绪，正是神处奇处。摹一人，一人必到纸上活现。（甲）

6. 如何？的是张家要与府尹攀亲。（甲）

7. 顺手向凤姐投出香饵。坏极，妙极！若与府尹攀亲，何惜张财不能再得。小人之心如此，良民遭害如此！（甲）

8. 心动矣。若即刻答应，便不是阿凤了。五字是阿凤心迹。（甲）

9. 是口是心非，是自恃身份，也是行文必须曲折。

10. 一叹转出多少至恶不畏之文来！（庚）

11. 请将不如激将。闺阁营谋说事，往往被此等语惑了。（庚）

12. 不料这话后来被写续书的人翻了案。

13. 欺人太甚。（庚）对如是之奸尼，阿凤不得不如是语。（庚）二批恰好相反，前者为是。

14. 固可作夸口看，但也未必不是实况。阿凤欺人如此。（甲）

样，若是奶奶跟前，再添上些也不够奶奶一发挥的。[1] 只是俗语说的，'能者多劳'，太太因大小事见奶奶妥帖，越性都推给奶奶了，奶奶也要保重金体才是。"一路话奉承得凤姐越发受用了，也不顾劳乏，更攀谈起来。[2]

　　谁想秦钟趁黑无人，来寻智能。刚到后面房中，只见智能独在房中洗茶碗，秦钟跑来便搂着亲嘴。[3] 智能急得跺脚说："这算什么呢！再这么，我就叫唤了。"秦钟求道："好人，我已急死了。你今儿再不依，我就死在这里。"智能道："你想怎么样？除非等我出了这牢坑，离了这些人，才依你。"秦钟道："这也容易，只是远水救不得近渴。"说着，一口吹了灯，满屋漆黑，将智能抱在炕上就云雨起来。[4] 那智能百般挣挫不起，又不好叫的，[5] 少不得依他了。正在得趣，只见一人进来，将他二人按住，也不则声。二人不知是谁，唬得不敢动一动。只听那人嗤的一声，撑不住笑了，[6] 二人听声，方知是宝玉。秦钟连忙起身，抱怨道："这算什么？"宝玉笑道："你倒不依，咱们就叫喊起来。"羞得智能趁黑地跑了。[7] 宝玉拉了秦钟出来道："你可还和我强？"秦钟笑道："好人，[8] 你只别嚷得众人知道，你要怎样我都依你。"宝玉笑道："这会子也不用说，等一会睡下，再细细地算帐。"一时，宽衣安歇的时节，凤姐在里间，秦钟、宝玉在外间，满地下皆是家下婆子，打铺坐更。凤姐因怕通灵玉失落，便等宝玉睡下，命人拿来塞在自己枕边。宝玉不知与秦钟算何帐目，未见真切，未曾记得，此系疑案，不敢纂创。[9]

　　一宿无话。至次日一早，便有贾母、王夫人打发了人来看宝玉，又命多穿两件衣服，无事宁可回去。宝玉哪里肯回去，又有秦钟恋着智能，调唆宝玉求凤姐再住一天。凤姐想了一想：[10] 凡丧仪大事虽妥，还有一半点小事未曾安插，可以指此再住一天，岂不又在贾珍跟前送了满情？二则又可以完净虚那事；三则顺了宝玉的心，贾母听见，岂不欢喜？因有此三益，[11] 便向宝玉道：

1. 千穿万穿，马屁不穿。

2. 因奉承而受用，因受用而兴奋，因兴奋而不顾伤身，凤姐究竟是智是愚？总写阿凤聪明中痴人。（甲）

3. 实表奸淫尼庵之事如此。壬午季春。（庚）

4. 秦钟的行为与贾琏有几分相似，也仿佛与其姐可卿有相同基因，虽则二人并无血缘关系。

5. 还是不肯叫？（庚）

6. 请掩卷细思此刻形景，真可喷饭。历来风月文字可有如此趣味者？（庚）

7. 若历历写完，则不是《石头记》文字了。壬午季春。（庚）

8. 前以二字称智能，今又称玉兄，看官细思。（庚）

9. 小说虚拟作者石头即通灵玉，性既通灵，即使被凤姐塞在枕下，照样也能知道周围发生的事。这里要写到宝玉和秦钟的同性恋情，偏说石头"未见真切"，还自相矛盾地加一句"未曾记得"，故意显得躲躲闪闪，语无伦次。这又是作者的诙谐幽默。忽又作如此评断，似自相矛盾，却是最妙之文。若不如此隐去，则又有何妙文可写哉？这方是世人意料不到之大奇笔。若通部中万万件细微之事俱备，《石头记》真亦太觉死板矣。故特用此二三件隐事，借石之未见真切，淡淡隐去，越觉得云烟渺茫之中，无限丘壑在焉。（甲）

10. 一想便有许多好处，真好阿凤！（甲）

11. 世人只云一举两得，独阿凤一举更添一得。（甲）

"我的事都完了，你要在这里逛，少不得越性辛苦一日罢了，明儿可是定要走的了。"宝玉听说，千姐姐万姐姐地央求："只住一天，明日必回去的。"于是又住了一夜。

凤姐便命悄悄将昨日老尼姑之事，说与来旺儿。来旺儿心中俱已明白，急忙进城找着主文的相公，假托贾琏所嘱，修书一封，[1]连夜往长安县来，不过百里路程，两日工夫俱已妥协。那节度使名唤云光，久欠贾府之情，这一点小事，岂有不允之理，给了回书，旺儿回来。且不在话下。[2]

却说凤姐等又过了一日，次日方别了老尼，着她三日后往府里去讨信。[3]那秦钟与智能百般不忍分离，背地里多少幽期密约，俱不用细述，只得含泪而别。凤姐又至铁槛寺中照望一番。宝珠执意不肯回家，贾珍只得派妇女相伴。后文再见。

1. 不细。（甲）评语非指作者文字而言，是指凤姐办这件事考虑不周：修书白纸黑字，给人留下交通官府证据，一旦东窗事发，即可据以定罪。此所谓"智者千虑，必有一失"，或叫利令智昏。

2. 一语过下。（甲）

3. 过至下回。（甲）

【总评】

大出殡队伍途经庄村人家歇脚，是都中一门贵族大家与郊外若干农村小户两个群体间的短暂碰撞，拓展小说境界，也换新读者眼目。心灵慧敏的贾宝玉留情于村女二丫头，自是其天性所致。好景如云烟过眼，令批书人为之感喟。

凤姐喜欢弄权敛财。水月庵老尼净虚看准了她这个习性，便利用贾府与官场的特殊关系，托她帮办一件婚姻诉讼，答应贿赂她三千两银子作谢。凤姐私下包揽了此事，派人与官府打招呼，官府自然照办。情节延至下一回的开头，其结果是逼得一对青年男女双双殉情。此事在八十回后的佚稿中，写凤姐将来获罪，当是重要原因之一。

在凤姐与净虚权钱交易的同时，又插入秦钟与智能儿好色淫乱的"孽障"。他们的一段情缘，与这个风流少年在下回中"夭逝黄泉路"为因果。

第十六回

贾元春才选凤藻宫　秦鲸卿夭逝黄泉路

【题解】

　　此回用甲戌本回目，其他诸本基本相同，只有个别字的差异。上句说的是贾元春被晋封为凤藻宫尚书，加封贤德妃。这对贾府来说是天大的喜事，因为从此有了政治大靠山，但并没有具体情节，只用喜讯传来的侧笔叙出。下句说的是秦钟与智能私下往来缱绻过度，又遭到挫折，终至一病夭亡的事。一喜一悲两件事是穿插着写的，但重点是围绕着元春晋封事来描述的。

　　甲戌本有回前总批数条，录于后："幼儿小女之死，得情之正气，又为痴贪辈一针灸。凤姐恶迹多端，莫大于此件者——受赃婚以致人命。贾府连日热闹非常，宝玉无见无闻，却是宝玉正文。夹写秦、智数句，下半回方不突然。""黛玉回方解宝玉为秦钟之忧闷，是天然之章法。平儿借香菱答话，是补写菱姐近来着落。赵姬讨情闲文却引出通部脉络，所谓由小及大，譬如登高必自卑之意。细思大观园一事，若从如何奉旨起造，又如何分派众人，从头细细直写将来，几千样细事，如何能顺笔一气写清？又将落于死板拮据之乡。故只用琏、凤夫妻二人一问一答，上用赵姬讨情作引，下文蓉、蔷来说事作收，余者随笔顺笔略一点染，则耀然洞彻矣。此是避难法。"

　　却说宝玉见收拾了外书房，约定与秦钟读夜书。偏那秦钟秉性最弱，因在郊外受了些风霜，又与智能儿偷期缱绻，未免失于调养，[1] 回来时便咳嗽伤风，懒进饮食，大有不胜之态①，遂不敢出门，只在家中养息。[2] 宝玉便扫了兴头，只得付于无可奈何，且自静候大愈时再约。[3]

　　那凤姐儿已是得了云光的回信，俱已妥协。老尼达知张家，果然那守备忍气吞声地收了前聘之物。谁知那张财主虽如此爱势贪财，却养了一个知义多情的女儿，[4] 闻得父母退了亲事，她便一条绳索悄悄地自缢了。那守备之子闻得金哥自缢，他也是个极多情的，遂也投河而死。[5] 只落得张、李两家没趣，

1. 从失于调养到一病不起只怕不远。勿笑。这样无能，却是写与人看。（庚）

2. 为下文伏线。（甲）谓下文写智能找上门来，被秦业知觉。

3. 所谓"好事多磨"也。（甲）评中所引四字，乃首回僧道劝阻顽石下凡时所说。

4. 所谓"老鸦窝里出凤凰"，此女是在十二钗之外副者。（庚）评语赞其难得也，非真有十二钗外副之文。

5. 至双双自尽，方知是重情义儿女，令人惋惜。一双美满夫妻。（庚）

---

　　①　不胜之态——患了虚劳病的样子。

真是人财两空。这里凤姐却坐享了三千两，王夫人等连一点消息也不知道。¹ 自此，凤姐胆识愈壮，以后有了这样的事，便恣意地作为起来，也不消多记。²

一日，正是贾政的生辰，宁、荣二处人丁都齐集庆贺，热闹非常。忽有门吏忙忙进来，至席前报说："有六宫都太监①夏老爷来降旨。"吓得贾赦、贾政等一干人不知是何消息，³ 忙止了戏文，撤去酒席，摆香案，启中门跪接。早见六宫都太监夏守忠乘马而至，前后左右又有许多内监跟从。那夏守忠也并不曾负诏捧敕，至檐前下马，满面笑容，走至厅上，南面而立，口内说："特旨：立刻宣贾政入朝，在临敬殿陛见②。"说毕，也不及吃茶，便乘马去了。贾政③等不知是何兆头，只得急忙更衣入朝。

贾母等合家人等心中皆惶惶不定，不住地使人飞马来往报信。有两个时辰工夫，忽见赖大等三四个管家喘吁吁跑进仪门报喜，又说"奉老爷命，速请老太太带领太太等进朝谢恩"等语。那时贾母正心神不定，在大堂廊下伫立。⁴ 邢夫人、王夫人、尤氏、李纨、凤姐、迎春姊妹以及薛姨妈等皆在一处。听如此信至，贾母便唤进赖大来细问端的。赖大禀道："小的们只在临敬门外伺候，里头的信息一概不能得知。后来还是夏太监出来道喜，说咱们家大小姐晋封为凤藻宫尚书④，加封贤德妃。后来老爷出来亦如此吩咐小的。如今老爷又往东宫去了，速请老太太领着太太们去谢恩。"贾母等听了方心神安定，不免又都洋洋喜气盈腮。⁵ 于是都按品大妆起来。贾母带领邢夫人、王夫人、尤

1. 王夫人等不知，并非天下无人知晓。如何消缴？造孽者不知，自有知者。（庚）

2. 必然越陷越深，直至没顶。一段收拾过。阿凤心机胆量，真与雨村是一对乱世之奸雄。后文不必细写其事，则知其平生之作为。回首时无怪乎其惨痛之态，使天下痴心人同来一警，或可期共入于恬然自得之乡矣。脂研。（己）评语直接指出凤姐结局惨痛与此事有关。"回首"是死的别称。

3. 一闻降旨，先写"吓"，只恐祸事临头也。泼天喜事却如此开宗，出人意料外之文也。壬午季春。（庚）

4. 从贾母等合家人心神不安，等待消息，反衬泼天喜事。慈母爱子写尽，回廊下伫立与"日暮倚庐仍怅望"对景，余掩卷而泣。（庚）"日暮倚庐仍怅望"，南汉先生句也。（庚）号南汉者，宋有柴中行，元有顾英，明有朱伯骥，清有韩超、荆道乾、汤之昱、郑性、姚之麟等，未知孰是。

5. "不免又都"用字有讲究。忽惧忽喜，此时之喜，焉知不是伏他日之悲？

---

① 六宫都太监——总管皇后、妃嫔寝宫事务的太监。
② 陛见——臣僚谒见皇帝。陛，宫殿前台阶。
③ 贾政——甲戌、己卯、庚辰诸本皆作"贾赦"，但被宣入朝者是贾政，下有"急忙更衣入朝"语，故从甲辰、程甲本作"贾政"。
④ 凤藻宫尚书——虚拟的宫名，凤藻，如凤毛之有文彩。尚书，宫中女官名，女尚书。唐代白居易写宫女幽闭怨旷之苦有《上阳白发人》诗，诗中说到"遥赐尚书号"事。作者或借此暗示元春命运。

氏，一共四乘大轿入朝。贾赦、贾珍亦换了朝服，带领贾蓉、贾蔷奉侍贾母大轿前往。于是宁、荣两处上下里外，莫不欣然踊跃，个个面上皆有得意之状，言笑鼎沸不绝。[1]

谁知近日水月庵的智能私逃进城，找至秦钟家下看视秦钟。[2]不意被秦业知觉，将智能逐出，将秦钟打了一顿，自己气得老病发作，三五日光景呜呼死了。秦钟本自怯弱，又值带病未愈受了笞打，今见老父气死，此时悔痛无及，更又添了许多症候。因此宝玉心中怅然如有所失。[3]虽闻得元春晋封之事，亦未解得愁闷。[4]贾母等如何谢恩，如何回家，亲朋如何来庆贺，宁、荣两处近日如何热闹，众人如何得意，独他一个皆视有如无，毫不曾介意。因此众人嘲他越发呆了。[5]

且喜贾琏与黛玉回来，先遣人来报信，明日就可到家，宝玉听了，方略有些喜意。[6]细问原由，方知贾雨村亦进京陛见，皆由王子腾累上保本①，此来候补京缺，与贾琏是同宗弟兄，又与黛玉有师徒之谊，故同路作伴而来。林如海已葬入祖坟了，诸事停妥，贾琏方进京的。本该出月到家，因闻得元春喜信，遂昼夜兼程而进，一路俱各平安。宝玉只闻得黛玉"平安"二字，余者也就不在意了。[7]

好容易盼到明日午错，[8]果报："琏二爷和林姑娘进府了。"见面时彼此悲喜交集，未免又大哭一阵，后又致喜庆之词。[9]宝玉心中品度黛玉，越发出落得超逸了。黛玉又带了许多书籍来，忙着打扫卧室，安插器具。又将些纸笔等物分送宝钗、迎春、宝玉等人。宝玉又将北静王所赠鹡鸰香串珍重取出来，转赠黛玉。[10]黛玉说："什么臭男人拿过的！我不要它。"遂掷而不取。[11]宝玉只得收回，

---

① 保本——向皇帝保举人才的奏本。

1. 元春晋封，关乎全局，从此，贾家成皇亲国戚矣！能不人人得意，喜气盈门？

2. 锣鼓声正热闹，戛然止住。忽接水月庵智能找秦钟事，是意想不到之笔。以下叙事极简捷，几句话将智能被逐、秦钟挨打、老父气死、病情加重等一一说完，干净利落。

3. 又搁置秦钟，转入宝玉，方是着重要写的。

4. 众人皆喜，唯独他一人不乐，正见宝玉唯情是重，"势利"二字难入其心。眼前多少热闹文字不写，却从万人意外撰出一段悲伤，是别人不屑写者，亦别人之不能处。（己）

5. 此嘲不是作者贬宝玉。大奇至妙之文，却用宝玉一人连用五"如何"，隐过多少繁华势利等文。试思若不如此，必至种种写到，其死板拮据、琐碎杂乱，何可胜哉！故只借宝玉一人如此一写，省却多少闲文，却有无限烟波。（庚）

6. 知己千里至，稍得宽怀。不如此，后文秦钟死去，将何以慰宝玉？（甲）

7. 还有比平安更重要的吗？总为掩过宁荣两处许多琐细闲笔。处处交代清楚，方好启大观园也。（己）

8. 宝玉之急切如此。

9. 莫谓悲喜无常，人之常情正如此。

10. 自己珍重的东西以为别人也会珍重，赠错对象的事生活中常见。

11. 今有人读到此句，以为找到了黛玉大胆反封建的证据，居然骂皇上、北静王为"什么臭男人"。这未免错看。古有高人许由，不慕荣利，尧欲召为九州长，他闻而洗耳于颍水。不知黛玉比洗耳翁情怀如何。若宝玉送她两块旧手帕，恐不会"掷而不取"。黛玉之深情独钟于宝玉，除宝玉外别的男人都臭，她哪管什么南静王北静王，恐与反封建挨不上。

暂且无话。

　　且说贾琏自回家参见过众人，回至房中。正
值凤姐近日多事之时，无片刻闲暇之工，[1]见贾琏
远路归来，少不得拨冗接待，房内无外人，便笑道：
"国舅老爷大喜！国舅老爷一路风尘辛苦。小的听
见昨日的头起报马来报，说今日大驾归府，略预
备了一杯水酒掸尘，不知可赐光谬领否？"贾琏
笑道："岂敢岂敢，多承多承！"[2]"一面平儿与众
丫鬟参拜毕，献茶。贾琏遂问别后家中的事，又
谢凤姐操持劳碌。凤姐道："我哪里照管得这些事，
见识又浅，口角又笨，心肠又直率，人家给个棒
槌，我就认作针。脸又软，搁不住人给两句好话，
心里就慈悲了。况且又没经历过大事，胆子又小，
太太略有些不自在，就吓得我连觉也睡不着了。
我苦辞了几回，太太又不容辞，倒反说我图受用了，
不肯习学了。殊不知我是捏着一把汗儿呢。一句
也不敢多说，一步也不敢多走。[3]你是知道的，咱
们家所有的这些管家奶奶们，哪一位是好缠的？[4]
错一点儿她们就笑话打趣，偏一点儿她们就指桑
说槐地抱怨。'坐山观虎斗'，'借刀杀人'，'引风
吹火'，'站干岸儿'，'推倒油瓶不扶'，都是全挂
子的武艺。况且我年纪轻，头等不压众，怨不得
不放我在眼里。更可笑[5]那府里忽然蓉儿媳妇死
了，珍大哥又再三再四地在太太跟前跪着讨情，
只要请我帮他几日；我是再四推辞，太太断不依，
只得从命。依旧被我闹了个马仰人翻，[6]更不成个
体统，至今珍大哥还抱怨后悔呢。你这一来了，
明儿你见了他，好歹描补描补，[7]就说我年纪小，
原没见过世面，谁叫大爷错委她的。"
　　正说着，只听外间有人说话，凤姐便问："是
谁？"[8]平儿进来回道："姨太太打发了香菱妹子来
问我一句话，我已经说了，打发她回去了。"贾琏
笑道："正是呢，方才我见姨妈去，不防和一个年
轻的小媳妇子撞了个对面，生得好齐整模样。[9]我
疑惑咱家并无此人，说话时因问姨妈，谁知就是
上京来买的那小丫头，名叫香菱的，竟与薛大傻

1. 补阿凤二句最不可少。（甲）

2. 欣喜之情从戏语中透出，尤妙在称谓
应景。贾琏居然答不上来。娇音如闻，
俏态如见，少年夫妻常事，的确有之。
（甲）

3. 听她如何说自己。此等文字作者尽力
写来，是欲诸公认得阿凤，好看以后
之书，勿作等闲看过。（庚）

4. 独这一句不假。脂研。（己）评语亦
有所感而言。

5. 三字是得意口气。（庚）

6. 得意之至口气。（庚）

7. 自鸣得意，全反着说，亦奇。阿凤之
弄琏兄如弄小儿，可怕可畏。若生于
小户，落在贫家，琏兄死矣。（庚）

8. 打断说话的平儿说是香菱，乃谎话，
却借机写了她。

9. 奇在贾琏证实是香菱，还夸她模样好。

子作了房里人，开了脸①，越发出挑得标致了。那薛大傻子真玷辱了她。"¹凤姐道："嗳！往苏杭走了一趟回来，也该见些世面了，²还是这么眼馋肚饱的。你要爱她，不值什么，我去拿平儿换了她来如何？³那薛老大也是'吃着碗里望着锅里'，这一年来的光景，他为要香菱不能到手，和姨妈打了多少饥荒②。⁴也因姨妈看着香菱模样儿好还是末则，其为人行事，却又比别的女孩子不同，温柔安静，差不多的主子姑娘也跟她不上呢。故此摆酒请客地费事，明堂正道地与他作了妾。过了没半月，也看得马棚风一般了，我倒心里可惜了的。"⁵语未了，二门上小厮传报："老爷在大书房等二爷呢。"贾琏听了，忙忙整衣出去。

这里凤姐乃问平儿："方才姨妈有什么事，巴巴地③打发了香菱来？"⁶平儿笑道："哪里来的香菱，是我借她暂撒个谎。⁷奶奶说说，旺儿嫂子越发连个成算也没了。"说着，又走至凤姐身边，悄悄说道：⁸"奶奶的那利钱银子，迟不送来，早不送来，这会子二爷在家，她且送这个来了。⁹幸亏我在堂屋里撞见，不然时，走了来回奶奶，二爷倘或问奶奶是什么利钱，奶奶自然不肯瞒二爷的，¹⁰少不得照实告诉二爷。我们二爷那脾气，油锅里的钱还要找出来花呢，听见奶奶有了这个梯己④，他还不放心地花了呢？所以我赶着接了过来，叫我说了她两句，谁知奶奶偏听见了问，我就撒谎说香菱来了。"¹¹凤姐听了笑道："我说呢，姨妈知道你二爷来了，忽喇巴⑤地反打发个房里人来了？原来你这蹄子肏鬼。"¹²

说话时，贾琏已进来，凤姐便命摆上酒馔来，夫妻对坐。凤姐虽善饮，却不敢任性，¹³只陪着贾琏。一时贾琏的乳母赵嬷嬷走来。贾琏、凤姐忙让她一同吃酒，令其上炕去，赵嬷嬷执意不肯。平儿

1. 看得眼馋了。垂涎如见，试问兄宁有不玷平儿乎？脂研。（己）

2. 吴越之地是出过西施的。这"世面"二字，单指女色也。（甲）

3. 竟有如此打趣丈夫的！也只有阿凤。

4. 谈起香菱事已属无中生有，不料还有这一段补笔。补前文之未到，且将香菱身分写出。脂研。（己）

5. 又带出阿呆喜新厌旧本性。一段纳灶之文，偏于阿凤口中补出，亦尖猾幻妙之至。（甲）"纳灶"即纳妾另一说法。

6. 不当着贾琏问是凤姐机灵处。必有此一问。（甲）

7. 至此方说出是谎言。卿何尝谎言，的是补菱姐正文。（甲）此处系平儿捣鬼。（党）

8. 如闻如见。（庚）

9. 总是补遗。（甲）补以前曾背着贾琏收利钱。

10. 平姐欺看书人了。（甲）可儿可儿，凤姐竟被她哄了。（庚）平儿真擅辞令。

11. 一段平儿见识作用，不枉阿凤平日刮目，又伏下多少后文，补尽前文未到。（己）

12. 疼极反骂。（庚）

13. 百忙中又点出大家规范，所谓无不周详，无不贴切。（甲）

---

① 作了房里人，开了脸——指作了侍妾。旧时，女子出嫁时，要用线绞除脸上汗毛，描眉修鬓，叫"开脸"。
② 打饥荒——找人麻烦。
③ 巴巴地——特地。
④ 梯己——又作"体己""梯息"，私人积蓄的钱。
⑤ 忽喇巴——忽然；匆匆忙忙。

等早已炕沿下设下一杌子①，又有一小脚踏，赵嬷嬷在脚踏上坐了。贾琏向桌上拣两盘肴馔与她放在杌上自吃。凤姐又道："妈妈很咬不动那个，倒没的硌了她的牙。"¹因向平儿道："早起我说那一碗火腿炖肘子很烂，正好给妈妈吃，你怎么不取去，赶着叫她们热来？"又道："妈妈，你尝一尝你儿子带来的惠泉酒②。"²赵嬷嬷道："我喝呢，奶奶也喝一盅，怕什么？只不要过多了就是了。³我这会子跑了来，倒也不为酒饭，倒有一件正经事，奶奶好歹记在心里，疼顾我些罢。我们的爷，只是嘴里说得好，到了跟前就忘了我们，幸亏我从小儿奶了你这么大。我也老了，有的是那两个儿子，你就另眼照看他们些，别人也不敢呲牙儿③的。⁴我还再四地求了你几遍，你答应得倒好，到如今还是燥屎④。⁵这如今又从天上跑出这样一件大喜事来，哪里用不着人？所以倒是来求奶奶是正经，靠着我们爷，只怕我还饿死了呢。"

凤姐笑道："妈妈你放心，两个奶哥哥都交给我，你从小儿奶的，你还有什么不知他那脾气的？拿着皮肉倒往那不相干的外人身上贴。可是现放着奶哥哥，哪一个不比人强？你疼顾照看他们，谁敢说个'不'字儿？⁶没的白便宜了外人。——我这话也说错了，我们看着是'外人'，你却看着是'内人'⑤一样呢。"说得满屋里人都笑了。⁷赵嬷嬷也笑个不住，又念佛道："可是屋子里跑出青天来了？若说'内人''外人'这些混账事，我们爷是没有，不过是脸软心慈，搁不住人求两句罢了。"⁸凤姐笑道："可不是呢，有'内人'求的他才慈软呢，他在咱们娘儿们跟前才刚硬呢！"赵嬷嬷笑道："奶奶说得太尽情了，我也乐了，再吃一杯好酒。从此我们奶奶做了主，我就没的愁了。"

贾琏此时没好意思，只是讪笑吃酒，说"胡说"

1. 何处着想，却是自然有的。（庚）

2. 补点不到之文，像极。（庚）

3. 宝玉之李嬷嬷，此处偏又写一赵嬷嬷，特犯不犯。先有"梨香院"一回，今又写此一回，两两遥对，却无一笔相重，一事合掌。（甲）

4. 不另眼照看，哪有后来贾蔷去姑苏采买女孩子，带上赵嬷两个儿子的事。为蔷、蓉作引。（庚）

5. 有是乎？（庚）

6. 会送情。（庚）

7. 可儿可儿。（庚）

8. 千真万真是没有，一笑。（甲）有是语，像极，毕肖，乳母护子。（庚）

---

① 杌（wù物）子——小凳子。
② 惠泉酒——江苏无锡惠山西山麓下有泉叫惠泉或慧泉，水质好，酿南酒著名。
③ 呲（zī资）牙儿——掀唇露齿，指说些责骂、讥诮别人的话。
④ 燥屎——"干搁着"的歇后语。事情搁着未办。
⑤ 内人——对自己妻子的称呼。

二字，——"快盛饭来吃碗子，还要往珍大爷那边去商议事呢。"凤姐道："可是别误了正事。才刚老爷叫你说什么？"[1] 贾琏道："就为省亲①。"[2] 凤姐忙问道："省亲的事竟准了不成？"[3] 贾琏笑道："虽不十分准，也有八分准了。"[4] 凤姐笑道："可见当今的隆恩。历来听书、看戏，古时从来未有的。"[5] 赵嬷嬷又接口道："可是呢，我也老糊涂了。我听见上上下下吵嚷了这些日子，什么省亲不省亲，我也不理论它去；如今又说省亲，到底是怎么个原故？"[6] 贾琏道："如今当今体贴万人之心，[7] 世上至大莫如'孝'字，想来父母儿女之性，皆是一理，不是贵贱上分别的。当今自为日夜侍奉太上皇、皇太后，尚不能略尽孝意，因见宫里嫔妃才人等皆是入宫多年，以致抛离父母音容，岂有不思想之理？在儿女思想父母，是分所应当。想父母在家，若只管思念儿女，竟不能一见，倘因此成疾致病，甚至死亡，皆由朕躬②禁锢，不能使其遂天伦之愿，亦大伤天和之事。故启奏太上皇、太后，每月逢二六日期，准其椒房③眷属入宫请候看视。于是太上皇、皇太后大喜，深赞当今至孝纯仁，体天格物。因此二位老圣人又下旨意，说椒房眷属入宫，未免有国体仪制，母女尚不能惬怀。竟大开方便之恩，特降谕诸椒房贵戚，除二六日入宫之恩外，凡有重宇别院之家，可以驻跸关防④之处，不妨启请内廷鸾舆⑤入其私第，庶可略尽骨肉私情、天伦中之至性。此旨一下，谁不踊跃感戴！

---

① 省（xǐng 醒）亲——探望父母等长辈亲人。
② 朕躬——皇帝自称：我自身。
③ 椒房——后妃居处，指代后妃。
④ 驻跸关防——帝王后妃在宫外停留和防卫。
⑤ 鸾舆——宫车。"鸾"又作"銮"。

1. 此一问，问出全书的一件大事来。

2. 二字醒眼之极，却只如此写来。（甲）

3. "忙"字要紧，特于凤姐口中出此字，可知事关钜要，非同浅细，是此书中正眼矣。（蒙）问得珍重，可知是外方人意外之事。脂研。（己）大观园用省亲事出题，是大关键事，方见大手笔行文之立意。畸笏。（庚）

4. 如此故顿一笔，更妙。见得事重大，非一语可了者，亦是大篇文章抑扬顿挫之致。（甲）

5. 于闺阁中作此语，直与击壤同声。脂研。（己）评语赞闺阁中出此"颂圣"语，诚朴实在，极其难得。晋皇甫谧《帝王世纪》："帝尧之世，天下太和，百姓无事，有老人击壤而歌。"即"日出而作，日入而息"一首，见《古诗源》首篇。

6. 借赵嬷嬷问"省亲"原故，引出贾琏以下大篇说词。赵嬷一问是文章家进一步门庭法则。（甲）补近日之事，启下回之文。（甲）

7. 自政老生日用降旨截住，贾母等进朝如此热闹，用秦业死岔开。只写几个"如何"，将泼天喜事交代完了。紧接黛玉回，琏、凤闲话，以老妪勾出省亲事来。其千头万绪合榫贯连，无一毫痕迹，如此等，是书多多，不能枚举。想兄在青埂峰上经煅炼后，参透重关至恒河沙数。如否，余日万不能有此机括，有此笔力，恨不得面问果否，叹叹。丁亥春，畸笏叟。（庚）

现今周贵人的父亲已在家里动了工了，修盖省亲别院呢。又有吴贵妃的父亲吴天佑家，也往城外踏看地方去了。[1]这岂不有八九分了？"

赵嬷嬷道："阿弥陀佛！原来如此。这样说，咱们家也要预备接咱们大小姐了？"[2]贾琏道："这何用说呢！不然，这会子忙的是什么？"[3]凤姐笑道："若果如此，我可也见个大世面了。可恨我小几岁年纪，若早生二三十年，如今这些老人家也不薄我没见世面了。[4]说起当年太祖皇帝仿舜巡①的故事，比一部书还热闹，我偏没造化赶上。"[5]赵嬷嬷道："嗳哟哟，那可是千载希逢的！那时候我才记事儿，咱们贾府正在姑苏扬州一带监造海舫，修理海塘，只预备接驾一次，[6]把银子都花得淌海水似的！说起来……"凤姐忙接道：[7]"我们王府也预备过一次。那时我爷爷单管各国进贡朝贺的事，凡有的外国人来，都是我们家养活。[8]粤、闽、滇、浙所有的洋船货物都是我们家的。"

赵嬷嬷道："那是谁不知道的？如今还有个口号儿呢，说'东海少了白玉床，龙王来请江南王'，[9]这说的就是奶奶府上了。还有如今现在江南的甄家②，[10]嗳哟哟，好势派！[11]独他家接驾四次，[12]若不是我们亲眼看见，告诉谁谁也不信的。别讲银子成了土泥，[13]凭是世上所有的，没有不是堆山塞海的，'罪过''可惜'

1. 吴天佑，己卯、庚辰、蒙府、戚序本"佑"作"祐"，二字相通。《五庆堂重修曹氏宗谱》："天祐，颙子，官州同。"《八旗满洲氏族通谱》："曹天祐，现任州同。"则吴天祐与生于康熙五十四年（1715）的曹颙遗腹子大名相同。或以为曹雪芹即曹天祐。这绝不可能。岂有将自己大名写成小说中龙套角色名的？曹颙妻马氏，若是雪芹生母，似也不应将小说中最邪恶的妖妇马道婆写成与她同姓。况脂评说雪芹曾受"严父之训"，又有"弟棠村"，皆与遗腹子身份不合。

2. 文忠公之嬷。（庚）雍、乾朝谥文忠者，唯傅恒一人，则评语谓赵嬷以傅家嬷为素材，盖因两人声口相似，如说话都以"阿弥陀佛""嗳哟哟"等开头。又研究者以为批者是畸笏叟，批的时间必定在乾隆三十四年七月之后。参见陈庆浩《新编石头记脂砚斋评语辑校》279 页注。

3. 补出贾府已在为省亲事忙碌了。

4. 注意！作者借凤姐之口说出了自己的遗憾，算一算年代便知。

5. 作者遗憾的正是自己没能赶上看康熙南巡的热闹。

6. 又要瞒人。（庚）康熙南巡，曹寅亲自接驾四次，故脂评揭穿之。

7. 抢人话头，写来传神。

8. 怪道凤姐居处有许多舶来品。

9. 应前"护官符"口诀。

10. 作者要点出真的家事来了。甄家正是大关键、大节目，勿作泛泛口头语看。（甲）

11. 口气如闻。（庚）

12. 点正题正文。（庚）此即告诉读者，作者已点明真事了。

13. 查查曹寅因接驾亏空多少库银，便知此语不假。

---

① 舜巡——相传帝舜曾巡视江南，崩于苍梧之野。

② 还有如今现在江南的甄家——作者隐真存假地记叙他的家世遭遇，用了实写都中贾家和虚点江南甄家，一假一真，互为映照，其实两家就是一家的办法。这里就是一例。

四个字竟顾不得了。"[1] 凤姐道："我常听见我们太爷们也这样说，岂有不信的。[2] 只纳罕他家怎么就这么富贵呢？"赵嬷嬷道："告诉奶奶一句话，也不过是拿着皇帝家的银子往皇帝身上使罢了！[3] 谁家有那些钱买这个虚热闹去？"[4]

正说得热闹，王夫人又打发人来瞧凤姐吃了饭不曾。凤姐便知有事等她，忙忙地吃了半碗饭，漱口要走。[5] 又有二门上小厮们回："东府里蓉、蔷二位哥儿来了。"贾琏才漱了口，平儿捧着盆盥手，见他二人来了，便问："什么话？快说。"凤姐且止步稍候，听他二人回些什么。贾蓉先回说："我父亲打发我来回叔叔：老爷们已经议定了，从东边一带，借着东府里的花园起，转至北边，一共丈量准了，三里半大，可以盖造省亲别院了。[6] 已经传人画图样去了，[7] 明日就得。叔叔才回家，未免劳乏，不用过我们那边去，有话明日一早再请过去面议。"贾琏笑着说道："多谢大爷费心体谅，我就从命不过去了。正经是这个主意才省事，盖得也容易；若采置别处地方去，那更费事，且倒不成体统。你回去说这样很好，若老爷们再要改时，全仗大爷谏阻，万不可另寻地方。明日一早，我给大爷请安去，再议细话。"贾蓉忙应几个"是"。[8]

贾蔷又近前回说："下姑苏聘请教习，采买女孩子，置办乐器、行头等事，大爷派了侄儿，[9] 带领着来管家两个儿子，还有单聘仁、卜固修两个清客相公，一同前往，所以命我来见叔叔。"贾琏听了，将贾蔷打量了打量，[10] 笑道："你能在这一行么？这个事虽不甚大，里头大有藏掖①的。"[11] 贾蔷笑道："只好学习着办罢了。"

贾蓉在身旁灯影下悄拉凤姐的衣襟，凤姐会意，因笑道："你也太操心了，难道大爷比咱们还不会用人？偏你又怕他不在行了。谁都

1. 真有是事，经过见过。（庚）畸笏叟比作者大一辈，即年长二三十岁，又是曹家人，所以才能"经过见过"当年曹寅接驾的盛况。

2. 必指明是老辈人说的。对证。（庚）

3. 是不忘本之言。（甲）评语这样说，不足为奇。我们今天看，恰恰是忘本之言。"皇帝家的银子"，这话便说错了，便是忘本了。千年前的杜甫就说过："彤庭所分帛，本自寒女出。鞭挞其夫家，聚敛贡城阙。"这才是不忘本之言。

4. "虚热闹"三字着眼。

5. 闲话该结束了，如此转换自好。

6. 后来的景观建筑极少用写实方法来描绘。倘若死认"三里半大"是容不下大观园的。今北京据此面积建造大观园，结果连袖珍型也谈不上，只能当作一般园林景观看。

7. 大观园系玉兄与十二钗之太虚幻境，岂可革率？（庚）评语又把人间与天上联系了起来。

8. 省亲别院已确定就地改建了。当年曹寅即在织造府内（亦其所居）就地改建行宫。

9. 贾蔷领头，后有学戏的十二"官"登场。

10. 此事大有油水，故打量。

11. 点明大可从中牟利来。射利人微露心迹。（甲）

---

①　藏掖——隐匿。指作弊的机会。

是在行的？孩子们已长得这么大了，'没吃过猪肉，也看见过猪跑'。大爷派他去，原不过是个坐纛旗儿①，难道认真地叫他去讲价钱、会经纪②去呢！依我说就很好。"¹贾琏道："自然是这样。并不是我驳回，少不得替他筹算筹算。"因问："这项银子动哪一处的？"贾蔷道："才也议到这里。赖爷爷说，²竟不用从京里带下去，江南甄家还收着我们五万银子。明日写一封书信会票③我们带去，先支三万，下剩二万存着，等置办花烛、彩灯并各色帘栊帐幔的使费。"贾琏点头道："这个主意好。"³

凤姐便向贾蔷道："既这样，我有两个在行妥当人，你就带他们去办，这个便宜了你呢。"⁴贾蔷忙陪笑道："正要和婶婶讨两个人呢，这可巧了。⁵因问名字。凤姐便问赵嬷嬷。彼时赵嬷嬷已听呆了话，平儿忙笑推她，她才醒悟过来，⁶忙说："一个叫赵天梁，一个叫赵天栋。"凤姐道："可别忘了，我可干我的去了。"说着便出去了。贾蓉忙赶出来，又悄悄向凤姐道："婶子要带什么东西？"⁷凤姐笑道："别放你娘的屁！我的东西还没处撂呢，希罕你们鬼鬼祟祟的？"说着一径去了。⁸

这里贾蔷也悄问贾琏："要什么东西？顺便置来孝敬叔叔。"贾琏笑道："你别兴头。才学着办事，倒先学会了这把戏。我短了什么，少不得写信去告诉你，⁹且不要论到这里。"说毕，打发他二人去了。接着回事的人来，不止三四次，贾琏害乏，便传与二门上，一应不许传报，俱等明日料理。凤姐至三更时分方下来安歇，¹⁰一宿无话。

次早贾琏起来，见过贾赦、贾政，便往宁府中来，合同老管事人等，并几位世交门下清客相公，审察两府地方，缮画省亲殿宇，一面参度办理人丁。自此后，各行匠役齐集，¹¹金、银、铜、锡、

1. 还是做妻子的说了算。

2. 此等称呼令人酸鼻。（甲）此评一看便知是畸笏作的。

3. 必想到如此支取银子，更便于弄虚作假。《石头记》中多作心传神会之文，不必道明，一道明白，便入庸俗之套。（庚）

4. 总要从中得人情交易的好处。再不略让一步，正是阿凤一生短处。脂研。（己）

5. 明白婶子意图，索性顺水推舟。写贾蔷乖处。脂研。（己）

6. 应前赵嬷嬷所求，凤姐的事，平儿件件了然于胸。

7. 深知其凡有照顾，必欲从中获利，索性明说。

8. 一"笑"字已心照不宣，但不欲被人道破，故作此不屑一顾姿态。从头至尾细看阿凤之待蓉、蔷，可谓一体一党，然尚作如此语欺蓉，其待他人可知矣。（庚）阿凤欺人处如此。忽又写到利弊，真令人一叹！脂砚。（己）

9. 亦一丘之貉。又作此语，不犯阿凤。（庚）

10. 阿凤岂是说两句撇清话便一走了之的人，必另有嘱咐关照，但无须写出。好文章，一句隐两处若许事情。（庚）

11. 省亲别院动工了，先总写一笔。

---

① 坐纛（dào 到）旗儿——喻主事的人。纛，军中主帅的大旗。
② 经纪——本指做买卖，此为交易中撮合双方而赚佣金者。
③ 会票——商人发行的信用货币。一地付款，在另一地兑现的汇票，也作现款在市场上流通。

以及土、木、砖、瓦之物，搬运移送不歇。先令匠役拆宁府会芳园墙垣楼阁，直接入荣府东大院中。荣府东边所有下人一带群房尽已拆去。当日宁、荣二宅，虽有一小巷界断不通，<u>然这小巷亦系私地，并非官道，故可以连属。</u>[1]会芳园本是<u>从北角墙下引来一股活水，今亦无烦再引。</u>[2]其山石树木虽不敷用，贾赦住的乃是荣府旧园，其中竹树山石以及亭榭栏杆等物，皆可挪就前来。如此两处又甚近，凑来一处，省得许多财力，纵亦不敷，所添亦有限。<u>全亏一个老明公号山子野①者，</u>[3]——筹画起造。

　　<u>贾政不惯于俗务，</u>[4]只凭贾赦、贾珍、贾琏、赖大、来升、林之孝、吴新登、詹光、程日兴等几人安插摆布。凡堆山凿池，起楼竖阁，种竹栽花，一应点景之事，又有山子野制度②。下朝闲暇，不过各处看望看望，最要紧处和贾赦商议商议便罢了。贾赦只在家高卧，有芥豆之事，贾珍等或自去回明，或写略节；或有话说，便传呼贾琏、赖大等来领命。<u>贾蓉单管打造金银器皿。</u>[5]贾蔷已起身往姑苏去了。贾珍、赖大等又点人丁，开册籍，监工等事。一笔不能写到，不过是喧阗热闹非常而已。暂且无话。

　　且说宝玉近因家中有这等大事，<u>贾政不来问他的书，</u>[6]心中是件畅事；无奈秦钟之病一日重似一日，<u>也着实悬心，不能乐业。</u>[7]这日一早起来，才梳洗完毕，意欲回了贾母去望候秦钟，忽见茗烟在二门照壁前探头缩脑。宝玉忙出来问他作什么。茗烟道："<u>秦相公不中用了！</u>"[8]宝玉听说，吓了一跳，忙问道："<u>我昨儿才瞧了他来了，还明明白白的，怎么就不中用了？</u>"[9]茗烟道："我也不知道，才刚是他家的老头子特来告诉我的。"宝玉听了，忙转身回明贾母。贾母吩咐："好生派妥当人跟去，到那里尽一尽同窗之情就回来，不许多

1. 交代清改建之新园，由东、西二府拆通而成。补明，使观者如身临足到。（甲）

2. 园景中山石花木可垒可栽，唯水须交代清是挖是引。园中诸景最要紧是水，亦必写明方妙。（甲）余最鄙近之修造园亭者，徒以顽石土堆为佳，不知引泉一道。甚至丹青，唯知乱作山石树木，不知画泉之法，亦是恨事。脂砚斋。（庚）

3. 妙号，随事生名。（甲）

4. 贾政读书人，且留待园成后巡视题对额时再写。

5. 凤姐爱将之一，自然派给好差使。

6. 一笔不漏。（庚）

7. 刚说畅事，接言不乐，文笔起伏有姿。偏于大热闹处写大不得意之文，却无丝毫牵强，且有许多令人笑不了，哭不了，叹不了，悔不了，唯以大白酬我作者。壬午季春，畸笏。（庚）从"悔不了"三字看，畸笏又将自己摆进去了，或以为此书是自悔而成。

8. 秦钟只是宝玉陪衬人物，故略去病重经过。从茗烟口中写出，省却多少闲文！（甲）

9. 中用不中用，并不关明白不明白。点常去。（庚）

————————————

①　老明公号山子野——原以"明公"称有学识地位者，后泛作尊称，犹言"先生"。山子野，人名号。

②　制度——动词，规划设计。

耽搁了。"宝玉听了，忙忙地更衣出来，车犹未备，急得满厅乱转。[1]一时催促得车到，忙上了车，李贵、茗烟等跟随。来至秦钟门首，悄无一人，[2]遂蜂拥至内室，唬得秦钟的两个远房婶子并几个弟兄都藏之不迭。[3]

此时，秦钟已发过两三次昏了，移床易箦①多时矣。[4]宝玉一见，便不禁失声。李贵忙劝道："不可，不可！秦相公是弱症，未免炕上挺扛得骨头不受用，[5]所以暂且挪下来松散些。哥儿如此，岂不反添了他的病？"宝玉听了，方忍住近前，见秦钟面如白蜡。宝玉叫道："鲸兄！宝玉来了。"连叫两三声，秦钟不睬。宝玉又道："宝玉来了！"

那秦钟早已魂魄离身，只剩得一口悠悠余气在胸，正见许多鬼判持牌提索来捉他。[6]那秦钟魂魄哪里就肯去，又记念着家中无人掌管家务，[7]又记挂着父亲还有留积下的三四千两银子，[8]又记挂着智能尚无下落，[9]因此百般求告鬼判。无奈这些鬼判都不肯徇私，反叱咤秦钟道："亏你还是读过书的人，岂不知俗语说的：'阎王叫你三更死，谁敢留人到五更！'我们阴间上下都是铁面无私的，不比你们阳间瞻情顾意，有许多的关碍处。"[10]

正闹着，那秦钟的魂魄忽听见"宝玉来了"四字，便忙又央求道："列位神差，略发慈悲，让我回去，和这一个好朋友说一句话就来的。"众鬼道："又是什么好朋友？"秦钟道："不瞒列位，就是荣国公的孙子，小名宝玉的。"都判官听了，先就唬慌起来，忙喝骂鬼使道："我说你们放回了他去走走罢，你们断不依我的话，如今只等他请出个运旺时盛的人来才罢。"[11]众鬼见都判如此，也都忙了手脚，一面又抱怨道："你老人家先是那等雷霆电雹，原来见不得'宝玉'二字。依我们愚见，他是阳间，我们是阴间，怕他们也无益于我们。"[12]都判道："放屁！俗语说

1. 单纯的前往，也必有曲折。顿一笔方不板。（甲）

2. 触目凄凉。

3. 秦家死绝了，远房亲戚倒来得快。妙！这婶母弟兄是特来分绝户家私的，不表可知。（甲）

4. 总算能赶到送终。

5. 于事无补的宽慰语。

6. 以为又用俗套，却是奇妙趣文。看至此一句令人失望，再看至后面数语，方知作者故意借世俗愚谈愚论设譬，喝醒天下迷人，翻成千古未有之奇文奇笔。（甲）

7. 已无家人，何来家务？总写到死看不破。扯淡之极，令人发一大笑，余谓诸公莫笑，且请再思。（甲）

8. 积下银子给谁？更属可笑，更可痛哭。（甲）

9. 智能永无下落矣。忽从死人心中补出活人原因，更奇更奇。（甲）

10. 《石头记》一部中皆是近情近理必有之事，必有之言，又如此荒唐不经之谈间亦有之，是作者故意游戏之笔，聊以破色取笑，非如别书认真说鬼话也。（庚）认真说鬼话续书中多多，唯缺游戏之笔。

11. 写都判，剩变色龙也。如闻其声。试问，谁曾见都判来？观此则又见一都判跳出来。调侃世情固深，然游戏笔墨一至于此，真可压倒古今小说！这才算是小说。（甲）

12. 幽默，犀利无比。调侃"宝玉"二字，妙极！脂研。（己）世人见宝玉而不动心者为谁？（甲）神鬼也讲有益无益。（甲）

---

① 易箦（zé责）——更换寝席，用来称人之将死。语出《礼记·檀弓》。

得好，'天下的官管天下事'，阴阳本无二理。[1]别管他阴也罢，阳也罢，敬着点没错了的。"[2]众鬼听说，只得将秦魂放回。哼了一声，微开双目，见宝玉在侧，乃勉强叹道："怎么不肯早来？再迟一步也不能见了。"宝玉忙携手垂泪道："有什么话，留下两句。"[3]秦钟道："并无别话，以前你我见识自为高过世人，我今日才知自误了。[4]以后还该立志功名，以荣耀显达为是。"[5]说毕，便长叹一声，萧然长逝了。[6]下回分解。

1. 与第三十一回翠缕说阴阳难分高下。更妙，愈不通愈妙，愈错会意愈可。脂砚。（己）

2. 此一节虽只寥寥数笔，却是极佳讽刺小品。

3. 交好一场，必有之问。

4. 除荒唐行为外，自始至终未见秦钟有何"高过世人"的"见识"，怎能用"你我"硬将宝玉拉在一起？像是悔迟，实与念念不忘家务、银子、智能一样，是至死看不破。

5. 如何？竟以此二语相劝，岂真宝玉知己哉？此种描述，脂评也未必是能"解其中味"者，如言：此刻无此二语，亦非玉兄之知己。（庚）读此则知全是悔迟之恨。（庚）"悔迟"说秦钟可，说宝玉不可，说作者更不可。宝玉是不听劝的顽石，且不说；被敦敏称作"傲骨如君世已奇"、张宜泉称作"羹调未羡青莲宠，苑召难忘立本羞"的曹雪芹，岂能自悔未及早"立志功名"，以求"荣耀显达"？读者勿"正照风月鉴"为幸！

6. 若是细述一番，则不成《石头记》之文矣！（己）

【总评】

　　元春晋封为凤藻宫尚书，加封贤德妃，贾家从此有了皇家大靠山。这本是天大的喜事，但小说并不对盛事加以详细描写；而用宝玉因秦钟气死老父，病情加重而心情愁闷，对家中诸多盛事"皆视有如无，毫不曾介意"，以及此时正闻黛玉平安回来，"余者也就不在意了"而一笔带过。这对塑造宝玉的个性自然很有作用，但与接着将着重描述元妃省亲的盛况不致重复，怕也是用省笔的原因。

　　贾琏带来省亲消息，郑重其事，引起凤姐与赵嬷嬷一段闲聊，为省亲先营造气氛。但更主要的目的，如脂评所说，是"借省亲事写南巡，出脱心中多少忆昔感今"。康熙南巡，曹寅亲自四次接驾，将织造府修建为行宫，这是曹家人最引以为荣的回忆，也是作者不能写又不甘心不写的事。所以才有"借省亲事写南巡"的构思。但对这条脂评有两种不同的解读：一种是认为南巡与省亲是两码事，"南巡"只是因"省亲"而在闲聊中提及而已，不能把聊往事与不久后描述的事混为一谈；另一种与之相反，认为写省亲就是写南巡，元春就是影射康熙大帝，两者是一回事。其实，看法太极端了都不免失之于片面。写省亲确是为了写南巡，两者有关，但不能等同。否则，省亲故事和元春形象，就都失去了它独立存在的意义，也就谈不上真正的艺术价值。曹雪芹运用"真事隐去，假语存焉"的创作方法，这实在是个很典型的例子。

　　秦钟的夭亡，被安排在贾府上下为迎接元春省亲，正忙着作准备的热闹喜庆气氛之间。这种热中出冷、喜中有悲的写法，颇能使小说所反映的生活场景呈现其多样性和复杂性。为好友送终，本是令人悲伤的事，但其中却又有一段幽默谐笑的荒唐情节。对此，脂评说得好："《石头记》一部中皆是近情近理必有之事、必有之言。又如此等荒唐不经之谈，间亦有之，是作者故意游戏之笔，聊以破色取笑，非如别书认真说鬼话也。"用游戏之笔借题发挥，对所谓无私执法的封建官吏的欺贫怕富的变色龙嘴脸作了绝妙的讽刺。

第十七至十八回

大观园试才题对额　荣国府归省庆元宵

【题解】

　　小说第十七、十八、十九回的分回、拟目工作，原来尚未最后确定。如己卯、庚辰本十七、十八回不分，只称"第十七回至十八回"，回目为"大观园试才题对额，荣国府归省庆元宵"，回前另纸有批语曰："此回宜分二回方妥。"因而在分回段落和回目文字上，诸本差异纷呈。后拟的回目，有的上下句所指为同一事，有的事之大小重轻不相称。这里用的是己卯、庚辰本回目。同时也保留其两回未分的形式，以存原貌。甲戌本自十七至二十四回缺八回，若书稿订成四回一册，缺两册。甲戌本的中间缺回，我估计与抽出书准备让作者再改有很大关系（结果作者不一定已改过），未必是原来抄好而后遗失的。前缺九至十二回一册，恰好是秦氏由生病到死亡的一段，在如何改妥由"淫丧"变为仿佛病死的细节处理上，尚有矛盾而不能自圆处。此处则有分回、拟目工作待做；再后第二十二回末，又有制灯谜未完，书稿破失待补的情形。所以甲戌本原只誊抄出我们现见的十六回来的可能性是很大的。此回回目上句写贾宝玉随父亲贾政巡视刚竣工的大观园，贾政趁机试其在题对联、匾额上的才情；下句则写贾元春出宫回荣国府省亲，与家人在元宵节团聚的全过程。回前有总批曰："宝玉系诸艳之贯，故大观园对额必得玉兄题跋，且暂题灯匾联上，再请赐题。此千妥万当之章法。（己）""诸艳之贯"，有改作"诸艳之冠"的，误。贯，穿钱之索。宝玉正是贯穿诸艳的线索，即所有情案皆从宝玉挂号之意。"诸艳之冠"，则是林、薛，宝玉非"艳"。

　　诗曰：

　　　　豪华虽足羡，离别却难堪。

　　　　博得虚名在，谁人识苦甘？[①]1

　　话说秦钟既死，宝玉痛哭不已，李贵等好容易劝解半日方住，归时犹是凄恻哀痛。贾母帮了几十两银子，外又另备奠仪，宝玉去吊纸[②]。七日后，便送殡掩埋了，别无述记。只有宝玉日日思慕感悼，然亦无可如何了。2

1. 写出荣华掩盖下的人性来。好诗！全是讽刺。近之谚云："又要马儿好，又要马儿不吃草。"真骂尽无厌贪痴之辈。（己）诗之成功，不在讽刺，也不在骂。

2. 如此方能结住以上情节，另开新局。

---

① "豪华虽足羡"一首——诗见于己卯、庚辰、梦稿、蒙府、戚序等诸本，原是题十七、十八回的。诗写元春归省，以讥封贵妃为"虚名"，说她的"苦甘"无人识得，揭露了宫闱是妇女的死牢，借此表明"豪华"并不足羡慕。

② 吊纸——吊丧烧纸。

又不知历几何时，¹这日贾珍等来回贾政："园内工程俱已告竣，大老爷已瞧过了，只等老爷瞧了，或有不妥之处，再行改造，好题匾额对联的。"贾政听了，沉思一会，说道："这匾额对联倒是一件难事。论理该请贵妃赐题才是，然贵妃若不亲睹其景，大约亦必不肯妄拟；若直待贵妃游幸①过再请题，偌大②景致，若干亭榭，无字标题，也觉寥落无趣，任有花柳山水，也断不能生色。"众清客在旁笑答道："老世翁所见极是。如今我们有个愚见：各处匾额对联断不可少，亦断不可定名。如今且按其景致，或二字、三字、四字，虚合其意，拟了出来，暂且做灯匾联悬了。²待贵妃游幸时，再请定名，岂不两全？"贾政听了，笑道："所见不差。我们今日且看看去，只管题了，若妥当便用；不妥时，将雨村请来，令他再拟。"³众人笑道："老爷今日一拟定佳，何必又待雨村。"贾政笑道："你们不知，我自幼于花鸟山水题咏上就平平；⁴如今上了年纪，且案牍③劳烦，于这怡情悦性文章上更生疏了。纵拟了出来，不免迂腐古板，反不能使花柳园亭生色。⁵倘不妥协④，反没意思。"众清客笑道："这也无妨。我们大家看了公拟，各举其长，优则存之，劣则删之，未为不可。"贾政道："此论极是。且喜今日天气和暖，大家去逛逛。"说着起身，引众人前往。

贾珍先去园中知会众人。可巧近日宝玉因思念秦钟，忧戚不尽，贾母常命人带他到新园中来戏耍。⁶此时亦才进来，忽见贾珍走来，向他笑道："你还不出去？老爷一会就来了。"宝玉听了，带着奶娘、小厮们，一溜烟就出园来。⁷方转过弯，顶头贾政引众清客来了，躲之不及，只得一边站了。贾政近因闻得塾掌称赞宝玉专能对对联，虽不喜读书，偏倒有些歪才情似的，⁸今日偶然撞见这机会，便命他跟来。⁹宝玉只得随往，尚不知何意。

---

① 游幸——皇帝、后妃的游赏。
② 偌（ruò若）大——这么大。
③ 案牍——官府里的案卷公文。
④ 妥协——妥当。

1. 省亲事大，时间上越模糊越好。年表如此写亦妙。（己）

2. 此两全之法当有所本。

3. 荣府正当盛时，故雨村时来走动。贾政颇重雨村，与当年甄士隐有几分相似。

4. 此言可信，当非谦虚。是纱帽头口气。（庚）

5. 贾政有自知之明，说话也实在。政老情字如此写。壬午季春，畸笏。（庚）

6. 说来总合情理，并无穿凿。现成桦楔，一丝不费力，若特唤出宝玉来，则成何文字！（庚）

7. 不肖子弟来看形容。余初看之，不觉怒焉，盖谓作者形容余幼年往事，回思彼亦自写其照，何独余哉！信笔书之，供诸大众同一发笑。（庚）评者过于敏感，过于夸张，也过于一本正经。听说严父将至，一溜烟出园来，是最普通不过的事，作者信笔就能写出，既不必拿谁为蓝本，也不必是自我写照。

8. 这是必定要交代的，不然怎会试其才？

9. 偶然撞见，才使名园增色，也给大姊元春带来多少欣慰！

贾政刚至园门前，只见贾珍带领许多执事人来，一旁侍立。贾政道："你且把园门都关上，我们先瞧了外面再进去。"[1] 贾珍听说，命人将门关了。贾政先秉正①看门。只见正门五间，上面筒瓦泥鳅脊②，那门栏窗槅，皆是细雕新鲜花样，并无朱粉涂饰；一色水磨群墙③，[2] 下面白石台矶，凿成西番草花样④。左右一望，皆雪白粉墙，下面虎皮石，随势砌去，果然不落富丽俗套，自是喜欢。遂命开门，只见迎面一带翠嶂挡在前面。[3] 众清客都道："好山，好山！"贾政道："非此一山，一进来，园中所有之景悉入目中，则有何趣？"众人都道："极是。非胸中大有邱壑⑤，焉想及此。"说着，往前一望，见白石峻嶒⑥，[4] 或如鬼怪，或如猛兽，纵横拱立；上面苔藓成斑，藤萝掩映，[5] 其中微露羊肠小径。[6] 贾政道："我们就从此小径游去，回来由那一边出去，方可遍览。"

说毕，命贾珍在前引导，自己扶了宝玉，逶迤进入山口。[7] 抬头忽见山上有镜面白石一块，正是迎面留题处。[8] 贾政回头笑道："诸公请看，此处题以何名方妙？"众人听说，也有说该题"叠翠"二字的，也有说该题"锦嶂"的，又有说"赛香炉"的，又有说"小终南"⑦的，种种名色，不止几十个。原来众客心中早知贾政要试宝玉的功业进益如何，只将些俗套来敷衍，宝玉亦料定此意。[9] 贾政听了，便回头命宝玉拟来。宝玉道："尝闻古人有云：'编新不如述旧，刻古终胜雕今。'[10] 况此处并非主山正景，原无可题之处，不过是探景一进步耳。莫若直书'曲径通幽处'⑧这句旧诗在上，倒还大方气

1. 是行家看法。（庚）也是描述大观园的需要。

2. 只用雕镂水磨，不施朱粉涂饰，门与墙便高雅不俗。

3. 犹大宅之入门，先有屏风掩映。

4. 想入其中，一时难辨方向，用前后这边那边等字，正是不辨东西。（己）

5. 曾用两处旧有之园所改，故如此写方可，细极。（己）若新搬土石堆磊，便无苔藓成斑之景。

6. 交通须由大道，探景必寻小径。

7. 逶迤曲折而入，方能尽得幽深之趣。按此一大园，羊肠鸟道不止几百十条，穿东度西，临山过水，万勿以今日贾政所行之径，考其方向基址。（己）此小说也。有严格按照方位远近叙述的，也偶有随心信笔发挥处，看后人所绘大观园示意图各不相同，由所据不一可知。

8. 行家筹划园林布局，留题处往往有匠心设计。

9. 聪明人焉能不知。补明好。（己）

10. 未闻古人说此两句，却又似有者。（己）宝玉杜撰古人言不是第一次了。

---

① 秉正——站正位置的意思。
② 筒瓦泥鳅脊——当时高爵位者府第的建筑式样。筒瓦，半圆筒状的屋瓦。泥鳅脊，屋顶两坡面筒瓦瓦垅过脊时，呈一种卷棚式，因状如泥鳅，故名。
③ 水磨群墙——用水磨砖砌成的围墙。水磨砖，一种加水细磨过的光滑精致的砖。
④ 西番草花样——一种蔓生的西番莲式样的图案。
⑤ 胸中大有邱壑——喻人大有见解才识。邱壑，即丘壑，山丘和山谷。语出《世说新语·巧艺》。
⑥ 峻嶒（céng 曾）——山势高峻的样子。
⑦ 香炉、终南——江西庐山的香炉峰和陕西南部的终南山，都是风光奇特的名山。
⑧ 曲径通幽处——唐代常建《题破山寺后禅院》诗："曲径通幽处，禅房花木深。"论诗者以为语带禅机。意谓要到达能领悟妙道的胜境，先得走过一段曲折的小路。程高等迟出的本子，大概以为留题用四个字更好，遂删去"处"字，作"曲径通幽"。但这一来，便不是"直书"，也非"旧诗"原句了。

派。"[1] 众人听了，都赞道："是极！二世兄天分高，才情远，不似我们读腐了书的。"贾政笑道："不可谬奖。他年小，不过以一知充十用，取笑罢了。再俟选拟。"

说着，进入石洞来。只见佳木茏葱，奇花闪灼，一带清流，从花木深处曲折泻于石隙之下。[2]再进数步，渐向北边，[3]平坦宽豁，两边飞楼插空，雕甍①绣槛，皆隐于山坳树杪②之间。俯而视之，则清溪泻雪，石磴穿云，白石为栏，环抱池沼，石桥之港③，兽面衔吐④，桥上有亭。贾政与诸人上了亭子，倚栏坐了，[4]因问："诸公以何题此？"诸人都道："当日欧阳公《醉翁亭记》⑤有云，'有亭翼然'，就名'翼然'。"贾政笑道："'翼然'虽佳，但此亭压水而成，还须偏于水题方称。依我拙裁，欧阳公之'泻出于两峰之间'，竟用他这个'泻'字。"有一客道："是极，是极！竟是'泻玉'二字妙。"贾政拈髯寻思，因抬头见宝玉侍侧，便笑命他也拟一个来。宝玉听说，连忙回道："老爷方才所议已是。但是如今追究了去，似乎当日欧阳公题酿泉用一'泻'字则妥，今日此泉若亦用'泻'字，则觉不妥。[5]况此处虽云省亲驻跸别墅，亦当入于应制之例⑥，用此等字眼，亦觉粗陋不雅。求再拟较此蕴藉含蓄者。"贾政笑道："诸公听此论若何？方才众人编新，你又说不如述古；如今我们述古，你又说粗陋不妥。你且说你的来我听。"宝玉道："有用'泻玉'二字，则莫若'沁芳'，⑦二字，岂不新雅？"[6]贾政拈髯点头不语。[7]众人都忙迎合，赞宝玉才情不凡。贾政道："匾上二字容易。再作一副七言对联来。"宝玉听说，立于亭上，四顾一望，便机上心来，乃念道：

1. 此论却是。(己)此书之后，"曲径通幽"字样已被用滥了。

2. 上回说："会芳园本是从北角墙下引来一股活水，今亦无烦再引。"即此清流也。

3. 细极。后文所以云进贾母卧房后之角门，是诸钗日相往来之境也。后文又云诸钗所居之处只在西北一带。最近贾母卧室之后，皆从此"北"字而来。(己)

4. 飞楼、绿树、清溪、白石、池沼、桥亭，无景不到。此亭大抵四通八达，为诸小径之咽喉要路。(己)

5. 揣摩前贤题额之用心，深察精到，莫谓宝玉不知读书。

6. 果然新雅。

7. 难得其父首肯。六字是严父大露悦容也。壬午春。(庚)

---

① 甍（méng 蒙）——栋梁。

② 杪（miǎo 秒）——树梢。

③ 港（hòng 哄）——桥下涵洞。

④ 兽面衔吐——指桥拱侧面上端中间的兽面形石雕，作张口的样子。

⑤ 欧阳公《醉翁亭记》——北宋欧阳修所作著名游记。亭在今安徽滁州；醉翁，作者自号。

⑥ 应制之例——奉帝王之命而作诗文的体例，如需歌功颂德、文雅蕴蓄并切须忌讳等。

⑦ 沁芳——水渗透着芳香。

绕堤柳借三篙翠，隔岸花分一脉香①。¹

贾政听了，点头微笑。众人先称赞不已。

于是出亭过池，一山一石，一花一木，莫不着意观览。²忽抬头看见前面一带粉垣，里面数楹修舍②，有千百竿翠竹遮映。众人都道："好个所在！"³于是大家进入，只见入门便是曲折游廊，⁴阶下石子漫成甬路。上面小小三间房舍，一明两暗，里面都是合着地步打就的床机椅案。从里面房里又得一小门，出去则是后院，有大株梨花兼着芭蕉。又有两间小小退步。后院墙下，忽开一隙，得泉一派，开沟仅尺许，灌入墙内，绕阶缘屋至前院，盘旋竹下而出。

贾政笑道："这一处倒还罢了。⁵若能月夜坐此窗下读书，不枉虚生一世。"说毕，看着宝玉，唬得宝玉忙垂了头。⁶众客忙用话开释，⁷又说道："此处的匾该题四个字。"贾政笑问："哪四字？"一个道是"淇水遗风"③，贾政道："俗。"⁸又一个是"睢园雅迹"④，贾政道："也俗。"贾珍笑道："还是宝兄弟拟一个来。"⁹贾政道："他未曾作，先要议论人家的好歹，可见就是个轻薄人。"¹⁰众客道："议论得极是，其奈他何？"贾政忙道："休如此纵了他。"因命他道："今日任你狂为乱道，先设议论来，然后方许你作。¹¹方才众人说的，可有使得的？"宝玉见问，便答道："都似不妥。"¹²贾政冷笑道："怎么不妥？"宝玉道："这是第一处行幸之处，必须颂圣方可。若用四字的匾，又有古人现成的，何必再作。"贾政道："难道'淇水''睢园'不是古人的？"宝玉道："这太板腐了。莫若'有凤

1. 恰极，工极，绮靡秀媚，香奁正体。（己）唐韩偓有《香奁集》，其诗"皆裾裙脂粉之语"，人称香奁体，也称艳体。

2. 疏疏一笔，知已走过一段路了。

3. 千竿翠竹是后名"潇湘馆"的标志。作第一处居所来写是经过一番考量的。

4. 不犯"超手游廊"。（己）

5. "倒还罢了"是"倒还不错"意。

6. 宝玉听到父亲说"窗下读书"，怕他乘机责备自己不爱读书，故忙垂头。

7. 以免不愉快。客不可无有。（己）

8. 为宝玉作陪衬。贾政亦非无鉴赏力者。

9. 贾珍不能文，此话由他来说好，读者几乎已忘却随行中还有贾珍在。又换一章法。壬午春。（庚）

10. 既有好歹，议论一下又何妨？怎么就"轻薄"了？难道有看法不说，免得罪人，才算持重？知子者莫如父。（庚）

11. 原来为此才有前言。于作诗文时，虽政老亦有如此令旨，可知严父亦无可奈何也。不学纨袴来看！畸笏。（庚）

12. 依旧实话实说。明知是故意要他盘驳议论，乐得肆行施展。（己）

---

① "绕堤"一联——水光澄清，好像借来堤上杨柳的翠色；泉质芬芳，仿佛分得两岸花儿的香气。"绕堤""隔岸"，水在其中；"三篙"，从深度上说水，"一脉"，从溪形上说水。但不着"水"字，这是诗歌炼句修辞的一种技巧。

② 数楹修舍——几间整洁的房屋。

③ 淇水遗风——淇水在今河南北部，出竹。《诗经·卫风·淇奥》说到绿竹和切磋琢磨文章事，后来诗文多承其说。这里正好有千竿翠竹，贾政又欲读书于此，故清客拟此匾题。

④ 睢（suī虽）园雅迹——汉梁孝王刘武筑睢园，又称"兔园""梁园"。在睢阳（今河南商丘南），以竹美闻名，当时文士司马相如、枚乘等都曾被邀至吟诵。

来仪'①四字。"¹ 众人都哄然叫妙。贾政点头道："畜生，畜生，可谓'管窥蠡测'②矣！"因命："再题一联来。"宝玉便念道：

宝鼎茶闲烟尚绿，幽窗棋罢指犹凉。③²

贾政摇头说道："也未见长。"说毕，引众人出来。

方欲走时，忽又想起一事来，³ 因问贾珍道："这些院落房宇并几案桌椅都算有了，还有那些帐幔帘子并陈设的玩器古董，可也都是一处一处合式配就的么？"⁴ 贾珍回道："那陈设的东西早已添了许多，自然临期合式陈设。帐幔帘子，昨日听见琏兄弟说，还不全。那原是一起工程之时就画了各处的图样，量准尺寸，就打发人办去的。想必昨日得了一半。"贾政听了，便知此事不是贾珍的首尾④，便命人去唤贾琏。

一时，贾琏赶来，⁵ 贾政问他共有几种，现今得了几种，尚欠几种。贾琏见问，忙向靴筒内取靴掖⑤内装的一个纸折略节来，⁶ 看了一看，回道："妆、蟒、绣、堆、刻丝、弹墨⑥，并各色绸绫大小幔子一百二十架，昨日得了八十架，下欠四十架。帘子二百挂，昨日俱得了。外有猩猩毡帘二百挂，湘妃竹帘二百挂，金丝藤红漆竹帘二百挂，黑漆竹帘二百挂，五彩线络盘花帘二百挂，每样得了一半，也不过秋天都全了。椅搭、桌围、床裙、桌套，每分一千二百件，也有了。"

一面说，一面走，⁷ 倏尔青山斜阻。⁸ 转过山怀中，隐隐露出一带黄泥筑就矮墙，墙头皆用稻茎掩护。⁹ 有几百株杏花，如喷火蒸霞一般。¹⁰ 里面数楹茅屋。外面却是桑、榆、槿、柘，

1. 既合竹，又合元妃，实恰当之极。其父奈何不得，只好口不应心。

2. 咏竹中精含妙句。"尚绿""犹凉"四字，便如置身于森森万竿之中。(己)所咏对象不直接说出而隐含其中，是诗词修辞上的一种技巧要求。

3. 自然。借一事为间隔，以免平铺直叙写题咏。

4. 正可写帘幔陈设。大篇长文不如此顿，则成何说话！(己)

5. 贾政虽不掌管冗杂诸务，但想到是必要过问的。

6. 细极，从头至尾誓不作一笔逸安苟且之笔。(己)文学要形象思维尽人皆知，作家要真正做到却不容易，如此处贾琏细节，庸笔必忽略之。

7. 不过大略了解进度，不必耽误巡视。

8. "斜"字细，不必拘定方向。诸钗所居之处，若稻香村、潇湘馆、怡红院、秋爽斋、蘅芜苑等，都相隔不远。究竟只在一隅，然处置得巧妙，使人见其千丘万壑，恍然不知所穷，所谓会心处不在乎远。大抵一山一水，一木一石，全在人之穿插布置耳。(己)"青山郭外斜"孟浩然句，为"青山斜阻"所本。

9. 稻茎配黄泥墙，农家景象。

10. 风景亮点，设喻形容，夺目光彩。

---

① 有凤来仪——凤凰是传说中的仙禽，它的出现，被视作瑞应。《尚书·益稷》："箫韶（舜乐）九成（一曲终叫一成），有凤来仪（来归）。"传说凤是食竹实的。又多比后妃。为元春归省而拟，正合。

② 管窥蠡（lí离）测——《汉书·东方朔传》："语曰：'以管窥天，以蠡测海。'"喻见识陋浅。蠡，瓢。

③ "宝鼎"一联——鼎，指茶炉。本来，茶沸热时，则有绿烟，棋在着时，指头觉凉。现在却说"茶闲""棋罢"之时，亦复如此，正是为了写竹。翠竹遮映，所以疑尚有绿烟；浓荫生凉，所以似乎仍觉指冷。

④ 首尾——干系，关系。

⑤ 靴掖⑤——扁平的小夹子，装钱票、纸片等，可塞在靴筒内。

⑥ 妆、蟒、绣、堆、刻丝、弹墨——脂评有"一字一句""二字一句"之批，指各种织品的制作工艺。

各色树稚新条，随其曲折，编就两溜青篱。篱外山坡之下，有一土井，旁有桔槔、辘轳①之属。下面分畦列亩，佳蔬菜花，漫然无际。[1]

贾政笑道："倒是此处有些道理。固然系人力穿凿，[2]此时一见，未免勾引起我归农之意。[3]我们且进去歇息。"说毕，方欲进篱门去，忽见路旁有一石碣，亦为留题之备。[4]众人笑道："更妙，更妙！此处若悬匾待题，则田舍家风一洗尽矣。立此一碣，又觉生色许多，非范石湖田家之咏②不足以尽其妙。"贾政道："诸公请题。"众人道："方才世兄有云，'编新不如述旧'，此处古人已道尽矣，莫若直书'杏花村'③妙极。"[5]贾政听了，笑向贾珍道："正亏提醒了我。此处都妙极，只是还少一个酒幌④。明日竟作一个，不必华丽，就依外面村庄的式样作来，用竹竿挑在树梢。"贾珍答应了，又回道："此处竟还不可养别的雀鸟，只是买些鹅、鸭、鸡类，才都相称了。"贾政与众人都道："更妙。"贾政又向众人道："'杏花村'固佳，只是犯了正名⑤村名，直待请名方可。"众客都道："是呀！如今虚的，便是什么字样好？"

大家想着，宝玉却等不得了，也不等贾政的命，[6]便说道："旧诗有云：'红杏梢头挂酒旗。'⑥如今莫若'杏帘在望'四字。"[7]众人都道："好个'在望'！又暗合'杏花村'意。"宝玉冷笑道：[8]"村名若用'杏花'二字，则俗陋不堪了。又有古人诗云：'柴门临水稻花香'⑦，何不就用'稻香村'的妙？"[9]众人

1. 阅至此，又笑别部小说中一万个花园中，皆是牡丹亭、芍药圃，雕栏画栋，琼树珠楼，略不见差别。（己）

2. 贾政先退一步承认"人力穿凿"，以为能占理，反使下文宝玉之批驳，持之有据，大有发挥余地。

3. 君不闻"须要退步抽身早"？极热中偏以冷笔点之，所以为妙。（己）

4. 此处只宜用石碣。更恰当，若有悬额之处，或再用镜面石，岂复成文哉！忽想到"石碣"二字，又托出许多郊野气色来，一肚皮千邱万壑只在这"石碣"上。（庚）

5. 门客所拟虽犯杜牧诗中村名，却引出酒幌来。

6. 不待命而踊跃，写宝玉技痒，变一式样。

7. 在此四字，方有后文五律佳作。

8. 得意忘形之态。

9. 就此定名。

---

① 桔槔、辘轳——古老的井上汲水工具。桔槔，又叫"吊杆"，架一杠杆，一端系水桶，一端坠大石，此起彼落，用以汲水。辘轳，又叫"轳辘"，架一有柄的转轴，轴上绕桶绳，摇柄转轴，吊起水桶。
② 范石湖田家之咏——南宋诗人范成大，自号石湖居士，所作《四时田园杂兴》数十首，写田家生活、景物风光，最为传诵。
③ 杏花村——唐代杜牧《清明》诗："借问酒家何处有，牧童遥指杏花村。"
④ 酒幌——也叫"酒旗"或"酒帘"，旧时酒店用竹竿挑一布帘在门口作招牌。
⑤ 犯了正名——谓不应直接用前人已实有的村名。
⑥ "红杏"句——明代唐寅《杏林春燕》诗："绿杨枝上啭黄鹂，红杏梢头挂酒旗。"
⑦ "柴门"句——唐代许浑《晓至章隐居郊园》诗："村径绕山松叶暗，柴门临水稻花香。"

听了，越发哄声拍手道："妙！"贾政一声断喝："无知的业障！[1]你能知道几个古人，能记得几首熟诗，也敢在老先生前卖弄！你方才那些胡说的，不过是试你的清浊，取笑而已，你就认真了！"

说着，引人步入茆堂①，里面纸窗木榻，富贵气象一洗皆尽。贾政心中自是欢喜，却瞅宝玉道："此处如何？"众人见问，都忙悄悄地推宝玉，教他说好。宝玉不听人言，便应声道："不及'有凤来仪'多矣。"[2]贾政听了道："无知的蠢物！你只知朱楼画栋、恶赖②富丽为佳，哪里知道这清幽气象。终是不读书之过！"宝玉忙答道："老爷教训得固是，但古人常云'天然'二字，不知何意？"

众人见宝玉牛心，都怪他呆痴不改。[3]今见问'天然'二字，众人忙道："别的都明白，如何连'天然'不知？'天然'者，天之自然而有，非人力之所成也。"宝玉道："却又来！此处置一田庄，分明见得人力穿凿扭捏而成。远无邻村，近不负郭③，背山山无脉，临水水无源，高无隐寺之塔，下无通市之桥，峭然孤出，似非大观。争似先处有自然之理，得自然之气，虽种竹引泉，亦不伤于穿凿。[4]古人云'天然图画'四字，正畏非其地而强为地，非其山而强为山，虽百般精巧，终不相宜……"未及说完，贾政气得喝命："又出去！"[5]刚出去，又喝命："回来！"[6]命再题一联："若不通，一并打嘴！"[6]宝玉只得念道：

新涨绿添浣葛处，好云香护采芹人。④[7]

1. 老先生前总要摆出严父架势，不许儿子张扬太过，卖弄本领。爱之至，喜之至，故作此语。作者至此，宁不笑杀！壬午春。（庚）

2. 不肯顺从听命，故被目为性情乖张。公然自定名，妙。（己）

3. 所谓"牛心""呆痴不改"是宝玉真性情，也是极可贵处，哪管旁人怪不怪。

4. 索性将爱好天然的志趣痛快淋漓地发挥出来。与作者写书"不敢稍加穿凿，徒为供人之目而反失其真传者"的美学理想一致。

5. 辩说有理，伤了为父的自尊也。

6. 生气管生气，毕竟儿子占理，若真让他走了，为父的如何下台？所谓奈何他不得也，呵呵！畸笏。（庚）

7. 恰好与后来居住者李纨的身份相切合。采风采雅都恰当，然冠冕中不失香奁格调。（庚）

---

① 茆堂——即茅堂。"茆"同"茅"。

② 恶赖——庸俗。

③ 负郭——背靠城郭。郭，外城。

④ "新涨"一联——在洗葛衣的地方增添了新涨的碧绿春水，在读书人的周围有红云般的杏花飘着香气。浣，洗濯。葛，山间蔓生植物，纤维可织布制成葛衣。《诗经·周南·葛覃》写一个新妇很勤谨，洗净葛衣才回娘家。旧说此诗颂"后妃之德"，合元春身份。元春后来赐名为"浣葛山庄"。这句从田庄背山临水写。好云，祥云，又兼喻云霞般的杏花，故用"香护"。采芹人，读书人。语出《诗经·鲁颂·泮水》。这句又暗喻元春为贵妃，如祥云庇护着贾府。此联还能兼合后来居住于此的李纨事。

贾政听了，摇头说："更不好。"一面引人出来，转过山坡，穿花度柳，抚石依泉，过了荼蘼架，再入木香棚，越牡丹亭，度芍药圃，入蔷薇院，出芭蕉坞，盘旋曲折。¹忽闻水声潺湲，泻出石洞，上则萝薜倒垂，下则落花浮荡。²众人都道："好景，好景！"贾政道："诸公题以何名？"众人道："再不必拟了，恰恰乎是'武陵源'三个字。"贾政笑道："又落实了，而且陈旧。"众人笑道："不然就用'秦人旧舍'①四字也罢了。"宝玉道："这越发过露了。'秦人旧舍'说避乱之意，如何使得！莫若'蓼汀花溆'②四字。"贾政听了，更批胡说。

于是要进港洞时，又想起有船无船。³贾珍道："采莲船共四只，座船一只，如今尚未造成。"贾政笑道："可惜不得入了。"贾珍道："从山上盘道亦可以进去。"⁴说毕，在前导引，大家攀藤抚树过去。只见水上落花愈多，其水愈清，溶溶荡荡，曲折萦迂。池边两行垂柳，杂着桃杏，遮天蔽日，真无一些尘土。忽见桃柳中又露出一条折带朱栏板桥来。⁵度过桥去，诸路可通⁶，便见一所清凉瓦舍，一色水磨砖墙，清瓦花堵，那大主山所分之脉，⁷皆穿墙而过。⁸

贾政道："此处这所房子，无味得很。"⁹因而步入门时，忽迎面突出插天的大玲珑山石来，四面群绕各式石块，竟把里面所有房屋悉皆遮住，且一株花木也无。¹⁰只见许多异草：或有牵藤的，或有引蔓的，或垂山巅，或穿石隙，甚至垂檐绕柱，萦砌盘阶，¹¹或如翠带飘飘，或如金绳盘屈，或

1. 所经六处皆以花木命名，则其景物不写可知矣。

2. 美不胜收，却是原来水流一脉延伸。仍是沁芳溪矣。究竟基址不大，全是曲折掩隐之巧可知。（己）

3. 自然而然想起船来。船，后来元妃、刘姥姥都要用到。

4. 因无船方有经此山上盘道而入的机会，设想周到。

5. 此处则用桃柳板桥互衬，红绿相间点缀，又是一格。

6. "诸路可通"，必不可少。补四字，细极，不然后文宝钗来往，则将日日爬山越岭矣。（己）

7. 与前所写"青山斜阻"是同一座山逶迤至此。

8. 水固可穿墙，山也可穿过，有趣。

9. 为写有趣得很，先写无味得很，文章曲折如此！先故顿此一笔，使后文愈觉生色，未扬先抑之法。盖钗、颦对峙，有甚难写者。（己）

10. 难道真被贾政说中了，无味得很？

11. 转得好，原来妙处难与君说。当是平时细察山野异草，留心园林景观，再借想象翅膀写出来的。

---

① 武陵源、秦人旧舍——都用晋代陶渊明《桃花源记》事：武陵捕鱼人入桃源，源中人自称"先世避秦时乱，率妻子、邑人来此绝境，不复出焉"。

② 蓼汀花溆（xù序）——汀，汀洲，水边平沙。"蓼汀"一词当从唐代罗邺《雁》诗"暮天新雁起汀洲，红蓼花开水国愁"想来。所以元春看了说："'花溆'二字便好，何必'蓼汀'？"溆，浦，水边。"花溆"一词当从唐代崔国辅《采莲》诗"玉溆花争发，金塘水乱流"想来。

实若丹砂，或花如金桂，味芬气馥，非花香之可比。[1] 贾政不禁笑道："有趣！[2] 只是不大认识。"有的说："是薜荔藤萝。"贾政道："薜荔藤萝不得如此异香。"宝玉道："果然不是。这些之中也有藤萝薜荔；那香的是杜若蘅芜，那一种大约是茝兰，这一种大约是清葛，那一种是金㼏草，这一种是玉蕗藤，红的自然是紫芸，绿的定是青芷。想来《离骚》《文选》①等书上所有的那些异草，也有叫作什么藿纳姜荨的，也有叫作什么纶组紫绛的，还有石帆、水松、扶留等样，又有叫什么绿荑的，还有什么丹椒、蘼芜、风连。如今年深岁改，人不能识，故皆象形夺名，渐渐地唤差了也是有的……"[3] 未及说完，贾政喝道："谁问你来！"[4] 唬得宝玉倒退，不敢再说。

贾政因见两边俱是超手游廊，便顺着游廊步入。只见上面五间清厦连着卷棚，四面出廊，绿窗油壁，更比前几处清雅不同。贾政叹道："此轩中煮茶操琴，亦不必再焚名香矣！[5] 此造已出意外，诸公必有佳作新题以颜其额，方不负此。"众人笑道："再莫若'兰风蕙露'贴切了。"贾政道："也只好用这四字。其联若何？"一人道："我倒想了一对，大家批削改正。"念道是：

麝兰芳霭斜阳院，杜若香飘明月洲。②

众人道："妙则妙矣，只是'斜阳'二字不妥。"那人道："古人诗云'蘼芜满院泣斜晖'。"众人道："颓丧，颓丧！"又一人道："我也有一联，诸公评阅评阅。"因念道：

三径香风飘玉蕙，一庭明月照金兰。③[6]

贾政拈髯沉吟，意欲也题一联。忽抬头见宝玉在旁不敢则声，因喝道："怎么你应说话时又不

1. 前二处皆还在人意之中，此一处则今古书中未见之工程也。连用几"或"字，是从昌黎《南山诗》中学得。（己）连用"或"字组句，《诗经》即有，如《小雅·北山》"或燕燕居息，或尽瘁事国"等连用十二句。韩愈《南山诗》"或连若相从，或蹙若相斗"等增至十九句，以求奇崛。真正用以写花草果实，倒是杜甫《北征》写山果琐细景象，用"或红如丹砂，或黑如点漆"，颇似有承继渊源。

2. 从"无味"到"有趣"，自己翻案最妙。

3. 有可炫耀见识处，自然滔滔不绝。脂评注出若干香草之名出《字汇》《楚辞》及《吴都赋》《蜀都赋》等等。由此可见，说宝玉怕读书，实在要看读什么书，如《离骚》《文选》之类，其中有的并不易读，然多辞藻文采，合其口味，故不在怕读之列。

4. 何必如此！又一样止法。（己）

5. 政老哪里晓得这就是"冷香"。

6. 此二联皆不过为钓宝玉之饵，不必认真批评。（己）是。

---

① 《离骚》《文选》——屈原的代表作《离骚》用"香草美人"手法寄托自己的政治理想。南朝梁昭明太子萧统编一部历代诗文集《文选》（又称《昭明文选》），其中所收辞赋，也如屈骚一样，提到许多奇花异草的名称。

② "麝兰"一联——麝兰、杜若，都是香草。霭，云气，引申为弥漫。上句书中说它"颓丧"，套前人"蘼芜满手泣斜晖"句。唐代鱼玄机《闺怨》诗："蘼芜盈手泣斜晖，闻道邻家夫婿归。"下句或套唐代徐坚《棹歌行》："影人桃花浪，香飘杜若洲。"此联所述与环境不切合。

③ "三径"一联——三径，庭园间小路。汉代蒋诩隐居后，曾于舍中竹下开一条三叉小路，只与求仲、羊仲二人来往。蕙，兰的一种，多穗。此联亦不顾具体环境、凑合俗套而成。

说了？还要等人请教你不成！"宝玉听说，便回道："此处并没有什么'兰麝''明月''洲渚'之类，若要这样着迹说起来，就题二百联也不能完。"贾政道："谁按着你的头，叫你必定说这些字样呢？"宝玉道："如此说，匾上则莫若'蘅芷清芬'四字。对联则是：

　　　　吟成豆蔻才犹艳，睡足酴醾梦也香。①"[1]

贾政笑道："这是套的'书成蕉叶文犹绿'，[2]不足为奇。"众客道："李太白'凤凰台'之作，全套'黄鹤楼'②，只要套得妙。[3]如今细评起来，方才这一联，竟比'书成蕉叶'犹觉幽娴活泼。视'书成'之句，竟似套此而来。"贾政笑说："岂有此理！"

　　说着，大家出来。行不多远，则见崇阁巍峨，层楼高起，面面琳宫③合抱，迢迢复道④萦纡；青松拂檐，玉栏绕砌，金辉兽面，彩焕螭头。贾政道："这是正殿了，[4]只是太富丽了些。"众人都道："要如此方是。虽然贵妃崇节尚俭，天性恶繁悦朴，[5]然今日之尊，礼仪如此，不为过也。"一面说一面走，只见正面现出一座玉石牌坊来，[6]上面龙蟠螭护，玲珑凿就。贾政道："此处书以何文？"众人道："必是'蓬莱仙境'方妙。"贾政摇头不语。宝玉见了这个所在，心中忽有所动，寻思起来，倒像那里曾见过的一般，却一时想不起哪年月日的事了。[7]贾政又命他作题，宝玉只顾细思前景，全无心于此了。众人不知其意，只当他受了这半日的折磨，精神耗散，才尽词穷了；再要考难逼迫，着了急，或生出事来，倒不便。遂忙都劝贾政："罢，罢，明日再题罢了。"贾政心中也怕贾母不

1. 词意俱佳。前谓其父"闻得塾掌称赞宝玉专能对对联"，非虚语。

2. "书成"句未详出处，似非唐宋诗。

3. 这一位箴翁更有意思。（庚）是诗话中常谈。

4. 想来此殿在园之正中。按园不是殿方之基，西北一带通贾母卧室后，可知西北一带是宽出一带来的，诸钗始便于行也。（己）

5. 有后文元春之语可证。写出贾妃身分天性。（庚）

6. 牌坊上只差"太虚幻境"四字。

7. 好在只暗示，不说破。仍归于葫芦一梦之太虚幻境。（己）

---

①　"吟成"一联——豆蔻，花初开时，卷嫩叶中，俗称含胎花，以喻少女。唐代杜牧《赠别》诗："娉娉袅袅十三余，豆蔻梢头二月初。"上句说，吟成像杜牧那样的豆蔻诗后，才思还是很旺。"才犹艳"，戚序、程高诸本作"诗犹艳"，当是后人妄改；"犹"字没有着落，不成文理。酴醾（tú mí图迷），也作"荼蘼"，春末开花。下句有两层意思：一是说花枝软垂无力，像睡梦沉酣；一是说人在花气中睡梦也香甜。

②　李太白"凤凰台"之作，全套"黄鹤楼"——唐代崔颢作《黄鹤楼》诗："昔人已乘黄鹤去，此地空余黄鹤楼。……"李白为之倾慕，有"眼前有景道不得，崔颢题诗在上头"之语，又曾几次仿其格调作诗，如《登金陵凤凰台》诗："凤凰台上凤凰游，凤去台空江自流。……"即是。

③　琳宫——本神仙居处，此指富丽宫室。

④　复道——楼阁间架空连接的通道。

放心，[1]遂冷笑道："你这畜生，也竟有不能之时了。也罢，限你一日，明日若再不能，我定不饶。这是要紧之处，更要好生作来！"

说着，引人出来，再一观望，原来自进门起，所行至此，才游了十之五六。[2]又值人来回，有雨村处遣人来回话。[3]贾政笑道："此数处不能游也。虽如此，到底从那一边出去，纵不能细观，也可稍览。"说着，引客行来，至一大桥前，见水如晶帘一般奔入。原来这桥便是通外河之闸，引泉而入者。[4]贾政因问："此闸何名？"宝玉道："此乃沁芳泉之正源，就名'沁芳闸'。"[5]贾政道："胡说！偏不用'沁芳'二字。"[6]

于是一路行来，或清堂，或茅舍；或堆石为垣，或编花为牖；或山下得幽尼佛寺，或林中藏女道丹房；或长廊曲洞，或方厦圆亭，贾政皆不及进去。[7]因说半日腿酸，未尝歇息。忽又见前面又露出一所院落来，[8]贾政笑道："到此可要进去歇息歇息了。"说着，一径引人绕着碧桃花，穿过一层竹篱花障编就的月洞门，俄见粉墙环护，绿柳周垂。[9]贾政与众人进去，一入门，两边俱是游廊相接。院中点衬几块山石，一边种着数本芭蕉，那一边乃是一棵西府海棠，其势若伞，丝垂翠缕，葩吐丹砂。众人赞道："好花，好花！从来也见过许多海棠，哪里有这样妙的。"贾政道："这叫作'女儿棠'，乃是外国之种。俗传系出'女儿国'中，云彼国此种最盛，亦荒唐不经之说罢了。"[10]众人笑道："然虽不经，如何此名竟传久了？"宝玉道："大约骚人咏士，以此花之色红晕若施脂，轻弱似扶病，大近乎闺阁风度，[11]所以以'女儿'命名。想因被世间俗恶听了，他便以野史纂入为证，以俗传俗，以讹传讹，都认真了。"[12]众人都摇身赞妙。

一面说话，一面都在廊外抱厦下打就的榻上坐了。[13]贾政因问："想几个什么新鲜字来题此？"一客道："'蕉鹤'二字最妙。"又一客道：

1. 行文时刻，必处处都想到。一笔不漏。（己）

2. 这就对了，哪能不为后文留余地？伏下后文所补等处。若都入此回写完，不独太繁，使后文冷落，亦且非《石头记》之笔。（己）

3. 此处渐渐写雨村亲切，正为后文地步。伏线千里，横云断岭法。（己）此评所指系八十回后佚稿中事；或贾府之败，亦受雨村连累；或雨村闻贾府出事，有落井下石行为。

4. 园中之水系墙外引入，前虽提及而不显，故于此再补明。

5. 自定其名，总因自信。

6. 政老亦执拗，不免意气用事。

7. 以后自会一一补出。

8. 问卿此居，比大荒山若何？（庚）此处即后之怡红院，故有是问。

9. 外有碧桃花、垂杨柳，内又有芭蕉、海棠，宜此处题"红""绿"二字。

10. 贾政之谈，虽称荒唐，却不离谱，古籍笔记所载，多有此类。

11. 东坡诗写海棠，甚多妙句，皆以佳人作比。宝玉之形容亦切合其性情。

12. 借题发挥，有见地。不独此花，近之谬传者不少，不能悉道，只借此花数语驳尽。（己）

13. 从容写来。至阶又至檐，不肯轻易写过。（己）

"'崇光泛彩' ①方妙。"贾政与众人都道:"好个'崇光泛彩'!"宝玉也道:"妙极!"又叹:"只是可惜了。"[1]众人问:"如何可惜?"宝玉道:"此处蕉、棠两植,其意暗蓄'红''绿'二字在内。若只说蕉,则棠无着落;若只说棠,蕉亦无着落。固有蕉无棠不可,有棠无蕉更不可。"贾政道:"依你如何?"宝玉道:"依我,题'红香绿玉'四字,方两全其妙。"[2]贾政摇头道:"不好,不好!"

　　说着,引人进入房内。只见这几间房内收拾得与别处不同,竟分不出间隔来的。[3]原来四面皆是雕空玲珑木板,或"流云百蝠",或"岁寒三友",或山水人物,或翎毛花卉,或集锦,或博古②,[4]或卍福卍寿③,[5]各种花样,皆是名手雕镂,五彩销金嵌宝的。一槅一槅,或有贮书处,或有设鼎处,或安置笔砚处,或供花设瓶、安放盆景处。其槅各式各样,或天圆地方,或葵花蕉叶,或连环半璧。真是花团锦簇,剔透玲珑。倏尔五色纱糊就,竟系小窗;倏尔彩绫轻覆,竟系幽户。且满墙满壁,皆系随依古董玩器之形抠成的槽子。诸如琴、剑、悬瓶、桌屏之类,虽悬于壁,却都是与壁相平的。[6]众人都赞:"好精致想头!难为怎么想来!"

　　原来贾政等走了进来,未进两层,便都迷了旧路,左瞧也有门可通,右瞧又有窗暂隔,及到了跟前,又被一架书挡住。回头再走,又有窗纱明透,门径可行;及至门前,忽见迎面也进来了一群人,都与自己形相一样,却是一架玻璃大镜相照。[7]及转过镜去,越发见门子多了。[8]贾珍笑道:"老爷随我来。从这门出去,便是后院,从后院出去,倒比先近了。"说着,又转了两层纱橱锦槅,果得一门出去,[9]院中满架蔷薇、宝相。转过花障,则见青溪前阻。众人诧异:"这股水又是从何而来?"贾珍遥指道:"原从那闸起流至那洞口,从东北山坳里引到那村庄里,又开一道岔口,引

1. 宝玉赞客语罕见,倒不是谬奖,指其不足更中肯。

2. 此四字却俗,为后文改名留余地。

3. 以罕见式样设置"温柔富贵乡"环境。特为青埂峰下凄凉,与别处不同耳。(庚)

4. 列举雕镂木板各种图案花样,包罗无遗。非平日留心熟悉,未必能在需要时形诸笔下。

5. 又出奇文。描摹世间百态千姿,哪怕琐细到这样的民俗文字图案,也敢往小说中写(画),不管行文有什么规则限制,都可以为追求美学理想而突破。这就是曹雪芹不可企及之处。前金玉篆文是可考正篆,今则从俗花样,真是醒睡魔……只据此便是一绝。(己)

6. 怡红院后为宝玉所居,是最重要场所,故出力尽情描绘一番。

7. 不先说大镜,却写忽见迎面来人与自己形相一样,只重感受,不为说明,此文学与其他文字不同之处。伏下后来刘姥姥醉中误闯怡红院,错认亲家母前来一段幽默文字。

8. 多歧路,不知通道者不迷也难。

9. 此方便门也。(庚)

---

① 崇光泛彩——春光焕发的光彩。语本苏轼《海棠》诗:"东风袅袅泛崇光。"只说了海棠,漏了芭蕉。

② 博古——指用古器物图形装饰成的工艺品。

③ 卍福卍寿——即"万福万寿"。

到西南上，共总流到这里，仍旧合在一处，从那墙下出去。[1]"众人听了，都道："神妙之极！"说着，忽见大山阻路。众人都道："迷了路了。"贾珍笑道："随我来。"仍在前导引，众人随他直由山脚边忽一转，便是平坦宽阔大路，豁然大门前现。[2]众人都道："有趣，有趣，真搜神夺巧之至！"于是大家出来。[3]

那宝玉一心只记挂着里边，又不见贾政吩咐，少不得跟到书房。贾政忽想起他来，方喝道："你还不去？难道还逛不足！[4]也不想逛了这半日，老太太必悬挂着。快进去，疼你也白疼了！"宝玉听说，方退了出来。[5]

至院外，就有跟贾政的几个小厮上来拦腰抱住，都说："今日亏了我们，老爷才喜欢，方才老太太打发人出来问了几遍，都亏我们回说老爷喜欢，[6]若不然，老太太叫你进去，就不得展才了。人人都说，你那些诗比世人的都强。今儿得了这样的彩头。该赏我们了。"宝玉笑道："每人一吊钱。"众人道："谁没见那一吊钱！[7]把这荷包赏了罢。"说着，一个上来解荷包，那一个就解扇囊，不容分说，将宝玉所佩之物尽行解去。又道："好生送上去罢。"一个抱了起来，几个围绕，送至贾母二门前。[8]那时，贾母已命人看了几次，众奶娘、丫鬟跟上来，见过贾母，知不曾难为着他，心中自是欢喜。

少时，袭人倒了茶来，见身边佩物一件无存，[9]因笑道："戴的东西又是那起没脸的东西们解去了？"林黛玉听说，走过来瞧瞧，果然一件无存，因向宝玉道："我给你的那个荷包也给他们了？你明儿再想我的东西，可不能够了！"[10]说毕，赌气回房，将前日宝玉所烦她做的那个香袋儿——才做了一半——赌气拿过来就铰。宝玉见她生气，便知不妥，忙赶过来，早剪破了。宝玉已见过这香囊，虽尚未完，却十分精巧，费了许多工夫。今见无故剪了，却也可气。因忙把衣领解了，从里面红袄襟上将黛玉所给的那荷包解了下来，递与黛玉瞧，道："你瞧瞧，这是什么！我哪一回把

1. 于怡红总一园之水，是书中大立意。（庚）评语"水"字原作"看"，宋淇校作"首"；余英时疑为"水"字草书形讹。参见陈庆浩《新编石头记脂砚斋评语辑校》311 页注。

2. 语带哲理。可见前进来是小路曲，此云"忽一转，便是平坦宽阔"之正甫路也，细极。（庚）

3. 游园暂告结束。以上可当《大观园记》。（庚）

4. 正写宝玉怕严父，不见吩咐，不敢擅离。

5. 蒙府、戚序本于"宝玉听说，方退了出来"处分回，以下为第十八回；程高本则于下文写请帖备轿车去接妙玉处方分回。

6. 是小厮向宝玉邀功讨好口气。

7. 豪门小厮眼界高，也为别有所图。

8. 好收煞。（庚）宝玉在众小厮眼中全无主子架子，任凭"打劫"也不生气，难得，难怪受爱戴。

9. 袭人在玉兄一身无时不照察到。（庚）如此引出黛玉之间，再自然不过了。

10. 原来写宝玉佩物都被解去，也为引起这一波澜。

你的东西给人了？"黛玉见他如此珍重，戴在里面，可知是怕人拿去之意，因此又自悔莽撞，未见皂白，就剪了香袋。[1]因此又愧又气，低头一言不发。宝玉道："你也不用剪，我知道你是懒怠给我东西。我连这荷包奉还，何如？"说着，掷向她怀中便走。[2]黛玉见如此，越发气起来，声咽气堵，又汪汪地滚下泪来，拿起荷包来又剪。[3]宝玉见她如此，忙回身抢住，笑道："好妹妹，饶了它罢！"[4]黛玉将剪子一摔，拭泪说道："你不用同我好一阵歹一阵的，要恼，就撂开手。这当了什么！"说着，赌气上床，面向里倒下拭泪。禁不住宝玉上来"妹妹"长"妹妹"短赔不是。

前面贾母一片声找宝玉。众奶娘、丫鬟们忙回说："在林姑娘房里呢。"贾母听说道："好，好，好！让他姊妹们一处玩玩罢。才他老子拘了他这半天，让他开心一会子罢，只别叫他们拌嘴，不许牛了他。"众人答应着。黛玉被宝玉缠不过，[5]只得起来道："你的意思不叫我安生，我就离了你。"说着往外就走。宝玉笑道："你到哪里，我跟到哪里。"一面仍拿起荷包来戴上。黛玉伸手抢道："你说不要了，这会子又戴上，我也替你怪臊的！"说着，"嗤"的一声又笑了。宝玉道："好妹妹，明儿另替我作个香袋儿罢！"[6]黛玉道："那也只瞧我高兴罢了。"一面说，一面二人出房，到王夫人上房中去了。可巧宝钗亦在那里。

此时，王夫人那边热闹非常。[7]原来贾蔷已从姑苏采买了十二个女孩子——并聘了教习——以及行头等物来了。那时，薛姨妈另迁于东北上一所幽静房舍居住，将梨香院早已腾挪出来，另行修理了，就令教习在此教演女戏。[8]又另派家中旧有曾演学过歌唱的女人们——如今皆已皤然①老妪了，[9]着她们带领管理。就令贾

---

① 皤（pó 婆）然——白发满头的样子。

1. 宝黛之恋，若平静不起涟漪，必无味得很。但真要写出他俩那种"求全之毁、不虞之隙"而不穿凿生造，也绝非容易。今香袋荷包事，自然引起，冲突的每一细节，都合情合理，而二人恋情反由此加深，真非高手不能。按理论之，则是"天下本无事，庸人自扰之"。若以儿女之情论之，则是必有之事，必有之理，又系今古小说中不能写到写得，谈情者亦不能说出讲出，真情痴之至文也。（己）情痴之至。若无此悔，便是一庸俗小性之女子矣。（己）

2. 见如此精巧的香囊平白剪破，怎不也有气？

3. 气自己误剪还是气宝玉掷还？只可意会。怒之极，正是情之极。（己）

4. 宝玉毕竟能体贴，荷包事小，气坏妹妹事大。这方是宝玉。（己）

5. 这句本应直接上文"'妹妹'长'妹妹'短赔不是"，而偏插入贾母关心，与丫头对话，将叙述隔开，如此更好。这是庸笔所想不到的。

6. 已烟消云散了。了结二玉之事。

7. 四字特补近日千忙万冗，多少花团锦簇文字。（己）

8. 记清：薛氏母女已另迁居处，梨香院作了女戏教习之所。

9. 令人生"白头宫女在"之慨。又补出当日宁、荣在世之事，所谓此是末世之时也。（己）

蔷总理其日用出入银钱等事，以及诸凡大小所需之物料、帐目。[1] 又有林之孝家的来回：“采访聘买的十个小尼姑、小道姑都有了，连新做的二十分道袍也有了。外有一个带发修行的，本是苏州人氏，祖上也是读书仕宦之家。因生了这位姑娘自小多病，买了许多替身儿①皆不中用，足的②这位姑娘亲自入了空门，方才好了。所以带发修行，今年才十八岁，法名妙玉。[2] 如今父母俱已亡故，身边只有两个老嬷嬷、一个小丫头服侍。文墨也极通，经文也不用学了，模样儿又极好。[3] 因听见长安都中有观音遗迹并贝叶遗文③，去岁随了师父上来，现在西门外牟尼院住着。[4] 她师父极精演先天神数④，于去冬圆寂⑤了。妙玉本欲扶灵回乡的，她师父临寂遗言，说她衣食起居不宜回乡，在此静居，后来自然有你的结果。所以她竟未回去。”王夫人不等回完，便说：“既这样，我们何不接了她来？”林之孝家的回道：“请她，她说：‘侯门公府，必以贵势压人，我再不去的。’”[5] 王夫人笑道：“她既是官宦小姐，自然骄傲些，就下个帖子请她何妨。”林之孝家的答应了出去，命书启相公写请帖去请妙玉。次日遣人备车轿去接等后话，暂且搁过，此时不能表白。[6]

---

1. 靖藏本独有长眉批一条，有研究资料价值。今从陈庆浩《新编石头记脂砚斋评语辑校》姑系于此。批前抄庾信《哀江南赋序》一百五十字左右，即自“孙策以天下为三分”至“可以悽怆伤心者矣”，今略，其下接批语曰：大族之败，必不至如此之速，特以子孙不肖，招接匪类，不知创业之艰难。当知“瞬息荣华，暂时欢乐”，无异于“烈火烹油，鲜花着锦”，岂得久乎？戊子孟夏，读《庾子山文集》，因将数语系此。后世子孙，其毋慢忽之。（靖）首回脂评有“泪笔”一条，署年“甲午”(1774)，或以为时间最晚。然该评另有“甲申”(1764)异文，则“甲午”有抄讹可能。此曰“戊子孟夏”(1768)，似未见有更晚者。其中“子孙不肖，招接匪类”八字，或关系曹家事败细节，尤可注意。

2. 妙卿出现。[1]至此细数十二钗，以贾家四艳再加薛、林二冠有六，去秦可卿有七，再凤有八，李纨有九，今又加妙玉，已得十人矣。后有史湘云与熙凤之女巧姐儿者，共十二人。雪芹题曰《金陵十二钗》，盖本宗《红楼梦十二曲》之义。后宝琴、岫烟、李纹、李绮皆陪客也，《红楼梦》中所谓副十二钗是也。又有又副册三断词，乃晴雯、袭人、香菱三人而已，余未多及，想为金钏、玉钏、鸳鸯、素云、平儿等人无疑矣。观者不待言可知，故不必多费笔墨。（己）以副册为“陪客”不对；故所举副册诸人未必是。将香菱归入又副册也错了。

3. 妙玉世外人也，故笔笔带写，妙极妥极。畸笏。（庚）副册引十二钗总未的确，皆系漫拟也。至末回“警幻情榜”，方知正副、再副及三四副芳讳。壬午季春，畸笏。（庚）后一条批引起争论颇多。起句“副册”二字，原作“树处”，多校作“前处”，拙校以为是“副册”二字草书及简笔形讹。“正副”“再副”……是首副、次副之意，非十二钗有五等分，共六十人也。详见拙文《“警幻情榜”与“金陵十二钗”》，收入《追踪石头》220页，文化艺术出版社。

4. 交代妙玉入都原因，如此方能与贾府结缘。

5. 补出妙卿身世不凡，心性高洁。（庚）也是行文必有的小曲折。

6. 程高本于此分回。

---

① 替身儿——迷信以为出家为僧尼可以消灾，富家常买穷人子女代替自己子女出家，叫“替身”。

② 足的——直到。诸本不解其含义，或改成“促的”，或改成“到底”。

③ 贝叶遗文——古时写在贝多树叶子上的佛教经文。此叶经水沤后，可代纸用，古印度僧人多用以写佛经。

④ 先天神数——北宋理学家邵雍所创。他据《易传》关于八卦形成的解释，参造道思想，创一个所谓能推测自然和人事变化的宇宙构造图式，叫“先天八卦图”，其学说叫“先天学”。

⑤ 圆寂——佛家称僧尼之死亡为“圆寂”。

当下又有人回，工程上等着糊东西的纱绫，请凤姐去开楼拣纱绫；又有人来回，请凤姐开库收金银器皿。连王夫人并上房丫鬟等众，皆一时不得闲的。宝钗便说："咱们别在这里碍手碍脚，找探丫头去。"说着，同宝玉、黛玉往迎春等房中来闲玩，无话。

王夫人等日日忙乱，直到十月将尽，幸皆全备：各处监管都交清帐目；各处古董文玩，皆已陈设齐备；采办鸟雀的，自仙鹤、孔雀以及鹿、兔、鸡、鹅等类，悉已买全，交于园中各处像景饲养；贾蔷那边也演出二十出杂戏来；小尼姑、道姑也都学会了念几卷经咒。贾政方略心意宽畅。[1] 又请贾母等进园，色色斟酌，点缀妥当，再无一些遗漏不当之处了。于是贾政方择日题本。[2] 本上之日，奉朱批准奏：次年正月十五上元之日，恩准贾妃省亲。贾府领了此恩旨，越发昼夜不闲，年也不曾好生过得。[3]

展眼元宵在迩，自正月初八日，就有太监出来先看方向：何处更衣，何处燕坐①，何处受礼，何处开宴，何处退息。又有巡察地方总理关防太监等，带了许多小太监出来，各处关防，挡围幕；指示贾宅人员何处退，何处跪，何处进膳，何处启事，种种仪注不一。外面又有工部官员并五城兵备道打扫街道，撵逐闲人。贾赦等督率匠人扎花灯、烟火之类，至十四日，俱已停妥。这一夜，上下通不曾睡。[4]

至十五日五鼓，自贾母等有爵者，皆按品服大妆。园内各处，帐舞蟠龙，帘飞彩凤；金银焕彩，珠宝争辉；鼎焚百合之香，瓶插长春之蕊；静悄无人咳嗽。[5] 贾赦等在西街门外，贾母等在荣府大门外。街头巷口，俱系围幕挡严。正等得不耐烦，忽一太监坐大马而来，[6] 贾母忙接入，问其消息。太监道："早多着呢！未初刻用过晚膳，未正二刻还到宝灵宫拜佛，酉初刻

1. 省亲大事，做父亲的首担重责，况是臣僚身份，自不敢稍有懈怠。

2. 郑重其事。

3. 不难想见。大族过年种种礼仪习俗相当繁缛（其事在第五十三回中详写），但与准备迎接归省完全不同。

4. 既已事事停妥，全家上下尚通宵不眠，诚惶诚恐如此，今人怕已不太理解。

5. 着力一写，末句尤有神。是元宵之夕。不写灯月，而灯光月色满纸矣。（己）

6. 此种情形，作者当听长辈说起过。有是礼。（己）

---

① 燕坐——闲坐。

进大明宫领宴看灯方请旨，只怕戍初才起身呢。①"
凤姐听了道："既这么着，老太太、太太且请回房，¹
等是时候再来也不迟。"于是贾母等暂且自便，园
中悉赖凤姐照理。又命执事人带领太监们去吃酒饭。

　　一时传人一担一担地挑进蜡烛来，各处点灯。
方点完时，忽听外边马跑之声。一时，又有十来个
太监都喘吁吁跑来拍手儿。²这些太监会意，都知
道是"来了来了"，各按方向站住。³贾赦领合族子
侄在西街门外，贾母领合族女眷在大门外迎接。半
日静悄悄的。忽见一对红衣太监骑马缓缓地走来，⁴
至西街门下了马，将马赶出围幕之外，便垂手面西
站住。半日又是一对，亦是如此。少时便来了十来
对，方闻得隐隐细乐之声。一对对龙旌凤翣，雉羽
夔头②，又有销金提炉焚着御香。然后一把曲柄七
凤黄金伞过来，便是冠袍带履。又有值事太监捧着
香珠、绣帕、漱盂、拂尘等类。一队队过完，后面
方是八个太监抬着一顶金顶金黄绣凤版舆，缓缓
行来。贾母等连忙路旁跪下。⁵早飞跑过几个太监
来，扶起贾母、邢夫人、王夫人来。那版舆抬进大
门，入仪门往东去，到一所院落门前，有执拂太监
跪请下舆更衣。于是抬舆入门，太监等散去，只有
昭容、彩嫔③等引领元春下舆。只见院内各色花灯
闪灼，皆系纱绫扎成，精致非常。上面有一匾灯写
着"体仁沐德"四字。元春入室，更衣毕，复出，
上舆进园。只见园中香烟缭绕，花彩缤纷，处处灯
光相映，时时细乐声喧；说不尽这太平气象，富贵
风流。——此时自己回想当初在大荒山中、青埂峰
下，那等凄凉寂寞，⁶若不亏癞僧、跛道二人携来到
此，又安能得见这般世面。本欲作一篇《灯月赋》
《省亲颂》，以志今日之事，但又恐入了别书的俗套。
按此时之景，即作一赋一赞，也不能形容得尽其

1. 既当家，照顾好长辈，不使劳累要紧。

2. 静极，故闻之，细极。（己）画出内
家风范，《石头记》最难之处，别书
中摸不着。（己）内家，指宫内太监。

3. 难得他写得出，是经过之人也。（庚）
应是"经过之人"向作者述说的，
写出来却像亲身经历。作者虚拟早
于他的石头是此书原始作者，其用
意正为表明书中所述种种，非出于
后来人凭空妄拟也。

4. 写来恰如亲见。

5. 老祖母居然在路旁给孙女儿下跪，
今天看来，不可思议，可当时却天
经地义。这就是封建宗法统治下的
社会。一丝不乱。（庚）

6. 再表石头身份，正是时候。如此繁
华盛极花团锦簇之文，忽用石兄自
语截住，是何笔力！令人安得不拍
案叫绝。试阅历来诸小说中有如此
章法乎？（庚）

----

①　"未初刻用过晚膳……戍初才起身呢"——即下午一点一刻前晚膳，二点半拜佛，五点后进大明宫请旨，七点
　　后动身。
②　龙旌凤翣（shà 霎）、雉羽夔（kuí 葵）头——帝后仪仗用物。翣，作为仪仗用的大扇，用孔雀或野鸡羽毛编
　　成。夔，传说中怪物。
③　昭容、彩嫔——宫廷中女官名。

妙；即不作赋赞，其豪华富丽，观者诸公亦可想而知矣。所以倒是省了这工夫纸墨，且说正经的为是。①1

　　且说贾妃在轿内看此园内外如此豪华，因默默叹息奢华过费。2忽又见执拂太监跪请登舟，贾妃乃下舆。只见清流一带，势若游龙；两边石栏上，皆系水晶玻璃各色风灯，点得如银花雪浪；上面柳、杏诸树虽无花叶，然皆用通草、绸、绫、纸、绢依势作成，粘于枝上的，每一株悬灯数盏；更兼池中荷、荇、凫、鹭之属，亦皆系螺、蚌、羽毛之类作就的。诸灯上下争辉，真系玻璃世界、珠宝乾坤。船上亦系各种精致盆景诸灯，珠帘绣幕，桂楫兰桡②，自不必说。已而，入一石港，港上一面匾灯，明现着"蓼汀花溆"四字。3——按：此四字并"有凤来仪"等处，皆系上回贾政偶然一试宝玉之课艺才情耳，何今日认真用此匾联？4况贾政世代诗书，来往诸客屏侍座陪者，悉皆才技之流，岂无一名手题撰，竟用小儿一戏之辞苟且搪塞？5真似暴发新荣之家，滥使银钱，一味抹油涂朱，毕则大书"前门绿柳垂金锁，后户青山列锦屏"之类，则以为大雅可观，岂《石头记》中通部所表之宁、荣贾府所为哉！据此论之，竟大相矛盾了。诸公不知，待蠢物将原委说明，6大家方知。

　　当日，这贾妃未入宫时，自幼亦系贾母教养。后来添了宝玉，贾妃乃长姊，宝玉为弱弟，贾妃之心上念母年将迈，始得此弟，是以怜爱宝玉，与诸弟待之不同。且同随祖母，刻未暂离。那宝玉未入学堂之先，三四岁时，已得贾妃手引口传，教授了几本书、数千字在腹内了。其名分虽系姊弟，其情状有如母子。7自入宫后，时时带信出来与父母说："千万好生扶养，不严不能成器，过严恐生不虞，且致祖母之忧。"眷念切爱之心，刻

1. 自"此时"以下，皆石头之语，真是千奇百怪之文。（己）作为此书虚拟作者的石头，表明自己身份和职能的插话不可无，但也不必多，前面已有过几次，此回之后就罕见了。

2. 写出元春俭朴惜物、不尚奢华的天性，也借此衬托园内外极尽靡费的装饰布置。

3. 前注四字出处。"花溆"自好，"蓼汀"二字，令人联想唐诗"暮天新雁起汀洲，红蓼花开水国愁"意境，不免萧索。以此未臻妥善之题额起，带出石头说明原委，恰当之至。

4. 必有之疑问。驳得好。（庚）

5. 以"苟且搪塞"等语自占地步。又借此引出贾妃与宝玉姊弟间的特殊关系来。

6. 石兄自谦，妙。可代答云，岂敢！（己）

7. 批书人领过此教，故批至此，竟放声大哭。俺先姊仙逝太早，不然，余何得为废人耶？（庚）此畸笏即曹頫所批。曹頫之姊比他岁数大不少，早年带教幼弟，甚疼爱，后嫁纳尔苏郡王，生福彭等四子。曹頫获罪抄没，纳尔苏家不肯伸援手，曹頫因无力归还四百余两赔银，被多年"枷号"追催，致使身上落下残疾，故称"废人"，自号"畸笏"。详见文章《畸笏叟应是曹雪芹的父亲曹頫》。

―――――――――――

① "此时自己回想当初"一段——作者既假托小说是石头自记其见闻经历，便在小说整体第三人称的记述中，偶尔插入几句此类第一人称的石头自语，以免读者忘却。

② 桂楫兰桡——以桂树、木兰等香木制成的船桨，指代华美的船。

未能忘。前日，贾政闻塾师背后赞宝玉偏才尽有，贾政未信，适巧遇园已落成，令其题撰，聊一试其情思之清浊。其所拟之匾联虽非妙句，在幼童为之，亦或可取。即另使名公大笔为之，固不费难，然想来倒不如这本家风味有趣。更使贾妃见之，知系其爱弟所为，亦或不负其素日切望之意。[1]因有这段原委，故此竟用了宝玉所题之联额。那日虽未曾题完，后来亦曾补拟。[2]

　　闲文少述，且说贾妃看了四字，笑道："'花溆'二字便妥，何必'蓼汀'？"侍座太监听了，忙下小舟登岸，飞传与贾政。贾政听了，即忙移换。一时，舟临内岸，复弃舟上舆，便见琳宫绰约，桂殿巍峨。石牌坊上明显"天仙宝境"四大字，[3]贾妃忙命换"省亲别墅"四字。[4]于是进入行宫。但见庭燎①烧空，[5]香屑布地，火树琪花②，金窗玉槛。说不尽帘卷虾须，毯铺鱼獭，鼎飘麝脑之香，屏列雉尾之扇。真是：

　　　　金门玉户神仙府，桂殿兰宫妃子家。

贾妃乃问："此殿何无匾额？"随侍太监跪启曰："此系正殿，外臣未敢擅拟。"贾妃点头不语。礼仪太监跪请升座受礼，两陛乐起。礼仪太监二人引贾赦、贾政等于月台下排班，殿上昭容传谕曰："免。"太监引贾赦等退出。又有太监引荣国太君及女眷等自东阶升月台上排班，[6]昭容再谕曰："免。"于是引退。

　　茶已三献，贾妃降座，乐止。退入侧殿更衣，方备省亲车驾出园。至贾母正室，欲行家礼，贾母等俱跪止不迭。贾妃满眼垂泪，方彼此上前厮见。一手搀贾母，一手搀王夫人，三个人满心里皆有许多话，只是俱说不出，只管呜咽对泣。[7]邢夫人，李纨，王熙凤，迎、探、惜三姊妹等，俱在旁围绕，垂泪无言。半日，贾妃方忍悲强笑，安慰贾母、王夫人道："当日既送我到那不得见人

1. 如此想来，真能令元春愉悦。政老作此决策，妥当之极。一驳一解，跌宕摇曳之至。且写得父母兄弟体贴恋爱之情淋漓痛切，真是天伦至情。（己）

2. 一句补前文之不暇，启后文之苗裔，至后文凹晶馆黛玉口中又一补，所谓一击空谷，八方皆应。（己）第七十六回黛玉有拟额语。

3. 题此四字虽俗，却有意引人作"太虚幻境"的联想。

4. 元春谦和。妙，是特留此四字与彼自命。（己）

5. 又将荣华富丽景象渲染一番。"庭燎"最恰。（己）

6. 一丝不乱，精致大方，有如欧阳公九九。（己）陈庆浩注：此处疑是指欧阳询的《九成宫醴泉铭》，"九九"或为"九成"之误。

7. 《石头记》得力擅长，全是此等地方。（己）非经历过，如何写得出。壬午春。（庚）全在作者体察人情深切细微，又写得真实，不关经历不经历。

---

① 庭燎——庭院中照明的火炬。见《诗经·小雅·庭燎》。
② 火树琪花——亦说成"火树银花"，喻灯火灿烂。语出唐代苏味道《正月十五夜》诗。

的去处，¹好容易今日回家娘儿们一会，不说说笑笑，反倒哭起来。一会子我去了，又不知多早晚才来！"说到这句，不禁又哽咽起来。²邢夫人等忙上来解劝。贾母等让贾妃归座，又逐次一一见过，又不免哭泣一番。然后东西两府掌家执事人丁在厅外行礼，及两府掌家执事媳妇领丫鬟等行礼毕。贾妃因问："薛姨妈、宝钗、黛玉因何不见？"³王夫人启曰："外眷无职，未敢擅入。"⁴贾妃听了，忙命快请。一时，薛姨妈等进来，欲行国礼，亦命免过，上前各叙阔别寒温。又有贾妃原带进宫去的丫鬟抱琴等上来叩见，⁵贾母等连忙扶起，命人别室款待。执事太监及彩嫔、昭容各侍从人等，宁国府及贾赦那宅两处自有人款待，只留三四个小太监答应。母女姊妹深叙些离别情景，及家务私情。

又有贾政至帘外问安，贾妃垂帘行参等事。又隔帘含泪，⁶谓其父曰："田舍之家，虽齑盐布帛①，终能聚天伦之乐。今虽富贵已极，然骨肉各方，终无意趣！"⁷贾政含泪启道：

"臣，草莽寒门②，鸠群鸦属之中，岂意得征凤鸾之瑞③。⁸今贵人上锡天恩，下昭祖德④，此皆山川日月之精奇、祖宗之远德钟于一人，幸及政夫妇。且今上启天地生物之大德，垂古今未有之旷恩，虽肝脑涂地，臣子岂能得报于万一！惟朝乾夕惕⑤，忠于厥⑥职外，愿我君万寿千秋，乃天下苍生之同幸也。贵妃切勿以政夫妇残年为念，懑愤金怀⑦，更祈自加珍爱。惟业业兢兢，勤慎恭肃以侍上，庶不负上体贴眷爱如此之隆恩也。"⁹

1. 不得见人的去处，岂非地牢？

2. 包含多少相思之苦！追魂摄魄。《石头记》传神摹影，全在此等地方，他书中不得有此见识。（己）说完不可，不先说不可，说之不痛不可，最难说者是此时贾妃口中之语。只如此一说方千贴万妥，一字不可更改，一字不可增减，入情入神之至。（己）

3. 彼等来贾府居住信息，想早已闻知了。

4. 所谓诗书世家，守礼如此。偏是暴发，骄妄自大。（己）此非守家礼，是守君臣礼。

5. 前所谓贾家四钗之环，暗以琴、棋、书、画排行，至此始全。（己）

6. 一旦当上贵妃，父女亲情也须改变。写见面三句话，连用"帘外""垂帘""隔帘"，真是可悲！

7. 何谓快乐？何谓幸福？家庭亲情之可珍可贵，由位极皇妃之元春口中说出，便觉有千钧之重。

8. 此语犹在耳。（庚）由评语看，此种话头，应是作者祖上为官者的口头语。

9. 此启揭出封建宗法统治下的畸形父女关系，身为生父的贾政要用最恭肃卑顺的语言，像一个下贱的奴才侍奉最尊贵的主子那样对待自己的女儿，因为女儿是皇帝的代表，这种颠倒血缘关系的描写，也是对封建伦理纲常中的孝道的莫大讽刺。

---

① 齑（jī 基）盐布帛——犹言素食布衣。齑，切碎的腌菜。
② 草莽寒门——卑称自己出身于山村里的穷人家。其实是世家大族。
③ 岂意得征凤鸾之瑞——哪里想到出现了呈祥的鸾凤。与俗语说"飞出金凤凰"意思相同。征瑞，应了吉祥之兆。
④ "今贵人"句——贵人，妃子。赐天恩，赐皇恩。昭祖德，光宗耀祖。若是常人，都说"上昭祖德"，此处君臣之礼高于一切，故改"上"为"下"。
⑤ 朝乾夕惕——从早到晚慎勤戒惧，不敢稍有懈怠。乾，勉力而为。惕，小心谨慎。语出《易经·乾卦》。
⑥ 厥——其；自己的。
⑦ 懑（mèn 闷）愤金怀——心里忧闷烦躁。金，表示尊重的饰词。

贾妃亦嘱"只以国事为重,暇时保养,切勿记念"等语。贾政又启:"园中所有亭台轩馆,皆系宝玉所题;如果有一二稍可寓目者,请别赐名为幸。"元妃听了宝玉能题,便含笑说:"果进益了。"贾政退出。

　　贾妃见宝、林二人亦发比别姊妹不同,真是姣花软玉一般。因问:"宝玉为何不进见?"[1] 贾母乃启:"无谕,外男不敢擅入。"元妃命快引进来。小太监出去引宝玉进来,先行国礼毕,元妃命他进前,携手拦于怀内,又抚其头颈笑道:"比先竟长了好些……"一语未终,泪如雨下。[2]

　　尤氏、凤姐等上来启道:"筵宴齐备,请贵妃游幸。"元妃等起身,命宝玉导引,遂同诸人步至园门前。早见灯光火树之中,诸般罗列非常。进园来先从"有凤来仪""红香绿玉""杏帘在望""蘅芷清芬"等处,登楼步阁,涉水缘山,百般眺览徘徊。一处处铺陈不一,一桩桩点缀新奇。贾妃极加奖赞,又劝:"以后不可太奢,此皆过分之极。"[3] 已而,至正殿,谕免礼归座,大开筵宴。贾母等在下相陪,尤氏、李纨、凤姐等亲捧羹把盏。

　　元妃乃命传笔砚伺候,亲搦湘管,择其几处最喜者赐名。按其书云:

　　　　"顾恩思义"匾额
　　　　天地启宏慈,赤子苍头①同感戴;
　　　　古今垂旷典②,九州万国被恩荣。此一匾一联书于正殿[4]
　　　　"大观园"园之名
　　　　"有凤来仪"赐名曰"潇湘馆"
　　　　"红香绿玉"改作"怡红快绿"即名曰"怡红院"[5]
　　　　"蘅芷清芬"赐名曰"蘅芜苑"
　　　　"杏帘在望"赐名曰"浣葛山庄"

正楼曰"大观楼",东面飞楼曰"缀锦阁",西面斜楼曰"含芳阁",更有"蓼风轩""藕香榭""紫菱洲""荇叶渚"等名;[6] 又有四字的匾额十数个,诸如"梨花春雨""桐剪秋风""荻芦夜雪"等名,此时悉难全记。[7] 又命旧有匾联俱不必摘去。于是先题一绝云:

1. 宝玉是元春在心之人,问其人却在问薛、林之后,先外眷,后爱弟,于礼得体。至此方出宝玉。(己)

2. 读此数句,真想请来世界各国文豪齐来看,问谁能写得出。作书人将批书人哭坏了!(庚)看来畸笏叟太投入了,几不能自拔。

3. 总是性尚节俭。

4. 是贾妃口气。(己)

5. "红香绿玉"俗气,且"香""玉"一类字也非元春所好,故改名。这一改格调全然不同,真有脱胎换骨之妙。

6. 雅而新。(己)

7. 故意留下秋爽斋、凸碧山庄、凹晶溪馆、暖香坞等处,为后文另换眼目之地步。(己)

---

① 赤子苍头——老幼,即所有百姓。赤子,本指初生婴儿,后亦用以泛指百姓。苍头,本指老年奴仆,后泛指老年人。

② 古今垂旷典——与贾政奏启上"垂古今未有之旷恩"同义。垂,下赐。典,恩。

衔山抱水建来精，多少工夫筑始成！
天上人间诸景备，芳园应锡大观名。①1

写毕，向诸姊妹笑道：“我素乏捷才，且不长于吟咏，妹辈素所深知。今夜聊以塞责，不负斯景而已。²异日少暇，必补撰《大观园记》并《省亲颂》等文，以记今日之事。妹辈亦各题一匾一诗，随才之长短，亦暂吟成，不可因我微才所缚。且喜宝玉竟知题咏，是我意外之想。此中‘潇湘馆’‘蘅芜苑’二处，我所极爱，次之‘怡红院’‘浣葛山庄’，此四大处，必得别有章句题咏方妙。前所题之联虽佳，如今再各赋五言律一首，使我当面试过，方不负我自幼教授之苦心。”³宝玉只得答应了，下来自去构思。

迎、探、惜三人之中，要算探春又出于姊妹之上，然自忖亦难与薛、林争衡，⁴只得勉强随众塞责而已。李纨也勉强凑成一律。⁵贾妃先挨次看姊妹们的。写道是：

旷性怡情 匾额 迎 春
园成景备特精奇，奉命羞题额旷怡。
谁信世间有此境，游来宁不畅神思？②6

万象争辉 匾额 探 春
名园筑出势巍巍，奉命何惭学浅微！
精妙一时言不出，果然万物生光辉。③7

文章造化 匾额 惜 春
山水横拖千里外，楼台高起五云中。

1. 此诗从题园景角度看，未见出色；若以其双关寓意（见注释①）说，却又十分巧妙。诗却平平。盖彼不长于此也，故只如此。（己）

2. 实话实说，又说得十分得体。

3. 宝玉在题咏上有进益，是做大姊最欣慰的事，所以必“当面试过”心里才踏实。“自幼教授”四字呼应前文。虽说元春不长于吟咏，但仍有鉴别诗之优劣高下的眼光，后文担任海棠诗社社长的李纨也如此。

4. 贵有自知之明。只一语便写出宝黛二人，又写出探卿知己知彼，伏下后文多少地步。（己）

5. 不表薛、林可知。（己）

6. 三姊妹中，迎春最不能诗。她为人懦弱，逆来忍受，所以自谓能“旷性怡情”。因缺乏想象力，故诗也写得空洞无物，末句是额题四字的同义语重复。

7. 诗也未见精彩，然前二句“势巍巍”“何惭”仍透出强者个性；后二句可看出是勉强塞责。

---

① “衔山抱水”一绝——这首总题大观园的绝句与后面几首不同，作者是有深意的：说的是园林建筑，其实也指小说创作。前两句借倚山萦水的构建设计精心，工程浩大，暗喻小说创作呕心沥血，周密构思，花了他一生许多精力。后两句可以看出：一、“天上人间诸景备”的大观园只有通过艺术的典型概括才能创造出来，不可能把它落实到某一个具体的地点。二、“天上”，也隐指“太虚幻境”，暗示“天上”与“人间”两种境界的联系。三、小说所反映的社会生活面是广阔的。从“天上”到“人间”亦即从皇家到百姓，形形色色，包罗万象，蔚为“大观”，确是一幅反映当时社会的历史画卷。

② 《旷性怡情》一首——旷性怡情，使心胸开阔，心情愉快。羞题额旷怡，不好意思地题了“旷性怡情”的匾额。宁不，怎不。

③ 《万象争辉》一首——程高本将此首探春所作的七绝改属李纨，而将李纨所作的七律“文采风流”改属探春。这样的调换不妥。探春为人精明，因知“难与薛、林争衡”，故特藏拙，只作一绝以“塞责”。但“何惭学浅”之语，自是探春个性，与迎春实言“羞题”，宝钗谦称“自惭”绝不相犯。

园修日月光辉里，景夺文章造化功。①1

文采风流　匾额　李　纨

秀水明山抱复回，风流文采胜蓬莱。

绿裁歌扇迷芳草，红衬湘裙舞落梅。

珠玉自应传盛世，神仙何幸下瑶台！

名园一自邀游赏，未许凡人到此来。②2

凝晖钟瑞　匾额　薛宝钗

芳园筑向帝城西，华日祥云笼罩奇。

高柳喜迁莺出谷，修篁时待凤来仪。

文风已著宸游夕，孝化应隆归省时。

睿藻仙才盈彩笔，自惭何敢再为辞！③3

世外仙源　匾额　林黛玉

名园筑何处？仙境别红尘。

借得山川秀，添来景物新。

香融金谷酒，花媚玉堂人。

何幸邀恩宠，宫车过往频。④4

贾妃看毕，称赏一番，又笑道："终是薛、林二妹之作与众不同，非愚姊妹可同列者。"原来林黛玉安心今夜大展奇才，将众人压倒，5不想贾妃只命一匾一咏，倒不好违谕多作，只胡乱作一首五言律应景罢了。6

彼时宝玉尚未作完，只刚作了"潇湘馆"与"蘅

1. 更牵强。三首之中还算探卿略有作意，故后文写出许多意外妙文。（己）因惜春年最幼，便说其诗"更牵强"，似欠公允。

2. 李纨虽乏诗人气质才情，但毕竟自幼读书，根基不错，故能多借用前人文章意象成篇，如一三联，皆稳妥。且律诗若能凑成，看去就比绝句容易像样。此四诗列于前，正为瀚托下韵也。（己）

3. 宝钗诗遣词使事、构章立意，处处以盛唐时代著名的应制、早朝之作为楷模，故写得雍容典雅。好诗。此不过颂圣应酬耳。犹未见长，以后渐知。（己）

4. 挥洒自如，仙境之比，不脱将来自己作"世外仙姝"。然此亦非其佳构，黛玉之诗才，至其为宝玉作枪手时，始尽情施展。所谓信手拈来无不是，阿颦自是一种心思。（己）末二首是应制诗。余谓宝、林此作未见长，何也？……在宝卿有生不屑为此，在黛卿实不足一为。（己）

5. 是奇才多有好胜之心。

6. 自认胡乱应景，可见确实尚未充分展才。

---

① 《文章造化》一首——文章，义同"文采"。造化，谓天地创造化育万物。常指天运、神力。四字意思是景物之奇如天工神力造成。首句极言地广；次句极写楼高。五云，五色云霞。隐以神宫仙府作比。白居易《长恨歌》："楼阁玲珑五云起，其中绰约多仙子。"三四句谓园修建于皇帝贵妃的恩泽荣光中，风光景物有巧夺天工之奇。日月，比皇帝。

② 《文采风流》一首——文采风流，这里指景物多彩，风光美好，人事标格不凡。"绿裁"句，谓歌扇用绿绸裁制成，与芳草颜色一样，迷离难分。歌扇，女子歌唱时用以遮面。"红衬"句，谓绣裙衬着红花，舞动时如红梅落瓣，随风飞回。湘裙，湘绣做的裙子。以歌扇、舞衣成对的诗句历来甚多。如梁代阴铿即有"莺啼歌扇后，花落舞衫前"之句；又清初吴梅村《鸳湖曲》："芳草乍疑歌扇绿，落花错认舞衣鲜。"皆是。脂评："凑成。"珠玉，喻诗文美好。瑶台，传说中神仙所居。这句说元妃省亲，如仙子下凡。

③ 《凝晖钟瑞》一首——凝晖钟瑞，光辉瑞象毕集于此。晖，日光，喻皇恩。钟，聚集。"高柳"句说，喜庆莺从幽谷飞到高柳上去，喻元春出深闺进宫为妃。《诗经·小雅·伐木》："伐木丁丁，鸟鸣嘤嘤。出自幽谷，迁于乔木。嘤其鸣矣，求其友声。"文风，指提倡文学、重视礼乐的风气，此指大观园赋诗事。著，表现得显著。宸游，皇帝、贵妃外出巡游。孝化，以孝道教化人们。隆，发扬光大。睿（ruì 瑞）藻，指元春的诗。睿，颂扬帝后所用的敬辞。

④ 《世外仙源》一首——程高诸本改首句为"宸游增悦豫"，增加了"颂圣"色彩。别红尘，不同于人间。"借得"二句，说吟诗从山川中借得灵秀，使园林景物增色。金谷酒，晋代石崇家有金谷园，曾宴宾客于园中，命赋诗，不成，罚酒三斗。此借说大观园中开筵命题赋诗。玉堂人，指元春。玉堂，妃嫔所居之处。

芜苑"二首，正作"怡红院"一首，起草内有"绿玉春犹卷"一句。宝钗转眼瞥见，便趁众人不理论，急忙回身悄推他道：[1]"她因不喜'红香绿玉'四字，才改了'怡红快绿'；你这会子偏用'绿玉'二字，岂不是有意和她争驰了？况且蕉叶之说也颇多，再想一个字改了罢。"宝玉见宝钗如此说，便拭汗说道：[2]"我这会子总想不起什么典故出处来。"宝钗笑道："你只把'绿玉'的'玉'字改作'蜡'字就是了。"宝玉道："'绿蜡'可有出处？"[3]宝钗见问，悄悄地咂嘴点头笑道：[4]"亏你今夜不过如此，将来金殿对策①，你大约连'赵钱孙李'都忘了呢！[5]唐钱珝咏芭蕉诗②头一句：'冷烛无烟绿蜡干'，你都忘了不成？"[6]宝玉听了，不觉洞开心臆，笑道："该死，该死！现成眼前之物偏倒想不起来了，真可谓'一字师'③了。从此后我只叫你师父，再不叫姐姐了。"宝钗亦悄悄地笑道："还不快作上去，只管姐姐妹妹的。谁是你姐姐？那上头穿黄袍的才是你姐姐，[7]你又认我这姐姐来了。"一面说笑，因又怕他耽延工夫，遂抽身走开了。[8]宝玉只得续成，共有了三首。

此时，林黛玉未得展其抱负，自是不快。因见宝玉独作四律，大费神思，何不代他作两首，也省他些精神不到之处。[9]想着，便也走至宝玉案旁，悄问："可都有了？"宝玉道："才有了三首，只少'杏帘在望'一首了。"黛玉道："既如此，你只抄录前三首罢。赶你写完那三首，我也替你作出这首来了。"说毕，低头一想，早已吟成一律，[10]便写在纸条上，搓成个团子，掷在他跟前。[11]宝玉打开一看，只觉此首比自己所作的三首高过十倍，真是喜出望外，[12]遂忙恭楷呈上。贾妃看道：

1. 宝钗聪慧，能体察元妃改题心意。这样章法又是不曾见过的。（庚）

2. 有趣！焦急神情如见。想见其构思之苦，方是至情。最厌近之小说中满纸神童、天分等语。（己）

3. 其实，"绿蜡"与"春犹卷"同一出处，必是一起想到的。此处正为穿插需要而故意先写成"绿玉"，还问"可有出处"的。

4. 神情可爱。媚极，韵极。（庚）

5. 虽是戏语，仍自然流露自己的观念：男孩子努力的目标应在仕途，真是个性化语言。如此穿插，安得不令人拍案叫绝！壬午春。（庚）

6. 揭晓"绿蜡"出处，却未说"春犹卷"也出此诗第二句中。此等处使用硬证实处，最是大力量。但不知是何心思，是从何落想穿插到如此玲珑锦绣地步！（己）

7. 此种话头，风趣活泼，是作者所长。

8. 适可而止，再不走就不好了。

9. 一展诗才的机会来了。偏又写一样，是何心意构思而得？畸笏（庚）

10. 比曹子建七步成诗如何？瞧他写阿颦只此，便妙极。（己）

11. 多少人有过同样考场作弊的早年记忆？纸团送递，系应试童生秘诀，黛卿自何处学得？一笑。丁亥春。（庚）

12. 果然，又快又好，真是捷才！这等文字亦是观书者望外之想。（己）

---

① 金殿对策——在金銮殿对答皇帝的策问。汉代以来，朝廷考试取士，以政事、经义等设问，写在简策上，让应试者回答，叫"对策"或"策问"。

② 唐钱珝（xǔ 许）咏芭蕉诗——钱珝，诸本原误作"钱翊"。诗题为《未展芭蕉》，全诗是："冷烛无烟绿蜡干，芳心犹卷怯春寒。一缄书札藏何事？会被东风暗拆看。"句句设喻，构思巧妙。

③ 一字师——对改动他人诗文一个字而显示高明、使其从中得益者的尊称。唐代诗僧齐己作《早梅》诗，有"前村深雪里，昨夜数枝开"之句，郑谷改"数枝"为"一枝"，齐己下拜，时人称谷为"一字师"。见陶岳《五代史补》。

有凤来仪　宝玉谨题

秀玉初成实，堪宜待凤凰。

竿竿青欲滴，个个绿生凉。

迸砌妨阶水，穿帘碍鼎香。

莫摇清碎影，好梦昼初长。①1

蘅芷清芬

蘅芜满净苑，萝薜助芬芳。

软衬三春草，柔拖一缕香。

轻烟迷曲径，冷翠滴回廊。

谁谓池塘曲，谢家幽梦长？②2

怡红快绿

深庭长日静，两两出婵娟。

绿蜡春犹卷，红妆夜未眠。

凭栏垂绛袖，倚石护青烟。

对立东风里，主人应解怜。③3

杏帘在望

杏帘招客饮，在望有山庄。

菱荇鹅儿水，桑榆燕子梁。

一畦春韭绿，十里稻花香。

盛世无饥馁，何须耕织忙！④4

贾妃看毕，喜之不尽，说："果然进益了！"又指"杏帘"一首为前三首之冠，遂将"浣葛山庄"改为"稻香村"。5又

1. 评首联：凤凰比元春、黛玉都宜。起便拿得住。（己）颈联：妙句。古云"竹密何妨水过"，今偏翻案。（己）

2. 评首联："助"字妙。通部书所以皆善炼字。（己）颔联：刻画入妙。（己）切藤蔓特点。颈联：甜脆满颊。（己）

3. 评首联：双起双敲。读此首始信前云"有蕉无棠不可，有棠无蕉更不可"等批，非泛泛妄批驳他人，到自己身上则无能为之论也。（己）颈联：是海棠之情。（己）是芭蕉之神。何得如此工恰自然，真是好诗，却是好书。（己）尾联：双收。（己）归到主人，方不落空。王梅隐云：咏物体又难双承双落，一味双拿，则不免牵强。此首可谓诗题两称，极工极切，极流离妖媚。（己）主人应是绛洞花主。

4. 评首联：分题作一气呵成，格调熟练，自是阿颦口气。（己）颔联：此"鸡声茅店月"句法，无谓语，全用名词组成，如欧阳修诗"鸟声梅店雨，野色柳桥春"等即是。颈联：因上联整饬锤炼，此联须疏散洒脱，方呈不同面目，此律诗必定之章法。又因有"十里稻花香"句为元春所赏，才又改名为"稻香村"，恰巧是宝玉所初拟。尾联：以幻入幻，顺水推舟，且不失应制，所以称阿颦（己）这联评得好。

5. 评得是。仍用玉兄前拟"稻香村"，却如此幻笔幻体，文章之格式至矣尽矣。壬午春。（庚）

---

① 《有凤来仪》一首——秀玉，喻竹。实，竹实。凤食竹实。个个，竹叶像许多"个"字。明刘基《种棘》诗："风条曲抽'乙'，雨叶细垂'个'。""迸砌"二句倒装，即"妨阶水迸砌，碍鼎香穿帘"。砌，阶台的边沿。"莫摇"二句，意谓在此翠竹遮荫之下，正好舒适昼睡，希望竹子别因风而动摇，使散乱的影子晃动于眼前，扰我好梦。

② 《蘅芷清芬》一首——软衬、柔拖，蘅芜苑的异草香花从牵藤引蔓为多，所以用"软""柔"指代。写色用"衬"，写香用"拖"。轻烟，喻藤蔓萦绕的样子，如女萝亦称烟萝。冷翠，指花草上的露水。迷曲径、滴回廊，因为这些植物"或垂山巅，或穿石隙，甚至垂檐绕柱，萦砌盘阶"，所以这样写。末两句谓：谁说只有写过"池塘生春草"名句的谢灵运才有触发诗兴的好梦呢？典故见《诗品》引《谢氏家录》。

③ 《怡红快绿》一首——这一律四联，同时写芭蕉、海棠，暗蓄"红""绿"二字，用双起双收章法。婵娟，美好的样子，指蕉棠。"春犹卷"三字本钱珝诗，与"绿蜡"二字原是一起构思的。小说穿插对话，指明出处，为了让人知道"春犹卷"就是钱诗中"芳心犹怯寒"的意思。与下句一样，不是单纯写景，实在都是借花木以写人，写怡红院中生活。"红妆"句说海棠在夜里并未睡着。红妆，女子，喻花。苏轼《海棠》诗："只恐夜深花睡去，故烧高烛照红妆。"五六句说，海棠如美人凭栏垂下大红色衣袖；芭蕉倚石而植，使山石如被青烟笼罩。主人，题咏时，应指元春，以后也就是怡红院主宝玉自己。解怜，会爱惜。

④ 《杏帘在望》一首——首联分题目为两句，浑成一气，以下六句即从"客"所见所感写来。三四句全用名词组合，是"鸡声茅店月"句法。荇，水生，嫩叶可食。畦（qí奇），田园中划分成块的种植地。"盛世"二句，大观园本无耕织之事，诗顺水推舟说，有田庄而无人耕织不必奇怪，现在不是太平盛世吗？既然没有饿肚皮的人，又何用忙忙碌碌地耕织呢？

命探春另以彩笺誊录出方才一共十数首诗，出令太监传与外厢。贾政等看了，都称颂不已。贾政又进《归省颂》。元春又命以琼酥金脍等物，赐与宝玉并贾兰。[1] 此时贾兰极幼，未达诸事，只不过随母依叔行礼，故无别传。贾环从年内染病未痊，自有闲处调养，故亦无传。[2]

那时，贾蔷带领十二个女戏，在楼下正等得不耐烦，只见一太监飞跑来说："作完了诗，快拿戏目来！"贾蔷急将锦册呈上，并十二个花名单子。少时，太监出来，只点了四出戏：第一出，《豪宴》；[3] 第二出，《乞巧》；[4] 第三出，《仙缘》；[5] 第四出，《离魂》。[6] 贾蔷忙张罗扮演起来。一个个歌欺裂石之音，舞有天魔之态。虽是妆演的形容，却作尽悲欢情状。[7] 刚演完了，一太监执一金盘糕点之属进来，问："谁是龄官？"贾蔷便知是赐龄官之物，喜得忙接了，[8] 命龄官叩头。太监又道："贵妃有谕，说龄官极好，再作两出戏，不拘哪两出就是了。"贾蔷忙答应了，因命龄官作《游园》《惊梦》二出。龄官自为此二出原非本角之戏，执意不作，定要作《相约》《相骂》①[9] 二出。贾蔷扭她不过，只得依她作了。[10] 贾妃甚喜，命不可难为了这女孩子，好生教习，[11] 额外赏了两匹宫缎、两个荷包并金银锞子、食物之类。[12] 然后撤筵，将未到之处又复游玩。忽见山环佛寺，忙另盥手进去焚香拜佛，又题一匾云：

1. 又顺便点出贾兰。

2. 贾环无传，也必补明。

3. 《一捧雪》中，伏贾家之败。（己）清初李玉作，演明莫怀古因玉杯"一捧雪"被奸邪害得家破人亡故事。贾家亦一败涂地。

4. 《长生殿》中，伏元妃之死。（己）清初洪昇作，演唐明皇与杨贵妃悲剧故事。则元春之死当与政治斗争有关，且可能死于"望家乡路远山高"的外地。

5. 《邯郸梦》中，伏甄宝玉送玉。（己）即汤显祖《邯郸记·合仙》，演卢生梦中历尽升沉荣辱，因而大悟，吕洞宾度其上天，替何仙姑天门扫花故事。后半部通灵玉转至甄宝玉身上，遂多以写甄代替写贾，"送玉"当指其将玉送还癞僧，仍置于大荒山，如此方与剧目中卢生大悟有相似之处。

6. 《牡丹亭》中，伏黛玉之死。（己）汤显祖作，即剧本中《闹殇》一出，演杜丽娘病死魂离故事。按当时礼仪习俗，省亲大喜之日，是不能演这些悲剧性剧目的。此为寓意而不得不写。所点之戏剧伏四事，乃通部书之大过节、大关键。（己）

7. 概括得好。

8. 透出贾蔷与龄官相好，伏后文风情故事。

9. 畸笏叟加评，述其与梨园子弟及世家兄弟交往经历，有与余三十年前目睹身亲之人，现形于纸上。（己）等语，可探知畸笏之身份，文过长，不录。

10. 如何反"扭她不过"，其中便隐许多文字。（己）作者每写人一言一行，必已有全局在胸。

11. 能得元妃欢心，其人必不一般。

12. 又伏下一个尤物，一段新文。（己）

---

① 《游园》《惊梦》与《相约》《相骂》——《牡丹亭》中《惊梦》一出，演出本分为《游园》《惊梦》二出，演杜丽娘游园时梦中与柳梦梅欢会事，主角由闺门旦扮杜丽娘。《相约》《相骂》为明代月榭主人《钗钏记》中二出，演史碧桃遣丫头芸香约皇甫吟私会及芸香与老夫人拌嘴相骂事，主角由贴旦扮芸香。龄官本是演贴旦的，故以前二出非本角戏而不肯演。

"苦海慈航"①。¹ 又额外加恩与一般幽尼女道。

少时，太监跪启："赐物俱齐，请验等例。"乃呈上略节。贾妃从头看了，俱甚妥协，即命照此遵行。太监听了，下来一一发放。原来贾母的是金、玉如意各一柄，沉香拐拄一根，伽楠念珠一串，"富贵长春"宫缎四匹，"福寿绵长"宫绸四匹，紫金"笔锭如意"锞十锭，"吉庆有鱼"②银锞十锭。邢夫人、王夫人二份，只减了如意、拐、珠四样。贾敬、贾赦、贾政等，每份御制新书二部，宝墨二匣，金、银爵③各二只，表礼按前。宝钗、黛玉诸姊妹等，每人新书一部，宝砚一方，新样格式金银锞二对。宝玉亦同此。² 贾兰则是金银项圈二个，金银锞二对。尤氏、李纨、凤姐等，皆金银锞四锭，表礼四端④。外表礼二十四端，清钱一百串，是赐与贾母、王夫人及诸姊妹房中奶娘、众丫鬟的。贾珍、贾琏、贾环、贾蓉等，皆是表礼一份，金锞一双。其余彩缎百端，金银千两，御酒华筵，是赐东西两府凡园中管理工程、陈设、答应⑤及司戏、掌灯诸人的。外有清钱五百串，是赐厨役、优伶、百戏、杂行人丁的。

众人谢恩已毕，执事太监启道："时已丑正三刻，请驾回銮。"贾妃听了，不由得满眼又滚下泪来。却又勉强堆笑，拉住贾母、王夫人的手，紧紧地不忍释放。³ 再四叮咛："不须挂念，好生自养。如今天恩浩荡，一月许进内省视一次，见面是尽有的，何必伤惨。倘明岁天恩仍许归省，万不可如此奢华靡费了！"⁴ 贾母等已哭得哽噎难言了。贾妃虽不忍别，怎奈皇家规范，违错不得，只得忍心上舆去了。这里诸人好容易将贾母、王夫人安慰解劝，搀扶出园去了。正是〔且听下回分解。〕

1. 作者十分自然地借为佛寺题匾，暗点此书反面，所谓"不过是瞬息的繁华，一时的欢乐"，用心良苦。写通部人事，一篇热文，却如此冷收。（己）

2. 宝玉与钗、黛等诸姊妹一道吟咏，因而赐赠相同。

3. 闻太监启奏回銮，恰如闻法官宣判终身囚禁。使人鼻酸。（己）

4. 妙极之谶。试看别书中专能用一不祥之语为谶，今偏不然，只有如此现成一语，便是不再之谶。只看他用一"倘"字便隐讳自然之至。（己）可知元春这次回宫，便是永诀了。

---

① 苦海慈航——佛教宣扬现实人世如苦海，佛发慈悲，能超度众生脱离苦海，故喻称"慈航"。
② 笔锭如意，吉庆有鱼——金银锭子上刻的都是吉庆话。"笔锭"，谐音"必定"；"鱼"谐音"余"。
③ 爵——古时的三脚酒杯。
④ 端——古时布帛长度名，相当于半匹或一匹。
⑤ 陈设、答应——均指仆役。即摆设器具的仆役和伺候人的仆役。

【总评】

　　大观园是小说中主要人物活动和故事开展的场所，园林建筑众多，规模宏大，是一个"天上人间诸景备"的地方，如何作介绍才能让读者有较深印象，是个颇费思量的问题。作者通过贾政带宝玉等人视察竣工的园林，并在佳胜处——"试才题对额"的办法，把这个问题成功地解决了。既展现了宝玉的才气，又交代了大观园诸建筑、景点所在的方位、路线及各处景物的不同特点。大观园并非是以某一实地实景为蓝本的写生画；当时的私家园林也不可能有如此的规模。它是作者在现实生活中观察了我国众多园林建筑后，通过丰富的艺术想象力虚构出来的。在名胜景点留题，则是当时社会的风气，后人称之为"乾隆遗风"。这里正是这种社会风气的艺术反映。

　　林黛玉剪香袋，原是由爱生怨的小误会、小碰撞、小插曲，以增省亲主线叙述的曲折迤逦。为筹办省亲事，从姑苏采买学戏的小女孩，聘买小尼姑、小道姑，由此带出妙玉来。妙玉的身世、教养、年龄、模样、性情以及接她来府事，一一交代。

　　元妃省亲是荣国府鼎盛的标志，所以作者浓墨重彩地加以描绘。尽管在这一虚构故事中作者寄托着对往昔先祖亲自接待康熙南巡盛况的遐想，但两者毕竟并非一回事。贾元春作为艺术形象，其独立意义是不容忽视的。试看她回家省亲在私室与家人相聚的一幕，在荣华的背后，便可见骨肉生离的惨状。元春说一句，哭一句，把皇宫大内说成是"终无意趣"的"不得见人的去处"，完全像从一个幽闭囚禁她的地方出来一样。作者以有力的笔触，揭出了世人所钦羡的荣华，对元春这样的贵族女子来说，也还是深渊，她不得不为此付出丧失自由的代价。

　　省亲之后，元春回宫似乎是生离，其实已是死别；她丧失的不只是自由，还有她的生命。因而，写元春尊贵所带来的贾府盛况，也是为了预示后来她的死，是庇荫着贾府大树的摧倒，为贾府事败、抄没后的凄惨景况作了反衬。总之，元春形象有着自己完整的重要的艺术价值，不能简单化地把她当作只为影射南巡的康熙帝而虚设的代号。

第 十 九 回

情切切良宵花解语　意绵绵静日玉生香

【题解】

　　此回回目诸本一致，但己卯、庚辰本虽已分出回来，却未加回目，唯己卯本在另纸上抄有此目，又有朱批曰："移十九回后。"像是有所来历而记以备忘的；也不排除原是回末对句，后移作回目的可能。回目拟得风格婉约，对仗稳妥，饶有意趣。上句说的是宝玉与袭人间的事。"花解语"的说法从"解语花"一词而来，原意是善解人语或能说话的花儿。唐玄宗曾把杨贵妃比作"解语花"，见《开元天宝遗事》。袭人正巧姓花，用来说她很会说话，知用柔情作武器，说得宝玉对她服服帖帖。下句则说宝玉与黛玉之间彼此玩笑打趣的事。"玉生香"之说含意双重：既是说宝玉找正在午睡的黛玉，闻得她袖子中发出的一阵阵幽香，又是指宝玉说小耗子偷香芋，以谐音"香玉"的故事调笑黛玉。

　　话说贾妃回宫，次日见驾谢恩，并回奏归省之事，龙颜甚悦。又发内帑彩缎、金银等物，以赐贾政及各椒房等员，[1] 不必细说。

　　且说荣、宁二府中，因连日用尽心力，真是人人力倦，各各神疲，又将园中一应陈设动用之物，收拾了两三天方完。第一个凤姐事多任重，别人或可偷安躲静，独她是不能脱得的；二则本性要强，不肯落人褒贬，只扎挣着与无事的人一样。[2] 第一个宝玉是极无事最闲暇的。偏这日一早，袭人的母亲又亲来回过贾母，接袭人家去吃年茶，晚间才得回来。[3] 因此，宝玉只和众丫头们掷骰子、赶围棋作戏。[4] 正在房内玩得没兴头，忽见丫头们来回说："东府珍大爷来请过去看戏、放花灯。"宝玉听了，便命换衣裳。才要去时，忽又有贾妃赐出糖蒸酥酪来，[5] 宝玉想上次袭人喜吃此物，便命留与袭人了。自己回过贾母，过去看戏。

　　谁想贾珍这边唱的是《丁郎认父》《黄伯央

1. 与最初议论到省亲一致，事非贾府一家。

2. 书中人物凡享寿不长者，必早早写出病之由来，黛玉固时时提及，凤姐亦不落，非独写其要强之本性也。伏下病源。（己）

3. 又启一事。一回一回各生机轴，总在人意想之外。（己）

4. 是正月里所玩游戏。

5. 总是新正妙景。（己）此等风俗，今人多已不知。

大摆阴魂阵》，更有《孙行者大闹天宫》《姜子牙斩将封神》等类的戏文①。¹倏尔神鬼乱出，忽又妖魔毕露，甚至于扬幡过会，号佛行香，锣鼓喊叫之声远闻巷外。²满街之人个个都赞："好热闹戏，别人家断不能有的！"宝玉见繁华热闹到如此不堪的田地，³只略坐了一坐，便走开各处闲耍。先是进内去和尤氏和丫鬟、姬妾说笑了一回，便出二门来。尤氏等仍料他出来看戏，遂也不曾照管。贾珍、贾琏、薛蟠等只顾猜枚行令，百般作乐，也不理论，纵一时不见他在座，只道在里边去了，故也不问。至于跟宝玉的小厮们，那年纪大些的，知宝玉这一来了，必是晚间才散，因此偷空也有去会赌的，也有往亲友家去吃年茶的，更有或嫖或饮的，⁴都私自散了，待晚间再来；那小些的，都钻进戏房里瞧热闹去了。

宝玉见一个人没有，因想：这里素日有个小书房，内曾挂着一轴美人，极画得得神。今日这般热闹，想那里自然无人，那美人也自然是寂寞的，须得我去望慰她一回。⁵想着，便往书房里来。刚至窗前，闻得房内有呻吟之韵。宝玉倒唬了一跳：敢是美人活了不成？⁶乃乍着胆子，舐破窗纸，向内一看，那轴美人却不曾活，却是茗烟按着一个女孩子，也干那警幻所训之事。宝玉禁不住大叫："了不得！"一脚踹进门去，将那两个唬开了，抖衣而颤。

茗烟见是宝玉，忙跪求不迭。宝玉道："青天白日，这是怎么说！⁷珍大爷知道，你是死是活？"一面看那丫头，虽不标致，倒还白净，些微亦有动人之处，羞得脸红耳赤，低头无言，宝玉跺脚道："还不快跑！"⁸一语提醒了那丫头，飞也似去了。宝玉又赶出去，叫道："你别怕，我是不告诉人的！"⁹急得茗烟在后叫："祖宗，这是分明告诉人了！"宝玉因问："那丫头十几岁了？"茗烟道："大不过十六七

1. 都是最热闹的戏。此日正当烈火烹油之时，岂能不热。

2. 形容克剥之至，弋阳腔能事毕矣。阅至此，则有如耳内喧哗，目中撩乱。后文至隔墙闻"袅晴丝"数曲，则有如魂随笛转，魄逐歌销。形容一事，一事毕真，石头是第一能手矣。（己）弋阳腔，源江西弋阳县，是重要地方戏曲声腔之一，以金鼓铙钹等打击乐器为伴，极热闹，乾隆年间，流行于北方，称京腔。"袅晴丝"，《牡丹亭》中《惊梦》折杜丽娘唱词，第二十三回末写到，当是昆腔。

3. "繁华热闹"本非宝玉所喜欢，更何况加"如此不堪"四字，已非热闹而是吵闹了。

4. 此句特为接写茗烟之勾当而有。

5. 不情之物，宝玉也有一段痴情去体贴。极不通极胡说中，写出绝代情痴，宜乎众人谓之疯傻。（己）

6. 幽默。又带出小儿心意，一丝不落。（己）

7. 开口说的不是事之是非，而是担心出事。

8. 只有宝玉能如此。此等搜神夺魄至神至妙处，只在囫囵不解中得。（己）

9. 若问何谓"意淫"，何谓"体贴"，这里便是。活宝玉，移之他人不可。（己）

---

① 《丁郎认父》等戏文——《丁郎认父》，演明代被严嵩迫害的杜文学，经曲折遭遇，与其前妻之子丁郎彼此相认的故事。《黄伯央大摆阴魂阵》，演燕国乐毅与齐国孙膑对阵，乐毅请师父黄伯杨（因音近转而作"央"）摆下迷魂阵，困住孙膑，结果被孙膑师父鬼谷子所破。它与取材于《西游记》《封神演义》的戏文一样，剧情都很热闹。

岁了。"宝玉道："连她的岁属也不问问，别的自然越发不知了。可见她白认得你了。可怜，可怜！"[1]又问："名字叫什么？"茗烟笑道："若说出名字来话长，真真新鲜奇文，竟是写不出来的。[2]据她说，她母亲养她的时节做了个梦，梦见得了一匹锦，上面是五色富贵不断头卍字的花样，所以他的名字就叫作卍儿。"[3]宝玉听了笑道："真也新奇，想必她将来有些造化。"说着，沉思一会。

茗烟因问："二爷为何不看这样的好戏？"宝玉道："看了半日，怪烦的，出来逛逛就遇见你们了。这会子作什么呢？"茗烟嘻嘻笑道："这会子没人知道，我悄悄地引二爷往城外逛逛去，一会子再往这里来，他们就不知道了。"[4]宝玉道："不好，仔细花子拐了去。或是他们知道了，又闹大了，不如往熟近些的地方去，还可就来。"茗烟道："熟近地方，谁家可去？这却难了。"宝玉笑道："依我的主意，咱们竟找你花大姐姐去，瞧她在家作什么呢。"[5]茗烟笑道："好，好！倒忘了她家。"又道："若他们知道了，说我引着二爷胡走，要打我呢？"[6]宝玉道："有我呢。"茗烟听说，拉了马，二人从后门就走了。

幸而袭人家不远，不过半里路程，展眼已到门前。茗烟先进去叫袭人之兄花自芳。[7]彼时，袭人之母接了袭人与几个外甥女儿、[8]几个侄女儿来家，正吃果茶。听见外面有人叫"花大哥"，花自芳忙出去看时，见是他主仆两个，唬得惊疑不止。连忙抱下宝玉来，在院内嚷道："宝二爷来了！"别人听见还可，袭人听了，也不知为何，忙跑出来迎着宝玉，一把拉着问："你怎么来了？"宝玉笑道："我怪闷的，来瞧瞧你作什么呢。"袭人听了，才放下心来。嗤了一声，笑道："你也忒胡闹了，可作什么来呢！"[9]一面又问茗烟："还有谁跟来？"[10]茗烟笑道："别人都不

1. 贾宝玉非作者自我写照而是他创造的全新的典型形象，就像鲁迅创造了阿Q。在现代文学理论出现之前，下引脂评是最能抓住特征、表述最精彩的典型论。按此书中写一宝玉，其宝玉之为人，是我辈于书中见而知有此人，实未目曾亲睹者，又写宝玉之发言，每每令人不解，宝玉之生性，件件令人可笑。不独于世上亲见这样的人不曾，即阅今古所有之小说传奇中，亦未见这样的文字。于颦儿处为更甚。其囫囵不解之中实可解，可解之中又说不出理路。合目思之，却如真见一宝玉，真闻此言者，移之第二人万万不可，亦不成文字矣。……（己）

2. 若都写得出来，何以见此书中之妙。脂研。（己）

3. 世界之奇妙，作者都想写出来。千奇百怪之想，所谓牛溲马勃皆至药也，鱼鸟昆虫皆妙文也，天地间无一物不是妙物，无一物不可成文，但在人意拾取耳。此皆信手拈来，随笔成趣，大游戏、大慧悟、大解脱之妙文也。（己）卍儿，大多数后出的版本都据读音，将名字改作"万儿"。

4. 为弥补自己过失，尽量设法讨好宝玉。

5. 袭人回家去，宝玉当然很想去瞧瞧，但苦于不能公然提出，又不敢叫人引他私出。适遇茗烟犯事，要引他外出，正好遂其愿。情节安排巧妙之至。文字榫楔细极。（己）

6. 茗烟滑贼，要宝玉承诺保护也。

7. 随姓成名，随手成文。（己）

8. 脂评谓此句伏脉千里。（己）惜佚稿情节不可知。

9. 写袭人细心，一笔不懈。

10. 必要问的。

知，就只我们两个。"袭人听了，复又惊慌，[1]说道："这还了得！倘或碰见了人，或是遇见了老爷，街上人挤车碰，马有个闪失，也是玩得的！你们的胆子比斗还大。都是茗烟调唆的，[2]回去我定告诉嬷嬷们打你。"茗烟撅了嘴道："二爷骂着打着，叫我引了来的，这会子推到我身上。[3]我说别来罢，——不然我们还去罢。"[4]花自芳忙劝："罢了，已是来了，也不用多说了。只是茅檐草舍，又窄又脏，爷怎么坐呢？"

　　袭人之母也早迎了出来。袭人拉了宝玉进去。宝玉见房中三五个女孩儿，见他进来，都低了头，羞惭惭的。花自芳母子两个百般怕宝玉冷，又让他上炕，又忙另摆果桌，又忙倒好茶。袭人笑道："你们不用白忙，[5]我自然知道。果子也不用摆，也不敢乱给东西吃。"[6]一面说，一面将自己的坐褥拿了铺在一个杌子上，宝玉坐了；用自己的脚炉垫了脚；向荷包内取出两个梅花香饼儿①来，又将自己的手炉掀开焚上，仍盖好，放与宝玉怀内；然后将自己的茶杯斟了茶，送与宝玉。[7]彼时，她母兄已是忙另齐齐整整摆上一桌果品来。袭人见总无可吃之物，[8]因笑道："既来了，没有空去之理，好歹尝一点儿，也是来我家一趟。"说着，便拈了几个松子瓤，吹去细皮，用手帕托着送与宝玉。[9]

　　宝玉看见袭人两眼微红，粉光融滑，因悄问袭人："好好的哭什么？"袭人笑道："何尝哭，才迷了眼揉的。"因此便遮掩过了。[10]当下宝玉穿着大红金蟒狐腋箭袖，外罩石青貂裘排穗褂。袭人道："你特为往这里来又换新服，她们就不问你往哪里去的？"[11]宝玉笑道："原是珍大爷那里去看戏换的。"袭人点头。又道："坐一坐就回去罢，这个地方不是

1. 以为过了明路，原来竟是私出，若被发现，怪罪下来或出点事，谁担当得起？因而"惊慌"。尽心尽责如此。贾母重袭人，真能知人。是必有之神理，非特故作顿挫。（己）

2. 袭人岂能想不到是宝玉主动要来，一来感其情重，二来毕竟是主人，所以只好责骂茗烟。该说，说得更是。脂研。（己）

3. 何曾"骂着打着"？狡猾。

4. 将袭人一军。

5. 母子忙碌如此、袭人反笑白忙，真想不到。妙！不写袭卿忙，正是忙之至；若一写袭人忙，便是庸俗小派了。（己）

6. 宝玉在家时之娇贵可知。如此至微至小中便带出家常情，他书写不及此。（己）

7. 自宝玉、袭人领警幻之训后，不再提二人亲密关系，却在此时此处补写，如镜中反射映像，细微末节悉历历在目，是常人万万想不到的。

8. 补明宝玉自幼何等娇贵。以此一句，留与下部数十回"寒冬噎酸齑，雪夜围破毡"等处对看，可为后生过分之戒。叹叹！（己）此评重要，它提供了宝玉后来"贫穷难耐凄凉""展眼乞丐人皆谤"时的具体细节，可能还是回目文字。

9. 十分情理。惟此品稍可一拈，别品便大错了。（己）

10. 察其容颜是关心；状其刚收泪样子，下字准确；遮掩是为后文留地步。

11. 指晴雯、麝月等。（己）

---

①　梅花香饼儿——用香料制成梅花形的小饼，可佩带，也可燃烧。

你来的。"宝玉笑道:"你就家去才好呢,我还替你留着好东西呢。"袭人悄笑道:"悄悄的,叫他们听着什么意思。"[1]一面又伸手从宝玉项上将通灵玉摘了下来,[2]向她姊妹们笑道:"你们见识见识。时常说起来都当希罕,恨不能一见,今儿可尽力瞧了再瞧。什么希罕物儿,也不过是这么个东西。"[3]说毕,递与她们传看了一遍,仍与宝玉挂好。又命她哥哥去,或雇一乘小轿,或雇一辆小车,送宝玉回去。花自芳道:"有我送去,骑马也不妨了。"袭人道:"不为不妨,为的是碰见人。"[4]

花自芳忙去雇了一顶小轿来,众人也不好相留,只得送宝玉出去。袭人又抓些果子与茗烟,又把些钱与他买花炮放,教他"不可告诉人,连你也有不是"。[5]一直送宝玉至门前,看着上轿,放下轿帘。花、茗二人牵马跟随。来至宁府街,茗烟命住轿,向花自芳道:"须等我同二爷还到东府里混一混,才好过去的,不然人家就疑惑了。"花自芳听说有理,忙将宝玉抱出轿来,送上马去。宝玉笑说:"倒难为你了。"[6]于是仍进后门来。俱不在话下。

却说宝玉自出了门,他房中这些丫鬟们都越性恣意地玩笑,也有赶围棋的,也有掷骰抹牌的,磕了一地瓜子皮。偏奶母李嬷嬷拄拐进来请安,瞧瞧宝玉,见宝玉不在家,丫头们只顾玩闹,十分看不过。[7]因叹道:"只从我出去了,不大进来,你们越发没个样儿了,别的妈妈们越发不敢说你们了。那宝玉是个丈八的灯台——照见人家,照不见自家的。只知嫌人家脏,这是他的屋子,由着你们糟蹋,越不成体统了。"[8]这些丫头们明知宝玉不讲究这些,二则李嬷嬷已是告老解事出去的了,[9]如今管她们不着,因此只顾玩,并不理她。那李嬷嬷还只管问"宝玉如今一顿吃多少饭","什么时辰睡觉"等语。丫头们总胡乱答应。有的说:"好一个讨厌的老货!"[10]

李嬷嬷又问道:"这盖碗里是酥酪,怎不送

1. 二人之温情私密,只如此写来。

2. 袭人为人虽温厚,却好胜。此举动略一显露平时二人亲密关系。

3. 得意得好。盖言你等所希罕不得一见之宝,我却常守常见,视为平物。(己)通灵玉本为表明书中故事来历而虚设,确无神秘化之必要。

4. 与前"惊慌"相应,忽忽心未稳也。

5. 正可与前"回去我定告诉嬷嬷们打你"句对看,前者是虚声恫吓,此时方露真意。

6. 应是茗烟早就想好了蒙人办法。

7. 宝玉纵容的结果。人人都看不过,独宝玉看得过。(己)

8. 是奶母说的话。宝玉不愿管束丫头的特点相当突出。所以为今古未有之一宝玉。(己)

9. 谐语有趣。"告老解事"通常只用于官员身上。

10. 写出李嬷嬷背晦,末句是背着她说的。

与我去？我就吃了罢。"说毕，拿匙就吃。[1]一个丫头道："快别动！那是说了给袭人留着的，回来又惹气了。你老人家自己承认，别带累我们受气。"[2]李嬷嬷听了，又气又愧，便说道："我不信他这样坏了。别说我吃了一碗牛奶，就是再比这个值钱的，也是应该的。难道待袭人比我还重？难道他不想想怎么长大了？我的血变的奶，吃得长这么大，如今我吃他一碗牛奶，他就生气了？我偏吃了，看怎么样！你们看着袭人不知怎样，那是我手里调理出来的毛丫头，什么阿物儿①！"[3]一面说，一面赌气将酥酪吃尽。又一丫头笑道："她们不会说话，怨不得你老人家生气。宝玉还时常送东西孝敬你老去，岂有为这个不自在的。"[4]李嬷嬷道："你们也不必妆狐媚子②哄我，打量上次为茶撵茜雪的事我不知道呢。[5]明儿有了不是，我再来领！"说着，赌气去了。

少时，宝玉回来，命人去接袭人。只见晴雯躺在床上不动，[6]宝玉因问："敢是病了？再不然输了？"秋纹道："她倒是赢的。谁知李老太太来了，混输了，她气得睡去了。"宝玉笑道："你别和她一般见识，由她去就是了。"说着，袭人已来，彼此相见。袭人又问宝玉何处吃饭，多早晚回来，又代母妹问诸同伴姊妹好。一时换衣卸妆。宝玉命取酥酪来，丫鬟们回说："李奶奶吃了。"宝玉才要说话，袭人便忙笑道："原来是留的这个，多谢费心。前儿我吃的时候好吃，吃过了好肚子疼，足的③吐了才好。她吃了倒好，搁在这里倒白糟蹋了。我只想风干栗子吃，你替我剥栗子，我去铺床。"[7]

宝玉听了信以为真，方把酥酪丢开，取栗子来，自向灯前检剥。一面见众人不在房中，乃笑问袭人道："今儿那个穿红的是你什么人？"

---

① 阿物儿——等于说"东西"。
② 妆狐媚子——装得像狐狸精那样献媚讨好。
③ 足的——直至。

1. 惹得丫头们讨厌，就是此种作为。

2. 与第八回"大醉绛芸轩"喝掉留着的枫露茶让茜雪受气被撵事相照应。这等话语声口，必是晴雯无疑。（己）

3. 倚老卖老。虽暂委曲唐突袭卿，然亦怨不得李嬷。（己）

4. 既已"吃尽"了，倒不如说几句好话。听这声口，必是麝月无疑。（己）

5. 茜雪是被撵还是别有原委，前未明写她已离去，于此补一句，然仍不知底细。下半部"狱神庙"情节中有其"正文"，或届时再补明亦未可知。照应前文。又用一"撵"，屈杀宝玉。然李嬷心中口中毕肖。（己）据此评语意，茜雪不是被宝玉撵走的。

6. 必有缘故。为接着的问答起了头。娇憨已惯。（列）

7. 袭人何等聪明机灵！随口编造，像真的似的，又让宝玉有为自己剥栗子效劳机会，且有意显得亲密无间，这一切无非都只为免得宝玉生气，袭人真难得！与前文应失手碎钟遥对。通部袭人皆如此，一丝不错。（庚）

袭人道："那是我两姨妹子。"宝玉听了，赞叹了两声。[1]袭人道："叹什么？我知道你心里的缘故，想是说她哪里配穿红的。"[2]宝玉笑道："不是，不是。那样的人不配穿红的，谁还敢穿！[3]我因为见她实在好得很，怎么也得她在咱们家就好了。"[4]袭人冷笑道："我一个人是奴才命罢了，难道连我的亲戚都是奴才命不成？定还要拣实在好的丫头才往你家来！"[5]宝玉听了，忙笑道："你又多心了。我说往咱们家来，必定是奴才不成？说亲戚就使不得？"[6]袭人道："那也般配不上。"宝玉便不肯再说，只是剥栗子。袭人笑道："怎么不言语了？想是我才冒撞冲犯了你，明儿赌气花几两银子买她们进来就是了。"[7]宝玉笑道："你说的话，怎么叫我答言呢？我不过是赞她好，正配生在这深堂大院里，没的我们这种浊物倒生在这里。"[8]袭人道："她虽没这造化，倒也是娇生惯养的呢，我姨爹、姨娘的宝贝。如今十七岁，各样的嫁妆都齐备了，明年就出嫁。"

宝玉听了"出嫁"二字，不禁又嗳了两声。[9]正不自在，又听袭人叹道："只从我来这几年，姊妹们都不得在一处。如今我要回去了，她们又都去了。"宝玉听这话内有文章，不觉吃一惊，[10]忙丢下栗子，问道："怎么，你如今要回去了？"袭人道："我今儿听见我妈和哥哥商议，叫我再耐烦一年，明年他们上来，就赎我出去呢。"宝玉听了这话，越发怔了，因问："为什么要赎你？"袭人道："这话奇了！我又比不得是

1. 前文有"彼时袭人之母接了袭人与几个外甥女儿"句，宝玉此时才问。若见过女儿之后没有一段文字，便不是宝玉，亦非《石头记》矣。（己）这一赞叹又是令人圈圈不解之语，只此便抵过一大篇文字。（己）

2. 袭人善诱。只一"叹"字，便引出"花解语"一回来。（己）补出宝玉素喜红色。这是激语。（己）

3. 想什么，说什么，全无掩饰。

4. 妙谈妙意。（己）宝玉之多情，理解的有，不喜欢的也尽有。

5. 妙答。宝玉并未说"奴才"二字，袭人连补"奴才"二字，最是劲节。怨不得作此语。（己）

6. 勉强，如闻。（己）宝玉至三十六回"识分定"始有所悟。

7. 换一说法，总要激得宝玉说出究竟是怎么想的。

8. 说出实话来了。总是视女儿最为尊贵之言。对此，脂评有重要长批曰：这皆是宝玉意中心中确实之念，非前勉强之词，所以谓今古未有之人耳。听其圈圈不解之言，察其幽微感触之心，审其痴妄委婉之意，皆今古未见之人，亦是未见之文字：说不得贤，说不得愚，说不得不肖，说不得善，说不得恶，说不得正大光明，说不得混账恶赖，说不得聪明才俊，说不得庸俗平凡，说不得好色好淫，说不得情痴情种，恰恰只有一颦儿可对，今他人徒加评论，总未摸着他二人是何等脱胎，何等心臆，何等骨肉。余阅此书亦爱其文字耳，实亦不能评出此二人终是何等人物。后观"情榜"评曰："宝玉情不情，黛玉情情。"此二评自在评痴之上，亦属圈圈不解，妙甚。（己）连用十一个"说不得"，说明人性之复杂。作者绝不按正面、反面、好人、坏人概念塑造人物，宝玉形象的成功与价值正在于此。"情榜"二人评的前一"情"都是动词，后面是它的宾语。"不情"指不知情之人，甚至无知觉之物，宝玉都有一段痴情去体贴，有情人就更不必说了。而黛玉只钟情于有情者亦即宝玉一人，对之一往情深，至死靡他。

9. 才赞好，怎能听得这个消息？所谓不入耳之言也。（庚）

10. 初闻而惊，尚不信是真。

你这里的家生子儿①，一家子都在别处，独我一个人在这里，怎么是个了局？"¹宝玉道："我不叫你去也难。"袭人道："从来没这道理。便是朝廷宫里，也有个定例，或几年一选，几年一入，也没有个长远留下人的理，别说你了！"²

　　宝玉想一想，果然有理。又道："老太太不放你也难。"³袭人道："为什么不放？我果然是个最难得的，或者感动了老太太、太太，必不放我出去的，设或多给我们家几两银子，留下我，然或有之；其实我也不过是个最平常的人，比我强的多而且多。自我从小儿来了，跟着老太太，先服侍了史大姑娘几年，如今又服侍了你几年。如今我们家来赎，正是该叫去的，只怕连身价也不要，就开恩叫我去呢。若说为服侍得你好，不叫我去，断然没有的事。那服侍得好是分内应当的，不是什么奇功。我去了，仍旧又有好的来，不是没了我就成不得的。"⁴宝玉听了这些话，竟是有去的理，无留的理，心内越发急了，因又道："虽然如此说，我一心只要留下你，不怕老太太不和你母亲说。多多给你母亲些银子，她也不好意思接你了。"⁵袭人道："我妈自然不敢强。且漫说和她好说，又多给银子；就便不好和她说，一个钱也不给，安心要强留下我，她也不敢不依。但只是咱们家从没干过这倚势仗贵霸道的事。这比不得别的东西，因为你喜欢，加十倍利弄了来给你，那卖的人不得吃亏，可以行得。如今无故平空留下我，于你又无益，反叫我们骨肉分离，这件事老太太、太太断不肯行的。"⁶宝玉听了，思忖半晌，乃说道："依你说，你是去定了？"袭人道："去定了。"宝玉听了，自思道："谁知这样一个人，这样薄情无义。"⁷乃叹道："早知道都是要去的，我就不该弄了来！临了剩我一个孤鬼。"说着，便赌气上床睡去了。⁸

1. 说得肯定，且说明要去理由。

2. 自恃在家娇子地位，可说了算，却被朝廷宫里尚有定例驳回。

3. 不得已，出第二招。第二层仗祖母溺爱，更无理。（己）

4. 袭人有备而来，以事非无我不可为基调，将老太太、太太必会开恩放人的理由说透。百忙中又补出湘云来，真是七穿八达，得空便入。（己）

5. 宝玉非不讲理的人，但越着急，话反越说得无理了。急心肠，故入于霸道，无理。（己）

6. 你越无理，我越有理。三驳不独有理，且又补出贾府自家慈善宽厚等事。（己）

7. 君子可欺其方。宝玉是没心机的人，却不笨，纵然有千条赎回理由，倘自己不愿赎，其家人也奈何不得。只谈与家人骨肉之情，却没有一句说到他俩的情，视其为"薄情无义"有何过分？

8. 由此及彼，这种对现实的失望情绪发展起来，会走向极端。"都是要去的"，妙！可谓触类旁通，活是宝玉。（己）又到无可奈何之时了。（己）

---

① 家生子儿——家奴所生的子女。按清律规定，"世世子孙，永远服役，婚配俱由家主"。

原来，袭人在家听见她母兄要赎她回去，她就说至死也不回去的。[1] 又说："当日原是你们没饭吃，就剩我还值几两银子，若不叫你们卖，没有个看着老子娘饿死的理。[2] 如今幸而卖到这个地方，吃穿和主子一样，又不朝打暮骂。况且如今爹虽没了，你们却又整理得家成业就，复了元气。若果然还艰难，把我赎出来再多淘澄几个钱也还罢了，[3] 其实又不难了。这会子又赎我作什么？权当我死了，再不必起赎我的念头！"因此哭闹了一阵。[4]

她母兄见她这般坚执，自然必不出来的了。况且原是卖倒的死契①，明仗着贾宅是慈善宽厚之家，不过求一求，只怕连身价银一并赏了还是有的事呢。[5] 二则，贾府中从不曾作践下人，只有恩多威少的。且凡老少房中所有亲侍的女孩子们，更比待家下众人不同，平常寒薄人家的小姐，也不能那样尊重的。[6] 因此，他母子两个也就死心不赎了。次后，忽然宝玉去了，他二人又是那般景况，他母子二人心下更明白了，越发石头落了地，而且是意外之想，彼此放心，再无赎念了。[7]

如今且说袭人自幼见宝玉性格异常，其淘气憨顽自是出于众小儿之外，更有几件千奇百怪口不能言的毛病儿。近来仗着祖母溺爱，父母亦不能十分严紧拘管，更觉放荡弛纵，任性恣情，最不喜务正。[8] 每欲劝时，料不能听，今日可巧有赎身之论，故先用骗词，以探其情，以压其气，然后好下箴规②。[9] 今见他默默睡去了，知其情有不忍，气已馁堕。[10] 自己原不想栗子吃的，只因怕酥酪又生事故，亦如茜雪之茶等事，[11] 是以假以栗子为由，混过宝玉不提就完了。于是命小丫头们将栗子拿去吃了，自己来推宝玉。

只见宝玉泪痕满面，[12] 袭人便笑道："这有

1. 至此方说赎回事真相。试想若按先后，在宝玉来访前便交代清楚，岂复有以上精彩文字？作者文心须领会。

2. 早年还有过那样的事，不说不知。补出袭人幼时艰辛苦状，与前文之香菱、后文之晴雯大同小异。（己）孝女义女。（庚）

3. 说得透，虽虚设之言，却是世上实有之事。

4. 袭人岂真无情无义者，看她说得何等坚决！哭闹与宝玉察觉泪痕合榫。

5. 再提贾府慈善宽厚，与袭人所言一致。

6. 后来王夫人厚待袭人，凤姐也特尊重，都是；或者还隐含袭人出嫁情节，只是难知其详。又伏下多少后文……此一句是传中本旨。（己）

7. 来访时二人情景，都看在眼里可知。自可就此结住。一件闲事，一句闲文皆无，警甚！（己）

8. 至此方说袭人诳骗宝玉用意，同样也提前交代不得。

9. 想得倒不错，效果尚待验证。

10. 因此准备转舵。不独解语，亦且有智。（己）以为宝玉可劝，是智否？

11. 再点茜雪事，或因前未写其如何出去，故再三提起，以免读者忽略。

12. 伤透了心。正是无可奈何之时。（己）

---

①　卖倒的死契——卖定不变的、写明永远不能赎取的人口买卖字据。

②　箴（zhēn 珍）规——规劝。

什么伤心的？你果然留我，我自然不出去了。"
宝玉见这话有文章，便说道："你倒说说，我还
要怎么留你？我自己也难说了。"¹袭人笑道："咱
们素日好处，再不用说。但今日你安心留我，不
在这上头。我另说出两三件事来，你果然依了我，
就是你真心留我了，刀搁在脖子上，我也是不出
去的了。"

宝玉忙笑道："你说，哪几件？我都依你。
好姐姐，好亲姐姐！别说两三件，就是两三百
件我也依。²只求你们同看着我，守着我，等我
有一日化成了飞灰——飞灰还不好，灰还有形有
迹，还有知识。³——等我化成一股轻烟，风一
吹便散了的时候，你们也管不得我，我也顾不得
你们了。那时凭我去，我也凭你们爱哪里去就去
了。"⁴急得袭人忙捂他的嘴，说："好好的，正为
劝你这些，倒更说得狠了。"宝玉忙说道："再不
说这话了。"⁵袭人道："这是头一件要改的。"宝
玉道："改了，再要说，你就拧嘴。还有什么？"

袭人道："第二件，你真喜读书也罢，假喜
也罢，只是在老爷跟前或在别人跟前，你别只管
批驳诮谤，只作出个喜读书的样子来，⁶也教老
爷少生些气，在人前也好说嘴。他心里想着：我
家代代读书，自从有了你，不承望你不但不喜读
书——已经他心里又气又愧了。——而且背前背
后乱说那些混话，凡读书上进的人，你就起个名
字叫作'禄蠹'①；⁷又说只除'明明德'②外无书，
都是前人自己不能解圣人之书，便另出己意，混
编纂出来的。⁸这些话，怎么怨得老爷不气，不
时时打你！叫别人怎么想你？"宝玉笑道："再不
说了，那原是小时不知天高地厚，信口胡说，如
今再不敢说了。⁹还有什么？"

袭人道："再不可毁僧谤道，调脂弄粉。¹⁰

1. 当然听得出来，要她揭开谜底。

2. 条件已开出，留住没问题，自然愁绪全
消，笑逐颜开，兴奋异常。叠二语，活
见从纸上走一宝玉下来，如闻其呼、见
其笑。（己）

3. 为极言愿不离不弃，以至语无伦次，如
灰还有知识之类。脂砚斋所谓不知是何
心思，始得口出此等不成话之至奇至妙
之话。诸公请如何解得？如何评论？所
劝者正为此，偏于劝时一犯，妙甚！
（己）评语中提"脂砚斋""诸公"者，
必是畸笏叟。

4. 已进入生与死的人生哲学思考。是聪
明，是愚昧，是小儿淘气，余皆不知，
只觉悲感难言。（己）

5. 随口答应而已，从此不说怎么可能？那
就不是宝玉了。

6. 这样劝说，闻所未闻，真新鲜！是怕宝
玉吃亏也。大家听听，可是丫环说的
话？（庚）

7. 从《韩非子》文中化出，见注释①。二
字从古未见，新奇之至！难怨世人谓之
可杀，余却最喜。（己）

8. 犯大忌的离经叛道的话，几骂倒后代儒
学。宝玉目中犹有"明明德"三字，心
中犹有"圣人"二字，又素日皆作如是
等语，宜乎人人谓之疯傻不肖。（己）

9. 也是作者将尖锐的话抹去。又作是语，
说不得也乖觉，然又是作者瞒人之处
也。（己）

10. 弄脂粉有写，谤僧道未见，若然，则
儒道释皆遭讥贬矣。

---

① 禄蠹——热衷功名利禄的蛀虫。战国时，韩非曾作《五蠹》，把五种人比作邦国的蛀虫，所谓"五蠹之民"。"禄
蠹"一词当从此化出。
② 明明德——《大学》："大学之道，在明明德。"前一个"明"，动词，发扬、阐明的意思；后一个"明"，形容词，
完美的意思。"明明德"，即阐明完美的德行。在这里，指代《四书》。

还有更要紧的一件，再不许吃人嘴上擦的胭脂了，与那爱红的毛病儿。"[1] 宝玉道："都改，都改。再有什么？快说。"袭人笑道："再也没有了。只是百事检点些，不可任意任情的就是了。[2] 你若果都依了，便拿八人轿也抬不出我去了。"宝玉笑道："你在这里长远了，不怕没八人轿你坐。"袭人冷笑道："这我可不希罕的。有那个福气，没有那个道理。纵坐了，也没甚趣。"[3]

二人正说着，只见秋纹走进来，说："快三更了，该睡了。方才老太太打发嬷嬷来问，我答应睡了。"宝玉命取表来看时，果然针已指到亥正。[4] 方从新盥漱，宽衣安歇，不在话下。

至次日清晨，袭人起来，便觉身体发重，头疼目胀，四肢火热。先时还扎挣得住，次后捱不住，只要睡着，因而和衣躺在炕上。[5] 宝玉忙回了贾母，传医诊视，说道："不过偶感风寒，吃一两剂药疏散疏散就好了。"开方去后，令人取药来煎好。刚服下去，命她盖上被焐汗。宝玉自去黛玉房中来看视。

彼时，黛玉自在床上歇午，丫鬟们皆出去自便，满屋内静悄悄的。宝玉揭起绣线软帘，进入里间。只见黛玉睡在那里。忙走上来推她道："好妹妹，才吃了饭，又睡觉！"将黛玉唤醒。[6] 黛玉见是宝玉，因说道："你且出去逛逛。我前儿闹了一夜，今儿还没有歇过来，浑身酸疼。"宝玉道："酸疼事小，睡出来的病大。我替你解闷儿，混过困去就好了。"[7] 黛玉只合着眼，说道："我不困，只略歇歇儿。你且别处去闹会子再来。"宝玉推她道："我往哪里去呢？见了别人就怪腻的。"[8]

黛玉听了，"嗤"的一声笑道："你既要在这里，那边去老老实实地坐着，咱们说话儿。"宝玉道："我也歪着。"黛玉道："你就歪着。"宝玉道："没有枕头，咱们在一个枕头上罢。"[9] 黛玉道："放屁！外头不是枕头？拿一个来枕

1. 此一句是闻所未闻之语，宜乎其父母严责也。（己）此等奇特个性，易被错看，说宝玉像个色狼。又有索隐癖曰：红者，朱也，此反清复明明证。此亦走火入魔。

2. 说得像包容一切，可越是要求宝玉事事检点，越不可能做到。人之性情岂是能轻易改变的？何况是顽石。

3. 虽玩笑话，却能看出袭人并无非分之想，只是以为从此得以贾府为家，与宝玉长相厮守了。可后事谁知呢？"花解语"一段，乃袭卿满心意将玉兄为终身得靠，千妥万当，故有是。余阅至此，余为袭卿一叹。丁亥春，畸笏叟。（庚）袭人终因宝玉不免"丑祸"而出嫁，故畸笏有此批。

4. 富家已多用怀表，凤姐协理宁国府时说过各人随身有钟表。

5. 袭人偶感风寒，须服药睡下，宝玉正好得空出来。

6. 见意中人睡着，全无邪念，与当年秦钟比，真有天壤之别。若是别部书中写此时之宝玉，一进来便生不轨之心，突萌苟且之念，更有许多贼形鬼状等丑态邪言矣。此则反推唤醒她，毫不在意，所谓"说不得淫荡也"是也。（己）所引本回长批中语。

7. 此种养生之道，知之者不少。

8. 真是拆不开的一对。所谓"只有一颦儿可对"，亦属怪事。（己）引长批中语。

9. 不存他念，便敢直说。更妙，渐逼渐近，所谓"意绵绵"也。（己）

着。"宝玉出至外间，看了一看，回来笑道："那个我不要，也不知是哪个脏婆子的。"黛玉听了，睁开眼，起身，笑道："真真你就是我命中的'天魔星'！¹请枕这一个。"说着，将自己枕的推与宝玉，又起身将自己的再拿了一个来，自己枕了，二人对面倒下。

黛玉因看见宝玉左边腮上有纽扣大小的一块血渍，便欠身凑近前来，以手抚之细看。²又道："这又是谁的指甲刮破了？"³宝玉侧身，一面躲，一面笑道："不是刮的，只怕是才刚替她们淘漉胭脂膏子，蹭上了一点儿。"⁴说着，便找手帕子要揩拭。黛玉便用自己的帕子替他揩拭了，⁵口内说道："你又干这些事了。干也罢了，⁶必定还要带出幌子来。便是舅舅看不见，别人看见了，又当奇事新鲜话儿去学舌讨好儿，吹到舅舅耳朵里，又该大家不干净惹气。"⁷

宝玉总未听见这些话，⁸只闻得一股幽香，却是从黛玉袖中发出，闻之令人醉魂酥骨。⁹宝玉一把便将黛玉的袖子拉住，要瞧笼着何物。黛玉笑道："冬寒十月，谁带什么香呢！"宝玉笑道："既然如此，这香是哪里来的？"黛玉道："连我也不知道。想必是柜子里头的香气，衣服上熏染的也未可知。"¹⁰宝玉摇头道："未必。这香的气味奇怪，不是那些香饼子、香球子、香袋子的香。"黛玉冷笑道："难道我也有什么'罗汉''真人'给我些奇香不成？¹¹便是得了奇香，也没有亲哥哥、亲兄弟弄了花儿、朵儿、霜儿、雪儿替我炮制。¹²我有的是那些俗香罢了。"

宝玉笑道："凡我说一句，你就拉上这么些，不给你个利害，也不知道，从今儿可不饶你了。"说着翻身起来，将两只手呵了两口，便伸向黛玉膈肢窝内两肋下乱挠。黛玉素性触痒不禁，宝玉两手伸来乱挠，便笑得喘不过气来，口里说："宝玉！你再闹，我就恼了。"¹³宝玉方住了手，笑问道："你还说这些不说了？"黛玉笑道："再不敢了。"一面理鬓，笑道："我

1. 妙语，妙之至，想见其态度。（己）天魔，古印度传说四魔之一，常率众魔扰人身心，以坏佛法。此犹言"冤家"。

2. 想见其绵缠态度。（己）

3. 一片怜惜，"又"字用得好。妙极，补出素日。（己）

4. 虽笑躲，却不说谎。遥与后文平儿于怡红院晚妆对照。（己）

5. 想见情之脉脉，意之绵绵。（己）

6. 又用"又"字，好。一转细极，这方是颦卿，不比别人一味固执死劝。（己）

7. 不幸言中，后宝玉挨打即其例。补前文之未到，伏后文之线脉。（己）"大家"二字何妙之至，神之至，细腻之至。乃父责其子纵加以笞楚，何能"使大家不干净"哉！今偏"大家不干净"，则知贾母如何管孙责子，迁怒于众，及自己心中多少抑郁难堪难禁，代忧代痛一齐托出。（己）

8. 宝玉素恶人劝，哪怕是黛玉。可知昨夜"情切切"之语，亦属行云流水。（己）一句描写玉刻骨刻髓，至矣尽矣。壬午春。（庚）

9. 却像似淫极，然究竟不犯一些淫意。（己）

10. 正是。按谚云："人在气中忘气，鱼在水中忘水。"余今续之曰："美人忘容，花则忘香。"此则与黛玉不自知骨肉中之香同。（己）有理。（己）

11. 偏不说"和尚"，却说"罗汉""真人"，讥讽之意毕现，语言个性化，非黛玉不可。

12. 活颦儿，一丝不错。（己）

13. 只知嬉闹，有真情，绝无邪念邪行。活画。（己）

有奇香，你有'暖香'没有？"

　　宝玉见问，一时解不来，[1]因问："什么'暖香'？"黛玉点头叹笑道："蠢才，蠢才！你有玉，人家就有金来配你；人家有'冷香'，你就没有'暖香'去配？"[2]宝玉方听出来。宝玉笑道："方才求饶，如今更说狠了。"说着，又去伸手。黛玉忙笑道："好哥哥，我可不敢了。"宝玉笑道："饶便饶你，只把袖子我闻一闻。"说着，便拉了袖子笼在面上，闻个不住。黛玉夺了手道："这可该去了。"宝玉笑道："去？不能。咱们斯斯文文地躺着说话儿。"说着，复又倒下。黛玉也倒下。用手帕子盖上脸。宝玉有一搭没一搭地说些鬼话，[3]黛玉只不理。宝玉问她几岁上京，路上见何景致古迹，扬州有何遗迹故事、土俗民风。黛玉只不答。

　　宝玉只怕她睡出病来，[4]便哄她道："嗳哟！你们扬州衙门里有一件大故事，你可知道？"[5]黛玉见他说得郑重，且又正言厉色，只当是真事，因问："什么事？"宝玉见问，便忍着笑，顺口诌道：[6]"扬州有一座黛山，山上有个林子洞。"[7]黛玉笑道："就是扯谎，自来也没听见这山。"宝玉道："天下山水多着呢，你哪里知道这些不成？等我说完了，你再批评。"[8]黛玉道："你且说。"宝玉又诌道："林子洞里原来有群耗子精。那一年腊月初七日，老耗子升座议事，[9]因说：'明日乃是腊八，世上人都熬腊八粥，如今我们洞中果品短少，须得趁此打劫些来方妙。'乃拔令箭一枝，遣一能干的小耗子前去打听。一时小耗回报：'各处察访打听已毕，惟有山下庙里果米最多。'老耗问：'米有几样？果有几品？'小耗道：'米豆成仓，不可胜记。果品有五种：一红枣，二栗子，三落花生，四菱角，五香芋。'老耗听了大喜，即时点耗前去。乃拔令箭问：'谁去偷米？'一耗便接令去偷米。又拔令箭问：'谁去偷豆？'又一耗接令去偷豆。然后一一的都各领令去了。[10]只剩了香芋一种，因又拔令箭问：'谁去偷香芋？'只见一个极小

1. 问得怪，不细想，非懵了不可。一时原难解。终逊黛卿一等，正在此等处。（己）

2. 正猜疑金玉之说阶段，故时时将宝钗当作情敌，待到第四十二、第四十五回钗黛结成金兰契，才日出烟消、彻底冰释。

3. 黛玉羞态如见。宝玉只要能挨着黛玉就行，并无要紧话要说。

4. 提醒读者莫往歪路上想。

5. 因见她不搭理，故意说得郑重其事，以引起对方注意，果然奏效。

6. 又哄我看书人。（庚）评语说作者故意将精心构想出来的故事说成是"顺口诌"。

7. 此山此洞，黛玉岂能不知。

8. 不先了此句，可知此谎再诌不完的。（庚）

9. 耗子亦能升座且议事，自是耗子有赏罚有制度矣。何今之耗子犹穿壁啮物，其升座者置而不问哉？呵呵！（蒙）

10. 该略处省略为是。

极弱的小耗应道:¹'我愿去偷香芋。'老耗并众耗见它这样,恐不谙练,且怯懦无力,都不准它去。小耗道:'我虽年小身弱,却是法术无边,口齿伶俐,机谋深远。²此去管比它们偷得还巧呢。'众耗忙问:'如何比它们巧呢?'小耗道:"我不学它们直偷。我只摇身一变,也变成个香芋,滚在香芋堆里,使人看不出,听不见,却暗暗地用分身法搬运,渐渐地就搬运尽了。岂不比直偷硬取的巧些?'³众耗听了,都道:'妙却妙,只是不知怎么个变法,你先变个我们瞧瞧。'小耗听了,笑道:'这个不难,等我变来。'说毕,摇身就变,竟变了一个最标致美貌的小姐。⁴众耗忙笑道:'变错了,变错了!原说变果子的,如何变出小姐来?'小耗现形笑道:'我说你们没见世面,只认得这果子是香芋,却不知盐课林老爷的小姐才是真正的香玉呢。'"⁵

　　黛玉听了,翻身爬起来,按着宝玉笑道:"我把你烂了嘴的!我就知道你是编我呢。"说着,便拧得宝玉连连央告说:"好妹妹,饶我罢,再不敢了!我因为闻你香,忽然想起这个故典来。"⁶黛玉笑道:"饶骂了人,还说是故典呢!"

　　一语未了,只见宝钗走来,⁷笑问:"谁说故典呢?我也听听。"黛玉忙让坐,笑道:"你瞧瞧,还有谁!他饶骂了人,还说是故典。"宝钗笑道:"原来是宝兄弟,怨不得他,他肚子里的故典原多。只是可惜一件,凡该用故典之时,他偏就忘了。⁸有今日记得的,前儿夜里的芭蕉诗就该记得。眼面前的倒想不起来,别人冷得那样,你急得只出汗。⁹这会子偏又有记性了。"黛玉听了笑道:"阿弥陀佛!到底是我的好姐姐,你一般也遇见对子了。可知一还一报,不爽不错的。"刚说到这里,只听宝玉房中一片声嚷,吵闹起来。正是①〔且听下回分解。〕

1. 玉兄玉兄,唐突颦儿了!(庚)

2. 得便就讽,不待卒章显志。凡三句暗为黛玉作评,讽得妙。(己)

3. 果然巧,而且最毒;直偷者可防,此法不能防矣。可惜这样才情,这样学术,却只一耗耳。(己)评者借耗子刺世情,此类皆是。

4. 趣闻故事,机轴在此。

5. 卒章显志。像所有笑话趣话一样,其机智诙谐的集中爆发都必定在最后一句。

6. "玉生香"是要与"小恙梨香院"对看,愈觉生动活泼。且前以黛玉,后以宝钗,特犯不犯,好看煞。丁亥春。畸笏叟。(庚)

7. 该写的都已写完,正好截住。让宝钗来打断更好,此前黛玉之调笑都关宝钗,这一来,势成鼎立。

8. 仍呼应前奉命作诗时想不起"绿蜡"出处。

9. 当时是正月十五,正寒冷,宝玉苦思着急的样子宝钗记忆犹新,故有此妙讽。与前"拭汗"二字针对。不知此书何妙至如此!(己)

---

　　① 回末——另页有评曰:"此回宜分三回方妙,系抄录之人遗漏。——玉蓝坡。"

【总评】

此回由贾宝玉的三个生活片断组成，事情都属私下进行的，相关三人又是宝玉最亲近的，却地位、个性各异，绝不相类。那就是宝玉的随身小厮茗烟、关系特殊的大丫头袭人和生死恋人黛玉。这样写就更便于多角度、多层次地来展示宝玉其人，但重点如回目所标，自然是宝玉与袭人和宝玉与黛玉的戏。

茗烟与卍儿的寻欢，只为满足欲望，谈不上有多少爱情。所以宝玉对茗烟说："她白认得你了，可怜，可怜！"但最显露宝玉关爱体贴女儿的个性的，还是他跺着脚叫那丫头"快跑"和追着叫："你别怕，我是不告诉人的！"

宝玉来到袭人家情节，安排得特好。环境的改变落差，使角色都有戏。袭人知根知底言行，可见两人平日关系；其眼有哭痕与下文赎身之论接榫。回来后，掩过酥酪被李嬷嬷占吃事，是袭人厚道处；先用骗词，后下箴规，是袭人聪明处。要宝玉改三件事，勾勒出这个"不肖"之子的主要特点来；但作者并无庸俗社会学眼光，不可因此而视袭人为反面。

后半回是一段写宝玉与黛玉两情相悦而又天真无邪的文字。此时，宝黛二人已不是平常兄妹间亲情友爱关系了，爱情已不知不觉在他们各自心中萌生。但无论言语或行动，除了彼此体贴关爱，像孩子般嬉闹外，又没有任何不轨之处。作者在艺术表现的分寸上，是把握得非常准确的。

情节从一开始黛玉要支开宝玉，步步退让，到两人终于"对面倒下"，黛玉替宝玉揩拭腮帮上胭脂膏迹，宝玉因而闻得一股幽香"从黛玉袖中发出"起，到宝玉忽想出一个扬州的趣话来讲，最后仍归结到"香玉"二字（故回目叫"玉生香"），文思是非常巧妙、细密的。

第二十回
王熙凤正言弹妒意　林黛玉俏语谑娇音

【题解】

　　此回回目诸本基本一致，只个别字讹写，如"俏"作"悄"；"娇"作"姣"。此用己卯、庚辰本回目。上句说，王熙凤在当家管事中，用道理正大的话批评了赵姨娘、贾环母子妒忌贾宝玉的不当言行；这是本回的重点。下句说的是史湘云来到荣国府，林黛玉用俏皮话戏谑她讲话的咬舌口音；相对于写凤姐的情节来说，篇幅要短些。

　　话说宝玉在林黛玉房中说"耗子精"，宝钗撞来，讽刺宝玉元宵不知"绿蜡"之典，三人正在房中互相讥刺取笑。那宝玉正恐黛玉饭后贪眠，一时存了食，或夜间走了困，皆非保养身体之法。<u>1</u> 幸而宝钗走来，大家谈笑，那林黛玉方不欲睡，自己才放了心。忽听他房中嚷起来，大家倾耳听了一听，林黛玉先笑道："这是你妈妈和袭人叫嚷呢。那袭人也罢了，你妈妈再要认真排场①她，可见老背晦了。"<u>2</u>

　　宝玉忙要赶过来，<u>宝钗忙一把拉住道："你别和你妈妈吵才是，她老糊涂了，倒要让她一步为是。"</u><u>3</u> 宝玉道："我知道了。"说毕走来，只见李嬷嬷拄着拐棍，在当地骂袭人："忘了本的小娼妇！我抬举起你来，这会子我来了，你大模大样地躺在炕上，见我来也不理一理。<u>一心只想妆狐媚子哄宝玉，哄得宝玉不理我，听你们的话。</u><u>4</u> 你不过是几两臭银子买来的毛丫头，这屋里你就作耗②，如何使得！好不好拉出去配一个小子，看你还妖精似的哄宝玉不

1. 上回已写到宝玉恐黛玉睡出病来，这里又重申，是再表事出真心关怀，强调宝黛的恋情是纯净的，嬉闹是不存邪念的。

2. 赞扬袭人的话从黛玉口中说出，尤为难得，可见公道在人心，袭人的确堪称"温柔和顺"（判词中语）。

3. 宝钗行为豁达，随分从时，又尊老礼让，在小事上，不主张与人计较，所以才一把拉住宝玉，劝他让一步。

4. 写上了年纪的退位奶妈的失衡心态。出于妒意，恶言骂得宠的丫头十分真实，话也写得毕肖，句句都让袭人蒙冤受屈，使人感到真是个老讨厌。有两条脂评很有意思：一批"一心只想妆狐媚子哄宝玉"句说："看这句几把批书人吓杀了。"（庚）接批"哄得宝玉不理我，听你们的话"说："幸有此二句，不然，我石兄、袭卿扫地矣！"（庚）可见对宝、袭间的隐私是持遮饰庇护态度的，这与后来的评点家动辄讥贬袭人反差极大。我以为脂评较能体会作者并无很强的道学贞节观的原意。

---

　① 排场——在这里作"排揎"解，即指责。
　② 作耗——生事、捣乱。

哄！"袭人先只道李嬷嬷不过为她躺着生气，少不得分辩说"病了，才出汗，蒙着头，原没看见你老人家"等语。后来只管听她说"哄宝玉""妆狐媚"，又说"配小子"等，由不得又愧又委屈，禁不住哭起来。

宝玉虽听了这些话，也不好怎样，少不得替袭人分辩"病了""吃药"等话，又说："你不信，只问别的丫头们。"李嬷嬷听了这话，益发气起来了，说道："你只护着那起狐狸，哪里认得我了，叫我问谁去？谁不帮着你呢，谁不是袭人拿下马来的！我都知道那些事。[1]我只和你在老太太、太太跟前去讲讲。把你奶了这么大，到如今吃不着奶了，把我丢在一旁，逼着丫头们要我的强。"一面说，一面也哭起来。彼时，黛玉、宝钗等也走过来劝说："妈妈，你老人家担待他们一点子就完了。"李嬷嬷见她二人来了，便拉住诉委屈，将当日吃茶、茜雪出去与昨日酥酪等事，[2]唠唠叨叨说个不清。

可巧凤姐正在上房算完输赢帐，听得后面一片声嚷动，便知是李嬷嬷老病发了，排揎宝玉的人。——正值她今儿输了钱，迁怒于人——便连忙赶过来，拉了李嬷嬷，笑道："好妈妈，别生气。大节下，老太太才喜欢了一日，你是个老人家，别人高声，你还要管他们呢；难道你反不知道规矩，在这里嚷起来，叫老太太生气不成？你只说谁不好，我替你打他。我家里烧的滚热的野鸡，快来跟我吃酒去。"[3]一面说，一面拉着走，又叫丰儿："替你李奶奶拿着拐棍子，擦眼泪的手帕子。"那李嬷嬷脚不沾地跟了凤姐走了，一面还说："我也不要这老命了，越性今儿没了规矩，闹一场子，讨个没脸，强如受那娼妇蹄子的气！"后面宝钗、黛玉随着，见凤姐儿这般，都拍手笑道："亏这一阵风来，把个老婆子撮了去了。"

宝玉点头叹道："这又不知是哪里的帐，

1. 前两句倒是实情，责袭人却是想当然的冤枉人的话，再接一句含混语更妙：似乎已知隐私内情，其实全不知晓。脂评批前两句说："真有是语。"（庚）"真有是事。"（庚）是指对话情节取自真实的生活素材。

2. 因茜雪事，引出一条重要脂评说《红楼梦》原著因何成为残稿的：茜雪至"狱神庙"方呈正文。袭人正文标目曰："花袭人有始有终。"余只见有一次誊清时，与"狱神庙慰宝玉"等五六稿，被借阅者迷失，叹叹！丁亥夏，畸笏叟。（庚）狱神庙，狱中拘留待罪处，宝玉后流落于此。丁亥，1767年，作者和脂砚斋先后逝世已三年。其时，全部书稿除早被借阅者迷失的五六稿外，应该尚在加批语的畸笏叟手中。小说之所以仅传抄出前八十回，我以为唯一的原因，就是后面的原稿早已不完整，缺了互相不关联的五六稿。其中"卫若兰射圃"一回，紧接八十回之后。雪芹没有急于重新补写，大概总希望借阅者有一天能找出来吧，谁知时不待人，雪芹"一病无医"，竟去世了。原来已写完的全书，除已传抄出的八十回外，只留三十余回残稿由畸笏收藏着，最后随着世事变迁，连这些残稿也像畸笏其人一样，都从这世上消失了。

3. 回目中凤姐"弹妒意"，虽说以批评赵姨娘、贾环母子为主，但对李嬷嬷的责备规劝，其实也包括在内。把几件同类性质的情节组织在一起，看她对不同对象的不同处理方法，就更能显出凤姐的治家才干来。这里，数落后拉李姬吃酒是恩威并用。脂评说：阿凤两提"老太太"是叫老姬想袭卿是老太太的人，况又双关大体，勿泛泛看去。（庚）是读得相当细心的。

只拣软的排揎。昨儿又不知是哪个姑娘得罪了，上在她帐上。"一句未了，晴雯在旁笑道："谁又不疯了，得罪她作什么！便得罪了她，就有本事承认，不犯着带累别人！"[1]袭人一面哭，一面拉宝玉道："为我得罪了一个老奶奶，你这会子又为我得罪这些人，这还不够我受的？还只是拉别人。"宝玉见她这般病势，又添了这些烦恼，连忙忍气吞声，安慰她仍旧睡下出汗。又见她汤烧火热，自己守着她歪在旁边，劝她只养着病，别想着这些没要紧的事生气。袭人冷笑道："要为这些事生气，这屋里一刻还站不得了。但只是天长日久，只管这样，可叫人怎么样才好呢？时常我劝你，别为我们得罪人，你只顾一时为我们，那样他们都记在心里，遇着坎儿①，说得好说不好听，大家什么意思！"[2]一面说，一面禁不住流泪，又怕宝玉烦恼，只得又勉强忍着。

　　一时，杂使的老婆子煎了二和药②来。宝玉见她才有汗意，不肯叫她起来，自己便端着就枕与她吃了，即命小丫头子们铺炕。袭人道："你吃饭不吃饭，到底老太太、太太跟前坐一会子，和姑娘们玩一会子再回来，[3]我就静静地躺一躺也好。"宝玉听说，只得替她去了簪环，看她躺下，自往上房来。同贾母吃毕饭，贾母犹欲同那几个老管家嬷嬷斗牌解闷，宝玉记着袭人，便回至房中，见袭人朦朦睡去。自己要睡，天气尚早。彼时晴雯、绮霰③、秋纹、碧痕都寻热闹，找鸳鸯、琥珀等耍戏去了，独见麝月一个人在外间房里灯下抹骨牌。宝玉笑问道："你怎不同她们玩去？"麝月道："没有钱。"宝玉道："床底下堆着那么些，还不够你输的？"麝月道："都玩去了，这屋里交给谁

1. 夹写晴雯，个性活现，也只有她敢顶嘴。

2. 袭人并不为李嬷辱骂她的话生气，却替宝玉为袒护自己而得罪人、被人记恨担心。这固然写袭人一心只在宝玉身上，但这些话同时也带谶语性质的可能性极大，因为作者行文有此特点。后来宝玉运败时乖遭厄（所谓难免"丑祸"），未必没有人背地里"说不好听"的，袭人说不定真有到"这屋里一刻还站不得了"的时候。她的中途出嫁，或与在类似处境下，为保全宝玉和自己的颜面，不得已而自告奋勇有关。否则，在第二十二回中脂评为何要说后来"袭人是好胜所误"（庚）呢？

3. 不是嫌宝玉在身边忙碌，使自己不得安静休息，而是怕别人生疑有闲言：宝玉竟为照顾一个生病丫头，连吃饭的心思都没有了。

---

① 坎儿——路凹凸不平处，喻可以生是非的机会。
② 二和药——中医汤药通常一剂煎服两次，头煎的叫"头和药"，二煎的叫"二和药"。
③ 绮霰——己卯、庚辰等本均作"绮霰"，后人改为"绮霞"，以为取意于谢朓诗"余霞散成绮"名句。其实"绮霰"与"茜雪"成对，若作"绮霞"，则与"彩霞"重复。当取意于张若虚诗"月照花林皆似霰。"

呢？那一个又病了，满屋里上头是灯，地下是火。那些老妈妈们，老天拔地，服侍了一天，也该叫她们歇歇了；小丫头们也是服侍了一天，这会子还不叫她们玩玩去？所以让她们都去罢，我在这里看着。"

宝玉听了这话，公然又是一个袭人。因笑道："我在这里坐着，你放心去罢。"[1]麝月道："你既在这里，越发不用去了，咱们两个说话玩笑岂不好？"宝玉笑道："咱两个作什么呢？怪没意思的。也罢了，早上你说头痒，这会子没什么事，我替你篦头罢。"麝月听了便道："就是这样。"说着，将文具镜匣搬来，卸去钗钏，打开头发，宝玉拿了篦子替她一一地梳篦。[2]只篦了三五下，只见晴雯忙忙走进来，原为取钱，一见了他两个，便冷笑道："哦，交杯盏还没吃，倒上头了①！"[3]宝玉笑道："你来，也给你篦一篦。"晴雯道："我没那么大福。"说着，拿了钱，便摔帘子出去了。

宝玉在麝月身后，麝月对镜，二人在镜内相视。宝玉便向镜内笑道："满屋里就只是她磨牙。"麝月听说，忙也向镜中摆手，宝玉会意。忽听"嗯"的一声帘子响，晴雯又跑进来问道："我怎么磨牙了？咱们倒得说说。"麝月笑道："你去你的罢，又来问人了。"晴雯笑道："你又护着。你们那瞒神弄鬼的，我都知道。等我捞回本儿来再说话。"说着，一径出去了。[4]这里宝玉通了头，命麝月悄

1. 曹雪芹深刻的悲观主义"宿命"思想，时时透过艺术表现手法流露出来。这一节写麝月言行，也同样有后事的预兆。故脂评批麝月的话说：正文。（庚）麝月闲闲数语令余酸鼻，正所谓对景伤情。丁亥夏，畸笏。（庚）这就是指出麝月随口说的话成了谶语，因为将来众丫鬟都走散了，袭人也嫁了人，只有麝月一人代替袭人留在宝玉夫妇身边，故下文麝月说到"咱们两个说话玩笑岂不好"时，脂评又明确批出：全是袭人口气，所以后来代任。（庚）

2. 宝玉平时在居处室内与丫头们一起的生活情景，略一展示。唯有闺中友爱融洽之温情，全然不见封建宗法制家庭中主仆间尊与卑、贵与贱的差别。

3. 从晴雯的戏谑语中，可看出她个性直爽、语言犀利、口无遮拦；说的话也透露平日彼此间谈笑的主题。

4. 梳头小事，写得曲折多姿，精彩纷呈。宝玉与麝月对镜相视，一议论一摆手，晴雯摔帘而去，复又掀帘回来，机灵斗智，令人叫绝。故脂评多有赞语，如：此系石兄得意处。（庚）好看煞，有趣！（庚）娇憨满纸，令人叫绝。壬午九月。（庚）等等。此外还有一条长批，对探索佚稿情节有重要价值，说：闲闲一段儿女口舌，却写麝月一人。看袭人出嫁后，宝玉、宝钗身边还有一人，虽不及袭人周到，亦可免微嫌小弊等患，方不负宝钗之为人也。故袭人出嫁后云"好歹留着麝月"一语，宝玉便依从此话。可见袭人虽去，实未去也。……（庚）尚有评人物的，与后来亦有异，如：但观者凡见晴雯诸人则恶之，何愚也哉！要知自古及今，愈是尤物，其猜忌妒妬愈甚，若一味浑厚大量涵养，则有何令人怜爱护惜哉！然后知宝钗袭人等行为，并非一味蠢拙古板，以女夫子自居。当绣灯前，绿窗月下，亦颇有或调或妬，轻俏艳丽等说。不过一时取乐买笑耳，非切切一味妬才妒贤也，是以高诸人百倍。不然，宝玉何甘心受屈于二女夫子哉……（庚）颇提供有价值的信息。

---

① 交杯盏、上头——皆旧时婚礼习俗。新郎新娘交换酒杯饮酒，叫"交杯"；女子出嫁时改梳发髻，加簪首饰，叫"上头"。

悄地服侍他睡下，不肯惊动袭人。一宿无话。

　　至次日清晨起来，袭人已是夜间发了汗，觉得轻省了些，只吃些米汤静养。宝玉放了心，因饭后走到薛姨妈这边来闲逛。彼时正月内，学房中放年学，闺阁中忌针黹，都是闲时。因贾环也过来玩，正遇见宝钗、香菱、莺儿三个赶围棋作耍，贾环见了，也要玩。宝钗素习看他亦如宝玉，并没它意；今儿听他要玩，让他上来坐了一处玩。一磊十个钱，<u>头一回自己赢了，心中十分喜欢。谁知后来接连输了几盘，便有些着急。</u>[1] 赶着这盘正该自己掷骰子，若掷个七点便赢，若掷个六点，下该莺儿掷三点就赢了。因拿起骰子来，狠命一掷，一个坐定了五，那一个乱转。<u>莺儿拍着手只叫"幺"，贾环便瞪着眼，"六七八"混叫。那骰子偏生转出幺来。</u>贾环急了，伸手便抓起骰子来，然后就拿钱，说是个六点。[2] 莺儿便说："分明是个幺！"宝钗见贾环急了，便瞅莺儿说道："<u>越大越没规矩，难道爷们还赖你？</u>[3] 还不放下钱来呢！"莺儿满心委屈，见宝钗说，不敢则声，只得放下钱来，口内嘟囔说："<u>一个作爷的，还赖我们这几个钱，连我也不放在眼里。</u>[4] 前儿和宝二爷玩，他输了那些，也没着急。下剩的钱，还是几个小丫头子们一抢，他一笑就罢了。"[5] 宝钗不等说完，连忙喝断。贾环道："我拿什么比宝玉呢？<u>你们怕他，都和他好，都欺负我不是太太养的。</u>"[6] 说着便哭了。宝钗忙劝他："好兄弟，快别说这话，人家笑话你。"又骂莺儿。

　　正值宝玉走来，见了这般形况，问是怎么了。贾环不敢则声。<u>宝钗素知他家规矩，凡作兄弟的，都怕哥哥。</u>[7] 却不知那宝玉是不要人怕他的。他想着："兄弟们一并都有父母教训，何必我多事，反生疏了。况且我是正出，他是庶出，饶这样还有人背后谈论，还禁得辖治他了。"<u>更有个呆意思存在心里。——你道是何呆意？</u>[8] 因他自幼姊妹丛中长大，亲姊妹有元春、

1. 写先赢后输自好，愈急愈耍赖，也就愈不堪。文笔生猛活跳。

2. 莺儿娇憨的样子惹人爱怜；环儿猴急，因患得患失而入于霸道，也逼真。

3. 这个爷们不怎么样，所以才会赖。宝钗何尝不知环儿在耍赖，她看重的只是"规矩"二字；宝玉却不重规矩，所以二宝彼此心灵难有沟通。

4. 虽是受了委屈嘟囔说的话，却是极不屑语，其快如刀。

5. 从莺儿口中补出宝玉与丫头们赌钱玩的情景，真是巧思安排；既在对比中为宝玉性情行为着色，又由此逼出贾环下面的话来，以完回目中"妒意"二字。

6. 丫头们与宝玉好，岂是"怕他"之故，说到是谁"养"的，怎不想想与他一样的同胞姊姊探春，在丫头们中何等有威信，在姊妹们中何等受敬重。难怪脂评见他说出这样可笑的话来，直斥之曰："蠢驴！"（庚）

7. 大族规矩原是如此，一丝儿不错。（己）

8. 此意不呆。（庚）又用讳人语瞒着看官。己卯冬辰。（庚）评语所谓"讳人语"，就是作者把肯定的甚至欣赏的见解，故意说成"呆意"。因为在世人看来，这些想法不免离经叛道，所以在行文上要"瞒着看官"。

探春，伯叔的有迎春、惜春，亲戚之中又有史湘云、林黛玉、薛宝钗等诸人。他便料定，原来天生人为万物之灵，凡山川日月之精秀只钟于女儿，须眉男子不过是些渣滓浊沫而已。因有这个呆念在心，把一切男子都看成混沌浊物，可有可无。[1]只是父亲叔伯兄弟中，因孔子是亘古第一人说下的不可忤慢，只得要听他这句话，[2]所以兄弟之间不过尽其大概的情理就罢了，并不想自己是丈夫，须要为子弟之表率。是以贾环等都不怕他，却怕贾母，才让他三分。如今宝钗生怕宝玉教训他，倒没意思，便连忙替贾环掩饰。宝玉道："大正月里哭什么？这里不好，你别处玩去。你天天念书，倒念糊涂了。比如这件东西不好，横竖那一件好，就弃了这件取那个。难道你守着这个东西哭一会子就好了不成？你原是来取乐玩的，既不能取乐，就往别处去再寻乐玩去。哭一会子，难道算取乐玩了不成？倒招自己烦恼，不如快去为是。"[3]贾环听了，只得回来。

赵姨娘见他这般，因问："又是哪里垫了踹窝①来了？"一问不答，再问时，贾环便说："同宝姐姐玩的，莺儿欺负我，赖我的钱，宝玉哥哥撵我来了。"[4]赵姨娘啐道："谁叫你上高台攀去了？下流没脸的东西！哪里玩不得，谁叫你跑了去讨没意思！"

正说着，可巧凤姐在窗外过，都听在耳内，便隔窗说道："大正月又怎么了？环兄弟小孩子家，一半点儿错了，你只教导他，说这些淡话作什么！凭他怎么去，还有太太、老爷管他呢，你就大口啐他！他现是主子，不好了横竖有教导他的人，与你什么相干！[5]环兄弟出来，跟我玩去。"贾环素日怕凤姐比怕王夫人更甚，听见叫他，忙唯唯地出来，赵姨娘也不敢则声。凤姐向贾环道："你也是个没气性的！时常说给你：要吃，要喝，要玩，要笑，只爱同哪一个姐姐、妹妹、哥哥、

1. 宝玉思想的主旋律又在此奏响，亦出人意外。

2. 在那个时代，孔子是讥贬不得的，所以这句话不得不说。听了这一个人之话岂是呆子，由你自己说吧，我把你作极乖的人看。（庚）脂评理解作者行文的为难处，所以这样批。

3. 这话若往深处想，宝玉最后弃家，岂非亦为遁去烦恼？这就应了王维的诗语："一生几许伤心事，不向空门何处销？"

4. 专好无事生非的人，一开口便如此。本来理亏，一时不知如何说好，所以"一问不答"，神态逼真。但转念间就有词了，顺口颠倒黑白，使坏诬人的本性毕露。

5. 在封建时代，庶出的孩子是主子，其生母因为是妾，地位几同奴婢。这是宗法制度统治下家庭内必要遵守的规矩，被公认为是正大的道理。凤姐就是用这些正理"正言"来讥"弹"说"淡话"的赵姨娘的"妒意"的，要她认清主奴尊卑关系，找准自己的位置。作者客观真实地反映这一现实，无可指摘。但如果要他主观上也持今天看来更合乎人性的观点来批判或否定这种封建秩序，那就未免苛求作者了。

---

① 垫踹窝——垫平路面的坑窝。意即供人践踏、被人欺侮。

嫂子玩，就同哪个玩。你不听我的话，反叫这些人教得歪心邪意，狐媚子霸道的。自己不尊重，要往下流走，安着坏心，还只管怨人家偏心。[1]输了几个钱？就这么个样儿！"贾环见问，只得诺诺地回说："输了一二百。"[2]凤姐道："亏你还是爷，输了一二百钱就这样！"回头叫丰儿："去取一吊钱来！①姑娘们都在后头玩呢，把他送了玩去。——你明儿再这么下流狐媚子，我先打了你，再打发人告诉学里，皮不揭了你的！为你这个不尊重，恨得你哥哥牙痒，不是我拦着，窝心脚把你的肠子窝出来了。"喝命："去罢！"贾环诺诺地跟了丰儿，得了钱，自己和迎春等玩去。[3]不在话下。

且说宝玉正和宝钗玩笑，忽见人说："史大姑娘来了。"[4]宝玉听了，抬身就走。宝钗笑道："等着，咱们两个一齐走，瞧瞧她去。"说着，下了炕，同宝玉一齐来至贾母这边。只见史湘云大笑大说的，[5]见他两个来，忙问好厮见。正值林黛玉在旁，因问宝玉："在哪里的？"宝玉便说："在宝姐姐家的。"黛玉冷笑道："我说呢，亏在那里绊住，不然早就飞了来了。"[6]宝玉笑道："只许同你玩，替你解闷儿。不过偶然去她那里一趟，就说这话。"林黛玉道："好没意思的话！去不去管我什么事，我又没叫你替我解闷儿。可许你从此不理我呢！"说着，便赌气回房去了。

宝玉忙跟了来，[7]问道："好好的又生气了。就是我说错了，你到底也还坐在那里，和别人说笑一会子，又来自己纳闷。"林黛玉道："你管我呢！"宝玉笑道："我自然不敢管你，只没有个看着你自己作践了身子呢。"[8]林黛玉道："我作践坏了身子，我死，与你何干！"宝玉道："何苦来！大正月里，死了活了的。"林黛玉道："偏说死！我这会子就死！你怕死，你长命百岁的，

---

1. 指桑骂槐，借环儿责赵姨，"这些人"，明指其生母。有脂评曰：借人发脱，好阿凤，好口齿！句句正言正理，赵姨安得不抿翅低头，静听发挥！批至此，不禁一大白又大白矣。（庚）

2. 作者尚记一大百乎？叹叹！（庚）以为又用往昔实事，太过敏感。

3. 写凤姐之威亦不可少。"得了钱"三字见贾环品格，找迎春最妥。

4. 妙极。凡宝玉、宝钗正闲遇时，非黛玉来，即湘云来，是恐泄漏文章之精华也。若不如此，则宝玉久坐忘情，必被宝卿见弃，杜绝后文成其夫妇时无可谈旧之情，有何趣味哉！（己）可知原稿写宝玉、宝钗结成夫妻大概很自然，很现实，不像续书那样先安排宝玉疯傻，又穿凿地追求戏剧性效果——让黛死钗婚在同一时辰。原稿写他们婚后"谈旧"，亦当有风趣文字，故可称之为"文章之精华"。

5. 史湘云第一笔，所谓"英豪阔大宽宏量"是也。首重刻画人物的不同个性是小说成功的重要艺术经验。

6. 初坠爱河，醋意特多；"绊住"对宝钗，"早飞来"对湘云。

7. 第一在乎之人生气了，还能不跟了来？宝钗、湘云倒不妨暂且冷落一边。

8. 一语中的。以后多少事都是"自己作践了身子"！正所谓"春恨秋悲皆自惹"，又所谓"莫怨东风当自嗟"也。

---

① 一吊钱——千文。

如何？"宝玉笑道："要像只管这样闹，我还怕死呢，倒不如死了干净！"黛玉忙道："正是了，要是这样闹，不如死了干净。"宝玉道："我说我自己死了干净，别听错了话赖人。"正说着，宝钗走来道："史大妹妹等你呢。"说着便推宝玉走了。[1]这里黛玉越发气闷，只向窗前流泪。

没两盏茶的工夫，宝玉仍来了。林黛玉见了，越发抽抽噎噎地哭个不住。宝玉见了这样，知难挽回，打叠起千百样的款语温言来劝慰。不料自己未张口，只见黛玉先说道："你又来做什么？横竖如今有人和你玩，比我又会念，又会做，又会写，又会说笑，又怕你生气拉了你去，你又做什么来？死活凭我去罢了！"宝玉听了，忙上来悄悄地说道："你这么个明白人，难道连'亲不间疏，先不僭后'①也不知道？[2]我虽糊涂，却明白这两句话。头一件，咱们是姑舅姊妹，宝姐姐是两姨姊妹，论亲戚，她比你疏。第二件，你先来，咱们两个一桌吃，一床睡，长得这么大了。她是才来的，岂有个为她疏你的？"林黛玉啐道："我难道为叫你疏她？我成了个什么人了呢！我为的是我的心。"宝玉道："我也为的是我的心。难道你就知你的心，不知我的心不成？"[3]黛玉听了，低头一语不发，半日说道："你只怨人行动嗔怪了你，你再不知道你自己怄人难受。就拿今日天气比，分明今儿冷得这样，你怎么倒反把个青肷披风②脱了呢？"宝玉笑道："何尝不穿着，见你一恼，我一暴躁，就脱了。"[4]林黛玉叹道："回来伤了风，又该饿着吵吃的了。"

二人正说着，只见湘云走来，笑道："二哥哥，林姐姐，你们天天一处玩，我好容易来了，也不理我一理儿。"黛玉笑道："偏是咬舌子爱说话，连个'二哥哥'也叫不出来，只是'爱哥哥''爱哥哥'的。回来赶围棋儿，又该你

1. 宝钗以为大家都是兄弟姊妹，不该冷落刚来的湘云，根本不曾从宝黛间有恋情上去想，所以推着宝玉就走，正见其襟怀豁达坦荡。脂评也有这样的看法：此时宝钗尚未知他二人心性，故来劝；后文察其心性，故掷之不闻矣。（己）

2. 看似有理，其实根本说不到点子上，倒像从未有生活经验的孩子在谈论亲情友谊。亲疏先后哪能管得住爱情？这是宝玉在内心焦急又万般无奈下想出来的理由。黛玉并不认可，所以必有反驳，并由此吐露说不清的爱。不过黛玉倘若能想想宝玉的良苦用心，这气也确是该消的了。

3. 这些话让今天人来表达，大概比较容易。可对当时初涉爱河的少女少男来说，就只能说到这个地步了。脂评为赞其文字，便说得过于玄虚了：此二语不独观者不解，料作者亦未必解。不但作者未必解，想石头亦不解，不过述宝、黛二人之语耳。若观者必欲要解，须自揣自身是宝、林之流，则洞然可解；若自料不是宝、林之流，则不必求解矣。……（己）评语将作者与石头分述，常被人当作此书非雪芹原作的证据，这是没道理的；说宝、林自己亦不解所言，倒有几分道理。

4. 黛玉即使不能将彼此所言解说清楚，但已感觉到心心相印了，所以改变了态度，转而关心起宝玉冷暖来了。

① 亲不间疏，先不僭后——关系亲密的不会被关系疏远的离间，先到的不会被后来的超越。僭，超越本分。
② 青肷（qiǎn 遣）披风——青狐的腋下皮毛制成的斗篷。

闹'幺爱三四五'了。"宝玉笑道："你学惯了她，明儿连你还咬起来呢。"[1]史湘云道："她再不放人一点儿，专挑人的不好。你自己便比世人好，也不犯着见一个打趣一个。我指出一个人来，你敢挑她，我就服你。"黛玉忙问是谁。湘云道："你敢挑宝姐姐的短处，就算你是好的。我算不如你，她怎么不及你呢？"黛玉听了冷笑道："我当是谁，原来是她！我哪里敢挑她呢。"宝玉不等说完，忙用话岔开。湘云笑道："这一辈子我自然比不上你。我只保佑着明儿得一个咬舌的林姐夫，时时刻刻你可听'爱''厄'去。阿弥陀佛，那才现在我眼里！"说得众人一笑，湘云忙回身跑了。要知端详，下回分解。

1. 湘云一来，说话仍是其爽直性子，却被黛玉抓住发音咬舌的特点，戏谑一番，以完回目的下句。在描绘人物形象上，不追求完美无缺的艺术经验，脂评深有体会，他说：可笑近之野史中，满纸羞花闭月，莺啼燕语。殊不知真正美人方有一陋处，如太真之肥，飞燕之瘦，西子之病，若施于别个不美矣。今以"咬舌"二字加之湘云，是何大法手眼，敢用此二字哉！不独不见其陋，且更觉轻俏娇媚，俨然一娇憨湘云立于纸上。掩书合眼思之，其"爱""厄"娇音如入耳内。然后将满纸莺啼燕语之字样，填粪窖可也。（戚）

【总评】

王熙凤的杰出才干，不仅表现在办理秦氏丧事那样调度全局的大场面上，她在处理或调解家庭琐事的矛盾纠纷上，也同样有一套出色的本领。本回的前半，写与她有关的两件事：

一、宝玉的乳母李嬷嬷，因宝玉亲近袭人而疏远她，内心不平衡，便挑衅袭人，骂她"妆狐媚子哄宝玉，哄得宝玉不理我"。又哭又嚷，连宝玉也骂在里头。黛玉、宝钗过来劝说，也奈何她不得。凤姐一到，只几句话一说，便将她拉走了。

二、贾环与宝钗、莺儿等玩耍，掷骰子，输了就急，赖钱不给，遭莺儿奚落，又被宝玉教训了几句。他回去后，就告赵姨娘说，莺儿"赖我的钱"，宝玉"撺我来了"。气得赵姨娘啐他："谁叫你上高台攀去了？下流没脸的东西！哪里玩不得，谁叫你跑了去讨没意思？"深怀忌恨地挑拨宝玉、环儿兄弟间的关系。恰好凤姐经过听到，便狠狠地训斥了赵姨娘和贾环。话虽从强烈的主奴尊卑的封建观念出发，但在那个时代，仍是被视作天经地义而得到认可的，故回目用了"正言"二字。

作者叙述情节时，极少单一用笔，总夹写一些其他人物，如晴雯、麝月等的个性，在此也有生动的表现。

史湘云大说大笑地到来，是另换场景；引得小性儿的林黛玉对宝玉怄气、斗嘴，在表现人物不同个性上有互相映衬的作用，同时也折射出宝黛爱情已达到的深度。宝玉对黛玉总甘愿服低作小，自然是"打叠起千百样的款语温言来劝慰"。末了，黛玉戏谑湘云"偏是咬舌子爱说话，连个'二哥哥'也叫不出来，只是'爱哥哥''爱哥哥'的"，真是传神文笔，"俨然一娇憨湘云立于纸上"（脂评语）。

第 二 十 一 回
贤袭人娇嗔箴宝玉　俏平儿软语救贾琏

【题解】

　　本回回目诸本一致。回中情节分两部分：前半回以宝玉为中心，写了黛玉、湘云、袭人，也涉及宝钗，回目说的是袭人用撒娇生气的办法规劝宝玉改掉爱在姊妹间胡闹的老毛病；后半回则写贾琏、凤姐和平儿之间的事，回目说的是平儿藏了罪证，帮着遮丑，救了贾琏，不让凤姐发现他与"多浑虫"媳妇私通事。在袭人和平儿的名字前，加一"贤"字"俏"字，不应忽视以为是随便说说的，它关乎作者的倾向，而这种倾向又与后来情节发展有关。

　　本回有很长的回前脂评，由此回回目、内容联想到后半部佚稿中的情节等，十分重要。其文曰：有客题《红楼梦》一律，失其姓氏，惟见其诗意骏警，故录于斯："自执金矛又执戈，自相戕戮自张罗。茜纱公子情无限，脂砚先生恨几多。是幻是真空历遍，闲风闲月枉吟哦。情机转得情天破，'情不情'兮奈我何！"凡是书题者不可不以此为绝调。诗句警拔，且深知拟书底里，惜乎失名矣。按此回之文固妙，然未见后三十回犹不见此之妙；此曰"娇嗔箴宝玉""软语救贾琏"，后曰"薛宝钗借词含讽谏，王熙凤知命强英雄"。今只从二婢说起，后则直指其主。然今日之袭人、之宝玉，亦他日之袭人、他日之宝玉也；今日之平儿、之贾琏，亦他日之平儿、他日之贾琏也。何今日之玉犹可箴，他日之玉已不可箴耶？今日之琏犹可救，他日之琏已不可救耶？"箴"与"谏"无异也，而袭人安在哉？宁不悲乎！"救"与"强"无别也甚矣，但此日阿凤英气何如是也，他日之身微运塞，展眼亦何如彼耶？人世之变迁如此，光阴之倏尔如此！（庚）今日写袭人，后文写宝钗，今日写平儿，后文写阿凤；文是一样情理，景况光阴事却天壤矣。多少眼泪洒出此两回书！此回袭人三大功，直与宝玉一生三大病映射。（庚）按，"后三十回"或"后数十回"之称，不是从第八十一回算起的，因为八十回并非书稿的自然分界，其所指的分界当在写贾府势败家亡的开始，估计在第九十回左右，故全书当仍有一百二十回。此评还提供了已佚原稿中一个完整的回目，及据此可窥见的一些情节线索，是很有价值的。客题七律诗的解说，参见拙著《红楼梦诗词曲赋鉴赏》一书，中华书局版。

　　话说史湘云跑了出来，怕林黛玉赶上，宝玉在后忙说："仔细绊跌了！哪里就赶上了。"林黛玉赶到门前，被宝玉叉手在门框上拦住，笑劝道："饶她这一遭罢。"林黛玉扳着手说道："我要饶过云儿，再不活着！"湘云见宝玉拦住门，料黛玉不能出来，便立住脚笑道："好姐姐，饶我这一遭！"恰值宝钗来在湘云身后，也笑道："我劝你两个看宝兄弟分上，都丢开手罢！"[1]，黛玉道："我不依。

1. 在后忙叫"仔细绊跌"，是宝玉性情行事，又叉手在门框上阻拦，是怕玩得狠了，真动气，伤了和气。黛玉不依不饶，口吻酷似；湘云转身逗她，调皮模样如见，又插入宝钗来劝，越发热闹。写小儿女彼此嬉闹这样琐细小事，也十分精彩。故脂评曰：好极妙极。玉、颦、云三人已难解难分，插入宝钗云"我劝你两个看宝玉兄弟分上"，话只一句，便将四人一齐笼住，不知孰远孰近，孰亲孰疏，真好文字！（庚）

你们是一气的，都戏弄我不成！"宝玉劝道："谁敢戏弄你？你不打趣她，她焉敢说你！"四人正难分解，有人来请吃饭，方往前边来。那天早又掌灯时分，王夫人、李纨、凤姐、迎、探、惜等都往贾母这边来，大家闲话了一回，各自归寝。

　　湘云仍往黛玉房中安歇。[1]宝玉送她二人到房，那天已二更多时，袭人来催了几次，方回自己房中来睡。次日天方明时，便披衣靸鞋往黛玉房中来。[2]进去看时，却不见紫鹃、翠缕二人，只见她姊妹两个尚卧在衾内。那黛玉严严密密裹着一幅杏子红绫被，安稳合目而睡。那史湘云却一把青丝拖于枕畔，被只齐胸，一弯雪白的膀子撂于被外，又戴着两个金镯子。[3]宝玉见了叹道："睡觉还是不老实！回来风吹了，又嚷肩窝疼了。"[4]一面说，一面轻轻地替她盖上。黛玉早已醒了，觉得有人，就猜着定是宝玉，[5]因翻身一看，果中其料。因说道："这早晚①就跑过来作什么？"宝玉笑道："这天还早么？你起来瞧瞧。"黛玉道："你先出去，让我们起来。"宝玉听了，转身出至外间。

　　黛玉起来叫醒湘云，二人都穿了衣服。宝玉复又进来，坐在镜台旁边，只见紫鹃、雪雁进来服侍梳洗。湘云洗了面，翠缕便拿残水要泼，宝玉道："站着，我趁势洗了就完了，省得又过去费事。"说着便走过来，弯腰洗了两把。紫鹃递过香皂去，宝玉道："这盆里的就不少，不用搓了。"再洗了两把，便要手巾。[6]翠缕道："还是这个毛病儿，多早晚才改。"[7]宝玉也不理，忙忙地要过青盐擦了牙，漱了口，完毕。见湘云已梳完了头，便走过来笑道："好妹妹，替我梳上头罢。"湘云道："这可不能了。"宝玉笑道："好妹妹，你先时怎么替我梳了呢？"[8]湘云道："如今我忘了，怎么梳呢？"宝玉道："横竖我不出门，又不戴冠子勒子，不过打几根散辫子就完了。"说着，又千妹妹万妹妹地央告。湘云只得扶过他的头来，一一梳

1. 嬉闹管嬉闹，过后亲厚如常。前文黛玉未来时，湘云宝玉则随贾母。今湘云已去，黛玉既来，年岁渐成，宝玉各自有房，黛玉亦各自有房，故湘云自应同黛玉一处也。（庚）

2. 宝钗之所以称他"无事忙"也。

3. 两人睡态不同，调换不得。写黛玉之睡态，俨然就是娇弱女子，可怜；湘云之态，则俨然是个娇憨女儿，可爱。真是人人俱尽，个个活跳，吾不知作者胸中埋伏多少裙钗。（庚）

4. 居然是"叹"，唯宝玉如此。

5. 不醒不是黛玉，猜不到也不是黛玉。

6. 宝玉性情确异乎常人。虽出自作者艺术创造，但已塑造得恰如真有其人，每写一言一行，都能色彩鲜明地画出其奇特处来。即此用湘云用过的洗脸水洗脸，亦庸手难以梦见的。难怪警幻说他"乃天下古今第一淫人也"。脂评曾以"体贴"二字解说"意淫"，看来还不能说尽全部，如此处所写的"毛病"亦不可少。

7. 用翠缕的话来点出，很好，"还是"二字着眼。

8. 用"先时"如何，带出幼时情景。

---

　　①　这早晚——这时候。下文"多早晚"，什么时候。

篦。在家不戴冠，并不总角，只将四围短发编成小辫，往顶心发上归了总，编一根大辫，红绦结住。自发顶至辫梢，一路四颗珍珠，下面有金坠脚。湘云一面编着，一面说道："这珠子只三颗了，这一颗不是的。我记得是一样的，怎么少了一颗？"[1]宝玉道："丢了一颗。"湘云道："必定是外头去掉下来，不防被人捡了去，倒便宜他。"[2]黛玉一旁盥手，冷笑道："也不知是真丢了，也不知是给了人镶什么戴去了！"[3]宝玉不答。因镜台两边俱是妆奁等物，顺手拿起来赏玩，不觉又顺手拈了胭脂，意欲要往口里送，又怕史湘云说。正犹豫间，湘云果在身后看见，一手掠着辫子，便伸手来"拍"的一下，从手中将胭脂打落，说道："这不长进的毛病儿，多早晚才改！"[4]

一语未了，只见袭人进来，看见这般光景，知是梳洗过了，只得回来自己梳洗。忽见宝钗走来，因问："宝兄弟哪去了？"袭人含笑道："宝兄弟哪里还有在家的工夫！"宝钗听说，心中明白。又听袭人叹道："姊妹们和气，也有个分寸礼节，也没个黑家白日闹的！凭人怎么劝，都是耳旁风。"[5]宝钗听了，心中暗忖道："倒别看错了这个丫头，听她说话，倒有些识见。"宝钗便在炕上坐了，慢慢地闲言中套问她年纪、家乡等语。留神窥察，其言语志量，深可敬爱。[6]

一时，宝玉来了，宝钗方出去。宝玉便问袭人道："怎么宝姐姐和你说得这么热闹，见我进来就跑了？"[7]问一声不答，再问时，袭人方道："你问我么？我哪里知道你们的原故。"宝玉听了这话，见她脸上气色非往日可比，便笑道："怎么动真气了？"袭人冷笑道："我哪里敢动气！只是你从今以后别进这屋子了。横竖有人服侍你，再不必来支使我。我仍旧还服侍老太太去。"一面说，一面便在炕上合眼倒下。[8]宝玉见了这般景况，深为骇异，禁不住赶来劝慰。那袭人只管合了眼不理。宝玉没了主意，因见

1. 湘云的记性不错。应了宝玉说她曾替自己梳过头的话。

2. 妙谈。这"倒便宜他"四字是大家千金口吻。近日多用"可惜了的"四字，今失一珠不闻此四字，妙极是极。（庚）另有眉批与此批略有异同，署名"畸笏"。

3. 黛玉是另一种生性，另一种口气。

4. 伸手将胭脂打落，极好，恰恰是湘云的举止。说的话也和翠缕一样，可见这毛病儿从小就有，要改也难。

5. 这是袭人本心本意的话，在她的道德观念上就认为与姊妹们应有个分寸礼节，并非出于妒忌。

6. 为人之道，与宝钗看法相同，故认其贤，由此开始，渐成知己。脂评：今日"便在炕上坐了"，盖深取袭卿矣。（庚）记住，"便在炕上坐了"句，第三十六回"绣鸳鸯梦兆绛芸轩"中重现，引出一段小故事。

7. 宝玉一来，宝钗就去，大概因为恰好袭人谈及"姊妹间和气，也有个分寸礼节"，以示自己与黛、湘有别之故。脂评于此有长批说二宝似远实近，二玉似近实远，接着说：不然，后文如何凡较胜角口诸事皆出于颦钗！以及宝玉砸玉，颦儿之泪枯，种种尊障，种种忧忿，皆情之所陷，更何辨哉！（庚）这些警人陷情的话，只能认作批书人自己的观点，未必尽符作者本意。

8. 这是开始施出"娇嗔箴宝玉"手段。

麝月进来，[1]便问道："你姐姐怎么了？"麝月道："我知道么？问你自己便明白了。"[2]宝玉听说，呆了一回，自觉无趣，便起身叹道："不理我罢，我也睡去。"说着便起身下炕，到自己床上歪下。袭人听他半日无动静，微微地打鼾，料他睡着，便起身拿一领斗篷来，替他刚压上，只听"忽"的一声，宝玉便掀过去，也仍合目装睡。[3]袭人明知其意，便点头冷笑道："你也不用生气，从此后我也只当哑子，再不说你一声儿，如何？"宝玉禁不住起身问道："我又怎么了？你又劝我。你劝也罢了，才刚又没见你劝我，一进来你就不理我，赌气睡了。我还摸不着是为什么，这会子你又说我恼了。我何尝听见你劝我是什么话了。"袭人道："你心里还不明白？还等我说呢！"[4]

正闹着，贾母遣人来叫他吃饭，方往前边来。胡乱吃了半碗，仍回自己房中。只见袭人睡在外头炕上，麝月在旁边抹骨牌。宝玉素知麝月与袭人亲厚，一并连麝月也不理，揭起软帘自往里间来。麝月只得跟进来。宝玉便推她出去，说："不敢惊动你们。"[5]麝月只得笑着出来，唤两个小丫头进来。宝玉拿一本书，歪着看了半天，因要茶，抬头只见两个小丫头在地下站着，一个大些的生得十分水秀。宝玉便问："你叫什么名字？"那丫头便说："叫蕙香。"宝玉便问："是谁起的？"蕙香道："我原叫芸香的，是花大姐姐改了蕙香。"宝玉道："正经该叫'晦气'罢了，什么蕙香呢！"[6]又问："你姊妹几个？"蕙香道："四个。"宝玉道："你第几？"蕙香道："第四。"宝玉道："明儿就叫'四儿'，不必什么'蕙香''兰气'的。哪一个配比这些花，没的玷辱了好名好姓。"[7]一面说，一面命她倒了茶来吃。袭人和麝月在外间听了，抿嘴而笑。[8]

这一日，宝玉也不大出房，也不和姊妹、丫头等厮闹，自己闷闷的，只不过拿书解闷，或弄笔墨；[9]也不使唤众人，只叫四儿答应。

1. 恰好来的是袭人的同调人。

2. 听她说话口吻！是同调人吧？

3. 原来打鼾也是装的。文是好文，唐突我袭卿，吾不忍也。（庚）脂评竟如此爱护袭人，不知与作者心意有差别否。

4. 与麝月的话一样，不挑明。《石头记》每用圈图语处，无不精绝奇绝，且总不觉相犯。壬午九月，畸笏。（庚）

5. 袭人说过"横竖有人服侍你，再不必来支使我"。既然袭人与麝月同样都说你自己明白之类的话，可见两人是一气的，不必再分袭、麝了，所以说"不敢惊动你们"。

6. 借名字的谐音来出一出闷气，真幽默。好极，趣极。（庚）

7. 袭人之名，本取自花的"香""气"，凑巧又姓"花"，宝玉的话像是在讥诮小丫头，其实是说给大丫头听的。语言巧妙风趣之极。

8. 大丫头们果然听见了，写得真好看。

9. 不出房、不厮闹和翻书弄笔墨。脂评以为此是袭人的"三大功劳"，还说：此虽未必成功，较往日终有微补小益。（庚）在我看来，恰恰相反，不但不能成功，没有补益，反而会促使他进一步去寻求从现实的烦恼中解脱出来的办法。于是在逃离现实的向往中越走越远，终至走上彻底绝情之路。须知宝玉是假，顽石是真。

谁知这个四儿是个聪敏乖巧不过的丫头，[1] 见宝玉用她，她变尽方法笼络宝玉。至晚饭后，宝玉因吃了两杯酒，眼饧耳热之际，若往日，则有袭人等，大家喜笑有兴；今日却冷清清的一人对灯，好没兴趣。待要赶了她们去，又怕她们得了意，以后越发来劝；[2] 若拿出做上的规矩来镇唬，似乎无情太甚。[3] 说不得横心只当她们死了，横竖自然也要过的。便权当她们死了，毫无牵挂，反能怡然自悦。[4] 因命四儿剪烛烹茶，自己看了一回《南华经》。正看至《外篇·胠箧》①一则，其文曰：

　　故绝圣弃知②，大盗乃止；擿③玉毁珠，小盗不起；焚符破玺，而民朴鄙④；掊斗折衡⑤，而民不争；殚残⑥天下之圣法，而民始可与论议。擢乱六律⑦，铄绝竽瑟⑧，塞瞽旷⑨之耳，而天下始人含其聪⑩矣；灭文章⑪，散五彩，胶离朱之目⑫，而天下始人含其明⑬矣；毁绝钩绳而弃规矩⑭，攦工倕之指⑮，而天下始人有其巧矣。

1. 对"聪敏乖巧"四字，脂评深有感慨地说：又是一个有害无益者。作者一生为此所误，批者一生亦为此所误，于开卷凡见如此人，世人故为喜，余反抱恨，盖四字误人甚矣！（庚）

2. 宝玉恶劝，此是第一大病也。（庚）说得是。

3. 宝玉重情不重礼，此是第二大病也。（庚）从传统观念看，说是病，也对。

4. 此意却好，但袭卿辈不应如此弃也。宝玉之情，今古无人可比，固矣；然宝玉有情极之毒，亦世人莫忍为者，看至后半部，则洞明矣。此是宝玉第三大病也。宝玉有此世人莫忍为之毒，故后文方能"悬崖撒手"一回，若他人得宝钗之妻、麝月之婢，岂能弃而为僧哉！玉一生偏僻处。（庚）此批价值极高。我们从批语中可知"悬崖撒手"是原稿写宝玉出家一回的回目文字。宝玉最终弃为僧，看来是非常忍心亦即非常决绝的。连加脂评者也视其为一大病，称之为"情极之毒"——最多情者终至成为最无情者。这与续书所描写宝玉出家，依依拜别父亲，被僧道挟持而去的情景多么不同！

---

①　《南华经》《外篇·胠箧》——唐代重道教，玄宗下诏尊《庄子》一书为《南华真经》，尊庄子其人（名周，战国中期道家学派的代表人物）为"南华真人"，其书现存33篇，分内、外、杂篇，一般认为内篇为庄子所作，外篇、杂篇出自其门人后学之手。篇名"胠箧（qū qiè 区怯）"二字，是打开箱子的意思。文章开头用为防备打开箱子的小偷而加锁，结果反方便大盗搬运为喻，宣扬"绝圣弃知"，返璞归真，回到"民结绳而用之"的上古时代。这是一种消极的空想的政治理想，但其中颇多抨击现实的愤激之言。

②　绝圣弃知——摒弃聪明才智。

③　擿（zhì 至）——同"掷"，丢弃。

④　焚符破玺（xǐ 喜），而民朴鄙——符，古时用竹制的信符，作证明用。玺，玉石印章。这些东西本为防止欺诈，但坏人正可利用它进行诈骗，所以说要焚毁、敲破它。朴鄙，朴实单纯。

⑤　掊（pǒu 剖上声）斗折衡——击碎斗，折断秤。

⑥　殚（dān 单）残——毁掉。

⑦　擢乱六律——搅乱音律。古代音乐审音标准分"六律""六吕"，总称"十二律"，此泛指音律。

⑧　铄绝竽瑟——毁灭乐器。铄，销毁。

⑨　瞽（gǔ 古）旷——师旷，春秋时期晋国著名乐师，相传他能审音以占吉凶，古代乐官多是盲人，所以称"瞽旷"。

⑩　聪——耳明。

⑪　文章——同"纹彰"，花纹。

⑫　胶离朱之目——把离朱的眼睛粘合住。离朱，相传古代目力很强的人。

⑬　明——指目明。

⑭　钩绳、规矩——钩，画曲的工具。绳，画直的工具。规，画圆的工具。矩，画方的工具。

⑮　攦（lì 利）工倕之指——折断工倕的手指。工倕，传说尧时的巧匠。

看至此，意趣洋洋，趁着酒兴，不禁提笔续曰：[1]

> 焚花散麝①，而闺阁始人含其劝②矣；戕宝钗之仙姿，灰黛玉之灵窍，丧灭情意，而闺阁之美恶始相类矣。彼含其劝，则无参商之虞矣；戕其仙姿，无恋爱之心矣；灰其灵窍，无才思之情矣。彼钗、玉、花、麝者，皆张其罗而穴其隧③，所以迷眩缠陷天下者也④。

续毕，掷笔就寝。头刚着枕，便安然睡去，一夜竟不知所之，直至天明方醒。翻身看时，只见袭人和衣睡在衾上。[2]宝玉将昨日的事已付于意外，[3]便推她说道："起来好生睡，看冻着了！"

原来袭人见他无晓夜和姊妹们厮闹，若直劝他，料不能改，故用柔情以警之，料他不过半日片刻仍复好了。不想宝玉一日一夜竟不回转，自己反不得主意，直一夜没好生睡得。今忽见宝玉如此，料他心意回转，便越性不睬他。宝玉见她不应，便伸手替她解衣，刚解开了钮子，被袭人将手推开，又自扣了。[4]宝玉无法，只得拉她的手笑道："你到底怎么了？"连问几声，袭人睁眼说道："我也不怎么。你睡醒了，你自过那边房里去梳洗，再迟了就赶不上了。"[5]宝玉道："我过哪里去？"袭人冷笑道："你问我，我知道？你爱往哪里去，就往哪里去。从今咱们两个丢开手，省得鸡声鹅斗的叫别人笑。横竖那边腻了过来，这边又有个什么'四儿''五儿'服侍你。我们这起东西，可是白'玷辱了好名好姓'的。"[6]宝玉笑道："你今儿还记着呢！"袭人道："一百年还记着呢！比不

1. 东坡所谓"酒酣胸胆尚开张"也，所以敢续《庄子》。看来，宝玉"任意纂著""大肆妄诞"的习好，非待后来作《芙蓉女儿诔》始有。趁着酒兴，不禁而续，是作者自站地步处：谓余何人耶，敢续《庄子》？然奇极怪极之笔，从何设想？怎不令人叫绝！己卯冬夜。（庚）这亦暗露玉兄闲窗净几，不寂不离之功业。壬午孟夏。（庚）

2. 找到解脱烦恼之法在于弃绝不顾；理既得而心遂安，所以能够睡稳。如何安置袭人是难题，作者举重若轻，写得十分合理。脂评说：神极之笔，试思袭人不来同卧亦不成文字，来同卧更不成文字，却云和衣衾上，正是来同卧不来同卧之间，是何神奇妙绝文字。（庚）

3. 宝玉非小小不愉快便耿耿于怀者，所以昨日事已不存芥蒂。脂评说他是"天真烂熳之人"是不错的。

4. 目的未达，岂能让步。

5. 说得好像挺认真的，却是讥讽，也是提醒。此时点出动气所为何事，很有必要，总不能老打闷葫芦。

6. 昨日的话不但听到，记住，且已领会其指桑骂槐的用意。袭人何等聪明！

---

① 焚花散麝——没有袭人、麝月那样的丫头。袭人姓"花"，花木可以"焚"毁；"麝"是香，所以用"散"。

② 劝——受教而知所勉力。

③ 穴其隧——挖好她们的陷阱。隧，暗道，意为陷阱。

④ 所以迷眩缠陷天下者也——拿她们的智巧、美貌来迷惑、捕捉天下人的啊！

得你，拿着我的话当耳旁风，夜里说了，早起就忘了。"[1]宝玉见她娇嗔满面，情不可禁，便向枕边拿起一根玉簪来，一跌两段，说道："我再不听你说，就同这个一样！"袭人忙地拾了簪子，说道："大清早起，这是何苦来！听不听什么要紧，也值得这种样子？"[2]宝玉道："你哪里知道我心里急。"袭人笑道："你也知道着急么，可知我心里怎么样？快起来洗脸去罢。"[3]说着，二人方起来梳洗。

宝玉往上房去后，谁知黛玉走来，见宝玉不在房中，因翻阅案上书看，可巧便翻出昨日的《庄子》来。看至所续之处，不觉又气又笑，不禁也提笔续书一绝云：

> 无端弄笔是何人？作践南华《庄子因》①。
> 不悔自己无见识，却将丑语怪他人！[4]

写毕，也往上房来见贾母，后往王夫人处来。

谁知凤姐之女大姐儿病了，正乱着。请大夫来诊过脉，大夫便说："替夫人、奶奶们道喜，姐儿发热是见喜②了，并非别病。"王夫人、凤姐听了，忙遣人问："可好不好？"医生回道："症虽险，却顺，倒不妨。预备桑虫、猪尾要紧。"凤姐听了，登时忙将起来。一面打扫房屋供奉痘疹娘娘，一面传与家人忌煎炒等物，一面命平儿打点铺盖、衣服，与贾琏隔房，[5]一面又拿大红尺头与奶子、丫头亲近人等裁衣。外面又打扫净室，款留两个医生，轮流斟酌诊脉下药，十二日不放回家去。贾琏只得搬出外书房来斋戒，凤姐与平儿都随着王夫人日日供奉娘娘。

1. 借答宝玉话说出"耳旁风"来，甚巧妙。在此段文字上，脂评有一长批，值得研究，录于此：赵香梗先生《秋树根偶谭》内：宛州少陵台有子美祠，为郡守毁为己祠。先生叹子美生逢丧乱，奔走无家，孰料千百年后数椽片瓦犹遭贪吏之毒手，甚矣才人之厄也。因改公《茅屋为秋风所破歌》数句，为少陵解嘲："少陵遗像太守欺无力，忍能对面为盗贼。公然折克作己祠，旁人有口呼不得。梦归来今闻叹息，白日无光天地黑。安得旷宅千万间，太守取之不尽生欢颜，公祠免毁安如山。"读之令人感慨悲愤，心常耿耿。壬午九月，因索书甚迫，姑志于此，非批《石头记》也。为续《庄子因》数句，真是打破胭脂阵，坐透红粉关，另开生面之文，无可评处。（庚）此评当与小说书稿被有权势者"索"去，删畸笏、脂砚等名号，据为己有有关。详见本书所附《解读脂评"索书甚迫"条》。

2. 断簪发誓，知彼此时是真心，急忙转舵。至于以后事，立誓何用。

3. 此时方笑，收结得干干净净。

4. 是嘲骂，是批语，不作诗来评论自好，若当作诗则难说好，岂有四句诗两用"人"字押韵的，何况出自黛玉。骂得痛快，非颦儿不可。真好颦儿！若云知音者，颦儿也。至此方完"箴玉"半回。（蒙）不用宝玉见此诗若长若短，亦是大手法。（庚）又借阿颦诗自相鄙驳，可见余前批不谬。己卯冬夜。（庚）宝玉不见诗，是后文余步也。《石头记》得力所在。丁亥夏，畸笏叟。（庚）

5. 前后连用四个"一面"，正写出一番忙乱景象。然四句话全为夹在中间这一句而有。凤姐为女儿痘疹忙乱，便无心思顾及他事，恰好让贾琏有可乘之机。叙来最合情理。

---

① "作践"句——《庄子因》，清康熙时林云铭所著解释《庄子》的书。这句意思说，像宝玉这样胡乱发挥《庄子》文义，简直把那些解释《庄子》一书者的声誉也给糟蹋了。后人不知"庄子因"为何物，以为错字，遂提笔改为"庄子文"（如程甲、程乙本）。但宝玉所续，不论好坏，都对原作无损，于是又不得不改"作践"为"剿袭"。宝玉是明续，不是暗偷。这样改，越改越坏，越离了原意。

② 见喜——小儿出痘疹（天花）的忌讳说法。痘疹发出后可保平安且终身免疫，故称"见喜"。下文"桑虫、猪尾"是发痘的药物。又传说有管痘疹的神，叫"痘疹娘娘"，小儿发痘时，供奉其画像于清洁的室内，可消灾保平安；又因痘疹娘娘爱干净，故须禁忌房事。

那个贾琏，只离了凤姐便要寻事，[1]独寝了两夜，便十分难熬，便暂以小厮们内有清俊的选来出火。不想荣国府内有一个极不成器破烂酒头厨子，名唤多官，人见他懦弱无能，都唤他作"多浑虫"。[2]因他自小父母替他在外娶了一个媳妇，今年方二十来往年纪，生得有几分人才，见者无不羡爱。她生性轻浮，最喜拈花惹草，多浑虫又不理论，只是有酒有肉有钱，便诸事不管了，所以荣、宁二府之人都得入手。[3]因这个媳妇美貌异常，轻浮无比，众人都呼她作"多姑娘儿"。如今贾琏在外熬煎，往日也曾见过这媳妇，失过魂魄，只是内惧娇妻，外惧娈宠①，不曾下得手。那多姑娘儿也曾有意于贾琏，只恨没空，今闻贾琏挪在外书房来，她便没事也走三两趟去招惹。惹得贾琏似饥鼠一般，少不得和心腹的小厮们计议，合同遮掩谋求，多以金帛相许。小厮们焉有不允之理，况都和这媳妇是好友，一说便成。是夜二鼓人定，多浑虫醉昏在炕，贾琏便溜了来相会。进门一见其态，早已魄飞魂散，也不用情谈款叙，便宽衣动作起来。谁知这媳妇有天生的奇趣，一经男子挨身，便觉遍身筋骨瘫软，使男子如卧绵上；[4]更兼淫态浪言，压倒娼妓，诸男子至此，岂有惜命者哉！[5]那贾琏恨不得连身子化在她身上。那媳妇故作浪语，在下说道："你家女儿出花儿，供着娘娘，你也该忌两日，倒为我脏了身子，快离了我这里罢！"贾琏一面大动，一面喘吁吁答道："你就是娘娘，我哪里管什么娘娘！"那媳妇越浪，贾琏越丑态毕露。一时事毕，两个又海誓山盟，难分难舍，自此后遂成相契②。[6]

一日，大姐毒尽癍回。十二日后送了

1. 如何？

2. 名"多官"，称"多浑虫"，有脂评说：今是多多也，妙名。（庚）更好，今之浑虫更多也。（庚）

3. 从多姑娘具普及性说起，更合情理。

4. 奇喻。

5. 枚乘所谓"纵恣于曲房隐间之中，此甘餐毒药，戏猛兽之爪牙也"。凉水灌顶之句。（庚）

6. 居然还有"海誓山盟"，能成"相契"，调侃滥淫纨袴辈不少。趣文。"相契"作知此用，"相契"扫地矣！（庚）一部书中只有此一段丑极太露之文，写于贾琏身上，恰极当极。己卯冬夜。（庚）看官熟思写珍、琏辈当以何等文方妥方恰也。壬午孟夏。（庚）此段系书中情之痕疵，写为阿凤生日泼醋回及"天风流"宝玉悄看晴雯回作引，伏线千里外之笔也。丁亥夏，畸笏。（庚）文章雅俗藏露，须因人而异，是准则。

---

① 娈（luán 峦）宠——男宠；男子同性恋者。
② 相契——有共同志趣的好友。

娘娘，合家祭天祀祖，还愿焚香，庆贺放赏已毕。贾琏仍复搬进卧室，见了凤姐，正是俗语云"新婚不如远别"，更有无限的恩爱，自不必烦絮。

次日早起，凤姐往上屋去后，平儿收拾贾琏在外的衣服铺盖，<u>不承望枕套中抖出一绺青丝来。平儿会意，忙揣在袖内，[1]</u>便走至这边房里来，拿出头发来，向贾琏笑道："这是什么？"贾琏看见，着了忙，抢上来要夺。平儿便跑，被贾琏一把揪住，<u>按在炕上，掰手要夺，口内笑道："小蹄子，你不趁早拿出来，我把你膀子撅折了。"[2]</u>平儿笑道："你就是没良心的。我好意瞒着她来问你，你倒赌狠！等她回来我告诉她，看你怎么着。"贾琏听说，忙陪笑央求道："<u>好人，赏我罢！我再不赌狠了。"[3]</u>

<u>一语未了，只听凤姐声音进来。[4]</u>贾琏听见，松了手不是，还要抢又不是，只叫："好人，别叫她知道。"平儿只刚起身，凤姐已走进来，命平儿快开匣子，给太太找样子。平儿忙答应了找时，凤姐见了贾琏，忽然想起来，便问平儿："前日拿出去的东西，都收进来了么？"平儿道："收进来了。"凤姐道："可少什么没有？"平儿道："我也怕丢下一两件，细细地查了查，一点儿也不少。"凤姐道："<u>不少就好，只是别多出来罢？"[5]</u>平儿笑道："<u>不丢就是万幸，谁还多添出来呢？"[6]</u>凤姐冷笑道："<u>这半个月难保干净，或者有相厚的丢失下的东西：戒指、汗巾、香袋儿，再至于头发、指甲，都是东西。"[7]</u>一席话，说得贾琏脸都黄了。贾琏在凤姐身后，<u>只望着平儿杀鸡抹脖使眼色儿。[8]</u>平儿只装看不见，因笑道："怎么我的心就和奶奶的心一样！我就怕有这些个，留神搜了一搜，竟一点破绽也没有。奶奶不信时，那些东西我还没收呢，奶奶亲自<u>翻寻一遍去。"[9]</u>凤姐笑道："傻丫头，[10]他便

1. 看得出是打算瞒凤姐的，不过也要借此警告一下贾琏。脂评颇肯定平儿做法：好极。不料平儿大有袭卿之身分，可谓何地无材，盖遭际有别耳。（庚）

2. 一见露馅儿，就急坏了，欲以狠劲制服平儿，故用威胁。

3. 硬的不成，只好来软的，所以乞求，变得虽快，也仍是焦急。

4. 如疾雷破山，观者惊愕，且看下文。惊天骇地之文！如何？不知下文怎样了结，使贾琏及观者一齐丧胆。（庚）

5. 说得奇怪，然平儿、贾琏都明白其所指。

6. 平儿装傻还装得真像。可儿，可儿！卿亦明知故说耳。（庚）

7. 厉害！毕竟是深知其丈夫性情者。好阿凤，令人胆寒。（庚）

8. 惧内的贾琏逼真地成了丑角。

9. 以攻为守，真想不到平儿有如此本领。

10. 可叹可笑，竟不知谁傻。（庚）

有这些东西，哪里就叫咱们翻着了！"说着，寻了样子去了。

平儿指着鼻子、晃着头笑道：[1] "这件事怎么回谢我呢？"喜得个贾琏身痒难挠，跑上来搂着，"心肝肠肉"乱叫乱谢。平儿仍拿了头发笑道："这是我一生的把柄了。好就好，不好就抖出这事来。"贾琏笑道："你只好生收着罢，千万别叫她知道。"口里说着，瞅她不防，便抢了过来，笑道："你拿着终是祸患，不如我烧了它完事。"[2]一面说着，一面便塞于靴掖内。平儿咬牙道："没良心的东西，过了河就拆桥，明儿还想我替你撒谎！"贾琏见她娇俏动情，便搂着求欢，被平儿夺手跑了，急得贾琏弯着腰恨道：[3] "死促狭小淫妇！一定浪上人的火来，她又跑了。"平儿在窗外笑道："我浪我的，谁叫你动火了？难道图你受用，一会叫她知道了，又不待见①我。"[4]贾琏道："你不用怕她，等我性子上来，把这醋罐打个稀烂，她才认得我呢！她防我像防贼似的，只许她同男人说话，不许我和女人说话，我和女人略近些，她就疑惑；她不论小叔子、侄儿，大的小的，说说笑笑，就不怕我吃醋了。以后我也不许她见人！"[5]平儿道："她醋你使得，你醋她使不得。她原行得正，走得正；你行动便有个坏心，连我也不放心，别说她了。"[6]贾琏道："你两个一口贼气。都是你们行的是，我凡行动都存坏心。多早晚都死在我手里！"

一句未了，凤姐走进院来，因见平儿在窗外，就问道："要说话两个人不在屋里说，怎么跑出一个来，隔着窗子，是什么意思？"贾琏在窗内接道："你可问她，倒像屋里有老虎吃她呢。"平儿道："屋里一个人没有，我在他跟前作什么？"凤姐儿笑道："正是没人才好呢。"[7]平儿听说，便道："这话是说我么？"

1. 平儿得意娇俏情态活活画出。

2. 前文硬的一手威胁、软的一手求情都用过，皆不见效，如今只好施诈术，先松懈对方，趁其不备，以突然偷袭的办法得手。作者作如此安排，与后来情节发展有关。对此，脂评提供了线索：妙。设使平儿收了，再不致泄漏，故仍用贾琏抢回，后文遗失，方能穿插过脉也。（蒙）可知贾琏藏起来的这绺头发，将来还要"遗失"的，虽详情无法知晓，但可揣测它或许成了贾琏夫妇后来闹翻的导火线也难说。

3. 丑态，且可笑。

4. 凤姐之醋劲儿非比寻常，从平儿话中可想见。

5. 说话气甚壮、胆甚豪，可惜是背后说的。

6. 凤姐与宝玉及蓉、蔷辈皆极亲近，甚或收为手下干将强兵，但未闻她与哪个之间真有什么风流勾当，与贾琏之滥淫大不一样。今得平儿一褒一贬，快言快语，可作定论。

7. 三人处境不同，心情各异，这段对话写得极有趣。脂评以为有所取法：此等章法，是在戏场上得来，一笑。畸笏。（庚）是否真如所言，是可以研究的。但从最详知作者生平事历的畸笏叟的话来看，雪芹无疑是常常出入戏场的。

---

① 不待见——讨厌、不喜欢。

凤姐笑道："不说你说谁？"平儿道："别叫我说出好话来了。"说着，也不打帘子让凤姐，自己先摔帘子进来，往那边去了。凤姐自掀帘子进来，说道："平儿疯魔了。这蹄子认真要降伏我，仔细你的皮要紧！"[1]贾琏听了，已绝倒①在炕上，拍手笑道："我竟不知平儿这么利害，从此倒服她了。"凤姐道："都是你惯的她，我只和你说话！"贾琏听说忙道："你两个不卯②，又拿我来作人③。我躲开你们。"凤姐道："我看你躲到哪里去。"贾琏道："我就来。"凤姐道："我有话和你商量。"不知商量何事，且听下回分解。正是：

> 淑女从来多抱怨，娇妻自古便含酸。[2]

1. 虽未认真生气，仍不免讶异平儿态度反常。凤姐岂容屋里人真敢挑战其虎威，故略微掀吻露牙，作低吼状。

2. 二语包尽古今万万世裙钗。（庚）

【总评】

此回情节分两部分：前半回以宝玉为中心，写了黛玉、湘云、袭人，也涉及宝钗；后半回则写贾琏、凤姐和平儿之间的事。

黛玉和湘云闹管闹，夜间姊妹俩还是一床睡。宝玉则为之兴奋、忙碌。一早她们未起床，他就赶了过去，又替湘云盖被，又用她俩洗面剩下的残水盥洗，还求湘云为他梳头、编辫子，见了胭脂要往口里送，被湘云伸手打落……这种不管男女有别的厮闹，自然遭致袭人的不满，故有"凭人怎么劝，都是耳旁风"的确评。袭人不理他，宝玉有气，就撒在小丫头蕙香（四儿）身上，还因苦闷而提笔续了《庄子·胠箧》中的一段话，说是"彼钗、玉、花、麝者，皆张其罗而穴其隧，所以迷眩缠陷天下者也"。虽说这是全套《庄子》造句的游戏文字，还被读到它的黛玉讥为"丑语"，但作者显然也有为宝玉将来弃钗、麝出家为僧而先暗示其有思想根源的意图在。

贾琏因女儿大姐出痘疹，与凤姐隔房十二日，搬出在外书房住，于是乘机勾搭上多姑娘。作者对此二人的色欲浪行持否定态度，所以不用雅洁文字。脂评云："一部书中只有此一段丑极太露之文，写于贾琏身上，恰极当极。"与前宝玉跟湘、黛厮闹事写在同一回里，或也有反衬作用。平儿抖出多姑娘私赠的"一绺青丝"，又被贾琏抢回，乃为小说后半部情节伏根，已有脂评指出。

---

① 绝倒——笑得无法自制。
② 不卯——不投合。
③ 作人——作践；出气。

第二十二回
听曲文宝玉悟禅机　制灯谜贾政悲谶语

【题解】

　　本回回目诸本一致。前句说宝玉在贾府为宝钗过生日的演出中，听了一出戏曲的唱词，从中领悟出佛家精微的道理。后句说贾府过元宵节，姊妹们奉元春之命制作灯谜，制成挂出来，贾政看了后，感到字里行间都有一种不吉祥的预兆，因而心生悲感。谶（chèn衬）语，旧时迷信以为人在无意之中会说出将来要应验的话。通常多用指不幸的预兆，但也有吉谶，如应验姻缘、富贵、晋升等喜事。

　　话说贾琏听凤姐儿说有话商量，因止步问是何话。凤姐道："二十一日是薛妹妹的生日，你到底怎么样呢？"贾琏道："我知道怎么样！你连多少大生日都料理过了，这会子倒没了主意？"凤姐道："大生日料理，不过是有一定的则例在那里。如今她这生日，大又不是，小又不是，¹所以和你商量。"贾琏听了，低头想了半日道："你今儿糊涂了。现有比例，那林妹妹就是例。往年怎么给林妹妹过的，如今也照依给薛妹妹过就是了。"²凤姐听了，冷笑道："我难道连这个也不知道？我原也这么想定了。但昨儿听见老太太说，问起大家的年纪生日来，听见薛大妹妹今年十五岁，虽不是整生日，也算得将笄之年①。老太太说要替她做生日。想来若果真替她作，自然比往年给林妹妹作的不同了。"³贾琏道："既如此，就比林妹妹的多增些。"凤姐道："我也这么想着，所以讨你的口气。我若私自添了东西，你又怪我不告诉明

1. 基调确定，当家人须花心思考量如何方妥，情节也由此展开。

2. 援引旧例就对了，宗法制大家庭重礼，即讲规格。黛玉往年如何过生日，前文并未写过，特在这里作一补笔，才不偏不漏，是所谓不写之写。

3. 凤姐管家办事，时时揣摩贾母心意，留意其所说的每一句话，必得老太太十分满意，才算办好了。

---

① 将笄（jī机）之年——又叫"及笄"，女子成年。笄，插发髻的一种簪子；古代女子到十五岁，开始盘发戴笄，表示成年可以出嫁了。

白你了。"贾琏笑道："罢，罢！这空头情我不领。你不盘察我就够了，我还怪你！"说着一径去了，不在话下。

且说史湘云住了两日，便要回去。贾母因说："等过了你宝姐姐的生日，看了戏再回去。"湘云听了，只得住下。又一面遣人回去，将自己旧日作的两色针线活计取来，为宝钗生辰之仪。谁想贾母自见宝钗来了，<u>喜她稳重和平，正值她才过第一个生辰，便自己蠲资二十两</u>，唤了凤姐来，交给她置酒戏。[1] 凤姐凑趣笑道："一个老祖宗给孩子们作生日，不拘怎样，谁还敢争，又办什么酒戏！既高兴要热闹，就说不得自己花上几两。巴巴地找出这霉烂的二十两银子来作东道，这意思还叫我赔上。果然拿不出来也罢了，金的、银的、圆的、扁的，压塌了箱子底，只是勒掯我们。举眼看看，谁不是儿女？难道将来只有宝兄弟顶了你老人家上五台山①不成？那些体己只留于他，我们如今虽不配使，也别苦了我们。这个够酒的？够戏的？"[2] 说得满屋里都笑起来。贾母亦笑道："你们听听这嘴，我也算会说的，怎么说不过这猴儿。你婆婆也不敢强嘴，你和我梆梆的。"凤姐笑道："我婆婆也是一样的疼宝玉，我也没处去诉冤，倒说我强嘴。"说着，<u>又着引贾母笑了一回，</u>[3] 贾母十分喜悦。

到晚间，众人都在贾母前，定昏之余，大家娘儿、姊妹等说笑时，贾母因问宝钗爱听何戏，爱吃何物等语。<u>宝钗深知贾母年老人，喜热闹戏文，爱吃甜烂之食，便总依贾母往日素喜者说了出来。</u>[4] 贾母更加欢悦。次日便先送过衣服玩物礼去，王夫人、凤姐、黛玉等诸人皆有，随分不一，不须多记。

1. "稳重和平"四字，是对宝钗的恰评。自己蠲资，可见贾母兴致甚高。有脂评曰：前看凤姐向琏作生日数语，甚泛泛，至此见贾母蠲资，方知作者写阿凤心机，无丝毫漏笔。己卯冬夜。（庚）对凤姐、贾琏谈宝钗生日一段，又有眉批曰：将薛、林作甄玉、贾玉看书，则不失执笔人本旨矣。丁亥夏，畸笏叟。（庚）这是一条颇值得研究玩味的批。甄玉、贾玉显然是作者有目地将宝玉一分为二，是所谓幻笔。在畸笏看来，钗、黛亦如是。这是一般读者不易接受的。因为写二宝玉色色相同，而钗黛却处处相异，如何本是一体，是否畸笏搞错了？但有一点是绝对应重视的：最了解作者生平的人，将钗、黛也当作幻笔，可见她们也是作者的虚构艺术形象，而非照真人模写的。

2. 杂技演员凭惊险的高难度动作博得喝彩。凤姐这番话，殆可相比。试问，谁敢面讥贾母小气？什么"巴巴地找出这霉烂的二十两银子"，什么"叫我赔上"，还有金子银子"压塌了箱子底""勒掯我们""别苦了我们""这个够酒的？够戏的？"等等，这些话换作别人，吃了豹子胆也不敢。她却能随口就来，且能引得贾母开心，真神乎其技了。拙于言辞者怕是一辈子也学不会。关键恐在对贾母心思脾气拿捏得准。脂评还批压塌箱底句说：小科诨解颐，却为借当伏线。壬午九月。（庚）"借当"事在第七十二回。

3. 原来说话就为逗贾母笑。正文在此一句。（庚）

4. 看宝钗行事！贬钗者多责其太世故，讨好贾母。读者当平心思量：宝钗如此行事究竟是好是坏？照顾长辈喜好是短处还是长处？看他写宝钗，比颦儿如何？（庚）

---

① 顶了你老人家上五台山——顶，旧时出殡，主丧孝子在灵前引路，叫"顶丧"或"顶灵"，即为此意。上五台山，上山成佛，死亡的避讳说法。五台山在今山西五台县东北，为我国佛教四大名山之一。

至二十一日，就贾母内院中搭了家常小巧戏台，定了一班新出小戏，昆、弋两腔①皆有。就在贾母上房排了几席家宴酒席，并无一个外客，只有薛姨妈、史湘云、宝钗是客，余者皆是自己人。¹ 这日早起，宝玉因不见林黛玉，便到她房中来寻，只见林黛玉歪在炕上。宝玉笑道："起来吃饭去，就开戏了。你爱看哪一出？我好点。"林黛玉冷笑道："你既这样说，你就特叫一班戏来，拣我爱的唱给我看。这会子犯不上趿②着人借光儿问我。"² 宝玉笑道："这有什么难的。明儿就这样行，也叫他们借咱们的光儿。"一面说，一面拉起她来，携手出去。

吃了饭点戏时，贾母一定先叫宝钗点。宝钗推让一遍，无法，只得点了一折《西游记》。³ 贾母自是欢喜，然后便命凤姐点。凤姐亦知贾母喜热闹，更喜谑笑科诨③，便点了一出《刘二当衣》④。⁴ 贾母果真更又喜欢，然后便命黛玉点。黛玉又让薛姨妈、王夫人等。贾母道："今儿原是我特带着你们取乐，咱们只管咱们的，别理她们。我巴巴地唱戏、摆酒，为她们不成？她们在这里白听白吃，已经便宜了，还让她们点呢！"⁵ 说着，大家都笑了。黛玉方点了一出。⁶ 然后宝玉、史湘云、迎、探、惜、李纨等俱各点了，按出扮演。

1. 这就是"大又不是，小又不是"的规格。另有大礼所用之戏台也。侯门风俗断不可少。（庚）昆山腔舞蹈性强，动作好看，唱腔优美；弋阳腔声调高亢，锣鼓喧天，气氛热闹。两大声腔皆当时最受观众喜爱者。是家宴，非东阁盛设也。非世代公子，再想不及此。（庚）凭间接生活经验即可。脂评读末句甚细，说：将黛玉也算为自己人，奇甚。（庚）

2. 虽说黛玉往年也曾过生日，但对宝钗心结未解，今见她风光，自不免对宝玉会有尖酸语。

3. 脂评以为：是顺贾母之心也。（庚）是。

4. 凤姐之知贾母比宝钗又更深一层。只从贾母对自己常以戏语调笑，不以为忤反以为乐，则其有观赏"谑笑科诨"的喜剧表演的爱好，还能不知吗？有两条脂评极受研究者关注：凤姐点戏，脂砚执笔事，今知者寥寥矣，不怨夫！（庚）前批知者寥寥，不数年，芹溪、脂砚、杏斋诸子皆相继别去，今丁亥夏，只剩朽物一枚，宁不痛杀！（靖）言丁亥知是畸笏批。将凤姐与脂砚扯在一起，甚怪。或以为据此可推断脂砚参与小说创作，凤姐点戏一段文字，即其所执笔。此说不可信。戏众人皆点，怎不言"此回文字"或"点戏一段"。显然"执笔"是记下所点戏名交演出也。"凤姐点戏"只是畸笏以为此据有脂砚在场的某真人素材而已。后一条庚辰本无"不数年……别去"句，若据靖批，则脂砚分明男性，他继雪芹逝世后不久也去世了。

5. 贾母也诙谐，其所说谑语，可与凤姐媲美。想年轻时一定也是管家好手。这里除写她溺爱黛玉外，也可看出这位老太太极会享福，是个充满生活乐趣的人。

6. 不说点了什么戏有讲究，因黛玉并不喜欢这些戏曲，尤其是热闹的。但宠她的外祖母都说了那些话，不得已才胡乱点了。脂评也说：不题何戏，妙。盖黛玉不喜看戏也。正是与后文"妙曲警芳心"留地步，正见此时不过草草随众而已，非心之所愿也。（庚）

---

① 昆、弋（yì义）两腔——两种历史较久的地方剧种。昆，昆山腔，起源于江苏昆山县，后又多叫昆曲。弋，弋阳腔，起源于江西弋阳县。

② 趿（cǐ此）——脚踩，引申为跟着。

③ 科诨——"插科打诨"的略称，穿插于戏曲中的令人发噱的滑稽动作和谐谑对话。

④ 《刘二当衣》——又名《叩当》，一出弋阳腔的滑稽戏。

　　至上酒席时，贾母又命宝钗点。宝钗点了一出《鲁智深醉闹五台山》①。宝玉道："只好点这些戏。"宝钗道："你白听了这几年的戏，哪里知道这出戏的好处，排场②又好，词藻更妙。"宝玉道："我从来怕这些热闹。"宝钗笑道："要说这一出热闹，你还算不知戏呢。¹你过来，我告诉你，这一出戏是一套北〔点绛唇〕③，铿锵顿挫，韵律不用说是好的了；只那词藻中有一支〔寄生草〕④，填得极妙，你何曾知道。"宝玉见说得这般好，便凑近来央告："好姐姐，念与我听听！"宝钗便念道：

　　　　漫揾英雄泪，相离处士家⑤。谢慈悲，剃度在莲台下⑥。没缘法，转眼分离乍⑦。赤条条，来去无牵挂⑧。哪里讨，烟蓑雨笠卷单行？一任俺，芒鞋破钵随缘化！⑨

　　宝玉听了，喜得拍膝画圈，称赏不已，又赞宝钗无书不知。林黛玉道："安静看戏罢！还没唱《山门》，你倒就《妆疯》⑩了。"²说得湘云也笑了。于是大家看戏。

　　至晚散时，贾母深爱那作小旦的与一个作小丑的，因命人带来，细看时益发可怜见。³因问年纪，那小旦才十一岁，小丑才九岁，大家叹息一回。贾母命人另拿些肉果给他两个，又另外赏钱两串。凤姐笑道："这个孩子扮上，活像一个人，你们再看不出来。"宝钗心里也知道，便只一笑，

1. 写出宝钗博学广识。是极，宝钗可谓博学矣，不似黛玉只一《牡丹亭》便心身不自主矣。真有学问如此，宝钗是也。（庚）人各有特点，为扬钗而抑黛不必。

2. 宝玉既喜又赞，况又手舞足蹈，兴奋不已，黛玉焉得不醋？语言之机敏锋利，自是少有，犹难在能即景而发，只说戏曲剧目。趣极。今古利口莫过于优伶，此一诙谐，优伶亦不得如此急速得趣，可谓才人百技也。一段醋意可知。（庚）

3. 对小戏子有如此怜惜疼爱之心的老太太实在难得。作者笔下的贾母，总是满怀爱心，富于人情味，绝不势利的。

---

①　《鲁智深醉闹五台山》——又名《山门》或《醉打山门》。清初丘园《虎囊弹》传奇中的一出。演的是《水浒》中鲁智深打死郑屠后，为避祸在五台山为僧，因醉酒打坏寺院和僧人，被师父智真长老遣送往别处的故事。

②　排场——指上场表演。

③　北〔点绛唇〕——南北曲都有〔点绛唇〕曲牌，《山门》所用的是北曲。

④　〔寄生草〕——曲牌名，为〔点绛唇〕套曲中的一支。

⑤　"漫揾（wèn问）"二句——说自己英雄末路，转徙避祸。漫，聊且、胡乱。揾，揩拭。处士，隐居不仕的人，此指七宝村赵员外。

⑥　剃度在莲台下——到佛寺里落发为僧。莲台，寺中佛像下所塑的莲花座台。

⑦　"没缘法"二句——缘法，缘分。乍，突然、仓促。

⑧　赤条条，来去无牵挂——佛教用以说不受身外之累。语出《景德传灯录》。

⑨　"哪里讨"数句——意谓任凭我云游四方，化缘度日，这样自由自在的生活向哪里去讨呢？用苏轼《定风波》语意："竹杖芒鞋轻胜马，谁怕？一蓑烟雨任平生。"卷单行，离寺而去。行脚僧到寺投宿，须将衣钵等物挂搭在僧堂东西两序的名单之下，叫"挂单"，离寺就叫"卷单"。芒鞋，草鞋。随缘化，随机缘而求布施。化，化缘，求人布施。

⑩　《妆疯》——出元代无名氏《功臣宴敬德不伏老》中的折子戏。演唐代尉迟敬德因不肯为帅而装疯的故事。

不肯说。宝玉也猜着了，亦不敢说。史湘云接着笑道："倒像林姐姐的模样儿<u>①</u>。"¹宝玉听了，忙把湘云瞅了一眼，使个眼色。²众人却都听见了这话，留神细看，都笑起来了，说果然不错。一时散了。

　　晚间，湘云更衣时，便命翠缕把衣包打开收拾，都包了起来。翠缕道："忙什么，等去的那日再包也不迟。"湘云道："明儿一早就走。在这里做什么？看人家的鼻子眼睛，什么意思！"³宝玉听了这话，忙赶近前拉她说道："好妹妹，你错怪了我。林妹妹是个多心的人。别人分明知道，不肯说出来，也皆因怕她恼。谁知你不防头就说了出来，她岂不恼你。我是怕你得罪了她，所以才使眼色。<u>你这会子恼我，不但辜负了我，而且反倒委屈了我。若是别人，哪怕他得罪了十个人，与我何干呢！</u>"⁴湘云摔手道："你那花言巧语别哄我。我也原不如你林妹妹，别人说她，拿她取笑都使得，只我说了就有不是。<u>我原不配说她。她是小姐主子，我是奴才丫头，得罪了她，使不得！</u>"⁵宝玉急得说道："我倒是为你，反为出不是来了。我要有外心，立刻化成灰，叫万人践踏！"湘云道："大正月里，少信嘴胡说。<u>这些没要紧的恶誓、散话、歪话，说给那些小性儿、行动爱恼的人、会辖治你的人听去！</u>⁶别叫我啐你。"说着，一径至贾母里间，忿忿地躺着去了。

　　宝玉没趣，只得又来寻黛玉。刚到门槛前，黛玉便推出来，将门关上。宝玉又不解何意，在窗外只是低声叫"好妹妹"。黛玉总不理他。宝玉闷闷地垂头自审。袭人早知端的，当此时断不能劝。⁷那宝玉只呆呆地站着。黛玉只当他回房去了，便起来开了门，只见宝玉还站在那里。黛玉反不好意思，不好再关，只得抽身上床躺着。宝玉随进来问道："凡事都有个原故，说出来，人也不委屈。好好的就恼了，终究是为什么起的？"黛玉

1. 凤姐只说"活像一个人"，是要人只看别说；宝钗、宝玉都看出来了，一个"不肯说"，一个"不敢说"，都知道黛玉是个多心人；只有湘云心直口快，无有不可说之事。（庚）才一语道破。四个人，四种性情，四种反应，绝不相混。

2. 这个眼色欠考虑，出于好心未必效果也好。要让直率的人不直率，反而将问题复杂化了。

3. 如何？湘云不但不见情，倒真的生气了。

4. 这种事解释往往是多余的，且有可能愈说愈糟。但在宝玉，为获得湘云的谅解甚至亲近感，又不能不说。且看效果如何。

5. 是会有这个想头，作者体会角色心理入微。

6. 一急便乱，发恶誓却被顶回。宝玉越怕湘云得罪黛玉，湘云越不怕得罪，直斥黛玉短处，也捎了宝玉一下子。

7. 宝玉心里窝火之时，既不知该当如何，又无处发泄委屈，岂能再听人劝。宝玉此时一劝必崩了，袭人见机，甚妙。（庚）

————————————
①　倒像林姐姐的模样儿——诸本都作"林妹妹"，但湘云比黛玉小，应称"姐姐"，与下文对宝玉说"你林妹妹"情况不同，故据情理校改。

冷笑道："问得我倒好，我也不知为什么。我原是给你们取笑儿的，拿着我比戏子给众人取笑。"¹宝玉道："我并没有比你，我并没有笑，为什么恼我呢？"黛玉道："你还要比？你还要笑？你不比不笑，比人家比了笑了的还利害呢！"宝玉听说，无可分辩，不则一声。

黛玉又道："这一节还可恕。再你为什么又和云儿使眼色，这安的是什么心？莫不是她和我玩，她就自轻自贱了？她原是公侯的小姐，我原是贫民的丫头，她和我玩，设若我回了口，岂不是她自惹人轻贱呢？²是这个主意不是？这却也是你的好心，只是那一个偏又不领你这情，一般也恼了。你又拿我作情，倒说我小性儿，行动肯恼。你又怕她得罪了我，我恼她。我恼她，与你何干？她得罪了我，又与你何干？"³

宝玉见说，方知才与湘云私谈，她也听见了。细想自己原为她二人，怕生隙恼，方在中间调和，不想并未调和成功，反自己落了两处的贬谤。正合着前日所看《南华经》上，有"巧者劳而智者忧，无能者无所求，饱食而遨游，泛若不系之舟"①；又曰"山木自寇，源泉自盗"②等语。⁴因此越想越无趣。再细想来，目下不过这两个人，尚未应酬妥协，将来犹欲为何？想到其间，也无庸分辩回答，自己转身回房来。⁵林黛玉见他去了，便知回思无趣，赌气去了，一言也不曾发，不禁自己越发添了气，便说道："这一去，一辈子也别来，也别说话！"⁶

1. 模样相像与人格相像岂是一回事？为此而生气，在今天看来，千金小姐的优越感未免太强了些。戏子怎么了，就不是人？不过在当时社会中，黛玉有气并不足怪，她不是那种心胸宽阔、对旁人议论观感能浑然不觉的人。

2. 多心人是会有这个想头，也是宝玉难以分辩处。

3. 宝玉与湘云的一番对话，黛玉未必真听到，但以她的冰雪聪明，又极用心此事，自不难一猜即中。若以为必听见了才这样说，反小看了黛玉。对她连说两个"与你何干"，脂评曰：问的却极是，但未必心应。若能如此，将来泪尽天亡已化乌有，世间亦无此一部《红楼梦》矣。（庚）今有人竟说林黛玉后来是投水死的，怎不见"泪尽天亡"等语，何其可笑！

4. 脂评曾有长批解说"山木"等八个字说：意皆寓人智能聪明多知之害也。（庚）又在同一条批的结尾说：黛玉一生是聪明所误。宝玉是多事所误；多事者，情之事也，非世事也。多情曰多事，亦宗庄笔而来。盖余亦偏矣，可笑。阿凤是机心所误。宝钗是博知所误。湘云是自爱所误。袭人是好胜所误。皆不能跳出庄叟言外，悲亦甚矣。再笔。（庚）所述诸人"所误"，应如何解说，才与各自结局相符，是探索佚稿情节者所绝不应忽略的。如果己见与之相抵触，说不通，就表明自己的探索有问题，因为批书人是看过全部原稿，知各人结局后才说的。

5. 已生消极之想。璧儿云"与你何干"，宝玉如此一回则曰"与我何干"可也。口虽未出，心已悟矣，但恐不常耳。若常存此念，无此一部书矣。看他下文如何转折。（庚）

6. 与宝玉之情总是割不断，所以才会添气。说出来的气话，不幸又成了谶语。故脂评对"宝玉不理"批道：此是极心死处，将来如何？（庚）将来宝玉离家，对泪将流尽的黛玉来说，也是一去无回。那时，虽日夜盼能与其再见一面，再说上几句话而不可得了，故脂评有"将来如何"之问。

①　"巧者劳"数句——出《庄子·列御寇》。
②　"山木自寇，源泉自盗"——语本《庄子·人间世》。意思说，山中树木越长得高大，越招人砍伐，岂不是由于自身的缘故，所以叫"自寇"，自己掠夺了自己。源泉的水越甘美，越招人汲饮，结果是自己把自己弄得干涸了，所以叫"自盗"。

宝玉不理，回房躺在床上，只是瞪瞪的。袭人深知原委，不敢就说，只得以它事来解释，因笑道："今儿看了戏，又勾出几天戏来。宝姑娘一定要还席的。"宝玉冷笑道："她还不还，管谁什么相干？"[1]袭人见这话不是往日口吻，因又笑道："这是怎么说？好好的大正月里，娘儿们、姊妹们都喜喜欢欢的，你又怎么这个形景了？"宝玉冷笑道："她们娘儿们、姊妹们喜欢不喜欢，也与我无干。"[2]袭人笑道："她们既随和，你也随和，岂不大家彼此有趣。"宝玉道："什么是'大家彼此'！她们有'大家彼此'，我是'赤条条来去无牵挂'。"谈及此句，不觉泪下。[3]袭人见此光景，不肯再说。宝玉细想这一句趣味，不禁大哭起来，翻身起来至案前，遂提笔立占一偈云：

你证我证，心证意证。

是无有证，斯可云证。

无可云证，是立足境。①

写毕，自虽解悟，又恐人看此不解，因此又填一支 [寄生草]，也写在偈后。[4]自己又念一遍，自觉了无挂碍，心中自得，便上床睡了。[5]

谁想黛玉见宝玉此番果断而去，故以寻袭人为由，来视动静。[6]袭人笑回："已经睡了。"黛玉听说，便要回去。袭人笑道："姑娘请站住，有一个字帖儿，瞧瞧是什么话。"说着，便将方才那曲子与偈语悄悄拿来，递与黛玉看。黛玉看了，知是宝玉因一时感忿而作，不觉可笑可叹，便向袭人道："作的是玩意儿，无甚关系。"[7]说毕，便拿了回房去，与湘云同看。

1. 黛玉说过的话，开始发酵了。平素相亲者如黛玉，尚不相干，更何况缺少默契的宝钗呢。

2. 举一反三，推而广之。先及宝钗，后及众人，皆一颦之祸，流毒于众人。宝玉之心，实仅有一颦乎？（庚）

3. 点出回目"听曲文悟禅机"来。然而此时毕竟还难以断绝情缘，从落泪、大哭中可见。

4. 真正彻悟者是不管旁人解不解的。自悟则自了，又何用人亦解哉！此正是犹未正觉大悟也。（庚）前看戏时听唱的是 [寄生草]，故也续此曲调。此处亦续 [寄生草]。余前批云不曾见续，今却见之，是意外之幸也。盖前夜《庄子》是道悟，此日是禅悟，天花散漫之文也。（庚）

5. 仍与上回续《庄子》后一样，是精神上强自宽慰。不写出所填的曲子词句来，留到宝钗看它时才写，是行文上的合理布局。

6. 这才是黛玉。不论遇到什么，宝玉都是她的唯一。故末回"警幻情榜"评其为"情情"。此因心头忽忽未稳，故想出如此勉强的理由前来探视。

7. 毕竟是宝玉知己，判断无误。有一长评，虽有所见，然太啰嗦，且引一段：黛玉说"无关系"，将来必无关系。余正愁颦、玉从此一悟，则无妙文可看矣。不想颦儿视之为漠然，更曰"无关系"，可知宝玉不能悟也。余心稍慰。盖宝玉一生行为，颦知最确，故余闻颦语则信而又信，不必定玉而后证之方信也。（庚）

---

① "你证我证"一偈——意谓彼此都想从对方的身上得到感情的印证，内心在寻找证明，表情达意也为了获得证明。无求于身外，不要证验，才谈得上参悟禅机，证得上乘。到万境归空无证验可言时，才算找到安身立命之境。证，印证，证验；又作领悟、修成解。

次日又与宝钗看。宝钗看其词曰：

> 无我原非你，从他不解伊。①肆行无碍凭来去。茫茫着甚悲愁喜？纷纷说甚亲疏密？从前碌碌却因何？到如今，回头试想真无趣！1

看毕，又看那偈语，又笑道："这个人悟了。都是我的不是，都是我昨儿一支曲子惹出来的。这些道书禅机最能移性。2明儿认真说起这些疯话来，存了这个意思，都是从我这一支曲子上来，我成了个罪魁了。"说着，便撕了个粉碎，递与丫头们说："快烧了罢！"黛玉笑道："不该撕，等我问他。你们跟我来，包管叫他收了这个痴心邪话。"3

三人果然都往宝玉屋里来。一进来，黛玉便笑道："宝玉，我问你：至贵者是'宝'，至坚者是'玉'。尔有何贵？尔有何坚？"4宝玉竟不能答。三人拍手笑道："这样钝愚，还参禅②呢！"黛玉又道："你那偈末云，'无可云证，是立足境'，固然好了，只是据我看，还未尽善。我再续两句在后。"因念云："无立足境，是方干净。"5宝钗道："实在这方悟彻。当日南宗六祖惠能③，初寻师至韶州。闻五祖弘忍在黄梅，他便充役火头僧。五祖欲求法嗣④，令徒弟诸僧各出一偈。上座神秀⑤说道：'身是菩提树，心如明镜台；时时勤拂拭，莫使有尘埃。'⑥彼时惠能在厨房

1. 有脂评赞此曲曰：看此一曲，试思作者当日发愿不作此书，却立意要作传奇，则又不知有如何词曲矣。（庚）

2. 宝钗此语，从其见多识广来。

3. 黛玉此语，出自对宝玉的了解，也出自自信。

4. 进来当头一棒，黛玉果然聪明。所问语虽浅而答甚难也。拍案叫绝。大和尚来答此机锋，想亦不能答也。非颦儿，第二人无此灵心慧性也。（庚）

5. 以为是绝妙续句，谁知却成谶语。后来一个泪尽夭亡，一个弃家为僧，不都是"无立足境"吗？拍案叫绝。此又深一层也。亦如谚云："去年贫，只立锥；今年贫，锥也无。"其理一也。（庚）

---

① 无我原非你，从他不解伊——意谓我既与你互为依存，不分彼此，那就任凭别人不理解好了。"无我"句取意于《庄子·齐物论》："非彼无我，非我无所取。"伊，你。

② 参禅——佛教禅宗的修道方法，即通过静心冥想来领悟佛教玄妙的真理。也叫"悟禅"。

③ 南宗六祖惠能——中国佛教禅宗，自5世纪初由初祖达摩建立，为早期禅宗，相传至五祖弘忍，以下便分为两支：一支为北宗，以神秀为六祖；一支为南宗，以惠能（也作"慧能"）为六祖。后来南宗势力扩大，取代北宗，成为我国禅宗的主流。

④ 法嗣——佛教宗派的衣钵继承人。

⑤ 上座神秀——上座，寺院中地位很高的僧职；神秀是弘忍的大弟子，长期为弘忍所器重，故得任上座之职。

⑥ 神秀"身是菩提树"一偈——菩提树，桑科常绿乔木，相传释迦牟尼在此树下成佛，故有此名；菩提，佛教名词，意为觉悟。全偈代表禅宗的北宗观点。北宗主张"背境观心，息灭妄念。念尽即觉悟无所不知。如镜昏尘，须勤勤拂拭，尘尽明现，即无所不照"。见《禅源诸诠集都序》卷上之二。

碓米,听了这偈,说道:'美则美矣,了则未了。'因自念一偈曰:'菩提本非树,明镜亦非台;本来无一物,何处染尘埃①?'五祖便将衣钵②传他。¹今儿这偈语,亦同此意了。只是方才这句机锋③,尚未完全了结,这便丢开手不成?"黛玉笑道:"彼时不能答,就算输了,这会子答上了也不为出奇。只是以后再不许谈禅了。连我们两个所知所能的,你还不知不能呢,还去参禅呢!"²宝玉自以为觉悟,不想忽被黛玉一问,便不能答;宝钗又比出"语录"④来,此皆素不见她们能者。自己想了一想:"原来她们比我的知觉在先,尚未解悟,我如今何必自寻苦恼。"想毕,便笑道:"谁又参禅,不过一时玩话罢了。"说着,四人仍复如旧。³

忽然人报,娘娘差人送出一个灯谜来,命你们大家去猜,猜着了每人也作一个进去。四人听说,忙出来至贾母上房。只见一个小太监,拿了一盏四角平头白纱灯,专为灯谜而制,上面已有一个,众人都争看乱猜。小太监又下谕道:"众小姐猜着了,不要说出来,每人只暗暗地写在纸上,一齐封进宫去,娘娘自验是否。"宝钗等听了,近前一看,是一首七言绝句,并无甚新奇,口中少不得称赞,只说难猜,故意寻思,其实一见就猜着了。⁴宝玉、黛玉、湘云、探春四个人也都解了;各自暗暗地写了半日。一并将贾环、贾兰等传来,一齐各揣机心都猜了,写在纸

1. 这故事此时说最自然妥帖,真该宝钗来说,方与前文"道书禅机最能移性"语相呼应,以见其博学广识,非众姊妹、宝玉之可及。作者本亦杂学旁收,三教九流,无所不晓,往往在小说中能恰到好处地用上。

2. 黛玉有备而来,意图此时揭晓:出难题诘问,指偈语未尽善等等,无非都为打消他自以为参悟透彻的信念。为了宝玉,颦儿可谓费尽心机。

3. 参禅悟机故事情节,都为宝玉最终"悬崖撒手"铺垫,写出他末了遁入空门非一时心血来潮,而有逐渐积累的思想基础。但因此时宝玉尚未跌大筋头、受大劫难,故必不能彻悟,所以写到一定程度,必须打住,并将此事当成玩笑,即脂评所谓:轻轻抹去也。"心难净"三字不谬。(庚)

4. 既是贵妃娘娘所作,岂能不加称赞,不故意自惭识浅,非只宝钗世故也,故于其名后加一"等"字,以见人情大都如此。然作者又必说出"其实"如何来,乃明言元春之谜并不高明。作者真善于实录世情者。

---

① 惠能"菩提本非树"一偈——头两句即"菩提树本非树,明镜台亦非台"的简语。全偈是禅宗南宗"泯绝无寄"观点的代表。这一派主张"说凡圣等法,皆如梦幻,都无所有;本来空寂,非今始无。……无佛,无众生,法界亦是假名;心既不有,谁言法界?"因而这一派反对各种烦琐的宗教仪式,轻视念经、拜佛,也不主张坐禅,专门追求精神解脱,其教义核心,就是顿悟空幻,立地成佛。
② 衣钵——僧人的袈裟和食器,代表其一切所有,禅宗师徒间说法的传授,初以付衣钵为验,使见者信之,故后称师徒传承为"衣钵相传"。
③ 机锋——禅宗以为佛道禅理,只可意会,不可言传,因而彼此说法论道,多用比喻、隐语,甚至动作来表达,以问答能机智锋利者为上乘,所以叫"机锋"。
④ 语录——一种起源于唐代僧人记录其师言传授的语体文。

上。然后各人拈一物作成一谜，恭楷写了，挂在灯上。[1]

太监去了，至晚出来传谕："前娘娘所制，俱已猜着，惟二小姐与三爷猜的不是。[2]小姐们作的也都猜了，不知是否。"说着，也将写的拿出来。也有猜着的，也有猜不着的，都胡乱说猜着了。[3]太监又将颁赐之物送与猜着之人，每人一个宫制诗筒①，一柄茶筅①，独迎春、贾环二人未得。迎春自为玩笑小事，并不介意，贾环便觉得没趣。[4]且又听太监说："三爷作的这个不通，娘娘也没猜，叫我带回问三爷是个什么。"众人听了，都来看他作的是什么，写道是：

> 大哥有角只八个，二哥有角只两根。
> 大哥只在床上坐，二哥爱在房上蹲。②[5]

众人看了，大发一笑。贾环只得告诉太监说："一个枕头，一个兽头。"[6]太监记了，领茶而去。

贾母见元春这般有兴，自己越发喜乐，便命速作一架小巧精致围屏灯来，设于堂屋，命她姊妹们各自暗暗地作了，写出来粘于屏上，然后预备下香茶、细果以及各色玩物，为猜着之贺。贾政朝罢，见贾母高兴，况在节间，晚上也来承欢取乐。设了酒果，备了玩物，上房悬了彩灯，请贾母赏灯取乐。上面贾母、贾政、宝玉一席，下面王夫人、宝钗、黛玉、湘云又一席，迎、探、惜三个又一席。地下婆娘、丫鬟站满。李宫裁、王熙凤二人在里间又一席。贾政因不见贾兰，便问："怎么不见兰哥？"[7]地下婆娘忙进里间问李氏，李氏起身笑着回道："他说方才老爷并没去叫他，他不肯来。"婆娘回复了贾政。众人都笑说："天生的牛心古怪。"

1. 特带出贾兰来。贾环之谜，当场揭示，唯贾兰之谜，因惜春谜后破失而不可见。后人有补宝黛钗之谜文字，却遗漏了贾兰。

2. 迎春、贾环也。交错有法。（庚）为揶揄贾环之可笑而带上"二木头"迎春，以便写出二人同中之异。

3. 如何？人情如此。岂能说自己作的谜娘娘猜不着？

4. 迎春虽乏才情，然不失为大家小姐。（庚）非如贾环患得患失，心胸狭窄，这是两人极大的差别。

5. 诙谐幽默，令人叫绝。可发一笑，真环哥之谜。请卿勿笑，难为了作者摹拟。（庚）

6. 谜底似是而非，更见作者风趣。亏他好才情，怎么想来？（庚）脂评所说的"他"是指贾环，是反语、讥语。环儿无才情，正见作者之才情令人叹服。

7. 又提贾兰。看他透出贾政极爱贾兰。（庚）

---

①　诗筒、茶筅（xiǎn 险）——作诗装草稿用的可佩带的小竹筒和洗茶具用的刷帚。
②　贾环灯谜——有角只八个，古人枕头两端是方形的，所以共有八个角。兽头，古建筑塑在屋檐角上的怪兽，名"螭吻"，俗称"兽头"。把枕头、兽头拉在一起，称作"大哥""二哥"，有八个角还用"只"字，兽头既然真长着两角而蹲在房屋上，制谜就不应直说。凡此种种，都说明"不通"。

贾政忙遣贾环与两个婆娘将贾兰唤来。贾母命他在身旁坐了，抓果品与他吃。[1]大家说笑取乐。

往常间，只有宝玉长谈阔论，今日贾政在这里，便惟有唯唯而已。余者，湘云虽系闺阁弱女，却素喜谈论，今日贾政在席，也自缄口禁言。[2]黛玉本性懒与人共，原不肯多话。宝钗原不妄言轻动，便此时亦是坦然自若。故此一席虽是家常取乐，反见拘束不乐。[3]贾母亦知因贾政一人在此所致，酒过三巡，便撵贾政去歇息。贾政亦知贾母之意，撵了自己去后，好让他们姊妹兄弟取乐，因赔笑道："今日原听见老太太这里大设春灯雅谜，故也备了彩礼酒席，特来入会。何疼孙子、孙女之心，便不略赐与儿子半点？"[4]贾母笑道："你在这里，他们都不敢说笑，没的倒叫我闷得慌。你要猜谜时，我便说一个你猜，猜不着是要罚的。"贾政忙笑道："自然要罚。若猜着了，也是要领赏的。"贾母道："这个自然。"说着便念道：

　　猴子身轻站树梢。[5]
　　　　——打一果名①

贾政已知是荔枝，便故意乱猜别的，罚了许多东西，然后方猜着，也得了贾母的东西。然后也念一个与贾母猜，念道：

　　身自端方，体自坚硬。
　　虽不能言，有言必应。[6]
　　　　——打一用物

1. 从众人话中，可看出贾兰是个自尊心极强的孩子，未见贾政叫他，他就躲得远远的。这样写他更可见这次制灯谜情节必有关于他的下文，绝不会只写他入席来吃果品的，况前文已说猜谜、作谜有他在内。

2. 贾政在座，各人言谈拘束，不能畅怀，自是人情常理。脂评却为此发出一番涉及作者生平的感慨：写宝玉如此，非世家曾经严父之训者，断写不出此一句。（庚）非世家经明训者，断不知此一句。写湘云如此。（庚）长辈在席，晚辈慎言，实寻常情景，"断写不出此一句"云云，未免过于夸张，但从中倒可见曹雪芹是"经严父之训者"，如果他是曹颙的遗腹子，何来"严父"？

3. 脂评又说：非世家公子，断写不及此。想近时之家，纵其儿女哭、笑索饮，长者反以为乐，其无礼不法何如是耶？（庚）此必脂砚斋批，他与作者是成年后才结识的。若深悉作者幼年状况的畸笏叟，绝不说"世家公子"之类的话，免得误导旁人以为雪芹曾有过"锦衣纨袴之时，饫甘餍肥之日"，其实他没有能赶上过这样的日子，而脂砚斋则与敦诚曾误解"雪芹曾随其先祖（曹）寅织造之任"一样，以为他有过繁华生活的实际经历。

4. 隔代亲现象亦属常见，非贾母不近人情也，况后有宝玉"大承笞挞"一回，写三代人冲突，此不过略伏一笔而已。脂评却另有所感曰：贾政如此，余亦泪下。（庚）

5. 所谓"树倒猢狲散"是也。（庚）所引作者先祖曹寅之口头禅。

6. 从传统观点看，贾政确实可称得上品行端方，能坚持礼法操守。他并无雄辩口才，辞赋吟咏本领也有限得很。但有想法还是敢于说出来的。如秦氏入殓，用樯木为棺，他曾劝阻；大观园正殿造得豪华，他认为"太富丽了些"，后来还对贾赦嫁迎春给孙家表示不妥。因而此谜颇合其身份。但脂评另有所见，说：好极，的是贾老之谜，包藏贾府祖先自身。"必"字隐"笔"字。妙极妙极！（庚）其中"包藏贾府祖先自身"句颇费解，小说并未写贾府祖先如何啊。前些年，发现雍正发还曹家赡养二代孀妇的北京崇文门外蒜市口"十七间半"旧宅，尚存屏门四扇，每扇一字，合成"端方正直"四字，似是朝廷所赐。因联想到此处脂评，可能又将真实素材与小说细节搞混了。

---

① 贾母谜——站树梢，与"立枝"同义；"立"又谐音"荔"，所以谜底是荔枝。

说毕，便悄悄地说与宝玉。宝玉会意，又悄悄地告诉了贾母。[1] 贾母想了想，果然不差，便说："是砚台。"贾政笑道："到底是老太太，一猜就是。"回头说："快把贺彩送上来。"地下妇女答应一声，大盘小盒一齐捧上。贾母逐件看去，都是灯节下所用所玩新巧之物，心中甚喜，遂命："给你老爷斟酒。"宝玉执壶，迎春送酒，贾母因说："你瞧瞧那屏上，都是她姊妹们作的，再猜一猜我听。"

贾政答应，起身走至屏前，只见头一个写道是：

> 能使妖魔胆尽摧，身如束帛气如雷。
> 一声震得人方恐，回首相看已化灰。[①][2]

贾政道："这是爆竹嗄。"宝玉答道："是。"贾政又看道：

> 天运人功理不穷，有功无运也难逢。
> 因何镇日纷纷乱？只为阴阳数不同。[②][3]

贾政道："是算盘。"迎春笑道："是。"又往下看，是：

> 阶下儿童仰面时，清明妆点最堪宜。
> 游丝一断浑无力，莫向东风怨别离。[③][4]

1. 政老的孝心亦感人，如此富于人情味，令人意想不到。

2. 前谓元春之谜"并无甚新奇"，众姊妹故意"只说难猜"，"其实一见就猜着了"。今见其谜，果然。此元春之谜。才得侥幸，奈寿不长，可悲哉！（庚）所谓"喜荣华正好，恨无常又到"也。

3. 此迎春一生遭际，惜不得其夫何！（庚）不得其夫，岂命运数奇耶？迎春是包办婚姻的牺牲品。

4. 此探春远适之谶也。使此人不远去，将来事败，诸子孙不至流散也，悲哉伤哉！（庚）此评透露佚稿情节的重要信息：可知贾府将来事败，诸子孙都流散了，确是应了"树倒猢狲散"那句话。也知事情发生的先后：探春远嫁在前，贾府事败在后。评语的想法是一厢情愿：探春虽精明能干，但到那时又何能为力；即使人在，又怎能改变大厦倾覆时"家亡人散各奔腾"的局面。

---

① 元春谜——俗传爆竹能驱鬼辟邪，所以说使妖魔丧胆。束帛，爆竹像一束卷起来的绢帛。回首，既是回头间、转眼间之意，又是佛家称俗人死亡的婉词。

② 迎春谜——前二句说，算盘上的子，靠手指去拨，是"人功"，或碰在一起，或分离，在没有计算出"数"之前，谁也不知，要看注定的结果是什么，故称"天运"。结局明明是人拨出来的，但又不随人意志，不为人所预知，其理难明，故曰"理不穷"。如果"数"中注定两子相离，任你怎么拨算也是不会相逢的。镇日，整天。阴阳，奇数偶数，泛指数字；又一义可指男女、夫妻。数，另一义就是命运，命不好叫"数奇"。

③ 探春谜——仰面，指抬头看风筝。"清明"句，春季多持续定向的东风，最宜放风筝。妆点，指点缀清明佳节。游丝，本指春天飘荡在空中的飞丝，由昆虫吐出，此指风筝线。浑，全。探春判词中说"清明涕送江边望"，这里又点"清明"可见其离家出嫁之时无疑。这样，"妆点"的隐义又是新娘的梳妆打扮。续书中把她出嫁置于落叶纷纷的秋天，显然没有注意到这些暗示。

贾政道："这是风筝。"探春笑道："是。"又看，道是：

> 前身色相总无成，不听菱歌听佛经。
> 莫道此生沉黑海，性中自有大光明。①1

〔贾政道："这是佛前海灯嗄。"惜春笑答道："是海灯。"

贾政心内沉思道："娘娘所作爆竹，此乃一响而散之物；迎春所作算盘，是打动乱如麻；探春所作风筝，乃飘飘浮荡之物；惜春所作海灯，益发清净孤独。今乃上元佳节，如何皆用此不祥之物为戏耶？"心内愈思愈闷，因在贾母之前，不敢形于色，只得仍勉强往下看去。只见后面写着七言律诗一首，却是宝钗所作，随念道：〕

> 朝罢谁携两袖烟？琴边衾里总无缘。
> 晓筹不用鸡人报，五夜无烦侍女添。
> 焦首朝朝还暮暮，煎心日日复年年。

1. 此回原作到此为止，后半破失，所见以下文字是后人补的。补法有两种：一种是谨慎的补法，即将脂评暂记的宝钗更香谜诗添入，用贾政看了以为不祥因而生悲的话连接起来，匆匆结束，即现在我们所取的。另一种是有更大随意性的补法，惜春谜因谜底未揭又猜不准，便删去了，又以为宝钗谜诗很像黛玉的（其实是错觉），便改属于她了，另外又找来两首分属宝玉与宝钗。宝玉的镜谜是从明代李开先《诗禅》和冯梦龙《挂枝儿》中抄来的；宝钗的竹夫人谜则用语浅陋，全不类蘅芜体。较晚的甲辰本还对这二首添上批语，有意混充为原作。重要脂评：此惜春为尼之谶也。公府千金至缁衣乞食，宁不悲夫！（庚）"缁衣乞食"是其原构思结局。此后破失，俟再补。（庚）另有批：暂记宝钗制谜云："朝罢……（略）"（庚）此回未成而芹逝矣，叹叹。丁亥夏，畸笏叟。（庚）靖批"未成"作"未补成"，其实一样，原是完整的，后才破失。雪芹生前未补写是因为畸笏、脂砚等未将已残缺书稿交还作者，故尚未做最后改讹补漏的扫尾工作。原稿破失部分，据前入席的人看，应尚有宝钗、黛玉、湘云、宝玉及李纨母子等五六首。

---

① 惜春谜——色相，佛家称事物的外形。旧时亦用指女子长相，此借灯说人，把人之空有姿色，不能享受欢乐，归于前世宿缘。谜底长明灯（后人猜"佛前海灯"，虽同为一物，但谜面有"佛""前""海"三字，不该直言），供于寺庙佛像前，灯内大量贮油，中燃一焰，长年不灭，灯外表堂皇（色相），却不用于繁华行乐处，故曰"无成"。菱歌，乐府中菱歌莲曲多唱男女爱情。沉黑海，入佛门在世人看来，无异于沉入看不见一丝光明的海底。末句谓海灯看似暗淡无光，内中自有光焰在。性，佛家语，此以人为喻指灯内。大光明，又指大光明普照菩萨。小说第二十五回中说"这海灯便是菩萨现身法像，昼夜不敢熄的"。

光阴荏苒须当惜，风雨阴晴任变迁。^①**1**

……

〔贾政看完^②，心内自忖道："此物还倒有限，只是小小之人作此诗句，更觉不祥，皆非永远福寿之辈。"想到此处，愈觉烦闷，大有悲戚之状，因而将适才的精神减去十分之八九，只是垂头沉思。

贾母见贾政如此光景，想到或是他身体劳乏亦未可定，又兼恐拘束了众姊妹不得高兴玩耍，即对贾政道："你竟不必猜了，去安歇罢，让我们再坐一会，也好散了。"贾政一闻此言，连忙答应几个"是"字，又勉强劝了贾母一回酒，方才退出去了，<u>回至房中只是思索，翻来覆去，竟难成寐，不由伤悲感慨，不在话下。</u>**2**

且说贾母见贾政去了，便道："你们可自在乐一乐罢。"一言未了，早见宝玉跑至围屏灯前，指手画脚，满口批评，这个这一句不好，那一个做得不恰当，如同开了锁的猴子一般。宝钗便道："还像适才坐着，大家说说笑笑，岂不斯文些儿！"凤姐自里间忙出来插口道："你这个人，就该老爷每日令你寸步不离方好。<u>适才我忘了，为什么不当着老爷，撺掇叫你也作诗谜儿。</u>**3**若如此，怕不得这会子正出汗呢。"说得宝玉急了，扯着凤姐儿，扭股儿糖似的只是厮缠。贾母又与李宫裁并众姊妹说笑了一会，也

1. 甲辰本（梦觉本）将此谜改属林黛玉，又另添宝玉、宝钗二谜，并对三个谜加评说："此黛玉一生愁绪之意。""此宝玉之镜花水月。""此宝钗金玉成空。"以便跟前面原作的众人谜都有脂评保持一色。这是有意造假，读者切勿受蒙蔽，以为这三条也是脂评，不是的。至于将更香谜改属林黛玉，倒很可能并非续改者对原作者不尊重，在他看来一定是脂评记忆有误，或有笔误，将黛玉错记或错写成宝钗了。否则，宝钗与宝玉既成了夫妻，怎么能说"琴边衾里总无缘"呢？这就是关键。有缘无缘，通常用义比较泛，如说与某人有一面之缘，二人一定关系就可用。但作者用法不同，比如宝玉与袭人有性关系，该说有缘了吧。但作者为她拟的判词中却说："堪羡优伶有福，谁知公子无缘。"可知"无缘"只是没有结果的意思。据此而可知此谜中"总无缘"是说宝钗最终被丈夫所弃，无结果。

2. 贾政看完宝钗谜，就被贾母"逐客"回房，是夜悲感难寐。虽过于简略，却能完成回目的意思，也不自以为是地添加什么，故可称谨慎的补法。

3. 写宝玉不安分一段，虽不见精彩，但为了述明为何没有宝玉的谜儿，似也不能责其多余。后人竟有将两种不同补法合在一起的，如程高本既用甲辰本宝玉制镜谜，受其父赞"妙极"情节，又用了戚序本等凤姐对宝玉说"适才我忘了，为什么不当着老爷，撺掇叫你也作诗谜儿"的话，这一来宝玉究竟作了还是没作谜，便弄不清了。这是十分可笑的。

---

①　宝钗谜——首句翻新杜甫《和贾至早朝大明宫》诗"朝罢香烟携满袖"而成，隐藏谜底"香"字。"两袖烟"，等于说两手空。第二句承上解说是什么香，伴琴棋的是炉香，熏衣被的是熏笼，都用不着谜底的更香，故曰"无缘"，寓意也承上说夫妻关系成空（丈夫出家）。更香是用以计时的香，夜间打更报时者，燃此香以定时。三四句正面说其特点。反王维《和贾至早朝大明宫》诗"绛帻鸡人报晓筹"意。鸡人，古代宫中掌管时间的卫士，天明时向宫中报晓。晓筹，早晨的时刻。有更香就不必再报晓了。此香非炉香，故也不必由侍女加添香料。五夜，一夜时间五等分，叫五夜、五更或五鼓。翻唐代李颀《送刘昱卢员外》诗"侍女新添五夜香"的案。寓意都说因愁绪而不眠。香从头上点燃，所以说"焦首"；棒香有心，盘香由外往内烧，所以说"煎心"。都又喻人的苦恼、内心受煎熬。末二句说更香同风雨阴晴变化无关，却随时间的消逝而不断消耗自身。荏苒（rěn rǎn 忍染），时光渐渐过去。寓意是红颜渐老，青春堪惜，虽世事变幻，自己已心灰意冷，只是听之任之了。

②　贾政看完——在贾政看灯谜情节中，后出的程高诸本又插入宝玉的镜子谜："南面而坐，北面而朝；像忧亦忧，像喜亦喜。"它本是明代李开先《诗禅·镜》和冯梦龙《挂枝儿·咏镜》中的古镜谜。并将宝玉诗谜改属黛玉，另凑四句给宝钗，即竹夫人（竹篾编的夏日睡觉时取凉用具）谜："有眼无珠腹内空，荷花出水喜相逢。梧桐叶落分离别，恩爱夫妻不到冬。"语言俗陋，不似"蘅芜体"。

觉有些困倦起来。听了听，已是漏下四鼓，命
将食物撤去，赏散与众人。遂起身道："我们
安歇罢。明日还是节下，该当早起。明日晚
间再玩罢。"且听下回分解。〕

【总评】

　　"宝玉悟禅机"和"贾政悲谶语"都是隐写后半部中人物结局——贾宝玉出家和众姊妹薄
命——的先兆。

　　宝玉"参禅"从听《山门》中那支"赤条条来去无牵挂"的《寄生草》曲文触发。这就
要有看戏情节；要演戏，就得有做生日之类的事。所以，才从贾母要为十五岁的宝钗来贾府
过第一个生日写起。为对钗、黛的描述保持相对的平衡，所以才有"往年怎么给林妹妹过的，
如今也照依给薛妹妹过就是了"这样不写之写的说头。贾母出资二十两银子为生日置办酒戏，
凤姐居然敢调笑老太太，嫌她出得少了，还能引得贾母高兴，是绝大本领；宝钗能投贾母听戏、
吃食之所好，也是她人情练达的长处。

　　对文字的感悟，总离不开生活的切身感受。所以，在看戏时，又让心直口快的湘云说出
小戏子的模样像林姐姐。黛玉以为"拿着我比戏子，给众人取笑"，就恼了。宝玉想缓解双方
的误解，结果反而是两面不讨好，这才又想起庄子的一些话来，悟到其中的禅机，便作一
偈一曲以寄一时的感忿。由宝钗点出"这些道书禅机最能移性"，因为她见多识广。黛玉为
宝玉偈再续两句，显然是自作谶语。最后让宝玉自知"尚未解悟"是"自寻苦恼"，则是作者
用心描画后又轻轻抹去。

　　谶语式的表现方法是《红楼梦》的一大艺术特点，人物的对话、诗词、酒令、灯谜中无
处不有。但像本回回目中明白标出"谶语"二字来的，还是首次，也是唯一的一次。它有点
像太虚幻境中的册子判词或曲子，只是多了贾母、贾政而又少了十二钗中"四春"以外的一
些人。因惜春的谜诗后"破失"，作者原稿中还写了哪些人（脂评只记下宝钗的谜诗）作过灯谜，
贾政又如何兴悲的等等，都无从知道了。